FEDERICA DE CESCO

Die Augen des Schmetterlings

FEDERICA DE CESCO

Die Augen des Schmetterlings

Roman

blanvalet

2. Auflage
© 2005 by Blanvalet Verlag, München,
in der Verlagsgruppe Random House GmbH
Satz: Uhl + Massopust, Aalen
Dieses Buch wurde auf holz- und säurefreiem Papier gedruckt,
geliefert von Salzer Papier GmbH, St. Pölten.
Das Papier wurde aus chlorfrei gebleichtem Zellstoff
hergestellt und ist alterungsbeständig.
Druck und Bindung: GGP Media GmbH, Pößneck
Printed in Germany
ISBN-10: 3-7645-0191-X
ISBN-13: 978-3-7645-0191-4

www.blanvalet-verlag.de

Für Hajime Hosoki, der jetzt nach draußen blickt.
Für Sanae Kosugi,
die mich zu den Augen des Schmetterlings führte.
Und immer wieder für Kazuyuki.

Wenn du der Träumer bist, bin ich dein Traum.
Doch wenn du wachen willst, bin ich dein Wille.

Rainer Maria Rilke: Das Stundenbuch

Ich war der Strauch, der Vogel und der Fisch,
Denen Ihr keine Sprache unterstellt.

Empedokles

Prolog

In mir lebt ein jüngerer Bruder, der gestorben ist. Henrik kam ein Jahr nach mir zur Welt. Mit zwölf war er tot. Irgendwie habe ich ihn in meine Nähe geholt, lebe sozusagen mit ihm zusammen. Ich spreche oft zu ihm; wenn er will, gibt er Antwort. Sein Gesicht, das die Welt jenseits des Todes erblickt, sehe ich manchmal im Traum, sehe es ganz langsam aus der Tiefe schweben, von grünem Wasserfilm überglänzt. Ich sehe Augen, die glasklar starren, und eine Luftblase löst sich aus dem offenen Mund. Der Körper bewegt sich schattenhaft, die Arme schweben wie Flossen, die Finger sind leicht gespreizt, aufgeschürft und grünlich verfärbt. Vielleicht ist er jetzt das, was er sein wollte: verwandelt. Leicht dreht sich die Traumgestalt in der Strömung. Ich will sie packen, festhalten – vergeblich! Die Gestalt gleitet weg, kreist schneller. Lautlos, von Luftblasen umgeben, entschwindet der Körper in dunkel schillernde Tiefen.

Den Traum hatte ich früher häufig. Jetzt seltener. Es gibt Leid, aber auch Trost. Mein Verstand sagt mir, dass etwas, das nicht mehr da ist, auch nicht mehr zurückkommen sollte; aber ganz sicher werde ich nie sein. Ich bin eine Frau, die auf Vorzeichen achtet, die in Mondnächten mit griffbereitem Messer durchs Haus geht. Alle schlafen in diesem Haus, warm und ruhig und im Vertrauen. Ich trete leise auf, ganz leise. Die Schlafenden sollen nicht gestört werden. Es liegt etwas Beruhigendes in dem sicheren Gefühl des Messers in meiner Hand, in dem Funkeln der kurzen, scharfen Klinge. Behutsam ziehe ich die Schiebetür auf, beobachte die Bewegung der Blätter, den Nebelflor, das zarte Gespinst. Unter dem Mondlicht wandeln sich die Dinge, verändern ihr Gesicht. Ich blicke nach allen Seiten, nach drei, vier Seiten, nach allen Seiten, nach drei, vier Seiten. Immer wieder und wieder. Kurz vor der Morgendämmerung kommt Wind auf, ein salziger Wind, der vom Meer her weht. Trägt er den Blumenduft des Todes heran, schließen sich meine Finger fester um den Griff. Mein Gesicht, meine Hände glänzen hell. Ich stehe ja nicht im Schatten, ich will gesehen werden. Ein leichtes Zittern geht über meine Haut, aber Furcht empfinde ich keine. Ich bin eine Sonnentochter; der Geist, der in der Dunkelheit schwebt, entstammt dem bleichen Mondgeschlecht. Ich sage: »Weg mit dir! Was glaubst du, wer ich bin?« Bewegen sich Blätter, knistern Zweige, zieht meine Klinge einen blitzenden Kreis. Aufrecht stehe ich vor der Schiebetür, spreche halblaut die richtigen Worte. Die Menschen, die ich liebe, sind in Sicherheit. Weil Enzo nicht mehr da ist, bin ich es von nun an, die Wache hält.

1. Kapitel

Ich betrachte mich oft im Spiegel, nicht aus Eitelkeit, sondern aus Neugierde. Meine Vorfahren waren Samen, jenes Volk im Hohen Norden, das noch vor hundert Jahren in »Lavvo« – in Stangenzelten – lebte. Ich trage ihr Erbe in mir; es prägt meine äußere Erscheinung. In meinem Gesicht erkenne ich Lailas Augen, die ohne zu blinzeln das Sonnenlicht ertragen; ich sehe Reidars harte Wangen, sein starkes Kinn. Und auch Henriks dunkles Haar, die etwas stumpfe Nase, den sinnlichen Mund. Ich beschreibe mich wie die Bilder, die ich oft auf den Zeitschriftenseiten sah: grüne Augen, fein geformte Züge, über die das Licht rinnt wie Wasser, eine auffallend gewölbte Stirn. Doch womöglich trägt mein Gesicht noch andere, geheimnisvollere Spuren? Ich weiß es, ich habe sie gesehen.

Ich muss noch betonen, dass ich mich nie als schön empfunden habe, höchstens als fotogen, was etwas anderes ist. Henrik war schön. Aber Henriks Knochen sind in Grotten gefangen, wo sie der langsame Strom bewegt. Wenn das Licht für Augenblicke herunterflutet, mag geschehen, dass sie leuchten. Ich darf mich nicht zu oft diesem Bild überlassen. Vielleicht sind es längst keine Menschenknochen mehr.

Ich bin in Helsinki geboren und aufgewachsen. Von unseren Erkerfenstern aus blickten wir auf die Johanneskirche und den Observatoriumspark. Der Stadtteil Eira mit seinen viel bewunderten Jugendstilbauten gehört heute zu den »noblen« Vierteln. Die Wohnungen sind nahezu unerschwinglich. 1948 jedoch, nach der Unterzeichnung des Freundschaftspaktes mit der ehemaligen Sowjetunion, standen viele Häuser leer. Zu unpraktisch, zu geschnörkelt. Bröckelnde Stukkaturen, rostige Rohre, zu hohe Fenster, die kaum vor der Kälte schützen, zersprungene Steinfliesen und abgewetztes Parkett. Die Eltern meines Vaters Juhani hatten Geschmack. Sie wussten, was früher schön war und in besseren Zeiten wieder schön werden konnte. Sie kauften die Wohnung zu einem Spottpreis und fanden sich mit dem Mangel an Bequemlichkeit ab. Geld war nicht viel da, die Renovierungsarbeiten dauerten Jahre. Vieles machte mein Großvater in seiner Freizeit selbst. Matti Pacius – so hieß er – kam aus einer Architektenfamilie, die ihr Vermögen im Zweiten Weltkrieg verloren hatte. Einer seiner Vorfahren war Fredrik Pacius, der die erste finnische Oper komponierte und unsere Nationalhymne vertonte. Ein altes Foto zeigt Matti als Kind bei einem Gartenfest neben dem berühmten Jean Sibelius, der eine so schlechte Meinung von der Welt hatte, dass er sein letztes zu Papier gebrachtes Musikstück kurzerhand vernichtete. Eine Symphonie, die kein menschliches Ohr jemals hören würde.

Ursprünglich wollte Juhani Opernsänger werden. Er war ein guter Bariton, aber kein hervorragender; bald hatte er sich der Regie zugewandt und damit seinen Lebensinhalt gefunden. Seit 1990 war er an der Finnischen Nationaloper engagiert. Dadurch schien es fast, als habe er kein Privatleben. Die Unaufhörlichkeit seiner Arbeit hatte meiner Mutter zunehmend zu schaffen gemacht und war auch der Grund ihrer allmählichen Entfremdung. Während Juhani ein Werk inszenierte, arbeitete er zwischen den Proben das nächste aus, ein drittes, meist noch ein viertes, fünftes, hatte er bereits im Kopf. Was Schriftsteller in Sprache ausdrücken, Filmemacher in Bildern, formulierte Juhani in musikalischen Vorgängen auf der Bühne. Sie waren so etwas wie eine Muttersprache. Sein Kopf war so beschaffen, dass jede Sache, die ihn beschäftigte, sogleich und unfehlbar in seinen Werken ihren Ausdruck fand. Henrik wäre nach ihm gekommen, das weiß ich mit großer Bestimmtheit. Ihre Ähnlichkeit war verwirrend; die Art, wie sie sprachen, wie sie lachten, sich bewegten. Und auch die sensiblen Hände, der leicht gequälte Ausdruck im Gesicht. Aber Henrik hatte das Strahlen eines Zwölfjährigen und würde es auf ewig bewahren.

Vielleicht hatte auch ich diese Art, die Welt zu sehen, als ob jeder Augenblick im Werden begriffen sei, als sei ich nie ganz dort, wo man mich sah, als wäre ich anderswo, weiter als das Auge reicht. Auf den Bildern, die damals von mir gemacht wurden, blickte ich den Fotografen niemals richtig an; ich blickte woandershin, als sähe ich etwas Gestalt annehmen. Das fiel mir erst später auf, Jahre danach, als ich Danjiro die Fotos von früher zeigte. Genauer gesagt, war es Danjiro, der diese Eigenart bemerkte; mir selbst war sie nie aufgefallen. Inger – meine Mutter – hasste Tagträume jeglicher Art, obwohl sie es war, die das unruhige Blut in die Familie brachte. Doch sie wandte sich ab von der großen Verworrenheit dieser unsichtbaren Welt, sie tat Buße für die Sünden der Vorfahren, verließ sich auf die Gnade Gottes. Die Welt der Bibel zumindest war solide. Sie zitierte mit Vorliebe Lars Levi Lästadius, den Bekehrer der Samen:

»Wenn eine Kuh, ein Schaf oder ein Rentier stirbt, trauert ihr. Aber ihr fühlt weder Trauer noch Kummer über euer elendes Leben.«

Sie machte eine kaufmännische Lehre, arbeitete sich empor, wurde Einkäuferin bei Stockmann. Sie entwickelte dabei einen guten Spürsinn für den Zeitgeist und hatte Erfolg. Damit stand sie fest draußen in der wirklichen Welt und beobachtete mich, mit Groll im Herzen. Etwas konnte sie jedoch nicht ändern: ihre Art, den Rücken straff zu halten, den Kopf hoch erhoben. Sie schritt schnell und elastisch aus, drehte dabei die Füße leicht einwärts und schob das Hüftgelenk vor. Es war der typische Gang der Nomaden, den auch ich hatte. Dies sagte ich ihr aber nicht. Es hätte ihr keine Freude gemacht.

Nein, ich konnte nicht, wie Inger, die unsichtbare Welt vergessen, sie war ja ein Teil von mir. Und weil sie mir entrissen wurde, suchte ich sie zunächst im Zwielicht der Theaterräume, dort, wo meine Augen von ihr nichts wahrnahmen, sie aber ständig zu spüren war, wie ein unsichtbarer Flügelschlag, ein Schatten, das Echo eines Echos …

Ich war ein nachdenkliches Kind, doch das Theater »Die dunkle Höhle« beunruhigte mich nicht. Nachdem ich meinen Bruder verloren hatte, wurde das Theater eine Zeit lang mein Zuhause. In der Wohnung war ja keiner mehr, der mich erwartete. Inger kam nie vor sieben Uhr von der Arbeit. Obwohl von der Schule aus der Weg zur Töölö-Bucht ziemlich weit war, legte ich ihn, je nach Wetter, täglich mit dem Rad oder mit dem Bus zurück. Dann stand ich zufrieden in den Kulissen, kaute Bonbons und beobachtete meinen Vater bei der Arbeit. Irgendwann bemerkte er meine Anwesenheit, bewegte kurz die Hand zum Gruß und kümmerte sich nicht weiter um mich. Für gewöhnlich dauerten die Proben bis in den Abend hinein, vor einer Aufführung sowieso.

So sehr ich das Theater auch liebte – der Wunsch, selber auf der Bühne zu stehen, überkam mich nie. Inger hatte ja auch nichts für die Oper übrig. Sie schaute lieber CNN. Mein Vater hatte sich längst damit abgefunden. Als ehemaliger Sänger verlor er nie den Überblick, führte die Künstler so individuell, dass jeder Einzelne das Gefühl hatte, er sei die wichtigste Person im Ensemble. Durch die körperliche Anspannung, die er dabei hatte, war er nach jeder Probe klatschnass. Er war – im wahrsten Sinne des Wortes – ein theatralischer Mensch, wie Henrik es geworden wäre. Und ich – ich war bei jeder Aufführung dabei, auch wenn sie bis elf Uhr dauerte und ich am nächsten Morgen wieder in die Schule musste. Müde war ich nie.

»Du bist eine Frau der Nacht«, hatte Danjiro mir mal gesagt. Und das stimmte; ich schlief so leicht und unruhig wie ein Vogel. Es gibt nicht viele Menschen, die mit wenig Schlaf auskommen. Vier oder fünf Stunden Nachtruhe genügten mir schon als Kind. »Du wirst früh altern«, sagte Inger, was wiederum falsch war. Jetzt, mit achtundzwanzig, sehe ich immer noch zehn Jahre jünger aus. Ich entsinne mich, wie ich bei einer Probe zu der »Zauberflöte« einen Moment wunderbaren Staunens erlebte. Das war übrigens kurz nach Henriks Tod. Ich muss dreizehn Jahre alt gewesen sein. Ich kam in dem Augenblick, als die Königin der Nacht ihre Arie sang. Gerade als ich den Hinterbühnenraum betrat, spielte das Orchester die ersten Akkorde. Sänger, Statisten und Techniker standen dicht gedrängt in den Kulissen und hielten den Blick auf die Bühne gerichtet. Alle machten einen gespannten, erregten Eindruck. Das war, erklärte mir

Juhani später, weil sich Lina, die Sopranistin, eine Angina zugezogen hatte und eine andere Sängerin ihre Partie aus dem Stegreif übernehmen musste. »Zwei Tage vor der Premiere, stell dir das mal vor, Agneta!« Mein Vater konnte sich gut umstellen, aber die anderen wurden fast verrückt.

Ich war – ich sagte es bereits – ein ruhiges Kind. Vorsichtig drückte ich mit der Hand die Ellbogen zweier Statisten auseinander, entschuldigte mich leise und kam näher. Da war sie, die Bühne, in blaues Licht getaucht. Dieses Blau war durchsichtig wie Diamantenstaub. Auf halber Höhe schwebte eine Mondsichel, Schleierwolken zogen vorbei. Die Umrisse der Sängerin, zuerst kaum zu erkennen, gewannen zunehmend an Form. Ich sah, dass sie zwei Gesichter hatte. Ihr Kopfschmuck aus Pappmaschee war nach ihren eigenen Zügen geformt, sodass das Gesicht oben dem unteren vollkommen entsprach. Beide Gesichter waren gleich zurecht gemacht, die Augen schwarz umrandet, die Brauen gewölbt und nachgezogen, der Mund gerötet. Auf ihrem Falbelnkleid mit dem engen Schnürleib glitzerten kristalle Tropfen, und um die ausgestreckten Arme ringelten sich Schlangen. Sie sang, und es war, als ob blitzende Sternschnuppen die Erde berührten. Ein magnetischer Strom, mit Silberflammen durchwoben. Ein Naturereignis.

Ich hatte bisher geglaubt, es könnte auf der Bühne nur das geben, was dargestellt wurde. Nun aber bemerkte ich, dass es dort von unbekannten, unsichtbaren Wesen wimmelte. Unzählige Geschöpfe jeglicher Art vollführten hier einen Reigen. Geburt, Leben, Liebe, Schmerz und Tod, alles war in einem großen Gefühl vereint. Ich hatte das Bedürfnis zu lachen, zu weinen, mich auf dem Boden zu wälzen oder sogar zu schreien. Doch ich tat nichts dergleichen, sondern stand ganz still, atmete entspannt, und in meinem Kopf bewegte sich das Universum. Es gibt Momente im Leben, die über die Zukunft entscheiden. Noch wusste ich nicht, dass in mir ein geheimes Signal begonnen hatte, zu pulsieren. In der Pause, die gleich darauf folgte, versammelten sich die Mitwirkenden hinter der Bühne. Alle sahen sehr erleichtert aus, lachten und schwatzten. Tassen und Löffel klapperten, es roch gut nach Kaffee. Die Sänger, noch in ihren

Kostümen, umringten mich wie Märchengestalten. Bald kamen auch die Mitglieder des Orchesters und drängten sich um die Kaffeemaschine. Da trat die Königin der Nacht aus den Kulissen, glücklich und mit Beifall begrüßt. Ihre Falbeln raschelten bei jedem Schritt. Man nahm ihr den Kopfschmuck ab und reichte ihr das gewünschte Glas Wasser. Als die Garderobenfrau ihr den golddurchwirkten Gürtel löste, sog sie erleichtert die Luft ein und lachte. Mein Vater ging zu ihr, sie wechselten ein paar Worte, bevor die Sängerin in ihrer Garderobe verschwand. Nach einer Viertelstunde war sie wieder da. Ihr Gesicht war ungeschminkt, sie trug Jeans und dazu einen Ringelpulli. Kein Fabelwesen mehr, nur eine junge Frau, die sich einen Kaffee holte und hungrig in ein Sandwich biss. Und von einem Atemzug zum anderen begriff ich, dass sich Künstler ihre Rolle aneignen mit dem Kostüm, das sie tragen. Eine Besitznahme, gewissermaßen: Sie reißen eine Herrschaft an sich, die Herrschaft über ein Phantasiewesen, das sie lebendig machen. Es ist ein schöpferischer Akt.

Später, als wir radelnd den Heimweg antraten, sagte mein Vater in zufriedenem Ton:

»Zugegeben, die Sache war heikel. Aber ich wusste, dass Soon es schaffen würde. Ich habe längst bemerkt, dass ihre Stimme etwas hat.«

»Soon?«

»Ihre Mutter ist Koreanerin. Eine sehr begabte Frau, die ihre Tochter selbst unterrichtete. Ihr Vater spielt im Orchester Cello. Für eine junge Sängerin ist es eine unglaublich wichtige Erfahrung, wenn sie mit einem Mal sieht, welche Möglichkeiten in ihr stecken.«

»Ich mag ihr Kostüm sehr.«

»Die Kostümschneiderin nahm sich die kretischen Statuen zur Vorlage. Du weißt doch, die Schlangengöttin. Soon hat das richtige Gesicht dazu.«

Der kalte Abendwind fuhr uns in die Lungen, und wir sprachen nicht mehr. Doch ich dachte über Juhanis Worte nach. Und später, beim Abendessen, fragte ich ihn, wie weit Soons Aufmachung wohl dazu beigetragen hatte, dass sie so gut sang.

»Ach, Unsinn!«, warf meine Mutter ein. »Man hat eine gute Stimme oder man hat sie nicht. Das Kostüm tut nichts zur Sache.«

Juhani widersprach. Seine sanfte Art hatte stets bewirkt, dass Inger seine Argumente zumindest zur Kenntnis nahm.

»Den Standpunkt teile ich nicht. Sänger empfinden ihr Kostüm wie die Musik, als Impuls. Wenn sie ihr Kostüm so tragen wie eine zweite Haut, wird jede Geste, jeder Bewegungsablauf zum Kunstwerk. Es gibt keinen Unterschied mehr zwischen Darstellung und Gesang.«

Ich nickte Juhani zu, langsam und mit großem Nachdruck. Doch, ich hatte verstanden. Inger spürte, wie sooft, dass sie nicht dazugehörte. Das verletzte sie auf eine stumme, heftige Art. Henrik konnte so was nicht passieren. Seine lustige kleine Grimasse, sein zweifelndes Achselzucken, hätten jetzt auf Ingers Lippen ein Lächeln gezaubert. Eine Sache, die ich nicht fertig brachte. Und so stand Inger auf, legte mit bockigem Ausdruck die Teller ineinander.

»Na ja, Kleider machen Leute«, sagte sie trocken, womit das Gespräch beendet war.

In meinem Zimmer stand Henriks Bild in einem kleinen Messingrahmen auf der Kommode. An jenem Abend nahm ich es in die Hände, um es im Lampenlicht zu betrachten. Ein feingliedriger Halbwüchsiger, mit grünen, glasklaren Augen. Ich wusste, wie man das manchmal weiß, dass er ein großer Künstler geworden wäre. Schon als kleiner Junge übte Großvaters Geige, die meistens verschlossen in ihrem Kasten lag, eine besondere Anziehungskraft auf ihn aus. Natürlich war diese Geige zu groß für ihn. Als Henrik sieben Jahre alt war, schenkte ihm mein Vater eine kleine Violine, eine Viertelgeige, wie sie genannt wurde. Henrik konnte keine Noten lesen, strich jedoch begeistert und stundenlang mit dem Bogen über die Saiten. Mein Vater hatte ihm gezeigt, wie er die Geige stimmen musste. Und schon bald gelang es ihm, alle Lieder, die er kannte, mit vielen Variationen zu spielen. Und sogar selbst erfundene Melodien aus dem Stegreif. Er hatte großen Spaß dabei. Meine Eltern beschlossen, sein Talent zu fördern, und schickten ihn zu einer Violinistin, die viele Jahre lang im Orchester gespielt hatte. Diese Lehrerin war schon ziemlich alt, aber sie gab Henrik Stunden, weil die Musik noch immer ihr Lebensziel war. Mit elf spielte Henrik bereits auf einer Dreiviertelgeige, aber in der Schule machte er die Lehrerin nervös, weil er nicht gerne auf dem Stuhl saß. Er rutschte hin und her, stand immer wieder auf, wollte den Boden unter den Füßen spüren. Hochsensibel, wie er war, schien es ihm jedoch an Verstand zu fehlen. Als Vierjähriger, am Bahnhof, warnte ihn Inger vor dem heranfahrenden Zug. »Nicht so nahe, Henrik! Du könntest den Arm verlieren.«

»Wächst der nicht nach?«, hatte der Junge gefragt.

So war er eben. Irgendwie da und nicht da. Er lebte in einer eigenen Welt. Und alles, was ihn nicht interessierte, nahm er nicht wahr. Ich habe nie gewusst, ob meine Mutter glücklich war, diese zwei Kinder zu haben. Obwohl sie in unserer Erziehung salopp war, konnte sie bisweilen hart sein. Als sie mich zum ersten Mal zum Kindergarten brachte, kam ich schreiend hinter ihr hergerannt, krallte mich an ihr fest und flehte sie an, nicht wegzugehen. Ich ließ mich nicht trösten, bis sie mein lautes Gejammer satt hatte, mich mit energischem Griff von sich stieß und sagte: »Wenn du nicht sofort still bist, verbringst du die Nacht hier und schläfst auf der Toilette!«

Ich hatte Danjiro erzählt, dass ich ein hässliches Kind war, was er nicht glauben konnte, auch nicht, als ich ihm alte Fotos zeigte.

»Hässlich? Du? Das kann nicht sein.«

Doch, auf frühen Bildern sehe ich hässlich aus. Eine Art Spinnenmädchen, magersüchtig, mit überlangen Armen und Beinen. In den Phasen unseres Erwachsenwerdens wechselt unser Antlitz: die Augen werden größer, die Wangen breiter, die Lippen voller und weicher. Ich konnte auf den Fotos die Veränderungen verfolgen. Und die Leute, die mich mit neun oder zehn gekannt hatten, waren beeindruckt, als sie mich als Siebzehnjährige auf den Titelblättern der Modezeitungen sahen. Ich sagte ihnen, es läge nur an der Schminke, dass ich plötzlich so gut aussähe.

Ein Jahr zuvor hatte ich meine Freundin Eva zu einer Agentur begleitet. Eva, in die ich verliebt war. Wir rauchten abwechselnd die gleiche Zigarette, umarmten und küssten uns in meinem oder ihrem Zimmer; ich war berauscht von ihrem Duft, dieser zarte Duft nach sauberer Haut und frisch gewaschenem Haar. Eva wollte Topmodel werden, sie war so strahlend, so makellos. Ich dachte, keine ist geeigneter als sie. Ich war neidlos, ohne Hintergedanken, als sei sie ein Stück von mir. Ja, und in der Agentur lief uns ein Fotograf über den Weg, ein berühmter, wie sich später herausstellte, ein Fotograf, der Evas süßes Gesicht langweilig und mein hässliches interessant fand.

Er gab mir seine Karte. Ob ich mal in sein Atelier kommen würde? Er wollte Probeaufnahmen von mir machen. Ich war wie gelähmt, brachte den Mund nicht auf. Eva, fröhlich und scheinbar unbefangen, antwortete für mich. Doch, selbstverständlich! Wann es ihm passen würde? Und am Tag des Shootings föhnte sie ihr fülliges Haar, trug blauen Lidschatten und blassrosa Lippenstift auf. Der Fotograf musste doch sehen, wie anmutig sie war! Und tatsächlich machte er eine Reihe Aufnahmen von Eva, die ihr Haar fliegen ließ und wie die Mädchen in den Illustrierten einen Kussmund andeutete. Eva hatte ihre Sache gut geübt, doch der Fotograf wollte unbedingt auch mich fotografieren. Ich kam mir linkisch und steif vor, er musste mir immer wieder vormachen, wie ich mich vor einer Kamera zu bewegen hatte. Und dann schloss er sich in seinem Labor ein, betrachtete unter der kleinen orangefarbenen Lampe die Gesichter, die auf dem Papier im Säurebad Form annahmen. Denn was sind Gesichter anders als Träume, die sich im Lichtfeld verdichten? Der Kosmos in unserem Kopf umfasst mehr Nervenzellen als die Milchstraße Sterne. Der Fotograf erkannte seine Träume in meinem Gesicht. Eva verlor endgültig ihre Chancen, reagierte beleidigt und bitterböse. Unsere Freundschaft ging deswegen nicht in die Brüche, verlor sich aber nach und nach, wie Spuren im Schnee. Eva machte eine Banklehre, und mein Leben nahm einen anderen Rhythmus an. Ich blickte in die Kamera, verschlossen und leicht verstört, stolperte auf hohen Absätzen über den Laufsteg, bewegte mich schlaksig wie ein Junge, und man fand es entzückend. Ich gewöhnte mich daran, mich den wissenden Händen der Visagisten zu überlassen, beobachtete im Spiegel, wie sich mein Gesicht verwandelte. Ein Gesicht, im Sekundenbruchteil aufgenommen, im Labor wiederentstanden, mag die Ursprünglichkeit unseres Wesens nackter und unverfälschter als der nackte Körper zeigen. Und bisweilen im Studio, wenn der Blitz in grellweißem Licht zuckte, trat auf meinem Gesicht ein fremdes, nicht vollkommen menschliches vielleicht, in Erscheinung. Die Augen, die Nase, der Mund, wurden breiter und flacher, wie bei einem Tier. Das war keine Sache, die ich mir einbildete; auf einigen Fotos war es deutlich zu erkennen.

Vier Jahre lang arbeitete ich als Model und verpasste das Abitur. Ich hatte einen Shootingtermin nach dem anderen, wurde berühmt, und meine Tagesgagen stiegen. Plötzlich so viel Geld zu verdienen, von Fotografen umworben zu werden, die Reisen, die Partys und First-Class-Flüge – das kann einem jungen Mädchen schon zu Kopf steigen. In einem Alter, in dem andere die Schulbank drückten, sah ich die Welt. Ich sah sie bruchstückweise, eine wirre Abfolge von Bildern, lose aneinander gereiht. Paris, Mailand, London, New York, Katmandu und Rajastan, die Malediven und Bali. Zunächst waren alle Dinge bunt und neu, aufregend und von künstlicher Fröhlichkeit; ein Leben in einem Spiegel, berauschend und vorüberziehend wie Träume, die nur mit ihren Konturen das Bewusstsein erreichen. Die Gedanken kamen später hinzu, ganz leise, ganz heimlich, bis sie sich aufdrängten und alles durcheinander brachten. War das dieselbe Welt, in der Krieg, Hunger und Elend herrschten, in der die Menschen einander alles Böse antaten, das sie erfinden konnten, in der sie für ihre Freiheit oder für das, was sie dafür hielten, so grausam und hartnäckig kämpften? Doch, sie war es. Was für eine Welt! Ich erlebte sie mit ungläubiger Verwunderung. Aber wo, um Himmels willen, war mein Platz auf dieser Welt?

Damals gab es Leute, die mich auf der Straße erkannten und mir eines meiner Fotos zum Signieren hinhielten. Solche Leute, die sich drängten und mich anblickten, beunruhigten mich. Henrik, wurde mir bewusst, hätte ähnlich reagiert. »Noli me tangere«, das Gefühl kannte ich gut. Nicht, dass ich sie fürchtete. Aber ich wurde den Eindruck nicht los, dass sie nach etwas anderem Ausschau hielten als nach mir. Nach diesem Gesicht vielleicht, das nur auf den Bildern sichtbar wurde, mein Phantomgesicht? In dieser Zeit schlief ich mal mit diesem, mal mit jenem. Präservative waren nicht immer dabei.

Wer jung ist, denkt nicht an Gefahren. Ich wurde von Männern mit klingenden Namen angebaggert und sagte nicht immer Nein. Ich hatte Glück – ich hätte Pech haben können. Es waren merkwürdige Jahre, nicht so sehr, was die äußeren Ereignisse betraf, sondern in der Art, wie ich wählerisch war oder nicht. Im Grunde war es eine Zeit, zu chaotisch und reichhaltig für mein Denken, das noch Unterstützung brauchte. Aber es war gewiss besser, dass ich alles in einem Alter erlebte, in dem ich, neugierig und arglos, das Böse nicht wahrnahm und ihm auf diese Weise entging, obwohl ich trank, rauchte und Drogen nahm. Viele Models kifften. Eine Zeit lang war ich dafür bekannt, dass ich die besten Joints rollte. Aber ein Junkie wurde ich nie. Ich wollte bloß dazugehören. Doch nicht lange; bald spielte es für mich keine Rolle mehr, ob ich dazugehörte oder nicht.

Inzwischen legte Inger mein Geld gut an, kaufte eine Zweizimmer-Wohnung für mich in Helsinki und ein »Mökki«, ein hölzernes Sommerhaus, auf der Insel Seurasaari – in einer wunderbaren Lage in der gleichnamigen Bucht. Ein Notverkauf. Der Besitzer hatte sein Geld mit Spekulation gemacht und in ein paar Monaten wieder verloren. Das Haus, im Stil der Jahrhundertwende erbaut, war größer als üblich, mit Stromanschluss und Wasserversorgung, Sauna, Kaminofen und eigenem Bootssteg. Meine Mutter hatte Geld – zwei Jahresgagen von mir – und griff sofort zu. Das Haus lief auf meinen Namen. Für später, meinte Inger. Man weiß ja nicht, wie es weitergeht.

Wie Recht sie hatte, erwies sich ein Jahr später, als ich beim Radfahren auf dem Glatteis ausrutschte. Ich fiel aufs Gesicht und schlug mir die Oberlippe auf. Die Wunde musste genäht werden. Zurück blieb eine Narbe, ein waagerechter roter Strich, der sich nicht wegschminken ließ.

Eine Narbe an der Oberlippe – eine Struktur mehr in meinem Gesicht. Aber mit den Shootingterminen war es aus. Mein Gesicht verschwand von den Titelbildern der Illustrierten. Und keiner fragte, was aus mir geworden war.

In meine Wohnung konnte ich nicht, die war vermietet. Und Seurasaari lag unter Eis und Schnee. Folglich wohnte ich wieder bei den Eltern, wachte eines Morgens in meinem Mädchenzimmer mit blau-

weißer Blümchentapete an den Wänden auf und hatte das Gefühl,
sechs Jahre lang nur geträumt zu haben. Ich wandte den Blick Henriks Bild auf der Kommode zu und versuchte mich auf ihn zu konzentrieren. Das Bild wurde von der blassen Wintersonne direkt beleuchtet. Henrik sah mich an und schien zu blinzeln. Der Umriss
seines Gesichtes, die weich gezogene Linie, die unter dem Haar begann, sich voller Anmut zum Kinn rundete, dieser leise Ablauf nur,
zeigte mir deutlich und bewegend, dass er existiert hatte und auf un-
begreifliche Weise ein Stück von mir war. Nach ein paar Atemzügen
hob ich die Schultern, ein bisschen ratlos, ein bisschen trotzig, und
ließ die Arme wieder sinken. Laut sprach ich zu ihm, wie ich das
manchmal tat.

»Und was nun?«

Henrik antwortete, wenn es ihm passte. Diesmal lächelte er in
seiner herablassenden Art. »Du bist ein albernes Ding«, schien er zu
sagen. Und das war alles.

»Tu nicht so«, sagte ich, »du bist jünger als ich.«

Henrik wusste genau, wie dreckig es mir ging. Doch das kümmerte ihn wenig. Er zeigte sein verdammt verführerisches Lächeln
und blieb stumm. Die Antwort kam etwas später, von Inger.

»Jetzt holst du zuerst mal dein Abitur nach.«

2. Kapitel

Also ging ich wieder zur Schule. Inzwischen hatte ich die Welt
gesehen, meine Mitschüler kamen mir kleinkariert und unwis-
send vor. Irgendwie genierte ich mich zu sagen, wer ich war; mein
ungeschminktes Gesicht sah ja so anders aus. Immerhin hatte ich
von Inger eine große Beharrlichkeit geerbt und schaffte das Abitur
ohne besondere Mühe. Danach folgte eine Zeit, in der ich mich trei-
ben ließ. Ich hatte einen Freund, Arno, mit dem ich nach Seurasaari

fuhr. Zuerst mit dem Wagen, dann mit der Fähre. Arno hatte sein Ingenieurstudium fallen lassen, spielte Schlagzeug in einer Rockgruppe. Er hatte ein hübsches Gesicht, einen durchtrainierten, glatten Körper. Er konnte sehr fröhlich und witzig sein; ich glaubte, dass ich ihn liebte. Doch er trank – auch sein Vater war Trinker gewesen. Ich leistete ihm dabei wenig Gesellschaft. Meine Erfahrungen hatte ich längst gemacht. Alkohol vertrug ich nur in kleinen Mengen, und von Drogen hielt ich mich fern. Immerhin wurde es ein turbulenter Sommer. Arno brachte seine Kumpels nach Seurasaari, und die Kumpels brachten ihre Freundinnen mit. Die Musik war so laut, dass ich mein eigenes Wort nicht verstand. Die Kumpels betranken sich auf meine Kosten, machten gelegentlich Stunk, und die Mädchen kreischten. Die Kumpels kotzten im Badezimmer oder auch im Garten. Ich verlor die Geduld, denn Ordnung war mir wichtig. Jede Sache an ihren Platz, jede Vase da, wo sie hingehörte. Klamauk beunruhigte mich. Arno verstand das nicht. Bierbüchsen lagen herum, Kleidungsstücke waren achtlos hingeworfen. Arno lachte mich aus, wenn ich seine zusammengeknüllten Pullis faltete, seine T-Shirts mit der Hand wusch und bügelte. Er lachte mich aus, wenn ich wütend wurde, weil er meine schön polierten Holzböden mit Schuhen betrat. Das Trinken machte ihm einfach Spaß: »Mal so richtig abtauchen tut gut.« Arno verlor sich selbst dabei. Ein neuer Mensch kam zum Vorschein, aufbrausend, gewalttätig. Er riss mir die Kleider von Leib, schlug mich, forderte Analverkehr und verschiedene Perversionen. Einmal schlug er meinen Kopf gegen die Wand, bis ich bewusstlos wurde. Ich hatte Nasenbluten, ein blaues Auge und eine Gehirnerschütterung. Arno bat mich weinend um Verzeihung. Es sollte nicht wieder vorkommen, er schämte sich sehr. Aber ich ließ mich nicht umgarnen. Ich würde nie wissen, woran ich mit ihm war, jetzt nicht und niemals. Mein Instinkt sprach eine deutliche Sprache: »Gefahr!« Arno warf schmollend seine Sachen in den Rucksack und ging. Ich hasste es, wie sich die Tränen in meinen Augen anfühlten, auf meinem Kinn und meiner Hand. Weinend legte ich mich aufs Bett, rollte mich zusammen und schlief ein. Beim Aufwachen streckte ich die Hand aus, berührte die andere Hälfte meines Bettes, wo niemand mehr lag. Ich weinte noch ein paar Mal, während ich das Bett frisch überzog, den Staubsauger laufen ließ und das Haus pingelig aufräumte. Dann zog ich die Läden vor die Fenster, schaltete alle Lichter aus und verschloss sorgfältig die Tür hinter mir. Ich nahm die Fähre nach Helsinki. Es war noch Sommer, aber ich schmeckte schon Kühle in der Meeresluft. Meine Augen waren schwer und brannten, aber der frische Wind tat gut. Im Moment ging bei mir alles drunter und drüber, aber bei Inger fand ich wenig Mitleid.

»Du bist dreiundzwanzig und machst dich kaputt«, sagte sie mit einem Ton des Vorwurfs gegen diese Tochter, die so anders war. »Den Job, den du hattest, man sieht es ja, der war doch nicht gesund.«

Sie glaubte, dass ich meiner Zeit als Model nachtrauerte, und sie irrte sich. Irrte sich so weit, wie es einen Unterschied zwischen echtem Herzeleid und diffusem Kummer macht. Ja, ich hatte die Welt gesehen, aber kaum etwas verstanden. Alles, was ich fühlte und zu wissen glaubte, blieb schwebend und ungewiss. Was war es denn nun in Wirklichkeit?

»Such dir etwas, was dir wichtig ist, es gibt tausend Möglichkeiten«, hatte Inger an diesem Morgen leicht gereizt zu mir gesagt, bevor sie zu ihrem Büro fuhr, wo sie ihre Abteilung mit fester Hand leitete und niemals ein Risiko einging. Nicht einmal in ihrer Kleidung, dachte ich. Sie trug einen Hosenanzug und darüber einen eleganten Umhang, und doch lag etwas in ihrem Wesen, das nicht passte, und deshalb wirkte ihre Erscheinung so übertrieben steif. Bei gesellschaftlichen Anlässen war sie stets nervös und unsicher. Nie fühlte sie sich vollkommen behaglich, ohne jede Peinlichkeit. Ihre Vergangenheit konnte sie nicht abschütteln.

Sie ging also, und zurück blieben ungemachte Betten und schmutziges Frühstücksgeschirr. Mein Vater trank ruhig seinen Kaffee aus und rauchte seine erste Zigarette, bevor er mir half, Teller und Tassen in die Küche zu bringen.

»Nimm dir Zeit«, sagte er gütig. »Es eilt doch nicht.«

Doch, es eilte. Ich hatte zu viele Jahre verloren. Ich musste mein Leben neu erfinden.

Schon als kleines Mädchen malte ich mit Wasserfarben, hing die kindlichen Bilder an die Wand, alle akkurat im gleichen Abstand. Meine Blumen und Bäume und Tiere zeigten, wie der Schulpsychologe einst feststellte, einen ausgeprägten Sinn für Harmonie. Malen, gab es etwas Wunderbareres? Etwas sehen, es auf Papier wiederzugeben, um es immer wieder zu betrachten, das war es, was mich faszinierte. Ich entsann mich wieder jener Zeit, als ich aus einer kindlichen Begeisterung heraus nur um des Malens willen gemalt hatte. Diese Zeit war wie eine Boje in meiner Erinnerung. Und eines Tages begann ich wieder Aquarelle zu malen. Abstraktionen lagen mir nicht, meine Bilder waren real, zeigten alle Details, fast mikroskopisch genau. Meine Hand war nicht mehr so geübt wie früher, ich hatte auch nichts dazugelernt. Dennoch, in mir spürte ich eine tiefe Überzeugung. Ich hatte eine Begabung, so viel war klar. Es mochte sogar sein, dass sie Geld wert war.

Ich reichte meine Arbeitsmappe an der Hochschule für Gestaltung ein und wurde angenommen. Daneben besuchte ich Galerien und Museen, studierte die verschiedenen Kunstrichtungen, stellte Vergleiche an. Selten hingerissen, immer bewusst, meiner selbst bewusst. Gefällt dir, was du siehst? Spricht es dich an? Könntest du es ebenso gut oder besser machen?

Doch, es muss eine Verbindung zwischen Zufall und Einsicht bestehen, ein Augenblick der Achtsamkeit. Ich erlebte ihn an einem Nachmittag im September, als ich das Museum für angewandte Kunst betrat. Das Gebäude – ein ehemaliges Schulhaus – befand sich nur ein paar Straßen von unserer Wohnung entfernt. Nach der Sommerpause hatte die Zeit der Spezialausstellungen begonnen. Sie waren stets wunderbar in Szene gesetzt, und ich war sehr neugierig. Als Auftakt präsentierte eine Modedesignerin, die gerade den finnischen Nationalpreis erhalten hatte, ihre Kreationen. Ritva Salonens Mäntel, Kleider und Jacken wurden an einfachen Holzpuppen gezeigt. Mode in schlichter, erlesener Form, von perfekter Eleganz und gleichzeitig so logisch und schnörkellos, dass man sie nicht nur eine Saison, sondern jahrelang tragen konnte. Eine Mode, die dem Wort Mode eigentlich widersprach, weil sie in ihrer Aussage so zeitlos war. Als Model hatte ich von Stoffen eine Ahnung bekommen; entzückt betrachtete ich die robuste Rohseide, die mit jedem Waschen weicher und anschmiegsamer wurde, die elastischen Mikrofasern, die sich der Körpertemperatur anpassten und für jedes Wetter geeignet waren. Und die Farben! Purpur, Saphirblau, ein tiefes Orange, ein Grau, das fast lila schimmerte, ein wundervolles Zitronengelb. Farben, die das Wechselspiel der Falten und des eingefangenen Lichtes aufglänzen ließen. Dunkle, warme Farben, die niemals aufdringlich wirkten, die sich je nach Accessoires auf dem Wochenmarkt ebenso wie im Theatersaal tragen ließen.

Ich stand vor diesen Kleidern mit einem merkwürdigen Gefühl im Bauch. Sie waren auf ganz besondere Art Kunstwerke. Sich zu kleiden und zu schmücken ist für die Menschen ein ebenso starkes und ursprüngliches Bedürfnis wie Essen und Trinken. Was letztendlich daraus entsteht, mag kommerziell ausgewertet werden. Entspricht es jedoch einer Vision, ist es von Dauer, und wir sind bezaubert.

Finninnen sind geschickt im Umgang mit Nadel, Faden und Nähmaschine. Selten findet man in einem anderen Land so viele Stoffgeschäfte wie bei uns. Die Frauen lieben individuelle Kleidung; Zuschneiden und Nähen ist sogar Schulmädchen vertraut, auch wenn sie zumeist in Jeans und T-Shirt herumlaufen. In meinem Schrank hingen einige schöne Stücke. Als Model wurden uns oft Kleider überlassen; solche beispielsweise, die eine leichte Beschädigung hatten. Kreationen, die uns besonders gut standen, konnten wir gelegentlich zu einem Billigpreis haben, damit wir auch privat das Aushängeschild der Modeschöpfer blieben.

Aber ich besaß dazu noch etwas anderes: Ich besaß Lailas Nähetui, ein schweres, silbernes Kästchen, mit eingravierten Zopfbandornamenten, eine wunderschöne, antike Arbeit. Es enthielt eine kleine Schere, einen Behälter für die Seidenzwirne und verschiedene Nadeln, die ebenso für die Stickerei mit feinen Metalldrähtchen wie für das Zusammennähen von Pelzen oder Rentierhäuten zu gebrauchen waren. Die samischen Frauen tragen diesen kostbaren Gegenstand an einer Kette um den Hals. Er vererbt sich von der Mutter auf die Tochter – oder, wie bei mir –, von der Großmutter auf die Enkelin. Ich war sehr bewegt gewesen, als Laila mir das Etui gab.

»Aber warum denn, Großmutter? Du brauchst es doch noch!«

Sie hatte in ihrer brummigen Art den Kopf geschüttelt.

»Nein, jetzt nicht mehr. Ich bin alt, und meine Augen werden schlecht.«

Und später, nach Henriks Tod, hatte sie mir noch ein zweites Geschenk gemacht. Aber das war eine Sache zwischen Laila und mir, und sie hing mit Henrik zusammen. Inger hatte ich nichts davon erzählt. Es hätte sie nur beunruhigt.

Und nun, während ich Ritva Salonens Kreationen betrachtete, spürte ich meine Erregung wachsen. Solche Dinge zu machen, wie schön! Kleider zu entwerfen, die andere kauften, die ich auf der Straße wiedererkannte. Mir zu sagen, diese Jacke, dieser Mantel, die stammen von dir, was musste das für ein Gefühl sein? Doch wie fing man damit an? Ich fühlte mich ratlos und verwirrt. Aber dieser Ratlosigkeit wollte ich nicht ausweichen; jeder Beruf beginnt schließlich so. Also kaufte ich mir einen Zeichenblock, verschiedene Buntstifte, und machte mich an die Arbeit. Sinn für Proportionen und Perspektive hatte ich immer gehabt. Ich zeichnete, strich wieder durch, versuchte meine Vorstellungen aufs Papier zu bringen. Die Zeit verging, nichts klappte. In einem Augenblick besonders gedrückter Stimmung hörte ich ein Musikstück im Radio. Es war, ich erinnere mich ganz genau, »De l'aube à midi sur la mer« von Debussy. Irgendwie ließ ich mich von der Musik tragen, und plötzlich konnte ich besser zeichnen. Das geschah ganz unwillkürlich, und ich vergaß alles um mich herum. Eine halbe Stunde lang zeichnete ich ganz versunken und ohne zu wissen, was und warum ich das tat. Und als ich endlich vom Zeichenblock aufblickte, wurde mir klar, dass ich nichts anderes als Ritva-Salonen-Modelle gezeichnet hatte, die Kleidungsstücke, die sich noch so klar in meiner Erinnerung zeigten. Ich erschrak über mich selbst, kam mir vor wie ein Baby, das im Imitationsreflex die ersten Worte lallt, die seine Eltern ihm vorsagen. Wütend zerknüllte ich die Skizzen, warf sie in den Papierkorb. Wie dumm und naiv von mir, zu denken, ich könnte etwas Eigenes zutage fördern, eine kreative Arbeit ohne Vorbereitung sozusagen, was für eine Überheblichkeit! Ich hob die Augen, wie so oft, zu Henriks Bild. »Zu schade«, seufzte ich, »zu schade! Ich dachte wirklich, ich könne es schaffen. Ich bin wahrscheinlich nicht begabt.«

Henrik geruhte zu antworten. In seinem Blick glitzerte sogar eine gewisse spöttische Frechheit.

»Spielt das eine Rolle?«

»Wahrscheinlich nicht. Glaube ich wenigstens.«

Henriks Geige war nicht verstummt; der Klang hing in der Luft, als ob ihn mein Denken immer wieder neu hervorbrachte. Jedes Molekül wartete auf die Musik. Früher hatte er dann und wann sein Instrument als Trommel benutzt, indem er mit den Fingern auf den Resonanzboden klopfte. Das tat er auch jetzt, zumindest war es mir so, wobei es vielleicht nur mein unruhig pochendes Herz war.

»Mach dir keine Gedanken«, sagte Henrik. »Du wirst es schon rauskriegen.«

Und es bestand kein Zweifel, manche Dinge wusste er besser als ich. Und nicht nur das, er gab mir Mut. Ich war fest entschlossen, nicht aufzugeben. Worauf beruhte diese plötzliche, unwiderstehliche Gewissheit? Wo ich mich doch zunehmend hilfloser fühlte? Es war eine Art absurde Tapferkeit, dass ich mich in eine Sache vertiefte, die mir vielleicht nie Befriedigung geben würde. Und doch wollte ich weitermachen, wollte es um jeden Preis, mit einer Ahnung von Dingen, die eintreten würden. Ein Weg lag vor mir, den ich zu gehen hatte, obwohl ich nicht wusste, wohin er führte. Und ich dachte, dass Henrik mal wieder recht hatte, dass ich es früher oder später wohl erkennen würde.

3. Kapitel

In dieser Zeit dachte ich viel an meine Großmutter. Von Laila gab es kein Bild. Sie wollte sich nie fotografieren lassen. Aber das machte nichts. In meiner Erinnerung sah ich eine alte Frau, mit mandelförmigen Augen, die nicht schwarz, sondern dunkelblau waren, wie die von Säuglingen. Ihr runzeliges Gesicht unter dem kurz geschnittenen Haar gab diesen Augen eine ungewöhnliche Beweglichkeit. Laila war kaum zur Schule gegangen und brummte kopfschüttelnd vor sich hin, dass sie alles längst verlernt hätte. Es gab wichtigere Dinge im Leben, meinte sie. Henrik und ich waren natürlich hingerissen. Eine Erwachsene, die unbefangen zugab, dass sie weder lesen noch schreiben konnte und es auch nicht nötig hatte, imponierte uns! Wir freuten uns auf die Sommerferien bei ihr, wir konnten es kaum erwarten. Kinder haben noch denselben Instinkt wie die Urmenschen, sie eignen sich die Umwelt nicht mit ihrem Verstand, sondern mit ihren Sinnen, mit ihrem Fleisch und Blut an. Wir spürten, dass Laila noch etwas von diesem Instinkt besaß, deswegen waren wir so glücklich bei ihr.

Laila war nicht groß, sie wirkte aber so, weil sie drahtig und muskulös war. Ihre Hände waren lang und schmal, die Knöchel traten deutlich hervor. Für gewöhnlich trug sie ausgebeulte Kordhosen und je nach Wetter Gummistiefel oder Sandalen aus gegerbtem Leder. Ihre Fingernägel waren schwarz, ihre T-Shirts immer mit Öl oder Farbe verschmiert. Die Mückenstiche, die uns plagten, spürte sie nicht einmal. Was uns besonders gefiel, war, dass sie Pfeife rauchte und sie beim Reden zwischen die Zähne klemmte wie ein Mann. In Helsinki, wo sie uns dann und wann besuchte, trug sie geschmacklose Kleider aus dem Warenhaus, klobige Schuhe und Strumpfhosen, die gelegentlich Laufmaschen zeigten. Als einzige Koketterie knotete sie ein buntes Tuch in ihr schiefergraues Haar, was – zu Ingers Verzweiflung – ihr ländliches Aussehen noch betonte. Sie schämte sich, mit Laila in dieser Aufmachung von den Nachbarn gesehen zu werden, kaufte ihr solide, aber teure Schuhe, eine modische Handtasche, gelegentlich eine Jacke, die nach »was Besserem« aussah. Laila bedankte sich freundlich und trug die Sachen mit Gleichgültigkeit. Kleider waren ihr schnurzegal. Oder doch nicht? Ich entsann mich an ihre Festtracht aus handgewebtem Wollstoff, mit breiten Borten in kräftigen Farben. Sie trug dazu einen Fransenschal aus Seidengarn, und darüber den aufwändigsten Silberschmuck, den ich je gesehen hatte. Prachtvolle Spangen, schwere Ketten und tellergroße Broschen aus Filigran, die in der Sonne blendeten und blitzten. Der Schmuck war alt, Laila hatte ihn von der Großmutter. Auch an ihrem Gürtel hingen Silberplättchen, wunderschön in Form von Glöckchen gearbeitet, die bei jeder Bewegung klingelten. Eine reich bestickte Haube vervollständigte die Tracht. Ich habe noch Lailas Bild vor Augen, wie sie ihren »Akja«, den von Rentieren gezogenen Schlitten, peitschenschwingend durch den hohen Schnee jagte. Zwar hatte der Schneescooter längst den urtümlichen Schlitten ersetzt, der nur bei Feierlichkeiten hervorgeholt wurde. Und doch, wie selbstbewusst und stolz vermochte Laila ihr Gespann zu lenken, mit wie viel Kraft hielt sie die Zügel! In jüngeren Jahren hatte sie furchtlos den »Porokämpää« betreten, den großen Pferch, in dem die Besitzer ihre Tiere mit einem Seil einfingen und von der Herde trennten. Die Eigentümer erkannten ihr Tier an einer kleinen Ohrkerbe, die sie bei dieser Gelegenheit anbrachten. Das erforderte viel Kraft. Die jungen Tiere rasten im Pferch herum, stießen mit den Hörnern, schlugen aus, verdrehten die Augen. Laila nahm den Kampf mit ihnen auf, nicht brutal oder verkrampft, sondern locker, fast schwerelos auf die Bewegung der Tiere konzentriert – so wie die Spinne ihren Faden webt.

In ihrer Jugend war Laila sehr schön gewesen. Ihr Haar war blauschwarz, eine Seltenheit bei den Samen, ihr Gesicht wunderbar voll. »Wie die Sonne im Frühnebel«, schwärmte mein Großvater noch mit siebzig, was Laila, in Verlegenheit gebracht, mit Entschiedenheit bestritt.

»Da, sieh mich doch an, Alter. Wie ein vertrockneter Hering wäre passender!«

Ihr Leben hatte eine traurige Wende genommen, als die Deutschen im Zweiten Weltkrieg Lappland besetzten und jedes Dorf, jedes Zelt systematisch zerstörten. Zum Glück konnte sich die Familie mit ihren Rentieren rechtzeitig in Sicherheit bringen. Die Samen waren Jäger und Fallensteller, für Kriege hatten sie nichts übrig. Wurde ihnen der Boden zu heiß, ergriffen sie die Flucht, wobei es ihnen gleich war, ob sie Häuser und Felder dem Feind überließen; das Wichtigste für sie waren ihre Rentiere. »Das Rentier ist das Kostbarste, was wir haben«, hatte uns Laila oft und mit Nachdruck erklärt. »Sein Fleisch liefert uns Nahrung, sein Fell und seine Haut wärmen uns, aus den Sehnen machten unsere Ahnen Fäden, aus den Knochen Werkzeuge, und aus dem Knochenmark Fett. Seine Hörner erneuern sich wie der Lebensbaum, der niemals verdorrt. Es gibt im Rentier nichts, was nicht für den Menschen verwendbar wäre. Das Rentier ist ein heiliges Tier. Wir schulden ihm großen Dank. Ihm zu Ehren gibt es ein Lied. Wir singen es zu Frühlingsbeginn:

›Wir rufen die Kinder, ihr Kinder wacht auf!
Wir sagen euch: Die Tiere sind wach!
Sie treten aus ihrem Winterschlaf.
Das Rentier führt sie aus dem Dunkel, der Sonne entgegen.
Der Frühling kommt!
Unsere Herzen freuen sich!‹

Laila wusste alles über das Rentier. Zum Beispiel auch, dass es stets seine Hinterhufe in die Spur seiner Vorderhufe setzt. »Das hat eine Bedeutung«, sagte Laila. »Das Rentier lehrt uns, den Spuren der Ahnen zu folgen, sie nicht zu verlassen. Und früher, ganz früher, nähten wir unsere Verstorbenen in Rentierhäute ein, und der Geist des Tieres geleitete die Verstorbenen in die oberen Weidegründe.«

»Wo liegen die oberen Weidegründe?«

Das hatte Henrik damals wissen wollen, und Laila hatte sich gewundert.

»Weißt du das denn nicht, Junge?«

Nein, er wusste es nicht. Laila hatte unzufrieden vor sich hin gebrummt. Ach, Inger sei wahrhaftig eine wenig umsichtige Mutter! Sie musste ihren Kindern doch erzählt haben, dass außerhalb dieser

Welt eine zweite Welt bestand, eine Welt mit Flüssen, Wäldern und Meeren, die vier Jahreszeiten hatte wie die unsrige, ein Spiegelbild sozusagen. Es war die reine und gute Welt der Anfänge. Von dort aus konnten die Verstorbenen ihre frühere Welt genau sehen und hören. Aber keiner sehnte sich jemals zurück, denn in der Himmelswelt konnten die Tiere sprechen, und es gab weder Krankheit, Elend noch Hungersnot. Nein, nein, diese andere Welt war viel zu perfekt! So war es denn auch noch nie vorgekommen, dass jemand sie freiwillig verließ.

»Die Rentiere wissen noch darum«, sagte Laila. »Wir sehen diese Welt, wenn wir in ihre Augen blicken. Denn aus ihrem Kopf wurde einst das Gewölbe des Himmels erschaffen.«

Die mehr oder weniger improvisierten Sprechgesänge der Samen wurden »Joik« genannt. Sie konnten zwei Minuten oder mehrere Stunden dauern. Und niemand vermochte sie so gut vorzutragen wie Laila. Stets begann sie mit den Worten: »Ich mache jetzt einen Joik«, bevor sie sich im Takt ein wenig vor und zurück wiegte und ihre raue Stimme einen archaisch rhythmischen Tonfall anschlug. Sie begann in einem hohen, dann absteigenden Tonfall, bis ihr Atem verströmt war; dann begann sie wieder und wieder, eintönig, hartnäckig, leise. Geflüsterte Worte, die wie Gebete klangen und es vielleicht auch waren.

»So erzählen es die Väter,

So gaben sie es ihren Kindern weiter,

Damit sie auch ihren Kindern erzählen von der ersten, guten Zeit.«

Sie konnte auch Personen, die sie liebte oder ablehnte, im Gesang beschreiben. Das tat sie dann auf eine derart witzige, treffende Art, dass Henrik und ich Tränen lachten. Aber am meisten gefielen uns ihre Tiergeschichten. Laila wurde nie müde, uns von Wölfen zu erzählen, von Polarfüchsen, von Steinadlern und Singschwänen. Eine besondere Rolle spielte in ihren Erzählungen der Braunbär.

»Der Braunbär ist der Gott des Mondes«, sagte Laila, »weil er im Schnee seinen Winterschlaf hält und im Frühling zum Vorschein kommt.«

»Aber Großmutter, was hat das mit dem Mond zu tun?«, hatte

Henrik gefragt, als er die Geschichte zum ersten Mal hörte. Laila hatte in einem Lächeln ihre starken, weißen Zähne entblößt.

»Denk doch nach, Kind! Wer fördert das Wachstum der Pflanzen? Und wer bewirkt die Blutungen der Frau, wenn nicht der Mond?« Ingers Moralempfinden gab ihr mehrmals Anlass, Laila Vorwürfe zu machen. Wir seien noch zu klein, meinte sie, um das zu hören. In solchen Dingen setzte sie eine Art Normalmaß voraus, eine lieblose, freudlose Aufklärung. Bei Laila gab es dergleichen nicht. Sie sprach von alldem ganz unbefangen.

»Lange bevor es die Menschen gab, wurde der Bär vom Mond erschaffen. Wir nennen ihn aber niemals Bär, das würde ihm nicht gefallen. Wir geben ihm ehrenvolle Namen: ›Der Weise‹ oder der ›Meister der Wälder‹. Am liebsten hat er, wenn wir ihn Großvater oder Großmutter nennen. In alten Zeiten, wenn das Volk der Samen zusammentraf und Rat hielt, wurden alle Beschlüsse mit der Hand auf einem Bärenschädel besiegelt. Das Sternbild des Bären nennen wir das Große Schiff, oder den Großen Wagen. Eigentlich ist das Sternbild das weibliche Zeichen der Weisheit. Aber im Wald müssen Frauen und Mädchen sehr vorsichtig sein, dass ihre Füße niemals die Fährte eines Bären kreuzen.«

Ach, was war denn dabei, dass ich das nicht durfte?

Sie hatte mir bedeutungsvoll zugenickt.

»Wir Frauen sind mächtige Wesen. Sehr mächtig. Aber unsere Kraft ist mit der Bärenkraft unvereinbar. Sie würde uns und unserer Familie Unglück bringen. Früher waren wir gute Jägerinnen, oh, ja, und ich war eine der Besten! Aber mit einem Bären konnte ich es nicht aufnehmen. Der Geist des Tieres hätte sich an meinen Kindern gerächt. Das wussten alle Männer. Und wenn sie einen Bären erlegt hatten, mussten sich die Frauen im Dorf verstecken.«

Henrik machte große Augen.

»Warum hatten sie denn solche Angst?«

»Weil die Jäger unrein waren, verstehst du? Sie hatten ein Tier getötet, das etwas Menschliches in sich hatte, einen Vorfahren. Sie suchten zuerst die Schwitzhütte auf, reinigten ihren Körper mit

Wacholderdampf und sprachen besondere Gebete. Dann erst konnten sie zurück zu ihren Frauen gehen.«

Ach, warum schossen sie denn die Bären tot? Wenn das so eine schlimme Sache war, sollten sie doch damit aufhören!

Nomaden vom Nordkap sind nüchterne Realisten; Lailas Antwort fiel dementsprechend aus, mit jenem Hauch von Humor, der ihr eigen war.

»Der Bär gab Fleisch für viele Menschen, versteht ihr? Die Natur hat es so eingerichtet, dass wir Fleisch essen müssen, um im Winter zu überleben. Und der Bär, der unseren Jägern nicht entkommen konnte, nun, das war eben kein sehr schlauer Bär!« Jedes Jahr, noch als alte Frau, zog Laila mit ihrer Herde zu den Sommerweiden. Ich erinnerte mich an den Kreis der »Lavvo«, der großen Stangenzelte, den die Herde nachts mit seltsamen Geräuschen umschloss. Die Zelte aus Rentierhäuten waren so fest gebaut, dass sie Stürmen widerstanden. In der Mitte befand sich die Feuerstelle; darüber hing ein Kessel an einer großen Eisenstange. In diesem Kessel wurden sowohl der traditionelle Kaffee als auch Fleisch und Fisch zubereitet. Trotzdem war drinnen die Luft nie verraucht, weil am Zeltfirst eine Öffnung angebracht war, aus der der Rauch entwich. Und gleichzeitig verhinderte der Luftzug, dass Kälte, Regen und Schnee in das Zelt drangen, wo die Bewohner, in Felle und Decken gewickelt, auch schliefen. Im Zelt war nur das Nötigste vorhanden, aber Laila schleppte stets ihre alte Nähmaschine mit sich auf die Reise. Für uns Kinder brachte das Leben im Zelt jede Menge Aufregungen und Entdeckungen. Dann und wann fuhren wir mit Lailas Paddelboot auf den See Pyhäjärvi. An gewissen Stellen legte sie das Paddel vor sich; sie erklärte, während das Boot auf den leichten Wellen auf und nieder schaukelte, dass hier gutes Fischgebiet sei. Henrik saß gerne im Boot, aber von der Angelschnur wollte er nichts wissen. Er hatte ein seltsames Mitleid mit den Fischen, die gefangen und sozusagen lebend verzehrt wurden. Ich hingegen zeigte mich beim Auswerfen der Angelschnur aufmerksam und ausgesprochen geschickt.

»Du bist wie Reidar«, sagte Laila zufrieden. »Der Fischfang liegt dir im Blut!«

Ich war sieben, da geschah etwas Eigenartiges: Ich fing einen Fisch, der so groß war, dass ich ihn nur mit Lailas Hilfe aus dem Wasser ziehen konnte. Als der Fisch, wild um sich schlagend, im Boot lag, brach Henrik in lautes Wehklagen aus. »Grässlich ist das«, schrie er immer wieder unter Tränen, »ganz furchtbar grässlich!«

Laila sagte nichts. Aber später im Zelt, während sie den Fisch zubereitete, machte sie seltsame Zeichen über dessen Fleisch, murmelte einige Worte. Erst dann durften wir unsere Teller füllen. Ich hatte großen Hunger und tauchte sofort den Löffel in die Brühe. Doch Henrik, weiß im Gesicht, schüttelte nur stumm und verkrampft den Kopf. Laila nahm ihm sanft den Teller aus der Hand.

»Wenn du keinen Fisch magst, brauchst du ihn auch nicht zu essen.«

Tatsächlich war Henrik nie wohl auf dem Wasser. Der Geruch nach Netzen und Fischen, der Geschmack der brackigen Gischt, von alldem wurde ihm übel, so übel, dass er nur noch im Boot kauern mochte, beide Hände um die hölzerne Reling geklammert. Laila wollte auch nicht mehr, dass er mitkam. Der warnende sechste Sinn war so fein bei ihr wie bei einem Tier. Sie hatte bereits ein Zeichen empfangen.

Mich nannte Laila »Kleines Wiesel«, weil ich – wie sie sagte – wie das kleine Raubtier war, hell und schnell. Laila erzählte, dass man besonders schlauen, furchtlosen Mädchen diesen Namen gab. War ich furchtlos? Ich wusste es nicht, aber ich fühlte mich geschmeichelt. Henrik hingegen nannte sie »Hummelchen«, was ihm zunächst nicht unbedingt gefiel. Bis Laila ihm erklärte, dass die Hummel des Menschen Seele war, weil sie den Hügeln entgegenflog und ihre Nahrung aus Blumen bezog. Und die Blumen, Kinder der Sonnentochter und des Bärenmannes, schöpften ihre Kraft aus der heiligen Erde, in der die Ahnen bis zum Weltende ruhten. Finnisch war eine Sprache, die sie gut beherrschte; gleichwohl zog sie es vor, wenn immer möglich, ihre Gesänge in Samisch vorzutragen. Brocken der samischen Sprache hatten wir uns früh angeeignet, sodass es für uns nicht allzu schwer war, sie zu verstehen. Wir waren in dem Alter, in dem Kinder am empfänglichsten sind.

Es gab so viele Dinge, die Laila vertraut waren, die fließenden Grenzen zwischen der Oberen und der Unteren Welt, dem Sichtbaren und dem Unsichtbaren, dem Heute und dem Einst. Die ausgeprägte Kosmogonie der Samen, vollendet wie die der alten Ägypter, zeigte eine eigene Lebensform, ein geschlossenes Ganzes. Laila erzählte von Jubmel, der die Welt erschuf, indem er mit dem Polarlicht eine Brücke zwischen Himmel und Erde baute. Von den »Stallo« – den »Stahlgekleideten« –, unselige Riesen, die sich manchmal in Menschen verwandelten. Die Stallo konnten sehr grausam sein, aber die schlauen Samen wussten sie stets zu überlisten. Laila erzählte auch von Mondtochter und Sonnentochter, die jagten und fischten und einander seit Ewigkeit listenreich bekämpften, ohne dass eine die andere zu besiegen vermochte. Diese Sage war es, die mir am besten gefiel. Henrik indessen hörte lieber von den Mjandas, den wilden Rentieren, die sich menschliche Frauen nahmen, und von ihren Kindern, den Mjandasgeschöpfen, geheimnisvolle Wesen, die ihre Zauberkräfte zum Wohl guter Menschen einsetzten. Und vom Trollmann Nischergurgje, der schon als ergrauter Mann voller Weisheit aus einer Schneewehe geboren wurde. Er war der erste »Noita« – Schamane – gewesen. Schamanen gäbe es heute nur noch ganz wenige, sagte Laila, und leider verkümmere ihr Können. Sie erzählte uns, wozu die Noiden früher fähig waren. Oh, sie vollbrachten Wunder! Dass Menschen zu Tieren und Tiere zu Menschen werden konnten, faszinierte Henrik ganz besonders. Laila hatte ihm Nischergurgjes Lied beigebracht. Henrik kannte viele Strophen daraus auswendig.

»Dich, Mensch, will ich lehren,
Die Trommelzeichen zu deuten
Und die Gestalt zu wechseln,
Wenn du willst, eine Schlange,
Ein Vogel oder ein Rentier zu werden.«

»Himmel!«, rief Inger, wenn sie ihn mit seiner dünnen Kinderstimme singen hörte. »Wie stellst du dir die Menschen von früher vor? Mit Rentiergeweihen, Flügeln oder Flossen?«

»Flossen, die hätte ich am liebsten«, hatte Henrik mal gesagt. »Ich hab's versucht, aber es geht nicht.«

Inger war aufgefahren.

»Was hast du bloß wieder angestellt?«

»Nichts. Habe nur getaucht, wo es am tiefsten ist.«

»Wo denn, um Himmels willen?«

»Im Schwimmbad.«

»War der Lehrer dabei?«

»Weiß nicht. Wollte bloß probieren, wie das ist, wenn man Flossen hat.«

»Henrik, was machst du in der Bibelstunde? Schläfst du? Gott hat den Menschen nach seinem Angesicht erschaffen, merke dir das!« Inger, entrüstet und voller Abneigung, stieß ihre üblichen Vorwürfe aus. Dieser Aberglaube! War noch kein Fortschritt im Hohen Norden eingekehrt? Die christliche Religion sollte doch wohl, würde man meinen, Einzug bei den Samen gehalten haben. Feierten sie nicht Ostern und Pfingsten und Weihnachten? Ach, sie müsse schon sagen, die Großmutter litt zuweilen an mehr als nur an einer Erkältung des Kopfes! Henrik, durchaus nicht eingeschüchtert, wartete, bis sie mit ihrer Tirade zu Ende war, und stellte dann mit guter Logik die nächste Frage.

»Wie sah Gott denn aus?«

4. Kapitel

Laila war als jüngstes von vier Geschwistern in einer »Lavvo« geboren worden und hatte spät geheiratet. Mein Großvater Reidar stammte wie sie aus einer Familie von Rentierzüchtern. Seine Eltern waren kluge Leute und hatten ihn zur Schule geschickt, zu einer Zeit noch, da Samenkinder nicht selten vom Unterricht fern gehalten wurden. Reidar hatte es bis zur Hochschule geschafft und war Lehrer geworden, ein guter Lehrer, bevor er vor sechs Jahren infolge einer Grippe starb. Laila muss ihn sehr geliebt haben, denn ihr fülliges schwarzes Haar wurde innerhalb von einigen Monaten spärlich und grau.

Außer Inger hatte Laila noch zwei Söhne, Jens und Ivo. Der Tradition zufolge hatte die Familie zunächst bei Lailas Eltern gewohnt, bevor sie nach Kemijärvi, die nördlichste Stadt Finnlands, zog. Wer die Ortschaft besuchte, konnte kaum glauben, dass dort Halbnomaden lebten. Die Häuser aus Kiefernholz, mit robusten Schindeldächern, waren hellgelb oder weiß gestrichen, und die Fenster hatten schöne Gardinen. Vor den meisten Häusern befand sich ein umzäunter, gut gepflegter Garten. Im Haus waren die Böden aus poliertem Holz, und der große, gusseiserne Küchenofen ersetzte die »Arran«, die Feuerstelle im Zelt. Auch die Wasserpumpe war direkt in der Küche angebracht. Alles war peinlich sauber. Wenn Jens und Ivo auf dem Boden Holz schnitzten, erwartete man von ihnen, dass sie die Späne sorgfältig auffegten. Nicht einmal die Hunde durften mit nassen Pfoten die Zimmer betreten.

Seit Reidars Tod lebte Laila einsam in dem Haus, alleine mit ihren Gefährten, den Hirtenhunden. Für ihren Lebensunterhalt war gesorgt, ihre Söhne waren erwachsen, und außerdem hatte sie ja noch ihre Herde. Trotzdem saß sie unermüdlich vor dem Webstuhl, spann und webte die Wolle ihrer Schafe, machte daraus warme Decken, Schals und Kleiderstoffe. Im Sommer hockte sie oft am Straßenrand, wenn die Touristen vorbeifuhren, und bot ihre überschüssigen Weberzeugnisse feil. Stur hielt sie an dieser Gewohnheit fest, die Inger abstoßend fand. Daneben gehörte sie zu den zwanzig gewählten Vertretern des »Sameting« – dem Parlament der Samen, das alle vier Jahre in Nunannen zusammentrat und sich für die Erhaltung ihrer Kultur einsetzte. Laila zeigte dort viel Engagement und war wegen ihrer scharfen Zunge berüchtigt. Diese Mischung aus verschlagener Rentierzüchterin, Straßenverkäuferin und Grande Dame mochte es sein, die Inger so verunsicherte. In ihren Augen konnte man nicht gleichzeitig in heidnischer Steinzeit und im christlichen einundzwanzigsten Jahrhundert leben. Laila brachte das offenbar fertig, und zwar mühelos. Den Söhnen machte die Sache weniger zu schaffen. Beide Brüder sah Inger nur selten. Jens arbeitete auf einem norwegischen Schiffstanker, und Ivo machte im Holzgeschäft sein Geld, worüber Laila zunächst erbost gewesen war. »Du schadest der Erdmutter, indem du ihre Schätze raubst.« Sie versöhnte sich erst wieder mit ihm, als er mit Hella, seiner Freundin, eine Tochter gezeugt hatte. Eine Heirat war bei den Samen unwichtig; jede Geburt hingegen wurde mit Freude gefeiert.

Laila Tenojoki Njurgulati. Ich sah sie vor mir, ebenso deutlich, wie ich auch Henrik sah. Wir gehörten ja zusammen. Ihre Existenz verkörperte die Existenz aller Dinge auf der anderen Seite meines Lebens. In jedem einzelnen der Äonen, die meinen Körper bildeten, waren gleichsam ihr Ich und mein Ich. Die Erbmasse war durch die Eizelle im Leib meiner Mutter an mich weitergegeben worden. Lailas Blut war es, das in meinen Adern pulsierte. Sie war mein tiefer Ursprung, die Materie, aus der ich geschaffen war, der wirkende und fühlende Geist.

Inger ärgerte sich über ihre Mutter, die uns mit ihren Liedern und Märchen betörte. Es war ihr peinlich, von einem solchen Menschen abzustammen. Sie war in diesen Dingen zu keiner Objektivität fähig. Auch heute noch frage ich mich, welche große, innere Angst sie dazu brachte, ihre Herkunft zu verleugnen. Vielleicht suchte sie nur das gute Leben, und das war, glaubte sie, einer samischen Frau einfach nicht zugänglich. »Wie es war, als ich klein war?«, sagte sie zu mir, wenn ich danach fragte. »Ich weiß nicht mehr viel zu erzählen, es ist schon zu lange her. Ich sehe auch keinen Vorteil, wenn ich's täte.« Einen Vorteil zu sehen oder nicht war nach wie vor für sie die Sache, auf die es ankam. Nicht einmal ihre Ehe mit Juhani hatte diese Einstellung ändern können. Und mein Vater, egozentrisch in seiner sanften Art, hatte wenig getan, um sie davon abzubringen. Da Ingers Zwiespalt nicht zu den Dingen gehörte, die ihn interessierten, kümmerte er sich auch nicht darum.

Doch Laila hütete Geheimnisse, die tiefer waren. Die Erinnerung daran füllte allmählich mein Gedächtnis, wo bisher – den Eindruck hatte ich jedenfalls – eher ein Vakuum war. Es war kein durch Anstrengung erworbener Vorgang, sondern etwas Natürliches, wie ein inneres Laubwerk, das wuchs und an Kraft gewann. Lailas Asche unter der Erde, die nie müßig war, sorgte jetzt dafür, dass ich alles im neuen Licht sah. Ingers belehrende, besserwisserische Art glitt an mir ab wie Wasser am Gefieder einer Ente. Sie hatte mir nie geholfen, etwas über mich selbst zu erfahren – etwas darüber, wer ich war. Ich musste es selbst herausfinden. Und so kam es, dass die Vergangenheit, die in Ingers Augen eine widerwärtige Angelegenheit war, für mich immer mehr an Bedeutung gewann. Die Bilder waren einfach da und wurden mir noch zugänglicher, während ich sie betrachtete. Es spielte auch keine Rolle, wie oft ich sie früher gesehen hatte, denn erst jetzt kam mit dem Schauen auch das Verständnis. Und im Grunde war es nicht Lailas, sondern einzig und allein meine Geschichte, die zutage trat, schemenhaft und verschwommen zwar, doch für mich immer klarer erkennbar. Die Tagträume verloren sich dann und wann, was ja zu erwarten war, aber mit etwas Übung rief ich sie allzeit zurück. Und irgendwann einmal fragte ich mich, ob es nicht ausgerechnet dieser verborgene, zutiefst ergreifende Kern war, der bei Inger eine derart heftige Ablehnung auslöste.

Bei Lailas Tod war es Inger, die ihren Schmuck erbte. Das hochwertige Geschmeide bekam immer die Tochter, das war bei den Samen so üblich. Aber auch Männer trugen Schmuckstücke, vorwiegend Gürtelschnallen und Spangen. Der Schmuck hatte eine Bedeutung, war eine Sprache für sich. Jedes Stück gab Auskunft über das Vermögen des Besitzers, die Anzahl seiner Rentiere. Zweihundert Rentiere ermöglichten einer Familie zu leben, fünftausend zeugten von Reichtum. Inger hatte mir mal erzählt, dass ihre Familie an die zweitausend Rentiere besaß. Laila war also eine wohlhabende Frau gewesen.

Inger wollte den Schmuck nicht tragen, machte ihn lieber dem Heimatmuseum von Kemijärvi zum Geschenk. »Was soll ich mit dem Klimbim?«, hatte sie mit einem merkwürdigen Trotz in der Stimme gesagt. »Im Museum ist der richtige Platz dafür.« Dass Lailas Schmuck später an mich gehen sollte, zog sie nicht einmal in Betracht. Immer noch bin ich ihr böse deswegen. Ich besaß nur eine Brosche, groß wie meine Handfläche, die mir Laila geschenkt hatte, als ich zehn wurde. Eine seltsame Verbindung von Gedanken bewirkte, dass ich die Brosche eines Tages hervornahm, sie lange und aufmerksam betrachtete. Das filigrane Muster zeigte eine Blume mit vielen Blütenblättern. Vierunddreißig insgesamt, die wie Tautropfen funkelten. »Eigentlich stellt die Brosche die Sonne dar«, hatte Laila damals gesagt. »Aber weil aus ihren Strahlen die Blumen wachsen, verbinden wir beide. Die Sonne ist alles um uns herum. Das weißt du doch, Kind.«

Ich überlegte eine Weile, bevor ich die Brosche sorgfältig abzeichnete und sie dann in eine Stickerei übertrug. Ich führte die Stickerei mit goldgelben Fäden aus. Sie kam auf kräftigen, dunklen Farben besonders schön zur Geltung. Nicht schlecht, dachte ich, aber ich muss noch viel, viel sorgfältiger werden. »Ja, ja«, sagte Henrik, »auf die Sorgfalt kommt es an.«

Ich wunderte mich nicht, seine Stimme zu hören. Ich hatte schon die ganze Zeit bemerkt, dass er aufmerksam zusah.

»Sei nicht so überheblich«, gab ich zurück, »du warst früher ganz schön schludrig.«

»Aber nicht in wichtigen Dingen.«

Ich hob die Stickerei mit beiden Händen, damit er sie besser sehen konnte.

»Das könnte mein Markenzeichen sein. Was sagst du dazu?«

Etwas rieselte durch mich hindurch, eine warme, zärtliche Empfindung.

»Dass du ein richtig schlaues Wiesel bist«, antwortete Henrik.

5. Kapitel

Ich blieb anderthalb Jahre an der Schule für Gestaltung. Es gefiel mir dort sehr. Der Unterricht tat mir gut, festigte ebenso meine Hand wie meine Gefühle. Ich lernte, Maßstab, Form und Symmetrie korrekt zu bestimmen. Theorie, das brauchte ich jetzt. Ich zeichnete meine Skizzen immer wieder, zwölf oder fünfzehnmal, bevor ich mich etwas anderem zuwandte. Ich zeigte große Geduld dabei. Es war wunderbar, unter der Leitung erfahrener Lehrer zu experimentieren, zu spüren, dass Talent noch da war und gefördert werden konnte. Aus etwas Vorhandenem lässt sich etwas machen, mit viel Übung allerdings, wenn nicht gar mit Glück, konnte ich es tatsächlich zu etwas Neuem bringen, zu einer eigenen Sicht der Dinge. Und ich merkte, dass ich, wollte ich meine Begabung und mein handwerkliches Geschick voll nutzen, zunächst das bestätigen musste, was in mir war.

Ich habe von dem Silberschmuck der Samen erzählt, noch nicht von ihren Farben. Die Samen lieben kräftige, warme Farben, deren Bedeutung mir Laila mal erklärt hatte, als sie am Webstuhl saß und mit gelenkigen Händen das Schiffchen bewegte.

»Rot ist eine wichtige Farbe für uns.« Sie zeigte mit dem Kinn auf die Fäden. »Rot ist das Blut, das Leben. Rot ist auch praktisch. Rot gekleidete Menschen erkennt man von weitem im Schnee. Ist jemand in Not, lässt Hilfe nicht auf sich warten. Aber Tiere erkennen kein Rot, hast du das gewusst? Ein Jäger, der Rot trägt, wird, solange er sich geschickt bewegt, vom Tier nicht wahrgenommen.

Und sieh dir mal das Blau an! Blau ist die Farbe des Himmels, der Unendlichkeit. Gelb bedeutet die Sonne, ist aber auch die Farbe der Jugend. Und Weiß die Farbe der Weisheit. Und Schwarz... Oh, Schwarz ist eine ganz besondere Farbe! Sie hat nichts mit dem Tod zu tun, sondern mit der fruchtbaren Erde; in Schwarz ist die Hoffnung auf Helligkeit enthalten, wie in der Nacht das Versprechen auf den Morgen.«

»Und Grün?«, hatte ich damals gefragt.

Ein brummiges Kopfschütteln.

»Grün? Nein, Grün verwenden wir nur für Bänder oder kleine Stickereien. Ich weiß nicht, warum das so ist. Vielleicht, weil das Menschenleben kurz wie der grüne Sommer ist, und ans Sterben denkt keiner mit Freuden.«

Beim Entwerfen meiner ersten Modelle ließ ich mich nicht nur von den Farben leiten, sondern nahm mir die samischen Trachten als

Vorbild. Die Samen leben in einem riesigen Gebiet, von der Kola-halbinsel im Osten bis nach Roros in Mittelnorwegen. Deswegen hatten sich die Trachten sehr unterschiedlich entwickelt. Trotzdem gab es Gemeinsamkeiten: der »Kjortel«, ein Kittel zum Überziehen, mit bunten Bordüren reich geschmückt, diente beiden Geschlechtern. Das Oberteil »Kofte« aus Filz, Wolle oder Tuch zogen die Männer über die Hosen, während es die Frauen als Mantelkleid trugen. Koften, erfuhr ich, gab es in ähnlicher Form schon in der Eiszeit. Sie wurden im Winter mit Pelz gefüttert, während im Sommer die Stoffe leicht und locker gewebt waren. Auch das Schuhwerk aus Fell oder gegerbtem Leder entsprach der Jahreszeit. Dazu trugen die Samen bunte Schals und Fransentücher, Stulpenhandschuhe, Mützen oder Kappen in verschiedener Form.

Ich wollte etwas erschaffen, was vorher noch nicht da war, was schön und richtig war und eine Ordnung und einen Sinn in sich hatte. Ich gab mein Bestes, stand immer noch ganz am Anfang. Der Herbst kam früh, mit Stürmen und grauen Wolken, Anfang Oktober blieb bereits der erste Schnee liegen. Die Sonne streifte nur flüchtig die Fenster, es war eiskalt, und mein Vater inszenierte den »Troubadour«.

Dass er ein Risiko einging, war Juhani klar. Er hatte das Geschehen aus dem mittelalterlichen Spanien in eine undefinierbare Gegenwart verlegt. Graf Luna, der Bösewicht, kam in schwarzem Mantel, Lederhosen und Peitsche auf die Bühne. Sein Widersacher und Zwillingsbruder Manrico trug als Zeichen seines Künstlertums Turnschuhe und Jeans. Leonora, in der Burg eingeschlossen, rauchte aus Überdruss Opium. Die Zigeunerin Asucena erschien als gelähmte Vagabundin, in einem Wägelchen gezogen. Bei den Kritikern fand die Inszenierung ein geteiltes Echo, aber alle drei Vorstellungen waren ausverkauft. Juhani gewann seine Wette. Es ging ihm um weltanschauliche Fragen, und gelegentlich machte es ihm nichts aus, sein Publikum zu schockieren. Er hatte viel Spaß dabei.

Inzwischen war Inger in Malaysia gewesen, wo sie für Stockmann Batikstoffe einkaufte. Als sie wieder zu Hause war, zeigte ich ihr meine Skizzen. Inger zog ihre Stirn, die so gewölbt war wie meine, in Falten.

»Das sieht doch lächerlich aus! Und diese Mützen! Sollen sich die Frauen wie Heinzelmännchen anziehen?«

Sie trug ein neues Hauskleid aus Batik, das ihr gut stand. Ihr kastanienbraunes Haar war kurz geschnitten, wie bei einem Kind. Sie war schön mit ihrem vollen, klaren Gesicht, das sie nur mit Seife und Mandelöl pflegte.

»Zugegeben, einiges ist ganz hübsch. Dieser Männerpullover, zum Beispiel, nicht übel. Stockmann zeigt ähnliche Sachen in der Sportabteilung. Modeschöpferin, ich sage dir, das ist ein harter Beruf. Lass dir lieber etwas anderes einfallen.«

Es missfiel ihr, dass ich meine Zeit mit Dingen vertrödelte, die nichts brachten. Warum nicht bei Stockmann eine Lehre machen? In der Einkaufsabteilung hätte ich gute Chancen.

»Du sprichst Schwedisch und Englisch, etwas Französisch kannst du auch, das ist wichtig. Außerdem kommt dir deine Erfahrung als Model zugute. Wie wär's mit einer Schnupperlehre? Ich könnte das in die Wege leiten...«

Ich sagte, den Blick auf meine Entwürfe gerichtet, dass ich darüber nachdenken wollte. Doch, ich hatte es ernstlich vor. Aber ich hatte auch anderes im Kopf. Aber das sagte ich meiner Mutter nicht. Vor einigen Tagen hatte ich im Internet Ritva Salonens Homepage gefunden. Und noch am gleichen Abend schickte ich ihr eine E-Mail. Ein paar Sätze, wer ich war, was ich zu erreichen versuchte. Ich machte Fotokopien von den Skizzen und ließ sie ihr zukommen. Mehr oder weniger verschwommen trug ich ehrgeizige Wünsche in mir, und die Erwartung außergewöhnlicher Dinge. Im Übrigen blieb ich sachlich und ohne Illusionen. Manchmal hatte ich das Gefühl, ich sei schon sehr, sehr alt. Gab's keine Reaktion, musste ich eben einen anderen Weg suchen.

Die Antwort-Mail traf am nächsten Tag ein und war nur kurz. »Komm vorbei und zeige mal, was du machst. Dienstag um elf, geht das?«

6. Kapitel

In der Nacht vor meinem Treffen mit Ritva kam die Vergangenheit auf Zehenspitzen zurück. Gelegentlich träumte ich von einem Erlebnis, das ich hatte, als ich mit Henrik die Ferien bei Laila im Stangenzelt verbrachte. Obwohl ich nie einen Zusammenhang sah, war der Auslöser für diesen Traum stets eine wichtige Sache, die mir bevorstand.

Wie war es also gewesen? Im Traum entsann ich mich genau. Alles war klar und überdeutlich. Damals befanden wir uns am Ufer des Pyhäjärvi-Sees und hatten Pech mit dem Wetter. Nur Nieselregen und eisiger Wind. Eine schwebende Schicht aus Nebel hing bis zur Grenze der Wälder. Henrik, der alle Krankheiten bekam, die ein Kind überhaupt haben konnte, erkältete sich. Zuerst Schnupfen, dann Fieber, starker Husten, Schmerzen in der Brust. Das Fieber stieg unentwegt, Henriks Körper wurde von Schüttelfrost gebeutelt. Laila war sehr besorgt. Henrik gehörte ins Krankenhaus! Aber alle Wege waren aufgeweicht, die lange Rückreise nach Kemijärvi war dem Kind nicht zuzumuten. Zu allem Überfluss fiel auch das Funkgerät des alten Isak aus, als dieser versuchte, mit dem Krankenhaus Kontakt aufzunehmen, damit sich ein Arzt auf den Weg machte. Inzwischen regnete und regnete es. Henrik glühte und fror, phantasierte oder lag apathisch unter den Decken. Am Abend des neunten Tages sagte Laila, ich sollte jetzt schlafen gehen, schön still sein und nicht erschrecken, was auch immer geschehen mochte. Sie bat mich ganz eindringlich um dieses Versprechen, bevor sie das Zelt verließ. Obwohl in der Mitte ein Feuer brannte, war die Dämmerung feucht und kühl. Im Sommer wandert die Sonne den Horizont entlang, sodass es nie völlig dunkel wird. Ich hörte Henriks röchelnde Atemzüge und das Prasseln der Tropfen an den Zeltwänden. Lange Zeit konnte ich nicht schlafen, fühlte mich ganz kribbelig, wartete auf Laila. Stunden vergingen, wie mir schien, und sie kam nicht. Ich musste eingedöst sein, als sich plötzlich die Zeltklappe hob und eine

Gestalt sich im Flackerlicht des glimmenden Feuers zeigte. Laila! Sie war in der Tracht der Samen gekleidet, trug einen breiten Gürtel mit allem möglichen Zubehör, das leise klirrte, und hielt eine kleine Trommel in der Hand. Sie war eigentlich nichts Geheimnisvolles, diese Trommel. Ich wusste lediglich, dass Laila sie auf Reisen immer dabei hatte. Sie gehörte einfach, wie die alte Nähmaschine, zum Gepäck. Die Trommel war rot bemalt, aber von der Farbe war kaum etwas übrig. Früher hatte man blutroten Saft verwendet, der beim Kauen von Erlenrinde entstand. Sie war mit uralten, längst verblassten Zeichen und Ornamenten versehen. Laila hatte mir einmal erzählt, dass ihre Mutter und davor auch ihre Mutter die Trommel versteckt gehalten hatten.

»Die Herren Pfarrer erklärten, es sei Sünde, eine solche Trommel zu besitzen. Ich schere mich nicht darum, was die Herren Pfarrer sagen oder denken.«

Nun kniete Laila neben dem rasselnd atmenden Henrik nieder, ließ sich geschmeidig auf ihre Fersen zurücksinken und stimmte einen seltsamen Singsang an. Dann steckte sie eine Hand in die Löcher, die als Griff dienten, und begann mit einem kleinen Stock, am oberen Teil gespalten und aus Rentierhorn, die Trommel zu schlagen. Sie machte das auf eigentümlich mechanische Art, wobei sie sich bald bückte, bald aufrichtete, ohne einen Muskel ihres Gesichts zu verziehen. Ihr Schatten, seltsam vergrößert, huschte dabei über die Zeltwände in merkwürdigem, überirdischem Schwarz, als beständen alle Schatten nur noch aus ihrem Schatten. Das Klopfen hörte sich nicht erregend, sondern einschläfernd an, wie ein stetig schlagendes Herz. Obwohl mir die Augen immer wieder zufielen, bemühte ich mich krampfhaft, wach zu bleiben. Nach einer Weile sah ich, wie Laila aus irgendeiner Tasche eine längere Schnur hervorholte, in der sie langsam und sorgfältig vier besonders geformte Knoten anbrachte. Diese Schnur wickelte sie nun dem kleinen Kranken um die Brust. Ich hielt den Atem an, aber auf die Dauer ließ sich das nicht durchhalten, und mein Luftholen war meist von einem ziemlich lauten Japsen begleitet. Obwohl Laila genau wusste, dass ich sie beobachtete, schenkte sie mir keine Beachtung. Sie kochte Wasser in einem kleinen Kessel, bevor sie aus dem Ausschnitt ihres Kleides ein Leinensäckchen zog und öffnete. Es enthielt ein dunkles Pulver, das durchdringend nach vermoderter Rinde roch. Laila schüttete das Pulver ins heiße Wasser, nahm ein Tuch und formte einen Umschlag, den sie auf Henriks entblößte Brust legte. Ihre Hände waren geschickt und sicher. Henrik hob mühevoll den Kopf, verzog sein heißes Gesicht. Seine fieberglänzenden Augen betrachteten die Großmutter, die ihn beruhigend streichelte. Henrik hustete, ließ sich wieder zurückfallen. Sein Husten kam tief aus seiner Brust, und es hörte sich an, als ob ein alter Mann hustete. Abermals begann Laila zu singen, schlug die Trommel mit der gleichen wippenden Bewegung. Nach einer gewissen Zeit beugte sie sich über Henrik, löste mit leichten Fingern den ersten, dann den zweiten Knoten. Ihre Stimme sank und stieg, stieg und sank; ich hatte das Gefühl, dass die Trommel in meiner Brust klopfte. Mein Schlafbedürfnis wuchs, doch ich hielt gewaltsam die Augen offen und sah, wie Laila behutsam auch den dritten Knoten löste. Doch der Duft der Kräuter verwirrte mich, seltsame Farben und Formen schwebten in meinem Kopf herum; undefinierbare Geräusche machten mich schläfrig. Bald lösten sich die kreisenden Gedanken auf, meine Glieder fühlten sich warm und schwer an. Ich schlief ein.

Was mir zuerst auffiel, als ich erwachte, war die Stille. Ohne die Augen zu öffnen, wusste ich, dass der Regen nachgelassen hatte. Ich blinzelte zur oberen Öffnung empor; zwischen den Stangen leuchtete blassgrüner Himmel. Wenn die Sonne scheint, schimmern die Zeltwände golden, wie alte Lampenschirme bei eingeschaltetem Licht. Schlaftrunken richtete ich mich auf, sah Laila wie zuvor an Henriks Lager knien. Sie hielt noch immer die Schnur in den Händen. Ihr gutes, runzeliges Gesicht wirkte blass und müde. Während ich die Decke mit den Füßen wegschob, drehte sie sich mit langsamem Zunicken nach mir um. Das Redeverbot war aufgehoben.

»Wie geht es ihm?«, rief ich aufgeregt.

Sie legte einen Finger auf die Lippen.

»Nicht so laut, Kind! Du musst ihn jetzt schlafen lassen. Wenn er aufwacht, wird er großen Durst und Hunger haben.«

Ich kroch zu Henrik hinüber. Er lag mit dem Gesicht zur Zeltwand. Außer seinem dunklen Schopf, der unter der Decke hervorragte, war nichts von ihm zu erkennen. Kein Röcheln mehr, kein Husten. Er atmete gleichmäßig und leicht.

»Hast du ihn wieder gesund gemacht?«, flüsterte ich glücklich. Über ihr Kinn lief ein leichtes Beben. Mein Glücksgefühl wich; ich betrachtete sie unsicher, bevor ich beunruhigt fragte: »Großmutter, warum bist du traurig?«

Sie zeigte mir wortlos die Schnur. Ich sah, dass sie in der Mitte gerissen war.

»Hast du zu fest gezogen?«, fragte ich.

Lailas Augen schimmerten im Halbdunkel. Mir kam es vor, als blicke sie nach etwas, das nicht da war. Was sah sie? Wohin gingen ihre Gedanken? Als sie sprach, klang ihre Stimme nahezu tonlos.

»Drei Knoten konnte ich lösen, den vierten nicht.«

Ihr dunkles Gesicht mit den Augen, die aussahen wie zwei Spalten mit undurchsichtigem, blauem Wasser auf dem Grunde, und ihrem fest geschlossenen Mund hatte etwas Befremdendes an sich. Mein kleines Herz war sehr beunruhigt.

»Ist das schlimm?«

Sie sah mich an und sah mich in Wirklichkeit nicht, das war es, was mich so verunsicherte. Irgendwie war ihre Ruhe Furcht erregend. Schließlich antwortete sie mit der halb heiseren, halb sanften, doch auch fast singenden Stimme, die sie hatte, wenn sie uns Geschichten erzählte.

»Die Schnur war dünn und hing in der feuchten Luft. Das mag es wohl sein, aber ich kann über diese Sache nicht hinweggehen, als ob sie nie gewesen wäre. Das Omen berührt nicht die Dinge, die im Dunkeln liegen. Es kündigt sie nur an. Die Folge ist vielleicht, dass Henrik etwas entdecken muss.«

»Was muss er entdecken?«, fragte ich verängstigt.

Ein Seufzer hob ihre Brust.

»Voj, voj, das weiß nur er selbst. Ich kann Henrik nicht vor seinem Schicksal bewahren, ich nicht und keiner, so liebend gern ich es auch möchte. Ich kann dem Knoten auch nicht übel nehmen, dass er

nicht gehalten hat. Aber es ist wohl besser, dass Henrik es nicht erfährt, mir wäre wirklich wohler dabei. Es bleibt also zwischen dir
und mir, ja?«

Mädchen lieben kleine Geheimnisse. Obwohl ich von Laila nichts
Genaueres erfahren konnte, war ich doch stolz auf ihr Vertrauen. Ich
hatte versprochen, mit niemandem über den Vorfall zu reden; und
ich fasste den Entschluss, mich nicht mehr damit zu beschäftigen.
Und da wir Laila nur in den Ferien besuchten, vergaß ich die Begebenheit nach und nach.

7. Kapitel

Seitdem waren die Jahre schnell und unaufhaltsam vergangen, wie
Maschen aus einer Strickarbeit fallen; mir ging es jetzt viel besser als früher. Was gelegentlich blieb, war Melancholie. Aber an diesem Morgen fühlte ich mich im Aufwind einer Zuversicht, von einer
seltsamen Glückszone umschlossen. Vielleicht war es Henrik, der
mir – wie sooft – ein Zeichen sandte.

»Danke«, sagte ich zu ihm. »Es ist doch schließlich eine wichtige
Angelegenheit.«

»Ich gehe mit dir«, sagte Henrik. »Mit deiner Dummheit, meine
ich. Die wandert doch immer unter dem Fußboden herum, mal in
die eine Ecke, mal in die andere…«

»Du bist ein Witzbold.«

»Soll vorkommen«, meinte Henrik in schnoddrigstem Ton. »Und
das mit der Schnur habe ich von Anfang an gewusst.«

Ich wurde ein wenig unruhig.

»Hör auf. Das ist nicht lustig.«

»Doch. Übrigens kann die Sache noch interessant für dich werden«, sagte Henrik, ohne dass ich daraus schlau wurde. Heute Morgen hatte ich anderes im Kopf.

Nach dem Frühstück ordnete ich akkurat meine Arbeitsmappe. Das angefertigte Modell, am Abend zuvor gebügelt, faltete ich sorgfältig und legte es in eine Tragtasche. Als es Zeit war, machte ich mich auf den Weg. Es wurde Frühling. Die Sonne schien, und die Pappeln bewegten ihre silbrigen Zweige im Wind. Ritva Salonens Atelier befand sich in einer Nebenstraße der großen Verkehrsader Mannerheiminaukio. Es war ein eher unscheinbares Haus. In einem kalten, geruchlosen Treppenhaus stieg ich bis zum zweiten Stockwerk eine Anzahl abgewetzter Granitstufen empor. An einer schlichten Tür war ein Klingelknopf angebracht. »Bitte läuten und eintreten« stand auf einem Schild. Ich holte ein paar Mal tief Luft und folgte der Aufforderung. Die schwere Tür ging knarrend auf. In der Zimmerflucht, die ich jetzt betrat, war alles, der Holzboden inbegriffen, weiß gestrichen. Nur der wuchtige Kamin aus Speckstein ragte dunkel gesprenkelt hervor. Licht fiel durch die hohen Fenster, und überall an den Wänden waren Entwürfe angeheftet. Zwei Frauen und ein junger Mann, die vor ihren Nähmaschinen saßen, hoben kurz den Kopf zum Gruß. Stoffballen in den wundervollen Edelsteinfarben, die mir so gefielen, stapelten sich auf großen Tischen. Es herrschte eine seltsame Stimmung, sehr jugendlich, sehr fröhlich und geschäftig. Eine Frau, etwas abseits, blickte von ihrem Computerschirm auf und nickte mir kurz zu. Sie war dabei, die Kurven und Linien einer Schnittführung zu gestalten. Ich grüßte befangen. Nach einigen Minuten schaltete die Frau ihr Programm aus und kam mir entgegen. Ich hatte bisher kein Bild von Ritva Salonen gesehen und mich oft gefragt, wie sie wohl aussehen würde. Sie trug ein schlichtes graues Kleid, darunter gleichfarbige Leggings; ihre Füße steckten in schwarzen Stoffschuhen. Sie hatte ein längliches, vollkommen ovales Gesicht; ein Gesicht, das auf besondere Art nicht zeitgemäß war. Wie in einem mittelalterlichen Gemälde, kam mir in den Sinn. Ihr Haar, fein und blond, ringelte sich in Locken bis zu den schmalen, etwas hängenden Schultern. Sie hatte etwas Feenhaftes, Gleitendes an sich und betonte das auch sehr bewusst. Ihre Stimme, heiter und klar, passte zu ihrer Erscheinung.

»Schön, dass du gekommen bist. Kaffee?«

Sie wartete meine Antwort nicht ab, sondern ging zur Kaffeemaschine, goss Kaffee in zwei Tassen und stellte die Milchkanne und Zucker auf einen kleinen, runden Tisch. Ein Duft nach Geißblatt und Iris begleitete ihre schwebenden, ein wenig theatralischen Bewegungen. Ich konnte mich nicht satt sehen an ihr.

»Setz dich!«

Sie zog einen Stuhl für mich zurecht, setzte sich mir gegenüber, nahm einen Schluck. Ihre gewölbten Lider blinzelten mir zu.

»Nun?«

Ich sagte, dass ich ihre Ausstellung gesehen hätte, vor zwei Jahren sei das gewesen. Und dass ich den gleichen Beruf ausüben wollte wie sie. Ich erzählte auch, dass ich Model gewesen war, und zeigte ihr einige Titelblätter. Ritva nickte. Doch, sie entsann sich gut. Als ich von dem Radunfall sprach, richtete sie kurz ihren Blick auf meine Unterlippe, während sie ihren Kaffee mit kleinen Schlucken trank. Und weiter erzählte ich, dass ich das Abitur nachgeholt hatte und jetzt die Schule für Gestaltung besuchte. Dass mich meine Mutter jedoch bei Stockmann unterbringen wollte.

Ich wusste nicht, ob Ritva an dem, was ich sagte, wirkliches Interesse hatte, ob sie einfach nur höflich war oder mein Herz vor Aufregung klopfen hörte.

Sie wartete, bis ich ausgeredet hatte, und schnitt dann einen Rosinenkuchen an.

»Man wird dir schon gesagt haben, es ist ein harter Beruf. Und der Erfolg, der ist eigentlich nie von Dauer. Aber wir müssen das machen, was wir am besten können. Lass mal deine Skizzen sehen.« Ich reichte ihr meine Arbeitsmappe. Ich merkte, dass meine Hände zitterten. Du Feigling, schalt ich mich, nimm dich zusammen! Diese Frau war mein Idol. Aber wenn sie es geschafft hatte, warum nicht auch ich?

Inzwischen sah sie meine Arbeiten durch, verweilte hier und da länger auf einer Skizze. Ihr Gesicht war völlig ausdruckslos. Was hatte ich erwartet? Dass sie mich mit Lob überschüttete? Das Schweigen dauerte an. Ich hielt es nicht mehr aus.

»Meine Mutter sagt, dass keine Frau solche Kleider tragen würde.«

49

Sie antwortete kühl.

»Nein, natürlich nicht.«

Ihre Finger deuteten auf einige Entwürfe.

»Der Kragen, hier, ist gut. Aber ohne Bordüre. Das Auge soll sich auf das blaue Futter richten, das Wichtigste an diesem Mantel, und nicht abgelenkt werden durch Firlefanz. Leuchtendes Rot muss sparsam eingesetzt werden. Oder in Totallook, für besondere Anlässe. Besser ist rubinrot, oder purpur. Eigentlich sollte sich Outdoormode auf unauffällige Farben beschränken. Die richtigen Akzente setzen die Accessoires. Übrigens zeichnest du sehr schön. Schade, dass das heute der Computer macht.«

Ich saß steif da, durchdrungen von dem Entschluss, der brutalen Wahrheit nicht auszuweichen. Der Kaffee schmeckte plötzlich schal. Unterdessen sprach Ritva weiter.

»Die Stickerei als Markenzeichen? Eine gute Idee, eigentlich. Sie müsste allerdings vereinfacht werden. Für die Alltagsmode mit der Maschine ausgeführt, für die Couture-Kollektion mit der Hand. Kannst du nähen?«

Ich holte die selbst genähten Sachen aus der Tragetasche. Eine einzige Jacke nur, und ein Tellerrock dazu. Es waren die Stücke, mit denen ich am zufriedensten war. Ritva besah sich die Arbeit sehr genau, den Kopf zur Seite gesenkt, prüfte den Ärmelschnitt, die Nähte, das Futter. Schließlich nickte sie. »Hübsch!«

Die Frage fiel meiner Zunge schwer, ich stolperte darüber wie ein Schulmädchen. »Denkst du, dass ich begabt bin?«

»Begabt?« Sie dehnte die Silben, als dächte sie nach, während sie an den schimmernden Haaren zog, die ihr über die Finger fielen. »Ja, gewiss. Die Jacke ist interessant. Der Tellerrock auch; in einem Tellerrock können Frauen ausschreiten wie in Hosen. Aber Frauen haben nun mal Hüften.« Sie lachte leicht auf, es hörte sich sehr fröhlich an. »Eigentlich wäre es ein Kleidungsstück für Männer. Auf die Hüften kommt es an, und auf den Po. Ich meinerseits liebe schwingende Röcke. Ich habe einige in der Winterkollektion. Dazu passen aber nur flache Schuhe, keine Highheels, um Gottes willen nicht! Da kommen mir sofort die fünfziger Jahre in den Sinn, du weißt doch, als man die Frauen in Illustrierten mit Kochlöffel zeigte!«

Sie lachte, zeigte Zähne, die etwas schräg standen. Ich starrte sie hingerissen an. Sie schüttelte den Kopf, immer noch lachend. »Nun, jeder Modeschaffende hat seine Ansichten. Ich bin eine Frau, das hat Nachteile.«

»Nachteile?«, fragte ich überrascht.

Sie blinzelte mir vergnügt zu.

»Ja, natürlich. Frauen machen Mode, die sie gerne tragen würden. Männer stecken die Frauen bisweilen in unmögliche Sachen. Aber sie haben eine Vision. Und die Kreativität lebt von Visionen.«

»Du hast gesagt, dass ich begabt bin.«

Sie machte eine Handbewegung, die meinen Stolz verletzte.

»Begabt sind viele. Aber bist du bereit, zweimal im Jahr auf Knopfdruck begabt zu sein? Bist du fähig, abseits der Jahreszeiten zu leben? Im Winter für den Sommer zu arbeiten, im Frühjahr für den Winter? Und stets ein Jahr im Voraus? Hast du eigenes Geld? Benötigst du einen Sponsor? Kannst du tolle Sachen für ein Modehaus entwerfen, das gut zahlt, aber nicht deinem Stil entspricht? Wie steht es mit der Teamarbeit? Kannst du dich anpassen? Hast du einen Businessplan? Ein Atelier? Wo willst du produzieren? Hierzulande oder im Ausland, wo die Löhne niedriger sind, aber die Machart gelegentlich zu wünschen übrig lässt? Das Etikett ›Made in China‹ oder ›Made in Romania‹ kann heikle Kundinnen abschrecken. Natürlich, bei Casual-wear spielt das keine Rolle.«

Ich schüttelte den Kopf.

»Ich interessiere mich nicht für Massenware.«

»Dann brauchst du ein Konzept«, sagte sie. »Ich mache pro Saison nur eine beschränkte Anzahl von Modellen. Farben und Schnittführung wechseln. Die Voraussetzung ist, dass alles, was ich morgen erfinde, zu dem passen muss, was schon bei der Kundin im Kleiderschrank hängt. Und da ich Stoffdrucke nur sehr sparsam einsetze, bleibt viel Spielraum zum Kombinieren.«

Ich lehnte mich in dem altmodischen Stuhl zurück, zählte im Stillen bis fünfzehn und hatte dann genug Mut, um zu fragen: »Könnte ich bei dir eine Lehre machen? Lohn brauchst du mir nicht zu zahlen. Als Model habe ich ziemlich viel Geld verdient. Und später, in ein paar Jahren…«

Sie schüttelte entschieden den Kopf.

»Nein. Ich würde dir keinen guten Dienst erweisen. Und – offen gesagt – ich bin nicht einmal sicher, ob Modedesign das Richtige für dich ist.«

Ritvas Sachlichkeit war durchaus hilfreicher Natur, doch jetzt hätte ich sie am liebsten umgebracht. Ihre Worte verhießen nichts anderes, als dass ich von der Hoffnung, die ich seit Jahren als Lebensinhalt empfand, Abschied nehmen konnte. Die Luft wurde plötzlich schwer, selbst der Kaffee roch unangenehm. »Wozu eigne ich mich denn?«, fragte ich trotzig.

Sie wusste, dass ich beleidigt war, sie wusste es sicherlich, denn sie schenkte mir ein richtig schönes, herzliches Lächeln. »Wir haben Vorstellungen, die manchmal konfus sind, wir suchen nach etwas und finden es nicht. Das muss sein. Aber wir leiden darunter. Bei mir war die Ernüchterung zeitweise so groß, dass ich Tränen vergoss. Von meinen Eltern war keine Hilfe zu erwarten. Mein Vater sitzt im Rollstuhl, musst du wissen. Ein Verkehrsunfall. Ich wurde Verkäuferin in einem Stoffgeschäft, bis ich genug eigenes Geld hatte. Als ich dann am richtigen Ort war, wurde mir klar, was ich im Leben machen wollte. Und von da an kannte ich keine Hindernisse mehr. Verstehst du?«

Noch unglücklich in mir selbst versunken, hörte ich dennoch konzentriert zu.

»Warst du auch an der Schule für Gestaltung?«

Sie nahm lächelnd einen Schluck.

»Nein, ich war in Japan. Ich wurde im Bunka Fashion College in Tokio unterrichtet. In drei Jahren habe ich da wirklich viel gelernt. Auch ganz gut Japanisch, würde ich sagen…«

Ich wunderte mich sehr.

»Ach, warum ausgerechnet Tokio?«

Sie hob die Kanne, goss mir frischen Kaffee ein.

»Nimm endlich ein Stück Kuchen! Ja, warum Tokio und nicht

Paris oder Mailand oder New York? Nun, vielleicht hört es sich seltsam an, aber in Japan fühlte ich mich niemals fremd.«

»Wie kam das?«, fragte ich, zunehmend aufmerksamer.

»Ich habe lange gebraucht, bis ich merkte, warum. Äußerlich gesehen, scheinen unsere Kulturen unvereinbar. Und doch teilen wir eine besondere Art des Fühlens. Wir sehen, würde ich sagen, gemeinsam über die Schulter zurück.«

Ich legte behutsam ein Stück Kuchen auf meinen Teller.

»Der Gedanke wäre mir nie gekommen.«

Sie goss frischen Kaffee ein.

»Es hat auch mit der Mode zu tun. Das Kleid ist ein äußerliches Symbol der Geisteswelt, so viel ist klar. In alten Zeiten schlossen die Japaner ihre Gewänder nur mit Ösen, Gürtel und Knoten. Weißt du eigentlich, dass unsere Schiffsleute früher nie ohne den ›magischen Gürtel‹ auf See gingen, eine Hanfschnur, in die sie drei Knoten knüpften? Lösten sie die Knoten unter Beachtung gewisser Riten, konnten sie, wie es hieß, ›den Wind kaufen‹, sich also das Wetter gefügig machen. Und stell dir vor, die japanischen Fischer an der Küste von Honshu pflegen noch heute – im dritten Jahrtausend – diesen Brauch! Es mochte ein Zufall sein, aber ich wurde neugierig; gab es noch andere Dinge? Es gab viele. So viele, dass mir der Kopf schwirrte. Etwas ganz Hinreißendes hatte mich gepackt. Aus der Entdeckung ließen sich eine Menge Schlüsse ziehen. Bestand zwischen Finnland und Japan eine Verbindung, ein Königsweg? Bald war ich überzeugt davon. Mein ganzes Leben hat sich dadurch verändert...«

Ich spürte ein Zittern in den Händen. Es dauerte ein paar Augenblicke, bis ich wieder bei der Sache war. Verborgene Erinnerungen wehten heran, wie Besucher aus einem anderen Leben. Sonderbare Gedanken, sonderbare Träume. Mein Innerstes erschauderte. Und was Henrik gesagt hatte, traf auch zu.

»Der Kuchen ist gut«, sagte ich geistesabwesend.

»Mmm, ja.« Ritva nickte. »Die Konditorei nebenan macht leckere Sachen.«

Sie schüttelte ein paar Krümel von ihrem Kleid, sprach mit vollem Mund weiter.

»In Japan habe ich auch gelernt, Seide zu lieben. Seide ist ein wundervolles Material, ein Alphabet der Farben. Da, schau nur, wie schön sie ist!«

Sie erhob sich, eine leichte, schwingende Bewegung, führte mich zu den Stoffballen, zeigte mir die Seiden, die grobkörnigen und die hauchzarten, breitete sie in der Luft aus, knitterte sie mit der Handfläche.

»Fühlst du, wie lebendig sich Seide anfühlt? Sieh dir diesen Glanz an, das blütengleiche Leuchten! Es gibt zehntausend, hunderttausend Farben, ja, mehr noch, du kannst sie kombinieren, wie du willst, sie passen immer zueinander. Ein schieres Wunder! Und dieser Pflanzenduft! Seide kühlt im Sommer, wärmt im Winter. Je öfter du sie in klarem Wasser wäschst, desto anschmiegsamer wird sie, passt sich an, wird zum Teil deines Körpers. Seide ist das Werk der Schmetterlinge, etwas Heiliges.«

»Verarbeitest du nur Seide?«

Sie schüttelte leicht den Kopf.

»Ich mag auch Leinen, Alpaka und Kaschmir, aber es ist nicht dasselbe. Keine Liebesgeschichte, meine ich.«

»Und Mikrofasern?«

»Die setze ich nur sparsam, als Obermaterial, ein. Sie sollen den Körper nicht berühren. Kleidung verändert unser Aussehen, beeinflusst unsere Gefühle und Handlungen. Man hat doch ein besseres Leben, wenn man ein eindrucksvolles Kleid trägt! Schließlich sieht man darin großartig aus.«

»Ja, das stimmt«, gab ich lachend zu.

Sie nickte heiter.

»Auch Unterwäsche sollte aus Naturfasern sein, weil mit unserem Organismus eine Verwandtschaft besteht. Das trifft bei Nylon nicht zu; wer uns das weismachen will, dient der Pharmaindustrie.«

Sie lachte, warf ihr helles Haar aus der Stirn.

»Nun, all das hat seinen Preis. Ich verkaufe wenig, habe jedoch einen festen Kundenkreis und denke, dass ich mich – zumindest für ein paar Jahre – über Wasser halten kann.«

Sie sah auf die Uhr, ging an den Tisch und reichte mir die Arbeitsmappe. Dann faltete sie meinen Prototyp mit so schnellen, gekonnten Griffen, dass ihre Hände über den Stoff zu tanzen schienen.

»Es tut mir Leid, ich habe gleich einen Termin. Lass wieder von dir hören, ja? Finde heraus, was ganz tief in dir steckt. Dann kommt es bloß noch auf deine Beharrlichkeit an. Und deshalb, Agneta, Mut!«

Als ich mich ihr an der Tür noch einmal zuwandte, wühlte sie in Papieren und schien mich vergessen zu haben. Aber das machte nichts. Ich warf meine Tasche über die Schulter, ging die Treppe hinunter, nach draußen. Der Himmel leuchtete, und dahineilende Wolken, vom Westwind gejagt, ließen ihn noch höher und dunkelblauer erscheinen. Auf den grauen Dächern spielte ein silbriges Geblinke hin und her. Große Linienschiffe warteten an der Einfahrt zum Hafen. Die Sonne blendete, der Verkehr brauste, und das offene Meer war ganz nahe; es war, als ob mir ein neues Leben entgegenflog.

8. Kapitel

Dass meine Welt in gewissen Abständen aus den Fugen geriet, war ich inzwischen gewöhnt. Aber warum hatte Ritva gemeint, dass ich für Modedesign nicht geeignet sei? Sie so reden zu hören hatte mich wirklich gekränkt. Vielleicht hatte sie das nur gesagt, um mir einen späteren Kummer zu ersparen? Oder weil sie nicht genau wusste, was für eine Sorte junger Mensch ich war? Oder weil sie Konkurrenz fürchtete, konnte das sein? Am Ende beschloss ich, der Bemerkung keine so große Bedeutung mehr zuzumessen. Gib nichts drauf, vergiss sie, wenn du kannst! Ich bemühte mich sehr, und irgendwann gelang es mir auch.

Der Instinkt macht längeres Nachdenken oft überflüssig. Meine Entscheidung traf ich nicht nur absichtslos, sondern fast ohne es zu merken. In Japan studieren, warum nicht? Einmal gedacht, ließ mich der Gedanke nicht los, wurde zur fixen Idee. Ich hatte keine Ahnung, welches Leben in Japan tatsächlich geführt wurde. Was sich da abspielte, war für mich ganz weit weg. Aber ich war in einem Alter, in dem ich mich fähig fühlte, die Welt zu erobern. Ein paar Tage lang schwankte ich zwischen Aufbruchstimmung und Zögern, wie ein vertäutes Boot, an dem unruhige Wellen ziehen und ziehen. Das Bedürfnis, Ritva Salonen nachzueifern, ihre Prognose Lügen zu strafen, war natürlich vorhanden. Vor mir selbst machte ich keinen Hehl daraus. Meinen Eltern sagte ich zunächst noch nichts. Sie würden es nicht gerne hören, ganz gleich, auf welche Weise ich es ihnen beibrachte. Es war eine genaue Strategie, die ich mir ausdachte, bevor ich mit ihnen sprach. Und am Ende war ich sehr mit mir zufrieden.

Am Tag darauf ging ich zum japanischen Konsulat und bat um Unterlagen. Die Unterlagen schickte man mir. Ich schrieb an das Bunka Fashion College, erzählte ein wenig von mir – ein dünnes Mindestmaß an Informationen –, und fragte, ob ich aufgenommen werden könnte.

Die Antwort ließ nicht lange auf sich warten. Die Schulleitung schrieb, dass einer Aufnahme nichts im Wege stünde. Bedingung war allerdings, da die Kurse nicht in Englisch erteilt wurden, eine gute Vorkenntnis der japanischen Sprache.

Im Geist war mein Flug schon gebucht gewesen. Das Verlangen, fortzugehen, hatte immer größere Ausmaße angenommen. Es war schon so, als wäre die Sache für mich abgemacht. Und jetzt musste ich mich noch monatelang gedulden! Die Bedingung empfand ich als ungerechte Einschränkung. Ich versuchte zu verstehen, dass sie notwendig war.

Inger pflegte von mir zu sagen: »Agneta ist wie ein Raubtier, das seine Beute in Erdlöchern verfolgt.« Kein schmeichelhafter Vergleich, aber ein zutreffender. Ich wollte keine Zeit vertrödeln, fand die Adresse einer Japanerin, die Sprachunterricht erteilte. Eiko Jansson war mit einem finnischen Schiffsbauer verheiratet, der täglich auf der Werft arbeitete. Sie hatte keine Kinder, viel Zeit und besserte mit Sprachkursen ihr Haushaltsgeld auf. Sie stammte aus irgendeinem Küstendorf in der Nähe von Osaka, der zweitgrößten Stadt Japans. Ich blieb fünf Monate lang Eikos Schülerin, und den provinziellen Akzent, den ich mir bei ihr angewöhnte, sollten meine Freunde in Tokio später amüsiert zur Kenntnis nehmen. Ich lernte schnell und gut. Dass Eiko eine Frau war, die ich mochte, spielte wohl eine Rolle dabei. Sie hatte das federnde, resolute Auftreten einer Turnlehrerin und ein schelmisches Blinzeln in den Augen. Ihre Kleidung war bieder: Strickjacken, Hosen, unmoderne Blusen. Aber ihr kräftiges Haar leuchtete blauschwarz, ihr Lachen war offen und herzlich. Sie führte sofort Gespräche mit mir, wobei sie in das Finnische zunehmend mehr japanische Wörter einsetzte, die Satzteile mit dem ausdrucksstarken Spiel ihrer kleinen, kräftigen Hände betonte. Irgendwie stimmte es schon, was Ritva gesagt hatte. Zwischen unserer Sprache, der finnougrischen, und der japanischen schien eine ferne, sehr ferne Verwandtschaft zu bestehen. Ich gehörte zu jenen, die sich eine Sprache stark nach Gehör einprägen, die Sätze gewissermaßen auswendig lernen, wie Kleinkinder, bis die Worte vertraut werden. Die grammatischen Strukturen folgten später, und eigentlich ganz automatisch. Eiko brachte mir auch Schriftzeichen bei, anfänglich die beiden Silbenschriften »Katagana« und »Hiragana«. Was mich jedoch auf Anhieb fesselte, waren die »Kanji«, die Ideogramme, die in China vor nahezu viertausend Jahren entwickelt worden und nach Japan gekommen waren. Eikos Erklärung, dass diese Ideogramme ursprünglich als stilisierte Darstellung des Subjekts dienten und erst später für abstrakte Ideen verwendet wurden, faszinierte mich. Mir kamen sofort die Symbole in den Sinn, die ich auf Holz, Knochen und Kultgegenständen in Lailas Zelt gesehen hatte. Völlig pragmatische Figuren hatten sich zu einer Schrift entwickelt, einzigartig in ihrer Schönheit und Aussagekraft! Eiko brachte mir einige bei, und irgendwann tauchte bei mir die Frage auf, wie weit eine solche Schrift das Gehirn prägte, das Denken beeinflusste. Waren Menschen, die sich jener tausendfachen Kombinationsmöglichkeiten bedienten, scharfsinniger, kreativer? Lenkte die Schrift ihren Sinn für Schönheit? Ihr Raum- und Zeitempfinden? Ihre Lebenskraft schlechthin?

Eine andere, atemberaubende Entdeckung war, wie sich die »Kanji« in Kunstwerke verwandeln ließen. Wie sich in dem Pinselschwung, in den Nuancen der Tinte, eine Unendlichkeit offenbarte. Wie die Worte Gestalt annahmen. Ja, zum ersten Mal erkannte ich diese Schönheit, die sich formen ließ, wenn ich nur das richtige Verfahren lernte und es dann mit meinen Gefühlen in Einklang brachte. Damals, in dieser Zeit, ahnte ich, dass ich mir eine Methode aneignen konnte, die Methode des Künstlers nämlich, nichts auf sich beruhen zu lassen oder erklären zu wollen, sondern jede Empfindung auf andere, irgendwie bedeutungsvollere Weise auszudrücken. Der bloße Gedanke, dass solches überhaupt möglich war, erzeugte Schwindel in meinem Kopf.

In dieser Zeit las ich viel über Japan. Eigentlich alles, was mir in die Hände fiel. Reiseberichte, Essays, Romane, geschichtliche Einführungen. Und hatte das Gefühl, dass ich kaum etwas verstand. Ich konnte nur empirisch lernen. Anders machte ich mir kaum die Mühe, die Dinge zu vertiefen, und fragte mich, ob es nicht im Grunde überflüssig sei, das ganze Zeug im Voraus zu wissen. Mit ihrem üblichen Pessimismus meinte Inger dazu, dass ich es in Tokio sowieso nicht lange aushalten würde. »Eines kann ich dir sagen: Die geschäftlichen Beziehungen sind zeitaufwändig. Man muss immer freundlich und geduldig sein. Bis eine Sache funktioniert, vergehen Monate. Danach läuft sie eigentlich reibungslos ab. Trotzdem werde ich aus den Japanern nicht schlau.«

»Na ja«, meinte Juhani dazu, »Agneta weiß hoffentlich, was sie tut. Und sie ist ja auch nicht das erste Mal in Asien.«

Gewiss nicht! Aber früher hatten wir uns ins Flugzeug gesetzt, und alles war für uns vorbereitet und organisiert gewesen: vorgekaut. Und sämtliche Hotels waren immer nur die besten. Wir hatten uns in einer Art Kulisse bewegt, von dreidimensionalen Bildern umgeben, die wir aus der Distanz wahrnahmen. Die Zeit verging ja immer rasch. Dass wir Ahnung von Land und Leuten bekamen, vom Leben allgemein, wurde nicht erwartet.

Zwischen Sprachkurs und Schulunterricht fand ich bisweilen den Weg zu Ritva Salonens Atelier, erzählte von meinen Fortschritten in

Japanisch, zeigte ihr Näharbeiten und Skizzen. Warum sie sich mit mir befasste, während ich eigentlich nur von ihr profitierte, war mir schleierhaft, bis sie eines Tages eine Erklärung andeutete.

»Meine Mode verkauft sich. Ich habe eine Boutique in Oslo und eine in Berlin. Ich kaufe meine Stoffe dort ein, wo sie am billigsten sind, und produziere selbst, was die Kosten verringert. Und da ich meine Sache im Griff habe, macht es mir Spaß, zu sehen, wie eine andere sich auf den Weg macht.«

»Wenn ich es tun will, muss ich es bald tun«, entgegnete ich.

Sie nickte.

»Von Zeit zu Zeit braucht man das.«

»Was denn?«

»Neugier. Du bist nicht abgebrüht, du bist frei und offen.«

»Du hast gesagt, dass ich mich für Modedesign nicht eigne«, bemerkte ich bitter.

»Ach, habe ich das?«

»Ganz am Anfang.«

Das belustigte sie.

»So, so. Aber ich kann mich irren.«

»Meintest du es nicht aufrichtig?«, fragte ich mit geradezu kindlicher Herausforderung.

Sie parierte lächelnd.

»Ich besitze keinen besonderen Scharfsinn, tut mir Leid.«

»Dann hättest du es nicht sagen sollen«, sagte ich missgestimmt. Die Sache war mir wichtig. Dass sie es nicht begriff, verwunderte mich sehr.

Sie zog heiter die Schultern hoch.

»Sei mir nicht böse, ich hab nur Spaß gemacht. Und im Übrigen werde ich es niemandem weitersagen.«

Zwei Tage vor der Abreise ging ich zu ihr, um mich zu verabschieden. Sie war in Eile, hatte Termine mit Lieferanten. Doch wie stets nahm sie sich Zeit für mich, bot mir Kaffee und das übliche Stück Kuchen an. Ich zeigte ihr mein Flugticket.

»Und die Unterkunft?«, fragte sie.

»Ich habe fürs Erste ein Hotel reserviert. Ich muss mir ein Zimmer suchen.«

Sie nickte.

»Man wird dir helfen. Eine Liste aushändigen. Das Leben in Japan ist nicht teuer. Wenn du es klug anstellst, sogar ausgesprochen billig. Freust du dich?«

»Von allein wäre ich nicht darauf gekommen«, sagte ich.

»Das ist mir klar.«

Sie hatte mir noch einige Tipps und Adressen aufgeschrieben und mir Pralinen für Sadako Maeda, die Direktorin, mitgegeben.

»Ich schreibe ihr auch jedes Jahr eine Neujahrskarte, das gehört dazu. In Japan ist man in vielen Dingen romantisch.«

»Komisch«, sagte ich. »Das hätte ich nie gedacht.«

»Doch. Du wirst noch dein blaues Wunder erleben.«

Sie trank ihren Kaffee aus und sah dann auf die Uhr. Wir standen beide auf. Sie begleitete mich zur Tür, langsam, als ob sie den Abschied hinauszögern wollte.

»Und in Japan, erinnere dich, dass ich vor dir da war.«

Sie lachte. Wir lachten beide. Dann wurde ihr Gesicht wieder ernst. Sie seufzte mit seltsam herabgezogenen Mundwinkeln. »Was für ein Glück, dass du abreisen kannst, ohne alles.«

»Ohne alles?«, fragte ich stirnrunzelnd.

Eine kleine Zeit lang blickte sie mich an, dann wandte sie den Blick von mir ab und seufzte.

»Ohne den ganzen Ballast, meine ich. Ach, wie ich dich beneide!«

Ohne dass ich darauf gefasst war, legte sie mir beide Arme um die Schultern, und küsste mich auf den Mund. Ich roch ihren Duft nach Geißblatt. Dann klingelte ein Telefon. Die Mitarbeiterin nahm ab, warf Ritva einen fragenden Blick zu. Sie lächelte mich an, mit einer Sehnsucht in den Augen, die nicht mir galt, denn sie schien mit tieferen Dingen vermischt. Dann wandte sie sich ab, glitt mit ihrem geschmeidigen Schritt von mir weg. Sie nahm den Hörer, begann zu sprechen. Ihr Kopf hob sich dunkel von der Helligkeit des Fensters ab, von ihrem Gesicht war so gut wie nichts mehr zu sehen.

Ich drehte mich um und ging.

Der Tag der Abreise kam. Meine Eltern brachten mich zum Flughafen. Beim Abschied drückte mich Inger kurz an sich. »Mach's gut, Kleines Wiesel!«

Ich fuhr leicht zusammen, weil sie mir den Namen gab, den sonst nur Laila oder Henrik gebraucht hatten. Ich wusste, wie viel das bedeutete, erkannte plötzlich den Teil von ihr, den echten, den unverfälschten, den sie so krampfhaft verbergen wollte. Ich erkannte ihn auf ihrem feinknochigen Gesicht, in ihren schräg stehenden Augen, entdeckte ihn ausgerechnet in diesem Moment, in dem wir uns trennten. Auch Juhani hatte mich umarmt, länger allerdings, mir hilflos in die Augen gestarrt, als würde er jetzt erst begreifen, dass ich ihn verließ.

»Du kannst mir jederzeit mailen oder mich anrufen. Gibt es akute Probleme, wende dich an die Botschaft, dafür ist sie ja schließlich da.«

Er konnte sich kaum von mir lösen, und auch ich konnte ihn kaum loslassen. Er machte sich Sorgen. Das tat mir aufrichtig Leid, war aber nicht so wichtig.

»Schon in Ordnung, Papa. Und viel Glück mit der Traviata.«

»Ja, ich danke dir.« Juhani kam wieder zu Verstand, zündete sich mit zitternden Händen eine Zigarette an. »Soon singt die Titelrolle, da kann eigentlich nichts schief gehen.«

»Sie wird sicher Erfolg haben, so gut, wie sie ist.«

Inger stand einfach da, als verlöre sie das Interesse an der Angelegenheit. Sie wusste natürlich, dass Juhani ein Verhältnis mit Soon hatte und dass dagegen nichts zu machen war. Die Bühnenwelt war nicht ihre Welt.

Die Passagiere wurden aufgerufen. Ich schloss mich ihnen an, hielt Pass und Flugticket in der Hand. Meine Eltern standen da, winkten mir mit verhaltener Bewegung zu. Dann ging ich eine Treppe hinunter, den Abflugformalitäten entgegen, und verlor sie aus den Augen. Und so reiste ich ab.

9. Kapitel

Der Flug von Helsinki nach Tokio raubte mir das Zeitgefühl, machte die Trennung erst richtig wahr. Flugreisen hatte ich immer gemocht, auch wenn ich jetzt in der Touristenklasse saß. Das Flugzeug war voller Japaner, eine Gruppenreise. Frauen und Männer mit ruhigen, abwesenden Gesichtern, die leise sprachen oder vor sich hin dösten. Mein Nachbar – ein weißhaariger Mann – hielt die Ellbogen dicht an sich gepresst und starrte vor sich hin. Stewardessen hantierten hinter den Vorhängen. Die Mädchen in Hosenanzügen legten ihre Jacken ab und banden sich Schürzen um, bevor sie das Essen servierten. »Western or Japanese Meal« – wir hatten die Wahl. Ich wollte japanisch essen. Es gab kalte Nudeln, die ich ziemlich mühsam mittels Stäbchen schlürfte, zartes Hühnerfleisch, hübsch zurechtgemachtes Gemüse. Und allerlei winzige Beutelchen, die verschiedene schmackhafte Zutaten enthielten.

Wir flogen der Nacht entgegen, unter uns lag Russland, verborgen unter Wolkendecken. Die Triebwerke summten gleichmäßig. Als man die Beleuchtung löschte, schlief ich bald ein; das war eine Fähigkeit, die ich hatte; überall konnte ich schlafen, ohne Ohrenstöpsel, ohne Schlafbrille. Mir schien, dass ich diese Fähigkeit mit den Japanern teilte, denn fast alle schliefen, eingewickelt in ihren Decken, die Gesichter auf die Schulter geneigt oder der Decke zugewandt. Nur wenige hörten Musik, schauten sich den Film an oder hatten den Laptop eingeschaltet. Ich schlief, wachte auf, schlief wieder ein. Irgendwann wurde es Tag, die Leute standen im Gang, warteten vor der Toilette. Der Himmel leuchtete saphirblau mit einem hellen Rand, Und als zwei Stunden vor der Ankunft das Frühstück serviert wurde, glühte ein roter Horizont über dem Japanischen Meer.

Später stülpte ich den Kopfhörer über, hörte Musik. Mozart. Das »Konzert in D-Dur«. Henrik hatte Mozart am liebsten gemocht. Ich hatte plötzlich das Gefühl, dass er es war, der jetzt spielte. Ein imaginärer Klang, eine Nachahmung? Erklang die Musik ganz nahe am Gehör, mochte sie bisweilen diesen Eindruck erwecken. Und kaum hatte ich das gedacht, da hörte ich ihn auch schon leise kichern.

»Ich verzichte nicht auf gute Musik, bloß weil du im Flugzeug sitzt!«

»Spiel nur weiter«, sagte ich. »Das ›Allegro Moderato‹ mag ich am liebsten.«

»Ich nicht«, antwortete Henrik. »Da sind immer ein paar Noten, über die ich stolpere. Warte bis zum Schluss, das ›Andante Grazioso‹ kann ich besser.«

Ich hörte zu und döste dabei ein. Die Musik entfernte sich in den Windungen meines Gehirns, in tiefste Dunkelheit. Wo sie verborgen war, blieb ein Geheimnis, Henrik hatte sie für mich da hingetan, aber ich konnte sie herauslocken, wann ich wollte, wie man einen Vogel aus dem Wald lockt. Inzwischen flutete Licht in das Flugzeug; die übliche Unruhe, kurz bevor man das Reiseziel erreicht, brach aus. Die Passagiere streckten sich, führten Übungen aus, um ihre Gliedmaßen zu lockern. Der alte Herr neben mir ging zur Toilette und roch, als er zurückkam, nach Zahnpasta und Rasierwasser. Außer einer Entschuldigung hatte er kein Wort mit mir gesprochen. Ich ging auch, um mich frisch zu machen. Im Spiegel betrachtete ich mein blasses Gesicht. Es war schon so, dass die Leute mich jünger schätzten, als ich in Wirklichkeit war. Und so, wie ich mich kleidete, verwechselte man mich oft mit einem Jungen. Ich putzte mir die Zähne, fuhr mit den Fingern durch mein kastanienbraunes Strubbelhaar. Wie üblich bei Flugreisen spannte meine Haut. Einige Tupfen Feuchtigkeitscreme machten die Sache besser. Eigentlich sah ich nicht übel aus.

Inzwischen war es völlig hell geworden. Das Flugzeug begann mit dem Landeanflug. Ich stellte meinen Sitz hoch, verfolgte die Abschnitte der Landung auf dem großen Bildschirm. Wir flogen über Japan, und der Anblick kam mir wie voller Verheißung vor. Wälder, Dörfer, große Autobahnen. Dann kam die Landebahn in Sicht, die blinkenden Lichter. Und dann der kurze, heftige Stoß, das Rütteln der Maschine, als die Räder den Boden berührten. Es war acht Uhr früh, und ich war in Japan.

Zwei Stunden später saß ich im Bus, der mich nach Tokio brachte. Lange hatte ich warten müssen, eingepfercht in eine Traube von Ausländern, bis die Passkontrolle überstanden war. Inzwischen fuhr meine große Reisetasche auf dem Rollband, immer rund herum, wie lange wohl schon? Ich hob sie auf, schob sie zum Ausgang. Alles war fremd, schon die Leute sahen anders aus, eiliger, geschäftiger und – im Durchschnitt – kleiner gewachsen als bei uns. Ich setzte mein frisch erworbenes Japanisch ein, erkundigte mich nach dem Zug und nach dem Bus, der mich in die Nähe meines Hotels bringen würde. Mein Japanisch kam mir miserabel vor, ich verstand die freundliche Auskunft nur mit Mühe. Dabei fiel mir auf, dass die Japaner nicht mit dem Finger zeigten, sondern stets mit der ganzen Hand. Die Geste war zuvorkommend und charmant. Ich kaufte eine Fahrkarte und wartete auf den Bus, der endlich kam. Es war April, der Wind wehte schon warm und ziemlich stark. Der Bus war sehr bequem, aber die Klimaanlage blies mir mit voller Kraft ins Gesicht, sobald ich den Kopf auf den weißen Synthetikschoner lehnte. Ich streckte den Arm aus, drehte die Klimaanlage fast ganz aus. Neben mir schoben zwei ältere Frauen ihre Taschen durch den Gang, murmelten vor sich hin, entschuldigten sich, ohne mich anzublicken. Eine Frauenstimme sprach vom Tonband, der Bus fuhr ab; ich blinzelte im grellen Licht der Autobahn.

Wir fuhren durch eine zauberhafte Frühlingslandschaft: kräftige, hellgrüne Waldstreifen, dazwischen Häuser mit geschwungenen Giebeldächern, smaragdgrün gekachelt. Von den Kirschbäumen, deren rosa Pracht sich dem Ende zuneigte, wirbelte der Wind Blütenblätter empor. Autokolonnen überholten den gemächlich rollenden Bus, der Fahrer hatte weiße Handschuhe an. Hinter den Fenstern ging das Grün allmählich in die Randbezirke der eigentlichen Stadt über. Puppenhäuser aus Holz, Ziegel und Blech wechselten mit Plattenbauten ab, wie es sie auch bei uns in manchen Vierteln noch gab; aber in wachsender Zahl drängten sich gläserne Giganten empor, formschön und kühn wie in einem Science-Fiction-Film. Doch stets blieb die gläserne Kühle menschlich: Auf den Balkonen der Wohnhäuser schaukelte bunte Wäsche im Wind, an kleinen runden Bügeln aufgehängt, Bettzeug war zum Lüften ausgebreitet. Ich nahm erregt und gleichsam benommen wahr, was ich entdeckte. Zeitverschiebung, ich mochte das sehr.

Die Ausfallstraße wand sich höher, und bald konnte ich die ganze Stadt aus der Ferne betrachten, so anders, so wuchernd, so asymmetrisch. Wenn die vielen blitzenden Autos an einer Ampel hielten oder der Bus in einer verstopften Straße warten musste, wenn er sich aus diesem Strom herausschob, um in einen anderen einzudringen – ja, dann meinte ich manchmal Orte zu erkennen, an denen ich, schien mir, schon einmal gewesen war oder die ich im Traum erlebt hatte.

Aber der Anblick täuschte. Nichts kannte ich wirklich, nichts war mir vertraut. Ob es mir gelingen würde, die geträumten Orte mit den Orten der Wirklichkeit zusammenzubringen? Warum auch nicht? Ich fühlte mich frei.

Der Bus drosselte in der Ausfahrt das Tempo, die Stadt kam spürbar näher, umschloss mich von allen Seiten. Die Menschen, meist dunkel gekleidet, gingen zielstrebig und schnell. Auf den breiten Trottoirs fuhren Radfahrer wie Schwärme von Vögeln, überholten geschickt die achtlos dahinschreitenden Fußgänger. Mir fiel das schöne Haar der Japanerinnen auf, schwarz oder dunkelblond gefärbt, wehend im Wind. Glitzernde Karosserien stauten sich vor den Ampeln; Stoßstange an Stoßstange schoben sich die Wagen langsam vorwärts. Kein Gebäude war wie das andere, Granit, Glas und Beton wechselten sich ab, riesige Computerbilder flimmerten an den Fassaden. Dann und wann wurde, mitten im Häusermeer, der verschwiegene Garten eines Heiligtums sichtbar, ein rotes Holzportal und davor zwei steinerne Füchse, und hinter einer Schnur aus Reisstroh aufgeschichtete Orangen in einer Schüssel aus Messing. Die Sonne schien golden, alles leuchtete, glitzerte, funkelte. Ich wunderte mich, dass meine Verwirrung nicht größer war. Ich fühlte einen leichten Druck, eine Beschleunigung des Herzschlags, eine große, freudige Erregung. Es war, als verlöre ich das Gedächtnis, aber das stimmte auch wieder nicht. Ich hatte das Gedächtnis der Weite und Ferne, und meine Vorstellungen waren vielfältig. Ich mochte diese Stadt, dieses erregende

65

Gemisch aus Zeiten und Leben. Und da hörte ich, wie Henrik mit den Fingern auf den Resonanzboden seiner Violine klopfte: Das tat er dann und wann, um meine Aufmerksamkeit zu erregen.

»Ich glaube, dass es uns hier ganz gut gefallen wird«, sagte ich zu ihm.

»Das schon«, meinte Henrik. »Wir werden uns bald verändern.«

»Wieso verändern? Verdirb mir bitte den Aufenthalt nicht.«

»Das habe ich nicht im Sinn. Du hast doch noch das Messer, oder? Das Messer, das eigentlich mir gehört?«

»Das Messer habe ich immer dabei.«

»Dann bin ich ja beruhigt.«

»Was willst du damit sagen?«

»Ach, nichts Besonderes. Hier gibt es viel Interessantes. Aber auch einige Dinge, die nicht in Ordnung sind.«

»Was für Dinge?«

»Ich weiß es nicht. Wie könnte ich es wissen? Komische Dinge jedenfalls.«

Über meinen Verstand hinweg flatterte, lautlos wie eine Eule, ein seltsamer Schatten hinweg. Ich spürte, wie meine Poren sich fröstelnd zusammenzogen.

»Was war das?«, fragte ich Henrik.

»Keine Ahnung. Irgendwas.«

»Hast du es auch gesehen?«

»Nicht so ganz richtig. War zu schnell. Aber den Veilchenduft, den mag ich ganz und gar nicht…«

»Veilchenduft? Henrik, du bist überdreht. Du springst ja andauernd von einem Punkt zum anderen. Sei jetzt gefälligst still.«

»Na gut, dann rede ich eben nicht mehr. Soll ich dir etwas vorspielen? Hast du Lust auf Schubert?«

»Meinetwegen.«

»›Das junge Mädchen und der Tod‹, ob das hier angebracht wäre?«

Ich lehnte den Kopf an den Synthetikschoner.

»Nur du kannst dir so was ausdenken«, seufzte ich. »Spiel, was dir Spaß macht.«

10. Kapitel

Ich öffnete die Augen und wälzte mich herum. Über dem dunklen Vorhang schimmerte graues Tageslicht. Ich sah auf die Uhr. Halb fünf. Ich drehte mich zur Seite, versuchte vergeblich wieder einzuschlafen. Zeitverschiebung, ich war hellwach. Es war dumm, um diese Zeit hellwach zu sein. Aber Tokio war ja auch eine Stadt, die niemals schlief. Eine Weile gab ich mich Traumbildern hin, blieb ruhig liegen, beobachtete das langsame Zurückweichen der Dunkelheit. Das Zimmer war klein, funktional eingerichtet. Kein Luxus, aber alles auf engem Raum gut durchdacht. Schließlich richtete ich mich auf, nahm die Fernbedienung und schaltete den Fernseher ein. Nachrichten auf Japanisch, fremde Gesichtszüge, fremde Bewegungen, nervöse, überlaute Werbespots. Ich stellte den Ton aus, schob die Füße über den Bettrand, erhob mich mit einer raschen Bewegung, wobei ich den Gürtel meiner blau-weiß gemusterten »Yukata« festzog. Von Eiko Jansson wusste ich bereits, dass hierzulande der Hotelgast alles im Zimmer findet, was er braucht: Zahnbürste und Zahnpasta, Seife, Shampoo, Gesichtsmilch, Bodylotion, Rasierzubehör, Kamm, Föhn, Pantoffeln – einfach alles. Die »Yukata«, ein leichter Hauskimono aus Baumwolle, wurde täglich frisch gewaschen und gestärkt für die Gäste aufs Bett gelegt, der Gürtel mit einem schön geschlungenen Knoten versehen. Man konnte die Yukata zum Schlafen tragen, aber in ländlichen Gegenden, hatte Eiko erzählt, begaben sich die Gäste auch in dieser Aufmachung in den Frühstücksraum. Warum eigentlich nicht?, dachte ich. Abends zuvor hatte ich geübt, den Knoten auf die richtige Art zu schlingen. War im Grunde ganz einfach, und nach einer Weile schaffte ich es spielend.

Ich trat ans Fenster, zog den schwarzen Vorhang auf. Der Morgen war glasklar und blau wie ein Edelstein. Mein Zimmer lag im fünfzehnten Stockwerk, Tokio mit seinen Straßenschluchten breitete sich unter mir aus, bis zum Horizont.

Ich duschte, zuerst warm, dann kalt, wusch und trocknete mein Haar. Um sieben ging ich in den Frühstücksraum, wo ich um diese Zeit noch ziemlich alleine war. Ich nahm Rührei und Toast, probierte auch japanische Gerichte: Fischhäppchen, mit Sesam eingelegtes Gemüse, Tofuwürfel, kleine Lauchröllchen und eine Suppe in einem schwarzen Lackschälchen, die wunderbar nach Kresse und Zitronen duftete.

Um neun machte ich mich auf den Weg zur nahen U-Bahn-Station. Menschen kamen von allen Seiten, strömten eilig und zielstrebig die Treppen hinunter, sodass ich unwillkürlich auch meinen Gang beschleunigte. Das Geräusch vieler tausend Schritte hallte in meinen Ohren wider. Eiko, die auch im Praktischen eine gute Lehrerin gewesen war, hatte mir beigebracht, wie ich eine Fahrkarte am Automaten lösen konnte. Sich in der U-Bahn zurechtzufinden war kein Problem, die Anschriften waren gut lesbar, und eine Leuchtschrift kündigte die Stationen auch in Englisch an. Die Reisenden in den voll gestopften Wagen lasen Zeitungen, die sie aus Platzmangel zusammengefaltet hielten, grellbunte Illustrierte, Romane und Comics in dicken Taschenbuchausgaben. Andere hielten die Blicke auf ihre Handys gerichtet, ihre Hände spielten mit der Tastatur, sie lasen die Nachrichten, die sie mit ihrer ureigenen Privatwelt verbanden. Sie hoben kaum den Kopf, suchten lediglich ihr Gleichgewicht, wenn die Menge beim Einsteigen oder Aussteigen drückte und stieß. Ich beobachtete verstohlen die jungen Frauen, die zur Arbeit fuhren. Fast alle waren hübsch, grazil wie Vögel, mit langem Seidenhaar, braun oder blond gefärbt, alle geschminkt und gepudert, die weißen Hände perfekt manikürt. Während die Geschäftsleute korrekt und eintönig gekleidet waren, zeigten sich die Jugendlichen sehr modisch, mit einem ausgeprägten Hang zur Selbstdarstellung. Viele hörten Musik; ein Kabel lief aus ihren Ohren in die Schultertasche oder Umhängebeutel. Jeder Einzelne, in der Menge eingekeilt, blieb in seiner eigenen Sphäre wie in einer Glaskugel geborgen.

Inzwischen konzentrierte ich mich auf die Stationen; zweimal musste ich umsteigen, Gänge entlanglaufen, mit Rolltreppen aufwärts oder abwärts fahren. Endlich erreichte ich mein Ziel: Shinjuku. Die Bahn hielt, die Türen gingen auf. Ich stolperte mit den Menschenmassen aus dem Wagen. Während ich unschlüssig dastand, hasteten dichte Scharen an mir vorbei. Die Schnelligkeit trotz des Durcheinanders war verwirrend. Ich sah mich unschlüssig um. Wohin jetzt? In welche Richtung? In der Riesenstation waren die echohallenden Räume und Korridore von Boutiquen, Cafeterien, Bars, Imbissstuben und Restaurants gesäumt, Lautsprecher dröhnten, jede Minute erzeugten Bahnen ein unterirdisches Donnern und Brummen. Eine Rolltreppe, dann eine zweite, brachten mich an die frische Luft. Ich blinzelte verwirrt. Die Sonne war schon vorher da gewesen, aber nicht so leuchtend. Auch draußen waren Straßen und Plätze voller Menschen, eine Menge von beinahe unwirklicher Eile und Geschäftigkeit. Während ich mich zu orientieren versuchte, bildeten Geräusche, deren einzelne Bestandteile das Echo durcheinander schüttelte, einen stetigen Summton in meinen Ohren. Hinter riesigen Plakatwänden wurde gebaut, Bagger ratterten, halb fertige Gebäude ragten empor, ich sah, wie sich die Kräne in großer Höhe am milchigen Blau des Morgenhimmels bewegten.

Schwindel erregende Glaskonstruktionen funkelten silbern oder grünlich; man sah Fahrstühle wie in einem Aquarium lautlos emporgleiten. Dazwischen brauste der Verkehr, und das Laub der jungen Bäume schwirrte im Wind. Ich ging beschwingt und leicht benommen, wie man in Träumen geht, wartete an Ampeln, überquerte Straßen und Fußgängerbrücken. Und wurde stets von Menschen überholt, die schneller gingen als ich.

Und dann stand ich auf einem Vorplatz, auf dem das Pflaster ein schönes Muster bildete, und betrachtete die nüchterne Fassade des Bunka Fashion College. Das Gebäude, schon einige Jahrzehnte alt, war eher breit als hoch und monochrom, ohne den Glanz des Ultramodernen. Ich stieg einige granitverkleidete Stufen empor, die getönten Glastüren des Gebäudes teilten sich lautlos. In der großen Eingangshalle ging ich über den blitzenden Marmorfußboden auf einen uniformierten Wachmann zu, der hinter einem Schalter saß. Er verbeugte sich, wünschte mir einen guten Morgen. Ich nannte meinen Namen und sagte, dass ich erwartet wurde. Der Uniformierte schaute in einen Computer.

»Bitte gedulden Sie sich einen Augenblick, während ich Maeda-Sans Sekretär verständige«, sagte er in formellem Japanisch. Er griff nach dem Telefon und drückte auf eine Reihe Knöpfe. Ich sah mich inzwischen in der Empfangshalle um, betrachtete ein überdimensionales Mosaik, das eine Gravur aus einer Modezeitschrift aus der Jahrhundertwende wiedergab. Ich brauchte nicht lange zu warten: Schon glitt eine zweite Glastür zur Seite. Ein wendiger junger Mann verbeugte sich lächelnd, reichte mir seine Visitenkarte. Ich las seinen Namen: Herr Yuji Tanaka.

Er sieht gut aus, schoss es mir durch den Kopf. Wahrscheinlich hing das mit seiner Frisur zusammen, denn er trug zu seinem formellen dunklen Anzug einen Pferdeschwanz. Sein Gesicht wirkte dadurch freundlich, ohne das hätte es ziemlich kantig ausgesehen.

Herr Tanaka ging mit mir durch die Tür, aus der er gekommen war. Hinter einer gläsernen Trennwand saßen mehrere Frauen und Männer in halb privaten Büros bei der Arbeit. Ich sah nur ihre dunklen Haarschöpfe, die Gesichter waren hinter ihren Computern versteckt. Über einen kleinen Gang wurde ich in ein Büro geführt. Sofa und Sessel waren aus Leder. Auf dem gläsernen Couchtisch lagen Broschüren und Detailinfos über das College. Die Wände hingen voller Fotos: Alle zeigten Models in extravaganten Kreationen auf dem Laufsteg oder in Großaufnahme. Neben einem Schreibtisch mit Computeranlage stand eine Schaufensterpuppe, die ein korbähnliches Abendkleid trug, eine Mischung aus Papiercollagen und bunten Metallplättchen, die im Luftzug vibrierten und die Farbe wechselten. Sehr erfinderisch, dachte ich.

»Bitte machen Sie es sich bequem«, sagte inzwischen Herr Tanaka, mit erneuter Verbeugung. Er ging, war aber bald mit einem Schälchen grünem Tee wieder da. Es war, fand ich, ein merkwürdig zuvorkommender Empfang für eine Studentin. Ein paar Minuten vergingen. Ich nippte an meinem Tee, der sehr heiß war, ohne jegliche Ahnung, wie die Dinge hier laufen mochten. Dann ging eine Tür auf, und eine Frau erschien. Sadako Maeda war eher untersetzt, aber beweglich und graziös. Das perlenglatte Gesicht war vollendet zurecht-gemacht. Ihr dunkelblaues Kostüm war maßgeschneidert, mit einer großen Stoffblume am Revers, und saß perfekt. Dazu trug sie eine weich glänzende Satinbluse und eine erlesene Halskette.

Eiko hatte mich gut unterwiesen: Ich hatte eine Visitenkarte dru-cken lassen, die ich ihr nun, mich verbeugend, mit beiden Händen entgegenhielt. Die Dame empfing sie mit eleganter Geste, setzte sich mir gegenüber, den Rücken sehr gerade, musterte mich mit einer Mischung aus Höflichkeit und ehrlichem Interesse. Ich überbrachte ihr Ritva Salonens Grüße und überreichte ihr die Pralinen, die sie freudig entgegennahm.

»Wann sind Sie angekommen?«, fragte sie.

»Gestern Morgen.«

»Wie geht es Ihnen? Fühlen Sie sich wohl?«, setzte sie in besorg-tem Tonfall hinzu.

Ich verzog leicht das Gesicht. Ich registrierte alles wie aus weiter Ferne, konnte eigentlich nicht sagen, wie ich mich fühlte. Das hatte ich bereits bei früheren Flugreisen erlebt, aber niemals so stark.

»Ein wenig... flau im Magen, vielleicht?«

Sie lächelte verstehend.

»Ja, und morgen auch noch, aber dann nie mehr. Jedenfalls nicht, solange Sie in Japan sind.«

Herr Tanaka brachte einen Ordner, den Maeda-San vor sich auf den Glastisch legte. Ich erkannte darin die Dokumente, die ich be-reits geschickt hatte.

»Ritva-San hat mir Ihre Ankunft gemeldet.«

Ich muss ein verdutztes Gesicht gemacht haben, denn Frau Maeda nickte mir freundlich zu.

»Ritva-San war eine unserer begabtesten Schülerinnen. Jetzt ist sie berühmt. Wir bilden hier viele Studenten aus, die später berühmt werden. Wir können ihnen in drei Jahren wirklich etwas beibringen und später eine gute Referenz für sie sein. Sie sind kompetent, sie verstehen etwas von Design. Aber meistens sind es Japaner. Ritva-San gehört zu den wenigen Ausländern, die es geschafft haben. Wir mochten sie alle sehr. Ritva-San berichtet viel Gutes über Sie«, setzte die dunkel gekleidete Dame hinzu, worauf ich verlegen einige Worte stammelte.

»Das hat sie mir nicht gesagt...«

Sie schmunzelte.

»Das Schlimmste ist, wenn man mit zu vielen Erwartungen irgendwo hingeht.«

»Ich möchte nicht im Mittelpunkt stehen«, sagte ich. »Nur meinen Kopf aus der Masse herausstrecken.«

Ihre klugen, belustigten Augen ließen von mir nicht ab. Mein Eindruck hatte mich nicht getäuscht: Ich wurde hier einer Prüfung unterzogen.

»Wem das im Charakter liegt, geht nicht mit der Strömung, sondern entwickelt eine eigene Meinung und hat größere Perspektiven. Das Modegeschäft ist hart. Hier werden wir Ihnen nicht nur Trends und Durchführungsprozesse vermitteln, sondern auch Industriefakten und Zahlen, denn Mode ist nicht nur Kreation und Lebensgefühl. Mode ist auch Business, nicht wahr?«

Was hatte ich nicht alles über Japan gelesen! Zum Beispiel, dass Frauen hierzulande selten eine führende Stellung erreichten. Dass Beförderungen schwierig seien und japanische Männer nicht gerne ihr Büro mit einer Frau in gleicher Position teilten. Mich bei Eiko zu erkundigen, wie es denn nun wirklich war, hatte ich unterlassen. Ich verließ mich lieber auf meinen Instinkt, und der sagte mir andere Dinge. Maeda-San hatte ein eigenes, sehr elegantes Büro und einen männlichen Sekretär, der jetzt Kaffee in hübschen Porzellantassen und kleine Süßigkeiten auf den Tisch stellte, was in Europa nicht unbedingt zu den üblichen Gepflogenheiten gehörte.

Ich hatte inzwischen genug Sicherheit, um mich auch durch kompliziertere Sätze zu kämpfen. Wenn es nicht ging, sprach ich englische Brocken dazwischen. Ich fragte Maeda-San, ob meine Sprachkenntnisse ausreichend seien.

Intensivkurse, meinte sie, gäbe es etliche. Ich sollte welche belegen, wenn mein Zeitplan es erlaubte, wobei sie durchaus den Eindruck hatte, dass ich im täglichen Umgang mit den Mitschülern ebenso viel lernen würde. Und wie stand es mit der Unterkunft? Ich erklärte, dass ich mir ein Zimmer suchen würde, worauf mir Herr Tanaka eine mehrseitige Liste in englischer Sprache brachte. Gästehäuser, Fremdenpensionen, Apartments und Zimmer gab es in jeder Preislage.

»Es wird nicht allzu schwierig sein«, versprach Maeda-San. »Ausländer finden schnell eine Unterkunft in Tokio.« Ich sollte allerdings darauf achten, dass ich mir nicht zu lange Fahrten mit der U-Bahn aufbürdete.

»Sonst schlafen Sie im Unterricht, und das ist nicht gut, oder?«, schloss sie verschmitzt.

Am Montag sollte ich im College anfangen, bis dahin blieben mir drei Tage für die Zimmersuche. Und da ich jetzt gerade hier war, sagte die Direktorin, wollte sie jemanden kommen lassen, der mit mir eine Führung durch die Schule machte. Sie sprach einige Worte in ihr Handy. Ein paar Minuten später wurde höflich an die Tür geklopft. Auf Maeda-Sans freundliche Aufforderung trat ein Mädchen in den Raum.

Ich starrte sie fasziniert an. Sie mochte knapp über zwanzig sein, war hoch gewachsen und überschlank, mit einer Art knabenhafter Anmut. Doch unter dem ausgeschnittenen grauen Top waren ihre Brüste straff und rund, und die schwarze Jeans, die sie mit Stilettos trug, betonte ihre langen, wohl geformten Beine. Das seidenweiche, glänzende Haar umrahmte die schmalen Wangen. Die Haut war wächsern und zart wie ein Blütenblatt. Der Mund, weich und voll und sinnlich, zeigte einen Ausdruck von Schwermut. Die Augen waren mandelförmig, und der hohe Bogen der Wangenknochen gab ihnen eine leichte Schrägneigung nach oben, die ein schwarzer Strich noch verdeutlichte. Diese Augen, mit blauer Iris und von langen Wimpern beschattet, waren von einem vergoldeten Schwarz; Augen wie aus einem alten Märchen, dachte ich, magisch und scharf, Amazonenaugen vielleicht. Sie war unglaublich, atemberaubend schön.

Maeda-San übernahm die Vorstellungen. Der Name des Mädchens, Lumina Ichikawa, war so außergewöhnlich wie ihre Erscheinung. Sie war, erfuhr ich, Studentin im dritten Semester, und ich würde zu ihr in die Klasse kommen. Lumina war Model gewesen wie ich, hatte die Welt der Laufstege und Hochglanzmagazine kennen gelernt und wollte nun einen anderen Weg einschlagen. Während Maeda-San uns gegenseitig bekannt machte, musterten wir uns wie zwei Tiere, die sich auf einmal mitten im Wald begegnen, blickten einander stumm in die Augen, und unsere Gefühle schwankten zwischen Zurückhaltung und Neugier. Schließlich erhob sich die Direktorin, führte uns freundlich aus dem Büro. Ich sollte mich jetzt ein bisschen umsehen. Sie ging, und wir standen draußen im Flur, stumm und zögernd. Luminas Blicke wanderten ständig an mir vorbei. Sie verkrampfte sich sichtbar, bis ich als Erste den Mund auftat.

»Es tut mir Leid. Mein Japanisch ist schlecht.«

Ihr verschlossenes Gesicht hellte sich auf, zeigte schlagartig Erleichterung, auf fast parodistische Art.

»Oh, du sprichst Japanisch! Bin ich aber froh!«

»Sprichst du kein Englisch?«

Ihr Kopf auf dem langen, graziösen Hals bewegte sich von einer Seite zur anderen.

»Englisch ist im Grunde ganz einfach. Aber ich hatte keine Gelegenheit, zu üben.«

»Auch nicht als Model?«

Sie verneinte. Sie hatte nur in Japan, in Korea und gelegentlich in China gearbeitet. Sie war immer mit dem Schiff gefahren, weil sie Angst vorm Fliegen hatte. Ich nickte. Ja, das kam vor. Aber für ein Model war das natürlich eine schlechte Voraussetzung. Als ich es ihr sagte, zeigte sie ein steifes Lächeln.

»Ja, ich weiß. Aber ich konnte einfach nicht in ein Flugzeug steigen.«

»Auch nicht mit Beruhigungsmitteln?«

»Nein, mir wurde schlecht.«

»Schade!«

Wir warteten vor dem Aufzug. Sie sagte, wieder ganz heiter: »Das macht nichts. Ich bin gerne hier. In Tokio bekommst du alles zu jeder Uhrzeit. Wenn es hier etwas nicht gibt, dann gibt es das nirgendwo auf der Welt. Das sage ich jetzt einfach so, aber für mich zählt das. Bist du zum ersten Mal in Japan?«

»Zum ersten Mal, ja.«

»Wenn du japanisch sprichst«, sagte sie, »wird es dir bestimmt gefallen.«

Sie bildete ihre Sätze ohne Rücksicht auf meinen beschränkten Wortschatz. Ich ließ es dabei bewenden, dass ich nicht alles verstand. Der Lift hielt zwei Stockwerke höher, die Schiebetüren öffneten sich. Lumina ging voraus, mit wiegenden Schritten, wobei ihre Stilettos auf dem Synthetikfußboden das Geräusch kleiner Kiesel verursachten. In den langen Gängen reihten sich Klassenräume. Durch die Türfenster sah ich Mädchen und Jungen über ihre Arbeit gebeugt. Manche standen vor dem Zuschneidetisch, andere saßen vor dem Computer. Stofffetzen und Papierschnipsel lagen am Boden, Schnittmuster aller Art waren an die Wände geheftet. Studenten übten Drapieren an Schneiderpuppen, fertige Prototypen hingen an Drahtbügeln. Im ganzen Gebäude herrschte Stille. Eine Stille, der ein Glockenklang schlagartig ein Ende setzte. Mittagspause! Schwärme lachender und schwatzender Studenten strömten aus den Klassenzimmern. Alle sahen sich irgendwie ähnlich, weil ihre trendigen Klamotten, ob gewollt oder nicht, sie in eine Art Uniform kleideten. Sämtliche Mädchen, und sogar vereinzelte Jungen waren geschminkt, ihr frisch gewaschenes Haar, gelegentlich von grünen oder blauen Strähnen durchzogen, schimmerte in Schattierungen von Tiefschwarz bis Hellbraun. Die Studenten schoben sich durch die Gänge, drängten sich in den Lift. Scheue Blicke musterten mich kurz, sahen sofort weg. Im Aufzug wurde geschwiegen; ich sah mich selbst im Spiegel, mit zerzaustem Haar und einem Gesicht, das so anders war. Ein leichtes Schwindelgefühl zeigte mir die Abwärtsfahrt an, meine Fersen fühlten sich schwer und mein Kopf leicht an. Der Aufzug hielt sanft an jedem Stockwerk; wenn kein Platz mehr war, warteten die Studenten in fröhlichem Gedränge, bis der leere Aufzug wieder emportauchte.

»Wollen wir ein Sandwich essen?«, fragte ich Lumina. »Ich lade dich ein.«

Sie zögerte, nickte dann schließlich.

»Wohin möchtest du gehen?«

»Ich weiß nicht«, sagte ich. »Ich kenne noch kein einziges Lokal.«

Sie führte mich in eine Cafeteria auf der anderen Straßenseite. Wir bestellten weiße Brotschnitten, mit Hühnerfleisch, Ei und Salat belegt. Dazu tranken wir Kaffee und frisch gepressten Orangensaft.

»Die Sandwiches sind gut«, sagte ich.

»Ich finde, dass es in Japan die besten gibt«, antwortete Lumina. »Seitdem ich herumreise, weiß ich das.«

Sie blickte mich an, in ihrer Stimme und in ihren Augen lag kindlicher Ernst. Dabei trank sie ihren Orangensaft in kleinen Schlucken, wobei sie die linke Handfläche unter dem Glas hielt, damit kein Tropfen verschüttet wurde. Jede Bewegung war graziös und vollkommen, und ihr Lächeln dabei, das kam und ging, ähnelte dem Lächeln kleiner Kinder, in sich geschlossen und behütet, nur ganz leise angedeutet. Und doch war sie eine erwachsene Frau, sich ihrer Anmut voll bewusst. Dieser Zwiespalt übte einen unwiderstehlichen Reiz aus und schüchterte mich gewaltig ein. Wie sollte ich diese Beklemmung auch nicht verspüren, die einen überkommen mag, wenn man am helllichten Tag ein Märchenwesen vor sich sieht, eine Elfe oder eine Fee? Immerhin machte das gemeinsam Erlebte, dass zwischen uns Zutrauen aufkam und ich mich allmählich sicherer fühlte. Wir hatten jedenfalls Gesprächsstoff, reichlich belangloses Zeug, wie das am Anfang immer so ist.

»Warum hast du aufgegeben?«, fragte sie.

Ich wies auf die Narbe. Sie runzelte leicht die flaumigen Brauen.

»Konnte man sie nicht wegoperieren? Man sieht sie ja kaum!«

»Ja, sie ist blasser geworden. Wegoperieren? Es wäre keine so große Sache gewesen. Aber es lohnte sich nicht. Ich bin schon zu alt.«

Sie bedachte mich mit einem zweifelnden Blick. Ich lächelte, sagte ihr mein wahres Alter. Sie wirkte überrascht.

»Das hätte ich nicht gedacht. Du siehst viel jünger aus.«

»Das sagen alle. Aber ich hätte mich vielleicht noch ein paar Saisons lang gehalten, und dann – aus und vorbei! Zurück ins Privatleben. Dazu kam, dass ich keinen Spaß mehr an den gleichen Sachen wie vorher hatte, verstehst du? Das war wohl der wahre Grund, warum ich nicht mehr wollte.«

Sie faltete geistesabwesend ihre kleine Serviette. Ich sah fasziniert zu. Sie machte einen Vogel daraus, einen eleganten kleinen Kranich, den sie vor mir auf den Tisch stellte.

»Mir ging es ähnlich«, sagte sie dann. »Irgendwann hatte ich genug. Es gab Sachen, die mich mehr interessierten.«

»Warst du sofort überzeugt, dass die Modebranche das Richtige für dich war?«

Sie schaute auf mit einem scharfen Blick, der dann von mir weg ins Leere glitt. Ihre Stimme klang nachdenklich.

»Ich sage fast immer Ja, aber es ist falsch. Ich habe erst nach und nach begonnen, die Ausbildung gut zu finden. Ich hatte eigentlich andere Pläne.«

»Was für Pläne?«

Auf ihrem Gesicht geschah eine Veränderung: ein rötlicher Hauch über die Wangenknochen und ein harter Blick unter den langen Wimpern.

»Bei dir war es nicht so, du kannst nicht ermessen, was es bedeutet, wenn man eine Sache unbedingt machen möchte und nicht kann...«

Ihre Schönheit erschreckte mich. Ihr Haar, das sie dann und wann zurückwarf, strömte einen zarten, süßen Duft aus, der nicht zu der trockenen Härte passte, die plötzlich aus ihren Augen aufblitzte. Ich sagte:

»Man verliert immer viel Zeit im Leben, wenn man solchen Dingen nachtrauert. Doch, mir ging es ähnlich. Irgendwann habe ich das ein bisschen dumm gefunden. Man kann sich für viele Dinge interessieren.«

Sie schwieg. In dieser Cafeteria konnte man, wie in Finnland, ohne Aufpreis so viel Kaffee trinken, wie man wollte. Ich nahm unsere Tassen, ging zur Heizplatte, auf der die Kanne stand, und brachte die Tassen gefüllt an unseren Tisch zurück. Sie bedankte sich, mit einem mechanischen Lächeln im Gesicht. Sie war wieder ganz heiter, aber ich wollte lieber das Thema wechseln.

»Warum heißt du Lumina? Das ist doch kein japanischer Name, oder?«

Nun lachte sie wirklich.

»Doch, den Namen Lumi gab es schon früher. Aber er war nicht mehr aktuell, bis ihn eine Schauspielerin in einer Fernsehserie wieder chic und modern machte. Das war in der Zeit, als ich geboren wurde. Viele kleine Babys hießen damals Lumina. Peinlich war allerdings, als hier in Shinjuku – gleich gegenüber der U-Bahn-Station – ein gleichnamiges Kaufhaus errichtet wurde. Meine Eltern wollten das Kaufhaus auf gerichtlichem Weg sogar zwingen, den Namen zu ändern. Erfolglos, natürlich!«

Sie lachte fröhlich. Ich lachte auch, trank einen Schluck Kaffee.

»Wohnst du bei deinen Eltern?«

Ihr Lächeln gefror und verschwand. Sie erschauderte, und mit einer Bewegung, die sie selber gewiss gar nicht wahrnahm, so rasch und instinktiv war sie gewesen, griff sie nach dem hübschen kleinen Papierkranich, zerriss ihn in winzige Fetzen und warf sie in den Aschenbecher.

»Nein«, stieß sie hervor. »Ich wohne nicht bei meinen Eltern.«

Was hatte man dieser jungen Frau angetan, dass meine bloße Frage schon ausreichte, um bei ihr eine so zornige Reaktion auszulösen? Und was blieb mir anderes übrig, als ihre zitternden Hände zu betrachten, mich schuldig zu fühlen und mich zu fragen, womit ich diesen heftigen Ausbruch bewirkt hatte?

»Es tut mir Leid«, sagte ich zerknirscht. »Ich wollte dich nicht verletzen...«

Sie holte tief Luft, entspannte sich ein wenig. Ihre flackernden Augen begegneten den meinen. Dann – wie aus Höflichkeit mir gegenüber – fügte sie hinzu, ohne dass es mir möglich war, zu erkennen, ob die Empfindung, die sie bewegte, Bedauern, Geringschätzung oder eine unbestimmte Sympathie war:

»Ich wohne bei meinem Freund.«

11. Kapitel

Weil ich bereits die Schule für Gestaltung besucht hatte, war ich gleich in die Klasse für Fortgeschrittene aufgenommen worden. Das sei ein großer Vorteil, erklärte mir Lumina, in den ersten Klassen sei alles ziemlich langweilig gewesen. Anfänglich richteten die Studenten, etwa vierzehn an der Zahl, aus lauter Hemmungen kaum das Wort an mich. Sie waren fast alle befangen, wenn auch einige von ihnen schon im Ausland gewesen waren. Doch weil Lumina neben mir saß und mir dann und wann behilflich war, wenn ich Wörter nicht verstand, wurden sie nach und nach zutraulicher, sodass ich bald nicht mehr das Gefühl hatte, die Fremde, die von weit Hergekommene zu sein. Die Lehrerin, eine noch junge Frau mit krausen Locken, die Hiroko Yoshino hieß, hatte ein rundes Gesicht und eine gesunde, bräunlich rosa Hautfarbe, die ihr, wie ich später erfuhr, den Spitznamen »Ringo-San« – Frau Apfel – eingebracht hatte. Sie war eine muntere Erscheinung, die sich viel Mühe mit ihren Studenten gab, und ich fand bei ihr wohlwollende Aufnahme. Sie prüfte meine Technik, betrachtete lange die mitgebrachten Skizzen. Sie zeigte sich interessiert an den »Koften« und an ihren verschiedenen Variationen. Auch die Studenten schenkten mir ihre stille Aufmerksamkeit, während ich Skizzen an die Tafel heftete und erklärte, so gut ich es mit meinem noch geringen Wortschatz vermochte, dass diese Form der geschlossenen Jacken stark mit der nordischen Kleidung aus dem Mittelalter verwandt war, sich aber bis in die Eisenzeit zurückverfolgen ließ. Frau Yoshino fand meine Entwürfe reizvoll, allerdings nur als Ausgangspunkt. »Ein schöpferisches Erbe ist wichtig, muss jedoch entwickelt und weitergeführt werden, sonst lebt es in der Vergangenheit. Mode ist lebendige Kunst, das dürfen Sie nicht vergessen, Agneta-San.«

Was hier gefördert wurde, war pure Avantgarde und teilweise sehr intellektuell, doch ich zog Nutzen aus den Unterrichtsstunden. Alles war erlaubt, wenn es bloß einer Vision entsprach. Klischees wurden nicht geduldet. Man zeigte uns Videos internationaler Designer, die wir kritisch bewerten mussten. Im Bereich der Trendmode lag Japan ganz an der Spitze. Computerdesign hatte einen extrem hohen Standard erreicht, Falttechniken wurden zur Vollendung gebracht, die Drapierkunst veredelt. Man konnte von Nostalgie ausgehen, wie ich es tat, aber Nostalgie war nur als ferne Inspirationsquelle gestattet. Daneben wurde viel Wert auf das Praktische gelegt. Zum Beispiel, wie man sich als junger Modeschöpfer in ein Team einordnen musste. Ein paar Jahre Schattendasein in einem berühmten Modehaus brachten viel Erfahrung, bevor man individuelle Projekte verfolgte. »Mit zwanzig lernt man von den Meistern«, sagte uns Yoshino-San, »mit dreißig beherrscht man deren Stil, und mit vierzig führt man ihn weiter.«

Gerne zitierte sie auch Diana Vreeland, die ehemalige Chefredakteurin der amerikanischen »Vogue«: »Der Trick ist, den Leuten etwas zu geben, von dem sie nie wussten, dass sie es wollten.«

Im Gegensatz zu manchen Studenten, die mir noch ziemlich naiv vorkamen, hatte ich längst erfahren, dass ein eigenes Label nicht nur einen gut gepolsterten Hintergrund, sondern auch unendlich viel Kraft und Durchsetzungsvermögen verlangt. Zweimal im Jahr war der Druck enorm, denn keiner wusste, ob die neue Kollektion auch ankommen würde. Aber welche Kosten regelmäßig fällig waren, ließ sich genau kalkulieren. Das alles wirkte abschreckend und war es auch; und es war vorauszusehen, dass viele – nahezu die meisten – das angestrebte Ziel nie erreichen würden.

Ich sagte zu Lumina:

»Fragst du dich nie, wie du das aushalten wirst?«

»Ich kann es nicht sagen«, erwiderte sie freimütig. »Ich habe nie darüber nachgedacht.«

Ich nickte ihr anerkennend zu.

»Dann bist du aber sehr stark!«

Sie schien verblüfft, als wäre ihr soeben eine wichtige Nachricht übermittelt worden. In ihren Augen lag Unsicherheit, aber gleichzeitig schien ihr das, was ich gesagt hatte, zu gefallen. Trotzdem schüttelte sie den Kopf.

»Ach nein, überhaupt nicht!«

»Ich singe doch nicht, sagt der Vogel«, erwiderte ich. So ein Sprichwort kann man nicht in eine andere Sprache übersetzen, ohne dass es sich komisch anhört. Sie brach in anmutiges Lachen aus.

»Ich werde mich schon daran gewöhnen. Und dann hoffe ich…« Sie stockte, nagte an ihrer Unterlippe. Ich betrachtete ihr längliches weiches Gesicht, betrachtete es voller Erregung und Zärtlichkeit. Es war Mittagspause, eine knappe Stunde nur, und wir saßen in der Cafeteria, in die mich Lumina am ersten Tag geführt hatte. Sie befand sich ganz nahe am College, und die Sandwiches waren wirklich gut. Weil die Tage wärmer wurden, trug Lumina einen kurzen Rock aus verwaschenem Jeanstuch, dazu ein schwarzes Top. Der Rücken war frei und enthüllte ihre goldsamtene Haut, der kalte Hauch der Klimaanlage schien sie nicht im Geringsten zu stören.

»Worauf hoffst du, Lumina?«

Sie warf den Kopf zurück, ihr Haar glänzte und funkelte, und es durchzuckte mich wie eine Offenbarung. Nie, weder auf dem Laufsteg noch im Theater, noch in den berühmtesten Straßen der größten Städte dieser Welt, hatte ich je eine schönere Frau gesehen. Sie war mehr als wunderschön. Sie war unendlich verführerisch. Sie indessen wich meinem Blick aus, als ob sie ihn als zudringlich empfinden würde, bevor sie endlich meine Frage in völlig natürlichem Tonfall beantwortete.

»Dass es mir gelingen wird. Das hoffen doch alle, oder? Aber ich weiß, dass ich eine Chance habe.«

Dann herrschte wieder Schweigen. Mir fiel auf, dass es wie Ebbe und Flut in regelmäßigen Abständen zwischen uns entstand. Eigentlich hätte ich mich nicht daran stören sollen. Früher, wenn Models zum Shooting angereist kamen, gab es auch immer solche, die alles erzählten, und andere eben – nichts. Aber Lumina gab mir tausend Rätsel auf. Mochte sie mich, oder tat sie nur so? Was dachte sie im Stillen? Ihre Familie hatte sie nur mit einigen knappen Worten erwähnt, ich wusste nicht einmal, wie ihr Freund hieß. Hatte sie wirklich einen? Und was machte sie am Abend? Disco? Kino? Nie hatte sie den Vorschlag gemacht, mal zusammen auszugehen, egal wohin, in eine japanische Kneipe oder in eine Pizzeria meinetwegen, weder am Sonntag noch an einem anderen Tag. Dabei wusste sie doch, dass ich ganz alleine hier in Tokio saß. Aber inzwischen war ich vorsichtig geworden, stellte keine Ansprüche, vermied persönliche Fragen. Ihr Anblick entzückte mich dermaßen, dass ich nicht mehr denken konnte. Sie war so reizend, so einzigartig! Ich wollte weiter nichts als neben ihr sitzen, mit ihr belangloses Zeug schwatzen, sie mit Zärtlichkeiten umgeben und darauf warten, dass ein plötzliches Lächeln das Licht des Paradieses auf ihr Gesicht zauberte. Und da war noch eine andere Sache. Sie duftete nach Baumwolle, frisch gewaschenen Haaren, aber auch nach irgendeinem Parfüm, das mir nicht aus dem Kopf ging. Ein Parfüm von regennassen, frisch gepflückten Blüten. Der Duft war keineswegs aufdringlich, denn Japanerinnen lieben keine schweren Parfüms. Jedes Mal, wenn Luminas Gesicht oder ihr blauschwarzes Haar mir nahe kamen, atmete ich tiefer und schneller. Dieser Duft! Er gehörte zu ihr, zu dem unbeschreiblichen, erregenden Gefühl ihrer persönlichen Atmosphäre. Es war ein Duft voll unbestimmbarer Sanftheit und Kühle, zart und jugendlich, eine Ausstrahlung, ein Geheimnis, das mir Herz und Sinne aufwühlte. Ein Duft, der mich nicht benommen machte, wie manche Parfüms das tun, sondern lediglich beglückte. Dabei geriet ich, ob ich wollte oder nicht, ins Zittern, weil das Glück so stark, verwirrend und unpassend war. Ich glaubte nicht einen Augenblick, dass Lumina mich verstand, aber immerhin musste sie fühlen, wie gut sie mir tat. Sie war ganz in sich selbst geschlossen, ein stilles Wasser, aber immerhin musste sie spüren, dass zwischen uns irgendetwas begonnen hatte zu existieren. Und die Frage, welches Parfüm sie benutzte, war eigentlich so belanglos, dass sie, einmal gestellt, fast inhaltslos wurde und mir mein langes Zögern unverständlich, ja lächerlich vorkam. Und ebenso überraschend war, dass sie unbefangen und ohne jegliches Zögern antwortete.

»Ach, es heißt ›Violettes Imperiales‹. Es ist ein französisches Parfüm, aber ein altmodisches. Es gibt nur noch einige Boutiquen, die diese Marke führen.«

Ich übersetzte im Geist den Namen: »Kaiserliche Veilchen«, während eine leichte Übelkeit in mir aufkam. Aus weiter Ferne, aus vergessenen Regionen meines Gedächtnisses regte sich eine Erinnerung, als ob sich in meinem Gehirn eine Membran lockerte, leicht öffnete und dann wieder schloss. Das Gefühl tauchte auf und verschwand. Es war keine Verlängerung konsequenter Gedanken, nur der Bruchteil einer flüchtigen Empfindung, nichts, das ich begreifen konnte oder wollte. Ich war mit anderem beschäftigt.

»Es riecht gut«, hörte ich mich sagen.

Sie antwortete mit einem amüsierten Lächeln.

»Eigentlich ist es ein Parfüm für alte Frauen.«

Ich lachte.

»Was macht das schon?«

Sie erklärte, dass alte Frauen ein Parfümbeutelchen in ihren »Obi« – ihren Kimonogürtel – steckten, wenn sie Besuche machten oder zum Schrein gingen.

»Es darf nur ganz leicht duften, sonst gilt es als unfein. Und dieses Parfüm, wer weiß, vielleicht erinnert es sie an ihre Jugend?«

»Du bist keine alte Frau«, sagte ich. »Aber es passt wundervoll zu dir.«

Jetzt errötete sie ein wenig.

»Ach, findest du?«

»Doch. Und du solltest dir einen Vorrat anlegen. Vorsichtshalber. Man kann ja nie wissen, wie lange es das Parfüm noch gibt.«

»Ja«, sagte sie versonnen, »wenn alle diese alten Frauen gestorben sind…«

Sie lachte plötzlich nicht mehr. Ihr Gesichtsausdruck war sanft und nachdenklich geworden. Ihr Haar fiel über die Schultern; und dann wieder, als sie den Kopf hob, an den alten Platz zurück, sodass ich ihr Parfüm roch, das ständig da war. Und irgendwie wusste ich, dass nichts so wichtig war wie dieser Duft, den ich mit jedem Atemzug einzog, tief in die Bronchien, ganz nahe bis zum Herzen.

Inger hatte mein Geld auf eine Weise angelegt, die meine Zukunft zwar sicherte, mir meine Gegenwart jedoch beträchtlich vermieste. Da war zum Beispiel die Sache mit der Unterkunft. Mit Frau Maedas

Liste versehen, hatte ich mich auf die Socken gemacht und feststellen müssen, dass im Zentrum zu erschwinglichen Preisen kaum etwas zu finden war. Schließlich hatte ich mich in einem Guest-House eingemietet, wo vorwiegend amerikanische Studenten verkehrten. Das Zimmer war halb europäisch, halb japanisch eingerichtet und eigentlich sympathisch. Zuerst war ich richtig glücklich gewesen, es gefunden zu haben. Und mit der U-Bahn war ich in zehn Minuten in Shinjuku. Die zahlreichen Nachteile dieser Unterkunft erlebte ich erst später: die allzu dünnen Wände, das ständige Poltern schwerer Füße auf den Treppen. Eine Kochgelegenheit im Zimmer gab es nicht, dafür eine feste Einteilung der Küchenbenutzung, daher das pausenlose Kommen und Gehen, das Geschirrgeklapper mitten in der Nacht, der Geruch anbrennender Speisen, die ständige Unordnung. Das Haus wurde von einem Amerikaner aus Michigan geleitet, der fast zwei Meter groß war. Marks Ansicht als Wirt lautete: Menschen, die um alles Theater machten, gab man am besten nach. Doch Mark war mit einer Japanerin verheiratet, die diesen Grundsatz nicht teilte. Blieb ein Haar im Waschbecken zurück, blitzten ihre Augen vor kalter Verachtung. Stellten die Gäste ihre Schuhe nicht in Reih und Glied in das dafür vorgesehene kleine Schrankgestell, machte Kiku ein saures Gesicht. Und bei Neuankömmlingen, die das Schuhe-Ausziehen vergaßen, hatte sie eine unfehlbare Taktik entwickelt: Sie rutschte mit eiskalter Duldermiene auf den Knien hinter ihnen her und wischte akribisch jeden Schuhabdruck vom Holzfußboden, sodass der Ungehobelte sich kleinlaut entschuldigte und es nie wieder tat.

»Ich werde da wohl nicht wohnen bleiben«, sagte ich zu Lumina. »Meine Nachbarin kauft sich Fertigmahlzeiten, macht sie kurz im Ofen warm und verschwindet gleich wieder in ihrem Zimmer, aber sie lässt CNN bis um drei Uhr morgens laufen. Sie ist wirklich süß und nett, kann aber nicht einsehen, dass mich der Lärm stört. Es sei doch die normale Lautstärke, meint sie. Tut mir Leid, ich bin nicht schwerhörig!«

»Und was hast du jetzt vor?«

Ich spielte mit meinem Kaffeelöffel, drehte ihn hin und her.

»Tja, ich bin wieder auf Zimmersuche. Da war ein Studio in Ao-
yama Hill, ein bisschen teuer, aber wirklich gemütlich. Als ich mich
gestern entschlossen hatte, es zu mieten, war es schon weg. Pech gehabt!«

Lumina sah an mir vorbei, als ob sie kaum zugehört hätte. Zwischen den dunklen Augen zeigte sich eine Falte, die ich noch nie bei
ihr bemerkt hatte. Sie schien sich auf etwas in ihrem Innern zu konzentrieren, eine Idee zu verfolgen, die ihre ganze Aufmerksamkeit in
Anspruch nahm. Es war, als ob sie von zwiespältigen Gefühlen hin
und her gerissen würde, das Für und das Wider abwog. Ihr Gesicht
blieb dabei ungerührt, während ihre Hände begonnen hatten, die
Serviette in einen kleinen Glückskranich zu verwandeln. Sie tat es
mechanisch und geistesabwesend, und ich beobachtete hingerissen,
wie ihre unvergleichlich geschickten Finger das dünne Papier zu-
sammenlegten und falteten. Das dauerte eine kleine Weile. Plötzlich
stellte sie den fertigen Kranich vor mir auf den Tisch, hob das Gesicht und lächelte mich an. Ihr Lächeln war herzerwärmend und
ganz bezaubernd. Selbst an ihre Schönheit hatte ich mich gewöhnt,
doch in diesem Moment war mir, als ob ihr Lächeln einer ganz besonderen Zuneigung Ausdruck gab. Und jetzt, da sie mit beiden
Händen ihr Haar aus der Stirn strich, mich in ihr Lächeln einbezog,
vergaß ich völlig, wie anders und unheimlich sie in ihren Gedanken
und Gefühlen doch sein mochte.

»Möchtest du bei meiner Tante wohnen?«

Ich erwiderte verwundert ihren Blick.

»Hat sie denn Platz genug?«

»Du könntest das Haus meines Großvaters mieten. Er ist vor zwei
Jahren gestorben.«

Ich seufzte.

»Ein ganzes Haus? Tut mir Leid, das kann ich mir nicht leisten!«

»Eigentlich ist es kein Haus«, antwortete sie, etwas abfällig.
»Eher ein Anbau, und sehr altmodisch. Mein Großvater wollte nie,
dass irgendwas verändert oder verbessert wurde. Und da er in vielen
Dingen sehr stur war...«

Sie sprach ihren Satz nicht zu Ende, sondern zuckte mit den Schultern. Das alles kam ein wenig zu schnell, zu unvorbereitet, aber war es nicht wundervoll, dass Lumina mir dieses Angebot machte? In meinem Innern schien es wie die Flamme einer Kerze hochzusteigen, ich fühlte, wie meine Wangen heiß wurden. Doch die Umstände verlangten, dass ich sachlich blieb. »Stehen die Zimmer leer? Ich bin nicht sehr anspruchsvoll, weißt du, aber für neue Möbel habe ich kein Geld…«

»Möbel sind noch da. Wenn du mit dem vorlieb nimmst, was vorhanden ist…«

Die Flamme in mir strebte empor, schien in meinem Atem zu zittern. Ich bemühte mich zu glauben, dass ich immer noch unentschlossen war, dass ich zuerst das Haus begutachten musste, um dann mit Vernunft entscheiden zu können.

»Wohnt wirklich kein Mensch da?«

Sie schüttelte den Kopf.

»Niemand. Tante Harumi braucht ein Zimmer, um ihre Stoffe zu lagern. Das ist alles.«

Ich sah sie fragend an. Lumina nickte mit abwesendem Ausdruck.

»Ja, sie ist professionelle Designerin.«

»Arbeitet sie auch in der Modebranche?«

»Ja«, antwortete Lumina unwillig. »Sie entwirft Muster für formelle Kimonos. Sie bearbeitet Yuzen-Seide, die in der Stadt Kanazawa hergestellt wird. Die Motive sind sehr traditionell. Aber mir gefallen sie.«

Ich nahm ihr Widerstreben wahr, beachtete es jedoch nicht. Etwas Sonderbares und Erregendes durchzuckte mich. Ich hatte Kimonos in Vielfalt bewundert, nie hatte ich zuvor so etwas gesehen. Welche Farben, welche Muster! Diese Schönheit, ihr Einfallsreichtum und Überschwang gingen mir wirklich durchs Herz. Bei ihrem Anblick fühlte ich mich über mich selbst hinausgehoben, schwebend in einer Pracht, die mich jedes Mal aufs Neue überwältigte.

»Oh!«, rief ich lebhaft. »Könnte ich mal sehen, wie sie arbeitet? Meinst du, dass sie es mir erlauben würde?«

Wie konnte sich ein junges, frisches Gesicht derart plötzlich verändern? Luminas Lächeln verzerrte sich. Ihre so beweglichen und empfindsamen Gesichtszüge waren mit einem Mal in Verschlossenheit erstarrt, befallen von einem niederträchtigen, krankhaften Schmerz. Ihre ganze Selbstbeherrschung schien ins Wanken geraten, aus ihrem Innern schien etwas laut und zornig zu schreien. Doch kein Laut kam über ihre Lippen, während sie den kleinen Kranich packte, ihn in der Hand zerdrückte und in winzige Fetzen zerriss. Sie tat das mit der automatischen Bewegung, die ich nun bereits an ihr kannte. Dann schien sie unversehens wieder ruhig. Und in dem, was sie mir jetzt mitteilte, lag dem Anschein nach gar nichts, was einen solchen heftigen Ausbruch hätte rechtfertigen können.

»Das ist es, was ich auch machen wollte!«

Ich blickte sie erstaunt an.

»Muster für Kimonos entwerfen?«

Ihre Lippen waren blass; es gelang ihr kaum, ein Zittern zu verbergen.

»Aber ich bin nicht begabt!«, stieß sie hervor.

Ihr wechselndes Mienenspiel war ganz erstaunlich. In einem Augenblick war sie eine entzückende junge Frau, im nächsten schon verwandelte eine Kopfbewegung sie in einen Menschen, der finster und boshaft blickte, mit Augen, glitzernd wie schwarze Steine.

»Ach, das kann ich nicht glauben!«, sagte ich, um sie zu beruhigen. »So geschickt, wie du bist!«

»Das hat nichts damit zu tun.« Sie sprach leise und verzweifelt. »Ich sehe Farben und Formen und kriege sie nicht in den Griff! Eine Zeit lang hatte Tante Harumi viel Geduld mit mir. Leider gilt nicht, was wir wollen, sondern was wir können, oder? Und auf wen kann ich die Schuld schieben, wenn es wirklich nicht geht?«

Ihre Freimütigkeit wirkte ansteckend. Sie hatte es ganz einfach nötig, mit irgendjemandem zu sprechen. Meine Hand suchte die ihre, fand sie, streichelte sie. Lumina erbebte leicht, zog aber ihre Hand, die ich in meiner behielt, nicht weg.

»Du kannst das doch gar nicht so genau wissen«, versuchte ich abzuschwächen.

Sie nagte an ihrer Unterlippe.

»Wenn das wenigstens wahr wäre!«

»Wir sind ja hier, um zu lernen«, sagte ich.

Sie senkte ihre Augenlider fast völlig; ihr Haar fiel vornüber, einem schwarzen Vorhang gleich. Es war von merkwürdig undefinierbarer Beschaffenheit, dieses Haar, seidenähnlich und glänzend, als ob sich kleine Fünkchen an der Oberfläche spiegelten. Sie stammelte, hilflos wie ein Kind: »Ich habe so große Lust, das Gleiche zu tun wie Tante Harumi und ... und bringe es einfach nicht fertig! Und keiner kann das verstehen ... absolut keiner!«

Ihre Stimme brach. Ich drückte ihre Hand.

»Doch, ich schon. Mir ging es nicht viel anders, weißt du. Hör auf, dir Sorgen zu machen. Im College bringt man uns Dinge bei, die wirklich wichtig sind. Du hast ja noch mehrere Semester vor dir. Und eines Tages, wer weiß ...?«

»Vielleicht«, flüsterte sie.

Es lag so viel Traurigkeit in ihrer Stimme, so viel Zögern in ihrer Antwort. Sie saß neben mir, dicht, ganz dicht. Vielleicht merkte sie es nicht einmal. Ich streichelte ihre warme Hand. Ganz langsam beruhigte sie sich, antwortete endlich mit einem leichten Druck. Ich sagte:

»Ich würde wirklich gerne deine Tante besuchen. Und mir auch mal das Haus ansehen, wenn sie einverstanden ist ...«

Sie nickte. Ihr Lächeln und ihre Augen drückten in diesem Augenblick eine naive Freude, eine nahezu lebhafte Zärtlichkeit aus.

»Ich werde es ihr mitteilen«, sagte sie.

Das Pendel hatte zu schwingen begonnen. Die Uhr lief unaufhaltsam rückwärts, pochte ungeduldig und fordernd, wie ein lebendes Herz. Die Vergangenheit, die unter welken Blättern ruhte, spürte, dass sich Licht auf sie gerichtet hatte, und erwachte. Sie brauchte ja nur eine kleine Stelle, auf der sie alles hatte, einen Übergang zwischen zwei Welten. Den Weg kannte sie gut, er war ja auch nicht weit, bloß überwuchert, weil ihn lange keiner mehr gegangen war. Und Henrik, der das Ganze schon lange beobachtete, schickte mir keine Warnzeichen, wohlwissend, dass ich sie ohnehin nicht beachtet hätte.

12. Kapitel

Das Haus lag im Stadtviertel Nakameguro; vom Neon- und Verkehrschaos auf der Hauptstraße trennten uns keine zwei Minuten, aber hier war eine andere Welt. Puppenhäuser aus Holz, Eisenblech und Ziegel säumten die Straße, hinter rund geschnittenen Buchsbäumen und blühenden Azaleenhecken verborgen. Lumina bog um eine Ecke, dann um eine andere; ich ging stumm hinter ihr her, betrachtete die verwirrende Mischung aus Alt und Neu, aus Gepflegt und Vernachlässigt. Die Straße ohne Gehsteige war so eng, dass zwei Wagen nicht aneinander vorbeifahren konnten; stets musste der eine dem anderen den Vortritt lassen. Endlich blieb Lumina vor einem niedrigen Eisengitter stehen und gab mir ein Zeichen. Hier! Von dem Haus war nur das Schieferdach zwischen den Bäumen zu sehen. Lumina stieß das Tor auf. Wir gingen zwischen Blumentöpfen über einen kleinen Kiesweg. Ein Fahrrad mit einem Metallkorb lehnte an dem Haus, das – von außen gesehen – ziemlich verkommen wirkte. Zwei Steinstufen, auf denen Gießkannen, Besen und Schaufeln standen, führten zur Tür. Unter dem Vordach war ein kleines Glöckchen aus Bronze angebracht, das jetzt still in der ruhigen Luft hing. Während ich es betrachtete, klingelte Lumina, und eine Frauenstimme rief ein paar Worte. Lumina nickte mir zu, drückte auf die Klinke. Man erwartete uns, die Tür war nicht verschlossen gewesen. Ich trat hinter Lumina in den Eingang, als ich ein schleifendes Geräusch vernahm: Harumi Ichikawa, die Herrin des Hauses, trat uns im Gegenlicht entgegen. Ich verbeugte mich tief, hörte, wie Lumina meinen Namen nannte. Den Kopf hebend, sah ich, wie Tante Harumi sich zur Begrüßung ebenfalls verneigte. Die Bewegung war von großer Eleganz, und gleichzeitig so zwanglos, dass sie eher als Andeutung wirkte. Nun trat sie zur Seite, und ich sah sie besser. Sie war nicht mehr jung, wirkte aber jung, obwohl sie völlig ungeschminkt war. Es musste an der Form ihres Gesichtes liegen, an dem leicht gewellten, blauschwarzen Haar, das sie kurz geschnitten trug, sodass es über dem Wangenjoch bis zum Kinn eine klare Linie bildete. Sie hatte eine fast maskulin gebogene Nase, ein außergewöhnlich breites Kinn, und unter dunklen Brauen seltsame Augen, pechkohlenschwarz, ungeheuer jugendlich, klar und funkelnd. Sie trug zerknitterte Wollhosen, dazu eine Hemdbluse, eine fusselige Strickjacke und weiße Tabi-Füßlinge. Eine Hornbrille baumelte an einer langen Kette. Ihre Aufmachung war bewusst unmodern, mehr noch, als ob sie es provokativ darauf abgesehen hätte. Als ich mich für mein schlechtes Japanisch entschuldigte, machte sie eine schnelle, herzliche Handbewegung, die »nein, nein« bedeutete.

»Sie sprechen sehr gut japanisch! Wo haben Sie es gelernt?«

»In Finnland. Das war Bedingung für die Aufnahme im College. Meine Lehrerin kam aus der Gegend von Osaka«, fügte ich hinzu und bemerkte das amüsierte Blinzeln in ihren Augen. Dass mein Akzent sich hier in Tokio ziemlich komisch anhörte, hatte man mir inzwischen gesagt.

»Mir fehlen noch viele Worte«, sagte ich, etwas beschämt.

»Ach«, erwiderte sie heiter, »Sie werden täglich neue lernen.« Sie kniete auf dem glänzenden Holzfußboden nieder, reichte mir mit freundlicher Geste die bereitstehenden Pantoffeln. Ich stieg aus meinen Ballerinas, ließ sie auf dem Steinfußboden stehen. Ich hatte gelernt, sie sorgfältig nebeneinander zu stellen und die Spitze zur Tür zu drehen, damit ich beim Hinausgehen bequem wieder hineinsteigen konnte. Zuvor hatte ich Turnschuhe getragen und war die unbequemen Verrenkungen vor jeder Tür, um die Schnürsenkel zu öffnen, bald satt geworden. Inzwischen überreichte Lumina ihrer Tante eine Schachtel Reisgebäck, denn in Japan gehört es sich, ein Geschenk mitzubringen. Durch eine Schiebetür aus leichten Holzlatten und durchscheinendem Reispapier traten wir in einen Raum, der auf den ersten Blick ziemlich klein wirkte. Der Boden war mit Matten aus gepresstem Reisstroh ausgelegt; sie waren mit einem dünnen Streifen Goldbrokat umrandet. Die Matten federten angenehm unter meinen Füßen und dufteten nach Sommergras. Wie groß das Haus eigentlich war, ließ sich nicht feststellen. Bei Bedarf mochten die Schiebewände die vielen kleinen Zimmer in einen einzigen großen Raum verwandeln. Tragpfeiler und Täfelung bestanden aus honigfarbenem Holz, das ein schönes Muster zeigte; Bücherbretter sowie Schränke waren direkt in die Wand eingelassen. Die Tapete aus hellbrauner, ziemlich grobfaseriger Seide war alt und an manchen Stellen zerschlissen.

Das Zimmer selbst war hell und freundlich. Hinter der »Fusuma« – die Schiebetür nach draußen – befanden sich eine Glasscheibe und ein ganz feines Mückennetz. Ein Garten leuchtete in allen Schattierungen von Grün. Sträucher und Bäume waren sauber geschnitten, eine Anzahl gebogener Trittsteine führten zu einem winzigen Teich mit Seerosen. Vögel zwitscherten, und der Verkehrslärm war als fernes, unbedeutendes Rauschen zu hören. Mit verhaltener Neugierde ließ ich meine Blicke umherwandern. Als Möbel gab es einen kleinen Lacktisch, auf dem ein ziemlich kitschiges Spitzendeckchen lag. Flache Baumwollkissen, blau-weiß bedruckt, und zwei sehr niedrige Sessel dienten als Sitzgelegenheit. In einer gläsernen Vitrine stand eine Anzahl Puppen: Kaiser und Kaiserin in ihren acht heiligen Gewändern, eine tanzende Göttin, die ihren Fächer schwang, eine Kindfigur mit langem schwarzem Haar, in goldener Rüstung und mit einem Speer bewaffnet: Momotaro, der kleine Kriegsgott, aus einem Pfirsichkern geboren. Auch die Puppen mussten alt sein, Gewänder und Bemalung waren verblichen. Es hingen auch Bilder im Raum: alte Familienfotos, schwarzweiß und vergilbt. Darauf waren Männer und Frauen aus einer anderen Zeit zu sehen, alle in Kimonos und mit den gleichen, leeren Gesichtern, die früher bei offiziellen Fotos üblich waren. Auch Holzdrucke hingen da, zeigten in kraftvollen Farben Porträts von Kabuki-Schauspielern. Offenbar war diese Theaterform in der Familie sehr beliebt. In der Wohnzimmernische, die in keinem traditionellen Haus fehlen durfte, hing zwischen glänzend polierten Holzpfeilern das übliche Rollbild. »Kakemono« – »Sache zum Aufhängen« – nannten es die Japaner. Dieses zeigte ein Äffchen, das an einem Ast balancierte und nach dem Spiegelbild des Mondes in einem Teich grapschte. Die klassische Tuschmalerei, eine Lithographie, war mit dem Siegelabdruck des Künstlers versehen.

Harumi lud uns ein, Platz zu nehmen. Auf dem Tisch lagen, in Lackschälchen, einige Süßigkeiten, in rosa und hellgrünem Papier eingewickelt. Während Lumina und ich uns niederließen, ging Harumi hinaus. Wir hörten sie leise in der Küche hantieren. Lumina schwieg, was bei ihr nicht ungewöhnlich war. Anmutig saß sie da, wippte unmerklich auf und ab, wobei ihr Gesicht einen unergründlichen Ausdruck trug. Nach einigen Augenblicken erschien Harumi wieder mit einem Tablett. Kräftiger grüner Tee dampfte in Keramikbechern, die Harumi behutsam auf den Tisch stellte. Diese Teesorte mochte ich am liebsten. Woher wusste es Harumi? Hatte Lumina es ihr mitgeteilt?

Inzwischen setzte sich Harumi uns gegenüber, forderte uns auf, von den Süßigkeiten zu nehmen. Lumina machte eine kurze Dankesverbeugung, sagte jedoch kein Wort. Den Kopf hielt sie mit dem gleichen sturen Gesichtsausdruck unentwegt gesenkt.

»Wie lange sind Sie schon in Japan?«, fragte mich Harumi.

»Seit zwei Monaten.«

»Und wie gefällt es Ihnen auf der Schule?«

»Danke, gut. Der Unterricht ist sehr vielseitig.«

»Wie sind Sie auf die Idee gekommen, in Tokio zu studieren?«

Ich hatte die Frage erwartet und vorgehabt, den Eindruck zu beschreiben, den Ritva Salonens Kreationen damals in mir ausgelöst hatten. Doch plötzlich war ich wie gelähmt. Die japanische Sprache ist voller Tücken, die richtigen Worte fehlten mir. Und nahezu gleichzeitig, wie ein Blitzschlag, brach in mir das Gefühl durch, dass dieser erste Eindruck womöglich ein falscher gewesen war. Dass der Ruf, den ich in meinen großartigen Augenblicken zu hören glaubte, mir überhaupt nicht galt. Eine Gänsehaut überlief mich. Hilflos saß ich da, und alles, was ich mich krampfhaft zu sagen bemühte, flog mir aus dem Kopf. Ich stammelte wie ein törichtes Schulmädchen: »Es kommt mir jetzt alles sehr schwierig vor…«

Sie betrachtete mich weiterhin ruhig und aufmerksam; mir war, als ob sie gar nicht richtig zuhörte, als ob das, was ich sagen wollte, viel weniger wichtig war als das, was ich nicht sagen konnte. Schließlich nickte sie.

»Je schwieriger eine Aufgabe ist, desto intensiver sollte man sich auf sie einlassen. Wenn man alles schon könnte, wäre jeder Unterricht überflüssig, nicht wahr?« Ich holte tief Atem. Unter anderen Umständen hätte ich mich unbehaglich gefühlt, doch nein, ich war glücklich und heiter und angeregt.

»Ich kann nähen, das habe ich schon früher gekonnt«, beantwortete ich ihre Frage, die vielleicht keine war.

»Ja, ich bildete mir sogar etwas darauf ein. Und jetzt habe ich das Gefühl, ich müsste bescheiden sein und wieder bei Null anfangen.«

Sie nickte, mit einem Schmunzeln auf dem Gesicht. »Bescheidenheit gilt in Japan als Tugend.«

Der Teebecher aus oranger Keramik stand vor mir. Als ich trinken wollte, nahm er meine ganze Aufmerksamkeit gefangen. Ich drehte ihn langsam in der Hand herum, um ihn von allen Seiten zu bewundern. Dabei spürte ich ein unsichtbares Zittern in den Händen.

»Gefällt Ihnen diese Keramik?«, hörte ich Harumi fragen.

»Ja, sie ist wunderschön.«

»Die Töpferin ist eine Freundin von mir. Eine große Meisterin.«

Ich hob den Becher zum Mund und nahm einen Schluck. Der Tee war grobblättrig und grün und schmeckte herrlich erfrischend. Vorsichtig stellte ich den Becher wieder auf den Tisch. Aus irgendeinem Grund waren meine Gedanken jetzt klarer.

»Eines Tages müsste ich doch finden, was ich suche…«

»Was suchen Sie denn?«, fragte Harumi.

Ihre Stimme klang jetzt ausgesprochen belustigt. Ich seufzte.

»Ach, ich weiß es nicht. Vollkommenheit, vielleicht?«

Sie beugte sich leicht vor.

»Vollkommenheit? Dahin führt ein langer Weg.«

Ich lachte ein wenig unsicher.

»Ich nehme an, ja. Daran zu denken nützt ja nichts. Ich sage mir, alles zu seiner Zeit. Und mache einfach weiter. Auch wenn ich manchmal glaube, dass es keinen Sinn hat…«

»…hat es trotzdem einen Sinn, nicht?«

Sie blickte mich an, und in ihren Augen lag gutmütiger Spott. Ich hatte das seltsame Gefühl, dass sie sehen konnte, was ich dachte; dass sie mich in diesem Moment besser kannte, als ich mich selbst.

»Eigentlich macht es mir Spaß«, sagte ich.

Sie nickte, immer noch mit diesem leichten Lächeln auf den Lippen.

»Die Freude des Lernenden mag darin liegen, vom Gedanken an das Lernen erlöst zu sein. Was meinen Sie, Agneta-San?«

Die Art, wie sie meinen Namen aussprach, machte mich glücklich. Das taube Gefühl verschwand aus meinem Kopf. Ich erwiderte ihr Lächeln.

»Irgendwie schon.«

Ein Schweigen folgte. Ich heftete kurz meine Augen auf Lumina. Sie hörte, was wir sprachen, sagte aber kein Wort. Sie hielt sich kerzengerade, in distanzierter Haltung. Nichts regte sich auf ihrem maskenhaft schönen Gesicht. Sie saß einfach da, mit sich allein, hingepflanzt auf ihrem Kissen, vor sich den Teebecher, an dem sie kaum genippt hatte, und zwischen den Fingern ein rosa Papierchen, das sie zu dem üblichen Kranich faltete. Und Harumi tat nicht das Geringste, um sie in das Gespräch hineinzuziehen. Es war wirklich sonderbar, wie unbeachtet sie war, als ob sie den Möbeln Gesellschaft leistete. Nach einer kurzen Pause sagte Harumi plötzlich: »Lumina hat mir erzählt, dass Sie eine Unterkunft suchen.«

Und da – bei diesen Worten – hob Lumina jäh den Blick, hielt die Augen starr auf ihre Tante gerichtet, während sie den fertigen kleinen Kranich auf den Tisch stellte. Diesmal war er weniger akkurat geformt als sonst, die Flügel waren nicht ebenmäßig, einer zu groß, der andere zu klein, und beide zerknittert. Ich aber übersah Lumina und ihren Kranich und sagte mit Herzklopfen zu Harumi:

»Ja, ich bin zu ungeschickt, eine zu finden.«

»Ich habe ein paar Zimmer, die leer stehen«, sagte Harumi. »Früher empfing mein Mann seine Gäste dort. Wollen Sie sich die Zimmer mal ansehen?«

Lumina hatte mir vor ein paar Tagen etwas hinsichtlich dieser Wohnung erklärt. Was war es gewesen? Ich konnte mich nicht entsinnen. Es war im fernsten Winkel meiner Erinnerung versickert.

Inzwischen erhob sich Harumi mit der unnachahmlichen Grazie

der Japanerinnen, während ich mich unbeholfen bemühte, auf die Beine zu kommen. Aus den Augenwinkeln sah ich, wie Lumina den Kranich in der Hand zusammenknüllte und hastig zerriss, bevor sie auf den Zehen zurückfederte und dann hinter uns durch den Raum schlurfte. Im Eingang, auf der andere Seite des Steinfußbodens, war eine Tür, die ich übersehen hatte und die Harumi nun aufstieß. Vor uns lag ein kleiner Gang mit drei Schiebewänden. Als Harumi sie mit geübtem Griff zur Seite schob, gaben sie ein diskretes, schleifendes Geräusch von sich. Die Zimmer, die nun zum Vorschein kamen, waren klein wie Kinderzimmer. Da sie im rechten Winkel zu den anderen Zimmern lagen, konnte man den Garten sehen. Alle waren mit den üblichen Tatami-Matten ausgelegt. Weil die Zimmer ungelüftet waren, roch es drinnen nach trockenem Gras, wie auf einem Heuboden. An den Decken hingen Papierlampen. Auch hier waren sämtliche Einbauschränke mit dem gleichen hellbraunen Seidenstoff wie die Wände bespannt, sodass die Räume einheitlich wirkten. Möbel gab es auch hier nicht viele, nur einen kleinen Tisch, und unter dem Tisch eine Wärmekiste aus weißer Birke mit Schubladen, die – als Zugeständnis an die heutige Zeit – elektrisch beheizt wurde. Auf dem Tisch standen ein unmodernes Telefon und eine Thermosflasche. Die üblichen Sitzkissen lagen vor einem alten Fernseher. An fast allen Wänden hingen Fotografien von Kabuki-Darstellern, vergrößert und handkoloriert. Die weiß geschminkten Gesichter zeigten Zorn, Schmerz oder Entzücken in nahezu parodistischer Übertreibung. Jeder Blick, jede Verzerrung der Lippen genügte, um sie kenntlich zu machen. Das Wohnzimmer besaß eine Art Alkoven: Der Pfeiler war aus dem geschuppten Stamm einer Tanne gemacht, aber so poliert, dass er aussah, als sei er aus Kristall. Der schöne Holzfußboden war mit einem Staubschleier überzogen. In der geweihten Nische hing ein »Kakemono«.

Ich nahm es überrascht in Augenschein. Etwas war an diesem Bild, das mich veranlasste, mehrere Sekunden lang auf nichts anderes mehr zu achten. Das Rollbild, in kostbaren Brokat eingefasst, stellte etwas dar, das ich unfähig war zu begreifen. Einen Vogel vielleicht, oder ein Insekt, langbeinig und mit schwarzen und roten

Streifen versehen, groß wie ein menschlicher Kopf. Statt Augen zeigte diese rätselhafte, wunderbare Figur zwei leere Rechtecke, Schmetterlingsflügeln ähnlich. Sie saßen ein wenig schräg, als ob ein breiter, in schwarzer Tusche getauchter Pinsel sie zuletzt auf die weiß-roten Streifen gemalt hätte. Die Form, die dabei entstanden war, verlief in kleinen schwarzen Farbflecken, und die ziegelroten Wellenlinien darunter, bloß linear angedeutet, verloren sich in undeutlichen Umrissen. Unterhalb der Figur waren mit leichten, fließenden Pinselstrichen Schriftzeichen angebracht. Sie waren mit so feiner Pinselschrift geschrieben, dass man sie leicht übersah, wenn man nicht danach Ausschau hielt. Ein Gedicht vielleicht oder eine komplizierte Unterschrift, mit dem üblichen roten Siegelabdruck versehen.

In einer Vase, unter dem Bild, steckten einige blühende Zweige. Es war, als ob der übliche Blumenschmuck absichtlich schlicht gehalten war, um die Kraft und Eigentümlichkeit des Bildes noch stärker hervorzuheben.

Ich war ganz in meiner Betrachtung versunken. Das Bild kam mir unglaublich lebendig, unglaublich geheimnisvoll vor. Ich kam von diesem Anblick einfach nicht los. Selten hatte ich eine ähnliche Verzauberung empfunden wie jene, von der ich angesichts dieses rätselhaften Werkes umfangen wurde.

»Was ist das?«, fragte ich schließlich Lumina.

Sie zuckte leicht zusammen und wusste sofort, worauf ich anspielte. Ohne dem »Kakemono« auch nur den geringsten Blick zuzuwerfen, antwortete sie mit einer Regung von Trotz in der Stimme:

»Ach, er hängt immer noch da. Sie will ihn einfach nicht abnehmen. Abstoßend, findest du nicht auch?«

»Abstoßend?«, murmelte ich. »Wie kommst du darauf?«

Sie blieb mir die Antwort schuldig. Mit aller Phantasie, die ich hatte, gelang es mir nicht, auf dem Bild irgendeine Gestalt zu erkennen. Ein Porträt war es auch nicht. Was mochte es also sein? Am ehesten ließ es mich an die Tintenkleckse auf einem Stück Papier denken, zu denen alle befragt werden, was sie denn darstellten, und jeder eine andere Antwort gibt.

Harumis Stimme rief mich in die Wirklichkeit zurück. Sie war inzwischen hin und her gegangen, hatte einige Schiebetüren geöffnet, sodass mehr Licht in die Wohnung fiel. Nun zog sie einen Wandschrank leicht mit dem Finger auf, wies auf eine zusammengelegte Bettmatratze und auf sorgfältig aufgeschichtete Decken und Kissen.

»Das Bettzeug müssen Sie jeden Morgen auslüften, besonders bei feuchtem Wetter...«

Warum sagte sie mir das? Diese Wohnung würde nie meine sein. Schlage sie dir aus dem Kopf, Agneta, sie ist viel zu teuer für dich. Mir das alles anzusehen brach mir fast das Herz. Ach, wie schade für den schönen Traum! Ich nickte höflich, zwang mich zu Desinteresse, ein Trick, der die unweigerlich folgende Enttäuschung leichter machte. Geduldig ging ich mit Harumi in die Küche, die eigentlich nur eine Kochnische war, dürftig eingerichtet, mit einem kleinen Kühlschrank, einem Gasherd und einem billigen Schrank für Vorräte. Der alte Herr, der hier gelebt hatte, hatte schönes Porzellan gemocht. Ich entdeckte, immer in Sätzen zu fünf, hölzerne Näpfe für die Suppen, Schalen aus Porzellan für den Reis, ovale Teller für Fisch und verschiedene Schüsseln, alle geformt für ihren jeweiligen besonderen Zweck. Ich nahm sie behutsam in die Hand: Jede Verzierung, jedes Muster erzählte irgendeine Geschichte. Harumi schaltete den Kühlschrank ein, der zu summen begann, und lächelte mir zu. »Mein Mann führte selbst den Haushalt. Er entspannte sich dabei, sagte er. Er kochte auch gerne, wenn er Zeit dazu hatte. Ich selbst bin keine gute Köchin«, setzte sie mit einer kleinen Grimasse hinzu. »Und den Haushalt, den mag ich auch nicht besonders.«

Ich erwiderte matt ihr Lächeln.

»Ich auch nicht.«

Da kehrte die Erinnerung, die mich die ganze Zeit beschäftigte, mit einem Mal zurück. Harumi sprach von ihrem Mann, aber Lumina hatte mir gesagt, dass diese Wohnung früher dem Großvater gehörte. Ich nahm es vage zur Kenntnis. Offenbar hatte ich Lumina falsch verstanden. So oder so war die Sache ja unwichtig. Harumi öffnete die Tür zu dem winzigen WC, bevor sie mich in das Badezimmer führte. Über die tiefe Wanne, in der man nur sitzend baden konnte, war eine Abdeckung aus blauem Plastik gerollt. In die abgenutzten Bodenfliesen war ein Abflussrohr eingelassen. Der lange Wasserhahn des Waschbeckens diente gleichzeitig auch dazu, die Wanne zu füllen, man musste ihn lediglich seitwärts drehen – und aufpassen, dass man nicht klatschnass dabei wurde. Über dem Waschbecken hing ein kleiner, vom Alter gezeichneter Spiegel, und ich vermeinte darin, seltsam verwischt, ein altes, freundliches Antlitz zu sehen.

»Seit mein Mann gegangen ist«, sagte Harumi, wobei sie den japanischen Ausdruck für »gestorben« benutzte, »steht die Wohnung leer. Fremde Leute hier zu haben fiel mir schwer. Man kann nicht jedem vertrauen, nicht wahr?«

Sie sah mich dabei an, so als fordere sie mich auf, diesen Gedanken zu bestätigen. Ich nickte ihr zu.

»Ja, das stimmt. Danke, dass Sie mir die Wohnung gezeigt haben.« Ich machte einen Schritt zur Tür, aber sie rührte sich nicht. Es folgte eine kleine Pause, keine sprach. Lumina stand abseits, ich sah sie nur im Halbprofil. Sie stand in einer Haltung des Lauschens, des Wartens auf etwas, das geschehen werde, das, sie wusste es, geschehen würde.

»Hätten Sie Lust, hier zu wohnen?«, brach Harumi das Schweigen. Mir fiel keine vernünftige Entschuldigung ein; folglich sagte ich die Wahrheit.

»Es tut mir Leid, ich kann nicht viel ausgeben…«

»Sie meinen, wie hoch die Miete ist?«

Harumi sagte, was sie als Bezahlung verlangte. Vorsichtshalber bat ich sie, die Summe zu wiederholen. Mein Herz klopfte wild. Und ich wunderte mich. Warum überließ mir Harumi die Wohnung zu diesem Preis? Strom- und Wasserrechnung inbegriffen, entsprach er ungefähr der Miete, die ich jetzt für mein Zimmer in der Herberge zahlte. Ich stand da wie ein Tölpel, verstand es einfach nicht, redete nicht mehr.

»Ist das zu viel für Sie?«, fragte Harumi sehr sanft.

Worauf ich mich selbst antworten hörte: »O nein! Ich meine… o ja, ich möchte hier wohnen. Vielen tausend Dank! Es gibt nichts, was ich lieber möchte als das!«

»Das freut mich.«

Harumi stand ganz ruhig da und schaute mir in die Augen. Ihr Gesicht, vor allem die Stirn und die Wangen, glänzten wie helle Seide. Sie setzte hinzu:

»Das Licht ist gut zum Nähen und Malen. Vorwiegend am Nachmittag, wenn die Sonne hinter dem Haus steht.«

»Lumina!«, rief ich. »Hast du gehört?«

Was ich einfach nicht begreifen konnte – es grenzte ans Wunderbare –, war, dass Lumina mich in dieses kleine Zauberreich geführt hatte. Warum nur? Was hatte sie dazu veranlasst? Sie jedoch stand abgewandt, blickte hinaus in den Garten. Neben einem kleinen Teich wuchs ein hoher, schlanker Kakibaum; einsam hob er sich gegen den jadegrünen Himmel ab. Luminas Augen waren fest und ganz konzentriert auf diesen Baum gerichtet. Wie lange stand sie schon so? Endlich bewegte sie sich, sah mich an, den Kopf ein wenig seitwärts geneigt. Ihre Augen leuchteten, und das sonderbare halbe Lächeln auf ihren Lippen kam und ging, ein klein wenig zu vorbereitet, ein klein wenig zu unbefangen. »Ich wusste doch«, sagte sie heiter, »dass Tante Harumi dir die Wohnung geben würde.«

Zwei Tage später zog ich ein. Es war der richtige Tag dafür, Sonntag. Ich freute mich, gleich am Morgen zu packen, ein Taxi zu bestellen und die Herberge auf Nimmerwiedersehen zu verlassen. Der Taxifahrer half mir, die paar Sachen, die ich hatte, in den Eingang zu stellen. Harumi, in alten Hosen und zerknitterter Strickjacke, begrüßte mich herzlich und händigte mir die Schlüssel aus. Sie zeigte mir noch einige Dinge, beantwortete ein paar Fragen und ließ mich dann allein. In einem Rausch glückseliger Leichtigkeit nahm ich von der Wohnung Besitz. Etwas Magisches hatte sich ereignet, eine Art vorbestimmte Erwartung. Meine Vorfahren waren Nomaden gewesen, das konnte ich niemals vergessen. Nomaden sprengen die Dimensionen häuslicher Sicherheit, passen sich einer ständig wechselnden Umgebung an. Aber die Reise, die ich nun antreten würde, war eine Reise nach innen, wenn man so will. Und auch solche Reisen können verwickelt und gefährlich werden. Doch ich hatte keineswegs den Eindruck einer Gefahr, die – das wusste ich nur zu

gut – mit einem Gefühl lähmender Kälte verbunden war. Im Gegenteil, Ruhe war über mich gekommen, ein Zustand des Kräftesam-
melns, jene Lethargie, die einem großen Ereignis vorausgeht. Denn
weil ich diese Wohnung jetzt mein Eigen nannte, würde mir mehr als
nur die Miete abverlangt werden. Das wusste ich.

Lumina hatte sich entschuldigt; sie konnte mir beim Umzug nicht
helfen. Sie war mit ihrem Freund, der, wie sie mir inzwischen gesagt
hatte, Kenji hieß, außerhalb von Tokio unterwegs. Das war mir ganz
recht: Ich zog das Alleinsein vor. Ich nutzte den Tag fürs Reinema-
chen. Dann und wann stellte ich mir den alten Herrn vor, wie er
Badezimmer und Küche putzte, das Holzwerk mit einem Lappen ab-
wischte, den er – so wie ich jetzt – in heißes Wasser tauchte und aus-
wrang. Neugierig betrachtete ich beim Abstauben die vielen Fotografien an den Wänden. Die Schauspieler trugen Prachtrüstungen,
aufgetürmte Haartrachten und Schminke, die jedes Gesicht in eine
Maske verwandelte. Die Frauen hielten Sonnenschirme oder Fächer
in den weiß gepuderten Händen. Ihre Kimonos, golden und orangerot, schwarz und apfelgrün, waren mit aufwändigen Mustern, breiten Schleppen und dick wattierten Säumen versehen. In ihren Perü-
cken glitzerten Kämme, Haarnadeln und Blumenschmuck. Jede
Geste, jede Haltung war förmlich und einstudiert. Mit der weißen
Schminke sahen sich Männer und Frauen irgendwie ähnlich. Ihre
Gesichter hatten bereits die Welt jenseits des Todes erblickt; auch
ihre Körper sahen nicht aus wie lebendiges Fleisch, auch nicht wie
Körper, die in irgendeine Rolle geschlüpft waren, um eine Geschichte darzustellen. Sie waren nicht so sehr Menschen wie Kunstwerke. Und während ich den Staub von den Holzrahmen entfernte,
fragte ich mich, was in ihnen wohl vorgehen mochte. Worin lag ihr
Geheimnis? Ich betrachtete sie mit großer Ehrfurcht. Sie kamen mir
wie Gottheiten vor, die in Kleider und Masken schlüpften und
Träume sichtbar machten, gute und böse Träume, wie sie das Leben
eben bringt.

Vor dem Rollbild im Alkoven verweilte ich länger. Die seltsame
Insektenform drückte etwas Unterschwelliges aus, das zugleich
schützend und bedrohlich wirkte. Ich wusste nicht, was es war, aber

ich wusste, dass dem so war, und konnte keine Erklärung dafür finden. Ich hatte Harumi nicht gefragt, was das Bild denn nun eigentlich darstellte. Ich hatte den Mut dazu nicht aufgebracht. Vom ersten Augenblick an, als ich in das Haus kam, hatte ich diese Scheu empfunden. Ich betrachtete das Bild in Gedanken; unruhig war ich dabei nicht. Das Wesen, was immer es sein mochte, zeigte keinen Zorn; ich empfand Überraschung, aber weder Beklemmung noch Herzensangst. Ich stellte ein paar Bücher auf, hing die wenigen Sachen, die ich zum Anziehen besaß, in den sauber gemachten Wandschrank. Henriks Bild stellte ich auf eine kleine Kommode, damit wir uns immer im Auge behielten. Ich nickte ihm zu.

»So. Da sind wir ja.«

Im Sonnenlicht schien Henrik zu blinzeln, was ich als gutes Zeichen deutete. Ich wandte mich von ihm ab, um das Bettzeug zu sortieren, das muffig roch, aber sauber war. Eine Waschmaschine gab es nicht; Harumi hatte mir gesagt, dass eine Wäscherei sich ganz in der Nähe befand. Die Zeit ging schnell vorbei, und als es Abend wurde, war die Wohnung blitzsauber und ich sehr zufrieden. Ein paar Minuten lang leuchtete der Himmel ziegelrot, dann verschwand das letzte Strahlen, und die rasch eintretende japanische Dunkelheit senkte sich wie ein Tuch herab. Ich knipste die Lampen an und stellte fest, dass sämtliche Birnen viel zu schwach waren. Aber die Papierlampen hielten keine stärkeren aus. Zum Nähen oder Lesen musste ich mir eine Stehlampe besorgen.

Ich hatte Proviant eingekauft: Kaffee, Milch, Joghurt, Cornflakes, ein frisches Brot, Butter und Marmelade. Meine neue Kaffeemaschine und ein kleiner Toaster standen in der Küche; ein paar Kosmetikprodukte im Badezimmer machten, dass ich mich heimisch fühlte. Der Schatten des alten Herrn verblasste: Er lächelte ein wenig, verschwand, und ich sah im Spiegel mein eigenes Gesicht.

»Ja, ich bin hier«, sagte ich leise.

Später rollte ich den Futon – die Bettmatratze – auf den Matten aus. Die etwa zehn Zentimeter dicke Baumwollfüllung war mit Stoff überzogen. Ein zweiter, leichterer Futon, mit Daunen gefüllt, diente als Decke. Diese Daunendecke glich die Temperaturen aus, sodass es den

Schlafenden nie zu kalt oder zu warm wurde. Als ich, bevor ich zu Bett ging, einen letzten Blick in den Garten warf, sah ich auf der anderen Seite des Hauses Harumis erleuchtete Fenstertür. Der Anblick tat mir wohl. Ich lag wie in einem fein gesponnenen Kokon, eingehüllt in Ruhe. Ich löschte das Licht, spürte um mich herum die Augen der Schauspieler; es war, als ob die prachtvoll gekleideten Krieger mich bewachten und die eleganten Damen mir freundlich zulächelten.

Ich fragte Henrik:

»Nun, wie gefällt dir unsere neue Wohnung?«

Ich wusste nicht, ob er antworten würde, doch er sagte: »Nicht übel. Was tun eigentlich die vielen Leute hier?«

»Du meinst, die Kabukidarsteller?«

»Ach, sind das Schauspieler? Deswegen stampfen sie mit den Füßen den Takt! So alt sie auch sind, sie haben immer noch den Wunsch zu spielen. Sie machen ziemlich viel Lärm dabei, hörst du sie nicht?«

»Nein. Ich höre keinen Ton.«

»Außerdem haben sie keine Flügel. Bei uns haben Engel Flügel. Auf Bildern jedenfalls.«

»Ist das wichtig?«

»Wüsste nicht, wieso. Hast du übrigens eine Ahnung, wie alles zustande kam? Nein? Aber ich! Tatsache ist…«

Henrik konnte manchmal sehr gesprächig sein, und dann ging er ausgiebig in die Details. Aber jetzt war nicht der richtige Augenblick. Ich sagte, schon halb im Schlaf: »Erzähl mir das ein andermal.«

Doch Henrik ließ nicht locker.

»Wenn du ein Datum willst: Es war der 15. August 1933. Könntest du dich bitte mal darauf konzentrieren?«

»Ich sehe nicht ein, wozu.«

»Kurz bevor es hell wurde, um ganz genau zu sein.«

Ich wälzte mich auf die andere Seite.

»Henrik, ich bin müde! Ich habe Hausarbeit gemacht.«

»Du und dein Putzfimmel! Du solltest lieber auf mich hören.«

»Musst du noch lange so weiterreden?«

»Du hast ja keine Ahnung. Sie ist wirklich böse. Man nennt das wohl ›sich abreagieren‹. Aber du kannst ganz beruhigt sein. Solange er drin ist, kommt sie nicht ins Haus. Es ist noch was von ihm da, das hast du doch sicher bemerkt, oder?«

»Was soll ich denn bemerkt haben?«

»Kleines Wiesel, du bist noch dümmer, als ich dachte. Sie will ihn um jeden Preis weghaben, verstehst du das nicht? Sie schreckt vor nichts zurück. Ehrenwort, ich mach dir nichts vor!«

»Von wem redest du eigentlich?«

»Von ihr, natürlich. Ich rede die ganze Zeit nur von ihr, und du liegst da wie ein Klotz!«

»Henrik, du strapazierst meine Geduld!«

»Was ich dir sage, kann nützlich sein. Schlaf gut, Kleines Wiesel.«

Die Nacht war lauwarm; das Schiebefenster stand leicht offen. Im Garten sang eine Glockenzikade; ein seltsames Schwirren und Sirren; es war, als ob die Klänge umeinander tanzten, einer schnell geschlagenen Harfe gleich. Irgendwann kam leichter Wind auf. Die Zikade verstummte. Ich hörte ein Kratzen, als ob leichte Finger über das Reispapier strichen. Auf der milchweißen Schiebetür zeichneten Büsche und Zweige bewegliche Schatten. Die Nachtbrise trug einen seltsamen Duft in das Zimmer, einen Duft nach frischen nassen Blüten, der mich an Luminas Duft erinnerte. Ich fröstelte leicht. Mir war seltsam zumute. Am Rande der Träume suchte ich nach einer vernünftigen Erklärung und fand sie darin, dass vermutlich etwas von ihrem Duft meiner Haut anhaftete. Die Stunden vergingen, ich schlief, bis ein krachendes Geräusch mich weckte. Ich fuhr hoch, mein Herz klopfte zum Zerspringen. Als ich mich im Dämmerlicht umsah, entdeckte ich, dass ein Bild von der Wand gefallen war.

Schlaftrunken und auf allen vieren kroch ich zu der Stelle hin, an der das Bild lag, und hob es behutsam auf. Die Fotografie zeigte einen Ritter mit schrecklich schwarzen Augenbrauen, der grimmig einen Säbel schwang. Ich sah empor. Tatsächlich war der Nagel aus der Wand gefallen. Beim Staubwischen hatte ich das Porträt etwas zu sehr auf die Seite geschoben. Zum Glück war das Bild unversehrt.

»Gomennasai – Entschuldigung!«, flüsterte ich, bevor ich das Bild gegen die Wand stellte und den Nagel so legte, dass ich ihn sofort finden konnte. Bei Tageslicht würde ich ihn wieder an der richtigen Stelle befestigen. Ich ging in die Küche und trank einen Schluck Wasser. Dann legte ich mich wieder unter die Decke und duselte ein, doch es war ein leichter, unruhiger Schlaf, und ich hörte mich im Traum reden. Immer wieder die gleichen Worte, bis es Tag wurde. Was ich aber eigentlich gesagt hatte, wusste ich beim Aufwachen nicht mehr.

13. Kapitel

Ich saß vor dem niedrigen Tisch und stickte. Die Aufgabe, die wir erhalten hatten, bestand darin, ein weißes Stück Leinen, ungefähr so groß wie ein Handtuch, auf irgendeine Art zu verändern, sei es durch Lochmuster, Stickerei oder einen besonderen Zuschnitt. Ich hatte die Stickerei gewählt, eine Sache, die ich gut konnte. Was mir allerdings Probleme machte, war, am Boden zu sitzen. Anmutig knien wie eine Japanerin konnte ich nur für kurze Zeit; schon nach einer Viertelstunde musste ich die Beine entlasten, indem ich mich im Schneidersitz entspannte. Aber gelenkig wie ich war, würde ich bald den Dreh heraushaben. Auf einem Kissen zu sitzen, meine Sachen rundherum verstreut, gab mir das Gefühl, den Raum und meine Arbeit zu beherrschen. Ich hatte eine CD eingelegt, ein Violinkonzert von Brahms, das Henrik gerne mochte, und widmete mich ganz der Stickerei, als ich im Garten ein Geräusch hörte. Da ich wusste, dass Harumi nicht zu Hause war, erhob ich mich und zog die Schiebetür eine Handbreit auf.

Da stand ein junger Mann zwischen den Büschen. Es war Nachmittag, und die Sonne stand schräg, sodass sein Schatten sehr lang war. Der Unbekannte bewegte sich auf besondere Art. Es sah wie ein Tanz aus, war es jedoch nicht. Ich brauchte ein paar Sekunden, bis ich merkte, dass er die Baseball-Spieler nachahmte, die ich täglich im

Fernseher sah, wobei er mit einem imaginären Schläger einen imaginären Schlag ausführte. Die Geste war perfekt wiedergegeben, kraftvoll und von auffallender Eleganz. Meine Augen wanderten über seine Erscheinung, sahen die schmalen Hüften, den geschmeidigen Rücken, der sich unter dem T-Shirt spannte. Ich hatte das Gefühl, dass er jede seiner Bewegungen, auch wenn er sie für sich selbst vollzog, genau auf ihre Wirkung hin steuerte. Ich hatte ein flaues Gefühl im Magen – es ergreift mich physisch, etwas Schönes zu sehen. Plötzlich, mitten in der Bewegung, sah er mich und hielt verlegen inne. Ich schämte mich, dass ich ihn beobachtet hatte, zog die Tür weiter auf und deutete einen Gruß an. Er grüßte befangen zurück.

»Entschuldigen Sie. Ich warte auf meine Mutter, Harumi Ichikawa.«

»Sie ist ausgegangen«, sagte ich.

Er nickte und sah auf seine Uhr.

»Ja, ich weiß. Wir haben um fünf abgemacht. Ich wusste nicht, dass meine Mutter die Wohnung vermietet hat«, setzte er hinzu.

»Ich wohne seit drei Tagen hier«, sagte ich glücklich.

Er verbeugte sich leicht.

»Es tut mir Leid, Sie gestört zu haben.«

»Keine Ursache.«

»Gefällt es Ihnen hier?«

»Ja. Ich liebe diese Wohnung. Und so ruhig, wie es hier ist! Man hört fast gar nichts vom Verkehr.«

»Das kommt von den Büschen. Die wachsen so richtig im Kreis.«

Ein kurzes Schweigen folgte. Ich zögerte, bevor ich sagte: »Es ist noch nicht fünf. Wenn Sie wollen, mache ich Ihnen einen Tee.«

»Ja gerne, vielen Dank«, erwiderte er, während er mit leichten Schritten näher kam. »Mein Name ist Danjiro. Sagen Sie ruhig Dan zu mir.«

»Ich heiße Agneta.«

»Sie sind keine Amerikanerin«, stellte er fest.

Ich musste lachen.

»Ach, woran sieht man das?«

»Man hört es. Sie reden nicht japanisch wie eine Amerikanerin.«

Ich seufzte innerlich auf.

»Ich bin Finnin. Ich komme aus Helsinki. Und meine Lehrerin war aus Osaka.«

Er kniff belustigt die Augen zusammen.

»Ja, auch das hört man an Ihrem Akzent. Ich selbst war noch nie in Helsinki«, fuhr er fort. »Ich kenne Europa ganz gut. Aber in Helsinki – nein, da war ich noch nie. Ich werde das nachholen. Helsinki muss eine schöne Stadt sein.«

»Finnland ist ein schönes Land.«

»Gewiss. Sibelius beschreibt ein sehr schönes Land.«

»Wie meinen Sie das?«

»Die Musik«, sagte er. »Wer die Musik von Sibelius hört, sieht ein sehr schönes Land.«

»Ach, Sibelius, der war ein Sauertopf!«

»Stimmt das?«, fragte er amüsiert.

»Doch, ja, mein Großvater hat ihn gekannt.«

Er kam näher, während wir sprachen. Und weil er sah, dass meine Bettmatratze noch am Boden lag, setzte er sich, statt einzutreten, am Rande der kleinen Vorhalle hin und wartete höflich vor der Schiebetür, während ich den Tee zubereitete. Ein paar Minuten später kam ich mit einem kleinen Lacktablett, zwei Bechern und etwas Konfekt zurück und setzte mich zu ihm. Wir tauschten ein Lächeln.

»Wie sind Sie zu dieser Wohnung gekommen?«, fragte er. »Meine Mutter hatte es eigentlich nie eilig, sie zu vermieten.«

»Durch Lumina. Ich besuche das Bunka Fashion College«, erklärte ich.

»Ach, durch Lumina«, wiederholte er mit einem seltsamen Ausdruck im Gesicht. Ich sah ihn fragend an. Da er jedoch schwieg, erzählte ich ein wenig von mir. Warum ich nach Japan gekommen war, und dass Lumina und ich in die gleiche Klasse gingen. »Ich suchte eine Unterkunft. Lumina sagte, dass die Wohnung ihres Onkels leer stünde. So habe ich Harumi-San kennen gelernt.«

»Mein Vater war nicht ihr Onkel, sondern ihr Großvater«, sagte Dan.

Ich hoffte, jetzt endlich einige erklärende Worte zu hören.

»Das hat Lumina auch gesagt. Aber so schlecht wie mein Japanisch ist, dachte ich, dass ich sie falsch verstanden hätte.«

Er drehte den Becher in der feingliedrigen Hand.

»Bedauere, wenn ich widerspreche«, sagte er lässig. »Ihr Japanisch ist nicht schlecht, und Sie haben Lumina auch nicht falsch verstanden. In der Tat ist unsere Familiengeschichte etwas ungewöhnlich. Mein Vater Enzo wurde sechsundneunzig, was selbst hierzulande, wo die Leute lange leben, als hohes Alter gilt. Und er war dreimal verheiratet.«

Und hatte zwanzig Geliebte – mindestens –, ergänzte ich im Kopf, doch das Einzige, was ich sagte, war: »So, so.«

Ein kleines Lächeln stand in seinen Mundwinkeln, als ob er in meinen Gedanken las. »Mein Vater war zweimal Witwer. Seine erste Frau war eine Geisha aus Kyoto. Sie starb noch sehr jung, an einer Krankheit. Das war vor siebzig Jahren; ihr Grabstein ist längst verschollen. Sumire, die zweite, wurde 1945 bei einem Bombenangriff getötet. Sie hatte zwei Kinder, einen Jungen und ein Mädchen, von denen nur das Mädchen überlebte. Rieko war ein kränkliches Kind und mein Vater liebte sie über alles, sodass er lange Zeit nicht daran dachte, eine neue Familie zu gründen. Rieko war fast erwachsen, da erst lernte er meine Mutter kennen. Und es dauerte noch etliche Jahre, bis auch Rieko endlich den Richtigen fand. Ich ging schon zur Highschool, als Lumina geboren wurde. Leider kam Riekos Mann auf tragische Weise ums Leben. Rieko hielt die Belastung nicht aus. Und nach ihrem Tod nahmen wir Lumina bei uns auf. Ich bin zwar ihr Onkel, aber für mich war sie...« – er stockte kurz –, »ist sie für mich eher wie eine kleine Schwester.«

Versonnen nahm er einen Schluck. Die Lust zu lachen war mir vergangen. Wie seltsam, dachte ich, dass er mir solch intime Dinge erzählt! Wahrscheinlich hatten sie nur noch wenig Bedeutung für ihn. Mir leuchtete das wohl ein, mein Verhältnis zu den Eltern war ja auch distanziert. Aber ich fühlte Mitleid mit Lumina; ich glaubte zu verstehen, warum sie sich weigerte, von ihren Eltern zu sprechen, und warum sie so wenig von sich selber preisgab. Sie musste viel gelitten haben.

»Arme Lumina!«, sagte ich. »Wie alt war sie denn?«

»Knapp neun. Ich war bereits im zweiten Universitätsjahr. Und daher…«

Er wollte etwas hinzufügen, besann sich jedoch anders und schüttelte den Kopf.

»Nun, das alles ist lange her. Jeder von uns hat jetzt sein eigenes Leben. Und wir müssen sehen, wie wir damit zurechtkommen.«

Wiederum stand Schweigen zwischen uns und verlieh dem klaren Nachmittagslicht eine besondere Intensität. Dans Augen waren ins Leere gerichtet. Nach einer Weile kehrte sein Blick zu mir zurück, doch nun sprach er von etwas anderem.

»Ich liebe diesen Garten. Früher wuchsen die Büsche viel dichter. Sie sind nicht einmal bei starkem Frost kaputtgegangen. Als Vater noch lebte, pflegte und schnitt er jeden Strauch. Meine Mutter hat keine Lust dazu. Und auch nicht die Zeit, nehme ich an. Sie hat einen Gärtner angestellt.«

»Ja, ich weiß. Er war vor einigen Tagen hier.«

Dan nickte.

»Ja, und er hat einiges verändert. Jeder Gärtner hat seinen Stil, nicht wahr? Mein Vater machte es anders.« Er lächelte flüchtig. »Jetzt denken Sie gewiss, dass ich pingelig bin.«

Ich schüttelte den Kopf.

»Nein, warum? Genauigkeit ist wichtig. Was sind Sie von Beruf?«, setzte ich hinzu. »Sportler?«

Seine Stimmung wechselte schlagartig. Er fing laut an zu lachen. »Man kann es so nennen. Obwohl… nein, ich bin Schauspieler.«

Ich starrte ihn an.

»Ach, Filmschauspieler?«

Er schüttelte den Kopf, immer noch lachend.

»Früher, als Student, habe ich bei ein paar Filmen mitgewirkt. Aber das ist lange her. Jetzt bin ich Theaterschauspieler.«

»In der Wohnung«, sagte ich, »hängen Bilder von Kabukidarstellern.«

Er lächelte jetzt, lächelte nur so vor sich hin.

»Ja, mein Vater kannte sie alle. Er war ja einer von ihnen.«

»Ihr Vater war auch Schauspieler?«, fragte ich verblüfft. »Das hat mir Harumi-San nicht gesagt!«

»Nein?« Er blinzelte mir unbefangen zu. »Nun, vielleicht war es nicht der richtige Augenblick dafür. Über meinen Vater gibt es viel zu erzählen.«

»Den Eindruck habe ich auch«, erwiderte ich, mit zunehmender Verwunderung. »Es tut mir Leid«, setzte ich hinzu. »Ich dachte wirklich, dass Sie Sportler wären. Weil Sie die Bewegungen so gut machten.«

Er kicherte wie ein Halbwüchsiger.

»Darauf kommt es ja an. Dass man eine Bewegung gut nachmacht. Tatsache ist, dass ich früher, als ich noch jung war, gerne Baseball gespielt habe.«

»Früher?«

Ich betrachtete ihn überrascht. Nachlässig saß er da, hielt den Becher in der Hand, die langen, sehnigen Arme leicht über den Knien verschränkt. Er war hoch gewachsen, schmal und gut gebaut. Ich sah die Muskeln unter der hellgoldenen Haut und empfand dabei ein merkwürdiges Gefühl im Unterleib. Anfänglich hatte ich ihn für einen Zwanzigjährigen gehalten. Doch dieser erste Eindruck täuschte. Die Festigkeit seiner Züge, die dünnen Falten in den Augenwinkeln zeigten, dass er älter war. Die schmalen Hände hätten die eines Musikers sein können, mit einer ganz besonderen Beweglichkeit in den Gelenken. Die randlose Brille mochte er als Modezubehör tragen. In Tokio war das gerade im Trend. Hinter den sehr dünnen Gläsern waren die Augen groß und goldbraun. Die Brauen waren dicht und flaumig, die eine leicht hochgezogen, was seinem Gesicht einen asymmetrischen Ausdruck gab. Der Bartwuchs war nur spärlich, die Nase gerade, der Kiefer kräftig. Es war ein nachdenkliches Gesicht, intelligent, empfindsam, mit einem ganz besonderen Zug von Melancholie. Sein Haar, das er halblang und in der Mitte gescheitelt trug, war von einem besonderen Schwarz, fast olivgrün, mit einem Schimmer, der echt wirkte. Sähe man ihn auf der Straße, dachte ich, wäre es nahezu unmöglich, ihm eine besondere Herkunft zuzuordnen. Zusammen mit Italienern konnte er als Italiener gelten, in Spanien als Spanier, in Griechenland als Grieche. Und doch war er eindeutig, in seiner Art zu sprechen und sich zu bewegen, ein Japaner.

»Wie alt sind Sie?«, entfuhr es mir.

Die Fältchen in seinen Augenwinkeln vertieften sich.

»Ja, wie alt schätzen Sie mich?«

Ich blickte ihn an. Er wich meinem Blick nicht aus und lächelte dabei, mit großer Selbstsicherheit und geschlossenen Lippen. Es mochte geziert wirken, dieses Lächeln, war es aber nicht. Es gab nichts, weder in seiner Stimme noch in seiner Haltung, das unecht oder affektiert sein konnte.

»Achtundzwanzig?«, sagte ich auf gut Glück.

Er brach in Gelächter aus, schlug sich vor Vergnügen auf die Schenkel.

»Oh, wie gerne ich das höre! Leider muss ich Sie enttäuschen: Im Herbst werde ich zweiundvierzig.«

Ich starrte ihn ungläubig an.

»Das hätte ich nie gedacht.«

»Das Theater hält eben jung. Ich bin seit mehr als zwanzig Jahren Schauspieler.«

»Nur in Japan? Oder auch im Ausland?«

»Ich war drei Jahre in London. ›The Royal Shakespeare Company‹. Und dann auch Avignon, ›Le Théâtre du Soleil‹. Eine Zeit lang brauchte ich eben Tapetenwechsel. Meine Frau, allerdings…« Er verzog leicht das Gesicht. Ich spürte einen kleinen Stich im Herzen und schalt mich deswegen. Klar doch, wer in seinem Alter unverheiratet war, hatte Probleme mit sich selbst oder war schwul, was die Sache nicht besser machte.

»Ach, Sie sind verheiratet?«, fragte ich leichthin.

»Geschieden«, erwiderte er, ebenso nachlässig. »Ich denke, es ist schwierig, mit einem Schauspieler verheiratet zu sein. Das Andersartige, nicht wahr?«

Er sah mich an, mit diesem kleinen Lächeln um die Mundwinkel. Seine Brauen, die stark und dunkel waren, brachten das Bernstein seiner Augen noch heller zum Leuchten. Mir fiel auch die besondere Art auf, in der er sprach. Er artikulierte kein Wort lauter als das andere, benutzte seine Stimme, als ob er sie schonen wollte, mit einer Sparsamkeit des Tons, die sie sanft und fesselnd machte.

»Es ist wie bei allen Dingen«, antwortete ich. »Wir müssen uns dazu eignen. Aber es ist sehr schwierig zu leben, bevor wir es wissen.«

»Wenn Sie es so gut erklären können«, meinte er, »müssen Sie es gespürt haben.«

Ich lachte ein wenig.

»Ich spüre es immer noch. Es braucht viel Zeit. Und auch – wie Sie sagten – Tapetenwechsel. Dann erst kann man Karriere machen, vorher nicht.«

Er lächelte breit, die Augen nach wie vor auf mich gerichtet. »Aha. Deswegen sind Sie in Tokio? Um Karriere zu machen?«

Er lachte jetzt auch. Wir lachten beide.

»Ja, natürlich«, sagte ich. »Wozu denn sonst?«

Er wollte antworten, als sich auf der anderen Seite des Gartens die Schiebetür bewegte und Harumi auf der Schwelle erschien. Ich blickte zu ihr hinüber und traute meinen Augen nicht. Sie trug einen Kimono, brombeerfarben, mit einem feinen Muster von Sommerblumen, und dazu einen »Obi«-Gürtel aus Damast, in verschiedenen Schattierungen von Grün. Ihr Gesicht war hell gepudert, die Brauen nachgezogen, und der ungewohnte nelkenrote Lippenstift betonte ihre üppig geschwungenen Lippen. Sie war unsagbar elegant und schön.

»Bist du schon da, Danjiro-Chan?«, rief sie heiter.

Sie gebrauchte das Kosewort, das Eltern gegenüber ihren Kindern verwenden. Dan winkte hinüber, in keiner Weise verunsichert, trank seinen Becher leer und erhob sich. Doch bevor er ging, bedankte er sich für den Tee und setzte hinzu, wobei er mich eindringlich ansah:

»Darf ich Sie anrufen, Agneta-San? Und Sie zum Essen einladen?«

Sein Lächeln war ganz bezaubernd. Ich lächelte zurück. Jede Frau hätte ihm zugelächelt.

»Ja, gerne. Und es würde mich sehr freuen.«

Er verneigte sich zum Gruß und ging durch den Garten auf das Haus zu. Ich betrachtete seinen schnellen Schlendergang, die Linie seiner Schultern und Hüften. Das letzte Tageslicht schimmerte auf seinem bronzenen Haar. Bevor er aus seinen Turnschuhen stieg und durch die offene Schiebetür ging, bewegte er leicht die Hand in meine Richtung, eine kleine, lässige Abschiedsgeste. Und dann war er weg, Harumi hatte die Schiebetür zugezogen. Ich fragte mich, warum sie heute so wundervoll gekleidet war und worüber sie wohl sprechen würden.

Nachdenklich ging ich in die Wohnung zurück. Das Rollbild in der Nische war ganz in Dunkelheit getaucht. Es war, als hätte es sich in die Wand zurückgezogen. Die Fotos hingegen wurden voll vom Abendlicht angestrahlt. Vergoldete Schatten hüllten sie ein wie eine Bühnenbeleuchtung. Auf den Bronzerüstungen flimmerten karminrote Funken. Helme, von denen Hirschgeweihe aufragten, stießen nach den Sternen. Blanke Säbel flackerten wie Flammen. Auf den erlesenen Gewändern zeigten sich, wunderbar abgestimmt in Form und Farbe, Glyzinenranken, Kirschblüten, Schwalbenschwanz-Schmetterlinge und Kraniche. Jedes Muster, jede Drapierung trat klar hervor. Die Wucht einer Kampfbewegung, die grimmige Entschlossenheit eines Kriegers, der Liebreiz einer hohen Dame erwachten zur lebendigen Wirklichkeit. Die Gestalten blickten auf mich herab, in einem Hin- und Herschwingen von Farben, bis die Sonne hinter der Gartenmauer verschwand. Da erlosch das Zauberlicht; wie ein Vorhang fiel blaue Dämmerung über den Spuk. Ich seufzte kurz auf, erwachte wie aus einem Traum.

Gedankenverloren brachte ich das Tablett in die Küche, wusch die Becher aus, trocknete sie ab. Ich spürte noch jetzt, wie mein Herz klopfte. Etwas war geschehen. Etwas, das ich nicht in Betracht gezogen hatte.

»Na so was!«, sagte ich zu Henrik.

Doch Henrik blieb stumm.

14. Kapitel

Juni, der Regenmonat, war die unangenehmste Jahreszeit in Japan. Es regnete fast täglich. Der warme, prasselnde Regen schien wie aus der Luft geboren, als wäre die Luft ein Schwamm, der die Tropfen aus sich herausdrückte. Der Regen machte die Gärten tiefgrün, mit einem samtigen Schimmer. Morgens, wenn ich die Schiebetür aufzog, waren die Blumen tropfenbesprüht, die Zweige schaukelten in nachdenklichem Rauschen. In der feuchten Luft wehten Dunstschleier. Der Kakibaum, der groß und jung war, stand in stählernem Glanz, unter jedem Blatt glitzerten Tropfen, die aussahen wie Funken. Es dauerte nur eine Weile, dann überzog sich der Himmel wieder, und es regnete nahezu den ganzen Tag in Strömen, bis abends endlich der erlösende Wind aufkam. Dann teilten sich die Nebel, und für eine kurze Zeitspanne nahm die Welt wieder Farbe an. Der Himmel leuchtete ozeanblau, während Wolken wie graue Inseln vorbeizogen. Schaufenster warfen funkelnde Flecken auf die nassen Straßen, und Light-Shows entfachten an den Hochhäusern ihre bunt glitzernden Zauberspiele.

An einem solchen Abend stand ich am Haupteingang der U-Bahn-Station Shinjuku und wartete auf Dan. Er hatte mich angerufen, gerade als ich frühstückte, und ein Treffen für den Abend vorgeschlagen. Nun stand ich da, mit klatschnassem Haar und tropfendem Regenschirm. Ich war müde und hungrig, ein wenig benommen von den Musikfetzen, den vielen Stimmen, dem eiligen Stakkato der Schritte. Der Bahnhof, permanent im Umbau, schien immerfort zu wachsen, sich auszudehnen, als müsse er noch mehr Schritte, noch mehr Lärm in sich aufnehmen. Unterirdische Züge und U-Bahnen dröhnten unter meinen Füßen, die sich in den nassen Schuhen kalt und klebrig anfühlten. Ich faltete meinen Regenschirm zusammen und steckte ihn in die Tasche, als eine weiche, kehlige Stimme neben mir meinen Namen sagte.

»Guten Abend, Agneta-San.«

Ich wandte mich um. Dan lächelte mich an, und hinter ihm funkelte Tokio in himmelwärts stürmenden Lichtfetzen, im ständigen Zucken und Beben.

»Es tut mir Leid«, sagte er, etwas atemlos. »Ich habe mich verspätet, die U-Bahn fuhr mir vor der Nase weg.«

»Sie sind nicht zu spät«, entgegnete ich. »Ich war zu früh da. Die Schule ist ja ganz in der Nähe.«

Er schien nicht viel von formeller Kleidung zu halten, trug einen schwarzen Designeranzug, dazu ein Hemd mit Stehkragen. Beides stand ihm ausgesprochen gut.

»Wo ist Ihr Schirm?«, fragte ich.

Er breitete die leeren Hände aus.

»Ich habe keinen.«

»Ihr Anzug wird nass«, sagte ich im Ton meiner Lehrerin. »Das ist nicht gut für die Schurwolle!«

»Macht ihm nichts aus!«

Dan zeigte ein breites Lächeln.

»Wohin möchten Sie gehen?«

»Ich weiß es nicht. Ich bin erst seit zwei Monaten hier.«

»Was möchten Sie essen?«

»Ach«, sagte ich leichthin, »suchen Sie etwas für mich aus.«

»Gibt es etwas hierzulande, was Sie nicht gerne essen?«

Es war plötzlich eine Vertrautheit zwischen uns, als ob wir uns schon lange gekannt hätten.

»Hierzulande gibt es nichts«, antwortete ich, »was ich nicht gerne esse!«

»Gut«, sagte er, »dann weiß ich ja Bescheid.«

Als wir durch die Halle gingen, zu einem der vielen Nebenausgänge, fragte er, scheinbar beiläufig: »Wie geht es Lumina?«

»Sie kommt nicht zum Unterricht«, erwiderte ich unglücklich. »Ich habe mehrmals angerufen. Aber sie hat das Handy ausgeschaltet. Yoshino-San sagte, dass sie krank sei.«

Rasch wandte er mir sein Gesicht zu.

»Seit wann?«, fragte er angespannt.

»Seitdem wir uns zum ersten Mal gesehen haben.«

Er schwieg ein paar Atemzüge lang. Er war, ich erkannte das an seinem Blick, auf eine eigentümliche Art aufmerksam geworden. Ich spürte ein undefinierbares Fluidum, diese Art von Trübung der Atmosphäre, die mich erraten ließ, dass sich eine heimliche, aber alte und hartnäckige Besorgnis in ihm regte. Schließlich sagte er: »Sie war schon immer von zarter Gesundheit.«

»Schlimm?«, fragte ich.

»Nein.« Er war völlig beherrscht, doch seine Stimme klang bitter. »Ihretwegen brauchst du dir keine Gedanken zu machen.«

Was hatte sie bloß? Eine Erkältung, wahrscheinlich, lag mit Fieber im Bett. Kein Wunder, bei dem ständigen Regen und den Klimaanlagen, die in ganz Japan auf Hochtouren liefen! Ich zog eine Strickjacke über, während Lumina unentwegt ausgeschnittene Tops und Miniröcke trug. Das hatte sie jetzt davon. Doch aus irgendeinem Grund fühlte ich mich beunruhigt. Und Danjiros sonderbare Stimmung machte die Sache nicht besser.

Wir fuhren eine Rolltreppe hinauf. Alle Leute standen diszipliniert auf einer Seite, sodass die Eiligen ungehindert die Stufen emporhasten konnten. Als wir endlich an der frischen Luft waren, sprang uns das hektisch-bunte Neongeflimmer mit verstärkter Kraft in die Augen. Der Stadtteil, der hier begann, hieß Kabuki-cho. In den Gassen ohne Trottoirs waren die meisten Gebäude alt und heruntergekommen. U-Bahnen donnerten auf Eisenbrücken über unsere Köpfe hinweg. Wir gingen an Restaurants, Cafés, Sex-Shops und Pornokinos vorbei. Wärme tropfte aus der feuchten Luft, grellfarbige Plakate lösten sich in aufgeweichten Fetzen. Blaue Vorhänge, schwer vor Nässe, hingen über den Schiebetüren der Gaststuben. In den Pachinko-Hallen, von riesigen Plastikblumen angezeigt, blendete das Neonlicht. Reihenweise saßen dort Männer und Frauen und starrten verbissen auf die bunten Automaten vor ihnen, in denen kleine Stahlkugeln ohrenbetäubend rasselten.

»Worum spielen sie?«, fragte ich Dan.

Er grinste, zog die Schultern hoch. Er war jetzt wieder ganz fröhlich. An Lumina schien er nicht mehr zu denken.

»Um noch mehr Kugeln zu gewinnen.«

»Ja, und was bringt ihnen das?«

Er wies auf die Schaufenster, wo die Preise ausgestellt waren: bunte Ballons, Teddybären, Handtücher, Shampoo und Seife, jede Menge Sport- und Küchengeräte.

»Freizeitbeschäftigung«, sagte er. »Eine etwas beschränkte, zugegeben. Aber der Alltagsstress ist hart, und bei vielen ist Phantasie Mangelware.«

Eine gewaltige Fußgängermenge schob sich durch die Straßen. Flippig gekleidete Jugendliche, das Haar in Papageienfarben gefärbt, stauten sich vor Kinos und Cafés. Männer und Frauen trugen Bürokleidung. Viele Männer waren in Hemdsärmeln. Alle hielten feuchte Schirme in der Hand. Für Regenmäntel war es viel zu heiß.

Neugierig folgte ich Dan, der durch eine Schiebetür in einen schummrigen, mit Bambus und Zwergkiefern dekorierten Vorraum trat. Wir zogen unsere Schuhe aus. Eine hübsche junge Empfangsdame im Kimono erschien und verneigte sich auf eine Art, die Ehrerbietung ausdrückte. Sie machten ein paar Scherze, offenbar kannten sie sich. Nun erschien eine zweite junge Frau, ebenfalls im Kimono, die Dan mit der gleichen vertrauten Höflichkeit begrüßte. Ihre Augen glitten respektvoll über mich hinweg, während sie uns zu einer »Zashiki«, einer hölzernen Plattform, mit schönen Matten ausgelegt, führte. Das Lokal war in Nischen unterteilt, sodass die Gäste untereinander ungestört blieben. Wir setzten uns an den niedrigen Lacktisch. Es machte mir nichts mehr aus, auf einem flachen Kissen zu knien, ich hatte lange genug zu Hause geübt. Eine Kellnerin stellte zwei Gläser Eiswasser und heiße »O-Sibori« in einem Bambuskörbchen auf den Tisch. Ich riss das Zellophan auf. Das kleine heiße Frottiertuch hatte genau die richtige Temperatur. Ich drückte es mit Behagen an meine Wangen. Der kleine Hitzeschock wirkte Wunder: ein paar Sekunden nur, und alle Müdigkeit war weggewischt. Die Gesichtshaut fühlte sich straff und herrlich erfrischt an. Ich beschloss, Lumina im Moment zu vergessen, und seufzte glücklich.

»Ach, wie gut das tut!«

»Wollen wir Sake trinken?«, fragte Dan. »Oder bevorzugst du Wein?«

»Lieber Sake.«

»Wirst du schnell beschwipst?«

»Das kann vorkommen, aber es braucht ziemlich viel«, sagte ich, und wir lachten beide.

Die Kellnerin brachte ein Kännchen und zwei winzige Becher. Sie fühlte mit den Händen, ob der Reiswein die richtige Temperatur hatte, und füllte behutsam die Becher. Wir prosteten uns zu und tranken. Der Sake rann süß und lauwarm durch meine Adern, und ich fühlte mich sofort in euphorischer Stimmung. Die Kellnerin, die, auf den Fersen sitzend, bei uns gewartet hatte, nahm jetzt die Bestellung auf. Hier gab es keine Karte, aber Dan schien genau zu wissen, was er wollte. Die Bedienung hatte einen kleinen Computer in der Hand, nickte bei jedem fremdartigen Namen. Es dauerte eine ganze Weile, bis sie fertig waren und die Kellnerin sich mit einer Verbeugung erhob und entfernte.

»Was hast du denn alles bestellt?«, fragte ich. »Ich hatte den Eindruck, dass es zu viel wird.«

»Aber du isst doch?«, fragte er.

»Ich esse«, sagte ich ernst. »Ich habe einen guten Appetit. Und dick werden liegt nicht in meiner Natur.«

Wir sahen einander an. Wir empfanden die gleiche, ein wenig nervöse Lust zu lachen. Ich bemerkte es an der Art, wie er die Augen zusammenkniff.

»Du scheinst hier bekannt zu sein«, stellte ich fest.

Er nickte.

»Ja, das Lokal gehört einem Schauspieler.« Er nannte einen Namen, der mir fremd war. »Ein wenig bin ich auch mit der Theaterwelt vertraut«, sagte ich, um meine Scharte auszuwetzen. »Mein Vater inszeniert Opern.«

Er wollte, dass ich erzählte, was ich bereitwillig tat. Wir stellten dabei fest, dass wir viel Ähnliches gesehen, gehört und empfunden hatten. Aufmerksam hörte er zu, bevor er von sich selbst und von seinen Gefühlen zum Theater sprach.

»Höre ich eine Oper, ist es stets ein Wiedererkennen. Alle Musik- und Theaterformen tragen ja in sich selbst das Gesetz des Schönen.

Und wie bei der Oper existiert auch im Kabuki ein besonderes Verhältnis zur Literatur und Kunst.«

Inzwischen war auch die Kellnerin wieder da. Sie kniete nieder, wobei sie ein großes Tablett in den Händen hielt. Die Speisen in ihrem schön geformten Keramik-, Porzellan- und Lackgeschirr kamen mir wie kleine Kunstwerke vor.

»Fast zu schade zum Essen!«, sagte ich zu Dan. Er nickte mir amüsiert zu.

»Ja, bei uns wird zuerst mit den Augen gegessen! Die Harmonie muss stimmen, sonst vergeht uns der Appetit.«

Er erklärte mir die verschiedenen Gerichte: Die klare Suppe im zugedeckten Lackschälchen duftete nach Zitrone und Ingwer. Rohe Meerbrasse und Steinbutt, in hauchfeine Streifen geschnitten, zergingen mild und fruchtig auf der Zunge. Diese Blume da? Eine mit Schweinefleisch gefüllte Rübe! Das Gemüse der Jahreszeit, in knusprigem Teig gebacken, war als kleine, elegante Pyramide geformt und das mit Sesam bestreute Hühnerfleisch akkurat in kleine Würfel geschnitten.

»Damit man es gut mit den Stäbchen greifen kann«, erläuterte Dan. »Elegant gekleidete Damen wollen keine Flecken auf dem Kimono!«

»Deine Mutter sah im Kimono wunderschön aus«, bemerkte ich. »Ist es heutzutage noch üblich, ihn zu tragen?«

»Aber selbstverständlich«, erwiderte er. »Und zu vielen Anlässen.«

Die Kellnerin hörte nicht auf, immer wieder neue Speisen aufzutischen. Alle in kleinen Portionen, alle in Farben und Schnitten perfekt aufeinander abgestimmt, zu Blüten und winzigen Landschaften geformt. Ich spürte die Harmonie zwischen dem Essen und dem Geschirr, die Sorgfalt und den Adel dahinter, und fühlte mich wie im Märchenland.

»Ich hoffe, du magst es«, sagte Dan. »Wenn nicht, ist noch etwas anderes da!«

Ich schüttelte lachend den Kopf.

»Nein, bitte nicht! Alles schmeckt wundervoll!«

Er gab der Kellnerin ein Zeichen. Sie brachte neuen Sake. Dan füllte die Becher. Ich sagte: »Harumi-San hat mir erzählt, dass dein Vater gerne kochte.«

»Mir geht es ähnlich«, gab er zu. »Aber ich bin in dieser Hinsicht frustriert. Meine Frau wollte nicht, dass ich in der Küche stand. Ich sei ihr im Weg, erklärte sie.«

Ein Schatten glitt über sein Gesicht. Offenbar ging er der Erinnerung lieber aus dem Weg. Ich wechselte das Thema.

»Warum bist du Schauspieler geworden? Weil dein Vater es war?«

»Gewiss hat es etwas damit zu tun«, meinte er. »Aber mein Vater hat mich nie gezwungen, in seine Fußstapfen zu treten. Das hätte ihm nicht gepasst, obwohl sein eigener Vater und sein Großvater bereits Schauspieler waren. ›Du musst es gerne tun‹, sagte er zu mir. Im Kabuki steht ja immer der Darsteller im Mittelpunkt, während der Textdichter – bis auf einige Ausnahmen – schnell in Vergessenheit gerät. Enzo aber schrieb seine eigenen Texte. Das brachte ihm große Berühmtheit ein. Privat war er sanft und umgänglich, aber auf der Bühne zeigte er sich sehr ›aragoto‹.«

»Was bedeutet ›aragoto‹, Dan?«

»›Aragoto‹ bedeutete ursprünglich ›wild‹ und bezeichnete später einen Hang zum Maßlosen, zu übersteigerten Gefühlen und aufschneiderischem Gebärdenspiel. Aber das wurde von Enzo erwartet. Es kam vor, dass er aus seiner Rolle trat, sich in einen Dialog mit den Zuschauern einließ, aktuelle Ereignisse höhnisch kommentierte. Das brachte ihm so viel Bewunderung wie Feindschaft ein. Im Zweiten Weltkrieg wurde er sogar wegen ›Staatsbeleidigung‹ verhaftet. Worauf seine Bewunderer das Gefängnis belagerten und man ihn schleunigst wieder freiließ. Bei der nächsten Vorstellung machte er sich dann einen Spaß daraus, die Begebenheit auf der Bühne darzustellen. Der Skandal war so gewaltig, dass es im Zuschauerraum zu einer Prügelei kam.«

Ich musste lachen.

»Du, dein Vater gefällt mir!«

»Schauspieler«, sagte Dan, »hängen lose in der Struktur der Gesellschaft, sie haben Narrenfreiheit. Aber Persönlichkeiten wie mein

Vater sind selten geworden. Heutzutage fühlen sich Schauspieler kaum anders als Beamte.«

»Und in Europa«, fragte ich, »wie war es da?«

Er erzählte von den zwei Jahren, die er, wie er sagte, »auf Wanderschaft« verbracht hatte. Bevor er in London und Avignon auf der Bühne stand, war er einen Sommer lang mit einem Laientheater umhergereist, von Straßburg nach Amsterdam, von Mailand nach Rom und Palermo, von Barcelona nach Sevilla. »Bühnenerfahrung hatte ich bereits. Ich trat ja schon als Kind mit meinem Vater auf. Aber unser klassisches Theater unterliegt einer strengen Tradition, wir schleppen jede Menge Zeremonielles mit uns herum. Bevor wir fähig werden, unsere ›Kata‹ – unsere Form also – zu sprengen, vergeht ein halbes Leben. Unsere Persönlichkeit muss zuerst den ganzen Ballast verinnerlichen, dann erst kann sie sich zeigen, wie sie ist. Unnötig zu sagen, dass die meisten es nie fertig bringen. Aber Enzo brauchte nur auf der Bühne zu erscheinen, und die Zuschauer riefen seinen Namen. Er war ein Riese, und ich war Mister Nobody. In dieser Situation war Europa genau das richtige Pflaster für mich.«

»Hattest du keine Schwierigkeiten? Mit der Sprache, meine ich…«

»Doch. Ich sprach nur Englisch, und es hörte sich katastrophal an. Japaner nuscheln, wie du weißt. Ich musste da viel üben und begann zunächst mit Pantomime. Die Körper- und Gebärdensprache drückt den ganzen Menschen aus, ist zugleich männlich und weiblich. Obwohl ich auf der Bühne nicht den Mund auftat – was zumindest am Anfang das Beste für mich war –, glaube ich, dass mich die Zuschauer in Europa ganz gut verstanden haben. Die Frauen sowieso.«

»Ach, warum gerade die Frauen?«

Fältchen zeigten sich hinter seinen Brillengläsern. »Weil mein Beruf etwas ist, das ganz besonders die Frauen anzieht. Sehen sie mich auf der Bühne, möchten sie mehr über die Person hinter der Maske wissen. Dass einige von uns schwul sind, liegt auf der Hand. Und es wäre – im gewissen Sinne – sogar angebracht…«

»Wie meinst du das?«

»Nun«, sagte er, »ich hätte daraus lernen können. Es macht allerhand aus, ob wir schwul sind oder nicht. Aber ich bin nicht schwul, und es hat sich inzwischen herumgesprochen. Zum Glück beobachte ich gut. Und so spiele ich eben, wie es den Umständen entsprechend möglich ist.«

»So, dass dich die Zuschauer für schwul halten?«

Er grinste noch breiter, höchst belustigt.

»Wenn du es genau wissen willst: Ich kann durchaus so tun.«

Ich lachte, und er lachte auch. Wir waren schon ein bisschen betrunken.

»Und als du wieder in Japan warst«, fragte ich, »bist du da gleich zum Kabuki gegangen?«

»Nein. Ich habe zuerst bei modernen Inszenierungen mitgewirkt, auch beim politischen Kabarett. Das war lustig. Inzwischen nahm ich Unterricht bei einem Meister und ging erst wieder zum Kabuki, als ich bereit war. Und eine Zeit lang fand ich das auch ganz gut. Und als ich dann – nur so zum Spaß – im New Kabuki auftrat, war meine Mutter, die Vaters Andenken ehrfurchtsvoll hütete, alles andere als erfreut.«

»Was ist New Kabuki?«

»Wie der Name schon sagt: eine ganz neue Theaterform. Dass Puristen dabei die Nase rümpfen, war mir schon klar. Nach der ersten Vorstellung sagte Harumi, es sei eben nicht mehr wie früher. Sie sagte es mit einem Gesicht, als ob sie eine Fliege aus der Milch fischte. Trotzdem: Das war ihr mütterlicher Segen. Im New Kabuki ist alles gewaltiger, bunter, grandioser. Und gelegentlich auch kitschig, das war es, was Harumi zu schaffen machte. New Kabuki ist eine Mischung aus Musical, Oper und Sprechtheater. Wir arbeiten zwar noch mit Rezitator, Sänger und mit klassischer japanischer Musik, aber auch mit modernen Komponisten, die sich von Filmmusik inspirieren lassen. Dazu kommt die Wucht der Inszenierung, die Pracht der Kostüme. Die Bühne ist nicht der einzige Ort des Geschehens. Der Saal wird von den Darstellern miteinbezogen. New Kabuki ist totales Theater. Wenn es gut gemacht ist, funktioniert es. Aber die Aufführungen sind sehr aufwändig. Wir geben nur ein einziges neues Stück im Jahr, spielen drei Monate lang vor ausverkauftem Haus. Dann beginnen schon die Proben für das nächste Stück.«

Ich beobachtete die Art, wie er die schmalen Hände beim Sprechen bewegte, wie er sich völlig in dem verlor, was er sagte. Manchmal bewegten sich seine Lippen lautlos, als wolle er sich die Worte, bevor er sie aussprach, zuerst überlegen. Nichts daran war gekünstelt, alles wirkte vollkommen natürlich. Er versuchte lediglich, mir etwas über seinen Beruf mitzuteilen. »Unser klassisches Theater ist, wie ich bereits sagte, eine fest umrissene Einstellung zum Leben und zur Welt. Beim New Kabuki fallen die Schranken. Die Bühne ist ja nicht leer. Genauer gesagt, die Leere der Bühne provoziert, was wir hervorbringen. Ich habe mich stets geweigert, meine Haut als Mauer zu empfinden. Dabei ist das Einstudieren einer Rolle nicht das Wesentliche. Die Person, die wir darstellen, nimmt von uns Besitz. Es ist eine mächtige Magie, eine Metamorphose. Dabei dürfen wir nie die Zuschauer vergessen, wir spielen ja zu ihrer Unterhaltung. Wenn sie Tränen in den Augen haben, bedeutet es, dass wir gut gespielt haben, mehr aber nicht. Wir müssen da sehr bescheiden sein.«

Ich hörte gespannt zu. Ich hatte ein merkwürdiges Verständnis für ihn.

»Und dein Vater? Wie hätte er reagiert, was meinst du?«

Er zog leicht die Schultern hoch, sah mir gerade ins Gesicht. »Ich weiß es nicht. Er gehörte zu den Darstellern, die wahrhaft berufen und auserwählt sind. Er stand noch mit achtundachtzig auf der Bühne. Als er sich bei einer Vorstellung den Hüftknochen brach, sagte er: ›Jetzt ist genug.‹ Was ich über ihn sagen kann: Er war niemals ein Künstler mit einem einzigen ›Ich‹. Er trug mehrere Persönlichkeiten, viele Persönlichkeiten in seinem Körper. Er hüllte sich in prunkvolle Gewänder, doch er hätte genauso gut nackt spielen können. ›Danjiro-Chan, hör zu und vergiss es nicht, und ich will dir ein Geheimnis mitgeben‹, sagte er einige Monate vor seinem Tod. ›In mir ist die Mutter, der Vater, sind die Vorfahren, die Tiere. Ich nahm sie alle mit, von Anfang an.‹ Er ist alt und wird hirnlos, dachte ich damals. Heute weiß ich, dass es nicht so war. Auch ich trage meinen

Vater in mir, als Engel verkleidet. Er vermittelt mir Botschaften, die ich hören kann...«

Er hielt plötzlich inne, seine Augen blickten ein wenig verwirrt. Ich aber saß da wie erstarrt, atmete langsam durch die Lippen. Das waren Dinge, die auch mir etwas bedeuteten. Er jedoch sprach ganz unbefangen davon, kleidete sie in Worte, verdichtete sie in Bilder, was ich selten gewagt hätte. Es war ein zu straffer Kreis, den ich um mich und Henrik herum gezogen hatte. »Noli me tangere«, ach ja! Doch nun durchbrach ein Mensch den Zauberkreis, kam auf mich zu, mit lautlosen Schritten, und sagte: »Wir sind uns irgendwie gleich.«

»Ja«, sagte ich leise. »Ich verstehe.«

Er nickte mir zu, weich, ehrfürchtig fast.

»Bei dir geschah es viel früher.«

Ich zuckte mit den Wimpern.

»Ach, woran sieht man das?«

Dabei sah ich ihn herausfordernd an. Er zögerte. Die goldbraunen Augen zogen sich leicht zusammen. Doch er und seine Gefühle waren keine Eingriffe in meine Welt. Ich spürte, wie er sich ganz sanft von außen herantastete. Er drang nicht gewaltsam in den Bereich meines Herzens ein, sondern wartete, dass ich ihn hereinließ. Das war neu. Die Männer, denen ich zuvor begegnet war, näherten sich viel zu rasch, aus innerem Antrieb. Das war so überflüssig und gewöhnlich. Sie glaubten nicht an ein tieferes Verhältnis von Mensch zu Mensch, und weil sie nicht daran glaubten, konnte sich auch kein Vertrauen entfalten. Sie waren Geschöpfe ohne inneren Zusammenhang, mit allerlei eitlem Gerede im Bauch. Und obwohl Dan in seiner kräftigen, energischen Gegenwart nichts Weibliches an sich hatte, blickte er mich genauso an, wie eine Frau es jetzt tun würde. Auch als er sprach, klang seine Stimme ganz vertieft und nachdenklich.

»Es war vielleicht eine schmerzliche Erfahrung. Aber sie hat dich aktiver, schöpferischer und sicher auch besser gemacht. Sag mir, wenn es nicht so ist«, setzte er fast entschuldigend hinzu. Mein Herz pochte. Ich fühlte mich plötzlich fast überschwänglich. Henrik war da, ganz nahe. Und vielleicht auch Laila, obwohl sie nie zu mir sprach.

»Ich habe einiges gelernt«, sagte ich.

Er nickte lächelnd.

»Ja, ich auch.«

»Aber wenig darüber gesprochen?«

»Selten«, gab er zu.

Man brachte grünen Tee und frisches Obst, das die Mahlzeit beendete. Ich kostete ein Stückchen Ananas und sagte: »Aber diesmal hast du darüber gesprochen.«

»Ich hätte es vielleicht nicht tun sollen«, sagte er in scherzhaftem Ton. Ich betrachtete ihn mit Freude und Staunen. In der Wölbung seiner großen geschwungenen Brauen, den vollen Lippen, lag etwas Erregendes, ein Zug von Sinnlichkeit und Freiheit. »Warum mit mir?«, fragte ich.

Er verzog leicht die Mundwinkel.

»Vielleicht hatte ich plötzlich Lust zu reden?«

»Vielleicht infolge zu langen Schweigens?«, hakte ich nach.

Er bewegte versonnen den schmalen Kopf.

»Immerhin ist der Anfang gemacht.«

Ich sah ihm in die Augen. Sein Anblick stimmte mich merkwürdig froh. Ich fühlte mich nicht als die Stärkere; zwischen uns bestand ein Gleichgewicht.

»Du hast gedacht, es sei unmöglich«, sagte ich, »daran liegt es.«

Er lachte plötzlich hell auf.

»Das hatte ich mir bloß in den Kopf gesetzt.«

15. Kapitel

Es war leicht gewesen, Dan mit zu mir in die Wohnung zu nehmen. Es gab ein Tor, das von der Straße aus in den Garten führte. Dieses Tor, das nur der Gärtner benutzte, war für gewöhnlich geschlossen. Aber Dan besaß einen Schlüssel. Lautlos gingen wir durch den Garten. Alles war in nasse Dunkelheit getaucht. Mit leichtem Pochen fielen Tropfen von den Büschen auf unsere Schultern. Das Wasser im Teich stand hoch; es war mit kleinen Schlammblasen überzogen. Die Schiebetür zum Garten hin schloss ich nie ab, weil Harumi fast immer zu Hause war. Als ich sie leise öffnete, entstand ein Geräusch, als ob welkes Laub über den Holzboden schleifte. Irgendwo sang ein Nachtvogel; unsere Gegenwart im Garten hatte ihn kurz verstummen lassen. Jetzt hörte man ihn wieder gut. Wir zogen unsere Schuhe aus; ich knipste die Stehlampe an. Tokio fand nie Ruhe; unentwegt brauste Verkehr über die Highways. Wie deutlich ich den Lärm hörte, hing vom Wind ab. In dieser Nacht schien das Getöse weit weg, sodass wir uns wie in einem Dorf mitten in der Stadt vorkamen. Ich sagte zu Dan:

»Möchtest du etwas trinken?«

Er nickte.

»Ja, gerne. Ein Bier, wenn du hast...«

Ich holte das Bier aus dem Kühlschrank, füllte zwei Gläser und brachte sie ihm. Er stand mitten in diesem Zimmer aus goldfarbenem Holz und Seidentapete, blickte mit seltsamem Ausdruck umher. Mein Futon lag noch auf dem Fußboden. Normalerweise vergaß ich nicht, die Bettmatratze täglich in den Wandschrank zu räumen. Aber heute Morgen, nach seinem Anruf, hatte ich nicht mehr daran gedacht. Ich genierte mich ein wenig; er mochte denken, dass ich sie bewusst so liegen gelassen hatte. Doch er sagte lediglich im Ton der Zufriedenheit:

»Du hast nichts verändert.«

Ich reichte ihm das Glas.

»Ich habe alles gelassen, wie es war. Nur die Stehlampe ist neu. Ich brauchte mehr Licht für meine Arbeit.«

Er nickte, ging langsam zur Kommode, wo Henriks Bild stand.

»Dein Bruder?«, fragte er.

»Ja, woher weißt du das?«

»Weil er dir ähnlich sieht.«

»Sein Name war Henrik«, sagte ich, holte kurz Atem und setzte hinzu:

»Ich verlor ihn mit zwölf. Wir waren fast gleichaltrig.«

Er musterte eingehend das Bild, bevor er mich wieder ins Auge fasste.

»Im Grunde wie ein Zwilling, was?«

Ich schluckte schwer.

»Ja, wir standen uns sehr nahe.«

»Wie ist er gestorben?«

Der Kampf begann in meiner Seele. Da war eine Stelle in mir, aus der gelegentlich das Bedürfnis aufstieg, über diese Sache zu reden. Und wie immer war mir, als stäche mir Reidars Messer ins Herz. Wie konnte ich über Henrik sprechen ohne das furchtbare Gefühl, dass ich ihn dabei ein zweites Mal tötete? Ich hob beide Arme, massierte meine Schultern mit kreisenden Bewegungen. »Ein Unfall.«

Er merkte sofort, dass mir schlecht wurde, merkte es mit der seltsamen Emphathie, die ihm eigen war. Sein Glas in der Hand, wandte er sich ruhig von mir ab und sagte in gleichmäßigem Tonfall:

»Es ist schon seltsam, dass wir beide jetzt hier sind.«

Ich atmete sofort auf, genoss den Augenblick nervöser Glückseligkeit. Gott sei Dank stellte er keine Fragen mehr. Ich lächelte ihn an.

»Macht es dir etwas aus?«

»Nein«, erwiderte er, »und ich glaube auch nicht, dass es Enzo etwas ausmacht.«

An der seltsamen Antwort war nichts, das mich verwirrte. Bei Henrik war es ja ähnlich. Er versteckte sich irgendwo, in den Schneckengängen meines Gehirns, und verhielt sich ruhig. Aber ich wollte sein Bild lieber umdrehen. Mir war entschieden wohler dabei.

Dan sah zu, wie ich es tat, und sagte nichts. Ich hielt mich steif vor ihm, etwas verschüchtert. Eigentlich lächerlich, in meinem Alter. Wir blickten uns an, bevor er sein Glas auf den Tisch stellte und mich an sich zog. Seine Gesten waren ruhig, ohne Hast. Ich fühlte den sanften, starken Ruf, der von ihm ausging. Nein, es war kein Ruf, es war eher wie ein liebender Arm, der sich um meinen inneren Schatten legte. Ich war fast so groß wie er, ich musste nur ein wenig den Kopf heben, damit sich unsere Lippen berührten. Welchen Geschmack, hatte ich den ganzen Abend gedacht, mochte seine Haut wohl haben? Welchen Geschmack seine Lippen? Die Erwartung hatte mich mit Ungeduld erfüllt. Es ist immer der erste Kuss, der die stärksten Empfindungen weckt. Es gibt Münder, die abstoßend schmecken, die derb oder plump sind, die man niemals lieben kann. Eine Zunge, die in meinen Mund drang, das lebendige Fleisch in mir, kam mir stets als etwas Entscheidendes vor; eine Erregung oder ein Ekel, je nachdem. Ein Kuss offenbart den ganzen Menschen. Männer, die anders küssten als Frauen, weckten nicht mein Begehren, niemals. Und nun stand ich da, fühlte mein pochendes Herz, die Wärme seines Körpers, während seine Lippen über meine Stirn wanderten, über meine Augenlider, ganz leicht an meiner Ohrmuschel knabberten. Einige Sekunden lang bewegte er das Gesicht hin und her, streichelte mich mit seinem Atem, der auch nach dem Bier noch merkwürdig frisch war. Und als seine Lippen meinen Mund berührten, zuerst zärtlich, fast spielerisch, übermächtigte mich das Verlangen: ein neuer, uneingeschränkter Taumel der Entdeckung. Meine Lippen hielten seine Zunge fest, saugten an ihr, als wollte ich ihn ganz in mich aufnehmen. Ich presste mich an ihn, mit meinem ganzen Gewicht, während er mein weißes Männerhemd aufknöpfte, es über meine Schultern gleiten ließ. Darunter trug ich einen ganz kleinen Büstenhalter; ich trug ihn nur, weil ich es schön fand, diese weiße Baumwolle im Ausschnitt. Seine Hände hakten den Büstenhalter auf, legten sich sanft um meine Brüste, umfassten sie ganz. Dann zog er den Reißverschluss meiner Hose auf, hielt mich am Ellbogen, während ich hinausstieg. Sacht und wie beiläufig schob er meinen weißen Baumwollslip herunter. Seine Hände wanderten über meine schmalen Hüften, meinen flachen Bauch. Er löste sich von mir, doch nur für ein paar Sekunden, um sich zu entkleiden, und ich half ihm dabei. Sein Körper war vollkommen jugendlich, biegsam und kraftvoll zugleich, mit schmalen Gelenken. Die Biegung seines Halses, dessen Muskeln kräftig und zart waren, rührte mich. Seine Augen waren klar und gleichmäßig, mit einem Schimmer von braunem Kristall. Ich merkte kaum, wie er mich zur Bettmatratze führte, mich sanft niederzwang. Nackt lag ich da, und auch er war nackt. Mit der Hand zeichnete er die Linien meines Körpers nach, sehr aufmerksam, als wäre sein Finger ein Pinsel, der auf meiner Haut geheimnisvolle Ideogramme zog. Ganz entgegen meiner Art lag ich still. Alles war so neu, und dabei so vollkommen unbefangen und natürlich. Seine Finger glitten über mein Gesicht, verfolgten die Halslinie, die Schultern. Seine Finger, wunderbar geübt, zogen schmale Spuren von den Brüsten bis zum Bauch, hinab zu den Schenkeln. Sie bewegten sich so leicht, als ob es in der Welt keine andere Sprache gab als dieses Streicheln, folgten dem dunklen Strom der Adern an der Innenseite der Schenkel. Unter der bald streifenden, bald verharrenden Liebkosung wölbte sich mein Körper, überwältigt von diesem Gefühl. Seine Hand stieg langsam empor, legte sich auf meinen Schoß, wanderte behutsam und wissend weiter hinauf. Sein Gesicht dabei war schimmernd und gelöst, er schien völlig ungezwungen, doch der Eindruck täuschte: Seine Vertrautheit mit diesen Dingen entsprach einer subtilen Kenntnis der Leidenschaft. Er verstand es, zwischen ihm und mir einen Stromkreis zu entfachen, bis sich unser Verlangen als sprühende Kraft aus den geheimsten Winkeln des Körpers befreite. Er war dabei im völligen Gleichgewicht, wie Tänzer oder Athleten es sind. Ich war schon lange kein unbeschriebenes Blatt mehr; doch zum ersten Mal erlebte ich ein Gefühl, als ob sein eigenes Leben ihn verließ, um in mir zu leben. Das war neu; mit allen anderen Männern zuvor war ich alleine geblieben. Und auch das, was ich bei anderen gelernt und für wichtig gehalten hatte, verlor schlagartig jegliche Bedeutung. Ich konnte mich auf ihn verlassen, einfach hineinfließen, brauchte mich nicht anzupassen, konnte Angreiferin sein, mir meine Freude holen, mein Verlangen voll und ganz auskosten. Ich fühlte in mir eine helle, weiße Seligkeit, ein völliges Verlöschen und zugleich ein Geborenwerden. Ich ließ mich verwandeln und war wie verzaubert. Ich konnte ihm vertrauen, das wusste ich aus tiefstem Instinkt, und wusste dabei, dass er mich so heftig und lustvoll begehrte wie ich ihn. Und als er seinen Körper an mich presste, tief und kraftvoll in mich hineinstieß, wurde das Lustgefühl so groß, dass meine Nerven zu zerreißen drohten. Ich schmeckte die leichte Feuchtigkeit, die seine Haut überzog, mit einem leichten Geruch nach Honig. Er war so vollkommen, so ohne Makel, und sein Herz hämmerte ebenso stark wie das meine. Nach einer Weile drehte er sich, ohne sich von mir zu lösen, auf den Rücken, sodass ich jetzt auf ihm war und er meine Brüste und meinen Bauch streicheln konnte. Dabei schaute er mich immerzu an, und ich hatte auch keine Scheu, ihn anzusehen. Liebe ist ein geistiger Vorgang, verbunden mit der Geschichte, die wir in uns tragen. Aus der kleinen Papierlampe strömte weiches Licht; in einem unwirklichen, traumhaften Zustand gefangen, sah ich seine fein geschnittenen Züge, den geschwungenen Mund, die Augen, dunkel und gleichsam glanzerfüllt. Doch was mich am meisten an ihm erstaunte, war, wie sehr er meinen Körper zu kennen schien, wie er die leichte heiße Flamme zu entfachen wusste, diesen süßen, pulsierenden Strom, der unterhalb des Nabels aufflackerte, zu den Lenden ausstrahlte und Arme und Beine hinabfloss. Staunend erlebte ich, wie er sein Vordringen in mir ganz genau überwachte, mit welchem Wissen er die Lust zu lenken wusste. Ja, dies war ein Mann, stark und ganz. Und zugleich mit einer Empfindsamkeit, die mich betroffen machte. Ich erlebte sie neu, diese Wärme, diese Unschuld, die etwas mit der Kindheit zu tun hatte, mit Zärtlichkeit und Lachen, als ob er sich des magischen Kraftstroms in seinem Rücken und in Lenden und Beinen fast unbewusst bediente. Dabei hielt er die Augen gelegentlich geschlossen, als ob er in sich selbst versank, auf etwas in sich selbst horchte. Immer wieder drückte er mit zärtlich verschlungenen Händen meinen Nacken zu sich herunter, presste seine Lippen auf meine, während sich seine

Hüften unter meinen Bewegungen hoben und senkten. Sein Körper war heiß und glatt, manchmal gestrafft durch heftige Wogen, die mich emporhoben, dann wieder weich wie bei einem Kind. Plötzlich senkte sich sein Leib unter mir, und nun war im Raum nur mehr unser beider vermengter Atem, mein Mund auf seinem Mund, und seine Hände, die mein Haar streichelten.

Wie lange wir so dalagen, wusste ich nicht. Ich hielt seine klebrigen Hüften umfasst, bis ein Luftzug auf meinem nackten Rücken mich frösteln ließ. Ich bewegte mich, und da bewegte auch er sich und blinzelte mir zu mit ruhiger, glücklicher Innigkeit.

»Mir war, als müsste ich sterben«, brach ich rau das Schweigen. Ich hörte ihn leise an meiner Wange lachen.

»Ich glaube eher, dass wir beide sehr lebendig sind.«

Er hob den Arm in jener hohen, schönen Bewegung, die allem, was er tat, eigen war, und löschte das Licht. Er zog die Decke über uns beide, und wir schliefen, vermutlich nicht lange. Plötzlich wachte ich auf und sah Dan über mich gebeugt. Hinter ihm schimmerte es schiefergrau durch das Reispapier. Sein Gesicht war jung und entspannt, mit einem goldenen Schimmer. Er war bereits angekleidet.

»Ich habe schon geduscht«, sagte er. »Zum Glück ohne dich zu wecken.«

Er reichte mir ein Glas. Grapefruitsaft, wie herrlich! Ich trank mit Behagen, während die kalte Säure meine Geschmacksnerven kitzelte. Der kurze Schlaf hatte meine Gedanken geklärt. Mein ganzer Körper schien die Dinge neu wahrzunehmen. Es war ein fremdes Element in mir, eine Frische, ein Wohlbefinden. Ich strich mein Haar aus der Stirn.

»Wie viel Uhr ist es?«

»Halb fünf. Ich muss gehen.«

»Um diese Zeit?«

Er blinzelte mir zu.

»Die Hofdame Sei Shonagon, die eine unserer größten Dichterinnen war und vor tausend Jahren lebte, beschreibt sehr ausführlich, wie ein Mann, der nachts eine Frau besucht, bei Tagesanbruch zu verschwinden hat. Es geht darum, dass er auf elegante Art in seine

Kleider schlüpft und sich so verabschiedet, dass er in der kommenden Nacht sehnsuchtsvoll wieder erwartet wird.«

Ich drückte das kühle Glas an meine Wange.

»Hast du die Methode noch im Kopf?«

Er setzte mit leichter Geste seine Brille auf.

»Tja, ich gebe mir Mühe. Sonst fragt sich am Ende meine Mutter, was ich hier zu suchen habe.«

Ich konnte, als ich mit ihm redete, das Lachen nicht unterdrücken. An Harumi hatte ich nicht mehr gedacht. »Es wäre wohl ein bisschen peinlich...«

Er lächelte, aber nicht wirklich von Herzen.

»Zugegeben, ja. Meine Mutter ist sehr offen. Aber mit den Eltern, du weißt ja, wie das ist...«

»Oh, ja«, sagte ich, worauf er leicht das Gesicht verzog.

»Und dann ist noch Enzo da. Ich frage mich, was er von uns denkt. Du glaubst es vielleicht nicht, aber er ist in diesen Dingen ziemlich konventionell, tut mir Leid. In der Nacht geht es ja noch. Aber bei Tageslicht...«

Die Lust am Lachen war mir plötzlich vergangen.

»Dan, von wem redest du eigentlich? Dein Vater ist doch gestorben.«

»Nicht ganz«, sagte er.

Ich spürte eine Gänsehaut.

»Wie meinst du das?«

»Deck dich zu«, sagte er, »dir ist kalt. Und ich habe wohl etwas voreilig von ihm gesprochen.«

Ich zog die Decke bis an mein Kinn.

»Wenn du noch etwas Zeit hast, möchte ich, dass du mir diese Geschichte erzählst.«

Er zögerte, bevor er die Gläser nahm, aufstand und mit lautlosen Schritten in die Küche ging. Einen Augenblick später war er wieder da, reichte mir das volle Glas. Dann setzte er sich zu mir auf die Bettmatratze. Sein Haar war ungekämmt, und ich fand ihn noch schöner als am Abend zuvor. Wir tranken ein paar Schlucke schweigend. Er war es, der wieder zu reden anfing. »Harumi hat mal gesagt, die

131

Liebe sei manchmal wie ein Schweben über den Wolken und manchmal wie Todesangst. Sie sprach von meinem Vater; er war ja so viel älter als sie, und sie hatte solche Angst, ihn zu verlieren. Und dann starb er doch, weil seine Zeit gekommen war, und sie musste es ertragen.«

Er beugte sich nach vorn, nahm die Lampe und hob sie hoch, sodass ihr Licht auf das Rollbild in dem Alkoven fiel. Schräg von unten beleuchtet, zeichneten die merkwürdigen Linien, schwarz und von rosiger Farbe, ein wundersames und nahezu gespenstisches Muster.

»Was glaubst du, was du siehst?«, fragte Dan.

Ich wälzte mich herum, um das Bild eingehender zu betrachten. »Das frage ich mich täglich. Eine abstrakte Malerei, nehme ich an. Was sie darstellt, kann ich nicht sagen. Ein Insekt, vielleicht? Oder ein Gesicht? Obwohl…« Ich schüttelte den Kopf. »Nein, das kann nicht sein!«

»Doch«, sagte Dan. »Es ist ein Gesicht.«

»Wer hat es gemalt? Dein Vater?«

»Man kann es so sagen…«

Auf den Ellbogen gestützt, hielt er beim Sprechen die Lampe mühelos hoch und auf das Rollbild gerichtet.

»Es gibt Menschen in Japan, die als ›lebendes Kunstwerk‹ verehrt werden. Dieser Titel wird nur ganz besonderen Künstlern verliehen – ihren Leistungen wird damit der gleiche Rang zuerkannt wie einem Kunstwerk, das im Tempel oder im Museum gehütet wird. Mein Vater war so ein Mensch. Deswegen kam es vor, dass man ihn um eine ganz besondere Gunst bat. Nach der Vorstellung, wenn sein Gesicht nass vor Schweiß war, brachte man ihm ein weißes Seidentuch. Enzo drückte sein Gesicht auf den Stoff. Sein Schweiß, mit Schminke vermischt, färbte ab und tränkte das Tuch, das anschließend auf ein besonderes Papier gespannt und mit Goldbrokat umrahmt, zum einmaligen Kunstwerk wurde.«

Ein leichter Schwindel überfiel mich. Ich starrte das Rollbild an. Es war wahrhaftig ein Gesicht, das zurückstarrte. Ein Gesicht aus einer anderen Welt, aus der Dunkelheit, aus den Träumen: das noch

lebenswarme Gesicht eines Verstorbenen. »Unglaublich!«, flüsterte
ich.

Dan nickte mir zu.

»Bei diesem Abdruck war Enzos Gesicht weiß und schwarz bemalt, die Augen rot umrandet. Der rote Abdruck der Lider trägt einen
besonderen Namen: Man nennt ihn ›Die Augen des Schmetterlings‹.«

»Warum?«

»Zunächst, weil die Form an Schmetterlingsflügel erinnert. Aber
man sagt auch, dass diese Augen das Unsichtbare sehen.«

»Ach, sehen sie es wirklich?«

»Wer weiß?«

Ich rieb mir die Stirn.

»Und die Schriftzeichen?«

»Unterschrift und Siegelabdruck des Darstellers erhöhen den
Wert. Manche fügen auch ein selbst verfasstes Gedicht hinzu. Lieb-
haber sind bereit, riesige Summen für ein solches Kakemono zu zahlen...«

Während ich mit staunenden Augen das Rollbild betrachtete,
weitete sich mein Verständnis. Es war, als hätte ich ein neues Ohr
zum Hören erlangt und ein neues Auge zum Sehen. »Da steht ein Gedicht. Von deinem Vater, nicht wahr?«

Er nickte, und ich sagte: »Die Schrift ist sehr kompliziert. Kannst
du es mir vorlesen, bitte?«

»Ich weiß es auswendig«, sagte Dan, bevor er langsam zitierte:
»Wenn draußen die Zweige knistern,

Dann fällt es schwer zu unterscheiden.

Rauscht der Wind draußen, oder ist's kein Wind?

Was soll's! Schlafet in Frieden.

Ich bin immer da.«

Hinter den Augen fühlte ich einen merkwürdigen kleinen Schmerz.
Diese Worte, woher kannte ich sie? Ich hörte sie in einem Nirgendwo.
Sie schwebten dicht hinter dem Rand der Erinnerung, stiegen wie
kleine Blasen in meinem Kopf auf und verschwanden. Ich sagte versonnen, den Blick auf das Rollbild gerichtet: »Ich muss frische Blumen in die Vase stellen...«

Ein Lächeln legte sich auf Dans Gesicht, aber es war eher ein trauriges Lächeln.

»Das schätzt er bestimmt.«

Ich presste den Kopf in die Mulde seiner Schulter. Mein Gesicht war dem Alkoven zugewandt, dem Rollbild, dem Geheimnis.

»Hör zu, Dan, ich verstehe das nicht. Wenn Harumi mit dem Andenken an deinen Vater so eigen ist, warum hat sie das Rollbild nicht abgenommen, bevor sie mir die Wohnung vermietete?«

Er schwieg eine Weile, kraulte nachdenklich mein Haar dabei. Schließlich sagte er:

»Vielleicht, weil du ihr sympathisch bist?«

»Ist das alles?«

»Nein. Sie ist sehr feinfühlig. Lumina hätte sie nie in die Wohnung gelassen.«

Ich blickte überrascht zu ihm empor. Mein Mund war plötzlich trocken.

»Warum nicht?«

Sein ausdrucksvolles Gesicht verzog sich leicht. Er schien etwas sagen zu wollen, doch er besann sich anders und schüttelte nur leicht den Kopf.

»Es ist eine komplizierte Geschichte.«

»In deiner Familie«, sagte ich, »ist alles kompliziert. Ein Glück, dass du es nicht bist.«

Er lachte, schon wieder heiter, während er nach seiner Jacke griff.

»Vielleicht bin ich der Komplizierteste von allen?«

Ich warf die Decke weg, tastete nach meiner Yukata.

»Es kann ja sein, dass diese Dinge nicht sofort erkennbar sind.«

»Nicht immer – auf den ersten Blick.«

Er sah belustigt zu, wie ich den Knoten schlang.

»Du kriegst das ganz gut hin«, meinte er.

»Ich habe geschickte Hände.«

Seine Augen sahen mir gerade ins Gesicht. Sie trugen diesen Ausdruck von Zärtlichkeit und schalkhaftem Eigensinn, der typisch für ihn war.

»Da könntest du Recht haben«, sagte er, so, dass ich ihn verstand.

Wir standen beide auf. Er griff behutsam nach meinen Wangen, drehte sie leicht hin und her, wobei er sie streichelte. Ich legte das Kinn auf seine Schulter, umfasste seine Taille mit beiden Armen. Er sagte, sehr leise:

»Es tut mir wirklich Leid, dass ich jetzt gehen muss.«

Ich spürte seine Wärme, die Resonanz seiner Stimme in meinem Körper, und gab ihn aufseufzend frei. Er zog seine Jacke an, nahm eine Brieftasche hervor und überreichte mir eine Theaterkarte.

»Heute haben wir Vorstellung, da muss ich schon früh im Theater sein. Ich sehe dich nach der Aufführung. Komm einfach in die Kulissen, man wird dich durchlassen. Ich bin schon gespannt, ob du mich auf der Bühne erkennst.«

»Ist das denn so schwierig?«

Er bestätigte es durch ein Kopfnicken.

»Unsere Kostüme, die Schminke, verändern uns sehr...«

»Und du glaubst, dass ich dich nicht erkennen werde?«

»Lass dich überraschen«, sagte er.

Ich ging mit ihm zur Fenstertür, öffnete sie lautlos und spähte hinaus. Der Garten lag noch im Dunkel. Aber im Osten, hinter den Hochhäusern, wurde der Himmel gelb, und im Laubwerk kündete das erste, noch zaghafte Piepsen der Vögel das Herannahen des Morgens an. Ein letztes Mal wandte er sich nach mir um; ich legte beide Arme um seine Taille. Wir küssten uns lange, mit wiederkehrendem Begehren, bevor er sich sanft von mir löste. »Du machst das sehr gut«, flüsterte ich. »Deine Hofdame würde großes Lob spenden.«

»Möglicherweise nicht«, erwiderte er. »Sie war extrem anspruchsvoll.«

Er befeuchtete seinen Finger, schob ihn in meinen Mund. Ich saugte daran, wie ein Kätzchen. Er lächelte mich an. »Bis heute Abend...«

Er schlüpfte in seine Schuhe, stieg lautlos nach draußen. Seine Gestalt tauchte in die Dunkelheit, eine nasse Verschmelzung jenseits aller Farben. Ich hörte, wie sich das Tor öffnete und leise knirschend wieder schloss. Fröstelnd ging ich zurück in das Zimmer, legte mich auf den Futon und löschte das Licht. In der Dämmerung lag ich, wo er gelegen hatte, krümmte mich zusammen, um warm zu werden. Enzo betrachtete mich im Halbdunkel. Ich vermeinte plötzlich eine Ermutigung zu spüren, ein frohes Gefühl, eine Emotion.

»Na, was ist denn?«, glaubte ich eine klangvolle, spöttische Stimme zu hören. »Du hast doch wohl keine Angst vor mir?«

»Ich bin mir nicht sicher«, hörte ich mich als Antwort murmeln.

Ich döste vor mich hin, da tauchte im Netzwerk meines Gehirns eine Frage auf, die mich betroffen machte: Warum wollte Harumi die Wohnung nicht Lumina überlassen? Die Frage wanderte durch meinen Kopf, leicht flimmernd wie ein Nachbild, das vorüberzieht und verschwindet. Ich dachte an das Gedicht: »Wenn draußen die Zweige knistern…« Sonderbar! Mir war, als hätte ich schon vorher davon gewusst, und trotzdem war keine Erinnerung vorhanden. Die Worte tanzten vor meinen Augen, ein ermüdendes Hin und Her, ich konnte sie nicht mit den Gedanken erfassen. Ich versuchte es eine Weile vergeblich. Dann schlief ich wieder ein und schlief traumlos und tief, bis der Regen auf das Dach prasselte und die Geräusche des jungen Tages mich vollends weckten.

16. Kapitel

Dieser Tag, der aufwühlend begann und verwirrend enden sollte, hielt noch eine weitere Überraschung für mich bereit. Als ich aus dem Aufzug trat, der mich zum Unterricht in die fünfte Etage brachte, stand im Flur gegenüber dem Klassenzimmer eine Studentin und blickte durch das Fenster in den Regen. Die Art, wie sie da stand, den Kopf ein wenig zur Seite geneigt, das über den schmalen Hals herabflutende Haar, der Rundbogen der Wangen, ließen mein Herz schneller schlagen.

»Lumina!«

Ihr Anblick gab mir einen Stich durch und durch. Machte er mir Freude? Kam er mir ungelegen? – Ich konnte es nicht sagen. Sie starrte mich an, den Kopf graziös wendend, als ob nichts gewesen sei. Ihr Gesicht war völlig ausdruckslos. Zu ihrem Ringelpulli und dem blauen Minirock trug sie hohe schwarze Lacklederstiefel, die bis zum Ansatz ihrer kindlich schmalen Schenkel reichten. Doch ich bemerkte die Schatten unter ihren Augen, in denen die Äderchen sich ausnahmen wie Spinnenweben, und auch ihren Lippenstift, nelkenrot, eine ungewöhnliche Farbe. Lächelnd ging ich ihr entgegen.

»Wie geht es dir?«

»Danke, gut. Und dir?«, erwiderte sie, als ob sie die Frage unberührt ließe. Ihr Desinteresse verstimmte mich. Ich sagte missbilligend:

»Ich habe versucht, dich anzurufen. Ich machte mir Sorgen.«

Sie strich sich mit ihren schlanken Fingern über die Schläfen.

»Ach, das war nicht nötig. Ich hatte nur Kopfschmerzen. In der Regenzeit wird mir oft übel. Ich schalte mein Handy aus und liege im Bett. Geräusche kann ich nicht ertragen.«

»Was sagt denn der Arzt?«, erkundigte ich mich, schon weniger unwillig.

»Ich nehme keine Tabletten mehr«, sagte sie, »die machen mich schläfrig. Kopfschmerzen hatte ich schon als Kind. Sie gehen von selbst weg.«

»Bist du jetzt wieder ganz in Ordnung?«

Endlich zeigte sie ein kleines Lächeln.

»Ich habe mein Haar gewaschen. Aber ohne Lippenstift hätte ich mich nie zum Unterricht getraut. Trotzdem sehe ich immer noch scheußlich aus, nicht?«

»Ein bisschen blass vielleicht«, gab ich zu. Das stimmte nicht ganz: Sie war kalkweiß im Gesicht, und der Lippenstift machte die Sache nicht besser. Ihre matt glänzenden Augen blickten manchmal ganz schnell zur Seite, dann aber sogleich wieder zurück. Sie hatte etwas Fremdes, Verstohlenes an sich, etwas, das mich beunruhigte. Sie trug ihr Geheimnis mit sich in den Unterricht, aber keiner außer mir schien sich darum zu kümmern.

An diesem Morgen arbeiteten wir an der Schnittentwicklung. Die Musteranfertigung war langweilig, aber ich wusste, dass es spannender werden würde, sobald aus unseren Zeichnungen richtige Kleidungsstücke entstanden. Dazu kam, dass die Anfertigung eines Papierschnitts und das Drapieren größte Genauigkeit verlangten. Trotzdem gefielen Frau Yoshino meine Entwurfsideen. Sie war eine gute Lehrerin, schenkte allen Studenten ungeteilte Aufmerksamkeit, lobte, kritisierte, ohne zu beleidigen, gab Denkanstöße, die uns weiterbrachten. Doch ich war unruhig und nicht ganz konzentriert. War es, weil ich schon dem Abend im Theater entgegenfieberte? Oder lag es an Lumina? Sie arbeitete neben mir, stumm und zielstrebig. Ihre sämtlichen Werkzeuge – Bleistifte, Kurvenlineal, Papierschere, transparentes Klebeband – waren in minuziöser Sorgfalt vor ihr aufgereiht. Ihr Ordnungsfimmel war nahezu manisch, jede Sache an ihrem Platz, keinen Fingerbreit daneben. Aus den Augenwinkeln beobachtete ich, hingerissen und etwas neidisch, wie sie ihre Linien zog. Ihre Finger waren zierlich und wohl sehr feinnervig an den Spitzen: Sie arbeitete mit kleinen, sachten Bewegungen, und alles, was sie herstellte, war untadelig und vollkommen.

»Wie geübt du bist!«, sagte ich zu ihr in der Mittagspause. »Ach, wenn ich doch auch so begabt wäre!«

Sie warf mit ungeduldiger Bewegung ihr weiches, schweres Haar aus der Stirn.

»Ich bin nicht begabt«, erwiderte sie frostig. »Ich bin eine Niete, zum Lernen viel zu dumm.«

Ich lachte erstaunt.

»Was sagst du da?«

Sie aber wandte mit seltsamer, beinahe bösartiger Bewegung den Kopf von mir weg. Ich sah, wie das schimmernde Haar dabei um die Ohren wippte.

»Das ist immer so, man will es nicht glauben. Aber ich lüge dir nichts vor. Ich habe noch nie etwas zustande gebracht.«

Ihre Stimme klang bitter und wirklich verzweifelt. Die Kopfschmerzen mussten sie geschwächt haben, und überhaupt, sie nahm – schien mir – sich selbst und alle Dinge viel zu ernst. Sie war so zickig, dass es mir fast zu viel wurde, und dabei unendlich anziehend und schön. Und die Frage, warum Harumi ihr nicht die Wohnung gegeben hatte, fing zunehmend an, mir das Leben schwer zu machen.

»Komm, wir gehen etwas essen«, sagte ich.

Sie schüttelte den Kopf.

»Nein, ich habe keinen Appetit.«

»Komm jetzt!«

Ich zog sie am Arm. Sie widersprach nicht mehr, und wir gingen zum Ausgang. Sie hielt sich jetzt dicht bei mir, wir gingen fast im gleichen Schritt; sie aber mit derart schönen, harmonischen Bewegungen beim Gehen, dass man beinahe meinen könnte, sie seien beabsichtigt. Auf der anderen Straßenseite war ein Schnellimbiss, wo es nur Apfelkuchen und Kaffee gab. Ich reichte Lumina ein Tablett, und wir stellten uns an. Die Kellnerinnen schenkten Kaffee ein, erwärmten den Kuchen im Mikrowellenherd und gaben Vanillesauce dazu. Danach gingen wir zu einem der kleinen, unbequemen Tische. Lumina, ein wenig auf ihren Absätzen schwankend, setzte ihr Tablett, sacht auf den Tisch. Eine Weile sah ich still zu, wie sie ihren Kuchen aß, behutsam und mit Anmut. Ihr Gesicht mit den lang gezogenen Antilopenaugen war wie eine feine, düstere Maske. Mir kam der Gedanke, dass sie vielleicht noch Kopfschmerzen hatte. Aber der starke Kaffee brachte sie etwas zu sich. Ihre Wangen bekamen wieder Farbe.

»Nun?«, fragte ich.

Sie zeigte ein kleines, erlöstes Lächeln. Doch, der Kaffee tat ihr gut. Und da, ich wusste nicht, woher ich den Mut nahm, feuerte ich die Frage nach der Wohnung geradewegs auf sie ab. Es folgte eine Pause, in der keine von uns sich rührte. Lumina hatte die Hände mit den Handflächen nach oben auf die Knie gelegt, ihre Finger krümmten sich ein wenig. Dann sagte sie, mit einem Ausdruck von Verwunderung in der Stimme:

»Die Wohnung? Aber die habe ich doch nie gewollt!«

Das kam unerwartet. Ich stammelte verunsichert: »Wirklich nicht?«

Sie hob plötzlich den Kopf und sah mir gerade ins Gesicht.

»Wer hat dir diesen Unsinn erzählt?«

»Danjiro«, antwortete ich, ein wenig kleinlaut.

Ihr Mund öffnete sich leicht.

»Woher kennst du Danjiro?«

»Wir haben uns vor ein paar Tagen getroffen.«

»Ach so.«

Ihr Mund zog sich zusammen wie eine nelkenrote Quaste. Sie blickte zur Tür.

»Es interessiert mich nicht sehr, was er sagt.«

»Warum?«, fragte ich. »Bist du böse auf ihn?«

Sie blieb, wie sie war, den Blick von mir abgewandt.

»Böse bin ich ihm deshalb nicht.«

Ich bemerkte, wie sie mit der Fußspitze auf den Boden klopfte oder mit den Fingerspitzen an den Tischrand tappte. Obwohl sie still dasaß, war irgendein Körperteil immer in Bewegung.

»Ja, was war denn?«, fragte ich weiter.

Sie nahm eine Papierserviette in die rechte Hand, drehte sie hin und her, bevor sie im monotonen Tonfall zu sprechen begann. »Alte Häuser sind selten in Tokio. Die Erdbeben, der Krieg... Aber Großvaters Haus ist wirklich sehr alt. So alt, dass man sich die Dinge ganz genau vorstellen kann. Es kann vorkommen, dass einen dort die Angst packt, nicht?«

»Eigentlich habe ich nichts Ungewöhnliches bemerkt«, meinte ich.

Sie wechselte schroff die Haltung und stieß dabei mit dem Ellbogen gegen die Kaffeetasse. Die dunkle Flüssigkeit schwappte auf die Untertasse, sie bemerkte es aber nicht.

»Als ich da wohnte, hatte ich oft furchtbare Angst. Ganz plötzlich, bei Sonnenuntergang, oder gegen vier Uhr morgens. Auch meine Mutter hatte Angst, das hat sie mir gesagt...«

Ich dachte an das, was Dan mir erzählt hatte; aber da musste noch etwas anderes sein. Der Unterschied lag an Lumina selbst, an der stark emotionalen Art, wie sie die Dinge auslegte. Und doch bestand ein Zusammenhang. Mir fiel auf, dass sie wie ein Kind sprach, das ausgefragt wird und sich rechtfertigen muss.

»Die Büsche im Garten wuchsen schnell. Jedes Mal, wenn ich zu

Besuch kam, waren sie ein Stück größer. Und dann, als ich meine Eltern verlor und bei Großvater wohnte, hatte ich das Gefühl, dass ich sehen konnte, wie sie wuchsen. Ich konnte es sogar hören. Es knackste so ein bisschen …«

Sie stockte, auf ihrem empfindsamen Gesicht lag ein Ausdruck von Einsamkeit und schmerzlicher Verwirrung. Ich wollte meine Hand auf die ihre legen, sie aber wich mit einer Bewegung des Oberkörpers zurück. Ungeschickt fragte ich:

»Deswegen hattest du Angst?«

Sie begann erneut, ihren kleinen Kranich zu falten.

»Nein, deswegen nicht. Ich hatte Angst, weil ich von meiner Großmutter träumte.«

»Sumire?«, murmelte ich.

Die Wirkung meiner Worte war ganz erstaunlich. Ihr Gesicht drückte echtes Erschrecken aus.

»Woher weißt du ihren Namen?«

»Von Danjiro«, erwiderte ich. »Und da ich den Namen so schön fand, habe ich ihn im Kopf behalten.«

Sie warf mir einen argwöhnischen Blick zu.

»Ist das wirklich wahr? Findest du ihn schön?«

»Schöner als alle anderen«, sagte ich. Nicht nur, dass es der Wahrheit entsprach; mir ging es auch darum, dass sie sich beruhigte. »Was bedeutet er eigentlich?«, setzte ich hinzu.

Ihr Blick verschleierte sich. Sie schielte auf merkwürdige Weise zu mir hin, bevor sich ihr Ausdruck plötzlich veränderte und ein vertrauendes Lächeln alle Züge verklärte.

»Es ist ein sehr alter Name. Ich sage es dir, weil du ihn schön findest. Sumire bedeutet Veilchen.«

Eine Feder schien meinen Hinterkopf zu streifen. Unlängst hatte mir irgendjemand etwas über Veilchenduft gesagt. Danjiro? Nein, Danjiro nicht. Wer also war es gewesen? Und wann? Das war auch so eine Frage. Gestern, vorgestern? Etwa, bevor ich Lumina traf? Da war eine Erinnerung in mir, ich wusste, dass sie da war, konnte sie aber nicht über die Schwelle des Bewusstseins zwingen.

»Ach«, sagte ich leichthin, »deswegen magst du ein Parfüm für alte Damen?«

Sie stellte den fertigen Kranich vor mir auf den Tisch.

»Das hat überhaupt nichts damit zu tun!«

»Nein?«

»Nein«, wiederholte sie entschieden. »Wie kommst du darauf?«

Ich nahm den kleinen Kranich in meine Handfläche.

»Hübsch!«

Sie lächelte flüchtig und ein wenig selbstgefällig. Ich sagte, wie nebenbei: »Du hast also von deiner Großmutter geträumt? Oft?«

»Ja, o ja!«

»Wie oft?«

Ihre Finger, die immer etwas zu tun haben mussten, strichen mit schnellen, sehr gleichmäßigen Bewegungen über ihr Haar. »Fast jede Nacht. Eine Zeit lang träumte ich von nichts anderem mehr. Sie trug einen rot-blauen Kimono. Ich hatte nie ein Foto von ihr gesehen, aber ich erkannte sie sofort. Als Tokio bombardiert wurde, sagte mein Großvater, seien alle Fotos verloren gegangen. Ich denke, dass er gelogen hat.«

»Warum sollte er dich anlügen?«, fragte ich verwundert.

Sie hob unwillig die Schultern.

»Einfach so. Ist ja auch egal. Sumire erkannte ich, weil sie mir ähnlich sah. Aber natürlich war sie viel hübscher als ich. Du kannst dir vorstellen, wie hübsch sie war …«

»Und was machte sie?«

Lumina legte einen Finger flach auf die Stirn.

»Sie lief rund um den Garten. Unaufhörlich. Ihre Ärmel wehten, ich hörte ganz deutlich ihre Holzsandalen klappern. Immer das gleiche Geräusch: tap, tap, tap! Ich konnte dabei nicht einschlafen. Einmal schob ich mitten in der Nacht die Schiebetür auf. ›Großmutter‹, rief ich, ›wohin willst du?‹ Da hielt sie im Laufen inne. Ich sah ganz deutlich den schwingenden Kimono, der sie umhüllte. Und ich sah auch, dass sie weinte. ›Ich will zu meinem Kakibaum! Wo ist mein Kakibaum?‹, klagte sie. ›Welcher Kakibaum, Großmutter?‹, wollte ich wissen. ›Hier wächst kein Kakibaum.‹

Ihre Hand ballte sich und zuckte weg, immer wieder, das sah sonderbar und etwas erschreckend aus. ›Ach!‹, jammerte sie. ›Im Kakibaum wohnt mein kleiner Sohn! Hilf mir, Lumina-Chan! Mach, dass ich ihn wiederfinde!‹«

Luminas ganzes Gesicht zeigte ihre Erregung. Sie sprach mit fiebriger Stimme.

»Stell dir vor, wie ratlos ich war! Den Kakibaum gab es nämlich nicht mehr. Den hatte Großvater fällen lassen. Das war gleich nach dem Krieg gewesen. Rieko – meine Mutter – hatte ein altes Foto gefunden. Sie hatte ihrem Vater das Foto gezeigt. ›Warum steht der Baum nicht mehr da?‹ Er hatte ihr behutsam das Foto aus der Hand genommen. »›Weil seine Wurzeln zu stark wurden und den Boden sprengten.‹«

Aber es war doch ein schöner Baum?

Ja, gewiss, hatte mein Großvater gesagt. Rieko behandelte er immer mit ernsthafter Aufmerksamkeit, nie hörte sie ein hartes Wort. Aber diesmal sagte er: Ich bitte dich, Kind, tu das nicht mehr. Es macht mir Kummer, wenn du in meinen Sachen stöberst…

Während sie vor sich hin murmelte, schimmerten ihre Lippen bleich unter dem Nelkenrot. Ich sah ihre Zungenspitze hinter den Zähnen. Es war eine seltsame Unterhaltung, die sie führte – wenn man diese Art Monolog eine Unterhaltung nennen konnte.

Tagträume, aus fernen Erinnerungen gewoben, waren an sich nichts Neues für mich. Neu war, wie sie damit umging. Und inzwischen sagte mir mein Verstand: Moment mal, da stimmt etwas nicht! Irgendwas ist doch… irgendwas…

Und plötzlich fiel es mir ein.

»Lumina, was erzählst du mir eigentlich? Im Garten bei Harumi steht doch ein Kakibaum!«

Sie nickte ernst.

»Ja, natürlich«, erwiderte sie im sachlichen Tonfall. »Ich habe Großvater bestürmt und nicht locker gelassen, bis der Gärtner einen jungen Baum einpflanzte. Nicht an der gleichen Stelle, nein. Das wollte Großvater nicht. Aber neben dem Teich, da hatte er nichts dagegen.«

»Und was dann?«, fragte ich. »War Sumire endlich zufrieden?«
Lumina seufzte kindlich auf.

»Ach, nicht ganz. Sie sagte: ›Mein kleiner Sohn wohnt nicht in
diesem Baum!‹«

Ich stand plötzlich auf.

»Willst du Kaffee? Ich hole mir noch einen.«

Sie hielt mir ihre Tasse hin.

»Ich werde wohl noch grün und gelb davon werden. Aber er ist
wirklich gut.«

An der Theke sah ich zu, wie die Flüssigkeit in die Tassen lief, und
ging dann wieder zum Tisch zurück. Ich brachte Zucker mit. Lumina
nahm immer viel. Auch jetzt öffnete sie nacheinander drei kleine
Papierröllchen und streute den Zucker in ihren Kaffee. Ich trank
einen Schluck und verbrannte mir die Zunge.

»Und danach hast du aufgehört?«

Sie sah mich fast erschrocken an.

»Aufgehört? Womit?«

Ich nahm wieder einen Schluck.

»Von deiner Großmutter zu träumen.«

Sie kramte Lippenstift und Puderdose aus der Schultertasche und
beschäftigte sich, ihr Gesicht wieder herzurichten. Dann klappte sie
die Puderdose zu und antwortete mit einem kleinen Seufzer:

»Ich träume noch von ihr. Nicht jede Nacht, nein. Dann und wann.
Ich weiß auch nicht, warum. Vielleicht, weil ich das Rollbild habe?«

»Welches Rollbild?«, fragte ich verständnislos.

Sie sah mich erstaunt an.

»Sumire war eine große Künstlerin! Hat man es dir nicht gesagt?«

»Von wem hätte ich es erfahren sollen?«

Sie wandte schnell den Blick ab. Ihr Mund verzog sich zu einer
Grimasse, die gleichzeitig Verachtung und herzbewegende Trauer
ausdrückte.

»Keiner redet von ihr, das ist es ja eben. Nicht einmal eine Ge-
denkfeier wird für sie abgehalten! Ich … ich bin die Einzige, die ihr
Andenken wahrt. Oh, ja, Sumire malte phantastische Bilder! Sie
hätte in ganz Japan berühmt werden können. Aber dann kam der

Krieg. Alle ›Kakemono‹, die sie gemalt hatte, wurden zerstört. Meine Mutter fand nur noch ein Einziges. Es lag in einem verschimmelten Koffer. Rieko hat es in einen Schal gewickelt und heimlich aus dem Haus geschafft. Sie wollte nicht, dass Großvater es sah. Er hätte es sofort verbrannt.«

Ich konnte mir kaum vorstellen, dass Enzo mit seinem feinen Sinn für Schönheit sich an einem Kunstwerk vergriffen hätte.

»Aber warum denn?«

Sie packte den kleinen Kranich und begann, ihn langsam und methodisch in kleine Fetzen zu reißen.

»Ich mag nicht darüber reden.«

Mir kam der Gedanke, dass Enzos Verhältnis zu Harumis Vorgängerin vielleicht nicht so ungetrübt gewesen war, wie es den Anschein erweckte.

»Er war vielleicht nicht gut auf Sumire zu sprechen«, meinte ich.

Lumina öffnete die Hand, ließ die kleinen Papierfetzen auf den Tisch flattern. »Ach, es war sehr traurig. Ich will mich daran nicht erinnern.«

»Aber wie bist du zu dem Rollbild gekommen?«

Ihre Haltung war jetzt so unsicher, so ausweichend, als erwarte sie jeden Augenblick eine Kränkung.

»Ich… ich habe es in den Sachen meiner Mutter gefunden. Aber erst später, sie war schon viele Jahre tot. Ich konnte mich an diesem Bild nicht satt sehen. Zu der Zeit kam Großmutter jede Nacht und sagte zu mir: ›Ich liebe dich, Lumina-Chan. Du bist die Einzige, die mein Bild wirklich versteht.‹ Und sie sagte auch, dass es in meinem Zimmer nicht richtig zur Geltung käme. Dass es wieder den Ehrenplatz einnehmen sollte, wie früher.«

»Dort, wo jetzt das Äffchen hängt?«

Sie schüttelte den Kopf, als ob ihr mein begriffsstutziges Verhalten auf die Nerven ging.

»Nein, natürlich nicht. Das Haus wurde ja völlig umgebaut. Der *ursprüngliche* Ehrenplatz war da, wo dieser scheußliche Abdruck jetzt hängt!«

Ich stieß einen überraschten Laut aus.

»Bei mir? Wo ich wohne?«

Sie nickte fahrig.

»Nach dem Krieg wurde eben alles verändert. Aber Sumire erinnerte sich genau, wo die Zimmer früher lagen. Nachdem Enzo
nicht mehr da war, sagte sie zu mir: ›Das Kakemono, das ich gemalt
habe, ist einfach das schönste! Und Enzos Gesicht, das mag ich
nicht. Er schaut mich immer an! Genug jetzt! Ich will es nicht mehr
sehen!‹ Sie sagte es immer wieder, bis ich an nichts anderes mehr denken konnte. Und eines Tages, als Harumi nicht da war, ergriff ich die
Gelegenheit und vertauschte die Rollbilder!«

»War das eine gute Idee?«, sagte ich zweifelnd. »Hättest du
Harumi nicht zuerst fragen sollen?«

Sie atmete schwer. Im Ausschnitt ihres Pullis sah ich, wie ihre
Halsschlagader stürmisch klopfte.

»Ach ja, das hätte ich tun sollen«, seufzte sie mit ihrer Kleinmäd-
chenstimme. »Ich weiß, es war sehr anmaßend von mir. Aber es
sollte doch eine Überraschung sein. Ich wollte ihr bloß eine Freude
machen. Ich dachte, sieht Harumi einmal das Bild, wird sie es so
phantastisch, so einzigartig finden, dass sie es ständig vor Augen
haben will...«

»Und... hat sie sich gefreut?«

Sie legte ihre schlanken Hände auf dem Tisch übereinander und
presste sie so stark zusammen, dass die Fingerglieder knackten.
»Du... du hättest Harumi mal erleben sollen! Sie starrte das Bild an,
ihre Füße schienen am Boden zu kleben. Und plötzlich begann sie zu
kreischen. Wie eine Teufelin sah sie aus! Sie zerrte mich an den Haaren, sie tobte und schrie. Unverzüglich sollte ich das Bild entfernen!
Sie zerquetschte mir fast den Arm dabei, ich hatte noch tagelang
blaue Flecken...«

Was sie sagte, klang logisch. Und dann wieder auch nicht. Ich
konnte mir Harumi beim besten Willen nicht als Furie vorstellen.
Entweder hatte sie von ihrer Vorgängerin keine gute Meinung gehabt, oder etwas anderes war vorgefallen. Etwas, das Lumina mir
verheimlichte.

»Und danach?«, fragte ich.

Bevor sie weitersprach, trank sie hastig einen Schluck. »Ich war so erschrocken, dass ich mich kaum rühren konnte. Harumi zerrte das Kakemono von der Wand, warf es mir fast ins Gesicht, ließ mir kaum Zeit, es einzurollen. Dabei wurde das Bild beschädigt. Der Riss musste verklebt werden. Den Reisleim, den man dazu benötigt, findet man nur in besonderen Läden. Ich musste zuerst einen ausfindig machen. Und dann hatte ich große Angst, dass ich etwas verunstaltete. Aber der alte Mann, bei dem ich den Leim kaufte, zeigte mir, wie ich vorgehen musste.«

Sie lachte glücklich auf.

»Um die Wahrheit zu sagen, ich habe Stunden damit verbracht, aber jetzt bin ich regelrecht stolz auf mich! Das Kakemono ist wieder in Ordnung, der Riss nur stecknadeldünn. Man muss wirklich genau hinschauen, bis man ihn sieht…«

Ihr Lachen erlosch. Sie machte eine kurze Pause, wie um ihre Kräfte zu sammeln, und sagte dann eindringlich:

»Aber ich habe nichts erreicht, verstehst du? Das abscheuliche Bild hängt immer noch da. Kann ich dich um einen Gefallen bitten, Agneta? Nimm es ab, roll es zusammen, und verstaue es in irgendeiner Schublade! Würdest du das für mich tun?«

Ein bittendes Lächeln erschien auf ihrem Gesicht, ich sah ihren Blick meine Augen suchen. Ihre Stimme klang wie Samt, als erflehe sie es von mir. Ich schwieg ein paar Atemzüge lang, und zwar keineswegs, weil ich nichts, sondern weil ich zu viel zu sagen hatte. Ich glaubte ihr, wie ich überhaupt an das Unsichtbare glaubte. Man konnte ganz aufgehen in Tagträumen, nach etwas mit den Augen greifen und es sichtbar machen. Man konnte die Welt auf diese Weise verändern. Eine verlockende Sache, das schon. Aber Laila hatte mir beigebracht, eine Gefahr zu erkennen, wenn ich sie sah, und zu fühlen, wenn ich sie nicht sah. Die Warnung pulsierte in meinem Kopf, wie ein Blinklicht. Hier war eindeutig etwas Böses im Spiel. Lumina konnte womöglich nichts dafür. Zumindest wollte ich es hoffen.

»Das Bild wegnehmen?«, sagte ich. »Das kann ich nicht. Die Wohnung habe ich ja nur gemietet. Ich muss alle Dinge so lassen, wie sie sind.«

Sie ließ ein enttäuschtes Stöhnen hören.

»Ach! Was soll ich jetzt nur machen?«

»Und nach diesem Krach?«, fragte ich.

Sie hob ihre Tasse zum Mund, verschluckte sich.

»Ich musste natürlich ausziehen. Bei Tante Harumi konnte ich nicht mehr bleiben.«

»Das hätte ich auch nicht gekonnt.«

»Ich mietete ein Studio in Otsuka. Kein gutes Viertel, aber das war mir egal. In dieser Zeit hatte ich begonnen, als Model zu arbeiten. Ich bekam viele Angebote. Aber eine internationale Karriere, die kam ja für mich nicht in Frage.«

»Weil du Flugangst hast?«

Sie hob ihre Tasse zum Mund und stellte sie wieder ab, bevor sie wortlos nickte. Ich bemerkte, dass ihre Finger stärker zitterten. Der Ausdruck von Schmerz auf ihrem Gesicht war so unmittelbar, tief und echt, dass ich keine Sekunde lang an ihrer Aufrichtigkeit zweifelte. Ein schwerer Seufzer folgte, der fast wie ein Röcheln klang. Erst dann sprach sie weiter.

»Tante Harumi sah ich fast zwei Jahre lang nicht mehr. Zufällig traf ich sie, als ich in Omote-Sando auf die U-Bahn wartete. Sie schien mir nichts mehr nachzutragen. Was ich denn in dieser Zeit gemacht hätte? Jetzt sei sie in Eile, aber ich sollte mal zu ihr kommen und erzählen. Mir war inzwischen gesagt worden, dass sie als Kimonodesignerin Erfolg hatte. Das interessierte mich sehr. Als ich sie besuchte, zeigte sie mir ihre Arbeiten. Ihre Technik war einfach großartig. Meinen Job als Model hatte ich inzwischen satt, war aber noch ohne feste Berufspläne. Also fragte ich Tante Harumi, ob sie mich unterrichten würde. Nach alldem, was vorgefallen war, dachte ich, dass sie Nein sagen würde. Aber zu meiner Überraschung war sie einverstanden. Zuerst war ich überglücklich, doch das änderte sich bald. Ich gab mir die größte Mühe, aber sie war nie zufrieden mit mir, sie kritisierte alles, was ich machte: ›Du hast keine Sorgfalt, du begreifst einfach nichts und bildest dir ein, dass du für diesen Beruf geschaffen bist! Warum vergeude ich nur meine Zeit mit dir?‹ Ich bekam es täglich zu hören, es nahm kein

Ende. Ich merkte es nach und nach, das war ihre Art, sich zu rächen.«

»Ach nein«, sagte ich matt, »das glaube ich nicht!«

Sie drückte beide Handflächen gegen die Schläfen.

»Doch. Es ging ihr nur darum, mich zu demütigen. Und Danjiro unterstützte mich nie – niemals! Er ist wie alle japanischen Männer: Nur die Mutter zählt, alle anderen Frauen sind Dreck für ihn! Dabei sollte er die Frauen doch verstehen, oder wenigstens so tun als ob. Übung hat er ja!«

Sie lachte. Ihr Lachen klang gereizt und höhnisch. Sie trug großen Zorn in sich und teilte ihre Hiebe aus. Jetzt kam Dan an die Reihe. Ich beachtete es nicht und fragte im beiläufigen Ton:

»Wo hast du damals gewohnt? In der Wohnung, die jetzt ich habe?«

Sie ging in die Falle, nickte mehrmals heftig.

»Ja, ich dachte, wenn ich erst mal da wohne, kann ich Sumires Bild aufhängen, und Harumi merkt überhaupt nichts!«

Endlich hatte ich sie bei einer Lüge ertappt. Mir war fast wohler dabei.

»Aber du hast doch gesagt, dass du ausgezogen bist!«

Sie reagierte durchtrieben und blitzschnell.

»Wie konnte ich da wohnen, mit dieser schrecklichen Fratze, die mich anstarrte? Und mit Harumi, die täglich reinschaute, obwohl sie bei mir nichts zu suchen hatte. Mein Zimmer in Otsuka war mir wirklich lieber. Und mir macht eine Stunde Fahrt mit der U-Bahn nichts aus.«

Sie zog mich in ihren Bann, spielte mühelos mit meinen Gedanken, es war ein gefährliches Spiel. Ich schluckte und fragte: »Und danach?«

Ihre Zähne gruben sich in die Lippen.

»Harumi interessierte sich nicht einmal genug für mich, um mich zu hassen. Ich war nur ein Spielzeug für sie, das sie kaputtmachen wollte. Sie stellte mir täglich neue Hürden in den Weg, bis ich die Nerven verlor, es nicht mehr ertragen konnte…«

Lumina holte tief Luft, beherrschte sich mit mächtiger Anstrengung.

»Ich brach den Unterricht ab, schrieb mich im Bunka Fashion College ein. Natürlich kannst du dir denken, dass ich es nicht schaffen werde ...«

»Nein, das denke ich nicht.«

Sie sah mich komplizenhaft an.

»Vielleicht bin ich nicht sonderlich klug. Aber ich gebe nie auf, verstehst du? Mich macht keiner fertig. Tante Harumi war gemein zu mir, ich kann ihr nicht verzeihen. Aber ich habe bei ihr die Seidenmalerei gelernt. Und wenn ich so weit bin, werde ich meine eigene Kollektion entwerfen. Ich habe Zeit, ich bin jung, und Harumi wird alt. Irgendwann wird sie bereuen, dass sie böse zu mir war!«

Sie kicherte hemmungslos und schadenfroh. Was hatte sie bloß an sich, dass sie in mir eine Verlegenheit schuf, eine stets sehnsuchtsvolle Anhänglichkeit wach hielt? Etwas Unheimliches, etwas unbeschreiblich Trauriges umgab sie. Und inmitten der komplizierten Sachverhalte, der Verwicklungen, die ich nicht begriff, der Lügen, die ich durchschaute, waren meine Gefühle für sie nach wie vor voller schmerzlicher Wärme.

Plötzlich stieß sie ihren Stuhl zurück.

»Du, wir müssen gehen!«

Ich sah auf die Uhr; in einigen Minuten begann der Unterricht. Wir zahlten eilig an der Kasse und spannten unsere Schirme auf. Es goss wieder in Strömen.

»Hoffentlich regnet es heute Abend nicht mehr«, sagte ich, als wir über die Straße liefen. »Ich gehe ins Theater. Dan hat mir eine Freikarte gegeben.«

Wir standen schon vor der Glastür, schüttelten das Wasser aus unseren Schirmen. Luminas Stimme klang wieder ganz heiter. »Danjiro ist sehr berühmt.«

»Ich kann es mir denken.«

Sie warf ihr verklebtes Haar aus dem Gesicht.

»Weißt du, welche Rolle er spielt?«

»Das hat er mir nicht gesagt. Ich soll mich überraschen lassen.«

Sie lächelte mir zu; sie hatte ein ganz süßes Lächeln. Aber in ihren

Augen war wieder diese seltsame Heimtücke. Sie zog ihren Mantel aus und sagte: »Dann will ich dir die Überraschung nicht verderben.«

17. Kapitel

Der Unterricht hatte lange gedauert, und ich kam spät zum Theater. Die Zuschauer strömten bereits in den Saal oder standen Schlange, um in letzter Minute noch eine Karte zu ergattern. Atemlos und durstig kaufte ich mir eine Flasche Korntee am Automaten, bevor ich meinen rot bespannten, etwas engen Sitz in der fünften Reihe fand. Auf den Bühnenvorhang, der fast die ganze Breite des Theaters einnahm, war ein überdimensionaler Fächer gemalt. Im Hintergrund sah man Schilfrohre. Auf dunkelblauen, weiß gekrönten Wellen waren Schriftzeichen gedruckt; ich versuchte sie zu entziffern und stellte bald fest, dass die Sponsoren damit Werbung machten.

Wie im klassischen Kabuki besaß das Theater auf jeder Seite zwei erhöhte Gänge, die von der Bühne zu den Türen an der Hinterseite führten. Diese Bühnenerweiterung wurde »Hanamichi« – »Blumenweg« – genannt. Sie diente den Schauspielern als Zugang und Abgang von der Bühne, verlängerte ihre Präsenz oder wurde gelegentlich auch als Bühne benutzt. Das ermöglichte, hatte mir Dan erklärt, ganz besondere Spannungsabläufe.

Ich sah auf die Uhr: noch vier Minuten. Inzwischen füllte sich der Raum. Von allen Seiten vernahm ich das Scharren der Füße, das Quietschen der Polstersessel, gelegentliches Husten oder Nasenputzen und dazu das leise Rascheln von Papier, denn viele Japaner brachten Proviant in die Vorstellung mit, den sie in der Pause – auf ihren Plätzen sitzend – verzehrten. Von Minute zu Minute strömten mehr Menschen in den Saal, alle hatten es eilig. Das Publikum war sehr gemischt, ältere Leute, bescheiden und bieder gekleidet, saßen neben eleganten Damen und Jugendlichen in schrillen Klamotten. Links neben mir nahm ein alter Herr Platz, der ein saures Gesicht machte. Wahrscheinlich war er nicht erfreut, neben einer »Gaijin« – einer Ausländerin – zu sitzen. Ausländer hatten den – leider berechtigten – Ruf, dass sie japanische Theaterstücke nur als Kuriosum besuchten und es nicht immer bis zum Schluss auf ihren Plätzen aushielten. Der alte Herr hatte auch bemerkt, dass ich keinen Kopfhörer trug, auf die englische Übersetzung folglich verzichtete, was seinen Argwohn nur bestätigen konnte. Rechts neben mir blieb der Sitz leer. Ich nahm an, dass einige dieser teuren Plätze für Ehrengäste reserviert waren, die nicht immer kamen.

Mir blieb kaum Zeit, das Programmheft zu lesen. Das Stück trug den für mich eher nichtssagenden Titel »Der Felsen an der Wegkreuzung«. Die Farbfotos waren allerdings eindrucksvoll, und aus dem englischen Kurztext erfuhr ich, dass es sich um eine Geschichte aus der Mythologie handelte. Der Halbgott Ninighi no Mikoto hatte von der Sonnengöttin Amaterasu den Auftrag erhalten, die himmlischen Gefilde zu verlassen und Japan zu regieren. Mit seinem Gefolge von Gottheiten erreichte er die Wegkreuzung zwischen Himmel und Erde, als ihnen eine Furcht erregende Gestalt drohend den Weg versperrte. Doch bevor es zum Gefecht kam, bat Ninighi no Mikoto die Himmelstänzerin Amano Uzume, die Absichten des Gegners zu prüfen. Uzume, für ihre Schönheit und Klugheit berühmt, näherte sich furchtlos dem Feind und tanzte für ihn. Der Fremde stellte sich als Affenkönig Saruta-Hiko vor; seine Absicht, den heiligen Sohn des Himmels zu bekämpfen, hatte Uzumes Verführungskunst vereitelt. Er bot sich als Geleit an, führte die Heerscharen der Götter bis zu dem Berg Kushifuru. Dank seiner gewaltigen Kräfte, von Uzume findig unterstützt, vernichtete Saruta-Hiko viele Feinde. Nach seinem verdienten Sieg bat der Affenkönig als Lohn für seine großen Dienste um die Hand der Himmelsfee. Angetan von seiner Kühnheit und Ehre, überwand Uzume ihren Ekel und willigte ein. Da warf der Affenkönig seine Verkleidung von sich, erschien in Gestalt eines wohlgestalteten Helden. Er erklärte seiner Verlobten und dem Himmelsfürsten, er habe diese Verkleidung angenommen, um seine Feinde in Angst und Schrecken zu versetzen. Doch ihr Glück war nur kurz. Als Saruta-Hiko am Strand ruhte, entführte ihn der Gott des Ozeans, der ihn in seinem Dienst haben wollte. Gegen die Gewalt dieses Gottes war selbst Uzume machtlos. In Trauer erflehte sie die Hilfe der Sonnengöttin. Amaterasu verlieh der Tänzerin das Federkleid der Kraniche und trug sie über sieben Wolkenschichten zurück in den Himmel.

Kaum hatte ich die Zusammenfassung gelesen, als Holzklöppel den Beginn der Vorstellung ankündigten. Die letzten verspäteten Zuschauer liefen gebückt durch die Reihen, murmelten Entschuldigungen und nahmen ihre Plätze ein. Da wurde der gewaltige Vorhang rasselnd von rechts nach links gezogen. Die Bühne gab einen riesigen Raum frei, für die Spiele und Kämpfe in den ersten Tagen dieser Welt.

Die Musik erklang: Sie war, dem klassischen Kabuki unähnlich, von einem Orchester aufgenommen und extra für das Stück komponiert. Und augenblicklich war ich versunken und verloren in diesem anderen Bewusstsein, in dem das Ich sich selbst vergisst. Jede Geste, jedes Mienenspiel, war von Zeichen durchwoben, geheimnisvoll und märchengleich. Die früheren Jahre, als ich in den Kulissen den Inszenierungen meines Vaters beiwohnte, erwachten in meinem Gedächtnis. Sie nahm von mir Besitz, diese Begeisterung, diese Kindeseinfalt, als unter mächtigen Standarten die Himmlischen Krieger durch die Nebel traten.

Vergoldete Gesichter, mit blauen Streifen bemalt oder schneeweiß, wie aus Alabaster gemeißelt, scharlachfarbene Rüstungen und funkelnde Waffen, hüftlanges Haar, wogend wie die Mähne ungezähmter Pferde. Ihre Helme trugen die Zeichen von Mond und Gestirnen, von Hirschgeweih und Adlerflügel. Auch die weiblichen Gottheiten führten Waffen. Sie waren für Reise und Abenteuer gekleidet, trugen kostbar verzierte Lederpanzer, geraffte Beinkleider und geschmeidige Gamaschen. Ein Strohhut oder ein dünner Schleier schützte ihre lieblichen Gesichter. Ich wusste, dass im klassischen japanischen Theater Männer die Frauenrollen spielten.

153

Transvestiten hatte ich oft als Karikatur empfunden. Hier aber war ein perfektes Doppelbild entstanden, eine wundervolle Illusion. Ich spürte sofort ein vertrautes Echo. Denn diese Ambivalenz, was immer es auch sein mochte, war auch in mir; ich konnte sie hervorlocken, wie man einen Vogel aus dem Wald lockt.

Feuriges Licht löschte die Nebel. Über den Wolken erhob sich die Stimme der Sonnengöttin. Die Große Erlauchte Göttin, in strahlendem Goldhelm, zeigte ihren Abgesandten den Weg. Nach vielen Strapazen erreichten die himmlischen Heerscharen ein Land, das sie Yamatai nannten, »Land inmitten der Schilfrohrfelder«. Die Nachkommen der Sonnengöttin begegneten dort den irdischen Bewohnern.

Während ich mich vergeblich anstrengte, unter Kostümen und Schminke Dan zu erkennen, brachen auf der Bühne tosende Kämpfe aus. Feinde fielen oder wurden zu Verbündeten; ja sogar die Tiere des Waldes stellten sich in den Dienst der wandernden Halbgötter. Dann und wann löste sich eine der agierenden Gestalten, trat auf den »Hanamichi«, wo sie ihren höchsten Ausdruck an Dramatik erreichte, mit starrem Blick in einer Pose verharrte, die den Höhepunkt ihrer Gefühle verdeutlichte. Die Zuschauer warfen ihr Worte wie Spielbälle entgegen, die Rufe hüpften hierhin und dorthin. Man nannte ihren Namen, feuerte sie an: »Jaja, los!« Oder: »Gib's ihm«, wie man es gelegentlich bei Sportwettkämpfen hört. Das machte das Geschehen ungeheuer lebendig. Auf einmal stieg mit Blitz und Donner ein Gewitter auf. Regen prasselte, das Meer schäumte. Die Musik steigerte sich zum wilden Paukenschlag, und an der Wegkreuzung erschien der Affenkönig Saruta-Hiko. Haar und Augenbrauen waren wild zerzaust, sein Gesicht rot in der Farbe von Dachziegeln, die Nase grotesk verlängert. Er fletschte die Zähne, stampfte mit dem Fuß auf, schwang drohend seinen Säbel. Eine Hebebühne trug ihn empor, sodass er, in seiner Pracht und Hässlichkeit, hoch aufgerichtet auf einem Felsen stand.

Ich beugte mich leicht vor. Dan? Sollte es Dan sein? Nein – unmöglich! Der Affenkönig wurde von einem kräftigen Mann gespielt,

mit muskulösen Armen und Beinen. Erinnerte Saruta-Hikos wild
zuckende Fratze an eine Feuersbrunst, schmückte Ninighi no Miko-
tos schimmerndes Antlitz ein elegantes Muster von Farnblättern und
Blumen. Plötzlich hob er die Hand zu einem Befehl. Als die Krieger
ihre Schilder auf den Boden stützten, rief der Himmelsfürst Uzumes
Namen.

Da trat die Tänzerin vor, knabenhaft schlank in ihrem gestreiften
Reisekleid mit der blauvioletten Schärpe. Unter dem Strohhut mit
dem hauchzarten Schleier, den sie nun mit zwei Fingern einer jeden
Hand hob, zeigte sich die schelmische Anmut eines perlweißen Gesichts. Sie schritt, als ob sie gleitete, wobei ihre ganze Gestalt die Gelassenheit, die Unbesiegbarkeit einer Frau zum Ausdruck brachte,
die ihrer Schönheit sicher ist. Nun verneigte sie sich; ihre Höflichkeit
war vollendet, der Spott dahinter verhalten. Was der Fürst denn be-
gehre? Ihre Stimme war volltönend und klar, wie ein Glockenton;
eine weiche Stimme, mit einem rauen Klang. Ninighi no Mikoto
sprach. Ihr Auftrag sei, den Affenkönig durch ihren Tanz zu betö-
ren. Die Himmelsfee spielte kapriziös mit ihrem Fächer, amüsierte
sich, ließ sich Zeit. Was denn ihr Lohn sei?, fragt sie. Der Herrscher
versprach, ihr jeden Wunsch zu erfüllen, mit Ausnahme der Rückkehr in die Himmlische Heimat. Dies läge nicht in seiner Macht.
Amano Uzume bat um Geduld, sie müsse zuerst die Kleidung wechseln. Zofen umringten sie, knapp eine Minute dauerte die Verwandlung. Da erschien sie bereits, das Gesicht unverschleiert, in acht Gewänder gehüllt, und jedes hatte eine andere Farbe. Das Obergewand
aber war purpurn, und die Gürtelschärpe zeigte ein prachtvolles
Goldmuster. Ihr Scheitel war rot nachgezogen, die offene schwarze
Haarflut, mit gelbem Puder bestreut, schleifte bei jedem Schritt hinter ihr her.

Nun schwieg die Musik. Eine Dienerin kniete nieder, hob eine
»Shakuhashi« – eine Bambusflöte – an die Lippen. Lächelnd trat
Uzume dem Affenkönig entgegen. Der Fächer über ihrem Kopf
schlug eine blitzende Bahn.

Amano Uzume tanzte, und da erkannte ich ihn. Mit untrüglicher
Sicherheit erkannte ich seine schmale Kieferlinie, die hohe Stirn, die

vollen Lippen. Er mochte ein Mann sein – er hatte es mir in dieser Nacht mehr als einmal bewiesen –, aber auf der Bühne war er eine Frau, lieblich wie ein Traum, deren Schönheit alles gestattet war. Das war es, was mich aufwühlte: die Vollkommenheit der Erscheinung. Uzume tanzte, wobei sie sich langsam um einen inneren Mittelpunkt drehte, mit eigentümlichen Schritten, bei denen sie die Zehenspitzen nach unten kehrte, als würde sie die Füße in der Erde drehen. Jede Bewegung des Körpers, jede Geste der schlanken Hände war eine eigene Sprache wie der Tanz der Bienen im Sonnenschein. Und kein Gott auf der Bühne, kein Mensch im Saal konnte sich diesem Zauber entziehen. Alle blieben in ihrem Bann, bis Uzume den »Hanamichi« betrat. Das entrückte Gesicht zum Himmel erhoben, beide Arme ausgebreitet, die Handflächen nach oben, drehte sie sich im Kreis, zuerst langsam, fast wie in Zeitlupe, bevor ihre Bewegungen immer fließender und schneller wurden und sie nicht mehr war als ein Schleier glänzenden Goldes, um den sich die dunklen Schlangen ihrer Haare wanden.

Noch toste Beifall, als erneut die Holzklöppel rasselten. Das Geschehen nahm seinen Lauf: Der Affenkönig, von der Himmelstänzerin betört, wurde zum treuen Verbündeten. Immer wieder wechselte das Bühnenbild. Halbgottheiten und Erdenbewohner bekämpften sich. Dann sprach die Göttin durch Uzumes Mund, kündigte große Zeiten an. Grandioses geschah: Die Erde bebte, ein Komet zog über den Himmel, das Geschwader der Verteidiger wurde vom Sturm zerschmettert. Flammen loderten aus der Burg des Erdenfürsten. Der Kampf war beendet. Der gefangene Edelmann wurde vor Ninighi no Mikoto geführt, doch der siegreiche Halbgott löste seine Fesseln, gab ihm sein Schwert zurück. Von den Hochrufen des Volkes und der Heerscharen begrüßt, vollzog sich das Bündnis zwischen den Halbgöttern, den Menschen und den Tieren.

Nach der Pause, im zweiten Teil des Stückes, trat das kriegerische Geschehen in den Hintergrund. Der Affenkönig hielt um die Hand der Himmelsfee an. Höflinge und Krieger lachten, die Edeldamen kreischten vor Schreck. Ninighi no Mikoto erteilte scherzend seine Einwilligung. Wie aber würde sich Uzume entscheiden? Die Himmelsfee, zugleich abgestoßen und angezogen, gab endlich ihr Jawort. Da löste der Affenkönig seine Maske; sein makelloses Antlitz entlockte dem Hofstaat Jubel. Uzume sank in seine Arme, beide schworen sich ewige Liebe.

Erneut wechselte das Bühnenbild: Am Strand spielte Uzume für den Geliebten »Shamisen« – ein Musikinstrument aus dem Holz eines Quittenbaums, mit drei Saiten aus Seide. Zunehmend übertönte Wellenrauschen die perlengleichen Töne. Der Gott des Ozeans erhob seine gewaltige Stimme. Ob Saruta-Hiko bereit sei, in seinen Dienst zu treten? Als Lohn versprach er ihm die Hand seiner Tochter. In einer Traumerscheinung erblickte Saruta-Hiko die Meeresprinzessin, in wehende grüne Schleier gehüllt. Durch die Liebe zu Uzume gewappnet gegen ihre bezwingende Schönheit, wandte er sich von ihr ab.

Da grollte der Ozean, warf schäumende Wellen über die Felsen. Trotz all ihrer Kraft und Magie konnte Uzume den Geliebten nicht retten. Die Wasser trugen ihn fort. In tiefem Schmerz brach sie am Strand zusammen, bedeckte mit dem Arm die weinenden Augen. Sie nahm Abschied von ihren Kindern, die mit den Kindern des Herrschers erzogen wurden, und begab sich zum Schrein der Sonnengöttin. Geisterhaft vor sich hin taumelnd, beklagte sie ihren Verlust und bat die Göttin um Gnade.

Da zeigte sich im Nebel ein Zug weißer Kraniche. Die Vögel stießen herab, umringten die Tänzerin. Und als ihr Reigen sich öffnete, trug die Himmelsfee ein Federkleid. Auf ihrem Rücken bebten bei jeder Bewegung zwei große weiße Flügel. Eine Weile noch stand die Tänzerin aufrecht am Rande der Bühne, eine helle Gestalt, die ihre Flugkraft erprobte. Und plötzlich hoben sich die Flügel. Die Tänzerin verlor den Boden unter den Füßen. In den Kulissen hatten Helfer Drahtseile an ihrem Kleid befestigt, die kaum sichtbar, aber von äußerster Stärke waren. Und so schwebte Uzume empor, über die Reihen der Zuschauer. Im gleißenden Licht der Scheinwerfer wanderte ihr Schatten, riesenhaft vergrößert, langsam über die Wände neben ihr her. Sie schwebte höher, und von oben fielen Kirschblüten aus Papier auf die Zuschauer. Die gewaltigen Flügel schlugen langsam und stetig, die Gestalt entschwebte, tauchte in Dunkelheit ein. Und dann war es vorbei.

Uzume war fort, aber noch immer fielen lautlos die rosa Papierschnipsel; sie fielen noch, als ich zu mir kam, wieder Fuß fasste in der Wirklichkeit. Und ich merkte, dass mein Gesicht von Tränen überströmt war. Doch der alte Herr, der still und unbewegt neben mir saß, hatte es vor mir gesehen. Ich sah seine Augen auf mich gerichtet und stammelte eine Entschuldigung. Mit meiner Heulerei hatte ich ihn gewiss gestört. Doch er, noch sitzend, deutete eine leichte Verbeugung an. »Arrigato – Dankeschön«, sprach er feierlich, bevor er sich erhob und dem Ausgang zustrebte. Ich blieb mit meinem Erstaunen zurück. Wozu, weshalb hatte er mir gedankt? Du dumme Kuh, dachte ich, was fällt dir ein, in einer Märchenvorstellung zu heulen? Wer bist du, Agneta? Ein Kind von fünf Jahren? Doch im Foyer sah ich viele Zuschauer, Männer wie Frauen, deren Züge echte Ergriffenheit ausdrückten. Und als ich die Toilette aufsuchte, um mich frisch zu machen, fiel mir auf, dass ich nicht die einzige Frau war, die rote Augen hatte. Vielleicht hatte sich wirklich etwas zugetragen; etwas, das sich mit dem Verstand nicht nachvollziehen ließ.

Danjiro erwartete mich, aber ich nahm mir Zeit. Ich fühlte mich in einen sonderbaren Zustand versetzt, gleichsam euphorisch und wirklichkeitsentrückt. Sachlich zu denken fiel mir schwer, das hatte ich nun davon. Aber irgendwie war mir die Sache vertraut. Zwischen den Welten zu wandern war eine Kunst, auf die sich auch Laila verstanden hatte und die sie nun, da sie weit weg war, noch müheloser beherrschte. Im Tode hörte das Wissen nicht auf, es vergrößerte sich. Mir schien, dass die Japaner von dieser Verheißung mehr wussten als andere. Sie fragten nicht, was sie war oder nicht war; sie lebten einfach mit diesem Gefühl, mit dieser Zuversicht. Auch ihr Verhältnis zum geistigen Entwurf, zur Kunst eben, wurde davon geprägt. Die intellektuelle Aussage zählte weniger als das emotionale Erlebnis, die Vision.

Kaum hatten die letzten Zuschauer das Theater verlassen, kamen bereits junge Leute, Burschen und Mädchen, die mit Staubsaugern die Papierschnipsel vom Spannteppich entfernten. Ich hatte noch

einige in der Jackentasche. Draußen vor den Glastüren nahm ich
sie in die Hand. Mir kam ein Gedicht in den Sinn, das mir meine
Lehrerin beim Japanischlernen beigebracht hatte. Ich sagte es leise
auf:
»Sie blühen und wehen dahin,
Und es bleibt nur Regen und Wind.
Die Kirschenblüte mag vorüber sein,
Ihre Seele wird nie entblättert.«
Lächelnd hob ich die Handfläche an die Lippen, pustete die rosa
Schnipsel weg; sie wirbelten lautlos auf den nassen Asphalt, wo sie
festklebten.

18. Kapitel

Der Bühneneingang befand sich hinter dem Theater. Ich sah
schon von weitem die sich stauende Menschentraube. Frauen
und Männer jeglichen Alters warteten auf die Schauspieler. Auffallend viele junge Frauen waren dabei, glamouröse Schönheiten mit
Blumensträußen in den Armen. Ich schob mich behutsam vorwärts,
bis ich dicht an der Wand stand und einen Blick nach drinnen werfen konnte. Im düster erleuchteten Vorraum sah ich ein Gestell für
Schuhe, und vor dem erhöhten Gang, mit Binsenmatten ausgelegt,
standen die üblichen Besucherpantoffeln aus grünem Plastik. Die
Garderoben befanden sich zu beiden Seiten des Flurs, wo ein ständiges Kommen und Gehen herrschte. In Straßenkleidung traten die
Schauspieler einer nach dem anderen ins Freie. Sie wurden sofort
von Bewunderern umringt, die ihren Namen riefen, sie mit Blumen
beglückwünschten. Es dauerte nicht lange, bis auch Dan auftauchte,
gefolgt von einer jungen Frau, klein und drahtig und ganz in Schwarz
gekleidet, seine Assistentin offenbar. Das Haar, noch nass von der
Dusche, hing ihm ins Gesicht. Er trug T-Shirt, Jeans und einen Pulli

um die Schultern. Bei seinem Erscheinen wurde das Gedränge dichter. Die jungen Frauen stießen und schubsten sich, kreischten wie ausgelassene Teenager. Jede wollte die Erste sein, die ihm Blumen übergab. Dan verneigte sich, dankte lächelnd, kritzelte seinen Namen auf Plakate und Programmhefte. Die Sträuße reichte er an seine Begleiterin weiter, die in einer halben Minute die Arme voller Blumen hatte. Auch Männer, zurückhaltender zwar, überboten einander mit Komplimenten. Dan erwiderte die Verbeugungen, gab freundlich und unbefangen Antwort, bevor er aus den Pantoffeln und in seine Straßenschuhe stieg. Er wechselte ein paar Worte mit der Assistentin, worauf sich diese entfernte. Ich wartete geduldig. Ich wusste, dass er mich gesehen hatte, als er sich mit höflichen Gesten einen Weg bahnte und endlich vor mir stand. Ich betrachtete ihn überrascht. Wie konnte er, groß wie er war, auf der Bühne diesen Eindruck von Zierlichkeit erwecken? Er erwiderte meinen Blick mit einem belustigten Lächeln in den Mundwinkeln.

»Gehen wir?«

Ich nickte und warf einen letzten Blick auf die Menge, die noch immer in Erwartung anderer Schauspieler vor dem Bühneneingang stand.

»Wie kommt es«, fragte ich, »dass ein Mann, der eine Frau spielt, von Frauen bedrängt wird?«

Er warf den Kopf in den Nacken, brach in schallendes Gelächter aus.

»Aber die Transvestiten sind es doch, die den Frauen am besten gefallen!«

Ich schüttelte den Kopf; noch immer war Erstaunen in mir. »Ich habe eine Weile gebraucht, bis ich dich erkannte.«

»Ausgezeichnet!«

Wir gingen langsam, Hand in Hand. Es war bereits dunkel; abends verzogen sich die Wolken. Der Nachthimmel war klar, die Luft weich und kühl.

»Du hast dich schnell umgezogen«, stellte ich fest. »Ich dachte, es würde eine Stunde dauern.«

»Nein, das geht immer ruckzuck. Jeder von uns hat seine ›Otokoshi‹ – Ankleider, die ihren Job aus dem Effeff kennen und mit Bändern und versteckten Reißverschlüssen in Sekundenschnelle arbeiten. Wenn etwas nicht richtig sitzt, kann es zu einer Katastrophe kommen, aber so weit kommt es fast nie. Dazu sind die Otokoshi zu routiniert. Und nach der Vorstellung beeilen sich alle. Die Schauspieler sind müde und wollen nach Hause. Auch die Schminke werden wir schnell los. Dann nur noch eine heiße Dusche – und fertig!«

»Wirst du auf der Straße niemals erkannt?«

Er schüttelte den Kopf.

»Selten, zum Glück. Das würde mir auch nicht gefallen. Du hast ja den Rummel gesehen.«

Vor den Ampeln stauten sich Wagenkolonnen. Die vielen Rotlichter überzogen den Asphalt mit einem Funkenteppich, sodass die geometrische Mitte der Straßen breiter und länger erschien. An den Gebäuden flimmerten überdimensionale Videos. Rhythmische Popsongs klangen auf geheimnisvolle Weise, wie es schien, aus dem Nichts herab. Tokio vibrierte in abendlicher Hektik, alle Farben zuckten so grell und wild, dass es die Wahrnehmungsfähigkeit des Auges überstieg. Welche Welt war nun real, fragte ich mich, wenn die Bühnenwelt ebenso lebte wie die Welt der Stahl- und Glaskonstruktionen, der Straßenlabyrinthe, der Computer? Verdankte die Bühnenwelt ihr Fortbestehen der Tradition? Oder bezog sie ihre Kraft aus dem Jetzt? Waren es nicht die Kinder der Zeit, die urtümlichen Gottheiten Gesicht und Körper liehen? Die Sonne, die um Mitternacht schien, mochte die Sonne der Scheinwerfer sein. Doch der geschaute Glanz schimmerte durch Beton und Glas, überflutete den Himmel mit seinen Satelliten und beleuchtete, ganz unten und tief, die Abgründe verwischter Träume.

»Kabuki wurde von einer Frau erfunden«, sagte Dan. »Das ist etwas, das viele nicht wissen. Aber verdammt noch mal, gerade darum geht es doch.«

Wir saßen in einem engen, unterirdischen Restaurant, mit alten Theaterplakaten an den Wänden. Dan hatte Sashimi bestellt. Die hauchfein geschnittenen Fischscheibchen schmeckten fruchtig und kühl; wir aßen sie mit »Wasabi«, scharfem Meerrettich in kleinen

Tupfen, und schmalen Gurkenscheiben. Dazu tranken wir Bier. Allmählich machte es mir großen Spaß. Da saß ich nun in diesem Lokal, mit einem äußerst attraktiven Mann, der im Theater Frauenrollen spielte! Die Sache war amüsant, pikant und unerwartet, aber dennoch geisterten in meinem Kopf eine Anzahl Fragen herum, die eine Antwort suchten.

»Sie hieß O Kuni«, sagte Dan, »und lebte im fünfzehnten Jahrhundert. Ich stelle sie mir sexy und selbstherrlich vor. Selbstherrliche Frauen, die mag ich sehr. Und sie trat als Mann verkleidet auf, am liebsten als portugiesischer Missionar, mit einem großen Kreuz um den Hals. Die Zuschauer müssen sich totgelacht haben. Portugiesische Missionare, die waren nämlich nicht lustig.«

»War sie Schauspielerin?«

»Nein, Priesterin. Das war es ja gerade. Das Theater, das sie gründete, fand seine Quellen in volkstümlichen Sagen, aber auch in den alten Urkunden, in dem ›Kojiki‹ und dem ›Nihon Shoki‹, die mythologisch und historisch die Entstehung Japans schildern. Das Stück, das wir spielen, ist zwar modern, erzählt aber auch einen Eroberungszug der ersten japanischen Herrscher.«

»Kein Märchen also?«

Er schüttelte den Kopf.

»Ebenso wenig wie die Sage von König Artus, die Nibelungensage oder die Ilias. Und es ist faszinierend, zu ahnen, zu erraten, wo sich in der Fabel wirkliches Geschehen verbirgt. Tatsache ist, dass die ersten japanischen Kaiserinnen ihre Stellvertreter schickten, um Unruhen im Archipel zu beseitigen. Das war in der Zeit, als das Eisen bereits in der Waffentechnik verwendet wurde.«

Möglicherweise stellt die Sonnenkönigin die Kaiserin Gemmei dar, die 710 eine neue Hauptstadt in der Gegend von Nara errichtete. Damals wurden die kaiserlichen Residenzstädte nach chinesischem Vorbild wie ein Schachbrett angelegt. Deswegen trafen die ›Himmlischen Heerscharen‹ den Affenkönig an der Wegkreuzung. Ein feindlicher Stammesfürst vermutlich, der sich dem Abgesandten unterwarf.«

»Und Amano Uzume?«

»Sie kommt bereits in der Mythologie vor. Die alten Japaner setzten die menschliche Fortpflanzung mit der Fülle der Natur und die Überwinterung der Saatkörner im Erdboden mit der Entwicklung des Kindes im Mutterleib gleich. Im Rahmen eines Festgelages steigt Amano Uzume auf einen hölzernen Zuber, tanzt zum Flötenklang und stampft mit den Füßen. Dabei entblößt sie ihre Brust und senkt den Gürtel ihres Gewandes bis zu ihrem Geschlecht – eine Darbietung, von der ich notgedrungen Abstand nehmen muss«, setzte Dan grinsend hinzu und steckte sich ein Fischhäppchen in den Mund. Ich brach in Gelächter aus.

»Warum tut sie das?«

»Sie vollzieht einen magischen Akt, bewirkt die ›Auferstehung‹ des Geistes der Getreidesaat.«

»Hat Uzume tatsächlich existiert?«

»Ich für meinen Teil glaube es. Sie wird in einer Überlieferung als ›furchtbares Himmelsweib‹ bezeichnet, was sagen will, dass sie am Kaiserhof lebte. Sie hatte also auch Macht und muss sie ihrer Epoche entsprechend stark und grausam ausgeübt haben. Aber wir wissen nicht viel über sie.«

»Ich finde es schön, dass alles so rätselhaft ist…«

Er nickte, gemächlich kauend.

»Weil sich die Zeitepochen verwischen, nur deswegen. Viele Dinge lassen sich nicht mehr feststellen, wir müssen sie spüren, anders geht es nicht. Meine Darstellung der Uzume mutet zunächst konventionell an: eine Himmelsfee – eine adelige Dame also –, die einem Rohling gute Manieren beibringt und ihn durch ihre Liebe verwandelt: ›La Belle et la Bête‹. Aber was schildert das Märchen, wenn nicht die Unterweisung des Mannes durch die höher entwickelte Frau? Durch seine Nachkommen stärkt Saruta-Hiko eine alte, verdünnte Blutslinie. Somit ist seine Aufgabe erfüllt. Er fällt zurück in das Unbewusste, taucht in den Mutterschoß der Vergangenheit ein. Uzume aber kehrt in Gestalt des weißen Kranichs in die Welt der Götter zurück. Nach Zähmung der männlichen Imponier- und Zerstörungslust erlangt sie eine neue Schönheit, jenseits von Körper und Seele. Die Tradition des ›Heiligen Todes‹ widerspricht nicht modernen Theaterformen. Meine Traumbilder spiele ich sehr bewusst. Unser Publikum ist gefühlsselig. Insbesondere – du glaubst es nicht – die alten Herren.«

»Ich glaube dir aufs Wort.«

»Weil man sie zur Zurückhaltung erzog. Im Theater können sie mitempfinden. Und Tränen vergießen, wenn ihnen danach ist. Das tut ihnen so richtig gut.«

Ich lächelte ein wenig verlegen.

»Nicht nur den alten Herren. Auch ich habe geweint. Und eigentlich würde ich gerne wissen, warum.«

Er antwortete mit großer Wärme.

»Das bedeutet, dass wir gut waren. Das müssen wir auch sein. Die Zuschauer zahlen keine Platzkarte, um sich mit ihrem Terminkalender zu beschäftigen.«

»Mein Nachbar – ein alter Herr eben – hat sich bei mir bedankt.«

»Weil du geweint hast?«

»Ich glaube schon. Findest du das nicht seltsam?«

Sein ausdrucksvoller Blick war dunkel und zärtlich. »Ich finde das schön. Er bedankte sich, weil du unser Theater verstehst.«

»Ach, Dan! Ich musste mir ja alles selbst zusammenreimen. So kompliziert, wie die Bühnensprache ist…«

Er streckte beide Hände aus, streichelte mein Gesicht, sacht und liebevoll mit sanften Fingern.

»Das hat mit irgendeiner Sprache nichts zu tun. Wer das Denken aufgibt, versteht mit dem Herzen. Für Gefühle zu brennen, so sehr, dass man weint, passt wenig in unsere dem Kosten-Nutzen-Denken verpflichtete Zeit. Sei glücklich, Agneta-San, dass du zu denen gehörst, die es noch können.«

Er löste sich von mir, denn die Kellnerin brachte Teller mit Steingarnelen, Tintenfisch und frischem Gemüse, und dazu eine Pfanne, in der das Öl leicht brutzelte. Dan sagte, dass wir uns selbst bedienen würden. Er prüfte die Temperatur, indem er etwas von dem bereits vorbereiteten Backteig von der Stäbchenspitze ins Öl fallen ließ. Tropfen kamen an die Oberfläche, öffneten sich wie Blumenblätter. Dan nickte zufrieden.

»So ist es richtig.«

Ich sah interessiert zu, wie er die Zutaten im Backteig wendete und in die Pfanne tauchte.

»Das Essen ist gar, wenn die Ölblasen kleiner werden. Jetzt!« Er zog die Garnelen heraus, ließ sie kurz auf einem Metallnetz abtropfen. Dann legte er sie schnell und geschickt auf die weiße Papierserviette auf meinem Teller. »Auf diese Weise«, sagte er, mir zunickend, »klebt das Öl nicht auf dem Teller, sondern wird vom Papier aufgesogen. Warte, du bekommst noch Gemüse. Und hier ist die Sauce. So, jetzt probier mal!«

»Ach, Dan, es schmeckt einfach himmlisch!«

»Der Ausdruck ist angemessen«, meinte er belustigt. »Nach der Vorstellung habe ich stets großen Hunger.«

»Ist es sehr anstrengend, was du machst?«

Er verzog leicht das Gesicht.

»Na ja, es geht. Das Kostüm besteht ja nur aus einem Hosenrock, der als Unterkleid dient, und aus acht Seidengewändern, die alle sehr leicht sind. Aber die Perücke muss gut sitzen, und nach zwei Stunden habe ich Schmerzen in den Schultern. Das eigentliche Problem ist meine Himmelfahrt. Eine Frau hätte da weniger Schwierigkeiten. Und meinetwegen auch ein Kastrat.«

»Was willst du damit sagen?«

Er blinzelte hinter den dünnen Brillengläsern.

»Ich werde an zwei Drahtseilen gehalten. Indem sie mich hochziehen, wird ein großer Druck auf den unteren Teil des Körpers ausgeübt. Das fühlt sich im … ähem … Intimbereich sehr unangenehm an. Und eine schöne Pose bewahren, wenn es da unten kneift und zieht, das ist wirklich …«

Er suchte nach dem richtigen Wort. Ich kam ihm zu Hilfe. »Du willst sagen … heldenhaft?«

Er lachte laut.

»Ja, genau. Heldenhaft!«

»Ich kann es mir vorstellen«, sagte ich.

»Nein«, bestritt er entschieden. »Das kannst du nicht!«

Wir lachten wie über einen guten Witz. Ich sagte: »Ich weiß immer noch nicht, was ich eigentlich wissen will.«

»Warum Männer Frauenrollen spielen?«

»Genau.«

»Das ist eine lange Geschichte.«

»Wenn dich das Reden nicht müde macht...«

»Davon werde ich nicht müde.«

Dan bestellte noch ein Bier.

»Wenn im Ausland von Japan die Rede ist, geht es zunächst um Mangas und Sushi. Da fangen für mich die Probleme schon an, weil Mangas mich langweilen und ich Sushi nicht mag. Und schließlich passt es mehr oder weniger in jeden ›Small Talk‹, die Japanerin zu bedauern, diese arme Kreatur, die vom Mann beherrscht und unterdrückt wird. Ich kann es bald nicht mehr hören.«

»Und was machst du, wenn du es hörst?«

Er betrachtete mich mit sanftem, spöttischem Blick.

»Dann werde ich bissig.«

»Ich glaube, das ist das Beste, was du tun kannst«, meinte ich.

Er nickte.

»Zumindest das Praktischste. Man macht sofort reinen Tisch. Ebenso wie mit der Überzeugung mancher Leute, Japaner seien chronisch zu Höflichkeit verpflichtet. Das sind übrigens die gleichen Leute«, setzte er hinzu, und wir lachten.

»Ich möchte aber trotzdem«, sagte ich, »die Gründe erfahren.«

Dan drehte mit den Stäbchen Gemüse in dem Backteig.

»O Kuni trat zum ersten Mal im Jahre 1603 in Kyoto auf. Zwei Tage später fand die Schlacht von Sekigahara statt, die für die Einigung Japans entscheidend war.«

»Kein Zufall, nehme ich an?«

»Natürlich nicht. O Kuni war Hohepriesterin im Schrein von Izumo. In dieser Zeit wurden in den Schreinen vorwiegend weibliche Gottheiten verehrt. Noch heute ist die Shinto-Religion durch die Frauen mit dem Kaiserhaus verbunden, aber damals war der Einfluss der Priesterinnen enorm. O Kuni und ihre Gefährtinnen zeigten auf einer Holzbühne eine sehr freizügige Tanzpantomime. Die exzentrischen Gewänder, Haartrachten und Masken begeisterten das Volk. Kabuki bedeutet wörtlich ›Extravaganz‹, und was sich da auf der Bühne abspielte, übertraf alles bisher Gesehene. Man weiß mittlerweile, dass O Kuni als Agentin für den damaligen Shogun agierte und dem sagenumwobenen Geheimbund der ›Ninja‹ angehörte. Die beiden hatten es, wie man sagt, faustdick hinter den Ohren. Der Shogun, im Volksmund ›Väterchen Dachs‹ genannt, spaltete die Japaner in streng getrennte Klassen. Er entwickelte dabei ein komplexes Gefüge nach chinesischem Vorbild, das Feudalsystem und Bürokratie einte. Das Ganze war zynisch, fast pervers, aber wirksam. Die Missionare schickte er, wohin sie wollten, nämlich in den Himmel, und ausländische Schiffe ließ er verbrennen. Immerhin war es sein Verdienst, dass er eine Staatsform begründete, die Japan später den Einstieg in das industrielle Zeitalter erleichterte. Auch unterstützten ihn die Priesterinnen zunächst. Diese lebten nicht etwa in hehrer Abgeschiedenheit, sondern reisten von Dorf zu Dorf, erschienen bei Frühjahrs- und Erntefesten, tanzten und führten Spiele auf. Sie wirkten auch als Heilerinnen und traten mit den Geistern der Verstorbenen in Verbindung. Da sich die Schreine zumeist im Gebirge befanden, wurden die Wanderpriesterinnen mit dem Titel ›Yama no Kami‹ – Gottheit der Berge – angeredet. Heutzutage werden Ehefrauen so genannt, wenn sie ihrem Mann zeigen, wo es langgeht. Darsteller wie ich heißen zwar ›Onnagata‹, was ›Weibliche Form‹ bedeutet, aber man nennt uns auch ›O Yama‹, ›Ehrenwerter Berg‹, als direkte Anspielung auf die ehemaligen weiblichen Shinto-Gottheiten.« Er legte mir ein Stück Tintenfisch auf den Teller.

»Du kannst lachen, wenn du willst.«

»Ich lache nicht. Ich höre zu.«

»Der Buddhismus war bereits im sechsten Jahrhundert aus China gekommen, der kulturelle Einfluss war stark. Unser urtümlicher Shintoismus war schlicht und ländlich, der Buddhismus mit seinem Prunk und Gold gefiel den Adeligen sehr. Die chinesische Kultur brachte Veränderungen auf vielen Gebieten des täglichen Lebens und des Handwerks mit sich, gute und schlechte. Subversive Erotik – so hieß es – beeinträchtige das Pflichtgefühl. Schon möglich, aber warum auch nicht? Leider hat das hartnäckige Axiom auch in der heutigen Welt noch Zukunft! Kurzum, man durchtränkte das Leben mit Moral. Die Priesterinnen verloren ihre Privilegien, und Männer übernahmen die Kulthandlungen. Das konnte nur geschehen, weil sich eine neue, volkstümliche Art des Buddhismus verbreitete und die Mönche ihren Einfluss festigten. Manche Bruderschaften waren für die Härte ihrer Kasteiung berüchtigt.«

»Dazu sind Mönche ja da«, sagte ich lachend.

»So ist's. Ohne Fleiß kein Preis.«

Die Kellnerin kam und fragte, ob wir fertig mit dem Essen seien.

»Ja, wir sind fertig«, sagte Dan.

Die Kellnerin räumte alles ab, bevor sie uns heißen Tee brachte, und Dan erzählte, wie es weiterging.

»Während der reichlich überforderte Bürger zu persönlichen Opfern, Überhöhung des Ichs und tierischem Ernst genötigt wurde, strotzte die Volkskultur vor praller Lebenslust. Alles war ungeheuer kraftvoll, schrill, unverblümt. Das Kabuki-Theater genoss ungebrochene Anziehungskraft. Kunst und Literatur hatten das Thema längst aufgegriffen. Die Stücke wurden in der ›schwebenden Welt‹, also in Vergnügungsvierteln, aufgeführt. Aber statt Priesterinnen beherrschten nun Kurtisanen oder Prostituierte die Bühne. Sie waren geistreich und gebildet, konnten Instrumente spielen, singen und tanzen. Zwar schmückten sich die Schauspielerinnen nach wie vor mit dem Titel der buddhistischen Mönche, ›O Sho‹, aber der Regierung waren die Ausschweifungen vor, auf und hinter der Bühne ein Dorn im Auge. Man ergriff krasse Maßnahmen: Den Frauen wurde das Bühnenspiel kurzerhand verboten. An ihre Stelle traten entzückend herausgeputzte Knaben.«

»Ach, wie nett«, sagte ich. »Und wie wurde es dann?«

»Höchst peinlich, wie du dir denken kannst. So kam es, dass ab 1629 – wenn ich mich recht entsinne – Männer auf der Bühne standen mit der strengen Forderung, Anstand und gute Sitten zu wahren. Und im Großen und Ganzen hat sich das bis heute gehalten. Du siehst, wir haben Tradition.«

»Und gute Sitten?«, fragte ich heiter.

Er blinzelte mir zu.

»Wir tun unser Bestes. Dass sich Männer als Frauen verkleiden, ist ja eigentlich nichts Neues. Auf der ganzen Welt findest du das. Wir fühlen uns manchmal benachteiligt: Gebärneid, und so weiter, der ganze Ballast. Dazu fällt uns nichts Besseres ein, als in ritueller Form die weibliche Kraft zu beschwören, Ziel unserer ewig unerfüllten Sehnsucht.«

»Ein Minderwertigkeitskomplex?«

»Ein ganz gewaltiger sogar.«

Ich sah in das ebenmäßige Gesicht mit den blitzenden Augen. »Hast du auch einen?«

»Tja, was soll ich machen?«, seufzte er. »Mir fehlt ein Chromosom.«

»Und wie kommst du ohne zurecht?«, erwiderte ich lächelnd.

»Es geht irgendwie. Aber wenn ich den Eindruck erwecke, dass ich wie ein Mönch lebe…«

»Da kannst du ganz beruhigt sein. Den Eindruck erweckst du sicher nicht.«

Wir sahen uns an. Auch er lächelte nur noch ein wenig, mit seltsam herabgezogenen Mundwinkeln, als amüsiere er sich über die Wahrheit unserer Blicke. Ich spürte meine Halsschlagader klopfen. Begehren war im Spiel, das wussten wir beide. Ja, ich verstand ihn vielleicht besser, als er dachte, weil ich ja im Grunde das Gleiche fühlte. Auf fast rätselhafte Weise ergänzten sich unsere Vorstellungswelten. Und womöglich war es in erster Linie meine eigene Geschichte, die er mir vor Augen führte, und Erinnerungen weckte, die schmerzten. Aber so musste es wohl sein. Es gab tatsächlich eine Gemeinschaft zwischen uns, ein Geheimnis, das wir teilten. Und ich fühlte mich unsagbar erregt.

19. Kapitel

Später lagen wir auf der Bettmatratze und liebten uns. Nach Mitternacht fiel silberhell der Regen; wir hörten, wie er auf das Dach trommelte, auf die Büsche tropfte. Ein leichtes, nachdenkliches Rauschen erfüllte den Garten. Nur eine kleine Lampe brannte, das einzige Licht im Zimmer, sanft und goldgelb. Wir liebten uns, völlig im Einklang, streichelten uns mit sanften, verlangenden Fingern. Ich sah im Halbdunkel Dans ebenmäßiges, durchaus männliches Gesicht, das sich auf der Bühne so verwandeln konnte. Mein Verlangen war von Staunen und Bewunderung durchdrungen, ich betrachtete ihn wie einen Gast aus einer anderen Welt. Was mich so anlockte, war sein inneres Wesen, das Unbekannte und das Vertraute; Henrik lebte in meinem Körper, und Dan schien es zu wissen. Ich hatte früher bereits gewusst, natürlich ganz vage, dass eine Form sich umso deutlicher zeigt, wenn sie verschwindet. Denn die Gesten, die sich in uns vereinen, dringen durch die Haut hindurch. Ich blickte in Dans Gesicht, während ich auf ihm saß, ihn tief in mir fühlte; ich sah, wie schön seine Augen waren, dunkel und warm und verschwommen, in der Müdigkeit und in der Lust. Sein Körper mit den langen feinen Muskeln, die geschmeidig und doch von äußerster Stärke waren, hätte seine markige Kraft, seinen sinnlichen Schmelz mit nichts so zur Geltung bringen können wie mit jener Sanftheit, jener Ruhe, die jeder seiner Bewegungen eigen war. Und sein Gesicht mit dem üppigen Mund, der leicht gebogenen Nase, den großen Augen, die voller Sehnsucht funkelten und doch vor Müdigkeit verschwammen, zeigte auf dem hellen Kopfkissen die Zärtlichkeit einer Frau und die beherrschte Kraft eines Athleten. Er hatte nichts dagegen, dass ich stets die Führende war, vielleicht belustigte es ihn, vielleicht mochte er es auch so. Ich fühlte, wie es auch ihn packte, fühlte es durch unser beider Haut hindurch. Dabei sah er mir unverwandt ins Gesicht, mit dem langsamen, tiefen Blick, der mich so erregte. Ich empfand einen brennenden Genuss an mir selbst und meinem eigenen Zauber; ich fühlte, wie stark ich war und dass ich die Macht hatte, einen Mann zu bezaubern. Und gleichzeitig fühlte ich mich auf geheimnisvolle Weise geborgen, wie der Reisende nach langer Wanderung endlich sein Ziel erreicht. Ich fühlte in mir eine unsagbar wonnevolle Stärke, die vielleicht nicht einer Frau entsprach. Denn ich war meiner Natur nach wild, und diese Wildheit äußerte sich auf besondere Weise. Unter meinen ungeduldigen Fingern war Dans biegsamer, williger Körper wie feuchter Ton; alle Gesten der Liebe erfand ich mit ihm neu. Es gefiel uns sehr, die Rollen zu tauschen. Ich war der Mann, mit meinem leidenschaftlich heißen Gesicht, mit der fordernden Kraft meiner Hände, die sein Begehren in einen von mir gewollten Akt verwandelten. Mir war, als zöge ich jede Kraft aus seinem Mark hervor. Ich erlebte ihn als Mann, aber die Frau in ihm war es, die ich kennen und lieben wollte. Er indessen lächelte, anscheinend ohne sich dessen bewusst zu sein; es erfüllte ihn mit Freude, dass er Maß und Bewegung von mir empfing. Ich fühlte, wie er sich anpasste, wie er sich in meinem Schoß regte, so wie ich es wollte. Mir war, als löste ich mich auf, als ob das Blut magnetisch dunkel durch meine Adern strömte und sich tief im Rückgrat und unter der Bauchdecke staute. Es schmerzte mir im Unterleib, dass es kaum auszuhalten war; alles in mir schien geschwollen und pulsierte in mächtigen Schwingungen. Manchmal, wenn er sich aufrichtete, fegten mir seine Haare über das Gesicht, und meine Nerven knisterten und brannten. Und dann war da nur noch unser Keuchen, beide Körper schwerelos, perfekt zueinander passend. Und wie es manchmal bei Liebenden geschieht, kam der Moment, wo unsere Augen nichts mehr sahen und nur noch glänzten. Und als ich stöhnend auf ihn fiel, drückte er mich an seine Brust, hielt mich eng in seiner Wärme umschlungen und pulsierte noch immer in mir, sehr leicht, mit verebbender Kraft. Später schliefen wir eine Weile; wir erwachten gleichzeitig, weil der Regen aufgehört hatte. Es war still – fast zu still. Nur die Dachrinne tropfte. Noch schlaftrunken sah Dan auf seine Uhr. Halb vier, eine Stunde vor Morgengrauen. Ich seufzte, schmiegte mich an ihn, küsste seine nackte Brust.

»Komm, schlaf noch ein bisschen.«

»Es ist besser, ich schlafe nicht mehr«, sagte er kehlig. »Ich muss bald gehen.«

»Nein, noch nicht«, murmelte ich.

»Du weißt doch, meine Mutter …«, seufzte er.

»Ach ja, deine Mutter!«

»Sie steht immer früh auf«, sagte Dan.

Wir sahen uns an und fingen in unwiderstehlicher Heiterkeit an zu lachen, bevor ich Saft aus dem Kühlschrank holte. Wir tranken abwechselnd aus einem Glas, und Dan erzählte mir, wie er dazu gekommen war, Frauenrollen zu spielen.

»Es hängt mit meiner Stimme zusammen. Dass ich Schauspieler werden wollte, stand für mich schon von Anfang an fest. Kabuki-Darsteller bilden Dynastien, und Enzo hatte mich früh unter seine Fittiche genommen. Ich gewann schon als Kind eine genaue Kenntnis von Gebärden, Zeichen, Haltungen, von der Sprache des Kabukis eben. Enzo war das Vorbild, dem ich nacheifern wollte. Ich konnte mir kein Besseres vorstellen. Meine Probleme begannen nach der Pubertät, als sich meine Stimme in eine Tonlage entwickelte, die in der europäischen Musikwelt als Kontratenor bezeichnet wird. Aus einem Kontratenor kann durchaus ein hervorragender Tenor werden, aber niemals ein Bariton. Und die Stimmlage der Kabuki-Figuren muss, der Konvention entsprechend, tief und grollend aus der Brust kommen. Das erhöht auf der Bühne ihre Männlichkeit.

Also begann ich zu üben. Das Ergebnis war totale Erschöpfung. Denn Kabuki verlangt athletische Fähigkeiten. Ich nahm Unterricht in Akrobatik, Kampfsport und Fechten. Dazu noch meine Stimme ins richtige Register zu bringen war einfach zu viel für mich. Ich bat meinen Vater um Bedenkzeit – und ging nach Europa.

Der Entschluss fiel mir schwer: Ich war seit zwei Jahren verheiratet. Hatsue, meine Frau, war Auktionatorin bei einer sehr exklusiven Galerie, und wollte ihren Job nicht aufgeben, was ich gut verstand. Sie hielt es auch nicht für erforderlich, in standhafter Treue zu warten, bis ich wieder ins Nest flog. Was für sie galt, galt auch für mich. Wir verloren beide ein paar Illusionen, und die Ehe wurde, wie es heißt, im ›gegenseitigen Einvernehmen‹ geschieden.

In Europa spielte ich, wie du weißt, zunächst Pantomime. Als sich dann meine Sprachkenntnisse verbesserten, wurde ich in Rollen eingesetzt, die in eine ganz bestimmte Richtung wiesen. Ariane Mnouchkine, der ich viel zu verdanken habe, gab mir in einer Inszenierung von ›Romeo und Julia‹ die Rolle des Mercutio. Mein japanischer Akzent kam noch ziemlich stark durch, aber Ariane gefiel das. Mercutio sei ja sowieso eine Art Außerirdischer, ein Seiltänzer zwischen den Welten, und so spielte ich ihn auch. Danach war ich Puck im ›Sommernachtstraum‹. Diese Rolle brachte für mich die entscheidende Wendung, denn nur einige Wochen später erlebte ich sie in einer Londoner Aufführung, von einer Frau gespielt. Ein Rollentausch war nicht nur möglich, sondern öffnete ganz neue Perspektiven. Ich sah mir verschiedene Opern an, in denen Sängerinnen in so genannten ›Hosenrollen‹ auftraten: Ottavio im ›Rosenkavalier‹, Cherubino in ›Figaros Hochzeit‹, Leonora in ›Fidelio‹. Ich las viel über die Kastraten und ihre Zeit und entdeckte enge Parallelen mit Japan. Auch in der Commedia dell'arte fand ich vertraute Figuren.

Allmählich begann ich zu ahnen, welche enormen Möglichkeiten für mich in den weiblichen Rollen im Kabuki steckten. Es lag mir einfach nicht, als Haudegen über die Bühne zu fegen. Wieder in Japan, besprach ich die Sache mit meinem Vater. Enzo war nicht befremdet, dazu war er viel zu einsichtig. Aber einen ›Onnagata‹ hatte es in unserer Familie nie gegeben. Folglich konnte mich Enzo nicht unterrichten, das war es, was ihm zu schaffen machte. Künstler wie er wollten doch ihr Wissen und ihre Erfahrung den Söhnen vermitteln. Bisher war das auch immer so gewesen. Enzo spürte, wie Leid mir das alles tat. Und er erkannte auch, dass daran nichts zu ändern war. So verlor er keine Zeit mit Ausflüchten und Vorwürfen, sondern schickte mich zu einem berühmten Onnagata in die Lehre.

Kasai Yaemon war bereits über achtzig, aber noch im vollen Besitz seiner Kunst, und nahm gelegentlich noch Schüler auf. Und alles, was ich heute weiß, habe ich von ihm gelernt. Der Meister wohnte in Kanda, einem traditionsreichen Viertel im Norden Tokios, wo es die meisten Buchhandlungen gibt. Neben Betonbauten findest du dort noch Schreine, die das Erdbeben von 1923 und die Luftangriffe im Zweiten Weltkrieg überstanden haben, sowie eine Anzahl alter Holzhäuser. Yaemon-Sensei bewohnte ein solches Haus. Die Tür besaß keine Klingel. Ich musste klopfen. Nach einer Weile hörte ich ein Schleifen, gefolgt von einer ganz merkwürdigen Stimme aus einem der oberen Fenster. Es hörte sich an, als ob ein Papagei sprach. Ich machte meine ›Darf-ich-eintreten-Verbeugung‹ und ließ meine Schuhe in einem winzigen Vorraum, wo es Slippers gab. Eine Treppenstufe und eine zweite Holzschiebetür führten zum Wohnzimmer, das Yaemon-Sensei zugleich als Übungsraum diente. Der dunkelbraune Fußboden glänzte im grellen Neonlicht. Das Erste, was ich sah, war eine gewaltige Spiegelkommode mit Make-up-Utensilien: Grundierungen, Puderdosen, Pinsel, Lippenstifte, Nagellack, Haarteile und Föhnlotionen. Dazwischen Stoffreste, Masken, Trockenblumen. Neben einem vorsintflutlichen Ofen standen ein kleiner Tisch und ausrangierte Sitzmöbel. Auf dem Tisch lagen alte Bildbände, Zeitschriften und Flugblätter, die Kabukivorstellungen ankündigten. Ferner standen da Dosen mit Kaffeepulver, Tee, Zucker und Gebäck. Die Regale eines billigen Wandschranks senkten sich unter ihrer Bücherlast. Schallplatten in großen Mengen, ein alter Plattenspieler sowie ein Kassettenrekorder waren auch vorhanden. An den Wänden hingen Poster von alten Vorstellungen, ein Herbstgedicht als Kalligraphie und einige schöne Holzschnitzereien. Eine Anzahl Kostüme, einige davon aus wattierter Seide und sehr wertvoll, waren über einer Stange ausgebreitet, sodass ihr Muster wie ein Gemälde zur Geltung kam. Im offenen Schrank lagen Hauskimonos akkurat zusammengefaltet. Trotz dem Krimskrams und der Wäsche, die an Regentagen an einem Drahtgestell neben dem Ofen trocknete, war der Boden blitzblank und der Raum äußerst gepflegt, strahlte Schlichtheit und Würde aus, die an ein Teehaus oder einen Schrein denken ließen. Eine steile Treppe führte zu einer kleinen Küche, Schlafzimmer und Badraum.

Während ich zögernd dastand, kam der Meister mit trippelnden Schritten die Stufen hinunter. Er war viel kleiner als ich, trug eine dicke Hornbrille. Das graue, seidige Haar, straff nach hinten gekämmt, betonte seine hohe, noch sehr glatte Stirn. Das verfärbte Weiß seiner Haut war mit Altersflecken übersät, die Augen klein und in Falten gebettet. Seine Lippen waren noch füllig und sehr rot. Lippenstift? Er wirkte kraftlos und verweichlicht, doch der Eindruck täuschte. Ich vermied es, ihn unhöflich anzustarren, verbeugte mich und dankte ihm in meinem und in Vaters Namen dafür, dass er eingewilligt hatte, mich zu unterrichten. Natürlich überreichte ich ihm ein Geschenk. Obst, hatte Enzo gesagt, das mag er am liebsten. Ich hatte Erdbeeren gekauft, die damals noch selten und teuer waren. Yaemon-Sensei war sichtlich erfreut. Er bot mir Tee aus einer Thermosflasche an und erzählte zunächst von meinem Vater und von gemeinsamen Aufführungen.

Was mich in Erstaunen versetzte, war, dass er, ein alter Mann, mit jeder Geste Weiblichkeit ausdrückte. Wie er sich bewegte, Tee einschenkte, den Kopf neigte – ich hätte eine alte Kokotte vor mir haben können. Es war wie eine Halluzination. Auch seine Art zu sprechen faszinierte mich: Er gebrauchte eine Menge außergewöhnlicher Worte, die gleichzeitig Musik in meinen Ohren waren, eine Explosion vokaler Sinnlichkeit. Dann und wann versagte seine Stimme, das Alter forderte seinen Tribut. Er verschluckte sich, hustete, und ich schenkte ihm Tee ein. Ich war erschüttert von seinem Anblick, von seinem krank herabhängenden Kopf. Aber in seinem Ausdruck war keine Spur von Selbstmitleid.

Er wollte ganz genau erklärt haben, woher mein Wunsch rührte, als Onnagata aufzutreten. Er fand bald heraus, dass bei mir die Verinnerlichung intellektueller Art war. Er sagte: ›Du bist kein Homosexueller.‹ Er gebrauchte ein anderes, ziemlich peinliches Wort und gab dabei ein glucksendes Kichern von sich, wie eine Henne, worauf ich rote Ohren bekam. Nun, setzte er hinzu, das sei kein Hindernis. Ich würde lediglich härter arbeiten müssen. Und er meinte es wörtlich. Rückblickend kann ich sagen, dass er mir das Leben ganz schön schwer gemacht hat.

Wir begannen also mit dem Training. Ermutigend war, dass er nicht im Geringsten an meinen Fähigkeiten zu zweifeln schien. Aber stets, wenn ich etwas so gelöst hatte, wie er es wollte, kam eine neue

Herausforderung hinzu. Für mich war es eine unglaublich wichtige Erfahrung, als ich zum ersten Mal sah, welche Möglichkeiten überhaupt in mir steckten. Yaemon-Sensei diktierte mir die Themen, stand wie ein Bildhauer neben mir, erklärend und meine Haltungen modellierend. Ganze Bewegungsabläufe wurden auf diese Weise vorgeformt.

Als sich unser Vertrauensverhältnis festigte, gestand er mir auch, dass er nur mit Menschen arbeiten konnte, die seine Inhalte vorbehaltlos akzeptieren und umsetzen konnten. Jede Rolle sei ein Instrument des Selbstvergessens und der Selbsterkenntnis. Er sagte zu mir: ›Der Onnagata muss den Eros bändigen. Das Parfüm des Todes umringt ihn wie eine Aura! Auch glückliche Momente darfst du nie zu ausgelassen spielen. Wisse, dass Thanatos dir über die Schulter schaut. Und jedes Mal, wenn du Gesicht und Hände weiß schminkst, erneuerst du das Bündnis mit ihm. Denke daran.‹

Es stimmte schon, dass die weiblichen Kabuki-Figuren viel Tragisches erlebten. Sie starben zumeist eines frühen Todes, was den Zuschauern Gelegenheit gab, sich die Augen zu wischen und diskret die Nase zu putzen. In der Oper ist es ja nicht anders. Männliche Figuren beißen ins Gras, und das Publikum seufzt. Aber sterbende junge Frauen bewirken die Katharsis. Was deutlich zeigt, wer das *effektiv* wichtige Geschlecht ist. Und ich rede aus Erfahrung, nachdem ich schon über dreißigmal auf der Bühne elegant und herzzerreißend mein Leben ließ. Na gut, das war später. Inzwischen nahm ich mir ernsthaft Zeit zum Lernen.

Mein wiederholtes Arbeiten mit Yaemon-Sensei, fast immer bis spät in die Nacht hinein, bestätigte meinen Eindruck, dass er ein wunderbares Talent besaß, eine gegengeschlechtliche Figur zum Leben zu bringen. Und er hatte schon Recht, wenn er meinte, dass mir die Kopfarbeit gelegentlich die Sinne verwirrte. Oft kam es vor, dass mich allzu antiquierte Rollenmuster störten. ›Was soll denn das?‹, dachte ich irritiert. ›So was Dummes macht keine vernünftige Frau!‹ Wollte der Meister mir deutlich machen, dass er noch das siebzehnte Jahrhundert verkörperte und dass ich ihn nach dessen Maßstäben verstehen müsste? Wurde ich bockig, hatte Yaemon-Sensei stets irgendeine sture Formel auf Lager: Nachdenken wird den Sinn aus dem Unsinn lösen oder Hundertmal üben enthüllt den Sinn. Der alte Konfuzius ließ grüßen, ich hatte es an manchen Tagen satt.

Allmählich jedoch merkte ich, dass gerade solche Klischees für den persönlichen Ausdruck wesentlich waren. Der Onnagata musste ein Verwandlungskünstler sein, der die weiblichen Symbole weniger sichtbar als spürbar werden lässt. Er ist ein Medium, das Poesie verkörpert. So empfinden es auch die Zuschauerinnen im Theater. Nicht einmal radikale Feministinnen möchten echte Frauen im Kabuki sehen. Der Tausch der Rollen, die Gleichstellung, findet hier ihre vollendetste Form. Die Frauen spüren das. Wir Männer sind biologisch vom Weiblichen geprägt. Und jene, die das nicht einsehen, richten beträchtlichen Unfug an. Es gibt nichts Eingebildeteres und Dümmeres als solche Männer – wirklich lächerlich, diese Wichtigtuerei!

Der Onnagata auf der Bühne aber zeigt unbefangen sein innerstes Ich. Und der Anblick des Intim-Weiblichen, von einem Mann verkörpert, ist für jede Frau ein sinnliches, aufwühlendes Erlebnis. Deswegen stellen mir die Frauen auch nach, warten auf mich am Bühneneingang. Und ich nehme es ihnen nicht übel, wenn sie mich am Ärmel zupfen. Nicht einmal, wenn ein Mädchen mein Bein umklammert und nicht loslassen will, was schon vorgekommen ist.

Der Meister betonte immer wieder, wie wichtig es war, dass ich die Frauen in jeder Lebenslage genau beobachtete. Um die Mühsal des Lernens leichter zu machen, empfahl er mir geradezu ein Dutzend Geliebte! Der Ratschlag stieß nicht auf taube Ohren, und zeitweilig war mein Leben turbulent. Was ich dabei lernte, ließ sich gut in die Praxis umsetzen. Eine Frau bewegt sich anders als ein Mann. Dazu kommt, dass ich recht groß bin. Laut Konvention hat die Frau auf der Bühne kleiner zu sein als der Mann. Ich musste mir also eine besondere Haltung angewöhnen: gebeugte Knie, leicht nach innen gedrehte Füße, geschlossene und gesenkte Schultern, die den grazilen Eindruck verstärkten. Auch den Kopf musste ich leicht senken und die Zuschauer stets von der Seite anblicken. Das wirkt zunächst geziert, man kommt sich blöde dabei vor, aber mit zunehmender Er-

fahrung sieht es graziös und elegant aus. Auch für Rückgrat und
Schultern gibt es besondere Übungen. Denn ebenso wie die Geisha
setzt der Onnagata seine Kehrseite mit der perfekt geschlungenen
Obi-Schärpe und dem weiß gepuderten Nacken als erotisches Zeichen ein. Der Hals muss lang und beweglich sein; ist er es nicht, wird
trainiert. Muskelkater, ich kenne das. Die Bewegungsabläufe dürfen
nie einstudiert wirken; ja, sie müssen, wenn sie am künstlichsten
sind, den Eindruck einer vollen Natürlichkeit erwecken. Yaemon-
Sensei unterrichtete mich drei Jahre lang, bis er erkrankte. Die letzten Wochen seines Lebens verbrachte er im Krankenhaus, mit einer
bösen Geschwulst am Nacken. Ich besuchte ihn oft, brachte ihm
Erdbeeren, die er auf der Zunge zergehen ließ, nachdem ich sie mit
der Gabel zerdrückt hatte. Er nahm kaum noch Nahrung zu sich,
und in seiner Vene steckte eine Kanüle, aber er hatte immer noch sein
typisches Glucksen. Er sagte: Du machst es nicht übel, Junge. Du
kannst es besser machen, aber du brauchst mich nicht mehr. Und er
hatte Recht. War das Grundkonzept einmal da, hatte ich einmal gelernt, es richtig zu befolgen, spürte ich, dass ich vollkommen frei war
und mit den Figuren, die ich darstellte, eigentlich alles machen
konnte, was ich wollte.«

Danjiro schwieg eine Weile, den Blick nachdenklich über mich
hinweg gerichtet. Schließlich seufzte er.

»Nun, mein Vater hat das alles noch erlebt. Er saß bei jeder Probe
im Theater, aufgeregt und gespannt wie ein Halbwüchsiger vor
einem Videoclip. Was ich an ihm so bewunderte, war das Nie-routi-
niert-Sein, das Immer-naiv-Bleiben. Ich spielte nur für ihn und war
glücklich, wenn ich auf seinem Gesicht Stolz oder Ergriffenheit las.
Es waren für ihn in seinen letzten Jahren die kostbarsten Momente
seines Lebens. Und auch jetzt, wenn ich spiele, denke ich an ihn und
gebe mein Bestes. Ich weiß, dass er da ist und zuschaut. Er hat mir
ermöglicht, so zu sein, wie ich wollte. Ich bin ihm unendlich dankbar dafür.«

»Ja«, sagte ich dumpf, »ich verstehe.«

»Ich weiß«, sagte er, »dass du es verstehst.«

Ich hörte die Resonanz seiner Stimme in meinem Körper und

wandte den Kopf, um ihn anzusehen. Sein Gesicht war von Schwermut erfüllt und doch heiter; das Gesicht eines Menschen, der den Tod bereits erblickt hatte, als Maske. Und ich wusste, dass sich auf seinem Gesicht – auf eine Art, die ich nicht erklären konnte – mein eigenes widerspiegelte. Ich sagte: »Ich möchte, dass du mir noch mehr Geschichten erzählst.«

Er kraulte mein Haar, zärtlich und geistesabwesend. Seine Finger waren lang und einfühlsam, beweglich wie die eines Pianisten. »Es gibt noch welche, ja. Aber sie sind nicht lustig…«

Die Wendung, die das Gespräch nahm, gefiel mir nicht sonderlich. »Zwangsläufig«, sagte ich, »tragen wir traurige Geschichten in uns.«

»So ist es.« Er lächelte nicht. »Sie können sogar schrecklich sein.«

Er sagte es überraschend, bestürzend. Ich biss mir auf die Lippen.

»Bei mir ist es nicht anders. Wir haben Menschen lieb gehabt, und dann…«

Ich sprach nicht weiter. Eine plötzliche Schwäche überkam mich. Ich hätte das nicht sagen sollen, dachte ich. Er verharrte mit gerunzelter Stirn, wodurch er eher jünger als älter wirkte.

»Was ich gerne wissen möchte…«

Abwartend und mit Herzklopfen hielt ich seinem Blick stand. Ich wusste nicht ganz, worauf es ihm ankam. Oder doch? Er sagte in einem tiefen Atemzug:

»Warum du begonnen hast, so zu sein, wie du bist…«

Mein langes Schweigen war kein Affekt, sondern einfach eine Notwendigkeit. Irgendwann war mein Leben stecken geblieben, und die Gegenwart war nur ein schwacher Trost. Ich zog die Beine an, versteifte mich. Er spürte es sofort und sprach leise an meiner Wange.

»Du hast Angst?«

Ich überdachte die Frage, bevor ich langsam den Kopf schüttelte. »Angst? Nein. Jetzt nicht mehr.«

Meine Hände waren kalt. Er nahm sie fest in die seinen. »Du frierst! Behaupte nicht das Gegenteil.«

»Das macht der Regen. Das Haus wird in der Regenzeit feucht.«

»Ich weiß.«

»Und dann verziehen sich die Wolken, der Himmel wird blau wie der Pyhäjärvi-See, tintenblau, du weißt schon, mit einem grünlichen Schimmer.«

»Der Pyhäjärvi-See?«

Er sprach den Namen langsam nach, zog den fremden Klang in die Länge, genoss ihn. Ich fühlte mich nicht sehr gut, aber ich gab mir Mühe.

»Meine Großmutter stellte am Ufer ihr Stangenzelt auf. Henrik und ich verbrachten bei ihr die Ferien.«

Ich stockte, biss mir hart auf die Lippen. Ich wollte mit dieser Sache, die aus dem verborgenen Unsichtbaren herausflackerte, keinen zu engen Kontakt haben.

»Denkst du oft an diese Zeit?«

Danjiros gelassene Stimme beruhigte mich.

»Anfangs ja, ziemlich oft sogar. Jetzt schon lange nicht mehr...«

Ich sah in seine Augen, die mich anblickten, während ich sprach, und es gelang mir, auch ihn fest anzuschauen.

»Aber nachts, da habe ich sehr einseitige Träume. Findest du das in Ordnung?«

Er hielt meine Hände in seinen warmen, empfindsamen Fingern. »Du träumst, was du träumen musst. Manche Dinge verändern sich einfach nicht. Wenn sie es tun, braucht es sehr, sehr viel Zeit. Glaube mir, ich kenne das. Und ich kann auch die Konsequenzen daraus ziehen.«

Ich verzog skeptisch den Mund.

»Ach, kannst du das?«

Er antwortete sehr langsam, jedes Wort betonend:

»Was ich eigentlich sagen wollte: Ich glaube, dass ich dich liebe.«

Wir starrten uns an, beide ein wenig erschrocken. Dan wartete einen Augenblick, ehe er mehrmals nickte, als wollte er mit jeder Bewegung seines Kopfes bestätigen, was er gesagt hatte. Ohne zu antworten, machte ich behutsam meine Hand los, legte ihm einen Finger auf den Mund. Er nahm ihn zwischen die Zähne und sog daran. Das Verlangen rieselte durch meinen ganzen Körper, wie ein Strahlenbündel. Ich sagte in völliger Verwirrung: »Darüber muss ich erst nachdenken.«

Er zeigte sein magisches, zärtliches Lächeln.

»Lass dir Zeit. Nach meiner Scheidung dachte ich manchmal, dass ich nie wieder imstande sein würde, mich zu verlieben.«

Ich streichelte über seine Arme, den Rücken entlang, gab mich dem Spiel seiner elastischen Muskeln hin. Und versuchte bei klarem Verstand zu bleiben. Leicht war es nicht.

»Trotz deiner vielen Frauen?«

»So eigensinnig, wie ich war …«

»Warum sprichst du in der Vergangenheit?«

»Weil ich ständig auf eine gewartet habe, die sich an mich gewöhnen konnte.«

»Und du glaubst, dass ich …«

Er lachte jetzt, dicht an meinem Gesicht. Sein Lachen war sehr freimütig und lustig. »Vielleicht, weil du Erfahrung hast. Ich weiß allerdings nicht, wer von uns die meiste Erfahrung hat.«

»In chronologischer Reihenfolge, schwer zu sagen.«

Meine Brüste waren nackt. Er strich mit seiner Hand darüber. »Deine Brüste sind schön, so zart und rund …«

»Zu klein, ja? Fast wie ein Junge?«

Er zwinkerte mit beiden Augen gleichzeitig.

»Fast wie ein Junge, wenn du darauf bestehst.«

Ich wälzte mich auf ihn.

»Kommst du nicht etwas spät mit deiner Bewunderung?«

Er umfasste meinen Nacken, zog mich dicht an sich.

»Es liegt daran, dass ich bisher gezweifelt habe. Immer nur gezweifelt. Ein falsches Verständnis vom Sinn des Lebens, nannte es Harumi, der ich gelegentlich auf die Nerven ging. Und jetzt habe ich endlich das richtige Gefühl. Das Gefühl nämlich, dass wir uns ähnlich sind.«

Ich schwieg ziemlich lange, bis es ihm zu viel wurde und er meinen Arm drückte.

»Sag etwas dazu, Agneta!«

Ich spürte die Schwingungen, die zwischen uns hin und her gingen, den sanften, aufreizenden Druck seiner Hüften. Eine Art Strahlenkranz zuckte in meinem Unterleib auf. Es war eine eigene Sache mit solchen Empfindungen. Aber mit ihm war vieles anders. Es begann etwas zu bedeuten, über das ich mir noch nicht ganz im Klaren war. Ich antwortete nach einigem Zögern.

»Dinge wie diese, die bin ich eben nicht gewohnt...«

Er zeigte ein kleines Lächeln.

»Das ist jetzt nicht mehr wichtig.«

Ich atmete den vertrauten Duft seiner Haut ein, diesen zärtlichen Duft nach Baumwolle und Frische, und fühlte mich äußerst beklommen, als das unterschwellige Prickeln meiner hochgestellten Nackenhaare mir plötzlich die Botschaft »Gefahr!« sandte. Normalerweise wusste ich, dass dieses starke Körpersignal mich spüren ließ, dass ich mich in der unsichtbaren Gegenwart von etwas befand, das nicht gut war. Das hatte ich bereits hier und da erlebt. Manchmal konnte ich die Ursache sofort erkennen und angemessen damit umgehen. Oder langsam davon abrücken, bis die negativen Signale ganz verschwanden. Diesmal jedoch rückte ich nicht ab. Ich fühlte mich so sehr zu Dan hingezogen! Mein Verstand befand sich in einem Zustand großer Verwirrung. Und während ich noch versuchte, meine Eindrücke richtig zu ordnen, hörte ich plötzlich über die Jahre hinweg Lailas Stimme, brüchig vor Erschöpfung und Zorn, hörte sie sagen: »Ich kann diese Sache nicht rückgängig machen!« Und da wusste ich, woher meine Unruhe kam.

Ich holte tief Luft und sagte mit fester Stimme: »Ich brauche mehr Zeit.«

Er nickte.

»Ich weiß, wegen deines Bruders.«

Ich hob den Kopf mit einem heftigen Ruck. Unsere Augen begegneten sich. Die seinen waren goldbraun, von keinem Schatten getrübt, verständnisvoll und ein wenig spöttisch. Ein plötzliches Hochgefühl ließ mein Herz schneller schlagen. Wir sind uns zu nahe, dachte ich, daran ist nichts mehr zu ändern. »Du scheinst mich wirklich gut zu kennen«, sagte ich.

»Zu gut vielleicht, oder?«

Das sanfte, kehlige Lachen klang ganz nah, wie ein Echo in meiner Brust. »Willst du mich lieber aus dem Haus haben?«

»Jetzt kneifst du«, sagte ich. »Bleib bloß, wo du bist! Eines Tages werde ich davon reden können. Von der Sache, die du wissen willst, meine ich.«

Er streichelte mich mit seinem Atem.

»Wenn es an der Zeit ist?«

Ich fühlte einen Kloß im Hals.

»Ich werde versuchen, dass es nicht zu lange dauert.«

Er antwortete, sachlich und zärtlich.

»Auf die Zeit kommt es wohl nicht mehr an.«

»Du wirst warten müssen.«

»Das macht nichts.« Er sprach nun so leise, dass ich ihn kaum noch verstand. »Alle laufen wir vor etwas davon. Es ist nicht unsere Schuld, wir wollen es nicht und können es doch nicht vermeiden. Dämonen wissen, wie sie uns quälen können. Sie nähren sich von unserer inneren Substanz, spucken sie wieder aus und machen uns leer wie faule Nüsse. Nur Engel rächen sich nicht, niemals.«

Darauf gab ich keine Antwort. Selbst meine Augen, die ihn beobachteten und jede Einzelheit an ihm gründlich studierten, sollten jetzt kein Gefühl verraten – keine Überraschung, keine Furcht, und bestimmt keine Neugier.

»Er sagt eben die Dinge, wie sie sind«, warf Henrik kühl ein. »Es bleibt ihm auch wohl nichts anderes übrig. Nach alldem, was er mitgemacht hat…«

Henrik war immer da, auch wenn ich das Foto umgedreht hatte. Mit dem Gesicht auf die Kommode, Henrik, damit du nichts siehst. Aber du siehst eben alles, das ist es ja gerade. Und du weißt verdammt gut, wie du mich aus der Bahn werfen kannst.

»Hör auf!«, sagte ich zu ihm. »Misch dich nicht ein!«

»Ich warne dich nur.«

»Ich hasse dich!«, sagte ich.

Henrik hatte großen Spaß an der Sache.

»Ich bin eben nicht totzukriegen.«

»Du hast einen sehr fragwürdigen Humor«, sagte ich wütend.
»Verschwinde jetzt! Ich brauche dich nicht mehr.«

»Oh, doch, du brauchst mich noch, und wie!«

»Dass du immer so überheblich tun musst...«

»Ich an deiner Stelle wäre vorsichtig. Du lässt dich auf ein dummes Risiko ein, Kleines Wiesel. Und du hast ja keine Ahnung, was da draußen ist.«

»Hör auf, mir solche Bilder zu malen!«

»Ich male kein Bild, es ist schon da. Siehst du es nicht?«

»Ich sehe nichts.«

»Weil du nicht richtig hinschaust, nur deswegen.«

Engel rächen sich nicht, oder doch? Meine Gedanken schweiften ab, ich spürte, wie mir mit unwiderstehlicher Kraft Energien entzogen wurden. Sie war so magnetisch, dass sie mich in Uferlöcher zog, in den Schatten kalter Steine. An einem genau dafür bestimmten Punkt funkelten Fische, umschäumt von Luftblasen und grünem Licht. Die Wasserhaut atmete tief und beständig. Und irgendwo da unten war der Tod. Ich hatte Danjiro gesagt, dass ich keine Furcht mehr empfand; es war eine glatte Lüge; nur war jetzt die Urangst ersetzt durch die Gewissheit des Verstandes, der seine Grenzen kennt und deshalb in viel weitere Gefilde auszugreifen vermag, als es die von Furcht Gelähmten, die zittern, statt zu denken, jemals könnten. Wie meine Vorfahren, gewohnt an Wildnis und Unwetter, sich im Schnee vergruben, um der mörderischen Kälte zu trotzen, nahm ich seltsame und gefährliche Umwege in Kauf, bevor ich zu den Sommerweiden kam, wo Ruhe und Leben war und alte Wunden heilten. Ja, ich kannte sehr kräftige Beschwörungen, aber nicht alle halfen. Unredlich und voller Heimtücke fragte ich mich, wie lange ich wohl noch durchhalten mochte, bevor ich in hellgrüne Dämmerung herabsinken und ein Netz weißer Knochen aus eisigen Tiefen heben würde.

20. Kapitel

Danjiro war fort. Obwohl ich müde war, stellte sich der Schlaf nicht ein. Und immer, wenn ich meine Augen schloss, öffneten sie sich gleich wieder. Ich hatte die Decke bis zum Kinn hochgezogen und wartete auf den Anbruch des Tages, als ich im Garten ein Geräusch vernahm. Oder bildete ich es mir nur ein? Es klang, als ob Fingernägel über das Glas hinter der Schiebetür kratzten. Der Wind wahrscheinlich. Ich rollte mich halb auf die Seite, richtete die Augen auf die Stelle, von der ich das Geräusch gehört hatte. Plötzlich war mir, als ob sich auf dem hellen Reispapier ein menschlicher Umriss zeigte. Mein Magen krampfte sich zusammen. Behutsam warf ich die Decke zurück, kroch zur Fenstertür, öffnete sie vorsichtig mit den Fingerspitzen einen Spalt weit und spähte durch das Glas nach draußen. Der frühe Morgen war düster, der aufsteigende Nebel brachte Regen. Dämpfe wogten milchig weiß zwischen den nassen Sträuchern. Unbeweglich wie ein dunkler Wächter stand der Kakibaum in diesem feuchten Bereich. Und plötzlich, während ich spähte, schien die Luft lautlos zu explodieren. Eine Gestalt trat langsam zwischen den Büschen hervor. Es war eine Frau – aber war sie das auch wirklich? Gegen den nebligen Hintergrund näherte sie sich wie in einer Art Tanz, wobei sie sich vor und zurück beugte und die Arme um den Leib dabei so bewegte, als zöge sie etwas, was ich nicht sehen konnte, liebevoll an sich. Ihre Kleidung war zuerst schwer zu bestimmen, doch dann sah ich sie deutlicher. Sie trug einen Kimono, purpurrot, mit einem violetten Streifen am Kragen und an den wehenden Ärmeln. Ich blinzelte, aber ihr Bild blieb in meinem Gesichtsfeld, ich sah sie auch auf irgendeine Weise ohne Augen. Dann starrte ich wieder hin, wobei ich mich fragte, ob mir meine überreizte Phantasie nur etwas vorspielte. Und wenn ich sie wirklich sah, ja, um Himmels willen, wer mochte sie sein? In einem Traum befangen, wanderte sie durch den Garten, wobei sie die Schatten gelegentlich einen Atemzug lang verbargen, sodass ich nur einen roten

Schimmer sah. Dann wieder huschte sie näher, während sie die Luft oder unsichtbare Geister oder was es sonst noch sein mochte in ihren Armen wiegte und herumschwenkte. Um ihre Schultern wogte bei jeder Bewegung das offene, lackschwarze Haar. Ihr Gesicht war es jedoch, an dem meine Augen hafteten, während mir ein eisiger Schauer den Rücken hinabjagte. Was zum Teufel ist das?, dachte ich. Ihr Antlitz, in dem die Augen zwei schwarze Höhlen bildeten, war weiß wie Marmor. Nicht die geringste Farbe befand sich in diesem Gesicht – und doch besaß es die vollkommene Schönheit edel geformter Knochen. Auf einmal war mir, als ob ich dieses Gesicht kannte, als ob es mir vertraut war. Nein, nein, das kann nicht sein, das kann doch nicht sein, wiederholte ich in meinem fiebrigen Hirn, wobei ich mich fest an die kalte Scheibe drückte, die durch meinen Atem beschlug. Die Frau indessen hatte den Teich mit den frisch aufgeblühten Seerosen erreicht und blieb unter dem Kakibaum stehen. Sie stand da mit zurückgeworfenem Kopf, die Arme ein wenig ausgebreitet und langsam sich drehend, wie spielende Kinder es manchmal tun, wobei ihr Gewand über das nasse Moos schleifte. Und plötzlich, ohne dass sich ihr entrückter Gesichtsausdruck auch nur um das Geringste veränderte, erbebte sie. Es war ein tiefes, heftiges Beben, das sie von innen schüttelte. Die Bewegung der weißen Hand passte sich der Bewegung des Körpers an, vorwärts, rückwärts. Auf einmal, von ihrem Gewand umhüllt, hob sie sich auf die Zehenspitzen. Gewichtslos verließ sie den Boden, schwang sich auf einen Ast, hoch oben im Kakibaum. Dort schaukelte sie, wie man in Träumen schaukelt, bis Dunstschwaden vorbeiglitten und den Baum umhüllten. Dann zogen die Nebel vorbei, und als wieder Licht in den Garten fiel, war der Spuk verschwunden.

Irgendwann läutete der Radiowecker. Halb acht. Ich hatte also doch geschlafen. Eine Zeit lang lag ich da; meine Augen waren, obwohl ich schon wach war, der einzige Teil meines Körpers, der sich bewegte. Ich richtete meine ganze Aufmerksamkeit auf das Bild, das noch in meine Netzhaut geprägt war, und kam zu dem Schluss, dass ich geträumt haben musste. Schließlich erhob ich mich nicht ohne Anstrengung, erst auf ein Knie, dann aufs andere. Ich hatte einen schalen Geschmack im Mund. Als ich zur Fenstertür blickte, sah ich, dass sie einen Spalt aufgezogen war. Wieder tat mein Herz einen kleinen Sprung. Am Abend zuvor hatte ich die Fenstertür zugezogen, daran entsann ich mich gut. Wahrscheinlich hatte Dan den Spalt im Hinausgehen offen gelassen. Ich blickte in den Garten, wo lichter, silbrig schimmernder Regen fiel, und wartete, bis mein Atem sich wieder beruhigt hatte. Bevor ich ins Badezimmer ging, stellte ich die Kaffeemaschine an. Ich nahm eine Dusche, föhnte mein Haar und riskierte erst dann einen Blick in den Spiegel. Ich sah nicht anders aus als sonst. Vielleicht ein bisschen blass, stellte ich fest, aber das machte nichts.

Inzwischen roch es nach Kaffee, ich hatte eine Brotscheibe in den Toaster geschoben, und nach dem Frühstück fühlte ich mich wirklich gut. Doch etwas später, als ich das Haus verließ und im Garten den Regenschirm aufspannte, roch ich unter den Büschen einen wehmütig machenden, leicht fauligen Duft. Der Regen weichte den Boden auf und brachte alle Erdgerüche zum Gären. Ich fröstelte in den feuchten Schwaden; der Sinneseindruck lockte düstere Gedanken hervor. Doch ich sah keine einzige Blüte, die einen solchen Geruch hätte verströmen können. Und für Veilchen war es nicht die richtige Jahreszeit.

Der Regen prasselte auf den Schirm, während ich argwöhnisch rundum blickte und jede Einzelheit gründlich betrachtete. In diesem Garten waren alle Pflanzen sehr gepflegt. Dort aber, wo die nassen Zweige dicht am Boden hingen, entdeckte ich die Spur eines nackten Fußes im Schlamm. Ich sah die Form leicht einwärts gedrehter Zehen. Es mochte mein eigener Fußabdruck sein oder der von Harumi. Trotzdem setzte ich behutsam meinen Fuß in den Abdruck, um die Größe zu vergleichen. Das Ergebnis fiel nicht eindeutig aus; der Regen hatte die Konturen schon verwischt. Und jetzt, nach dem Frühstück, mit klarem Verstand, war ich sicher, vollkommen sicher, dass ich bloß geträumt hatte.

Im Bunka Fashion College herrschte bereits Hochbetrieb. Das Geräusch eiliger Schritte erfüllte die Gänge. Ich freute mich, die Studenten zu sehen, mit ihren schön zurechtgemachten Gesichtern, ihr grell gefärbtes oder naturdunkles Haar, schillernd wie ein schönes Gefieder. Ich mochte ihr leichtfüßiges Auftreten, ihre schrille Eleganz, hinter der sich Scheu, Stolz und Ehrgeiz verbargen. An diesem Morgen wurden wir in der Fertigung unterrichtet. Uns wurde beigebracht, wie man richtig bügelte und presste. Alle Nähte, Saumbesätze und Abnäher mussten in Form gebügelt werden – ein Vorgang, der als »Dressieren« bezeichnet wurde. Dafür standen uns in einem Großraum Dampfbügelautomaten zur Verfügung. Manche Studenten – darunter ich – bevorzugten die gewöhnlichen, schweren Dampfbügeleisen. Denn der Dampf verlieh Wollstoffen Fülle. Und leicht knitternde Stoffe wie Leinen oder Baumwolle sahen erst nach sorgfältigem Bügeln richtig schön aus. Yoshino-Sensei, unsere apfelgesichtige Lehrerin, gab uns genaue Anleitungen: Es war nicht ratsam, bei Hemden und Strickwaren scharfe Kanten einzubügeln. Für Bügelfalten bei Hosen galt: erst am eigenen Körper ausprobieren, wie sie fallen sollten, da eine nachträgliche Entfernung der Falten sehr schwierig war. Wir hörten aufmerksam zu. Wir arbeiteten an unserem ersten Projektauftrag. In dem Ausbildungsabschnitt, in dem wir uns befanden, war dieses kreative Projekt sehr wichtig. Das vorgeschriebene Thema »Strandparty« machte allen viel Spaß. Wir hatten unsere Modelle bereits an Holzpuppen entwickelt und genäht. Jetzt galt es, sie für die Bewertung des Projekts in Form zu bringen. Das Bügeln gehörte dazu.

Als wir die Bügeleisen vorheizten, trat Lumina mit etwas linkischer Grazie in den Raum. Sie trug schwarze Hosen und ein dunkelrotes Top. Ihr Haar war im Nacken zusammengebunden. Und irgendwie erlebte ich bei ihrem Erscheinen so etwas wie einen Zeitsprung. Wie hinter Regentropfen schwebte ein Bild vor meinem inneren Auge. Doch ich blieb vollkommen ruhig dabei, weil es so klein und fern war und sich nach einem Sekundenbruchteil bereits auflöste. Da stand auch schon Lumina neben mir, begrüßte mich mit einem kleinen Lächeln in den Mundwinkeln und stellte sich vor das Bügelbrett. Auch sie bevorzugte ein Dampfbügeleisen. Wir sprachen leise miteinander; es war nicht verboten, sich zu unterhalten, solange wir unsere Arbeit taten und nicht die Stimme erhoben. Lumina wollte wissen, wie es im Theater gewesen sei. Ich sagte, dass es mir gut gefallen hätte. Inzwischen nahm sie behutsam ein sehr kompliziertes Origami-Kleid von ihrer Holzpuppe, steckte das Bügeleisen ein und prüfte die Temperatureinstellung. Ich fand das Kleid phantastisch gelungen. Mir kamen die kleinen Kraniche in den Sinn, die sie mit gleicher Perfektion zu falten wusste. So was schaffe ich nie, dachte ich, hingerissen und etwas neidisch.

»Und?«, fragte sie. »Hast du Danjiro erkannt?«

Ich hob leicht die Schultern.

»Es war nicht allzu schwer, ihn wiederzuerkennen.«

Sie sah mich mit ihren dunklen Augen an, aber nur für eine Sekunde.

»Vielleicht hätte ich es dir sagen sollen. Aber ich dachte, du wirst es schon herausfinden. Es gibt wenige, die so gut sind wie er…«

»Weil er seine Sache beherrscht«, sagte ich, »empfindet er sie nicht mehr als schwierig.«

Sie war über ihre Arbeit gebeugt. Ich sah ihr geneigtes Profil. Ihr hell gepudertes Gesicht war sanft, rein, mit einem leicht verlorenen Blick. Nach einer Weile sprach sie weiter.

»Eigentlich wissen hier nur die Lehrer, dass wir verwandt sind. Wir wollten das nicht an die große Glocke hängen. Sonst würden mich die Mädchen bestürmen, um Autogramme von ihm zu bekommen.« Ich hob das Bügeleisen und überprüfte die Unterseite auf klebrige Rückstände.

»Siehst du ihn eigentlich oft?«

Sie drehte mir leicht das Gesicht zu. In ihren Augen mit den übergroßen Pupillen glomm ein seltsamer Schimmer auf. »Jetzt nicht mehr so oft wie früher. Aber als ich zu Tante Harumi in die Ausbildung ging, sah ich ihn fast jeden Tag.« Sie legte mit routiniertem, sorgfältigem Griff ein fusselfreies Musselin auf den Stoff, den sie bügeln wollte. Das Musselin war transparent genug, um das Ergebnis sehen zu können. Dabei sprach sie schnell, wie zu sich selbst. Sie verschluckte manche Worte dabei. Ihre Stimme wurde zunehmend nervöser.

»Sie schickte Danjiro, damit er mir mitteilte, dass sie mich nicht mehr unterrichten wollte. Habe ich dir das nicht erzählt?«

»Nein.«

»Ich möchte sicher sein, dass du es auch weißt. Sie hat so beschämende Sachen über mich gesagt!«

Ich versuchte, sie behutsam vom Thema abzubringen.

»Seidenmalerei ist wirklich sehr schwierig. Ich zum Beispiel könnte das nie.«

Lumina schüttelte heftig den Kopf.

»Sie ist keine Künstlerin, obwohl viele Frauen ihre Kimonos kaufen. Sie macht einfach schöne Sachen, mehr nicht. Kundinnen, die viel Geld und wenig Geschmack haben, geben sich damit zufrieden. Meine Großmutter, die war eine Künstlerin.«

Wie sie über Harumi redete, gefiel mir ganz und gar nicht. Aber ich wollte mich nicht in einen Streit mit ihr einlassen und schwieg, was sie, ganz entgegen ihrer Gewohnheit, zum Weitersprechen veranlasste. Wie verändert sie ist, dachte ich, gar nicht mehr so niedergeschlagen und viel entschlossener. »Ich habe ihr Bild die ganze Zeit vor Augen. Du weißt ja nicht, wie sehr mir das Bild gefällt! Ich bewundere und bestaune es jeden Tag, ich könnte ohne nicht leben. Und trotzdem würde es viel besser an seinem richtigen Platz wirken. Aber dort, wo es früher hing, glotzt jetzt dieses schreckliche Gesicht herab, das nach Schweiß und altem Puder stinkt. Macht es dir keine Angst?«

»Nein, eigentlich nicht.«

Die Lehrerin, die einem Studenten gerade zeigte, wie ein Anzug an der Schneiderpuppe mit dem Dampfbügeleisen behandelt wurde, gab Lumina ein kleines Warnzeichen. Lumina beachtete es nicht, sondern sprach fahrig weiter.

»Mich stört sie sehr, diese Fratze. Dahinter ist ein großer Fleck. Der Fleck ist auch ein Gesicht. Wenn du von der Wand aus drei Schritte zurückgehst, siehst du es ganz deutlich. Ein Auge ist geschlossen, das zweite offen und ganz tief nach unten gequetscht, fast zwischen Mund und Nase. In dem Gesicht ist nichts mehr richtig, alles ist eingedrückt, verbeult, am falschen Platz, aber du wirst kein

Blut sehen, nicht einen einzigen Tropfen. Weil ein Gewitter aufkam und es so stark regnete, entsinnst du dich noch?«

Mit einem merkwürdigen, fast lächelnden Ausdruck im Gesicht hob sie das heiße Bügeleisen und strich über ihre Handfläche hinweg. Sekundenlange Stille – und plötzlich ein gellender Schrei. Wer hatte ihn ausgestoßen? Lumina? Ich weiß es nicht, werde es nie wissen, denn das Bügeleisen kippte mit zischendem Laut auf den empfindlichen Musselinstoff. Ich sprang vor, stellte das Eisen hastig hoch und riss den Stecker heraus. Zu spät! Der Schaden war bereits entstanden. Die Studenten ließen ein entsetztes Raunen hören. Yoshino-Sensei lief herbei und besah sich Luminas linke Hand, an der die Haut bereits rot und geschwollen war. Sie packte Lumina energisch am Arm und gab mir ein Zeichen, ihr zu folgen. Wir liefen den Gang entlang. Lumina sagte kein Wort, ließ alles willenlos mit sich geschehen.

»Achtung, Stufen!«, murmelte die Lehrerin.

Auf der Toilette drehte Yoshino-Sensei den Wasserhahn auf und hielt Luminas Hand unter das kalte Wasser. Lumina war ganz bleich und zitterte. Noch immer gab sie keinen Laut von sich. Nach einigen Augenblicken befahl mir die Lehrerin, bei Lumina zu warten, und lief eilig hinaus. Lumina zitterte nun am ganzen Körper.

Plötzlich verdrehte sie die Augen, beugte sich stöhnend über das Waschbecken.

»Ist dir schlecht?«, fragte ich.

Sie nickte mit schweißüberströmtem Gesicht. Ich öffnete die Toilettentür. Lumina taumelte auf die Kloschüssel zu. Ich ging hinaus und hörte, wie sie sich übergab, wobei sie sich bemühte, so wenig Geräusche wie möglich dabei zu machen. Dann rauschte die Klospülung, und nach einer Weile kam Lumina wieder hinaus. Ihr Gesicht war aschfahl, an ihren Lippen klebte eine Speichelspur. Sie wankte zum Waschbecken, spritzte sich wieder und immer wieder kaltes Wasser ins Gesicht, ließ es über die Arme laufen. Blinzelnd richtete sie sich endlich auf. Ich riss ein Papier von der Rolle, damit sie sich abtrocknen konnte. Sie tupfte sich lange das Gesicht ab.

»Besser?«, fragte ich.

Sie knetete das nasse Papier.

»Ja, danke. Besser…«

»Lass mal sehen…«, murmelte ich, drehte behutsam ihre Handfläche nach oben.

Die Verbrennung zog sich bis zum Handgelenk hin. Auf der Haut hatten sich bereits Blasen gebildet. Da kam auch schon die Lehrerin, so rot im Gesicht, wie Lumina bleich war, mit einem Verbandskasten zurück. Sie behandelte die Verbrennung mit einer Salbe, und ich half ihr, Luminas Hand zu verbinden. Sie tat es sehr schnell und fachgerecht und fragte dann, ob Lumina nicht lieber nach Hause gehen wollte. Lumina schüttelte den Kopf. Nein, sie sei schon in Ordnung. Jetzt, da übergroße Sorgen wohl nicht mehr nötig waren, wurde Yoshino-Sensei ungehalten. Das Stoffmuster sei ruiniert. Wollte Lumina an dem Projekt beteiligt bleiben, musste sie von vorne anfangen. Lumina entschuldigte sich, versprach, sich der neuen Musterentwicklung sofort anzunehmen. Zum Glück war die Beweglichkeit ihrer Finger erhalten geblieben. Wieder zurück im Klassenraum, machte sie sich unverzüglich an die Arbeit. Aber irgendetwas stimmte nicht mit ihr. Sie konnte kein Muster exakt zuschneiden, alles war krumm und schief. Dann bat sie erneut um die Erlaubnis, die Toilette aufzusuchen. Ich ging mit ihr, wartete lange. Sie hatte sich eingeschlossen, ich hörte nichts, kein Geräusch, kein Seufzen. Beunruhigt klopfte ich an die Tür.

»Lumina, mach auf!«

Sie stellte den Haken hoch, kam hervor, hielt sich dabei an der Tür fest, wobei sie mich herausfordernd anlächelte. Von dem blanken Plastiksitz stieg ein Geruch nach Urin auf. Sie hatte die Spülung nicht betätigt. Ihr Verhalten versetzte mich noch mehr in Alarmstimmung. Ich drückte auf den Knopf; die Wasserspülung rauschte. Lumina lächelte ausdruckslos, mit starren Lippen. Ihre Augen blickten unstet hin und her, und unter den Nasenflügeln waren grüne Schatten. Ich umfasste ihre Schultern und sagte entschieden:

»Komm, ich bringe dich nach Hause!«

Es war nicht unbedingt erforderlich, dass wir an jeder Stunde teilnahmen. Wir konnten dem Unterricht durchaus fern bleiben, manche zogen es sogar vor, ihre Aufgaben zu Hause zu machen. Wir hatten da jegliche Freiheit. Ja, es wurde sogar von uns erwartet, dass wir selbstständig arbeiteten.

Lumina wehrte sich zunächst, schob meinen Arm zurück.

»Lass nur, ich komme schon zurecht.«

»Und wenn es dir in der U-Bahn schlecht wird?«

Wenn es darauf ankam, setzte ich meinen Willen schnell durch. Lumina gab nach, und ich half ihr, ihre Sachen einzupacken. Mir war, als ob wir die Rollen getauscht hätten. Sie war es, die sich verirrt hatte, ausgesetzt in einer erschreckenden Welt. Ich war die Führende, der Pfadfinder, der ihr den Weg aus dem Dickicht der Verwirrung weisen würde. Aber das war schließlich eine Aufgabe, die mir lag.

Unterwegs zur Station suchten wir eine Apotheke auf, kauften Verbandsgaze und die gleiche Salbe, mit der Yoshino-Sensei die Verbrennung behandelt hatte. Bis zu dem Viertel, wo Lumina wohnte, waren es ziemlich viele Haltestellen. Als wir ausstiegen, war Luminas Schritt wieder ziemlich fest, trotzdem schob ich meinen Arm unter den ihren. Wir gingen unter einer Autobahnbrücke, die Betonsäulen waren dunkel und nass. Lastwagen donnerten vorbei. Im Regen war das Licht des frühen Abends trügerisch. Auf kleine Läden folgten hässliche Häuserblocks aus den siebziger Jahren, die in der Nässe noch trübseliger aussahen. Wir bogen um zwei Straßenecken und stiegen die Außentreppe zu einem verkommenen Reihenhaus hinauf. Dann standen wir im Gang vor einer Tür, und Lumina kramte umständlich ihren Schlüssel aus der Tasche. Der Verband beeinträchtigte ihre Bewegungen. Es war eine dieser Metalltüren, wie man sie gelegentlich in Japan noch antrifft, die von einer Feder geschlossen gehalten werden. Stemmte man sich nicht rechtzeitig dagegen, schlug sie mit einem Knall wieder zu. Lumina hatte Mühe, die Tür aufzukriegen, aber mit meiner Hilfe gelang es ihr schließlich. Das Erste, was mir in der Dämmerung entgegenschlug, war ein Gestank von Fäulnis, Müll und angebranntem Essen, gemischt mit Luminas Veilchengeruch, sodass sich mir fast der Magen umdrehte. Im düsteren kleinen Eingangsbereich stieg ich aus meinen Schuhen, trat zögernd in das Viermattenzimmer – ungefähr fünf Quadratmeter groß. Lumina machte Licht. Eine trübe Neonröhre blinkte; ich sah den abgeschabten Wandschrank für die Bettmatratze, das schmutzige Geschirr im Spülstein, den überquellenden Mülleimer. Der Fernseher war nicht ausgeschaltet und flackerte grell. Überall lagen zerknitterte Stoffreste, Nähzeug und zerrissene Papiermuster. Der Inhalt aller möglichen Schachteln und Pappkartons war auf den fleckigen Matten ausgeschüttet. Die Kleider waren am Boden verstreut oder hingen an Drahtbügeln an den Wänden. Ich, die immer pingelig auf Ordnung achtete, starrte betroffen auf dieses Gerümpel, doch nur ein paar Sekunden lang. Schon hatten meine Augen das fast zwei Meter hohe Rollbild mit dem zerschlissenen Brokatrand wahrgenommen, und von einem Atemzug zum anderen vermochte ich nichts anderes mehr zu sehen.

21. Kapitel

Ich starrte das Bild an, und mir war, als verlören plötzlich meine Knie jede Kraft. Ich hatte Mühe, mich überhaupt aufrecht zu halten. Das Bild hing in Augenhöhe neben einer Holzpuppe, an der Lumina ihre Entwürfe vorbereitete, und verdeckte fast völlig die schmutzige Tapete. Es war ein herausforderndes Bild, seltsam, düster und voller beunruhigender Energie. Ich dachte, dass nur wenige Leute mit einem solchen Bild etwas anzufangen wüssten. Zuerst sah ich nur die schwarzen Pinselstriche, schnurgerade und wuchtig gezogen. Sie wurden nach oben hin schmaler, verliefen in unglaublich haarfeinen Spitzen, während sie im unteren Teil des Bildes eine Krümmung andeuteten. Kunst war nicht eine Sache, die allgemein Gültigkeit hatte. Jeder hatte seine Art, die Dinge zu sehen und zu malen, damit andere sie auch so sehen konnten. Ja, aber was sah ich hier? Ein Netz, eine Regenwand? Die Striche waren keine Abstrak-

tion, obwohl sie zunächst diesen Eindruck erweckten. Trotzdem war
da irgendein toter Winkel. Ich schärfte meine Wahrnehmung und
erkannte mit einem Mal, dass ich in die Tiefe sah – in die Tiefe eines
Wassers. Die harten, hingestreckten Linien zeigten Kapillarwellen,
die an jeder Oberfläche entstehen, wenn kleine Hindernisse die Strömung aufhalten. Und erst, als meine Augen die richtige Perspektive
ausgemacht hatten, entdeckte ich – wie war das möglich? – ein licht-
helles Auge, einen nackten, boshaften Kopf. Unter den schwarz ver-
laufenden Strichen wurde eine aus Fragmenten komponierte Einheit
sichtbar: ein Karpfen, der gegen den Strom kämpfte. Das Wesentliche des Fischkörpers blieb unsichtbar, während Kiemen und Flossen naturgetreu, mit größter Akkuratesse, ausgeführt waren. Auf ergreifende, nahezu hypnotische Weise erweckte der Karpfen ein
Gefühl von Grausamkeit und Unruhe. Mein Verstand driftete ab; ich
konnte nicht sehen, dass der Fisch sich bewegte, aber ich konnte es
mir vorstellen, und während ich es mir vorstellte, geschah es auch.
Ich brauchte nur für einen Sekundenbruchteil den Blick abzuwen-
den, schon war der Karpfen nicht mehr ganz dort, wo ich ihn einen
Atemzug zuvor gesehen hatte. Ich staunte über dieses Verwirrspiel
aus Licht und Schatten, dieses zerfließende Zerrbild. Als ob der Fisch
mich anstarrte, auf mich zuschwamm, beladen mit einer niederträchtigen, urtümlichen Gewalt. Kunst? War das Kunst? Ich konnte
die Frage nur bejahen, einerlei, was ich dabei fühlte. Jahrhunderte
einer überfeinerten Kultur lagen hinter dem Tuschbild in ihrer vollendetsten Entwicklung. Es war nicht so, dass ich Angst hatte, aber
ich war bestürzt und wusste, dass ich das Bild nicht zu lange betrachten durfte. Ach, Danjiro, dachte ich, was hast du von Dämonen gesagt?

Und als ich endlich mit Anstrengung den Blick abwandte, sah ich
Lumina dicht neben mir stehen. Reglos stand sie da, schien nicht
einmal zu atmen. Sie hatte mich, während ich das Bild anstarrte,
keine Sekunde aus den Augen gelassen. Und ich hatte es nicht einmal bemerkt. Diese Feststellung war mir unangenehm. Hol's der
Teufel, dachte ich! Voj, voj, ich muss aufpassen. Ihr Blick forschte in
meinem Gesicht, doch ich wusste meine Gefühle zu verbergen. Und

weil ich nichts sagte, nickte sie mir schließlich zu, zeigte ein kleines, komplizenhaftes Lächeln. »Ist das nicht ein wundervolles Bild?«

Meine Lippen fühlten sich trocken wie Papier an. Ich brachte kein Wort hervor.

»Wundervoll, findest du nicht auch?«, fragte Lumina zum zweiten Mal. Im Neonlicht sah sie blass und irgendwie unheimlich aus; und doch hatte sie Macht, ihr Wille schuf zwischen uns eine fühlbare Spannung. Ich entdeckte, dass ich am Ende doch Worte gebrauchen müsste, auch wenn sie zunächst das Bild nicht betrafen. Ich hörte mich sagen: »Hier ist schlechte Luft.«

Sie nickte ruhig, viel zu ruhig, nahm lediglich eine Tatsache wahr.

»Gomennasai! Ich habe das Fenster nicht aufgemacht. Und auch für den Müll hatte ich noch keine Zeit. Tee?«, setzte sie heiter hinzu. »Oder lieber eine Cola?«

Ich drehte dem Bild den Rücken zu, bevor mir die Galle hochkam. »Eine Cola ist gut.«

Sie öffnete den kleinen Kühlschrank, wobei sie graziös in die Knie ging. Sie nahm eine Flasche Cola heraus und stellte sie mit zwei Gläsern auf den niedrigen Tisch, der voller klebriger Flecken und Krümel war. Neben dem Tisch lag noch der Futon, auf dem Lumina geschlafen hatte. Ich schaltete inzwischen, scheinbar gleichmütig, den Fernseher aus; das hektische Geflimmere machte mich nervös. Als ich mich neben Lumina auf die Fersen hockte, goss sie Cola in die Gläser und begann mit monotoner Stimme zu erzählen.

»Während des Krieges musste meine Großmutter das Malen aufgeben. Es gab kein Reispapier mehr und keine guten Pinsel. Und jede Nacht kamen die Bomber. Sobald Fliegeralarm ertönte, legte Sumire ihr Totengewand an und zog darüber ihr Alltagskleid. Sie war bereit zu sterben. Ihr Mann wusste nichts davon. Sumires Vorfahren waren Samurai, habe ich dir das nicht gesagt?«

Ich verneinte, einigermaßen überrascht. Möglicherweise war Lumina um Tagträume nicht verlegen. Doch sie brach in boshaftes Kichern aus, wie ein überdrehtes Schulmädchen.

»Enzo gehörte der Gauklerzunft an. Er war nur Samurai auf der Bühne.«

Für einen Augenblick erschien auf ihrem Gesicht ein Ausdruck, der sich schlecht mit ihrem ansonsten sehr zeitgemäßen Leben vertrug: ein völlig sinnloser Dünkel. Verriet sie darin eine tiefere Regung ihres Wesens? Oder war das auch nur ein Mittel des inneren Selbstschutzes? Ich zog die Schultern hoch, als ob ich sagen wollte, dass es mir gleich sei. Ein gespanntes, etwas feindseliges Schweigen folgte. Luminas Wangen glühten von einer inneren Hitze; seltsam, denn hier hing Frost in der Luft. Doch ich empfand es nur so. In Wirklichkeit war das Zimmer stickig. »Hast du Fieber?«, fragte ich.

Sie trank, wischte sich mit ihrem unversehrten Handgelenk über die Stirn.

»Fieber? Ja, möglich. Das habe ich oft...«

»Einfach so? Warum gehst du nicht zum Arzt?«

»Wozu?«, erwiderte sie, ganz sachlich. »Er kann mir ja doch nicht helfen.«

Ich hob das Glas an die Lippen, sah die vielen Fingerabdrücke und stellte es wieder auf den Tisch.

»Du solltest nicht reden«, sagte ich.

Sie sah mich durch eine Haarsträhne an.

»Ich ermüde dich doch nicht? – Sag, ermüde ich dich wirklich nicht?«

Ich schüttelte den Kopf, und sie sprach weiter. Tiefe Trauer erfüllte ihren Blick. Sie hatte wieder diese Stimme mit dem aufwühlend monotonen Klang.

»Ich kann mir die Sache gut zusammenreimen. Rieko hat mir erzählt, wie es war.«

»Rieko?«, murmelte ich verwirrt.

»Meine Mutter. So hieß sie doch, entsinnst du dich nicht? Sie hat miterlebt, wie ihr Bruder Jukichi starb. Das war kurz vor Kriegsende. Enzo war an der Front. Sumire und die Kinder hatten nichts mehr zu essen. Rieko sagte, dass Jukichi immer dünner wurde. Und eines Morgens lag er still und kalt neben ihr. Sumire hat ihn in eine Decke gewickelt und fortgebracht. Und dann kam Enzo zurück und war sehr böse zu ihr. Dabei hatte sie nur das getan, was die Ehrwürdige Großmutter von ihr verlangte.«

Ich spürte eine plötzliche Wachsamkeit in mir, ein Zusammenzie-
hen der Poren, wie angesichts einer Gefahr.

»Ach, lebte Sumires Großmutter noch?«, fragte ich, betont beiläufig.

Sie sah verdutzt drein wie ein Kind, das nicht weiß, welches Unrecht es begangen hat, doch nur für einen Atemzug, bevor sie die
Augen senkte.

»Nein, sie war gestorben. Aber sie stand Sumire sehr nahe.«

Ich war überrascht von dem Ausmaß meiner Erregung. Irgendetwas störte mich, ein nagender Verdacht, dass etwas mit der Geschichte nicht stimmte. Lumina sprach weiter, hastig und etwas zerfahren,
als ob sie mich von meinen Gedanken ablenken wollte. »Es war ganz
schrecklich! Jede Nacht heulten die Sirenen. Sumire machte sich Sorgen um die Kinder, verstehst du?«

Ich machte ein bejahendes Zeichen. Sie ließ sich täuschen, sprach
weiter, ausdrucksvoll und überzeugend.

»Enzo beschuldigte sie, die Kinder vernachlässigt zu haben. Sumire
hatte solche Angst vor ihm, dass sie aus dem Haus lief. Die Bomben
fielen ganz nahe. Sie verbrannte bei lebendigem Leib...«

»Entsetzlich«, murmelte ich.

Mit müder Gebärde wies sie auf ihre verbundene Hand. »Ich habe
ja nur diese kleine Verletzung. Und wie die wehtut! Und wenn ich
an Sumires Schmerzen denke, am ganzen Körper, im Mund, in den
Augen, unter der Haut, dann kann ich nur weinen, nichts als weinen...«

Ich erinnerte sie nicht daran, dass sie sich diese Verletzung ja
selbst zugefügt hatte. Ich verspürte einen Anflug von Übelkeit und
wandte das Gesicht ab; sie sollte nicht sehen, in welchem Zustand
ich war.

»Lumina«, sagte ich rau, »das alles ist ja längst vorbei...«

Ihr schweres Haar hob und senkte sich, als sie wirr den Kopf
schüttelte.

»Vorbei? Wie kommst du darauf? Sumire erzählt mir jede Nacht,
wie es war!«

Weinend saß sie da, weltverloren, umklammerte mit beiden Händen ihre Knie. Hatte ich je ein schöneres Menschenkind gesehen? Ihre Tränen waren ebenso berückend wie ihr Lächeln, ihre Verzweiflung war echt und wirkte gleichwohl wie ein Gift. »Verstehst du jetzt? Als Tante Harumi das Rollbild entfernte, hat sie Sumire ein zweites Mal getötet. «

Sie sprach mit schmerzlicher Innigkeit, ihre Stimme war so weich und ernst. Doch auch ihre Zuneigung erschien mir als ein fremdes Element, als etwas Störendes. Behutsam rückte ich von ihr ab.

»Ich bitte dich herzlich. Denk nicht ständig daran. Das tut dir nicht gut. «

Sie schluchzte plötzlich laut auf, mit einem wilden Ton, der wie ersticktes Gelächter klang.

»Ich rede zu viel, aber das ist mir egal. Ich werde bald sterben. «

Mir kam in den Sinn, dass ihr Freund vielleicht ein Perverser war. Ich hatte da so meine Erfahrungen gemacht. Doch die Tür war von außen nicht aufzukriegen. Es sei denn, man brach gewaltsam ein, was der Nachbarn wegen ziemlich unwahrscheinlich war.

»Sei ruhig«, sagte ich. »Durch die Tür kommt keiner. «

Sie rieb sich die Schultern mit kreisenden Bewegungen.

»Man kann uns sehen... man beobachtet uns. «

»Wo denn? «

»Da ist ein Auge am Fenster. Siehst du es nicht? «

Sie starrte zum Fenster, als befände sich etwas furchtbar Böses auf der anderen Seite. Ich stand auf, besah mir das Fenster neben dem Spülbecken. Eine aufgeschreckte Küchenschabe verschwand eilig in einer Ritze. In den Töpfen krabbelten noch mehr. Die Fensterscheibe ließ sich seitwärts aufschieben, aber an der Wand war ein Haken, an dem man sie befestigen und so verschlossen halten konnte. Und knapp hinter dem Fenster stand schon das Nachbarhaus. An allen Wänden bildeten Mülltonnen, zerbrochene Blumentöpfe, ausgediente Besen, Autoreifen, Fahrräder mit Metallkörben, in denen alte Einkaufstaschen und Babysachen verfaulten, höchst unsichere Pyramiden.

»Hier kommt keiner rein«, sagte ich.

Lumina lag da, die Beine hochgezogen, zusammengekrümmt wie ein Fötus. Auf dem weißen Laken leuchtete ihre Haut aprikosenfarben.

»Und im Badezimmer?«, fragte sie.

Ich ging und machte Licht. Das Badezimmer war ganz aus Plastik und lag etwas erhöht, wie es in Japan üblich ist. Ein enger, ungepflegter Raum, voller schmutziger Wäsche, Spülmittel, alten Kosmetika. Im stumpfen Waschbecken klebten Haare, am Spiegel fehlte eine Kante.

»Hier ist auch niemand«, sagte ich.

Luminas Top war hochgerutscht und ließ ihren schmalen, biegsamen Körper sehen. Sie wiegte sich leicht, beugte sich in der Taille, ließ ihren Kopf hin und her rollen.

»Ich habe Angst vor dem Auge! Warum stehst du herum?«

Ich setzte mich wieder zu ihr.

»Hättest du nicht lieber eine andere Wohnung?«

Sie duckte sich in sonderbar verkrampfter Stellung.

»Nein. Es ist egal, wo ich bin.«

Ihre Stimme klang dumpf, wie in Trance. Ihr langes Haar strich über meinen Arm. Sie war unendlich anziehend und begehrenswert. Aber da war etwas... ein Geruch. Ich wusste nicht genau, was es war. Und dieses Parfüm dazu, wie unangenehm!

»Geh nicht fort!«, flüsterte sie.

Ihr Gesicht war wie eine feine, düstere Maske; ein Schleier von willenlosem Leid hing davor. Unendlich liebreizend sah sie aus, rührend wie ein Kind und wehrlos zum Erbarmen. Ich hatte nicht die Kraft, sie zu verlassen. Unwillkürlich beugte ich mich ein wenig wie zum Schutz zu ihr hinüber. Und da nahm sie mein Gesicht in beide Hände, küsste mir behutsam und leise Wangen und Stirn so innig zart, dass ich tief betroffen war. Ihre Küsse waren wie Nachtfalter, die sich weich und dunkel auf mein Gesicht setzten. Ihre Zärtlichkeit beunruhigte mich, mein Herz bebte. Doch ich gab mich ihr nicht hin. Der Geruch, der ihr anhaftete, schuf um sie eine Atmosphäre leichten Ekels, ein fauliger Hauch, mit Veilchenparfüm vermischt. Unvermittelt entsann ich mich einer von Lailas Geschichten. Es war die Geschichte von dem Mjandasj-Jüngling, halb Rentier, halb

Mensch, der eine Menschentochter geheiratet hatte und glücklich mit ihr in einer Kote lebte. Seine Mutter jedoch, die gute Rentierkuh, hatte ihn gewarnt: »Deine Schafsfelle dürfen nie schmutzig werden durch Kinderpisse.« Eines Tages war die Schwiegertochter unachtsam, und ein kleines Kind urinierte auf das Schafsfell. Der unreine Geruch stieg dem Mjandasj in die Nase, und er rief: »Ich kann nicht länger hier leben, ein böser Geist dringt in meine Ohren, ich zittere und bebe durch ihn!« Er konnte sich nicht mehr verwandeln, die menschliche Gestalt nicht mehr annehmen. Er spürte, wie ihm Fell und Hörner wuchsen, hörte den Ruf der Rentiere und rannte wehklagend über die Tundra in die Wälder zurück.

Ich fand keinen eigentlichen Grund dafür, dass dieses Märchen jetzt durch meine Gedanken brach; aber nur etwas völlig anderes, abwegiges, konnte verhindern, dass ich mich der seltsamen Stimmung unterwarf, die Lumina um sich schuf. Laila hatte mir beigebracht, mich gegen böse Einflüsse zu wehren; den Geist auszusperren, mich mit anderen Dingen zu befassen. Ein Ablenkungsmanöver, sozusagen. Im Augenblick erfüllte das Märchen den richtigen Zweck. Und außerdem hatte ich ja noch das Messer. Aber gegen Lumina das Messer erheben? Ein schrecklicher Gedanke! Ich hoffte, dass es nie so weit kommen würde. Ich wich behutsam zurück, um sie nicht zu kränken, nahm ihre verbundene Hand zwischen meine.

»Soll ich dir den Verband erneuern?«

Ihre verschlafene, süße Zärtlichkeit ebbte ab. Sie entzog mir ihre Hand, schürzte unwillig die Lippen.

»Nein. Kenji wird das schon machen.«

Aha. Es war also nicht ihr Freund, vor dem sie sich fürchtete. Vor wem also dann? Ich fragte: »Wann kommt er?«

»Ich weiß es nicht. Heute Abend vielleicht…«

Ich legte ihr die Hand auf die Schulter.

»Ich muss gehen.«

Sie saß mit ausgestreckten Beinen, den Kopf seitwärts geneigt. Ihre bloßen Füße berührten die meinen, streichelten sie mit den Zehen.

»Triffst du dich mit Dan?«, fragte sie in beiläufigem Ton.

Ich schüttelte den Kopf.

»Heute nicht. Es wird spät für ihn werden. Die Fernsehleute sind da. NHK bringt eine Sendung über das Stück.«

Sie sah eine neue Chance für sich und nutzte sie.

»Hörst du, wie es regnet? Geh nicht fort. Ich werde uns etwas zu essen machen…«

Ich bewahrte meine Geduld.

»Lumina, ich will noch arbeiten…«

Sie richtete sich auf. Ich merkte ihr ihre Verärgerung an, ganz leicht nur, aber echt. Plötzlich lächelte sie wieder, offen und warm wie zuvor.

»Würdest du etwas für mich tun, Agneta?«

Sie kniete zierlich auf dem Bett. Sie brauchte ihr fülliges Haar nicht zu kämmen. Es bildete von selbst eine glatte, vollendet exakt geschnittene Linie.

»Wenn ich kann, gerne.«

Ihre Hände begannen wieder zu zittern. Abermals machte sie die merkwürdige Geste, ihren Daumen wiederholt mit zwei Fingern zu berühren. Sie bemerkte, dass ich es sah, und verschränkte rasch die Arme. Sie war auf einmal ganz anders, weit weg von mir; ihr blasses Gesicht glomm eigentümlich im Neonlicht, hell wie aus scharfem Kristall.

»Sag, gefällt dir mein Rollbild sehr?«

Ich wandte mich nicht um, wusste auch so, dass der Karpfen vorwärtstrieb, widerwärtig und gewaltsam, dass seine Reise über den Rand hinaus in den Tod ging. Ein Biest war es, ein abscheuliches Biest, das bereits in meinem Kopf schmatzte und schnappte. Bloß nicht hinsehen, dachte ich, bloß nicht hypnotisiert werden! Nicht einmal zwischen den Händen hindurch wollte ich spähen, ich würde das kalte Auge sehen oder vielleicht den Glanzstrahl des boshaften Kopfes. Nein, nein! Lieber so tun, als wäre das Bild nicht da. »Es ist eindrücklich«, sagte ich.

Was absolut der Wahrheit entsprach.

Sie erhob sich, kam dicht an mich heran.

»Willst du es nicht haben?«, flüsterte sie eindringlich.

Vor lauter Überraschung verschlug es mir die Sprache. Während ich noch nach Worten suchte, umfasste sie mit beiden Armen meine Taille, ein seltsames Lächeln dämmerte auf ihrem Gesicht. Ihre Kinderstimme wisperte:

»Ich meine natürlich, dass ich es dir nur leihen würde. Du könntest es an seinen alten Platz hängen. Deine Wohnung sähe sofort viel besser aus. Wäre das nicht eine gute Idee?« Sie schmiegte sich an mich, lachte wie ein unbeschwertes Kind. Sie hatte ihr eigenes Leuchten, diesen weichen, etwas verschwommenen Glanz in den Augen. Ihr Duft war mir ganz nahe. Ich konnte diesen Duft nicht unbedingt als widerwärtig empfinden, aber jedes Mal, wenn ich ihn wahrnahm, durchrieselte mich ein heftiges Gefühl von Ablehnung. Ich brauchte dringend frische Luft. Behutsam machte ich mich von ihr los.

»Ich werde es mir überlegen.«

Luminas Stimmung wechselte augenblicklich. Gedankenverloren, als sei sie sich dessen, was sie tat, nicht bewusst, hob sie die Finger an ihr Gesicht und streichelte ihre eigene Wange. Es war eine langsame, zärtliche Geste, und sie zitterte leicht, als schenkte die einfache Bewegung ihr ungeheure Freude. Dabei sprach sie weiter, in glücklichem Flüsterton.

»Du wirst schon sehen, ich bringe dich noch dazu! Und… oh, sie wird dir dankbar sein! Sie wird sagen, jetzt bin ich da. Jetzt bin ich an dem Ort, an dem ich sein möchte. Ja, so ist das. Und kein Mensch, weder Harumi noch Danjiro, kann sich mir jetzt entgegenstellen. Ich bin da, wo mein Haus ist, das auf mich gewartet hat. Würdest du nicht glücklich sein, Agneta-San, das alles für sie zu tun?«

Ich rückte behutsam von ihr ab, streifte meinen Pullover über den Kopf und zog den Reißverschluss zu.

»Ich weiß nicht, was du dir denkst, Lumina. Von wem sprichst du eigentlich?«

Sie kicherte leise, verschwörerisch.

»Von ihr, das weißt du doch. Von Sumire.«

Ich fuhr fast eine Stunde mit der U-Bahn. Um elf war ich wieder daheim. Das Erste, was ich tat, war Kleider und Wäsche auszuziehen und sie in einen Müllsack zu stopfen, den ich sofort nach draußen stellte. Weg mit den Sachen! Der Geruch tränkte alle Fasern, es hatte keinen Sinn, sie in die Wäscherei zu geben. Danach ließ ich die Wanne einlaufen, wusch jeden Quadratzentimeter Haut vom Kopf bis zu den Füßen. Seifenschaum rann mir ins Gesicht, brannte in den Augen. Dann richtete ich mich auf, regulierte das aus der Brause strömende Wasser, zuerst fast heiß, dann eiskalt. Ich bog und wand mich unter dem scharfen Strahl, atmete schnell, fühlte meinen Herzschlag. Inzwischen floss das Badewasser gurgelnd ab, und mit ihm verschwand Luminas Geruch in den Ausguss. Endlich drehte ich das Wasser ab, und als ich mich mit allmählich beruhigtem Atem abtrocknete, sprudelte unter meiner Haut eine neue, lebendige Frische. Ich zog eine knisternd saubere Yukata an, genoss das Gefühl der kühlen, reinen Baumwolle. Die akkurate Strenge, mit der ich die Schärpe um meine Taille knotete, war eine Wiederherstellung meiner selbst und gleichzeitig eine Befreiung. Ich föhnte mein Haar, spürte, wie es sich weich und sauber anfühlte. Jede Bewegung bereitete mir Genuss. Und wenn auch mein Unterbewusstsein, wie ein Strom, Schlacken und Reste mit sich schleppte, reduzierten sie sich nunmehr zu einer vagen geistigen Unbequemlichkeit, mit der ich mich abfinden konnte. Später stellte ich mich mit einem Glas Grapefruitsaft in der Hand vor Enzos Gesichtsabdruck. Die Augen des Schmetterlings waren im Lampenschein fest und ruhig auf mich gerichtet. Ich lächelte, hob ihnen leicht das Glas entgegen.

»Das ist ein guter Trick, Enzo. In gewissem Sinn lebst du weiter, in den Elementen der organischen Materie. Gratuliere, wie du das zustande gebracht hast!«

Nachdenklich trank ich einen Schluck. Was hatte Lumina gesagt? »Unter dem Gesicht ist ein anderes Gesicht.« Schauen wir uns das mal an, dachte ich, stellte das Glas auf den niedrigen Tisch und trat an das Rollbild heran.

»Entschuldige, Enzo, laß mal sehen.«

Behutsam hob ich das Bild an, indem ich es am Brokatrand fasste, bis die Wand dahinter sichtbar wurde. Tatsächlich war die Tapete etwas beschädigt. Die Feuchtigkeit hatte auf den Seidenfasern eine Art Kreis gebildet, der einige düstere Tönungen zeigte.

»Da sind ja nur Flecken«, murmelte ich. »Nur Flecken…« Vorsichtig brachte ich das Rollbild wieder in die richtige Stellung. Dann blickte ich auf die Iris, die ich in die Vase gestellt hatte, geschnitten wie aus einem einzigen Smaragd, kühl und frisch und geruchlos, wie sie sein musste.

»Gefällt dir die Blume, Enzo?«

Ich nahm gerade die Bettmatratze aus dem Schrank, als das Telefon klingelte. Ich streckte den Arm aus, griff nach dem Hörer.

»Danjiro?«

Eine kurze Stille. Dann:

»Nein. Ich bin's, Lumina!«

Meine Wangen wurden heiß; und gleichzeitig bekam ich eine Gänsehaut. Ich holte beklommen Atem. Nimm dich zusammen, Agneta. Werde gefälligst nicht hysterisch.

»Ja, Lumina?«

»Habe ich dich geweckt? Gomennasai! Es tut mir Leid!«

Ihre Stimme, ganz nahe an meinem Ohr, hatte etwas besonders Intimes an sich. Ich bemühte mich, ruhig zu sprechen.

»Warum schläfst du noch nicht? Hast du Schmerzen?«

»Eigentlich kaum. Ich habe Salbe auf die Wunde getan.«

»Zweimal am Tag, steht auf der Gebrauchsanweisung.«

»Ich weiß.«

Stille. Ich spürte mein Herz schlagen. Irgendwo war der Geruch, den ich nicht ertragen konnte.

»Du solltest jetzt schlafen«, brach ich das Schweigen.

»Ich habe schon geschlafen. Aber ich wollte dich etwas fragen.«

Ich hörte die Stille rauschen. Oder war es der Regen, oder war es mein Blut?

»Ja, Lumina?«

»Ob du schon darüber nachgedacht hast. Über das Bild, meine ich.«

Ich entfernte ein wenig den Hörer von meiner Ohrmuschel.

»Eigentlich noch nicht.«

»Versprichst du mir, dass du daran denken wirst?«

Die Vorstellung, das Bild hier zu haben, kam mir immer unsinniger, immer peinlicher vor. Trotzdem bemühte ich mich um einen freundlichen Ton. Heiterkeit war ein guter Schlupfwinkel für meine Angst, die sonst herausbrechen, aktiv werden müsste. Ich sagte, überbetont lustig:

»Ich werde an nichts anderes mehr denken.«

Ihr zufriedenes Lachen schepperte durch die Leitung. Es klang, als ob sie kleine Muscheln schüttelte.

»Weißt du was? Ich werde das Bild schon vorbereiten. Man muss es ganz sorgfältig zusammenrollen und in seine Holzschachtel legen. Beim nächsten Mal, wenn du kommst, werde ich es dir geben.«

»Es ist besser, du schläfst jetzt, Lumina. Gute Nacht.«

»Ja, gute Nacht«, sagte sie. Ich legte den Hörer auf und merkte verwundert, dass meine Handflächen mit einem Schweißfilm überzogen waren. Draußen war abwechselnd Rauschen und Stille; die Zweige flüsterten, huschten in ruhelosen Umrissen. Ja, draußen lauerte ein Geheimnis, dem wehenden Spinnennetz ähnlich, das Insekten fängt, die seine klebrigen Fäden berühren. Ich trank hastig ein Mineralwasser, legte mich auf den Futon, versuchte meine überreizten Nerven unter Kontrolle zu bekommen. Die Kabuki-Schauspieler wanderten umher, hielten Wache. So mussten sich meine Vorfahren fühlen, wenn sie in ihren Koten, von wilden Tieren umlagert, den Schlaf suchten. Sie hörten, was sich draußen bewegte, sie hielten die Messer griffbereit. Aber Tiere würden nicht versuchen, ihnen auf den Leib zu rücken. Es gab Dinge, vor denen sie sich mehr fürchteten. Für diese Dinge gab es Beschwörungen. Ob sie wohl halfen? Ich setzte meinen Geist in Bewegung, die Worte kamen mühelos, ich murmelte sie vor mich hin:

»Werden Menschen gestraft durch Gespenster,
Die wie böse Unglücksvögel herumgeistern,
Werden ihre Herzen weich wie Öl,
Aber die Sonnenkinder beten nach des Himmels Höhen.
In dunklen Räumen
Rufen sie das Licht.«

Da – wieder das Telefon! Ich fuhr zusammen, viel zu heftig, das war nicht gut. Ich ließ das Telefon klingeln. Wie lange, war mir egal. Erst, als ich meinen Atem wieder in der Gewalt hatte, nahm ich den Hörer ab.

»Sei mir nicht böse«, sagte Dan. »Das Interview ging und ging nicht zu Ende.

»Das macht nichts.«

Seine Stimme klang so warm, so ruhig. Und plötzlich waren alle Schatten verschwunden, ausgelöscht durch seine leise ausgesprochenen Worte.

»Hast du schon geschlafen?«, fragte er.

Ich rieb mir die Stirn.

»Ich wusste, dass du anrufen würdest, deshalb merkte ich nicht, dass ich schlief.«

»Sehr klar ist das nicht, was du da sagst.«

»Ich bin nicht sehr klar im Kopf«, gab ich zu.

So extrem feinfühlig, wie er war, hörte er sofort die Unruhe aus meinen Worten heraus.

»Mir scheint«, sagte er langsam, »dass du jetzt gerade ein größeres Problem hast.«

Ich drückte den Hörer an meine Wange.

»Ja, Lumina.«

Ich konnte ihm nichts vormachen. Es handelte sich nicht um Überlegung, es handelte sich nicht um Vermutung und ebenso wenig um Wissen. Es handelte sich um Liebe.

»Was ist mit ihr, Dan? Ist sie krank?«

Er schwieg ziemlich lange. Ich hörte ihn atmen. Schließlich seufzte er.

»Es tut mir Leid, ich schulde dir wohl einige Erklärungen.« Mein Hirn war überdreht; bestimmten Vorstellungen wollte ich lieber aus dem Weg gehen. Was ich nicht weiß, macht mich nicht heiß.

»Erst morgen, sei so gut!«, sagte ich.

»Ja«, erwiderte er, »wenn man von Lumina spricht, muss man sich Zeit lassen.«

Erneutes Schweigen. Er ist müde, dachte ich, müde und ebenso aufgewühlt wie ich. Aber jetzt fühlte ich mich irgendwie besser; besser im Kopf. Geistesverfassung nannte man das. Meine Geistesverfassung war wieder, wie sie sein musste. Die Beschwörung hatte offenbar gewirkt.

»Du musst dich jetzt ausruhen«, sagte ich. »Sonst stolperst du morgen über deinen Kimonosaum. Und das ausgerechnet, wenn sie eine Sendung über dich bringen.«

Er lachte, und wie er lachte, leise und erstickt.

»Oh, je, das wäre zu schrecklich!«

»Da siehst du nur«, brummte ich, »wie ich dich vor dem Schlimmsten bewahre. Gute Nacht, Liebster.«

Behutsam legte ich den Hörer auf, dankbar und nichts mehr verlangend als dieses kurze Gespräch mit ihm. Nach einer Weile löschte ich das Licht und machte es mir auf der Matratze bequem. Ich lag ganz still, eingehüllt in sanfte und bergende Dunkelheit. Die Baumwolle hielt meinen Körper umfangen, wie eine Umarmung war das, ein Beschützen und Behalten. Die Nacht war feucht und kühl, eine schwebende Schicht aus Nebel hing über den Bäumen. Die Zweige atmeten heftig, wisperten: Mach auf, mach auf! Sie schlich um das Haus herum, machte seltsame Bewegungen und Gesten, ihr nasses Gewand schleifte hinter ihr her. Sie riss die Hände empor, ließ sie geballt in der Luft stehen. Sie flüsterte aus einem leeren Mund, sie summte wie eine Biene. Aus Büschen und Moos, aus regenweicher Erde, stieg ein Geruch von Verwesung empor. Schreckliche Dinge lauerten dort, Dinge, die unter der Sichel eines zunehmenden Mondes erwachten. Eine Zeit lang pochte mein Herz noch heftig. Doch seitdem Dan angerufen hatte, begann ich mich wohler und befreiter zu fühlen, und allmählich entspannte ich mich. Mein Atem ging gleichmäßig, meine Glieder wurden schlaff und schwer. Sei ruhig, Agneta. Dir kann nichts geschehen. Du bist hier vollkommen in Sicherheit. Der Engel, der dich bewacht, schließt nie die Augen.

22. Kapitel

Mit Harumi hatte ich seit vielen Tagen nicht gesprochen. Sie und ich gingen unseren Aufgaben nach, die sehr unterschiedlich waren, beide sorgfältig darauf bedacht, uns nicht gegenseitig in die Quere zu kommen. Am Morgen oder am Nachmittag saß sie hinter der Fenstertür, über ihre Arbeit gebeugt. Ich nahm sie aus den Augenwinkeln wahr, grüßte im Vorbeigehen, ohne meinen Schritt zu verlangsamen. Ich wollte mich nicht aufdringlich zeigen. An diesem Samstagmorgen aber, als ich meine Einkaufstasche durch den Garten schleppte, stieß Harumi leicht die Fenstertür auf und winkte mir zu, wobei sie, nach japanischer Art, die Finger abwärts hielt.

»Agneta-San, kommen Sie doch! Am Samstag haben Sie gewiss etwas Zeit. Setzen Sie sich einen Augenblick zu mir!«

»Ja, mit Vergnügen. Vielen Dank!«, antwortete ich, etwas atemlos. Ich schlüpfte aus meinen Ballerinas, trat über die hölzerne Veranda in das große, helle Zimmer. Die schwarz geränderten Strohmatten waren makellos sauber. Auf Harumis Pult standen Farben in kleinen Näpfchen bereit sowie eine Anzahl Pinsel jeglicher Größe. Es war alles vorhanden, was sie zum Zeichnen, zum Malen und sonst noch brauchte. An der Wand lehnten große Rollen der kostbaren Yuzen-Seide. Harumi arbeitete an einem Muster, das sie mit dem Pinsel zog. Der weiße Stoff war vor ihr auf einen kleinen Bambusrahmen gespannt.

Ich setzte mich ihr gegenüber; wir tauschten ein Lächeln. »Die Regenzeit ist bald vorbei«, sagte sie. »Endlich habe ich morgens gutes Licht zum Arbeiten.«

Eigentlich hatte sie keine Ähnlichkeit mit Dan. Doch ihre Art, Mund und Augen zu bewegen, kamen mir vertraut vor. Sie hatte ein lebhaftes Mienenspiel, eine ausdrucksvolle Art zu sprechen, während sie unentwegt fortfuhr, den Pinsel in Goldfarbe zu tauchen und zu malen. Ich sah fasziniert zu, jeder Strich war vollkommen. Bisher hatte ich zahlreiche Kimonoläden besucht, hatte alte, wundervolle

Stücke in Museen betrachtet. Abstrakte Muster waren aufwändig und wunderschön, doch die Yuzen-Art, mit ihren sehr naturalistischen Darstellungen der Blumen und Vögel, war mir immer die liebste gewesen. Woher das kam, wusste ich nicht. Vielleicht hing es mit meiner Kindheit zusammen, mit der genauen Beobachtung der Natur, der Pflanzen und Tiere.

»Wie sind Sie mit Ihrer Wohnung zufrieden?«, fragte Harumi. »Kann ich etwas für Sie tun? Haben Sie einen besonderen Wunsch?«

Von der Sache zu sprechen, die mir am Herzen lag, fiel mir reichlich schwer. Doch ich schuldete es der Höflichkeit, sie nicht warten zu lassen.

»Gomennasai, könnte ich ein wenig die Büsche schneiden?«

Nun legte sie den Pinsel behutsam zur Seite. Die Frage beanspruchte ihre Aufmerksamkeit.

»Die Büsche schneiden? Aber der Gärtner war doch erst da. Sie haben ihn nicht gesehen, weil Sie im Unterricht waren. Er hat ein paar Stunden gearbeitet und auch die Wege geharkt, was sich bei dem Regen kaum lohnte. Ja, was ist denn mit den Büschen?«

»Sie kratzen an der Schiebetür«, sagte ich und kam mir recht dumm vor. »Ich höre es nachts und kann nicht schlafen.«

»Oh«, rief sie, »wie unangenehm! Eigentlich ist unser Gärtner sehr gewissenhaft. Aber zufällig weiß ich, dass er am Montag bei einer Nachbarin arbeitet. Wenn er fertig ist, werde ich ihn bitten, sich um die Sträucher zu kümmern.«

Ich bedankte mich, sehr erleichtert, wobei ich den Blick kaum von der Seide, von den Farbnäpfchen und von den Pinseln wenden konnte. Sie bemerkte es und lächelte.

»Interessieren Sie sich für meine Arbeit?«

Ich gab mir einen Ruck.

»Ist das sehr schwierig, was Sie machen?«

Sie hob ihre Brauen, die sehr dunkel waren und in Spitzen ausliefen.

»Schwierig? Nein, eigentlich nicht. Zumindest jetzt nicht mehr.«

Der Pinsel setzte für ein paar Sekunden aus, bevor sich ihre Hand langsam wieder bewegte. Ich starrte auf diese Hand. Es war, als ob sie ganz von selbst, unabhängig von dem bewussten Willen der Künstlerin, arbeitete. Ich ließ einige Sekunden verstreichen und fragte dann:

»Haben Sie eine besondere Schule besucht?«

»Ich habe bei einem Meister gelernt, der ziemlich streng war.« Sie lachte plötzlich hellauf. »Aber es ist gut, wenn der Meister streng ist, nicht? Ich war eine faule Schülerin.«

»Oh, nein, das glaube ich nicht!«

»Doch, doch, ich war nicht sehr gewissenhaft. Das alles ist später gekommen. Aus der Erfahrung, meine ich.«

Das Muster, an dem sie arbeitete, zeigte Fasanen im Herbstlaub. Ein Vogel spreizte die Flügel, bereit, sich emporzuheben. Mit einem ganz feinen Pinsel, in Grün und Gold getaucht, mischte Harumi die richtigen Farben.

»Wie schön!«, sagte ich leise.

Sie nickte, ohne die Augen zu heben.

»Jeder Kimono trägt einen Namen, wie ein Gemälde. Haben Sie das gewusst? Dieser wird ›Abendlicht‹ heißen.«

Während sie das Muster nachzog, erklärte sie mir in heiterem Plauderton, dass das Färben der Kimonos acht verschiedene Vorgänge umfasste. Danach wurden die Seidenbahnen im reinen Flusswasser gewaschen. Das Muster wurde am unteren Teil des Kimonos, an den Schultern und Ärmeln, angebracht. Auf Taillenhöhe fast nie, sagte Harumi. Die Taille wurde ja eingeschnürt. Dabei spielte es eigentlich keine Rolle, ob die Farben des Obigürtels, der aus Brokat oder Damastseide handgewebt wurde, zum Kimono passten. Auch Kontraste waren schön.

»Es muss einfach gut aussehen, verstehen Sie? Es ist eine Frage der Gesamterscheinung. Und bei formellen Kimonos, die immer aus schwarzer Seide sind, muss der ›Mon‹ – das Wappen – zur Geltung kommen. Jede Familie in Japan verwendet bei offiziellen Anlässen ein Wappen. Das Wappen dieser Dame ist eine stilisierte Glyzinienblüte. Es wird an fünf Stellen im Kimono angebracht. Es ist nicht immer leicht, es in das Muster einzubeziehen.«

»Haben Sie das Muster selbst erfunden?«, wollte ich wissen.

»Diesmal handelt es sich um einen Auftrag. Die Kundin wünschte eine Abendlicht-Stimmung, aber ohne florales Muster. Sie wünschte auch kein Rot, weil sich diese Farbe für ihr Alter nicht ziemte. Nun, das ist eine konservative Ansicht. Aber schließlich habe ich ihre Wünsche zu berücksichtigen, nicht wahr? So bin ich auf den Gedanken gekommen, als Farbe ein Blau zu nehmen, das schon fast grau ist, mit einem ganz dünnen rosa Schimmer. Das Goldgefieder der Fasanen im Ahornlaub kommt dabei gut zur Geltung. Für das Ahornlaub nehme ich Burgund. Ich habe Ahorn im Garten. Im Zwielicht nimmt das Laub diese Farbe an. Als ich in der Lehre war, studierte ich auch naturgeschichtliche Bücher über Pflanzen und Tiere. Aber die Natur zu beobachten ist noch viel wichtiger. Erst, wenn wir die Natur gut kennen, ist eine Stilisierung möglich. Und am Ende ist kaum noch eine Vorlage nötig. Sogar der Pinsel lässt sich anders führen, williger, verständiger.«

Ich schluckte.

»Ja, das ist mir aufgefallen. Dass Sie ganz gelockert mit mir sprechen, als ob jemand anders den Pinsel führen würde.«

Sie brach in fröhliches Lachen aus.

»Ach, haben Sie das bemerkt? Früher konnte ich das noch nicht. Ich musste üben und üben, es nahm fast kein Ende. Und jetzt kann ich Radio hören und mich mit Ihnen unterhalten, und das Muster wird trotzdem richtig.«

Ich zögerte; doch die Frage ließ mir keine Ruhe und musste gestellt werden.

»Können auch Ausländer diesen Beruf ergreifen?«

Ihr Lachen erlosch. Sie betrachtete mich prüfend, mit einer Art verhaltener Neugier, bevor sie schließlich nickte. »Doch. Es gibt vereinzelte Ausländer, die Kimono-Kollektionen auf den Laufsteg schicken und Erfolg haben. Abstrakte Muster sind heute en vogue. Aber die Yuzen-Malerei ist sehr klassisch und kommt nie aus der Mode. Dieser Kimono kann auch noch in fünfzig Jahren von der Enkelin meiner Kundin getragen werden.«

Ich spürte mein Herz schneller schlagen.

»Tiere und Pflanzen, die habe ich am liebsten beobachtet…«

»In Büchern?«

»Nein, draußen, in der Natur. Bei meiner Großmutter. Sie wohnte im Norden von Finnland. Sticken und malen, das habe ich schon als Kind am liebsten gemocht.«

»Ach, Sie können malen?«, fragte sie.

»Ja, aber nicht sehr gut. In Helsinki habe ich ein halbes Jahr die Schule für angewandte Kunst besucht. Das war, als ich Japanisch lernte. In dieser Zeit musste ich mein Gehirn entlasten«, setzte ich lachend hinzu.

Harumi legte behutsam ihren Stoff beiseite. Sie nahm ihre Brille ab und richtete sich auf, eine leichte, fließende Bewegung. Ich folgte ihr mit den Augen, während sie ins Nebenzimmer ging. Mein Herz klopfte an die Rippen, sodass ich es hören konnte. Nach zwei, drei Minuten war Harumi wieder da. Sie brachte einen Bambusrahmen wie den, den sie benutzte, und spannte ein weißes Stück Seidenstoff darauf. Dann suchte sie sorgfältig einen Pinsel für mich aus, stellte ein Näpfchen mit Tusche vor mir auf den Tisch. Sie lächelte dabei gutherzig und nachsichtig, wie ältere Menschen es tun, wenn sie bemerken, dass die Jugend an ihren Fähigkeiten Gefallen findet.

»Da, probieren Sie es mal! Dieser Pinsel lässt sich so leicht führen wie ein Bleistift. Wollen Sie ein bestimmtes Muster abbilden? Oder malen Sie lieber etwas aus dem Kopf?«

Ich nahm ungeschickt den Pinsel, bemerkte, wie meine Hand zitterte, und rief mich innerlich zur Ruhe.

»Ach, vielleicht male ich etwas aus dem Kopf.«

Sie setzte ihre Brille wieder auf, ließ sich geschmeidig auf den Fersen nieder und wartete. Ich hielt den Pinsel, als hätte ich nie im Leben einen geführt. Ja, was sollte ich denn malen? Mir fiel nichts ein, bis ich mich plötzlich an Laila erinnerte, die Henrik »Hummelchen« nannte, was ihm gar nicht gefallen hatte. Ich atmete ein paar Mal tief ein und aus, stützte dann meinen rechten Ellbogen mit der linken Hand, damit mein verdammter Arm nicht mehr zitterte, und begann, eine Hummel zu malen. Irgendwann hatte ich das Gefühl, dass ich mich entspannte. Im Geist sah ich Laila mit ihrem guten, runzeligen Gesicht und hörte sie sagen:

»Hummeln kannst du streicheln, sie haben es gerne, wenn du sie berührst.«

Die Erinnerungen kehrten wieder. Ich stand vor einem Strauch, streckte behutsam die Hand aus, spürte unter meiner Fingerkuppe den samtweichen Rücken des winzigen Tieres. Da in meinem Kopf die Hummel Nahrung suchte, malte ich auch noch einen Heidelbeerzweig, mit Beeren. Eigentlich mussten die Beeren ja rot sein, und ich verfügte nur über schwarze Tusche, aber ich stellte sie mir einfach rot vor. Dabei fiel mir ein, dass Heidelbeeren in der Nähe von Sümpfen wuchsen. Ich entsann mich, wie Libellen aus dem Gras flogen, in der Sonne aufblitzend mit ihren gläsern klaren Flügeln, irisierende, flirrende Schwärme über dem Wasser. Und obwohl ich mir linkisch und unbeholfen vorkam, weil das Bild in meiner Erinnerung unvergleichlich magischer war, malte ich auch noch zwei Libellen, eine große und noch eine kleinere im Hintergrund. Wie lange ich auf diese Weise beschäftigt war, wusste ich nicht. Inzwischen saß Harumi völlig still da und sah zu. Ich vermutete, dass nicht viel Zeit vergangen war, denn niemand konnte sich so lange still verhalten, ohne dass ich nicht wenigstens ihren Atem gehört hätte. Doch endlich war ich fertig. Ich hob den Kopf und fühlte mich leicht schwindlig.

»Es tut mir Leid«, murmelte ich. »Besser kann ich es nicht ...«

Harumi nickte ohne ein Wort, nahm mir behutsam den Bambusrahmen und den Pinsel aus der Hand. Ich schluckte, und das Geräusch der Spucke in meinem Mund kam mir merkwürdig laut vor. Ich merkte auf einmal, dass die Schatten länger geworden waren, und wunderte mich sehr. Ich hatte jegliches Zeitgefühl verloren.

Neben dem Tisch stand ein kleiner Thermoskrug mit Tee. Harumi füllte einen Becher und reichte ihn mir. Ich bedankte mich, nahm ihn zwischen beide Hände und trank gierig einen Schluck nach dem anderen. Der Tee schmeckte wunderbar herb und lebendig. Ich fühlte mich besser und lächelte Harumi zu, die endlich das Schweigen brach.

»Wissen Sie eigentlich, wie lange Sie gemalt haben?«

»Zehn Minuten oder so?«

»Nein. Sie haben über eine Stunde gemalt.«

»Eine Stunde!« Ich sah sie erschrocken an. »Es tut mir wirklich Leid. Jetzt habe ich Ihre Zeit vergeudet...«

Sie bewegte lebhaft die Hand.

»Nein, nein, das ist unwichtig. Ich habe Sie beobachtet. Sie waren nicht mehr da. Sie waren irgendwo und sahen die Dinge, die Sie malten. Ist es nicht so?«

Ich nickte, ein wenig befangen, und sie fuhr fort:

»Es gibt eine Intuition, die ohne irgendwelches Nachdenken erkennt, dass Zero Unendlichkeit und Unendlichkeit Zero ist. Logisch betrachtet, geht es um Erinnerungen. Aber wir sollten nicht zu viel darüber nachdenken, sondern selbstvergessen wie Kinder werden. Dann stehen alle Dinge wieder vor uns, als wären sie gestern gewesen.«

Ich verstand gut, was sie meinte. Während ich malte, hatte ich in die Vergangenheit geschaut – es war eher ein Ahnen als ein Erinnern gewesen. Und doch war alles glasklar, lebendig und nahe gewesen.

»Möchten Sie, dass ich Sie unterrichte?«, hörte ich Harumi fragen.

Ich war sprachlos, verblüfft. Mir war, als ob der Boden unter mir absackte, als ob ich schwebte. Sie saß gelassen vor mir, eine zierliche Gestalt, vor dem Hintergrund der mattweißen Schiebetür. Ihr Gesicht war wunderbar voll, schimmerndes Perlmuttlicht lag auf Stirn und Wangen. Anmutig hielt sie die Hände im Schoß. Ihre Hände waren weiß, wohl geformt und kräftig. Sie trug nicht einen einzigen Ring. Hinter ihr war das Gartenstück sichtbar, die dunkelgrünen Büsche, und darüber der Himmel, blank in der zunehmenden Hitze.

Als ich endlich antworten konnte, überraschte mich der raue Klang meiner Stimme. Ich habe eine Stimme wie Laila, ging es mir blitzartig durch den Kopf.

»Geht das denn?«, fragte ich. »Hätten Sie Zeit?«

Ein fröhlicher Funke tanzte in ihren Augen.

»Die Zeit werde ich mir nehmen. Ich denke, dass es sich lohnt.«

Ich wurde verlegen. Ich fragte mich, ob ich rot geworden war. In meiner Unsicherheit deutete ich eine Verbeugung an. »Es wäre eine Ehre für mich.«

»Und für mich ebenso«, antwortete sie leichthin, was mich noch verlegener machte. »Doch machen wir uns nichts vor«, fuhr sie fort. »Es ist kein leichter Beruf.«

»Ja, das glaube ich schon.«

»Es kann vier, fünf Jahre dauern, bis Sie von Ihrer Kunst leben können.«

»Muss ich die Modeschule aufgeben?«

Sie schüttelte den Kopf.

»Nein, der Entschluss wäre verfrüht. Was Sie im College lernen, werden Sie brauchen können. Der Lehrplan ist sehr umfassend. Aber Sie können mich nach dem Unterricht aufsuchen. Wir werden täglich eine Stunde oder mehr arbeiten. Das sollte vorerst genügen. Später sehen wir dann.«

Ich machte eine Entschuldigen-Sie-mich-Verbeugung, die in Anbetracht meiner Erregung recht linkisch ausfiel.

»Wenn ich fragen darf... was muss ich für den Unterricht zahlen?«

Sie bewegte amüsiert die Hand.

»Sie missverstehen mich, Agneta-San. Ich werde Sie kostenlos unterrichten.«

Ich traute mich kaum, ihr ins Gesicht zu blicken.

»Aber warum denn? Ich meine...«

Sie kniff belustigt die Augen zusammen.

»Sie vergessen etwas: Der Vorschlag kam von mir. Und außerdem, Sie wohnen hier und zahlen pünktlich die Miete. Was will ich mehr?« Ihr Gesicht wurde wieder ernst.

»Hören Sie, Agneta-San. Für diese Arbeit benötigen Sie nicht nur Seide, Pinsel und Farben. Sie benötigen Mut, Eigensinn und Seelenstärke. Und gleichzeitig auch eine völlige Hingabe. Und wenn Sie endlich die Technik so beherrschen, dass Ihre Hand im selben Augenblick das ausführt und sichtbar macht, was Ihr Geist zu gestalten beginnt, dann erleben Sie Ihre glücklichste Zeit. Sie gewinnen die Unbekümmertheit wieder, die Sie im Unterricht eingebüßt haben, und werden unbefangen wie ein Kind, für das die Kunst den Mittelpunkt einer Sprache bildet.« Sie lächelte mich an; offen und freudig erwiderte ich ihr Lächeln. In mir war großes Staunen, mit Ehrfurcht gemischt. Einmal, als Henrik und ich zehn Jahre alt waren, hatten wir bei Laila das Osterfest verbracht. Und ich entsann mich gut, wie Laila, gleich nach der Ostermesse am Karfreitag, uns für die traditionelle Wettfahrt auf den Rentierschlitten setzte. In einem Atemzug erlebte ich ihn wieder, diesen magischen Moment, als unter Peitschenknall und Glöckchenklingeln sich das Rentier in Bewegung setzte, scha, scha, scha, und vor uns im Schnee eine unermessliche Weite flimmerte. Es war wundervoll zu wissen, dass ich die Erinnerung nicht verloren hatte, dass ich sie in mir trug, in unvergänglicher Schönheit.

Ich kehrte in die Wirklichkeit zurück, sah Harumi freundlich und gelassen vor mir knien. Es stimmte schon, sie hatte etwas von einem Kind an sich, das eine alte Dame nachahmt, und das rührte mich mehr als alles andere. Aber da war auch noch etwas an ihr, für das ich schwer eine Bezeichnung fand, eine Trauer in ihren Augen. Ihre Mundwinkel hingen leicht herab, was ihrem schönen Gesicht einen Ausdruck von Schwermut verlieh. Ich konnte ihren Kummer nicht enträtseln, er schien mit tieferen Dingen vermischt. Und so dankte ich ihr rückhaltlos und aus tiefstem Herzen, verneigte mich und ging. Und erst am Nachmittag, als ich bereits auf dem Weg zur U-Bahn war, blieb ich plötzlich stehen, schlug die Hand gegen den Kopf. Mit Harumi hatte ich über vieles gesprochen, an alles Mögliche gedacht, aber in dieser ganzen Zeit, seit mich eine Art Verzückung gepackt hatte, war mir kein einziges Mal der Gedanke an sie, an Lumina, gekommen! Diese Unterlassung fand ich höchst unerfreulich. Wer durch die Tundra wandert, vergisst niemals, nicht einen Augenblick lang, dass in den Wäldern Gefahren lauern. Ich, die stets so umsichtig handelte, hatte irgendetwas nicht bedacht. Aber was eigentlich? Es fiel mir beim besten Willen nicht ein. Ich hoffte nur, dass ich keinen großen Fehler gemacht hatte, und dass diese Sache, was auch immer es sein mochte, keine bösen Folgen nach sich ziehen würde.

23. Kapitel

Danjiro wohnte in einem Hochhaus, ganz in der Nähe des Theaters. Der Eingang, mit weißem Marmor ausgelegt, wirkte prunkvoll wie in einem Hotel, der Aufzug war völlig geräuschlos. Das Ein-Zimmer-Apartment, das man mittels einer Schiebewand in Wohn- und Schlafbereich teilen konnte, war klein, aber perfekt durchdacht, mit vielen Wandschränken. Die Hälfte des Bodens bestand aus Parkett, die andere aus Tatami-Matten. In der blitzsauberen Kochnische fanden sämtliche Küchengeräte Platz, und das rosa gekachelte Badezimmer wirkte, durch geschickt beleuchtete Spiegelschränke, viel größer, als es war. Der Wohnzimmerteil war modern eingerichtet mit Esstisch und vier Stühlen. In die elegante Bücherwand war ein Fernseher mit flachem Bildschirm eingebaut.

»Nur fünfunddreißig Quadratmeter«, sagte Dan. »Große Mietwohnungen findet man bei uns selten. Aber wir haben gute Designer. Wer allein lebt, kann sich durchaus hier wohlfühlen.« Neben einigen modernen Bildern fiel mir das Schwarzweißporträt eines Mannes auf. Ich sah Dan fragend an. Er nickte mir zu.

»Mein Schwager Tadao Amano.«

»Luminas Vater?«, rief ich überrascht.

Ich trat näher, um ihn genauer zu betrachten. Die Haltung war ein wenig steif, das Haar straff zurückgekämmt – geschniegelt, würde man sagen –, das Gesicht betont ausdruckslos. Doch die Züge waren weich und offen, die vollen Lippen freundlich. Nase und Kinn waren gerade und klar gemeißelt, unter den hochgeschwungenen Brauen blickten kluge, warmherzige Augen.

»Wie lange ist er schon tot?«, fragte ich.

»Seit 1985. Ein Flugzeugunfall.«

»War er auch Schauspieler?«

»Ja. Ein bekannter sogar. Er sah gut aus auf der Bühne, war aber nie geltungssüchtig. Privat gab er sich eher verschlossen. Im Grunde war er schüchtern, was er zu verbergen suchte. Wie hochherzig und mutig er sein konnte, habe ich erst später erfahren.«

Er schien etwas hinzufügen zu wollen, schüttelte aber nur leicht den Kopf und ging in die Küche.

»Komm, ich mache uns etwas zu essen. Wie wär's mit ›Maki‹?«

»Ich weiß nicht, was das ist.«

»Schön, dann kann ich es ja zubereiten, oder? Reis ist schon da, und die Suppe ist schnell gekocht.«

Er holte ein Stück Thunfisch aus dem Kühlschrank; der Fisch war nicht im Tiefkühlfach aufbewahrt worden, sodass er weich war. Dan wusch sorgfältig den Fisch, nahm ein gut geschliffenes Messer und schnitt ihn auf besondere Art, sehr ruhig, weder mit zu viel noch mit zu wenig Druck. Ich sah auf seine Hände, wie geschickt und leicht sie sich bewegten. Als Nächstes schnitt er Gurke in lange, schmale Streifen. Dann nahm er eine kleine Matte aus biegsamen Bambusröhrchen, die von einem Faden zusammengehalten wurden. Er legte sie flach auf die Arbeitsplatte, und darauf ein papierdünnes Blatt leicht gerösteten Purpurtang, »Nori« genannt, das wie Seidenpapier knisterte. Dann griff er in den halbvollen Kochtopf mit kühlem Kleberreis und nahm eine Hand voll, verteilte sie dünn und gleichmäßig auf die Matte. In der Mitte formte er eine flache Rille, die er mit grünem Meerrettich, Thunfisch und Sesamkörnchen füllte. Er legte kurz die Finger ins Wasser und rieb damit über das Nori-Blatt, als ob er einen Briefumschlag zukleben wollte. Dann rollte er die Bambusmatte langsam zusammen, wobei er geschickt kleine Reisklümpchen zurückdrückte. Ich stand interessiert neben ihm, hielt beide Hände auf dem Rücken. Er sah auf und grinste.

»Ein Kinderspiel, oder?«

Ich schüttelte den Kopf.

»Heute möchte ich lieber nicht mitspielen.«

Er blinzelte mir zu.

»Viel kann dabei nicht passieren.«

»Ich weiß es nicht, Dan. Ich bin ziemlich durcheinander. Stell dir vor, deine Mutter möchte mich in der Yuzen-Malerei unterrichten. Und ich schlage mich jetzt mit der Frage herum, warum sie das tut.«

Er warf aus seinen dunklen Augen einen tiefen Blick auf mich.
»Und weißt du es immer noch nicht?«

»Wir unterhielten uns über den Gärtner. Und dann über ihre Arbeit. Und plötzlich gab sie mir ein Stück Seidenstoff und einen Pinsel in die Hand. Ich sollte etwas malen. Und danach schlug sie vor, mir Unterricht zu geben.«

»Hat sie es von sich selbst aus gesagt?«

Ich hob erschrocken den Kopf.

»Um Himmels willen, Dan, ich hätte ja nie zu fragen gewagt!«

Er formte einige kleine Röllchen Maki, goss Sojasauce in eine winzige Schale, gab einige Tropfen grünen »Wasabi« dazu.

»Nicht zu viel Wasabi!«, rief ich.

Sobald ich diese Meerrettichpaste auf die Zunge nahm, stieg mir das Aroma in die Nase, und ich musste niesen.

Dan blinzelte mir zu.

»Nur ein wenig, ja? Damit es gut aussieht!«

Er goss die Brühe, in die er ein rohes Ei und etwas Zitronensaft gegeben hatte, in Holznäpfe, die ich behutsam auf den Esstisch stellte. Dan brachte eine Flasche Kirin-Bier und zwei Gläser. Das Ganze hatte kaum eine Viertelstunde gedauert. Wir setzten uns, und Danjiro füllte unsere Gläser, bevor er das Schweigen brach.

»Interessiert dich, was Harumi macht?«

»Ach, Dan! Ich könnte mir nichts Schöneres vorstellen. Es war von Anfang an mein Traum, aber ich habe nicht gewagt, darüber zu sprechen...«

Er lächelte, still und herzlich.

»Ach nein?«

»Nein. Versteh doch, ich habe schon immer gemalt und gezeichnet. Seit ich denken kann. Und ich habe viel Geduld, die Dinge zu Ende zu bringen. Aber ich wollte Mode machen. Dies hier ist etwas anderes. Es kam so unerwartet! Als ob ich durch ein Gestrüpp ging. Alles war dunkel, und plötzlich blitzt die Sonne auf!«

»Und du siehst die Welt.«

»Sie ist riesengroß.«

»Es liegt jetzt bei dir, ob du sie erforschen willst.«

Ich hielt meinen Suppennapf mit beiden Händen. Die Brühe schmeckte wunderbar nach Zitrone und geriebenem Ingwer.

»Ich kann dir auch sagen, dass ich Angst habe.«

Er nickte mit gespieltem Ernst.

»Spielt das für dich eine Rolle?«

»Ich möchte Harumi nicht enttäuschen!«

»Das ist nicht dein Problem. Harumi hat eine sehr freie Art, mit diesen Dingen umzugehen. Sie kümmert sich nicht um praktische Überlegungen, sondern um das Gefühl, das niemals berechnend ist.«

»Noch etwas, Dan. Als ich vor dem Theater auf dich wartete, entsann ich mich plötzlich, dass Lumina die Seidenmalerei lernen wollte, Harumi sie aber nicht als Schülerin angenommen hat. Lumina fühlt sich deswegen sehr gekränkt. Ich weiß es, weil sie immer wieder davon spricht.«

Er legte behutsam seine Stäbchen auf den Teller zurück. Das Lachen war ihm plötzlich vergangen.

»Sie ist krank«, sagte er dumpf.

»Ach, Dan! Hast du eine Ahnung, wie lange schon?«

»Schon ziemlich lange.«

»Ich habe sie von Herzen lieb. Sie ist so unendlich reizend und hilflos ...«

»Ja, ich weiß«, sagte er.

Ich erzählte von ihren Tagträumen und Angstneurosen, von ihren Forderungen, die meine Ruhe störten, von dem versteckten Argwohn, den ich ihr gegenüber empfand. Mitleid und schmerzliche Zärtlichkeit überwältigten mich, während das versteckte Grauen vor ihr blieb und sich aller Vernunft zum Trotz bei jedem Wort verstärkte.

»Was ist mit ihr, Dan?«

Er bewegte weich den Kopf.

»Sie kann nichts dafür, Agneta. Ihr Leben ist seltsam und tragisch. Lumina ist seit ihrer Geburt und schon lange davor vom Schicksal gezeichnet. Aber davon später. Vielleicht noch dieses: Alle Tragödien auf der Bühne handeln von schicksalhaften Verkettungen; wie anders sollte ein Stück entstehen? Undenkbar, dass jemand sie erfinden könnte: Das menschliche Leben birgt sie alle.«

Er hielt inne, füllte die Gläser mit Bier. Draußen, sieben Stockwerke tiefer, fuhr mit heulenden Sirenen ein Feuerwehrauto vorbei. Ich fröstelte, zog meine Strickjacke enger über die Schultern. Dan sprach weiter, langsam und selbstvergessen. »Meine Halbschwester Rieko war von zarter Gesundheit. Sie litt seit ihrer Kindheit unter Schwindelanfällen und Kopfschmerzen, die sie für Stunden ans Bett fesselten, im verdunkelten Zimmer. Trotz der Liebe und Fürsorge, die ihr zuteil wurde, fehlte ihr der Pulsschlag der Freude. Wohl konnte sie herzlich lachen und sogar witzig sein, aber immer folgte dieser Fröhlichkeit ein Schatten. Zum Beispiel liebte sie Blumen über alles, pflanzte sie und überwachte ihr Wachstum, aber stets verfolgte sie der Gedanke: ›Diese wunderschönen Blumen werden bald welken!‹ Und so war es mit allem. Mitten in der Freude suchte ihr Herz die Melancholie; es war eine krankhafte Neigung, ein Zug hoffnungsloser Trauer in ihr, die mit den Ereignissen ihrer frühen Kindheit zusammenhing. Meine Eltern waren machtlos dagegen. Enzo, der auf eine bittere Vergangenheit zurückblickte, hatte Harumi bei gemeinsamen Freunden kennen gelernt. Ihre Gabe, mühelos Glück zu verbreiten, entzückte ihn. Ihr Witz war für ihn Anlass zu ständiger Überraschung, ihre Schlagfertigkeit übte eine erfrischende Anziehung auf ihn aus, sodass er wieder jung aussah und auf der Bühne besser spielte denn je. Harumi stammte aus Kyoto. Ihr Vater war Shintopriester. Ihre Mutter spielte hervorragend ›Shamizen‹, gab Unterricht und verstand es geschickt, die Anforderungen einer aktiven Karriere mit denen einer Ehefrau unter einen Hut zu bringen. Harumis tatkräftige, fröhliche Art tat auch Rieko gut. Sie kam ein wenig aus ihrem Schneckenhaus heraus. Ihrer schlechten Gesundheit wegen hatte sie die Schule nur unregelmäßig besucht, aber sie war sehr belesen und wusste viel von der Welt – wenn auch nur durch ihre Bücher. Einen richtigen Beruf hatte sie nie ausgeübt, aber sie berichtete über Kabuki-Aufführungen für eine sehr exklusive Kulturzeitschrift und verdiente sich somit eigenes Geld. Sie war gut aussehend, von einer ganz besonderen Eleganz. Sie war groß und superschlank, ihre Taille konnte ein Mann mit beiden Händen umspannen. Mit ihrem melancholischen, länglichen Gesicht ließ sie mich an die Frauenbilder von Modigliani denken. Ihr Haar war voll und sehr fein, sie konnte mit keiner Frisur etwas anfangen. Wollte sie ihr Haar, der Mode entsprechend, hochgesteckt tragen, löste sich der Knoten nach kurzer Zeit wieder auf; die Nadeln glitten einfach heraus. In den späten siebziger Jahren wurden noch viele Ehen durch ›O Miai‹, das traditionelle Bekanntmachen, geschlossen. Mein Vater, der Rieko zärtlich liebte, mobilisierte sämtliche Freunde, um einen passenden Mann für sie zu finden. Ein fast aussichtsloses Unterfangen, denn Rieko war, obwohl sie seltsam alterslos aussah, längst über fünfunddreißig! Und als sie den Schauspieler Tadao Amano traf, wurde das Problem nicht besser, sondern akuter: Tadao war nämlich sechzehn Jahre jünger als sie, was ausgiebig für Getuschel sorgte. Anfänglich wusste keiner, dass Rieko ausgerechnet diesen Mann in ihrem Herzen trug. Und als mein Vater dahinter kam, war es bereits zu spät. Beide waren ganz offensichtlich ineinander verliebt. Heutzutage geht man mit solchen Altersunterschieden locker um. Frauen, die in der Öffentlichkeit etwas gelten, bevorzugen sogar – sozusagen als Statussymbol – einen jüngeren Mann. Damals war die Angelegenheit nicht ganz ›comme il faut‹. Doch mit ihrer instinktiven Einsicht zeigte Harumi ein gutes Gespür. Sie beeinflusste meinen Vater, der nach kurzem Zögern dann auch den Schwiegersohn willkommen hieß. Riekos Glück lag ihm am Herzen; sie konnte verlieren, aber auch gewinnen. Folglich wurde die Hochzeit mit dem notwendigen Pomp gefeiert; viele Berühmtheiten erschienen, die Zeremonie wurde sogar im Fernsehen übertragen. Meine Eltern sahen mit Freude, wie Rieko in Tadaos Anwesenheit aufblühte. Ein paar Jahre lang ging auch alles gut, obwohl Riekos zunehmende Sehnsucht nach einem Kind allmählich pathologische Ausmaße annahm. Sie lief buchstäblich von einem Arzt zum anderen, war bereit, sich jeder noch so umstrittenen Methode zu unterziehen. Endlich wurde sie – mit achtunddreißig – schwanger und brachte unter großen Komplikationen eine Tochter zur Welt: Lumina. Die Kleine wuchs heran und gewann jedes Herz. Sie war bildhübsch, schelmisch und unbefangen, nahm alle spontan an und zeigte ihnen gleich, wie sie sich mit ihr zu verhalten hatten. Im Kindergarten und auch später in der Schule zeigte sie wache Intelligenz und Begabung. Verwöhnt? Gewiss, aber nicht übertrieben. Die Eltern hielten Maß. Auch ich liebte sie sehr. Unser Altersunterschied bewirkte allerdings, dass ich mich wenig mit ihr befasste. Ein Sechzehnjähriger hat schon sein eigenes Leben. Ich war ziemlich verwegen, hatte Mädchen im Kopf. Wie du weißt, stand ich schon mit fünf auf der Bühne. Und die Familie sorgte streng dafür, dass ich auch meine Schularbeiten nicht vernachlässigte. Auch hatte ich bei anbrechender Pubertät begonnen, mir Gedanken über meine späteren Rollen zu machen. Mein Vater beobachtete aufmerksam mein Bühnenspiel. Dass ich Schauspieler werden wollte, stand fest, es ging nur darum, meine Richtung zu finden. Den Kinderrollen war ich mittlerweile entwachsen; nun spielte ich einen kaiserlichen Pagen, einen Mönchsschüler, einen jungen Fischer, den Sohn des Bierbrauers. Die Klarheit, die Beherrschung einer Form, ist ein langsamer Vorgang. Ich erhielt Unterricht im Blumenstecken, in der Teezeremonie, in der Kalligraphie und im japanischen Tanz. Ich musste fähig sein, all diese Disziplinen glaubhaft auf der Bühne darzustellen. Da Enzo damals noch hoffte, dass ich einmal seine Heldenrollen übernehmen könnte, wurden mir auch noch verschiedene Formen von Kampfsport beigebracht. Trotzdem bestand mein Leben nicht nur aus Unterrichtsstunden. Ich hatte auch Zeit für mich, traf mich mit Freunden und spielte – wie du weißt – mit Leidenschaft Baseball. Insgesamt kann ich sagen, dass ich eine glückliche Jugend hatte, wenn auch Enzos Schwermut das Familienleben oft verdunkelte. Er konnte verdrossen und apathisch sein, schien den Hauch des Todes zu atmen und war wie gebrochen in der Tiefe seines Wesens. Doch Harumi war immer da, hell, strahlend, angenehm, und stand allen Dingen heiter und praktisch gegenüber. Ihre Ruhe schien unerschütterlich. Für sie war Liebe unendlich mehr als Individualität: Sie war eine Bedingung des ausgeglichenen Menschseins.

Dass mein Schwager Tadao im August 1985 nach Osaka reisen sollte, war nicht geplant. Doch ein paar Tage vorher hatte er einen

Anruf seines Cousins Tetsuya erhalten: In Osaka stand das berühmte Stück ›Kana dehon Chushingura – Die 47 Getreuen‹ für drei Tage auf dem Spielplan. Die Geschichte kennt jedes japanische Kind: 47 Samurai-Krieger werden durch den erzwungenen Selbstmord ihres Lehnsfürsten zu ›Ronin‹, zu ›Männern der Wellen‹, weil ihr Leben der heimatlos rollenden See gleicht. Doch die Krieger bewahren die Treue zu ihrem Herrn. Das ganze Stück erzählt, wie die Ronin die Ehre des Verstorbenen wahren und zehn Jahre später an ihrem verhassten Widersacher blutige Rache nehmen.

Nun gut, Tetsuya erklärte, dass er wegen einer Netzhautablösung unverzüglich ins Krankenhaus musste. Er bat Tadao, für ihn einzuspringen und die kleine, aber wichtige Rolle des ›Asano‹ zu spielen. Tadao, der die Figur oft verkörpert hatte, brauchte nicht an allen Proben teilzunehmen und gab seine Zustimmung. Während er seine Vorbereitungen traf, rief seine Mutter an. Es war Sommer, Ferienzeit. Die Schwiegermutter schlug Rieko vor, ihren Mann zu begleiten und die paar Tage mit Lumina in ihrem Haus zu verbringen. Tadaos Eltern, die in der Nähe von Osaka lebten, sahen ihre Enkelin viel zu selten. Rieko verstand sich gut mit ihren Schwiegereltern und wäre auch gerne gekommen. Leider war sie mit ihrem monatlichen Bericht in Verzug, und die Redaktion hatte bereits höflich gemahnt. Ja, dann sollte die Kleine doch mit dem Vater reisen, meinte die Schwiegermutter. Rieko hätte dann Zeit, ihren Bericht in Ruhe zu schreiben. Rieko zögerte. Mag sein, dass sie eine böse Vorahnung hatte. Doch Lumina, mit der Energie ihrer neun Jahre, bestand auf dem Besuch bei den Großeltern. Diese lebten in der Ortschaft Maibara, am Rande der Reisfelder, und das alte Herrschaftshaus verfügte über eine Besonderheit, die jedes Kinderherz entzückte. Weil der Bach, der die Reisfelder bewässerte, dicht neben dem Haus floss, hatte der Erbauer einst den Einfall gehabt, einen kleinen Nebenarm durch die Küche zu leiten. Sollte ein Fischgericht auf den Tisch, hielt die Hausherrin oder die Küchenhilfe ein Netz ins Wasser, und schon einige Minuten später zappelte ein Fisch in den Maschen! Heute besteht diese Einrichtung nicht mehr. Das Wasser war im Winter eiskalt, und Tadaos Eltern wollten auf ihre alten Tage endlich eine geheizte Küche.«

Über Danjiros Gesicht glitt ein flüchtiges Lächeln, das sofort wieder verschwand.

»Am Abend des zwölften August brachten Harumi und ich Tadao und seine kleine Tochter zum Flughafen Haneda, von dem die Inlandsflüge starten. Rieko, die wieder unter Kopfschmerzen litt, hatte Harumi um diesen Gefallen gebeten. Meine Mutter fuhr leidenschaftlich gern Auto. Enzo, der aus lauter Zerstreutheit bereits etliche Blechschäden hinter sich hatte, überließ ihr nur zu gerne das Steuer. Harumi pflegte sich lachend als ›Familienchauffeur‹ zu bezeichnen. Es war Abendverkehr, die Straßen waren verstopft. Die Boeing 747 nach Osaka startete um 18.12 Uhr. Fast hätten wir den Abflug verpasst, und es wäre ein Segen gewesen. Aber es sollte nicht sein. Auch heute noch sehe ich Tadao und Lumina auf der Rolltreppe, die sie nach oben trug. Ich brauche nicht einmal die Augen dabei zu schließen. Die Erinnerung nimmt mich gefangen, ist allgegenwärtig, mit allem vermischt, im Denken, im Wachen, im Traum. Ich sehe Lumina, wie sie nie mehr sein würde: ein glückliches kleines Mädchen, hüpfend, ein wenig überdreht, voller Lebensfreude. Und ich sehe Tadao, der den Koalabären aus Plüsch trug, den ausgerechnet ich für Lumina gekauft hatte. Solche Koalas waren gerade in Mode, die Kinder konnten sie als Rucksack tragen. Und nun hob ihn Tadao mit einer lustigen kleinen Grimasse über seinen Kopf, als wollte er sagen: ›Jetzt muss ich das Ding schleppen!‹ Es war das letzte Mal, dass ich ihn lebend sah.

Denn die Maschine erreichte nie ihr Ziel. Zwölf Minuten nach dem Start verlor der Kontrollturm jede Verbindung mit dem Flugzeug, das vierundzwanzig Minuten später an den Hängen des Berges Takanosu zerschellte. Das Unglück ging in die Geschichte ein, als eine der größten Flugzeugkatastrophen der zivilen Luftfahrt. Es gab fünfhundertneunzig Tote und nur vier Überlebende. Unter ihnen war Lumina.«

Danjiro starrte mich an, mit Augen, die mich nicht sahen. Seine Stimme war fast nur ein heiseres Flüstern.

»Merkwürdig, was aus den Dingen wird. Wenn ich heute Lumina sehe, muss ich an das Kind denken, das damals hätte sterben sollen.

Und ich frage mich bisweilen, ob Lumina wirklich überlebt hat; ob die junge Frau, die mir so vertraut ist wie eine Schwester, nicht eigentlich ein Phantom ist, ein Wesen aus der anderen Welt.«

Ein langes Schweigen folgte, bevor Danjiro sich schwerfällig aufrichtete. Sein Gesicht war mit einem leichten Schweißfilm überzogen.

»Hast du keinen Hunger mehr?«

Ich schüttelte wortlos den Kopf. Er nickte geistesabwesend. »Ich kann auch nichts mehr essen. Diese Dinge verfolgen mich zu sehr. Komm, ich möchte dir etwas zeigen.«

24. Kapitel

Während ich die Schalen und Schälchen in die Küche brachte, ging Danjiro zu einer kleinen Kommode, zog eine Schublade auf und entnahm ihr einen Plastikordner, in dem sich eine Anzahl handgeschriebene Papiere befanden. Fotokopien, wie ich feststellte. Ich hatte inzwischen frischen Tee aufgegossen und füllte zwei Becher. Lumina? Ein Phantom? Der Gedanke ließ mich nicht los. Wie seltsam, dass Dan es auch so empfand! Der Tee, den ich ziemlich stark machte, würde uns gut tun.

Danjiro setzte seine kleine, randlose Brille auf, und ich rückte meinen Stuhl dicht neben den seinen. Er breitete die Papiere vor mir aus. Ich bemerkte, wie elegant, aber ruhelos und von unterschiedlicher Dichte die Schriftzeichen waren. Der Verfasser musste in großer seelischer Not gewesen sein. An einem der Papiere war ein Umschlag mit einer Büroklammer befestigt. Behutsam zog Dan einen zerknitterten, fleckigen Zettel hervor. Ich sah einige mit Kugelschreiber gekritzelte Schriftzeichen, zerfahren, kreuz und quer, kaum erkennbar. Danjiro seufzte kurz auf, las die Zeilen halblaut vor. Der Klang seiner weichen, kehligen Stimme drang mir bis ins Herz.

»Meine Lieben,

wir wissen jetzt, dass wir sterben werden. Das Flugzeug schaukelt und kreist tiefer. Keine Panik an Bord. Wir tragen Sauerstoffmasken; ich sehe Luminas Augen. So jung sie auch ist, sie weiß, sie ist in Gottes Hand. Wir beide danken Rieko für ihre Liebe. Wir danken den Eltern und Großeltern, und auch unseren Freunden. Mitsue Kato sitzt wieder bei uns. Sie ist völlig ruhig, ihr Mut gibt mir Kraft. Das Flugzeug rüttelt zu stark. Ich kann nicht mehr schreiben. Lebt wohl.«

Ich blickte auf die Buchstaben, verwischt von Feuchtigkeit oder Tränen. Es schnürte mir die Kehle zu. Dan legte den Zettel vorsichtig in den Umschlag zurück, zog eine Zeitschriftenseite aus der Mappe und faltete sie auseinander. Mir stockte der Atem. Was ich da sah, war eine Luftaufnahme. Sie zeigte den Abdruck eines Flugzeugs an einem Berghang. An Ort und Stelle hätte das Auge nur ein Gewirr von zerborstenem Metall und gebrochenen Baumstämmen wahrgenommen. Aber von oben aus gesehen, hob sich das klar umrissene Muster eines Flugzeugs deutlich vom Erdboden ab. Ein gewaltiger Stempel des Grauens, eingedrückt in die ausgemerzte Waldfläche.

Dan sah mich an, mit Qual in den Augen.

»Die Aufnahme wurde am Morgen danach gemacht. Das Flugzeug war flach auf den Boden gestürzt und zerschellt, hatte aber kein Feuer gefangen. Der Pilot hatte Zeit gehabt, das Kerosin abzulassen.«

Schaudernd holte ich tief Luft. »Wer war Mitsue Kato?«

»Die überlebende Stewardess. Tadao, der hoch gewachsen war, buchte bei Flugreisen gerne den Sitz neben der Tür, wo er seine Beine ausstrecken konnte. Üblicherweise befinden sich dort auch die Sitze für die Stewardessen. Mitsue Kato hatte Luminas Koala bewundert und ihr Buntstifte gebracht.«

»Woher weißt du das alles so genau? Von Lumina?«

Er schüttelte den Kopf.

»Nein. Als wir zu Lumina ins Krankenhaus fuhren, überreichte man uns Tadaos Brieftasche, in dem auch der Zettel mit seinen Abschiedsworten steckte. Tadao war sofort tot gewesen. Sein Schädel war zerschmettert, sein Gesicht so zerdrückt, dass beide Augen nicht mehr auf gleicher Höhe waren. Ich habe es gesehen, dieses Gesicht; es schien aus irgendeinem kreidigen Material gemacht zu sein, und ohne einen Tropfen Blut...«

Ich flüsterte rau:

»Weil es in der Nacht geregnet hatte...«

Er hob ruckartig den Kopf.

»Hat Lumina dir das gesagt?«

Das Essen kam mir fast hoch. Ich erstickte einen Schluckauf. »Ja. Lumina hat sein Gesicht gesehen. Es verfolgt sie noch heute.«

»Ich weiß, sie sieht Bilder«, sagte er dumpf. »Furchtbare Bilder...«

Er blinzelte, als ob die Erinnerung unvermittelt vor seinem inneren Auge vorbeizog. Ich saß leicht schwankend am Tisch und verschränkte die Arme. Die Zimmertemperatur war genau richtig, angenehm. Und trotzdem fror ich bis ins Mark.

»Sie hat mir nicht gesagt, dass es das Gesicht ihres Vaters war...«

»Sie weiß es vermutlich nicht mehr. Oder sie will es nicht wahrhaben. Wie so vieles.«

»War sie schwer verletzt?«

»Tiefe Schürfwunden, innere Quetschungen und Blutungen. Ein gebrochener Halswirbel verursachte ihr noch jahrelang Beschwerden. Harumi bezog ein Zimmer in einem nahen Hotel, um bei ihr zu sein, während Enzo und Tadaos Eltern die Bestattungen vorbereiteten.«

»Die Bestattungen?«, murmelte ich.

Danjiros Stimme klang leise und unbeirrbar ruhig.

»Noch immer beschäftigt mich auf recht törichte Weise die Frage von Ursache und Wirkung. Sie macht nur Kopfweh, und die Antwort weiß keiner. Das Fernsehen brachte die erste Nachricht der Katastrophe nachts, als alle schliefen. Frühmorgens wurden Aufnahmen gezeigt und die Zahl der Überlebenden bekannt gegeben. Wie es in solchen Fällen oft vorkommt, herrschte Konfusion. Vier Frauen, sagte der Sprecher, hätten das Unglück überlebt. Von einem Kind war nicht die Rede. Als Harumi bei Rieko anrief, blieb das

Telefon stumm. Harumi versuchte es eine halbe Stunde lang, immer wieder im Abstand von einigen Minuten. Dann zögerte sie nicht länger. Sie ließ die Polizei kommen, die Wohnungstür wurde aufgebrochen. Im Wohnzimmer lief der Fernseher, brachte unentwegt die gleichen Bilder, die gleichen Nachrichten. Ein unangenehmer, warmer Geruch strömte aus dem Schlafzimmer; das Bett war voller Blut. Rieko hatte Schlaftabletten genommen und sich die Pulsadern aufgeschnitten.«

Er holte gepresst Atem.

»Es lag wohl in ihrer Natur, dass sie derart verzweifelte. Dass sie nicht einmal wartete, bis sie mit Harumi gesprochen hatte oder bis andere Quellen die Nachricht bestätigten.«

Lastendes Schweigen. Ich hob die Teekanne, füllte Danjiros Becher.

»Trink!«

Danjiro trank einen Schluck, wischte sich mit dem Handrücken über die Lippen. Er sprach, als ob er halb vergessene, aber jetzt deutlich erinnerte Gesichter sah. Als ob er ferne Stimmen hörte, die ihm in den Ohren schwirrten wie Töne aus einem Kopfhörer.

»Mitsue Kato lag auf der Intensivstation. Sie hatte verschiedene komplizierte Brüche und eine starke Gehirnerschütterung. Doch als Lumina aus dem Krankenhaus entlassen wurde, lernten wir die junge Frau kennen und wechselten einige Worte mit ihr. Mitsue war noch nicht bei Kräften, auch hatte ihr Gedächtnis gelitten. Doch sie wusste, wer das gerettete kleine Mädchen war, und erinnerte sich ebenfalls an Tadao. Sie war als einzige Zeugin vernehmungsfähig. Eine der überlebenden Frauen war im Krankenhaus gestorben, die zweite lag noch wochenlang im Koma. Die Ermittler hatten Mitsues Aussagen zu Protokoll gebracht. Sie war eine diskrete junge Frau, die nur kurzfristig Schlagzeilen machte und es bald schaffte, sich aus der Öffentlichkeit zurückzuziehen. Während ihrer Genesung hatte sie nach und nach das Gedächtnis wiedererlangt und eine Art Tagebuch geschrieben. Einige Monate später ließ sie uns eine Kopie davon zukommen und erklärte uns auch, warum sie das tat.«

Dan griff zu den ausgebreiteten Papieren.

»Soll ich dir vorlesen, was sie schreibt?«

Ich nickte langsam. Die Vergangenheit, dem atmenden Leben so fern, schwoll mit langsamem Pulsschlag an. Empathie mochte eine tolle Sache sein, aber zu viel davon war nicht gut und weckte gelegentlich Gespenster. Emphathie verlangte jetzt von mir, dass mein Geist von meinem Körper fortging und die Geschichte sah, die Trümmer, die Leichen, die Dunkelheit und die Schrecken. Ich sollte das Gewicht des Himmels und der Luft spüren, die Schmerzen und die Todesangst. Unempfindlichkeit wäre besser gewesen; zu meinem Pech hatte mich Laila zu gut unterwiesen. Ich machte mich auf das Schlimmste gefasst, tat einen tiefen Atemzug und ließ die Luft langsam wieder hinaus. Und dann hielt ich meine Augen offen und starrte durch Danjiro hindurch auf das, was er mir zeigte. So vollkommen geübt und leise und klar war seine Sprache, dass ich zunehmend die Stimme einer jungen Frau hörte. Sie erreichte mich von weit her, durch Raum und Zeit, klang wispernd aus dem Phantom eines Flugzeuges, das zwischen Himmel und Erde herumirrte, gewaltig und todbringend, wie das Schicksal selbst.

»›Mein Name ist Mitsue Kato. Ich bin neunundzwanzig Jahre alt. Mein Mann Hiroshi ist in der Maintenance Engineering Division tätig. Wir sind seit zwei Jahren verheiratet und kinderlos. Mein Heimatort ist Himeji. Drei Jahre lang gehörte ich in Haneda zum Bodenpersonal, seit zwei Jahren fliege ich als Stewardess auf der Inlandstrecke Tokio – Osaka.‹«

Danjiro sah kurz auf.

»Hier folgen der Name der Fluggesellschaft, das Kennzeichen der Maschine und einige technische Daten.«

Ich nickte, und er las weiter:

»Fünfhundertneunzig Menschen starben, als die Maschine am Abend des zwölften August zerschellte. Ich bin eine der vier Überlebenden. Meine Absicht ist nicht, die Katastrophe auf irgendeine Weise erklären zu wollen, ich möchte auch nicht, dass mein Bericht an die Presse gelangt. Die Ehrfurcht vor den Hinterbliebenen verlangt diese Rücksicht. Ich will lediglich aufschreiben, was ich in dieser Nacht sah und

hörte. Die meisten Menschen erinnern sich ungern an Schmerzen und Leid. Ich trachte danach, sie nicht zu vergessen. Es bringt kein Glück, zu vergessen, die Narben sind ja in uns, verwachsen mit unseren Gehirnen und unserem Blut. Vielleicht schreibe ich diese Dinge auf, um mich selber zu verstehen. Vielleicht aber auch, damit Lumina sie eines Tages liest und erfährt, wie dankbar ich ihr bin. Denn der Gedanke an sie hat auch mich am Leben erhalten.

Ich bin ein wenig ungeschickt im Umgang mit mir selbst. Selbstbeobachtung ist eine Sache, die mir nicht liegt. Folglich werde ich mich an die Fakten halten. Doch ich will die Dinge aufspüren, bevor sie meinem Gedächtnis entschwinden, sie zu Papier bringen, weil sie mir, während ich sie niederschreibe, bereits entschlüpfen. Mein Augenlicht ist schlecht, und ich bin noch schwach. Aber das, was ich zu sagen habe, erscheint mir wichtig, wenn ich auch nicht genau weiß, warum.

Ich liebte meinen Beruf, obwohl die Möglichkeit einer Katastrophe nie völlig ausgeschlossen war. Mein Mann und ich sprachen oft darüber. Im japanischen Flugzeugwartungssektor wurde das Nullfehlerprinzip bereits 1966 eingeführt. Und doch gehen laut einer Untersuchung des International Aviation Safety Consultats 67 Prozent aller Flugzeugabstürze auf menschliches Versagen zurück. Dabei liegt einem Großteil der Unfälle mangelhafte Wartung zugrunde. Die Untersuchung soll ergeben haben, dass der Absturz auf ein defektes Teil im Heck der Maschine zurückzuführen sei, das für den Druckausgleich in der Kabine zu sorgen hatte. Nun hatte dieses Teil gerade erst die Reparaturwerkstätte von Boeing verlassen. Es ist eine Erklärung wie jede andere auch. Mehr will ich nicht darüber sagen.

Gegenüber den Klappsitzen für das Kabinenpersonal saßen ein Mann und seine kleine Tochter. Den Namen des Mannes hatte ich mir bereits auf der Liste gemerkt. Es war Tadao Amano, der Schauspieler. Ich mochte Kabuki sehr, und ihn hatte ich oft auf der Bühne gesehen. Ich hatte mich darauf gefreut, ihn zu betreuen. Gleich nach dem Start, als alle die Sicherheitsgurte lösten, sagte ich zu dem kleinen Mädchen: »Du hast einen schönen Koalabären. Warte, ich bringe dir Buntstifte, dann kannst du ihn malen.«

Ich fragte sie nach ihrem Namen. Sie lächelte schelmisch.
»Ich heiße Lumina!«
»Was für ein schöner Name!«, rief ich.
Worauf die Kleine schlagfertig konterte: »Ja, das sagen alle Erwachsenen.«
Ihr Vater lachte, und ich lachte auch. Lachend ging ich in die Bordküche, hing meine Uniformjacke über einen Bügel und band meine Schürze um. Seit dem Start waren zwölf Minuten vergangen. Wir hatten gerade begonnen, den Imbiss zu servieren, als es einen gewaltigen Knall gab, gefolgt von Tosen und Scheppern. Das Flugzeug sackte plötzlich ab, während sich fast gleichzeitig die Sauerstoffmasken lösten. Einige Passagiere schrien. Meiner Kollegin Tomiko Ikeda glitt das Geschirr laut klirrend aus der Hand, was sie sehr verlegen machte. Als wir unser Gleichgewicht wiedergefunden hatten und nach der Ursache des Lärms forschten, entdeckten wir, dass sich über den Toiletten im Heck ein großes Stück Metall gelöst hatte und danebenhing. Durch die Öffnung drang weißer Rauch. Schon ertönte aus dem Cockpit die Stimme des Copiloten. Die Funkleitung knisterte unruhig, wir verstanden ihn kaum. Er forderte die Passagiere auf, die Masken anzulegen. Matsu Yoshimura, der Copilot, war ein guter Freund von mir. Ich erkannte eine gewisse Dringlichkeit in seiner Stimme, aber nicht unbedingt Angst. Noch während er sprach, brach die Übertragung ab: Die Funkanlage schien zu versagen. Inzwischen halfen wir den Fluggästen, die Sauerstoffmasken zu befestigen. Einige konnten es gut, aber die meisten zeigten sich dabei recht ungeschickt. Die Unruhe war spürbar, aber Panik kam zum Glück nicht auf. Auch schien das Flugzeug wieder normal zu fliegen, es gab keine besondere Vibration, der Rauch hatte nachgelassen. Unsere größte Befürchtung, dass Feuer ausbrach, war offenbar unbegründet. Während Tomiko und ich uns um die Passagiere kümmerten, warfen wir dann und wann einen Blick aus dem Fenster. Wir sahen nur Wolken: wir hatten also an Höhe verloren. Doch bald merkten wir mit zunehmendem Schrecken, dass immer die gleichen Wolkenformationen vor dem Fenster vorbeizogen, was bedeutete, dass das Flugzeug kreiste. Auch warteten wir vergeblich auf neue

Anweisungen aus dem Cockpit. Dann kam eine unserer Kolleginnen, Mari Nakata, mit starrem Gesicht aus der Business-Class und erklärte uns leise, was wir bereits ahnten: dass nicht nur die Funkanlage, sondern auch das hydraulische System versagte. Ein Steuern war unmöglich geworden, das Flugzeug trieb der Küste entgegen. Inzwischen bemerkten die Passagiere, dass auch die Sauerstoffzufuhr nachließ. Trotzdem blieben fast alle ruhig, vornehmlich die Frauen. Eine alte Dame hielt die Augen geschlossen. Eine junge Frau betrachtete die Bilder ihrer Kinder. Eine andere betätigte, anscheinend sehr vertieft, ihren kleinen Taschenrechner. Die Männer reagierten nervöser, wollten nicht still sitzen, stellten Fragen. Allmählich verstärkte sich der Kabinendruck. Ich spürte mein Trommelfell knacken. Aber wir hatten keine Zeit, an uns selbst zu denken. Wir mussten den Passagieren helfen, die Schwimmwesten anzulegen und ihnen die richtige Sitzposition bei der Landung erklären. Wir hatten ein gründliches Training absolviert. Unsere Aufgabe war, um jeden Preis Panik zu vermeiden. Folglich schenkten wir jedem ein Lächeln, sprachen heitere Worte. Nein, es bestehe keine Gefahr. Obwohl eine harte Landung vielleicht nicht zu vermeiden sei. Ein Baby schrie, und ich zeigte der Mutter, wie sie es zu halten hatte, damit es keine Prellungen davontrug. Ein etwa zwölfjähriger Junge fragte, ob der Pilot denn gut sei. Ich sagte: »Der Pilot ist der beste, den wir haben!« Der Junge stellte noch mehr Fragen. Er schien durchaus nicht ängstlich, ihn interessierte die Technik. Mir kam der Gedanke, dass er den Zwischenfall als spannend empfand, wie einen Fernsehfilm, den er live erlebte. Seine Mutter hingegen machte ein besorgtes Gesicht. Ich lächelte ihr zu und sagte: »Sie haben da einen tapferen Jungen«, womit ich ihr sichtlich eine Freude machte. Zwei junge Amerikaner, Rucksacktouristen mit offenen, sympathischen Gesichtern, fragten mich, ob wir in Gefahr seien. Wenn ich aufgeregt war, hatte ich Mühe, Englisch zu sprechen. Doch ich erklärte ihnen, so gut es ging, dass die Piloten das Flugzeug unter Kontrolle hatten. Als ich an ihnen vorbeiging, blickte ich kurz auf ihre eng verschränkten Hände, sah ihre Eheringe, und mein Herz zog sich schmerzlich zusammen.

Zu dieser Zeit glitt die Boeing noch ruhig durch die Wolken. Aber mit einem Mal begann die Maschine heftig zu vibrieren. Das Rumpeln und Schaukeln nahm zu. Wir konnten nicht mehr stehen. Ich wankte durch den Gang und setzte mich auf meinen Platz, neben dem Ausgang. Tadao Amano war dabei, Notizen auf einen Zettel zu schreiben, was bei dem Rütteln der Maschine bald unmöglich wurde. Schließlich steckte er den Zettel in seine Brieftasche. Inzwischen saß die Kleine ganz still. Ihre Augen waren groß und erschrocken. Ich lächelte ihr zu, und sie sagte: »Mein Koalabär hat Angst.«

»Ach, was für ein dummer Koala!«, rief ich. »Er soll jetzt schön aufpassen, und ich werde ihm sagen, was er tun muss.« Auf diese Weise erklärte ich Lumina, wie sie sich bei der Landung zu verhalten hatte: den Sicherheitsgurt ganz fest anziehen, den Kopf zwischen die Knie legen und mit beiden Händen an die Unterschenkel greifen. Die Stellung ist ein wenig lächerlich. Ich machte sie der Kleinen vor, indem ich scheinbar zu dem Plüschtier sprach. Als ich alles gesagt hatte, wurde ich plötzlich von Angst gepackt. Um mich abzulenken, überwand ich meine berufsmäßige Zurückhaltung und richtete das Wort an den Vater.

»Gomennasai, ich glaube, dass ich Sie erkenne. Sind Sie nicht Tadao Amano?«

Er zeigte ein flüchtiges Lächeln.

»Ja, ich werde in Osaka erwartet. Ich spiele den ›Asano‹ in den 47 Getreuen.«

»Oh«, rief ich, »das ist mein Lieblingsstück! Ich habe einen Tag frei in Osaka und will versuchen, eine Karte zu bekommen.«

Er deutete eine Verbeugung an.

»Bitte, melden Sie sich an der Kasse. Es wird eine Freikarte für Sie bereit liegen. Sehen Sie, ich bin nur auf der Bühne ein mutiger Mann, Sie aber sind eine mutige Frau im Leben. Gestatten Sie, dass ich Ihnen meine Bewunderung ausspreche.«

Seine Worte machten mich sehr verlegen. Sicher klingt es eitel, wenn ich sie hier wiedergebe, aber ich habe mir selbst versprochen, wahrheitsgetreu zu berichten. Inzwischen zitterte das Flugzeug schrecklich. Als es von Sekunde zu Sekunde schlimmer wurde, sprach ich zu Tadao Amano ohne die üblichen Höflichkeitswendungen, sodass es sich gewiss recht schroff anhörte. Mit den Worten: »Wir bereiten uns auf eine Notlandung vor« wies ich auf den Hebel, der die Tür öffnete. Und fügte hinzu:

»Falls ich mich nicht mehr rühren kann, drehen Sie bitte den Hebel und lassen Sie die Passagiere hinaus.«

Er sagte ganz ruhig:

»Sie können auf mich zählen.«

Ich las die Antwort von seinen Lippen ab, mehr als dass ich sie hörte. Denn das Flugzeug schoss durch graue Nebel und schepperte dabei wie ein Wagen, der in voller Fahrt über Steine fährt. Doch auf einmal brachen die Nebel auf und gaben den Schnee auf den Fuji-San frei, von der Abendsonne vergoldet. Ich sah den Schnee auf dem erhabenen Gipfel und meine Kehle füllte sich mit einem Kloß aus Tränen. Ich dachte an den Mann, den ich liebte, an meinen Vater, der kürzlich Witwer geworden war und mich so nötig brauchte. Ich dachte daran, wie traurig und verzweifelt beide sein würden. Und dann sah ich den vorwärts schwebenden Bergkegel sich wieder rückwärts bewegen und wusste, dass die Maschine mit den Luftströmungen dahintrieb. Und ich wusste, dass auch der beste Pilot Japans uns jetzt nicht mehr retten konnte. Ich begann das Flugzeug zu spüren, als wäre ich selbst ein Teil der Maschine, zu spüren, wie es taumelte und schlingerte. Die Berge kamen näher, die Bäume schienen in Blut getaucht, und weit, weit unten glitten Dörfer und Reisfelder wie unruhige Bilder vorbei. Immer wieder brach das Flugzeug aus, segelte dahin wie ein Vogel ohne Flügelschlag. Der Gedanke an den Tod ließ sich nicht mehr verdrängen. Zu welchen verworrenen Vorstellungen nahm ich Zuflucht, dass ich ihn mir vertraut machte! Meine Phantasie schuf die seltsamsten Träume. Konnte sich der Tod nicht mit Schrecken, sondern mit Freude, mit Begeisterung vollziehen? In dem Stück, das Tadao Amano in Osaka hätte spielen sollen, wurde das Opfer der 47 Getreuen als Weihe, als Preis und Krönung des Lebenswerks empfunden und nicht als Strafe, als Qual, als Offenbarung des willkürlichen Schicksals. Doch nichts half: Ich wollte nicht sterben. Keiner in diesem Flugzeug wollte es. Es war zu früh *für alle, wir waren nicht bereit. Wir waren keine Helden, wir waren ganz gewöhnliche Menschen, die um ihr Leben bangten. Angesichts des Todes ist die Kreatur hilflos und nackt. Unsere Augen empfangen Eindrücke, ohne sie zu sehen, unser ganzer Körper ist nur armes, klammes, zitterndes Fleisch. Während ich so nachsann, hob sich die Nase des Flugzeugs; und wie man es bisweilen in Träumen erlebt, glitt die Erde seitwärts davon. Wir tauchten in die Unermesslichkeit des Himmels, wo alle Wege offen, alle Richtungen frei standen. Ich hätte gerne ein letztes Mal mit Tadao gesprochen, aber das Scheppern war zu gewaltig, und seine Aufmerksamkeit galt Lumina, deren Schultern er eng umfasst hielt. Abermals und sehr sprunghaft senkte sich das Flugzeug, der Boden fiel unter unseren Füßen ab. Wälder und Hügel kamen näher; ich meinte zu spüren, wie der starke Duft der Harze mich umfing. Mit einem Rest von Verstand gab ich Tadao und seinem Kind das Signal, die Rettungsposition einzunehmen. Aus den Augenwinkeln sah ich, dass meine Kolleginnen die gleiche Anordnung gegeben hatten und dass alle Passagiere sich nun in Abwartung der Notlandung duckten. Doch auf einmal vollführte die Boeing eine Drehung, als wollte sie umkippen, der linke Flügel neigte sich tief. Dann senkte sich die Nase der Maschine, und das Chaos brach los. Menschen schrien, Gegenstände wirbelten herum. Senkrecht stürzte das Flugzeug vom Himmel, wild, verloren und gespenstisch wie das unabwendbare Schicksal. Der gewaltige Sog riss unsere Köpfe zurück, unsere Haare sträubten sich und standen buchstäblich für ein oder zwei Sekunden hoch. Doch irgendwie gelang es mir, die Sicherheitsstellung einzuhalten. Ich sah nicht mehr, wie die Maschine auf dem Bergrücken eine hohe Tanne rammte, die wie ein Streichholz zerbrach, sah nicht, wie der mächtige Stamm sich in das Cockpit bohrte, Pilot und Copilot zermalmte. Krachend und berstend brach das Flugzeug durch Bäume und Gestrüpp, über Steine und Felsbrocken. Flügel, Rumpf und Räder zerbrachen. Die Maschine schleifte über den Waldboden, riss eine gewaltige Schneise, zerschellte in viele kleine Stücke und kam endlich zum Stehen.*

25. Kapitel

In einer Welt voller scheppernder und krachender Geräusche merkte ich, dass ich noch lebte. Ich versuchte den Kopf zu heben und senkte ihn sofort wieder, um mich vor Staub und Eisensplittern zu schützen. Ich war am Ersticken, kämpfte darum, Luft in die Lungen zu bekommen, und bemerkte, dass mein Mund und meine Nase voller Staub waren. Danach muss ich wohl das Bewusstsein verloren haben. Als ich wieder zu mir kam, sah ich undeutlich um mich herum alle möglichen Trümmer. Ich schluckte Luft und fühlte, wie sich mein Brustkorb dehnte. Mein Speichel schmeckte blutig. Ein scharfer Geruch nach erhitztem Stahl, Treibstoff und Staub drang tief und schmerzhaft in meine Lungen. Meine Ohren waren wie mit Watte verpackt, doch selbst durch diese Dumpfheit dröhnten grässliche Geräusche, ein schrilles Durcheinander von Lauten, die sich wie Böen in meinen Kopf bohrten. Ich war davon ganz betäubt. Immerhin spürte ich, dass ich noch angeschnallt war, dass ich jedoch nur die rechte Hand bewegen konnte, weil mein linker Arm und die Beine durch irgendwelche Gegenstände eingeklemmt waren. Ich hatte ein dumpfes Gefühl im Rückgrat, und der Schmerz, den der festgeschnallte Sicherheitsgurt auf meiner Taille verursachte, war kaum auszuhalten. Ich dachte, dass ich wohl sterben würde, und hoffte nur noch, dass es schnell ging. Letzten Endes war ich ja schon fast tot. Vielleicht wäre es besser, wenn ich meinem Leiden selbst ein Ende setzte. Ich versuchte es, indem ich mir heftig in die Zunge biss. Mein Mund füllte sich mit warmem Blut; doch der selbst zugefügte Schmerz hatte zur Folge, dass ich wieder zu Bewusstsein kam. Plötzlich gab es einen Knacks in meinen Ohren; ich hörte das schwere Röcheln der Sterbenden, das Wimmern der Verletzten, und eine noch ziemlich kräftige Frauenstimme, die immer wieder einen Namen rief: »Frank, Frank!« Die Erinnerung an das junge amerikanische Paar zuckte durch meinen Kopf, und ich dachte: »Wie traurig und einsam muss sie sich jetzt fühlen!« Die Gegenstände in meiner Nähe

waren zwar klar erkennbar, aber in der Ferne sah ich nur undeut-
liche, in nebliges Dämmerlicht gehüllte Konturen. Irgendwann kam
mir in den Sinn, dass ich wohl meine Kontaktlinsen verloren hatte.
Vor mir, an einem Busch, schaukelte leicht ein undefinierbarer
Gegenstand. Ich kniff die Augen zusammen und erkannte, dass es
sich um einen menschlichen Arm handelte. Verschwommen sah ich
in nächster Umgebung auch einige Körper. Die meisten waren völ-
lig aus den Gelenken gelöst, überall zerbrochen, besudelt, zerschun-
den auf Fels und Sand. Einige waren aufgeplatzt; Gedärme hingen
aus den aufgerissenen Bauchdecken. Schwerverletzte bewegten sich
noch. Mir kam in den Sinn, dass es nach einer Notlandung zu mei-
nen Pflichten gehörte, den Opfern zu helfen, und ich versuchte mich
hochzuziehen. Aber meine Glieder waren bleiern und gehorchten
mir nicht mehr. Jeder Versuch, mich zu befreien, war zwecklos. Die
Anstrengung bewirkte, dass ich wieder in Ohnmacht fiel.

Als ich erwachte, war es völlig dunkel. Das Röcheln, die schwe-
ren Atemzüge, waren jetzt schwächer zu hören. Auch die junge Aus-
länderin war verstummt. Ich wollte hoffen, dass sie eingeschlafen
war. In der Dunkelheit schrie eine jugendliche Stimme mit lang an-
haltenden Klagelauten. Dazwischen vernahm ich immer wieder die
verzweifelt hinausgeschrienen Worte: »Schlechter Pilot, schlechter
Pilot!« *Meine Gedanken blieben an einer Erinnerung haften. Ich*
hörte mich mit klarer Stimme zu dem Jungen sprechen, unterdrückte
mit verbleibender Kraft das Schluchzen, das in mir hochstieg, weil
die Schmerzen einfach nicht auszuhalten waren. Plötzlich kreischte
der Junge:

»Ich schaffe es schon! Ich werde gerettet!«

Und dann nichts mehr – nur Stille. Eine Stille, die lange Zeit
später durch das Rauschen des Windes in den Baumkronen ersetzt
wurde. Irgendwo tropfte Wasser – oder war es Treibstoff? Es war
ausgesprochen sonderbar: Mein Gehör schien mit einem Mal fähig,
jede winzige Klangvibration, jedes noch so kleine Geräusch zu
unterscheiden. Ich hörte das Reiben der Blätter über meinem Kopf,
das harte Schleifen gebrochener Zweige. Ich roch die Trümmer, die
noch warmen Eisenteile, das geronnene Blut, gleichzeitig aber auch

die Baumrinden, den Modergeruch aufgerissener Wurzeln; ich roch die säuerliche Schweiß- und Urinausdünstung, den Geruch der Angst, der mit dem Blut aus meinen zerfetzten Kleidern drang. Und in diesem befremdenden Zustand, zwischen Wachen und Benommenheit, vernahm ich plötzlich eine Stimme aus nächster Nähe. Es war die Stimme eines Kindes, hell und klar wie ein Glöckchen, und sie sagte: »Mein Koala hat Durst!«

Die Erinnerung fuhr wie ein Blitzstrahl durch mein Gehirn. Ich sah den Schauspieler Tadao Amano, und ich sah sein Töchterchen mit dem Plüschtier im Arm. Lumina: Ihr Name war so ungewöhnlich und bezaubernd! Von einem Atemzug zum anderen wurde Lumina zu meinem Kind. Mein Kind war in Gefahr, mein Kind durfte nicht sterben! Ich versuchte zu sprechen, obwohl es mir zunächst nicht gelang. Meine zerbissene Zunge fühlte sich hart und geschwollen an. Ich hustete und würgte unter Schmerzen und spuckte einen dicken Klumpen Blut. Unentwegt flimmerte der Name des Kindes in meinem Gedächtnis, und endlich brachte ich ihn über die Lippen.

»Lumina!«

Ich hörte ihre Stimme, dicht neben mir:

»Ja, Großmutter?«

Heute weiß ich aus eigener Erfahrung, dass wir in einer solchen Situation einem Trauma unterliegen, das uns seltsame Dinge sagen und tun lässt. Und da ich mich in einem ähnlichen Zustand befand, beachtete ich die seltsame Anrede nicht, sondern stammelte lediglich unter größter Mühe:

»Warte ein wenig. Bald holen sie uns.«

Sie blieb stumm. Ich konnte nicht feststellen, ob sie mich gehört hatte, und erschrak: Vielleicht war sie nicht mehr am Leben! Ich machte erneut einen verzweifelten Versuch zu sprechen. »Hast du gehört, Lumina?«

Ein paar bange Sekunden verstrichen. Dann hörte ich sie atmen. Ihre zarte Stimme wehte zu mir herüber.

»Ja, Großmutter. Ich warte.«

Wieder Stille. Ich versuchte mich zu bewegen. Die Schmerzen ka-

*men und gingen und wurden allmählich erträglicher. Uns war er-
klärt worden, dass das Gehirn bei extremer Belastung Endomor-
phine ausschüttet, die den Organismus natürlich betäuben. Aber
meine eingeklemmten Nerven juckten zum Verrücktwerden. Ich
tastete mit meiner rechten Hand, und irgendwie gelang es mir, den
Sicherheitsgurt zu lösen. Er sprang zurück mit einer neuen Schmerz-
welle, die durch meinen Körper brandete. Ich keuchte und wartete,
bis die Schmerzen abflauten. Nach einer Weile ging es mir besser, obwohl mein linker Arm und meine Beine gefühllos blieben. Langsam
und unter großer Anstrengung drehte ich mich seitwärts, streckte
den freien Arm aus. Ich berührte zunächst zwei Tote; sie fühlten sich
kalt und klebrig an, meine Finger tasteten über zersplitterte Knochen
und von Eisensplittern durchbohrtes Fleisch. Plötzlich strich meine
Hand über ein warmes Gesicht, ich spürte schwache Atemzüge, eine
leichte Bewegung.*

»Lumina!«, rief ich leise.

*Sie stieß einen Seufzer aus, wie der eines schlafenden Kindes. Ihr
Sitz war gegen einen Stein gekippt, aber so, dass er eine Art stützende
Unterlage bildete. Sie lag auf der Seite, immer noch angeschnallt,
wobei die Hälfte ihres Körpers auf den Boden hing. Die Stellung
musste ihr Schmerzen bereiten. Ihr Nacken, ihre Schultern glühten
vor Fieber. Doch wie konnte ich sie aus ihrer Lage befreien, wenn
ich selbst unfähig war, mich zu rühren?*

*Da vernahm ich in unmittelbarer Nähe einen weichen Aufprall
am Boden. Was mochte es sein? Ich kniff die Augen zusammen und
sah, dass sich der Armstummel aus dem Strauch gelöst hatte und
neben mir lag. Kalter Schweiß brach mir aus; mein Magen drehte
sich um. Ich presste meine Zähne zusammen, bis sie knirschten,
doch nichts half. Ich beugte mich vornüber, erbrach Blut und bittere
Galle, und aus meinen Augen tropfte das Wasser. Wieder verging
Zeit; ich musste erschöpft eingeschlafen sein, denn auf einmal erwachte ich, und mein Kopf war klar. Etwas hatte mich geweckt. Ich
hielt den Atem an und lauschte. Allmählich wurde das Geräusch
deutlicher. Ein Hubschrauber! Erstarrt blickte ich empor, hörte das
Kreisen der Rotoren, sah einen Lichtstrahl, der wie ein leuchtender*

Bleistift die Baumkronen erhellte und über die Schneise tastete. Mein Herz schlug wie ein Hammer in meiner Brust. Die Suchmannschaft hatte das Wrack ausgemacht! Ich wollte um Hilfe schreien, doch kein Ton kam über meine Lippen. Dann entfernte sich das Geräusch, und der Lichtstrahl hinterließ in der Nacht eine blasse, verschwindende Aura. Ach, wie lange noch mussten wir ausharren? Der Nachtwind war eisig, ich glühte und fror. Dann und wann bewegte ich den Arm, strich über Luminas Haare, fühlte ihre warme Haut und das Pochen ihrer Halsschlagader. Ich hoffte, dass sie aus der Berührung etwas Trost schöpfte. Die Zeit verging, und allmählich erlag ich seltsamen Sinnestäuschungen. Kleine Lichter tanzten, wie Glühwürmchen; regenbogenartige Farben flackerten. Und dann sah ich mit einem flüchtigen Seitenblick etwas anderes – etwas Blaues. Und das war eine Farbe, die es hier in der Dunkelheit nicht gab. Ich sah genauer hin und glaubte eine weibliche Gestalt zu sehen, die sich zwischen den Bäumen näherte. Ihr pflaumenfarbenes Gewand schleifte über den Boden, während das lange Haar auf ihren Schultern leicht auf und ab wippte. Meine kurzsichtigen Augen sahen ihr weißes Gesicht nur verschwommen. Sie irrte durch die Trümmer, blieb dann und wann reglos stehen. Mir fiel auf, dass sie keinen Obi trug, lediglich eine achtlos geschlungene purpurne Schärpe. Natürlich war sie, wie alles andere auch, nur eine Projektion meines fiebrigen Denkens, um meine Aufmerksamkeit zu binden und mich am Leben zu erhalten. Dazu gehörte auch, dass ich plötzlich Veilchenduft roch. Veilchen sind Blumen, die wenig duften. Man muss sie dicht an die Nase halten, um ihren herben, frischen Duft zu riechen. Doch mit der Frauengestalt kam dieser Duft, wehte über mich hinweg und verschwand mit ihr, als ich einschlief. Ein gewaltiges Rauschen weckte mich; die Bäume knarrten und ächzten. Vereinzelte Donnerschläge krachten, ein flackerndes Netz von Blitzen überzog den Himmel. Dann fegte eine Regenfront heran, die Tropfen prasselten dicht und hart. Das Gewitter war nur kurz, verstärkte jedoch die Kälte. Ich klapperte mit den Zähnen, es war, als ob das Innere meines Körpers zu Eis gefror. Es dämmerte bereits, als ich wieder den Hubschrauber hörte. Das Geräusch der Rotoren kam

näher; aus seiner Gleichmäßigkeit war zu schließen, dass der Hub-
schrauber auf geradem Weg und nicht im Zickzack über die Berg-
flanke kam. Das Dröhnen hielt an und steigerte sich, der Lärm ließ
den Boden erzittern. Ich blinzelte empor, sah die blitzenden Roto-
ren, die über dem Wald eine Kurve beschrieben. Auf einmal blieb der
Hubschrauber in der Luft stehen, ein undeutlicher schwarzer Fleck,
kam ein Stück herunter, bevor er tief und schräg auf mich zuflog.
Sein riesiger Schatten fegte über mich hinweg. Nun wurde der Sturm
der Rotoren so laut und misstönend, dass jeder Nerv in mir sich ver-
krampfte. Halb besinnungslos sah ich, wie die Maschine in kurzer
Entfernung aufsetzte und auf ihren Kufen bebte, den Boden auf-
peitschend. Ich wandte mein Gesicht ab, kniff die Augen zu. Zweige
und alle möglichen Gegenstände wirbelten durch die Luft. Dann
plötzliche Stille: Vielleicht hatte ich auch wieder das Bewusstsein
verloren. Mit einem Mal traf weißes Licht meine Augen, ich hörte
stapfende Schritte und Stimmen, die näher kamen. Jemand rief
immer wieder die gleichen Worte, die mein umnebelter Verstand
endlich begriff:
»Wer kann, soll die Hände bewegen!«
Ich tat, was man mir sagte, und eine Männerstimme rief:
»Wir kommen!«
Mit letzter Kraft zog ich mich hoch, berührte Luminas kalte
Schulter. Ich wollte laut ihren Namen rufen, ihr sagen, dass es vor-
bei war, dass wir gerettet waren, doch ich konnte nur flüstern. Zu-
nächst rührte sie sich nicht. Ich dachte, dass sie wohl tot sei und ich
nicht bemerkt hätte, wie sie starb. Und wenn sie tot war, konnte ich
auch nicht weiterleben. Doch auf einmal spürte ich, wie sie sich
unter meiner Hand bewegte, und hörte ganz deutlich ihre Stimme:
»Ja, Großmutter, ich bin da.«
Und dann war ich plötzlich von Licht umgeben. Ich blinzelte be-
nommen, sah über mir ein Gesicht. Behutsame Hände befreiten
mich von der Last, die meinen Körper am Boden festhielt. Ich hatte
Durst, entsetzlichen Durst, und bat um Wasser. Doch der Mann
sagte: »Bitte, haben Sie ein wenig Geduld. Es würde Ihnen scha-
den.« An seiner Antwort merkte ich, dass er Arzt war und die Wahr-

heit sagte. Litt ich an inneren Verletzungen, konnte Wasser jetzt töd-
lich sein. Er fragte mich: »Können Sie sich an Ihren Namen erin-
nern?« Ich sprach ihn aus, meine Stimme war kaum hörbar. Er
fragte nach meiner Telefonnummer, auch die konnte ich ihm geben.
Ich stammelte mit letzter Kraft:
    »Bitte, kümmern Sie sich um das Kind.«
    »Sie liegt schon auf der Trage«, erwiderte er.
    Er kniete neben mir, hantierte mit irgendwelchen Geräten. Ich sah
im Scheinwerferlicht sein von Falten durchzogenes, gütiges Gesicht
und fragte mit schwindendem Bewusstsein, ob es noch weitere
Überlebende gab. Er sagte, ja, zwei Frauen. Und ich sollte jetzt ganz
ruhig sein. Meine Familie würde benachrichtigt werden. Ich spürte,
wie er mir eine Spritze in den Arm gab. Und dann spürte ich gar
nichts mehr.

Ich erwachte achtundvierzig Stunden später auf der Intensivstation.
Hiroshi und mein Vater waren da. Hiroshi hielt meine Hand und
weinte. Ich war schwer verletzt, die Wirbelsäule war beschädigt, und
noch herrschte Ungewissheit darüber, ob mein linker Arm amputiert
werden musste. Doch nach einigen Tagen wurden die Ärzte zuver-
sichtlich, dass er gerettet werden könnte. Ich musste jedoch mit einer
langen Rehabilitationszeit rechnen. Ein paar Monate verstrichen,
ehe ich wieder gehen konnte, zuerst auf Krücken, dann mit einem
Stock. Auch heute vermag ich noch nicht den linken Arm zu strecken
oder einen Gegenstand in den Fingern zu halten. Das Gefühl darin
ist dumpf, aber vorhanden. Die Kraft kehrt langsam zurück.
    Ich beklage mich nicht. Ich lebe bewusster als zuvor, genieße die
schönen Dinge, die das Dasein uns schenkt. Die Pulsschläge der
Menschen, die ich liebe, sind in meinem Herzen, ihr Atem streicht
über mein Gesicht, und ich schlafe ruhig. Die schlechten Träume
kommen seltener, obwohl sie nie ganz verschwinden werden.
    Ab und zu muss ich weinen. Ich denke an die Opfer und stelle mir
Fragen. Ich kam mit dem Leben davon. Warum ausgerechnet ich?
Denn mein Überleben – dessen bin ich ganz sicher – verdanke ich
nicht irgendeiner höheren Macht, sondern einzig und allein dem Zu-

fall. Das ist meine tiefste Überzeugung. Darum danke ich auch keinem Gott – es wäre eine Anmaßung. Meine Rettung hat keine religiösen Gefühle in mir geweckt. Aber das Schicksal hat eine Zeugin aus mir gemacht. Ich habe meine Beobachtungen an die Ermittler weitergegeben. Meine Aufgabe ist beendet. Ich schenkte meine Stimme den Toten, die nicht mehr sprechen können. Lumina mag sie hören, wenn es an der Zeit für sie ist. Sie soll wissen, dass in jener Nacht ein Mensch bei ihr wachte; und dass meine Hand es war, die ihr in Stunden der Not Kraft und Trost spendete.‹«

26. Kapitel

Danjiro nahm seine Brille ab, glättete die Blätter behutsam mit der Handfläche, bevor er sie wieder in den Ordner schob. Ein langes Schweigen folgte, das er mit einem Seufzer brach. »An der Stelle, an der das Flugzeug zerschellte, errichtete man später eine Gedenkstätte; hundertzweiunddreißig Urnen wurden mit Erde und den Knochenresten jener gefüllt, die für immer unidentifizierbar blieben. Heute ist das Gelände wieder baumbewachsen. Der Wald ist stark und gesund. Das Leben geht weiter.«

Wieder schwieg er. Ich rieb mir die Augen.

»Jetzt verstehe ich vieles besser.«

Er nickte.

»Für uns brachen schwere Zeiten an. Mein Vater litt unsäglich. Bevor er Harumi heiratete, hatte er Rieko alleine großgezogen und liebte sie über alles. Eine Zeit lang war er gemütskrank; es war, als ob er nie mehr wieder fähig sein würde, irgendeine Rolle zu übernehmen. Dann raffte er sich auf, und es war in dieser Zeit, dass er seine stärksten und vollendetsten Darstellungen auf die Bühne brachte. Obwohl sein Gesicht und sein Körper bereits vom Alter gezeichnet waren, ging er aufrecht wie in jungen Jahren. Die Skala der menschlichen Empfindungen baute er zu überlebensgroßer Gestalt aus. Ich bewunderte, aufs tiefste ergriffen, wie er alle Schattierungen und Schwierigkeiten seiner Rollen meisterte und wie er trotz abnehmender Kraft schlichtweg grandios war. Doch er hatte sich verausgabt. 1992 verletzte er sich bei einer Vorstellung von Asagao Nikki und zog sich kurz danach von der Bühne zurück.«

Ich saß die ganze Zeit fast unbeweglich, die Ellbogen auf den Tisch gestützt.

»Und Lumina?«, fragte ich.

»Sie blieb ein paar Wochen im Krankenhaus. Als wir sie nach Hause holten, war sie um ein gutes Stück gewachsen. Auch sonst hatte sie sich sehr verändert. Das fröhliche Kind gab es nicht mehr; ein unruhiges Wesen, wortkarg und verschlossen, war an seine Stelle getreten. Lumina verbrachte fast ihre ganze Zeit damit, in den Spiegel zu sehen und in hohem summendem Ton zu singen, während sie sich im Takt dazu auf die Arme klopfte. Wollte sie etwas haben und bekam es nicht, schlug sie ihren Kopf gegen die Wand, bis sie in Ohnmacht fiel. Auch hatte sie die seltsame Fähigkeit, mit offenen Augen zu schlafen. Überraschte sie jemand dabei, schloss sie die Augen und verharrte in stocksteifer Haltung mit geballten Fäusten. Es war für uns sehr beklemmend, sie in diesem Zustand zu sehen. Meine Mutter gab sich jede nur erdenkliche Mühe mit ihr, doch es wurden schwere Jahre. Medikamente halfen kaum, oder machten die Sache noch schlimmer. Schließlich ließen wir die Ärzte aus dem Spiel, in der Hoffnung, dass von selbst eine Besserung eintreten würde. Und tatsächlich: Allmählich wurden ihre Anfälle kürzer und milder, und nach einigen Jahren verschwanden sie fast völlig. Allerdings blieben ihre Leistungen in der Schule mangelhaft, was ihr keiner von uns verübeln konnte. Ihre Intelligenz war recht gut ausgebildet, nur schien es ihr an Verständigkeit zu fehlen. Wir liebten sie alle zärtlich und umgaben sie – vielleicht zu ihrem Schaden – mit unendlich viel Mitgefühl, Nachsicht und Geduld. Die High School verließ sie ohne Abschluss; die Kopfschmerzen, unter denen sie zeitweilig litt, hatten zur Folge gehabt, dass sie oft im Unterricht gefehlt hatte. Sie wusste auch nicht, was sie machen sollte, begann erfolglos dieses oder jenes.

Eines Tages machte ein befreundeter Bühnenfotograf, der auch in der Modewelt arbeitete, Aufnahmen von ihr. Luminas Gesicht erregte Aufsehen und war ein paar Jahre lang sehr gefragt. Auf eine internationale Karriere musste sie jedoch verzichten. Der bloße Anblick eines Flugzeugs löste bei ihr epileptische Krämpfe aus. Eine erbliche Veranlagung für Epilepsie hat sie übrigens. Dazu kam diese Todesangst in ihr, Wellen eines inneren Ozeans, dessen tosendes Brüllen sie in ihren Ohren hörte und die sie immer wieder überspülten. Ihre wechselnde Gemütsverfassung belastete alle. Sie gab ihren Job auf, der sie mit zu vielen Leuten in Berührung brachte. Einige Monate lang besuchte sie die Kunstakademie, brach das Studium übereilt ab und begann eine neue Ausbildung im Bunka Fashion College. Und eine Zeit lang sah es so aus, als ob sie sich dort wohlfühlte. Daneben verstärkte sich ihr Interesse an Harumis Seidenmalerei. Sie sah mit Hingabe zu, wie Harumi arbeitete, ließ sich ganz genau jeden komplizierten Vorgang erklären. Zunächst ein wenig überrascht, zeigte ihr Mutter ein großzügiges Entgegenkommen, erfreut darüber, dass Lumina an dieser recht schwierigen Kunst Gefallen fand. Ich aber hatte ein ungutes Gefühl. Schon als Lumina noch ein Kind war, gestaltete sich der Kontakt zwischen ihr und Harumi schwierig. Sie ließ Harumi sehr deutlich ihre Abneigung spüren, gelegentlich auf böse und heimtückische Art. Sie sagte: Du bist nicht meine Mutter! oder sprach tagelang kein Wort mit ihr. Wir bemerkten es mit Kummer, wobei keiner von uns je den Mut hatte, ihr Vorwürfe zu machen. Die Seidenmalerei aber ist nichts für Wankelmütige; sie verlangt Disziplin und eine starke geistige Haltung. Soll die klassische Wiedergabe der Natur nicht ins Kitschig-Konventionelle abgleiten, fordert sie mehr als nur Können: Sie fordert eine Vision. Zum Beispiel sind die Kiefern immer frisch und grün, ohne Wurzeln und schattenlos wie schwebende Waldgeister. Die Ahornblätter müssen kupfern oder golden sein, der Sonnenuntergang rot, die Wellen dunkel und schaumgekrönt. Zeigen die dargestellten Vögel, Schmetterlinge und Tiere auch eine süße und innige Vertrautheit mit der Natur, gelingt es einzig der Vision, ihre Form gleichsam regelwidrig unverfälscht nachzubilden. Obwohl die Darstellungen bisweilen geheimnisvoll sind, machen Symbole deutlich, um was es geht. Natürlich soll ja auch der Kimono, der eine Frau verschönt, üppig und auffallend sein. Harumi hatte bereits einige begehrte Preise gewonnen und sehnte sich nach einer Nachfolgerin. Das Wunder der Übertragung findet statt, wenn die richtige Person erscheint. Harumi dachte – und täuschte sich sehr –, in Lumina diese Person gefunden zu haben.

Immerhin widmete sich Lumina mit großem Fleiß ihrer Aufgabe. Viel geduldiges Üben war nötig. Harumi, liebevoll entschlossen, zeigte ihr behutsam den Weg. Sie schenkte Luminas Schwanken zwischen Lust und Unlust, zwischen Zuneigung und Hass, vielleicht nicht genügend Aufmerksamkeit. Der Rückschlag kam glatt und unversehens, brutal wie ein Fausthieb, und brachte alle aus der Fassung. Lumina erschütterte Harumi in ihrem tiefsten Wesen. Mutter erwähnte den Vorfall mit wenigen Worten, brach aber den Unterricht unverzüglich ab. Sie litt umso mehr unter diesem Entschluss, als Lumina eine großartige Begabung in sich trug. Eine Begabung, die sie von ihrer Großmutter Sumire geerbt hatte. Diese wäre, ohne den Krieg, eine der bedeutendsten Künstlerinnen Japans geworden.«

»Sumire?«, murmelte ich.

Ich lauschte dem Echo dieses Namens, wie er mir im Kopf herumging.

»Es ist ein sehr klassischer Name«, sagte Dan, »und längst aus der Mode gekommen. Sumire bedeutet Veilchen.«

Diese Dinge wusste ich bereits von Lumina. Doch ich fühlte einen merkwürdigen Schmerz hinter den Augen. Mir war, als stiegen kleine Blasen unter meiner Kopfhaut auf. Ich nahm einen Schluck Tee; der Tee war kalt, aber das machte nichts. Ich sprach mit großer Vorsicht, überlegte jedes Wort.

»Schreibt Mitsue nicht, dass Lumina nach dem Unfall von der Großmutter sprach? Und auch, dass sie eine Gestalt sah und Veilchenduft roch…?«

Er nickte, scheinbar ruhig.

»Das gehörte zu den Gründen, warum Mitsue uns die Aufzeichnungen schickte. Lumina bildete sich ein, dass die Großmutter gekommen wäre und bis Tagesanbruch bei ihr gewacht hätte. Mitsue machte das Sorgen. Sie meinte, es sei für Lumina nicht gut, wenn sie so dachte.«

Er sah mich an, gerade, als ich den Kopf schüttelte.

»Dan, da stimmt was nicht. Mitsue hat diese Frau ja selbst gesehen!«

Er machte ein bejahendes Zeichen.

»Die Sache beschäftigte uns sehr. Wir versuchten eine Erklärung zu finden. Harumi besuchte Mitsue deswegen und sprach lange mit ihr.«

»Und?«

»Mitsue ist ein sachlicher Mensch. Lumina phantasierte, sagte sie, und sie selbst wahrscheinlich auch. Ob sie Lumina gefragt hatte, wie die Großmutter hieß? Sie weiß es nicht mehr, aber sie nimmt es an. In ihrer Sinnesverwirrung assoziierte sie Sumires Namen mit dem Veilchenduft, den sie dann auch tatsächlich roch. Eine in Stresssituationen nicht ungewöhnliche Halluzination. Klingt einleuchtend, oder?«

»Klingt einleuchtend. Aber gab sich Harumi mit dieser Erklärung zufrieden?«

Er seufzte.

»Um die Wahrheit zu sagen, nein.«

Ich trank den kalten Tee in kleinen Schlucken, die ich zählte. Meine Gedanken liefen ineinander wie Farben. Ich musste wieder zu Verstand kommen, und zwar schleunigst.

»Du siehst seltsam aus«, sagte Dan.

Ich starrte mit gerunzelter Stirn auf den Becher, bevor ich sagte: »Ich habe sie auch gesehen.«

Er beugte sich leicht nach vorn.

»Wen hast du gesehen?«

Ich war jetzt wieder ruhig, aber mein Rücken fühlte sich kalt an, daran konnte ich nichts ändern.

»Sumire. Ich denke jedenfalls, dass sie es war.«

»Sie ist seit fünfzig Jahren tot«, sagte er kehlig.

Ich drehte den Becher zwischen den Fingerspitzen und erzählte. Das Wispern und Kratzen an der Schiebetür. Die blau gekleidete Gestalt im Kakibaum. Der Veilchenduft und – am Morgen danach – der Fußabdruck. Dabei betrachtete ich aufmerksam Danjiros Gesicht, um herauszufinden, was er wohl dachte. Sein Gesicht war vollkommen gelassen, doch ich vermeinte den langsamen Schauer zu spüren, der seine Haut überzog. Er antwortete nicht sofort, deswegen sprach ich weiter.

»Es gibt Dinge, bei denen man sich sagt, das kann doch nicht wahr sein. Und gleichzeitig weiß man, dass man sie nicht erfinden könnte. Man will sie aus der Welt räumen, geht mit Verstand an die Sache. Der Abdruck? Womöglich mein eigener. Ein- oder zweimal bin ich barfuß in den Garten gegangen. Und die Zweige? Wir hatten Wind, erinnerst du dich? Ich habe Harumi schon gefragt, ob man die Büsche nicht stutzen kann, und sie will es dem Gärtner sagen.«

Er lächelte plötzlich ein wenig gequält.

»Dich scheint nichts aus der Fassung zu bringen.«

»Doch. Diese Dinge eben. Und Lumina. Wenn du sie im Unterricht gesehen hättest!«

Er fuhr leicht zusammen.

»Was hat sie gemacht?«

»Ihre Handfläche an das Bügeleisen gelegt. Mit voller Absicht und mit einem Lächeln im Gesicht. Als ob sie sagen wollte: Da, sieh nur, wozu ich fähig bin! Danach fiel sie fast in Ohnmacht, und ich musste sie nach Hause begleiten. Bist du schon mal bei ihr gewesen, Dan? Es sieht schlimm aus. Sie räumt nichts auf, macht nichts sauber…«

Er nickte stumm. Ich fuhr fort:

»Ein solches Chaos hat viel zu sagen. Und sie hat eine fixe Idee.«

»Die Idee mit dem Rollbild?«

»Exakt. Sie ist nicht davon abzubringen. Aber dein Vater ist mir lieb und teuer. Der abscheuliche Karpfen kommt mir nicht in die Wohnung!«

»Es stimmt schon«, murmelte er mit müdem Hohn, »es gibt erfreulichere Bilder.«

Ich holte aufgebracht Luft.

»Was hat das alles zu bedeuten, Dan? Wer war Sumire? Willst du es mir nicht endlich sagen?«

Er nahm seine Brille ab, rieb sich die Augenlider. Sein Kopf schwankte ein wenig, als ob er versuchte, seinen Blick auf einen bestimmten Gegenstand einzustellen. Ein Gegenstand, der nicht hier im Raum war. Er sagte:

»Sie war eine Wahnsinnige.«

27. Kapitel

Ich hätte gerne frischen Tee«, sagte ich.

Danjiro stand schwerfällig auf, machte Wasser heiß.

»Wo beginnt die Geschichte? Ich weiß es nicht. Wir müssten bis zum Kern vordringen, mit Geisteraugen in die Vergangenheit schauen.«

»Oh, das ist nicht so schwierig.«

»Das Schwierige ist, einen Anfang zu finden.«

»Aber nein …« Ich lächelte ihm zu. »Du wirst irgendwelches Zeug sagen. Danach geht es ganz von selbst.«

Er brachte die Kanne auf den Tisch.

»Bist du nicht müde?«

»Ich bin nie müde.«

Er lachte ein wenig. Er war hellwach und ein wenig überdreht, wie Schauspieler es nach einer Vorstellung sind. Ich wusste, dass er jetzt erst so richtig in Fahrt kam.

»Fang an«, sagte ich. »Ich möchte so gerne verstehen.«

Er trank einen Schluck Tee und wartete einen Augenblick, bis er weitersprach:

»Alles liegt sehr weit zurück. Außerdem neigen wir dazu, die Geschehnisse nachträglich zu verändern. Es mag allerdings sein, dass wir der Wahrheit nahe kommen. Sumires Vorfahren mütterlicherseits waren Aristokraten aus der Adelsfamilie Nobunaga, die es seit zwanzig Generationen gab. Die Familie blickt auf einen Helden zu-

251

rück: Oda Nobunaga, der gegen Tokugawa Yeasu das Schwert führte. Er war bildschön und geistreich, von den Frauen geliebt, ein großer Krieger und ein begnadeter Dichter. 1582 wurde er von einem seiner Generäle verraten. Er war ein Anbeter der Sonnengöttin und verschanzte sich in ihrem Schrein, der in Flammen aufging. Seine Leiche wurde nie gefunden. Es heißt, dass sein Tod die Göttin verärgert hätte.

Aber die Geschichte besteht nicht nur aus Legenden und glorreichen Taten, sondern gelegentlich auch aus Schocks, die die Seele erschüttern. Die Umwälzungen von 1868 waren für viele dieser Aristokraten eine Tragödie. Durch die äußerst radikale Strukturveränderung, die Japan innerhalb weniger Jahrzehnte ein neues Gesicht gab, verlor die Familie nicht nur ihr Vermögen, sondern nahezu ihre Daseinsberechtigung. Schlossuntergang ist der Ausdruck, der die Epoche bezeichnet, als das Erbsystem der Samurai abgeschafft wurde. In diesen bitteren Zeiten fanden sich auch Sumires Vorfahren auf der Seite der Besiegten. Und als Sumires Urgroßmutter Yuriko erfuhr, dass die Sache ihres Mannes verloren und er selbst gefallen war, schickte sie die Dienstboten in Sicherheit. Sie zündete eigenhändig die Fackel an, mit der sie ihr Schloss in Brand setzte, bevor sie sich das Leben nahm. Solche tragischen Entschlüsse waren damals keine Seltenheit. Tapferkeit bis zur Selbstverleugnung, bis in den Tod, waren mit dem Leben der Samurai aufs innigste verknüpft. Ihre Schulung war einfach, unmittelbar, selbstbewusst und selbstüberwindend. Dabei waren diese Menschen keineswegs hartherzig, sondern zu Rücksichtnahme, Mitgefühl und Humor erzogen. Aber Ehre und Pflichtbewusstsein waren ihnen teurer als das Leben. Ihre Tugenden entsprachen jenen, die die europäische Ritterkaste im mittelalterlichen Europa pflegte. Die Legenden von Tristan und Isolde, von König Artus und den Rittern der Tafelrunde finden ihre Gegenstücke in der japanischen Geschichte. Habgier und Kleinmut galten als Schande, und mit Feiglingen machte man nicht viele Umstände.

Yuriko hatte zwei Kinder durch Krankheit verloren. Übrig geblieben war eine Tochter, die dreizehnjährige Kaeda. Sie assistierte ihrer Mutter, als diese sich mit ihrem Dolch die Kehle aufschnitt. Das äußerst willensstarke Mädchen äußerte den Wunsch, ihrer Mutter in den Tod zu folgen. Doch Yuriko gab ihr den Auftrag, den Namen der Familie zu wahren, deren letzter Nachkomme sie war. Kaeda konnte das, obwohl sie ein Mädchen war, indem sie einen Gatten fand, der den Namen seiner Frau übernahm. In solchen Fällen wurde der Mann von der Familie der Braut adoptiert, eine Sitte, die noch heute in Japan üblich ist. Vielleicht müssen wir uns den roten Flammenvorhang vorstellen, die Mutter, die mit dem Gesicht nach Westen niederkniete, und die Tochter, die ihr half, ihre Knie mit einer Schärpe aus weicher Seide festzubinden. Einen Augenblick faltete Yuriko die Hände, die eine kristallene Gebetsschnur hielten. Dann schob sie die Gebetsschnur über das eine Handgelenk und hob den Dolch an ihre Kehle. Kaeda saß währenddessen, den Kopf auf die Brust gesenkt und die Hände im Schoß verschränkt, vollkommen still. Vielleicht erschauderte sie leicht, als das warme Blut aus der Kehle der Mutter schoss, doch sie saß weiterhin in tiefem Schweigen, bewegungslos wie eine Bildsäule. Und später sorgte sie dafür, dass der Verstorbenen alle Ehren erwiesen wurden. Weltweit werden die Samurai als Symbol der vollkommenen Krieger verehrt. Aber hierzulande weiß jeder, dass die Frauen den Männern in nichts nachstanden. In jener Zeit forderte der Geist der Kriegerkaste, dass auch die Frauen in militärischen Angelegenheiten und in Waffenführung ausgebildet wurden. Die Männer führten das Schwert, die Frauen hatten ihre eigene Waffe, die Nanigata. Es handelt sich um eine Hellebarde, ungefähr zwei Meter lang, mit einer messerscharfen Klinge versehen. Viele Japanerinnen jener Zeit waren Meisterin im Schwingen der Nanigata. Die Klinge war ebenso scharf und gefährlich wie ein Säbel. Sie vermochte einen Seidenstoff einzuschneiden ebenso wie eine Hand vom Körper zu trennen. Die Frauen glitten wie Schlangen durchs hohe Gras; sie waren fähig, mit einem Schlag dem Gegner die Fußsehnen zu zerschneiden. Oh, ja, die Krieger fürchteten die Nanigata sehr, weil ihr Schwert ja viel kürzer war! Um die Frau zu töten, mussten sie sich ihr nähern, was eine resolute Kämpferin durchaus zu verhindern wusste. Zwar konnte der Krieger den

Dolch oder das Schwert auch werfen, aber eine gute Fechterin war durchaus in der Lage, den Wurf im Flug abzufangen. Die Handhabung wurde den Mädchen noch im Zweiten Weltkrieg in den Schulen beigebracht. Die amerikanische Besatzung fand es höchst *disgusting* und strich die Nanigata aus dem Programm. Heute wird dieser Kampfsport wieder erlernt, aber es sind andere Zeiten: Die Klinge ist nunmehr aus Holz. Das Schwingen der Nanigata sieht wunderschön aus; die Frau scheint dabei zu tanzen. Wieviel Gleichgewicht und Gelenkigkeit jede Bewegung verlangt, weiß ich aus Erfahrung, denn als Onnagata wurde ich selbstverständlich auch in dieser Kunst unterwiesen.«

»Das musst du mir mal vorführen«, sagte ich. »Aber verschone bitte meine Füße!«

»Ich tu, was ich kann. Aber weil ich sehr ungeschickt bin...« Wir lachten beide, ein etwas nervöses Lachen. Wir tranken einen Schluck. Danjiro sprach weiter.

»Ich schweife ab, wie das so in meiner Natur ist. Was ich eigentlich sagen wollte: Die Vergangenheit wandert mit uns. Die Vorfahren sind immer da, blasse Gesichter, die uns über die Schulter spähen. Heutzutage können wir irgendeinen Weg wählen, was den Menschen früherer Epochen nur unter Qualen gelang. Wir nehmen das Freisein als selbstverständlich hin und vergessen die Zwänge, die unsere Vorfahren fesselten. Aber die Geschichte ist da, irgendwo. Das Licht eines Sterns erreicht uns erst Millionen von Jahren, nachdem er erloschen ist. Und ebenso ist unser zentrales Dunkel ein Kosmos, geheimnisvoll und unergründet wie die Milchstraße.

Die Kräfte, die damals die Meiji-Restauration bestimmten – so benannt nach dem regierenden Kaiser –, waren vielfältig. Die Strukturen mussten erneuert werden, es war eine Überlebensfrage. Folglich jonglierte man mit dem Alten und dem Neuen; dem Alten, indem man versuchte, einer Sache, die kaum mit Tradition zu tun hatte, die Aura der Tradition zu verleihen. Tja, es gelang einigermaßen. Das neue Zeitalter, Meiji-Ära genannt, zeichnete sich durch eine grundlegende Wandlung Japans in eine moderne Industrienation aus. Eine starke Militarisierung war in diesem Zusammenhang ein notwendiges Übel. Aber schon einige Jahrzehnte später fühlte sich Japan stark genug, um nach westlichem Vorbild andere Länder zu kolonialisieren, was ihm wenig Glück brachte. Daneben wurde alles, was vom Ausland kam, übernommen, von der Eisenbahn bis zur Nähmaschine und zum Walzer, den man in Tokio unter Kronleuchtern tanzte. In den Großstädten trugen die Frauen europäische Hüte und Kleider mit Tournure, und das stand ihnen gut, gehörten sie doch schon damals zu den elegantesten Frauen der Welt. Und wenn bei manchen Männern im Gehrock oder im Frack die linke Schulter tiefer als die rechte hing, kennzeichnete es immer den Samurai, der einst zwei Schwerter getragen hatte.

In dieser Zeit lebte Kaedas Familie mit viel Personal am Stadtrand von Tokio, in einem großen Haus, das langsam zerfiel. Die Familie hatte kaum Einkünfte. Die Wertpapiere waren nutzlos, die Ersparnisse fast aufgebraucht. Dem Befehl ihrer Mutter getreu, hatte Kaeda einen Edelmann geheiratet, ebenso verarmt wie sie, der jedoch gewillt war, den Namen weiterzuführen. Shintaro Kondo hatte seinen Stolz verdrängt und diente einem neureichen Importkaufmann als Leibwächter. Damals kam es nicht selten vor, dass verwegene Räuber die Lagerhäuser der Reichen plünderten und manchmal auch die Eigentümer ermordeten. Und es war auch nicht ungewöhnlich, dass der Kaufmann, der mit amerikanischen Luxusgütern sein Geld machte, einen Ex-Samurai als Wächter mietete, einen Mann also, der früher im Rang haushoch über ihm gestanden hatte. Teils durch die Würde ihres vorherigen Standes, die jeder von geringerem Rang noch achtete, teils durch ihre perfekte Schulung im Waffengebrauch waren die Samurai für dieses Amt wohl geeignet. Das Ehepaar hatte einen Sohn, Minoru, der in Tokio Rechtswissenschaft studierte. Nun geschah es, dass ihm das nette Fräulein Tomoe, die Tochter des Händlers, seltsam oft über den Weg lief. Die jungen Leute warfen sich Blicke zu, wandten sich errötend ab, und es dauerte nicht lange, da bemerkten es auch die Eltern. Der Kaufmann hatte gegen die Heirat, die seine Tochter in höhere Gesellschaftskreise brachte, nichts einzuwenden. Ihre stattliche Mitgift trug dazu bei, den dürftigen Haushalt des Bräutigams ein wenig zu sichern. In dieser Zeit war Kaeda knapp über vierzig und führte straff ihren komplizierten Haushalt. Sie hatte eine überaus streitbare Vitalität, ein aufbrausendes, autoritäres Wesen. Ihr Mann, der nicht viel zu melden hatte, war ja ohnehin stets auswärts beschäftigt. Kaeda hatte Minorus Hochzeit widerwillig gutgeheißen; eine krasse Mésalliance, die aber beträchtliche Vorteile einbrachte. Ihre völlig eingeschüchterte Schwiegertochter behandelte sie nicht anders als eine Dienstbotin. Die arme Tomoe hatte nur ihr Geld, und Geld war eben nicht genug. Sie vermochte sich nicht gegen den Drachen zu wehren und wurde gemütskrank. Die schwere Geburt einer Tochter bereitete der jungen Frau ein frühzeitiges Ende. Minoru trauerte aufrichtig, aber Kaeda verlor keine Zeit mit Wehklagen. Sie suchte eine Amme für das Baby, eine, die gesunde Zähne hatte – und folglich keinen Mundgeruch –, und dazu noch kräftig und fügsam war. Jun war ein hübsches Kind, von etwas dunkler Hautfarbe und mit lockigem Haar, was damals als Makel angesehen wurde; man sagte, es ähnelte Tierhaar. Eindeutig plebejisch, fand Lady Kaeda. Anfänglich unterrichtete sie die Kleine zu Hause. Jun hatte eine natürliche, schnelle Auffassungsgabe und lernte gut. Noch bevor das kleine Mädchen zur Schule ging, hatte sie die Grundlagen für ein späteres Studium der Geschichte und Literatur erworben. Minoru liebte sein Töchterchen sehr, und schließlich hatte auch Kaeda in ihrer schroffen Art Zuneigung zu dem Mädchen gefasst. Mit sechs kam Jun in die Schule. Sie ging nie ohne Begleitung: Die Amme war immer dabei und führte sie an der Hand. Das Geld der verstorbenen Mutter erlaubte dem Mädchen die beste Erziehung in einer teuren Schule in Tokio, wo die Kinder der neureichen Plutokratie erzogen wurden. Sie war sanft und klug und mit ihrem Lockenkopf überaus apart. Inzwischen arbeitete Minoru in einer Anwaltskanzlei, heiratete in zweiter Ehe die Tochter eines Partners und bekam in rascher Folge zwei Söhne. Der Fortbestand der Familie war also gesichert. Damals war es noch in vielen Familien üblich, dass die Eltern die Ehepartner für ihre Kinder bestimmten. Man ging davon aus, dass die Eltern am besten wussten, was richtig für ihre Kinder war, und jede Verlobung war eine förmliche Angelegenheit zwischen zwei Familien. Liebesheiraten waren ebenso wenig die Norm, wie sie es in früheren Zeiten in entsprechenden europäischen Kreisen waren. Liebe stiftete Unfrieden, war Sand im Getriebe; in dieser Hinsicht war man sich auf beiden Seiten der Erdkugel so ziemlich einig. Und ebenso wenig war es für ein Mädchen aus gutem Hause üblich, einen Beruf auszuüben. Sobald also Jun ihren Schulabschluss hatte, übernahm Kaeda das Kommando und machte sich auf die Suche nach einer passenden Heiratsgelegenheit. Sie fand einen Bräutigam nach ihrem Geschmack in der Familie eines entfernten Verwandten. Toshio Ogawa war ein schüchterner junger Mann mit starkem künstlerischem Empfinden. Seine aristokratische Familie besaß Land in ziemlicher Ausdehnung, das aber ungenutzt war und nichts einbrachte. Der Vater, ein alter Herr mit vornehmem Auftreten, hatte als Geschäftsmann keinen Erfolg gehabt und schlug sich als Lehrer für geistesbildende Beschäftigung durchs Leben. Seine Schüler waren vorwiegend ältere Leute, die sich vom Geschäft zurückgezogen hatten, und ihre Mußestunden der Übung im Go – eine Art Schach –, der Teezeremonie oder der Schönschrift widmeten. Viel verdiente er dabei nicht; da er Witwer war, machte es ihm auch nichts aus, von wenig zu leben. Kaeda aber dachte zweckmäßig. Tokio befand sich ganz im Rausch der Städteplanung; sie ahnte, dass die Ländereien der Ichiharas als zukünftiges Bauland ein beachtliches Vermögen darstellten. Nur fehlte es dem alten Herrn am Sinn fürs Praktische und Kaeda nahm sich vor, ihm das Notwendige beizubringen. Sie hatte viel Kraft in sich; die Krankheit, die sie Jahre später in ein Schreckgespenst verwandeln würde, keimte erst in ihren Adern.

Der zukünftige Bräutigam, in seiner Schüchternheit gefangen, führte indessen das schrullige Leben eines verarmten Junggesellen. Sehr behütet aufgewachsen, und von zarter Gesundheit – er hatte einen Herzfehler –, von der Mutter aus diesem Grund von einer Regelschule fern gehalten, war er jedoch von großer Bildung und Kultur. Seine Fertigkeit im Schönschreiben beeindruckte Kaeda. Er verfasste elegante Gedichte für Wandschirme und Rollbilder, schrieb Inschriften für die Banner der Shinto-Altäre. Das alles konnte nicht besser sein. Kaeda machte sich auf, den Vater zu besuchen. Wundervoll gekleidet und in vollendeter Förmlichkeit hielt sie um Toshios Hand für ihre Enkelin an. Der alte Herr sagte zu, glücklich darüber, dass endlich jemand seinen Sohn von seinem eigenbrötlerischen Dasein erlöste. Die Verlobung fand statt, die Ehe wurde geschlossen. Es war keine prunkvolle Hochzeit, dem Brautvater fehlte das Geld und Großmutter Kaeda war geizig. Da geschah das Unerwartete: Das Mädchen mit dem mühsam straff gezogenen, lockigen Haar und der kränkliche, hochsensible junge Mann verliebten sich ineinander. Bis zu Toshios Tod zwanzig Jahre später führten sie eine sehr glückliche Ehe. Sie waren voller Fürsorge füreinander, lachten viel und zeigten ihr Einvernehmen auch in der Öffentlichkeit, was damals als peinlich galt. Großmutter Kaeda, die Gefühle für ein störendes Element hielt, empfand ihre Liebe als nahezu unanständig. Solche Empfindungen zu zeigen war in ihren Augen unvereinbar mit Vornehmheit und Würde. Dieser Schwiegersohn, der jeden Blick, jede Bewegung seiner jungen Frau wie ein Geschenk des Schicksals dankbar entgegennahm, passte nicht in ihr Weltbild. Und auch nicht der ehrwürdige Vater, welcher, statt einzuschreiten, diese schamlose Zurschaustellung mit gerührtem Lächeln beobachtete! Kaeda entschädigte sich damit, dass sie seine Finanzen betreute. Und sie machte ihre Sache perfekt. Der Aufschwung der japanischen Industrie hatte Bodenspekulationen zur Folge, überall wurde gebaut. Und der weltfremde alte Herr konnte seine Ländereien mit großen Gewinnen verkaufen.

Sumire, die einzige Tochter, wurde 1920 geboren. Toshios Vater sollte die Geburt nicht mehr erleben. Doch Kaeda, längst über siebzig, hatte große Freude an der Urenkelin. Die Kleine war vollkommen und süß, ihre Haut war hell wie Seide und ihr Haar wundervoll glatt. Und je mehr das Mädchen heranwuchs, desto mehr glich sie im Aussehen und in der Sprechweise jener Yuriko, die sich einst vor dem brennenden Schloss das Leben genommen hatte. Kaeda, die sonst für Gefühle wenig übrig hatte, glaubte fest an das Schicksal. In der Liebe zu ihrer kleinen Urenkelin sah sie einen tieferen Sinn. Kaeda dachte an ihre Mutter, für die sie Jahre zuvor das Sterbegewand geordnet hatte. Es war, als ob ihr Yuriko in Gestalt dieses

Kindes ein Zeichen sendete. Natürlich verbarg sie ihre Empfindungen, doch die Eltern wurden bald gewahr, wie sehr sie der Kleinen zugetan war. Seit dem Tod ihres Mannes war sie zu ihrer Tochter gezogen, und man konnte nicht sagen, dass sie ihr das Leben leicht machte. Aber Jun wahrte stets vollendete Höflichkeit und Geduld. Kaeda trug große Kraft in sich, und Jun in ihrer Einsicht fand es wichtig, dass diese Kraft auch Beachtung fand. Oft saß Kaeda mit ihrer Urenkelin eng aneinander geschmiegt auf demselben Kissen und erzählte von früher. Sumire machte ihre glänzenden Augen weit auf. Wie gut konnte die Ehrwürdige Großmutter erzählen! Indem sie ihr Köpfchen an Kaedas Brust lehnte, glaubte sie zu träumen. Die Erzählungen waren stets voller grandioser und furchtbarer Dinge, voller Verschwörungen, Kriegszüge und kühner Taten, die in Sumires neugierigem und empfindsamem Kinderherzen geheime Wurzeln schlugen. Überdies war das kleine Mädchen etwas sonderbar veranlagt, zeigte früh eine zwiespältige, komplizierte Persönlichkeit. Sie war überaus zart gebaut, eine geschmeidige, weiche Linie. Die Augen waren lang und schmal, ihr fein geschnittenes Gesicht war vollendet schön, aber ausdruckslos. Man konnte gewissermaßen durch dieses Gesicht hindurchsehen. Sie hatte seltsame Angewohnheiten. Dann und wann sagte sie in bedeutungsvollem Tonfall: ›Ich gehe jetzt weg! Und dann kniete sie einfach auf dem Kissen, mit abwesendem Gesichtsausdruck; auf Fragen reagierte sie nicht. Sie schien einfach fortgeweht, wie Rauch! Etwas später rief sie plötzlich: Ich bin wieder da!‹ Fragte man sie, wo sie denn gewesen sei, antwortete sie unbekümmert: Ach, ich habe mir nur angeschaut, was Großmutter erzählte. Und es ist genauso, wie sie sagte, nur viel schöner.

Das seltsame Verhalten ihrer Tochter beunruhigte die Eltern. Sie baten Kaeda, ihr keine traurigen oder aufwühlenden Geschichten mehr vor dem Schlafengehen zu erzählen. Doch Kaeda, die sonst so strikt auf Disziplin achtete, meinte, es sei doch natürlich, dass die Tochter eines Samuraigeschlechts Interesse an diesen Erzählungen hatte. Sie beruhten ja auf wahren Begebenheiten, die Kaeda selbst noch miterlebt hatte. Und schließlich kam der Tod oft ohne Anmeldung; es schadete nichts, wenn die Kleine dies rechtzeitig erkannte.

Einmal sagte Sumire, sie sei an einem besonders schönen Ort gewesen. Sie erzählte von einem großen Schloss mit Deichen und Wällen, mit weiß vergitterten Fenstern und terrassenförmig angeordneten Dächern, die an jedem Ende des Dachfirsts einen großen Bronzefisch mit erhobenem Schwanz trugen. Über eine steinerne Brücke seien Krieger in prachtvollen Rüstungen geritten. Sie trugen Helme mit dem Zeichen der Sonne und des Mondes, schwenkten ihre eisernen Kriegsfächer. Sumire hatte das Prasseln der Hufe, das Dröhnen einer Trommel gehört. In einem Innenhof hielten Dienstboten Willkommenslichter hoch. Wundervoll gekleidete Damen waren auf einer Estrade versammelt; sie trugen silberne Pfeile und Korallen im Haar, ihre farbenprächtigen Roben schillerten gleich Schmetterlingsflügeln. Sumire wäre gerne dort geblieben, aber sie hatte die Stimme der Mutter gehört, die sie rief. Und sie sei eine Weile im Kreis gegangen, bis sie den Weg zurück gefunden hätte.

Solche und ähnliche Traumbilder fanden die Eltern gar nicht erfreulich, hatten aber nicht den Mut, Kaeda die Stirn zu bieten. Und so wie die Windenblüte sich an eine Säule lehnt, um ihre Kraft zu empfangen, so lehnte sich Sumire an die Urgroßmutter, nahm gierig ihre Fabeln auf, ob sie nun wirkliche Wahrheit waren oder nicht. Es war eine atavistische, prunkvolle und grausame Welt, die aus Kaedas tiefer Seele emporstieg. Und Sumire fühlte sich eins mit dieser alten Frau, deren Blut in ihren Adern floss. Noch ein paar Jahre zuvor hätte Lady Kaeda bei der Erziehung ihrer Enkelin dem Erlernen weiblicher Fähigkeiten Priorität gegeben; das war jetzt vorbei. Aus diesem außergewöhnlichen Kind ihre Nachfolgerin zu machen war ihr beständiges Ziel. Sumire schien alle ihre Wünsche zu erfüllen. Sie war nicht furchtsam, sondern wach und energisch, und ihr fest zugepresster Mund drückte gelegentlich Eigensinn aus. Von ihrem Vater Toshio hatte sie das Talent zum Malen geerbt. Schon als Dreizehnjährige wurden ihre noch kindlichen Rollbilder im Familien- und Freundeskreis bewundert. Sie beherrschte die Pinselführung gut, und ihre Tuschemalereien waren für ihr Alter außergewöhnlich. Sumires frühreifes Talent entzückte Kaeda mehr als alles andere. Sie fand in ihren Arbeiten den edlen Instinkt für die Natur, ästhetisch und geistig beherrscht, der in der ursprünglichen Kriegerklasse Japans von zentraler Bedeutung war. Sumires Finger waren gelegentlich noch unsicher, aber ihre seelische Kraft trat bereits deutlich hervor. Noch hielt sich Kaeda, die inzwischen fünfundachtzig war, aufrecht und kerzengerade. Noch hatte sie wenige Zahnlücken, noch war sie schön im Gesicht, mit weißer, straffer Haut. Noch übten ihre Geschichten (die sich nun allerdings recht oft wiederholten) einen großen Einfluss auf Sumire aus, vermittelten dem heranwachsenden Mädchen das Gefühl, dass sie etwas Besonderes in sich trug, etwas Großes. Sie verdankte es der Kühnheit und Seelenstärke der Vorfahren, deren Andenken zu wahren sie erzogen wurde. Für Sumire war die Vergangenheit prall gefüllt mit wahrhaft grandiosen und heldenhaften Dingen. Sie nährte sich von der Erinnerung an diese phantastische Welt, passte sich nahezu vollkommen Kaedas Vorstellungen und Lebensart an; und beide vergaßen dabei, dass ihnen das Naturgesetz eine Frist setzte.

Krebs ist eine Krankheit, die im hohen Alter nur langsam voranschreitet. Die Wucherung, die sich in Kaedas zähem Körper unerbittlich breit machte, erfüllte sie mit heftiger Unruhe und beißendem Zorn. Sie hatte hochmütig und eigenwillig gelebt; jetzt rebellierte sie gegen die Bettruhe und die verordneten Medikamente. Im Krankenhaus blieb sie zwei Monate, dann schickte man sie heim. Sie sollte sich ausruhen, sagte der Arzt und sprach dabei mit den Augen zu Jun, wie Ärzte es zu tun pflegen. Für eine Operation war es längst zu spät, Lady Kaeda hätte viel früher kommen sollen. Außerdem war die damalige Medizin einem solchen Fall nicht gewachsen. Kaeda verschmutzte ihr Bett, brauchte ständige Pflege – und lehnte sich wütend dagegen auf. Sie klammerte sich an das Leben, das ihr entrissen wurde. Ihre Zähne und Finger besaßen in ihrem gierigen Zupacken noch erstaunliche Kraft. Die Krankheit der geliebten Urgroßmutter verstörte Sumire bis ins Mark. Stundenlang saß sie bei der Alten, wusch sie, las ihr die Zeitung vor, erzählte ihr kleine Ereignisse aus der Schule. Kaedas zäher, rebellischer Wille blieb unberührt, doch ihr ausgezehrter Körper leistete der Krankheit keinen Widerstand mehr. Sumire, brutal aus ihrer Traumwelt gerissen, hatte nicht gewusst, dass ein Mensch so zornerfüllt leiden konnte. Kaeda lag im Todeskampf, schrie vor Auflehnung und Schmerz. Es war, als ob sie sich ihrer inneren Substanz entleerte, als ob alle Organe sich verflüssigten und die Kranke nur noch aus eingefallener Haut und dünnen Knochen bestand. Ein starker Geruch ging von ihr aus, und eine Zeit lang war sie kaum noch bei Bewusstsein. Jun wollte nicht mehr, dass ihre Tochter die Großmutter pflegte, wusste sie doch, wie empfindlich das Mädchen war.

In der Nacht, in der Kaeda starb, fand Sumire keinen Schlaf. Es war der 15. August. Der Vollmond funkelte grell und weiß. Die Zikaden lärmten. Sumire glaubte ihr wildes Sirren bis unter die Kopfhaut zu spüren. Doch gegen drei Uhr verstummten die Insekten, und da hörte sie Kaeda ihren Namen rufen. In dieser frühen Stunde vor der Morgendämmerung, der Stunde, in der die meisten Menschen sterben, lag Jun in tiefem Schlaf im Nebenzimmer. Sie hatte all ihre Kräfte verausgabt; die letzten Tage waren die schlimmsten gewesen. Die Kranke hatte sich wund gelegen, die hartnäckigen Gerüche machten die Luft stickig, die Nacht brachte kaum Abkühlung.

Als Sumire die Stimme der Großmutter hörte, warf sie hastig einen Schlafrock über die Schultern. Auf bloßen Füßen betrat sie das Zimmer, kniete neben der Bettmatratze nieder, wo die alte Frau schwer atmete. Sumire betrachtete ihr schwärzlich verfärbtes, abgemagertes Gesicht mit der vorspringenden Nase. Ihre Lippen waren speichelverklebt, die eingefallenen Augen gleichsam blicklos und starr. Sumire beugte sich über sie.

Großmutter, brauchst du Hilfe?

Kaedas trockene Lippen bewegten sich.

Durst!

Auf einem kleinen Lacktablett standen ein Krug und ein Glas. Sumire füllte das Glas, schob behutsam ihren Arm unter den Kopf der alten Frau und flößte ihr die Flüssigkeit Tropfen für Tropfen ein. Als der Becher leer war, schloss Kaeda für einen Augenblick die Augen. Kurze, rasselnde Atemzüge drangen aus ihren Lungen. Dann hob sie die zerknitterten Lider und sagte: Sumire, du weißt, dass ich nicht sterbe.

Ihre Stimme war nur ein Röcheln. Sumire bettete sanft den schweißnassen Kopf auf das Kissen und zog ihren Arm zurück. Nein, natürlich nicht, Großmutter, du wirst wieder gesund…

Die alte Frau machte eine Bewegung, trotz ihrer Schwäche ungeduldig verneinend.

Du verstehst mich nicht. Es ist wirklich das erste Mal. Gib mir deine Hand!

Sumire tat, was sie wollte, und spürte, wie sich die knochigen Finger fest wie ein Schraubstock um ihre Hand schlossen. Ich habe nachgedacht. Ich gehe nicht fort. Ich bleibe bei dir. Erbarmungslos quetschte sie Sumires Hand, bohrte die Nägel in ihr Fleisch. Sumire biss sich auf die Lippen, um nicht aufzuschreien.

Ehrwürdige Großmutter, es tut mir so Leid…

Ich schere mich nicht um Mitleid!

Sumire zitterte am ganzen Körper. Der Gestank war fast nicht auszuhalten.

Sei ruhig, ich bin ja bei dir.

Was sagst du? Ich höre nichts?

Ich bin bei dir!

Bei mir? Kaedas Runzeln zitterten, ihre Stimme raschelte wie welke Blätter. Das nützt mir nichts. Ich brauche dich nicht. Ich brauche nur deinen Körper, du dummes Ding! Deinen jungen, frischen Körper, so anmutig, so sauber! Ich will in deinem Bauch leben, in deiner Brust, in deinem Hinterkopf. Komm näher, noch näher!

Großmutter, du tust mir weh!

Kaedas Augen glänzten und schweiften umher, und sie schnappte nach Luft. Ihr Schädel war durch das dünne, verklebte Haar hindurch blass wie ein Kinderschädel. Sie redete unentwegt, und Speichel tropfte aus ihrem Mund.

Nichts tut dir weh! Du weißt nicht einmal, was Schmerzen bedeuten! Was ich mein Leben lang getan habe, habe ich nur für uns getan. Für dich und für mich. Und jetzt gehen wir zusammen. Weg mit der Decke, mir ist heiß! Sitz nicht einfach da und heule! Beug dich zu mir, Mädchen, leg dein Ohr an meinen Kopf. Gleich haben wir es hinter uns…

Ihre Stimme brach, Schaum trat in ihre Mundwinkel. Sumire blickte wie erstarrt auf sie hinab, eine uralte Frau, ihrem Ende nahe; ein Bündel Haut und Knochen nur, mit einem drohenden Blick in den Augen.

Großmutter, willst du nicht eine dieser neuen Tabletten?

Die nützen nichts mehr, Kaedas Stimme klang angewidert. Und schmutzig bin ich auch. Aber deine Mutter soll mich sauber machen. Nicht du!

Sumire brach in Tränen aus.

Ach, Großmutter! Der gütige Buddha wird Erbarmen haben!

Ein heftiges Zittern bewegte Kaedas Gestalt. Ihr Atem flackerte, ihre Augen wanderten, schon vom Tod geblendet, wütend und ruhelos umher. Plötzlich schüttelte sie ein schwerer Krampf. Sie hob ihr abgezehrtes Gesicht empor und rief mit hassbebender Stimme:

Ich verfluche Buddha!

Diese entsetzlichen Worte brachten Sumire völlig aus der Fassung. In Kaedas Geschichten waren ihre furchtlosen Lieblingshelden allzeit mit einem Gebet auf den Lippen gestorben. Auch gelang es ihr nicht, ihre Hand zu befreien. Sumire hatte das schreckliche Gefühl, dass die skeletthafte Gestalt sie mit sich in den Tod riss. Während sie verzweifelt versuchte, die zupackenden Finger zu öffnen, hörte sie ein Geräusch, bemerkte aus den Augenwinkeln, wie die Schiebetür zur Seite glitt und die Mutter herbeieilte.

Nichtsnutziges Weib!, zischte Kaeda. Wie oft muss ich dich rufen?

Die Tabletten, sagte Jun leise zu Sumire. Du weißt ja, wo sie sind …

Ich … ich kann nicht …

Sumire warf ihrer Mutter flehende Blicke zu. Sie kam von der Umklammerung nicht los. Plötzlich spürte sie einen heftigen Ruck, so als wäre eine starke Saite gerissen. Die krallengleichen Finger verloren ihre Kraft, fielen schlaff und offen auf die Decke zurück. Sumires Hand war weiß und gefühllos. Kaedas Nägel hatten blaue Halbmonde in die Haut hineingequetscht, und an einer Stelle drang bereits Blut durch. Kalter Schweiß brach dem Mädchen aus allen Poren; sie sah Funken kreisen, und vor ihren Augen wurde es schwarz. Sie verlor die Besinnung.

Als sie zu sich kam, war es heller Tag, und sie hörte die weiche Stimme eines Mönches, der die Sterbegebete sprach. Jun war bei ihr und lächelte sie traurig an. Sie hatte ihrer Tochter ein Schlafmittel gegeben. Sumire hatte über zwölf Stunden tief geschlafen. Ich hielt es für besser, sagte Jun. Nach diesem Schock ...

Der weiße Shinto-Holzaltar, der zu Ehren der Sonnengöttin, des Kaisers und der Nation aufgestellt war, war mit weißem Papier verschlossen worden, um ihn vor der Entweihung zu schützen. Aber der vergoldete Buddha-Altar war weit offen, denn Buddha bringt den Hinterbliebenen Trost. Man hatte Kaedas Leichnam gewaschen und in ein Sterbegewand gehüllt, und eine Gebetsschnur aus weißen Holzperlen um ihre gefalteten Hände gewickelt. Das weiße Leinenkleid hatte keine Schärpe, nur ein kleines Band, wie das erste Kinderkleidchen, denn es heißt, dass die Verstorbenen das Jenseits als kleine Kinder erreichen. Um Kaedas Hals hing ein kleiner, weißer Beutel. Er enthielt eine Strähne ihres Kinderhaars, die eine Priesterin ihr am achten Tag nach der Geburt abgeschnitten hatte, eine Strähne ihres Witwenhaars, eine Münze, um den himmlischen Fährmann zu bezahlen, und ferner noch die getrocknete Nabelschnur, die jeder Japaner einst lebenslänglich als Talisman aufbewahrte. Im Tod hatte sich Kaedas Muskelkrampf gelöst. Still lag sie da, von weißen Blumen umgeben. Ihr Gesicht schien wie geglättetes Elfenbein, geläutert und edel. Und obwohl alles im Raum rein und hell und erhaben war, brach Sumire beim Anblick der Verstorbenen in heftiges Zittern aus. Ihre Mutter bemerkte es, fasste sie behutsam bei den Schultern und sagte leise: Alles ist gut, Sumire-Chan. Sie hat endlich Frieden gefunden ...

Sumire sagte kein Wort, vergoss auch keine Träne. Sie verharrte bewegungslos, beugte nur den Kopf unter der schrecklichen Last ihres Geheimnisses; ihr Herz schlug hart und stürmisch. Sie dachte an den bevorstehenden Gang zum Tempel, an den Totendienst. In Anwesenheit aller Angehörigen würde der Priester die Gebete singen, die um Hilfe und Führung der Verstorbenen auf ihrem Weg zur

Himmelspforte baten. Jeder Trauergast würde sich vor Kaedas sterblichen Überresten verneigen. Eine große Summe würde für wohltätige Zwecke gestiftet werden. Und bald würde ein Täfelchen mit dem neuen, himmlischen Namen der Verstorbenen in den vergoldeten Altarschrein gelegt werden, vor dem die Familie morgens und abends in Erinnerung betete. Einzig Sumire wusste, dass alles unnütz und vergeblich war. Denn Kaeda war mit einem Fluch auf den Lippen gestorben, und ihrer hoffnungslosen Seele blieb der Weg zum Himmel auf ewig verschlossen.

28. Kapitel

Jahre vergingen; Sumire wurde erwachsen und übte auf alle, die ihr begegneten, einen eigentümlichen, unwiderstehlichen Reiz aus. Dass in ihr – gleichsam auf einer zweiten Ebene – ein Vorgang der Selbstentfremdung stattfand, wusste keiner. Ihr wirkliches Leben, das sich abseits vollzog, war eine Reise nach innen. Kaedas Erzählungen hatten etwas zeitlich und räumlich Fernes an sie herangetragen. Sie war zwar körperlich anwesend, aber ihr Geist ging eigene Wege. Und gelegentlich kam es vor, dass ihr Körper dabei stillgelegt wurde, in einem nahezu kataleptischen Zustand, der ihre Eltern bestürzte und den Ärzten ein Rätsel war.

Sie litt unter Schlafstörungen; oft, vorwiegend in Vollmondnächten, wurde sie unruhig und wanderte durch Haus und Garten. Einmal fanden sie die Eltern sogar im Nachtkleid auf der Straße. Als sie der Vater vorsichtig am Arm griff und zurückführte, war ihr Gesicht völlig ruhig, die Augen weit geöffnet und glänzend. Bis ein tiefer Atemzug ihre Brust hob und sie sich behutsam aus Toshis Umarmung befreite. Sie sah beide Eltern und sagte:

»Was ist denn? Ich war doch bei der Ehrwürdigen Großmutter.«
Man verschrieb ihr beruhigende Tropfen. Die Ärzte stellten fest,

dass sie körperlich sehr gesund war. Die Anfälle, meinten sie, würden wohl von selbst nachlassen. In einer Zeit, in der noch viele Japanerinnen zierlich waren, fiel Sumire durch ihren hohen, geschmeidigen Wuchs auf. Sie war schön auf eine kalte, distanzierte Art. Ihr tiefschwarzes Haar schimmerte wie Quecksilber. Auch wenn sie in der modernen Zeit aufwuchs, folgte sie dem früheren Schönheitsideal, mied die bräunenden Sonnenstrahlen, und ihre Haut war wächsern hell zu jeder Jahreszeit. Sie suchte den Schatten, das Halbdunkel. Nachts erschien ihr alles wie verwandelt, als würde das silberhelle Mondlicht die Dinge verzaubern. Tokio war dabei, sich zu einer modernen Metropole zu entwickeln, aber Sumire zeigte wenig Interesse an neuen Errungenschaften. Sie war stets auffallend schlicht gekleidet, in japanische Gewänder natürlich, und wählte stets Farben, die eigentlich unpassend für ein so junges Mädchen waren: lila, mohnrot, pflaumenblau. Ihre Mutter zeigte wenig Missbilligung, beugte sich nachsichtig Sumires Launen. Ihre ganz besondere Lebenskraft war auch im Familienkreis deutlich zu spüren. Beunruhigend war, dass sie nach Kaedas Tod nicht mehr als üblich vor dem vergoldeten Buddha-Altar verweilte, auch keine Speisen auf den kleinen, lackierten Altartisch stellte. Sie zündete lediglich ein Weihrauchstäbchen an und hielt es in der Hand. Während der Rauch sich kräuselte, blickte sie abwechselnd auf das gegenüberliegende Fenster oder die Schiebetür. Wer sie genau beobachtete – ihre Mutter tat es oft im Verborgenen –, sah plötzlich Sumires Augen aufleuchten. Es war, als ob sie das sehnsuchtsvoll Erwartete plötzlich erblickte. Ihre Lippen bewegten sich dabei; sie führte ein stilles Selbstgespräch, wie ein spielendes Kind. Sumire war zwar kein Kind mehr, aber weder Vater noch Mutter wagten zu fragen, warum sie von den Riten abwich und zu wem oder was ihre Tochter denn eigentlich sprach. Sie war seit ihrer Geburt ein Rätsel gewesen.

Inzwischen besuchte sie eine höhere Mädchenschule und lernte gut. Ihre Intelligenz war scharf ausgebildet. Besonders gelobt wurde ihre zunehmende Fertigkeit in der Tuschemalerei. Unter der geduldigen und liebevollen Führung ihres Vaters hatte sie allmählich eine erhebliche Kunstfertigkeit erlangt. Trotz ihrer jungen Jahre war ihre

Pinselführung tadellos. Doch der Geist verrät sich stets in der Tuschemalerei, und wer ihre Bilder betrachtete, fühlte sich auf unerklärliche Weise betroffen. Sumire malte stets sehr klassische Motive: Bäume, Felsen oder Tiere. Aber sie malte sie in einer Art, die das Auge beunruhigte. Zum Beispiel malte sie einen Pfad an einem Berghang. Zwischen Büschen und Bäumen wanderte ein Kind einem großen weißen Fleck entgegen, der sich beim näheren Hinsehen als entstelltes Gesicht entpuppte. Ein Auge war oben, eins unten, und der Gespenstermund klaffte weit auf, als ob er das Kind verschlingen wollte. Oder sie malte eine tanzende Frau in merkwürdig verzerrter Stellung; über ihr schwebte eine Gestalt, die sie zu lenken schien. Die angespannte Haltung der Tänzerin vermittelte ein Gefühl äußersten körperlichen Schmerzes, bis dahin, wo es über die Grenze des Bewussten hinausging. Und da war noch ein anderes Bild, das zwei Baumstämme zeigte, einen kleinen und einen großen, kreuzförmig gefällt. Ringsum war ein Wald, mit tiefschwarzer Tinte gemalt. An abgeknickten Bäumen hingen seltsame Gegenstände. Es mochten Kleiderfetzen, zerrissene Banner oder dergleichen sein. Ein abgetrennter Arm hing an einem Busch. Das überaus erschreckende Bild schockierte Jun derart, dass sie es dem Nervenarzt zeigte, bei dem Sumire neuerdings in Behandlung war. Freud fand bereits großen Anklang in Japan, und Dr. Tanakas Diagnose entsprach einigen Tatsachen ihres Seelenlebens: eindeutige künstlerische Begabung, Verleugnung der objektiven Realität, Neigung zur Hysterie und Sexualphantasien. Was die Tuschemalerei betraf, nun, man sollte die junge Dame nicht beunruhigen. Sie wusste vermutlich nicht, was sie malte. Dr. Tanaka verschrieb ihr Tabletten, die aus Holland kamen und offenbar gute Erfolge erzielten. Dazu Wechselbäder, Bewegung in frischer Luft. Und ferner empfahl er Jun mit Nachdruck, ihre Tochter so bald wie möglich zu verheiraten. An Sumires achtzehntem Geburtstag wurde ihr Vater beim Spazierengehen von einem Regenguss durchnässt. Am Abend hatte Toshio hohes Fieber und kam mit einer Bronchitis, die in eine Lungenentzündung ausartete, ins Krankenhaus. Nach zwei Wochen schien die Genesung nahe, doch dann versagte sein Herz.

Das Haus war sehr einsam nach Toshios Tod. Die ersten neunundvierzig Tage, wenn die Seele um die Dachtraufen schwebt, verbrachten Jun und ihre Tochter in stiller, versunkener Trauer. Jun weinte viel, aber wie stets blieben Sumires Augen trocken. Ruhig saß sie da und hing ihren Gedanken nach. Nachts schlief sie tief, nahezu unbeweglich, und hielt dabei die Augen offen, was Jun erheblich verwirrte. Dem buddhistischen Glauben zufolge löst sich in der neunundvierzigsten Nacht die Seele von den irdischen Fesseln. Und in dieser Nacht erhob sich Sumire von ihrem Bett und trat nach draußen in den Garten. Jun erwachte durch irgendein Geräusch, fand die Bettmatratze neben sich leer. Angsterfüllt lief sie von einem Zimmer ins andere. Eine Schiebetür war halb offen. Jun spähte in den Garten. Der Vollmond schien, und Jun sah Sumire im Apfelbaum sitzen und auf einem hohen Zweig schaukeln. Jun beherrschte sich gut; dergleichen hatte sie ja schon früher erlebt. Sie wusste, dass es gefährlich war, das Mädchen zu erschrecken. Sie ging ruhig über die Gartensteine, blieb unter dem Baum stehen und rief leise Sumires Namen. Daraufhin stieß sich das Mädchen vom Ast ab und glitt so gelenkig hinab, als wöge sie nur so viel, wie man im Traum wiegt. Dann stand sie vor der Mutter, mit bloßen Füßen und etwas verschrammt. Jun blickte in ihr klares Gesicht mit den geweiteten Augen und fragte, ohne die Stimme zu erheben: Was suchst du in dem Baum, Sumire? Ein Mädchen in deinem Alter, und mitten in der Nacht!

Sumire strich ihr Haar aus dem Gesicht und antwortete ruhig: Ich habe Vater gesehen, bevor er ging. Er stand vor meinem Bett, in seinem Totenkleid, und aus ihm strömte blaues Licht. Als er sah, dass ich wach war, legte er die Finger auf die Lippen. »Pssst, Sumire, ich wollte dir nur Lebewohl sagen!« Und dann ging er fort. Ich meine... dass er durch die Tür schwebte. Und ich dachte, oben auf dem Baum, da sehe ich ihn vielleicht noch ein letztes Mal...

Jun hielt ihre Tränen zurück. Sanft fasste sie Sumire am Arm, führte sie ins Haus und gab ihr süßen Reisschleim zu trinken, damit sie sich beruhigte. Tatsächlich schlief das junge Mädchen auch bald wieder ein, während ihre Mutter bis in die frühen Morgenstunden keine Ruhe fand.

Jun war immerhin erleichtert, dass ihre Tochter diesmal den Totendienst gebührend einhielt, stets die erste Portion ihres Abend-
essens den Verstorbenen weihte und vor dem erleuchteten Hausaltar
lang und andächtig betete.

Ungefähr ein Jahr nach dem Tod ihres Vaters malte Sumire eines
ihrer beunruhigendsten Bilder. Das sehr klassische Motiv zeigte
einen Karpfen, der einen Fluss hinaufschwamm. Sumire aber hatte
den Strom so gemalt, dass der Betrachter das Gefühl hatte, von oben
auf das Wasser zu blicken. In den Wellenstrichen war der Karpfen
nur teilweise sichtbar, wobei der Kopf auf gespenstische Weise einem
Totenschädel glich.

Unter dem Einfluss der europäischen Avantgarde-Bewegung gab
es bereits moderne Kunstgalerien in Tokio. Surrealismus, Dadais-
mus und Expressionismus rebellierten gegen den herrschenden konservativen Geschmack, kamen jedoch zu früh und hatten noch keine
Chance. Daneben kannte Japan, außer traditionellen Werken, eine
phantastische Malerei mit exzentrischen Motiven und einem Hang
zur Groteske. Sumires morbide Aussage hätte durchaus in diese
Kunstrichtung gepasst. Aber dass eine so junge Frau aus guter Familie ihre Werke öffentlich ausstellte, galt als anmaßend und ge-
sellschaftlich unpassend. Folglich wurden Sumires Bilder nur im
Rahmen ihrer Schulleistungen gezeigt. Der Eindruck, den sie dabei
erweckte, war, gelinde gesagt, schockierend. Manche Menschen
schienen zu erwarten, dass sich die junge Künstlerin von einem
Atemzug zum anderen in eine Art Ungeheuer verwandelte. Jun, bereits auf der Suche nach einem Bräutigam für sie, fühlte Unbehagen.
Sumires Eigenarten sprachen sich allmählich herum. Die in Frage
kommenden jungen Männer wichen erschrocken zurück, von den
Eltern ganz zu schweigen. Sumire war so ganz anders; fast schien es,
als käme sie von einem fremden Stern. Mit einer Leichtigkeit, die an
Leichtfertigkeit grenzte, widersetzte sie sich den Konventionen. Sie
trug eine altmodische Frisur, die das perfekte Oval ihrer Gesichts-
form zur Geltung brachte, puderte ihr Gesicht und schminkte sich
die Lippen aufdringlich rot. Jun stellte betroffen fest, dass sie immer
mehr Kaeda glich und diese Ähnlichkeit auch bewusst betonte. Jun

hatte zunehmend das unbehagliche Gefühl, dass die Verstorbene Sumires Gesicht modellierte, ihre Frisur bestimmte, ihre Sprechweise und ihre Bewegungen leitete. Jun bekam Angst vor ihr – vor der Toten – und auch Angst vor ihrer Tochter. Sie schämte sich dafür, denn Sumire war Gegenstand ihrer zärtlichen Liebe, und sie hatte auch nicht den Mut, die junge Frau von ihrer Lieblingsbeschäftigung, der Tuschemalerei, fern zu halten. Obwohl Jun, wenn sie ehrlich zu sich selbst war, die Bilder grauenvoll fand.

Sumire spürte die Gefühle ihrer Mutter sehr wohl. Jun tat ihr Leid, mehr aber auch nicht. Mach dir nichts draus, sagte die Ehrwürdige Großmutter. Solange wir beide es schön zusammen haben...

Sumire konnte ihr nur zustimmen. Mit ihrem geliebten Vater standen die Dinge ganz anders. Er hatte Sumire seine Kunst beigebracht; nun weilte er glücklich im friedlichen Land der Seelen. Sumire hatte sich aufrichtig bei ihm bedankt, als er ihr Lebewohl sagte. Sie betete täglich zu ihm und war traurig, dass er gegangen war, aber sie brauchte ihn nicht mehr.

Die Ehrwürdige Großmutter indessen war immer da. Sie schwebte ungefähr einen Meter über Sumires Kopf oder hing an den Dachtraufen. Sie bewegte sich in der Schattenwelt der Wahrnehmung, in einer idealen Entfernung. Sie machte die Welt porös und bewirkte gleichzeitig, dass die Tuschemalereien etwas darstellten, das keiner, Sumire inbegriffen, so richtig zu entschlüsseln vermochte. Ein Traum nach dem anderen schlängelte sich herbei wie unfassbar geheimnisvolle Motive in einer komplizierten Sinfonie, aber die Szenen, von einer hochbegabten Hand skizziert, hatten deutliche Umrisse. Den Karpfen, beispielsweise, fand die Ehrwürdige Ahnin besonders gelungen. Karpfen kämpfen gegen den Strom an, schwimmen zum Quellgebiet, wo sie laichen. Sie kehren zur Zeugung zurück, zum Ursprung des Lebens. Auf ähnliche Weise folgen die Verstorbenen dem rätselhaften Pfad der Seelenwanderung, bis sie nach einem langen Zeitraum der Hilflosigkeit und Finsternis am Ende zu neuer Hoffnung kommen. Aber Kaedas Seele vermochte die Reise nicht zu bewältigen. Indem sie die Großmutter auf dem Weg zur Wiedergeburt malte, leistete Sumire einen Akt der Fürbitte. Eigentlich hätte sie nur Knochenreste malen wollen, so wie die Großmutter es haben wollte; sie hatte jedoch befürchtet, ihre Mutter und ihre Verwandten zu verletzen, und diese Einwände der Ehrwürdigen Großmutter auch dargelegt. Diese hatte – wie sooft – ihr leises, raues Gelächter hören lassen. Das mag durchaus stimmen. Na schön! Male einfach einen Karpfen, und alle werden ruhig sein!

Die Bilder von der tanzenden Frau, dem entstellten Gesicht und der kreuzförmigen Figur am Berghang waren auf gleiche Weise entstanden. Die Ehrwürdige Großmutter erteilte Sumire genaue Angaben und gab nur spärliche Erklärungen dazu ab.

Ach, die Bilder haben irgendeine Bedeutung, ich weiß noch nicht, welche. Mal sie einstweilen, später sehen wir dann. Sumire hatte die Bilder ohne sonderliche Anstrengung fertiggestellt. Großmutter Kaeda mochte ihre Tuschemalereien. Gut, sehr gut sogar! Aber der Karpfen gefällt mir am besten. Da hast du dich selbst übertroffen, kleine Enkelin. Und tu mir den Gefallen, sorge dafür, dass das Bild nie beschädigt oder verkauft wird. Dann wäre ich nämlich sehr böse.

Dass Großmutter böse werden konnte, wusste Sumire hinreichend. Es gab Augenblicke, da hatte sie sogar große Angst vor ihr. Zum Beispiel, wenn sie nachts Sumires Tinte auf den makellosen Tatami-Matten verschüttete, ihre Malpinsel zerbrach oder Mutters teuren Kimono mit einer Schere zerfetzte. Als Sumire die Großmutter fragte, warum, kicherte sie nicht anders als ein Schulmädchen: Ach, dieser Kimono, der hat mir nie gefallen. Grün ist eine Farbe, die Jun einfach nicht steht. Sumire hatte immer gefunden, dass ihre Mutter in diesem Kimono besonders hübsch aussah. Die Sache war ihr außerordentlich peinlich gewesen. Ihre Mutter hatte sie deswegen gescholten, was Sumire als äußerst ungerecht empfand. Sie konnte ja nichts dafür. Und sie konnte auch nicht erzählen, dass die Ehrwürdige Großmutter ihre Hand im Spiel hatte. So kam es, dass Jun ihre Tochter einmal mehr zu Dr. Tanaka in die Praxis schleppte. Dieser verschrieb ihr wieder die ekelhaften Pillen, die ihr Kopfschmerzen verursachten und das Gleichgewicht nahmen, sodass sie nicht gehen konnte, ohne zu taumeln und an die Wände zu stoßen.

Aber Sumire hatte gelernt, das Wasser zwar zu schlucken, die Pille jedoch im Mund zu behalten und auszuspucken, ohne dass die Mutter etwas merkte. Es war eigentlich ganz einfach, wenn man den Trick richtig beherrschte. Aber warum ihr Großmutter bisweilen kleine Verletzungen mit der Schere oder dem scharfen Fischmesser zufügte, wo sie ihr doch gehorsam jeden Wunsch erfüllte, verstand Sumire überhaupt nicht. Dass die Ehrwürdige Großmutter zu solchen Dingen fähig war, ließ sie bisweilen frösteln. Sie wusste zum Glück, wie tief und innig Kaeda sie in Wirklichkeit liebte. Außerdem heilten die Wunden sofort, hinterließen keine Narbe, die Haut war immer makellos und weiß. Nur selten fand sich ein Tropfen Blut in der Wäsche oder auf dem Bettbezug. Und diese kleinen Zurechtweisungen, nun, die waren ja wirklich unbedeutend ...

29. Kapitel

Die Regierungszeit des Kaisers Taisho hatte nur knappe 15 Jahre, bis 1926, gedauert; sie ging als erfolgreicher Versuch einer Demokratisierung der Politik, Gesellschaft und Kultur in die Geschichte ein. Aber die Zeit war zu kurz gewesen, und Japan nicht bereit. Westliche Kleidung, Architektur und Technik hatten das Erscheinungsbild des Landes zwar verändert, aber die wirtschaftliche Lage war verheerend. 1929 brach die Börse zusammen. Ausgerechnet in dieser bedrohlichen Zeit, als Japan kurz vor dem Eintritt in die dunklen Jahre des Militarismus und des Krieges stand, blühte ein sehr lebendiges Kulturleben, mit einer permanenten Demonstration von Fantasie und Freiheit. Anders als in Europa war es hierzulande für Frauen selbstverständlich, sich ohne männliche Begleitung in der Öffentlichkeit zu zeigen. Kino und Theater, Revuen und Varieté-Shows gehörten durchaus zu den Vergnügungen, bei denen eine Witwe und ihre Tochter sich sehen lassen konnten. Folglich hatte

Jun nach Beendigung der Trauerzeit wieder begonnen, am gesellschaftlichen Leben teilzunehmen, überdies immer noch im Bestreben, für ihre Tochter den Richtigen zu finden. Jun liebte Konzerte und Opern sehr. Tokio hatte bereits sein Philharmonisches Orchester, und namhafte Sänger gaben Gastspiele. Seit 1916 hatte auch das kaiserliche Theater ein Corps de Ballet unter russischer Leitung; daneben erfreute sich der moderne Ausdruckstanz zunehmender Beliebtheit. Der Auftritt der berühmten La Argentina rührte und begeisterte das Publikum. 1934 waren Jun und ihre Tochter auch unter den Zuschauern, die Harald Kreutzberg zujubelten. Obwohl das urbane Bildungsbürgertum – zu dem auch Mutter und Tochter gehörten – manche traditionellen Kunstformen als veraltet missachtete, erfreute sich das Kabuki nach wie vor uneingeschränkter Beliebtheit. Das Kabuki-Za war der Ort, den man besuchte, um zu sehen und gesehen zu werden. Die Wechselbeziehungen zwischen Europa und Japan seit der Meiji-Reform waren intensiv; auch hatte man versucht, die Spielformen des Kabuki mit Hilfe europäischer Dramaturgie zu aktualisieren. Diese Bemühungen wurden zwar von der Avantgarde begeistert aufgenommen, setzten sich aber beim Volk wenig durch. Das klassische Kabuki stand weiterhin in der Gunst des Publikums. Kabuki war alles, was die Japaner zum Träumen anregte: Musik, Tanz, Handlung, Farbe, Dramatik, Lustspiel und Tragödie. Aber es waren unruhige Zeiten, die Kriegswolken rückten näher, der Werteverfall einer untergehenden Welt zeigte sich auch auf der Bühne. Inzest, Folter, Prostitution, Erotik und Sadismus wurden unverblümt dargestellt. Der Hang zum Maßlosen, zum aufschneiderischen Heldentum und zum übersteigerten Drama war kaum zu überbieten. Doch für Sumire waren diese Stücke weit mehr als spektakuläre Schmierenkomödien. Die teilweise fragwürdigen Inhalte vergegenwärtigten und festigten die unsichtbare Welt, die sie in sich trug und die gelegentlich auf merkwürdige Weise in Erscheinung trat, einer Luftblase ähnlich, die auf der Oberfläche eines dunklen Tümpels zerplatzt.

Für Sumire war die Bühne ein Ort, in dem Schranken und Trennwände nicht mehr bestanden. Ihr fester Standpunkt im Saal gab ihr die nötige Sicherheit. Sie saß wie an einem Fenster und blickte hinaus in die Welt, ob diese Welt nun dramatisch dunkel oder taghell war. Füllte sich die Bühne mit Gestalten, überwand Sumire mühelos irgendeine Distanz, verließ ihre abgerückte Perspektive zugunsten einer Annäherung und Vermischung. Es war bisweilen sehr ergreifend, unheimlich oder sogar auch schrecklich. Und jedes Mal, wenn sie das Theater verließ, brauchte sie zunächst Zeit, um das Beben ihres Herzens, das wilde Klopfen in beiden Schläfen abzustellen. Es kam nicht selten vor, dass sie Fieber hatte.

Heute hat sich im klassischen Kabuki der Brauch durchgesetzt, jeweils drei oder vier Höhepunkte aus ganz verschiedenen Stücken zu bieten. Damals jedoch konnte ein volles Stück sechs bis zehn Stunden dauern. Aus Fabel und Dialog entwickelten sich lange und komplizierte Handlungen. Es war wahrhaftig die Erschaffung einer Welt. Manche Darsteller spielten ihr Leben lang nur einen einzigen Typus, ja, ganze Familiendynastien spezialisierten sich auf nur eine Rollenart. Und viel perfekter noch als heute beherrschten die Onnagata alle Tricks und Geheimnisse der weiblichen Eleganz, sodass Frauen nur darum ins Theater gingen, um von ihnen Anmut und guten Geschmack zu lernen.

An einem dieser Tage also begaben sich Jun und ihre Tochter zum Kabuki-Za, wo Chushingura – die 47 Getreuen auf dem Spielplan stand, ausgerechnet jenes Stück, das eines fernen Tages in der Zukunft Tadao Amano und seinem Kind zum Verhängnis werden sollte. Das Schicksal vermag das Unerwartete, das Unvermeidliche räumlich und zeitlich zu verknüpfen; wer die Fäden lenkt, weiß keiner. Und jeder Versuch, es auf irgendeine Weise erklären zu wollen, führt zu nichts.

Der Schauspieler Enzo Ichikawa, der den unerschrockenen Rächer Kuranosuke spielte, war damals auf dem Höhepunkt seiner Berühmtheit, und die Bravour seines Spiels riss die Zuschauer zu Begeisterungsstürmen hin. Als Kuranosuke – zum Schein – den verdorbenen Samurai spielte, der zehn Jahre lang Frau und Kinder vernachlässigt, einen ausschweifenden Lebenswandel führt und sich der Trunksucht ergibt, nur um den verhassten Feind zu täuschen und seine Rache zu vollziehen, seufzte und litt das Publikum mit ihm. Beifall tobte, als er endlich seine Lumpen von sich warf, in prächtiger Rüstung mit seinen Getreuen das Schloss angriff, wo sich sein Widersacher, winselnd vor Angst, in einem Kohlenschacht verbarg. Kuranosuke, wunderschön anzusehen, vollendete seine Rache und schritt dann über den Blumenweg am jubelnden Publikum vorbei. Die Konvention schrieb vor, dass der Held im vollen Schmuck, von der Mondsichel gekrönt und das Schwert in der Hand, einige Sekunden lang Halt machte, in einem so genannten Mie erstarrte, in einem lichtumfangenen Gemälde also, das sich in die Netzhaut der Zuschauer einprägte wie ein Fieberbild. Sumire, zu ihm emporstarrend, sah den Schauspieler zum Anfassen nahe in seiner überwältigenden Schönheit vor sich stehen. Vor ihren verzückten Augen begann die Gestalt sich aufzulösen, dann nach oben zu entschwinden, während das wundervolle Gesicht zu ihr hinabblickte. Die Lippen öffneten sich zu einem Lächeln, das zugleich liebevoll und schrecklich war, während sich schwarze Blitzranken aus seinen Augen lösten, hin und her flackernd wie das Zucken in Sumires Gehirn. Sie spürte ein merkwürdiges Gefühl, als ob ihr Magen sich zusammenzog. Eine plötzliche Hitze stieg schraubenartig in ihr auf, bohrte sich tief in ihre Eingeweide. Der Fächer entglitt ihrer Hand und alles wurde still und schwarz.

Sie fand sich dann als Nächstes auf einem Sofa liegend, betrachtete verwirrt den Stuck an der Decke, und eine Anzahl Leute standen um sie herum. Ein kleiner Mann mit Brille und sanftem Gesicht befühlte ihren Puls. Sumire stützte sich mühsam auf den Ellbogen auf und sah ihre Mutter, die ihr verkrampft zulächelte. Sei ruhig, Liebes. Gleich geht es dir besser …

Der kleine Mann, der sich mit förmlicher Verneigung als Dr. Hasami vorstellte, erklärte, dass kein Grund zur Besorgnis bestand. Das lange Sitzen, die Hitze, die Aufregung, nichts weiter. Sumire sollte eine Weile liegen bleiben, schön ruhig, ja? Man brachte ihr Tee, den sie behutsam trank, sorgsam darauf bedacht, den Kragen ihres ganz neuen, veilchenblauen Kimonos zu schonen. Inzwischen entschuldigte sich Jun bei Dr. Hasami, weil er die letzten ergreifenden Szenen ihrer Tochter wegen verpasst hatte. Der Arzt schüttelte lebhaft den Kopf. Nein, nein, er hatte Chushingura in dieser Saison schon zweimal gesehen. Die Besetzung sei hervorragend. Und Enzo Ichikawa, wirklich großartig, nicht wahr?

Das Stück war inzwischen zu Ende, die Zuschauer strömten hinaus, und manche warfen neugierige oder mitleidvolle Blicke auf das liegende Mädchen. Jun sagte, sie würde ein Taxi bestellen, und Sumire schloss für ein paar Minuten die Augen. Sie musste eingeschlafen sein. Als sie erwachte, war das Foyer fast leer, und ihre Mutter stand etwas abseits im Gespräch mit einem Mann, der einen formellen, mit fünf Wappenzeichen verzierten, schwarzseidenen Kimono trug. Nun wandte sich die Mutter ihr zu, und als der Mann sah, dass Sumire sich aufsetzte, verbeugte er sich, nannte seinen Namen und fragte, wie sie sich fühlte. Sumire entschuldigte sich, stammelte konfuse Worte, ordnete mit zitternden Händen ihre Frisur. Denn der junge Mann, der sie so höflich und teilnahmsvoll begrüßte, war niemand anderes als Enzo Ichikawa.

Er hatte, während er über den Blumenweg schritt, das wunderschöne Mädchen bemerkt, das ihn aus unmittelbarer Nähe verzückt angestarrt hatte und dann zusammengebrochen war. Danach hatte er gesehen, wie sich zwei Zuschauer der leblosen Gestalt annahmen und sie aus dem Saal trugen, wobei sie, in wohlmeinender Eile, auf Sumires Fächer traten. Enzo, in Sorge um das Mädchen, hatte seinen Assistenten geschickt. Dieser hatte gemeldet, dass sie im Foyer von einem Arzt betreut wurde. Nachdem das Stück zu Ende war, hatte der Schauspieler den Wunsch geäußert, sich persönlich nach ihrem Befinden zu erkundigen. Sumire, in großer Verwirrung, sah einen etwa dreißigjährigen Mann vor sich, hoch gewachsen und stattlich, mit einem ebenmäßigen Gesicht. Ein Gesicht von strenger Schönheit, melancholisch und doch von Leben erfüllt. Die Augen waren groß, vielleicht noch von einem Rest Schminke verdunkelt. Nervöser Schweiß bedeckte Sumires Gesicht und gab ihr eine weißliche Färbung; sie wusste nicht, dass dieser mattglänzende Film die Schönheit ihrer Knochen hervorhob, die so fein geformt waren, dass ihr Gesicht selbst mit dem leidenden Ausdruck liebreizend und begehrenswert war. Inzwischen hatte sie sich so weit erholt, dass sie dem Schauspieler für seine Anteilnahme danken konnte. Auch Jun drückte ihre Bewunderung für sein Spiel aus; sie tat es unter langen, sehr feierlichen Verbeugungen und mit Worten, die trotz ihrer Zurückhaltung die feingeistige, selbstsichere Dame verrieten. Als es an der Zeit war, sich zu verabschieden, schickte Enzo das Taxi weg und stellte Mutter und Tochter seinen eigenen Wagen mit Chauffeur zur Verfügung – eine List, wie er später zugab, um die Adresse der Schönen zu erfahren. Und zwei Tage später brachte der Postbote ein Geschenk für Sumire: einen kostbaren Fächer aus Kyoto, entzückend bemalt, um jenen Fächer zu ersetzen, der im Theater beschädigt worden war. Es war ein sehr persönliches Geschenk, feinfühlig, aber am Rande der Schicklichkeit. Nach kurzer Überlegung meinte Jun, dass die Umstände den kleinen faux pas wohl entschuldigten. Sumire durfte also den Fächer behalten und schickte einige Dankesworte, die ihre elegante Schönschrift zur Geltung brachten.

Enzo würdigte ihren Brief, indem er zwei Freikarten zu einer Vorstellung schickte. Daraufhin revanchierte sich Jun mit einer Einladung in ihrem Haus, wo sie den Schauspieler in großzügiger Weise bewirtete. Und es dauerte nicht lange, bis Enzo beide Damen zu einem Spaziergang einlud, um die Kirschblüten im Kaiserlichen Park zu bewundern. Diesmal war auch Enzos Onkel Takeo anwesend, ein vornehmer alter Herr, der sich schon lange von der Bühne zurückgezogen hatte. Er war weit über achtzig, mit silberweißem Haar. Er sah noch gut aus, wenn er auch an einem Stock ging. Die Begegnungen waren immer sehr förmlich. Sumire und ihr Verehrer fanden kaum Gelegenheit zu einem vertrauten Gespräch. Nach wie vor auf der Suche nach einem passenden Ehemann für ihre Tochter, spielte Jun gleichwohl die Überraschte, als der Onkel einige Wochen nach diesem Spaziergang bei ihr seine Aufwartung machte. Er kam als Nakodo – als Vermittler. Mit ausgesuchten Worten hielt er im Namen seines Neffen um Fräulein Sumires Hand an. Jun dankte formvollendet für das ehrenvolle Angebot, wobei sie gerade so viel Wärme und Entgegenkommen zeigte, um den Bewerber nicht gleich vor den Kopf zu stoßen. Sie bat Onkel Takeo um einige Tage Bedenkzeit und berief den Familienrat ein. Jun war von Enzos Noblesse sehr angetan, wusste aber nur zu gut, wie heikel die Lage war. Vormals hatte das Theatervolk einen schlechten Ruf. Inzwischen hatten sich die Zeiten geändert; Schauspieler nahmen einen hohen sozialen Rang ein, man begegnete ihnen mit Respekt und Bewunderung. Gleichwohl zählte der Klassenunterschied. Ob eine alte, stolze Adelsfamilie bereit war, einen Schauspieler in ihren Schoß aufzunehmen, gab an diesem Nachmittag Anlass zu ernsten und sorgfältigen Erwägungen. Die feierliche Versammlung war sich auch zunächst sehr uneinig. Sumire war natürlich anwesend, aber solange die Beratung dauerte, saß sie vollkommen stumm, den Kopf auf die Brust gesenkt, und hörte angsterfüllt zu. Offiziell war sie seit Toshios Tod Familienoberhaupt, sprach aber als unverheiratete Tochter nur durch ihre Mutter. Sie war innerlich in großem Aufruhr. Die Verwandten hatten die Macht, ihre Ehe mit Enzo abzulehnen. Und weder Sumires Flehen noch ihre Tränen, ja nicht einmal irgendein irdisches Gesetz konnten sie zwingen, die einmal gefasste Meinung zu ändern. Doch der Mutter lag Sumires Glück am Herzen. Sie wies geschickt auf das Prestige der Ichikawa-Dynastie und nicht zuletzt auf ihr großes Vermögen hin, ein Argument, das schließlich auch den Zögernden einleuchtete. Außerdem wusste die Familie, dass Jun ihre liebe Not hatte, Sumire unter die Haube zu bringen, und schätzte sich letztendlich glücklich. Nach zwei Stunden sehr gründlicher Besprechung erteilte der Rat seine Genehmigung. Sumire, die es bis zu diesem Augenblick still ausgehalten hatte, machte nun zwei tiefe, gerührte Dankesverbeugungen, zunächst vor den würdigen Alten, dann vor ihrer Mutter, und glitt aus dem Raum. Während das Dienstmädchen Tee und Süßigkeiten brachte, ging Sumire mit leisen, beherrschten Schritten zum Hausaltar. Sie verneigte sich vor ihrem verstorbenen Vater, dankte auch ihm, denn sie war gewiss, dass er vom Himmel aus ihr Schicksal gelenkt hatte. Die Ehrwürdige Großmutter war natürlich nicht da, aber Sumire wusste, wo sie zu finden war. Etwas ängstlich begab sie sich in ihr Zimmer; und kaum kniete sie vor dem Rollbild mit dem Karpfen nieder, da sagte Großmutter auch schon, dass Sumire ihr nichts zu erklären brauchte, dass sie bereits alles wusste. Und es bestand kein Zweifel: Sie war ziemlich aufgebracht.

›Ein Schauspieler! Er tut wie ein Mensch von hohem Stand, trägt aber noch immer den Stempel der Gaukler! Und dieser gerissene alte Kuppler mit seinem Spazierstock! Ein tausendfacher Jammer, wirklich, dass deine Mutter ein zu weiches Herz hat!‹

Sumire fühlte Unbehagen. Kaeda hatte ihrem Glücksgefühl einen harten Schlag versetzt. Ihre Ruhe und Heiterkeit hingen von der Ahnin ab. Warum vermochte die Ehrwürdige Großmutter ihr stets solche Furcht einzujagen? Etwas wie Trotz regte sich in Sumire, die zu widersprechen wagte.

›Großmutter, er ist edelmütig und stark. Er hat Geld und ein schönes Haus, und wird gut für mich sorgen.‹

›Ja, ja, er ist ein nützlicher Mensch‹, brummte Lady Kaeda, ›und er wird auch ein passender Gatte für dich sein. Aber nimm dich in Acht! Er hat die Augen des Schmetterlings.‹

›Was willst du damit sagen, Großmutter?‹

›Solche Augen sehen nach *draußen*, das bringt nur Verdruss. Aber lassen wir die Einzelheiten. Du hast etwas zu bewahren, denke daran!‹

Die ehrwürdige Ahnin sprach manchmal in Rätseln. Ihre Stimme war wie ein Echo, das in Sumires Ohren hallte und sie benommen machte.

›Was… was habe ich zu bewahren?‹

›Das Rollbild, was denn sonst? Du wirst jetzt kaum noch Zeit finden zu malen, und bald gibt es Krieg. Hör zu, wir schließen jetzt einen Handel: Gibst du dem Bild den Ehrenplatz in deinem Heim, werde ich es dir behaglich machen.‹

Sumire erschrak.

›Ehrwürdige Großmutter! So unbescheiden kann ich nicht sein!‹

›Tu nicht so zimperlich.‹

›Das Kakemono muss der Jahreszeit entsprechen…‹

›Ach, Unsinn. Gehorche!‹

›Enzo wird nicht einverstanden sein.‹

›Du kannst von ihm verlangen, was du willst.‹

›Ich… ich versteh dich nicht…‹

Großmutters Stimme klang zunehmend gereizter.

›Erbitte es dir von ihm. Ist das denn so schwierig?‹

›Ich weiß nicht, was du meinst. Ich…‹

›Du einfältiges Ding! Du wirst jetzt seine Braut, und er liebt dich. Liebe ist eine törichte Angelegenheit, aber unserer Sache dienlich. Sei klug, erfinde einen Grund. Hat dein Mann später Unglück, wirst du ein schlechtes Gewissen haben. Erfüllt er deinen Wunsch, werde ich gut zu ihm sein. Sonst…‹

Großmutters Stimme echote in leisem, kaltem Hohngelächter. Sumire knetete verzweifelt die Hände. Die Ehrwürdige Ahnin drohte nie vergeblich. Es gab keinen Ausweg: Sie musste ihren Befehl ausführen.

Einige Wochen später fand die Verlobung statt. Es war kein so zeremonielles Fest wie eine Hochzeit, aber doch sehr offiziell und bedeutend. Tatsächlich wurde in Familien, die an der Tradition festhielten, die Verlobung für genauso bindend angesehen wie die Hochzeit selbst.

Es war ein schöner, sonniger Spätsommertag, und Sumire, die nur wenig geschlafen hatte, wurde bei Sonnenaufgang geweckt. Sie stellte bekümmert fest, dass Großmutter wieder ein Glas zerschlagen und ihr Verletzungen beigebracht hatte. Sie pickte behutsam einige Glassplitter aus ihrer Haut, bevor sie ein Bad nahm und erleichtert feststellte, dass die Wunden nur winzige blaue Stellen hinterlassen hatten. Bald kam auch die Friseurin, die ihr Haar auf neue Art zurechtmachte, denn sie war jetzt eine junge Braut, und eine Mädchenfrisur ziemte sich nicht mehr für sie. Nach einem besonderen Frühstück, bestehend aus Reis, dampfend heiß gekocht, aus Glück bringenden roten Bohnen und Meerbrasse, wurden Sumires Gesicht, Hals und Nacken mit Binsuke-Ölpaste bestrichen, einer Pomade, die die Haut glatt und geschmeidig machte. Darüber wurde pfirsichfarbener Puder verteilt. Sumires Brauen wurden leicht nachgezogen, die Lippen in einem schönen, hellen Rot bemalt. Enzo hatte als Verlobungsgeschenk eine Haarspange mit dem Familienwappen der Ichikawa, eine Päonie, geschickt. Sie war aus schwerem Silber und wundervoll gearbeitet; Jun bewunderte sie sehr. Über einem lackierten Rahmen hing Sumires Gewand aus dem Nachlass der Großmutter, hellblau, mit goldenen Ginkgoblättern, Pfauenaugen und Sommerblumen bestickt. Jun und die Dienstmädchen halfen Sumire, die aufwändige Unterkleidung aus weißer Baumwolle anzulegen. Sumire fröstelte, als die kühle Seide des Kimonos ihre Schultern berührte; während Mutter die Falten an Hüften und Schultern ordnete, stand sie so still wie eine Statue. Dann wurde die Obi-Schärpe kunstvoll und aufwändig geschlungen. Sie war aus handgewebtem Damast und über sechs Meter lang, mit einem blau-goldenen floralen Muster. Als Sumire fertig angekleidet war, fiel ihr Blick in den Spiegel im offenen Wandschrank. Die Sonne schien bereits hell. Sumire sah ihre Gestalt im Gegenlicht, schmal, hoch aufgerichtet, mit einem goldenen Schimmer. Und plötzlich trübte sich ihr Blick; es war, als ob ihre Gestalt sich auflöste, sich in einen goldglitzernden Karpfen verwandelte, aufrecht im Wasser leicht hin und her schwankend.

›Du trägst mein Gewand nicht schlecht‹, sagte die Ehrwürdige Großmutter. ›Und eigentlich bin ich stolz auf dich. Doch wo bleibt dein Versprechen?‹

›Es tut mir aufrichtig Leid‹, stammelte Sumire, ›ich… ich habe überhaupt nicht mehr daran gedacht!‹

›Deswegen war ich in dieser Nacht bei dir, um dich an deine Pflicht zu erinnern! Lass mich nicht zu lange warten, ja? Es ist besser für dich, du tust es bald…‹

Sumire stieß einen Schreckenslaut aus, hob den Arm schützend vor ihr Gesicht. Eine gütige Stimme, dicht neben ihr, brachte sie in die Wirklichkeit zurück.

›Was sagst du, Sumire-Chan?‹, fragte zärtlich die Mutter.

Sumire fuhr zusammen, lächelte verwirrt. Das Dienstmädchen hatte das Zimmer verlassen. Jun streichelte liebevoll Sumires Schulter.

›Schön siehst du aus! Du trägst diesen Kimono besser als Kaeda. Du bist größer, und hast auch ein hübscheres Gesicht.‹

›Das hätte sie nicht sagen sollen!‹, zischte die Großmutter. ›Was versteht sie von Schönheit, sie mit ihrem Tierhaar? Na ja, sie wird nicht mehr lange leben.‹

Schrecken befiel das Mädchen.

›Ach, Großmutter, tu ihr nicht weh!‹

›Wie kommst du auf diesen Gedanken?‹, grunzte ungeduldig die Alte. ›Das wird sich erledigen, ohne dass ich auch nur den kleinen Finger rühre.‹

Inzwischen wurde es Zeit; die Gäste trafen ein, man tauschte Verbeugungen und Glückwünsche. In jenen Tagen ging alles sehr formell zu, zumindest in Familien dieses Standes. Enzo und Onkel Takeo nahmen die Ehrenplätze beiderseits der Tokonoma ein. Als Sumire, blass vor Aufregung, etwas später den Raum betrat, fiel ihr Blick auf ein neues Rollbild in der Nische. Jun hatte es an diesem Morgen als Willkommensgruß für den Bräutigam ausgewählt. Die wundervolle Malerei zeigte eine Päonie, rosa wie die Morgenröte in ihrer köstlichen Sommerschönheit, und trug die Handschrift einer bedeutenden Künstlerin. Sumires Herz sank bei diesem Anblick. Was die Ehrwürdige Großmutter verlangte, war schlichtweg unmöglich! Keine Braut war so unverschämt, dass sie für ihr eigenes Werk den Ehrenplatz beanspruchte!

Onkel Takeo war mit seiner Frau Kyo gekommen, eine rüstige alte Dame mit angenehmem Lächeln, aber mit scharfem Blick. Sie hatte Sumire von vornherein als seltsam empfunden und es ihrem Mann auch wissen lassen. Dieser, von Sumires Anmut bezaubert, hatte lediglich gemeint, dass sie wohl schüchtern sei. Nun überreichte Kyo der jungen Braut ein Täfelchen, in Seide gehüllt, mit dem Familienwappen der Ichikawa. Sumire, die ihr Elternhaus verließ, würde dieses Wappen nun ihr ganzes Leben lang tragen. Auf einem Tablett von rotem Lack lagen, eingewickelt in Seidencrêpe, weitere Geschenke bereit: zwei prachtvolle Brokate für eine Gürtelschärpe, einer davon purpurn mit goldenem Wellenmuster, der andere dunkelblau, mit einem Motiv aus Fichtenzweigen und Pflaumenblüten. Dazu kamen zwei Fächer, wundervoll bemalte und vergoldete Familienstücke, die Wünsche für stetig wachsendes Glück darstellten. Die Gaben von Sumires Familie bestanden aus zwei eleganten Männerfächern und einem schwarzen Seidengewand – Hakama genannt –, vorschriftsmäßig in schwere Falten gelegt. Das waren die üblichen Verlobungsgeschenke. Braut und Bräutigam hoben die Gaben sehr ehrerbietig bis in Stirnhöhe und legten sie dann unter das Rollbild, wo alle sie ausgiebig bewundern konnten. Mit dem Austausch weiterer Glückwünsche und formellen Verbeugungen war der offizielle Teil der Verlobung beendet. Die Dienstmädchen in ihren besten Gewändern brachten kleine Esstische mit verschiedenen Glück bringenden Gerichten. Bald wurden die Gespräche lebhaft und ungezwungen; alle Teilnehmer tranken Reiswein, der die Stimmung lockerte, und es wurde viel gescherzt und gelacht.

Erst nach der Verlobung hatten die Brautleute Gelegenheit, einander näher zu kommen. Kam es zu – wie man damals sagte – vorehelichen Handlungen, mischte sich die Familie nicht mehr ein. Enzo hatte beide Eltern bei einer Grippeepidemie verloren und teilte sein Haus mit einigen Dienstboten. Noch zu Lebzeiten seiner Eltern war er mit einer Geisha aus Gion Kobu, dem berühmten Vergnügungsviertel in Kyoto, verheiratet gewesen. Geishas, die ihren Beruf zugunsten einer Ehe an den Nagel hingen, galten als bezaubernde und geistreiche Gastgeberinnen. Nach drei Jahren glücklicher, aber kinderloser Ehe starb sie an einem Nierenleiden, und Enzo trauerte sehr. Er lebte wehmütig und mit vielen Erinnerungen, als er Sumire traf und ihr zunächst mit einer Art verträumter Galanterie den Hof machte, bis ihn die Leidenschaft packte.

Enzo pflegte einen aufwändigen Lebensstil, das Haus war sehr geräumig und luxuriös eingerichtet. Sumire war zunächst sehr verunsichert. Es gab weder eine Schwiegermutter noch eine erwachsene Schwester des Bräutigams, die sie in die Gepflogenheiten ihres neuen Haushalts einweisen konnte. Zwar war Tante Kyo noch in der Lage, ihr beizustehen, doch stellte es sich bald heraus, dass von Sumire viel Eigenständigkeit erwartet wurde. Immerhin konnte Sumire auf eine tüchtige Haushaltsgehilfin zählen: Naoko, die seit Jahren bei der Familie lebte, erwies sich für die zukünftige Hausherrin als eine unentbehrliche Stütze. Sie war eine lustige, stets geschäftige Frau, deren Mutter bereits in Enzos Familie gedient hatte. Dass es für sie recht schwierig war, die neue, jugendliche Oku-Sama – Ehrwürdige Herrin – anzuerkennen, ließ sie sich nicht anmerken. Zum Glück zeigte sich Sumire sehr freundlich und zunehmend selbstsicher. Sie war in ihrer weltfremden Art nicht ohne praktischen Sinn, und Jun hatte sie in allen weiblichen Pflichten sorgfältig unterrichtet.

Enzo lebte, wie gesagt, allein. Und so war auch nicht verwunderlich, dass es bald zu vorehelichen Handlungen kam. Enzo war natürlich in Liebesdingen ein erfahrener Mann, aber Sumires Sinnlichkeit entzückte ihn. Sumire war so zärtlich, so liebevoll; ihr Körper war biegsam und nachgiebig wie Wasser. Ihre Haut war weiß und rosig, mit einem inneren goldenen Glanz. Ihre langen, zarten Arme schienen nur geschaffen, um zu streicheln und zu umarmen. Ihre Brüste mit den rosigen Spitzen waren wie Kelche, klein und vollkommen. Enzo war voller Entzücken und Dankbarkeit, fühlte sich beschwingt und fröhlich, fernab der Melancholie, die er geglaubt hatte, sein ganzes Leben lang tragen zu müssen. Sumire schien nur auf die Welt gekommen zu sein, um Enzos Begierde zu stillen. Doch stets, auch in ihren engsten Umarmungen, behielt sie eine Art Undurchschaubarkeit. Das war ein Teil von ihr, der sich ihm entzog. Kraft seiner Leidenschaft und Neugier tat er alles, um diese Distanz zu überbrücken, presste seine Arme noch enger um ihren Leib, teilte ihr Haar in schwarz schimmernde Wellen. Er streichelte ihre flaumigen Brauen, bedeckte ihren herrlich geschwungenen Mund mit Küssen und bewunderte auch ihre goldglänzenden Augen, lange Augen mit kaum gewölbten Lidern, die ihr Gesicht auf merkwürdige Weise vergrößerten, wenn sie sie geschlossen hielt. Unter seinen bald streifenden, bald verharrenden Liebkosungen wölbte sich ihr Körper, ihr Bauch spannte und entspannte sich in mächtigen, wellenartigen Bewegungen. Dieses lebendige, starke Pulsieren brachte ihn fast um den Verstand. Sie sprach wenig, aber sie sprach gut, mit etwas formellen Wendungen, die ihn rührten, weil sie in gewisser Weise den Bühnenrollen entsprachen. Es gab in Tokio immer weniger junge Frauen, die so altmodische Formulierungen in ihren Wortschatz einbezogen. Aber er war auch besorgt über ihre gelegentlichen Kopfschmerzen, die sie blass und müde machten; ihre Unbeholfenheit in vielen Dingen rührte ihn. Sie verletzte sich oft, entschuldigte sich etwas verschämt: Ach, ich bin so ungeschickt! Ihre Wunden heilten erstaunlich schnell, ein paar Stunden nur, und ihre Haut war wieder unversehrt und glatt; Enzo war erstaunt, aber weiter dachte er nicht. Er hörte nicht auf, sie zu küssen und zu streicheln, war vollkommen von ihr bezaubert.

Er wusste natürlich, dass sie malte, auch wenn sie es seit der Verlobung kaum noch tat. Ihre Bilder machten auf ihn einen zwiespältigen Eindruck. In der Tuschemalerei kannte sich Enzo gut aus. Er staunte über ihre ausgebildete und selbstsichere Technik, obwohl ihn ihre düsteren Motive eigenartig berührten. Da er jedoch ein fortschrittlicher Mann war, ermutigte er sie, ihr Talent nicht zu vernachlässigen.

Naoko nimmt dir die Hausarbeiten ab. Ich bin viel im Theater, habe Proben. Warum richtest du dir nicht ein Zimmer als Atelier ein?

Es war an einem späten Nachmittag, als er es zu ihr sagte. Die Abendsonne schien golden in das Zimmer, überzog Sumires Körper mit rosa Glanz; sie schien von innen zu leuchten. Sie lag an seiner Seite und hielt eines seiner Beine zwischen ihren glatten Schenkeln fest. Enzo roch ihren jungen, zarten Veilchenduft. Er konnte sich nicht satt sehen an ihr. Sie lag da, auf einen Arm gestützt; die Erhebung ihrer Brust zum gebeugten Arm hin und die Biegung ihres langen, schlanken Halses waren von verwirrender Schönheit. Seine Frage beantwortete sie nicht sogleich; es war, als ob sie nachdachte. Während ihre lang bewimperten Augen zur Decke emporblickten, bemerkte Enzo, wie ihr Gesicht leicht erstarrte. Obwohl dort oben nichts war, schien sie etwas zu sehen. Er liebkoste ihre Brüste, spürte wie sie fröstelte, und zog sie enger in seine Arme. Da entspannte sie sich etwas.

›Magst du denn, was ich male?‹, fragte sie mit einer Stimme, die sanft und kühl wie Quellwasser war.

›Ja, sehr‹, erwiderte er. ›Obwohl ich deine Bilder nicht begreife. Aber was macht das schon? Wir alle tragen eine Welt in uns, die wir auf die eine oder die andere Weise in unserer Arbeit wiedergeben. Der Pinsel ist ja schließlich nur dein geistiges Auge, deine verlängerte Hand...‹

›Ich habe eine Bitte...‹, begann sie.

›Sie ist bereits gewährt‹, sagte er lachend und – wie sich herausstellte – voreilig. Denn ihre Bitte war wirklich ungewöhnlich, wollte sie doch, dass er das herrliche Bild in der Tokonoma – ein herbstlicher Ahornbaum – durch eines ihrer eigenen Werke ersetzte.

›Das Bild mit dem Karpfen, entsinnst du dich?‹

Enzo war ein wenig überrascht. Ausgerechnet dieses Bild war es, das ihn nachhaltig beschäftigte. Wie kam eine so junge und schüchterne Frau dazu, ein solches Bild zu malen? Enzo fragte sich manchmal, ob dieser Karpfen in Wirklichkeit nicht etwas ganz anderes darstellte. Aber was genau, das konnte er nicht sagen. Und da er aus Erfahrung wusste, dass Künstler ihre Aussage oft ungern preisgeben, hatte er Sumire die Frage auch nicht gestellt. Indessen, das Bild war eindeutig ein Meisterwerk.

Enzos längeres Schweigen schien Sumire zu beunruhigen. In ihren Augen flackerte Angst, und gleichzeitig etwas wie ein Zauber, der in ihm ein angenehmes Beben hervorrief.

›Gefällt es dir nicht?‹, fragte sie in erschrockenem Tonfall.

›Warum ausgerechnet dieses Bild?‹, wollte er wissen.

Sie grub ihre Zähne in die Unterlippe, eine kleine Grimasse, die ihr eigen war.

›Ach, ich schäme mich, dass ich so dreist bin! Es hängt mit einem Versprechen zusammen, das ich der Ehrwürdigen Großmutter gab.‹

Sumire sprach jetzt langsam, die Augen unentwegt zur Decke gerichtet; es war, als ob jemand von dort oben ihr die Worte in den Mund legte. Unwillkürlich folgte Enzo ihrem Blick, doch sah er nur den dunklen Schatten des Alkovenpfeilers.

›Sie lag auf dem Sterbebett, und ich hielt ihre Hand. Die Ehrwürdige Großmutter sagte, wie traurig sie sei, dieses Leben zu verlassen. Und sie sagte auch, wie sehr ihr meine Tuschezeichnungen gefielen. Das Karpfenbild mochte sie von allen am liebsten. Und sie bat mich, dem Kakemono in meinem zukünftigen Heim den Ehrenplatz zu geben. Ihr zur Erinnerung und als Zeichen der Wiedergeburt.‹

Von der Ehrwürdigen Ahnin wusste Enzo, dass sie Samurai gewesen war und einen ungewöhnlich starken Charakter gehabt hatte. Doch Sumires Worte flossen zart durch sein Inneres. Er war bewegt.

In Japan gilt Elternliebe als hohe Tugend. Und Sumire schien das Andenken der Großmutter, auch wenn sie eine Despotin war, mit rührender Innigkeit zu wahren.

›Wenn du ein Versprechen gegeben hast, sagte er zärtlich, musst du es auch halten.‹

Sie bewegte sich mit einem sonderbaren Zucken des Nackens, machte mit der Hand eine kleine, ziellose Bewegung. Sie lächelte, eine leichte Röte stand auf ihren Wangen, als ihre weit geöffneten Augen erneut zur Decke emporwanderten, wo nichts war außer diesen Schatten. Vor der milchig weißen Schiebetür bewegten sich Zweige mit kratzendem Geräusch. Enzo hörte es und dachte, dass er es dem Gärtner sagen wollte. Irgendwo musste ein Luftzug sein, denn plötzlich war ihm kalt. Und als ob Sumire es auch spürte, legte sie fest beide Arme um ihn, rieb ihr seidenweiches Haar an seiner Brust und dankte ihm mit einer Stimme, die vor Freude fast atemlos klang.

›Die Ehrwürdige Großmutter ist glücklich! Jetzt hat sie, was sie will. Sie wird immer gut zu uns sein.‹

Enzo fand die Worte seltsam. Er fühlte plötzlich eine Beklemmung wie ein Taucher, dem der Sauerstoff ausgeht. Es war ein Gefühl von Schwindel, ein kaltes Hin- und Herflackern von Erkenntnisbruchstücken, wie im Schlaf oder wie in Trance, aber während dieser Windstille in der Seele kehrte seine Vernunft wieder und beruhigte ihn vollkommen. Sie schaute ihn so zärtlich an, so beglückt. Enzo fühlte diesen Blick, suchte ihre Augen, und sie lächelten sich an. Sumires Lächeln war liebreizend, dankbar und offen und voller Leidenschaft. Er schloss sie eng in seine Arme. Der Zauber, der beide umfing, das schwebende Gefühl von Wärme und Glück, war stärker als das befremdende Gefühl, das ihn für kurze Zeit in seinen Bann gezogen hatte.

›Das hast du gut gemacht, sagte die Ehrwürdige Großmutter zu Sumire. Du hast den richtigen Augenblick gewählt, dir die richtige Geschichte ausgedacht. Ich hätte es nicht besser machen können. Genieße jetzt das Gute, so lange es geht. Und sei ganz ruhig, ich halte Wort: Solange das Bild den Ehrenplatz schmückt, werde ich dein Haus beschützen.‹

30. Kapitel

Die Hochzeit fand statt. Sumire zog in ihr neues Heim ein. Es war ein sehr luxuriöses Haus mit großem Innengarten, eine Mischung aus einheimischer Tradition und dem in den Vorkriegsjahren sehr beliebten Jugendstil, der in seiner schönen Einfachheit und kühnen Eleganz dem ästhetischen Sinn der Japaner entsprach. Die Täfelung, schlicht und wunderbar geschliffen, leuchtete wie Bernstein. Der Kronleuchter war aus versilberter Bronze, die Lampen in Form von Lotusblüten. Die Küche verfügte über moderne Geräte; es gab einen Gasherd und einen der ersten Kühlschränke Tokios. Die große Badewanne war nicht wie gewohnt aus weißem Holz, sondern aus Gusseisen, und das Wasser wurde mit einem Boiler geheizt.

In dieser Umgebung fühlte sich Sumire als Hausherrin zunehmend wohler. Jun, die oft zu Besuch kam, freute sich, dass ihre Tochter so glücklich aussah. Sumire kochte sehr gerne und hatte eine glückliche Hand mit Blumen. Außerdem war sie geschickt im Nähen und Sticken, auch wenn sie sich mit Nadel und Schere oft kleine Verletzungen zufügte, was sie jedes Mal sehr verlegen machte.

Jetzt, da sie die Liebe eines Mannes kannte, kam ihre übersteigerte Sinnlichkeit deutlich zum Vorschein. Sumire war selbst nach hohem Maßstab auffallend schön. Sie hatte gelernt, sich zurechtzumachen und zu schminken, und wusste mit untrüglicher Sicherheit, welche Farben ihr am besten standen; dunkles Pflaumenblau, purpurnes Rot, Lila oder Violett in sämtlichen Schattierungen. Fast stets im Kimono gekleidet, erschien sie auffallend groß und schlank. Den Nacken hielt sie leicht gesenkt, dem alten Schönheitsideal entsprechend, sodass ihr langer Hals beweglich und zart aus dem Kragen ragte. Sie trug zumeist komplizierte Hochsteckfrisuren, mit silbernen Blumen und Korallenspangen geschmückt. Gelegentlich jedoch zog sie nach alter Sitte in der Mitte einen Scheitel und ließ ihr Haar offen, sodass es wie ein prachtvolles Gefieder bis zu den Hüften fiel, eine üppige, quecksilbern leuchtende Pracht. Enzo gefiel diese

Haartracht am besten. Es gefiel ihm aber auch, dass sie sich in europäischer Kleidung, mit einem kecken Hütchen auf dem verknoteten Haar, perfekt und elegant zu bewegen wusste. Sumire hatte geübt, mit hohen Absätzen zu gehen, beim Sitzen die Beine leicht schräg nebeneinander zu halten. Sie trug modische breite Gürtel, die ihre Taille noch enger, ihre Hüften noch schmaler machten. Beim Spazierengehen schützte ein kleiner Hutschleier ihre milchweiße Haut, sie trug lange Handschuhe aus Gamsleder und schritt zumeist langsam, wobei sie ihr Kleid um sich schwingen ließ. Die für gewöhnlich eiligen Trippelschritte der Japanerinnen hatte sie durch eine Art schwebendes Gleiten ersetzt, und diese Art, sich zu bewegen, übte auf die Betrachter einen starken erotischen Reiz aus. Bisher hatte Sumire in der steifen Welt des Bürgertums gelebt. Durch Enzo lernte sie die Welt der Künstler und Schauspieler kennen. Bei ihm verkehrten nur jene, die hohe Maßstäbe an ihrer Kunst ansetzten, Geschmack an Fröhlichkeit und Glanz hatten. Und was sie an lockeren Lebensformen mitbrachten, war nicht die Verweichlichung gelangweilter Bürger oder die Verschwendungssucht der Neureichen, sondern eine Kultur, die trotz der sich anbahnenden schweren Zeiten leichtfüßig, glanzvoll und originell war. Die meisten Schauspieler entstammten Familien, die seit Jahrhunderten die Kunst des Kabuki pflegten. Konnten sie auf der Bühne nicht genug tun für die mächtige Übersteigerung aller Gebärden, so waren sie im wirklichen Leben warmherzig, humorvoll und bescheiden. Prahlerei außerhalb der Bühne war unter den Schauspielern eine seltene und ungern gesehene Erscheinung. Sie hatten kein Verlangen, großzutun, noch legten sie Wert darauf zu zeigen, wie bewundert und umschwärmt sie waren. Sie gaben sich den ganzen Tag mit etwas Vollendetem ab und verbrachten heiter ihr Leben damit, es zu erspüren und wiederzugeben.

Seitdem das Karpfenbild den Ehrenplatz einnahm, schien die Ehrwürdige Ahnin endlich Frieden gefunden zu haben. Die dunklen Visionen hatten Sumire verlassen; die Großmutter quälte sie auch nicht mehr. Sumire pflegte gewissenhaft ihr Andenken, aber ihr tägliches Leben nahm sie vollauf in Anspruch. 1938, als Japan schon im Krieg mit China lag, brachte Sumire ihr erstes Kind, einen Jungen, zur Welt. Die Hebamme sorgte sich, weil Sumire so schmal war, doch die Dehnbarkeit ihrer Sehnen und Gelenke machte, dass sie das Baby rasch und nahezu schmerzlos zur Welt brachte. Als Enzo zu ihr kam, sah sie gar nicht elend aus, nur blass und müde, wie nach einer langen Liebesnacht. Er hob seinen kleinen Sohn behutsam empor und stellte scherzend fest, dass er ihm ähnlich sah.

›Er wird mal ein großer Darsteller werden.‹

›So wie du?‹, fragte Sumire mit mattem Lächeln.

Er schüttelte den Kopf.

›Ich bin nur ein Handwerker meiner Kunst. Er wird mehr als das sein.‹

Der Kleine wurde nach Enzos Großvater Jukichi genannt und entwickelte sich gut, obwohl die Entbehrungen zunahmen. Die Militärregierung hatte geglaubt, ein Eroberungskrieg gegen China garantiere Rohstoffversorgung und nationale Sicherheit. Der Krieg war nicht zu gewinnen, aber nach wie vor wurde die phantastische Vorstellung aufrechterhalten, dass es Japans Aufgabe war, ganz Asien zu Freiheit und größerem Selbstbewusstsein zu führen. Die Amerikaner, die bisher Japan durch die Brille der Ignoranz und der Überheblichkeit gesehen hatten, wurden unruhig, als ihnen eine asiatische Nation die Stirn bot. Sie setzten Japan mit einem gewaltigen Ölembargo unter Druck. Am 7. Dezember 1941 wurde Sumire von ihrem zweiten Kind – einem Mädchen – entbunden. Es war eine ungeplante Schwangerschaft gewesen; die Zeiten eigneten sich schlecht dazu, Kinder in die Welt zu setzen, aber Geburt und Tod richten sich nicht nach den Wünschen der Menschen. Und so wurde Rieko geboren, weder rot noch runzlig, weder groß noch klein, sondern gesund und lieblich anzusehen. Als die Hebamme sie in Enzos Arme legte, lächelte er und meinte, dass ihre Augen genau jene Veilchenfarbe hatten, die Sumire so liebte. Aber in seinem Büro lief leise das Radio, und Sumire wusste nicht, was bereits alle wussten: dass japanische Kampfflieger in Pearl Harbour, Hawaii, amerikanische Flugzeugträger angegriffen hatten, und Japan endgültig in den Zweiten Weltkrieg getaumelt war. Enzo hatte Naoko und den Dienstboten Schweigen befohlen. Er wollte Sumire nicht mit dieser Nachricht belasten, und sein Frohsinn war so perfekt gespielt, als ob er vor einem Publikum agierte. Inzwischen kam auch Jukichi herein und freute sich über das Schwesterchen.

Jukichi war von liebenswertem, heiterem Wesen, doch von etwas zarter Gesundheit. Er war oft erkältet; Enzo erinnerte sich, nicht ohne Sorgen, dass eine jüngere Schwester von ihm im Alter von neun Jahren an Asthma gestorben war. Eine Weile beobachtete er voller Zärtlichkeit, wie Jukichi das Neugeborene streichelte. Dann gab er Sumire das Baby zurück; sie sollte sich jetzt ausruhen und wieder zu Kräften kommen. Er ging ins Wohnzimmer und goss sich ein Glas Brandy ein. In der Nacht war Schnee gefallen; Enzo stand still vor der Fenstertür und sah nach draußen; doch er sah nicht viel. Die Heizung war seit Tagen ausgefallen, sodass der Frost die Scheiben beschlagen hatte. Enzos Kopf fühlte sich schwer an; er bemerkte den Beginn eines Schmerzes. Er rieb sich die Stirn. Woher kam sein Unbehagen? Lag es am Krieg? Ja, es musste am Krieg liegen...

Die Geburt seines Töchterchens, und am gleichen Tag dieses furchtbare Ereignis! Enzo sah in der Verknüpfung ein tragisches Omen. Wie die Mehrzahl der Künstler, die auf der Bühne unentwegt blutiges Kriegsgeschehen und Heldensagen darstellten, lebte er mit dem Paradox, dass er Pazifist war. Er wusste, es war nur eine Frage der Zeit, bevor die Regierung ihn und seine Truppe für Propagandazwecke einsetzen und missbrauchen würde. Wie weit er dazu bereit war, hatte er noch nicht entschieden.

Während er nachdenklich das Glas an die Lippen führte, fiel sein Blick auf das Rollbild in der Tokonoma. Das Bild, das er schon lange nicht mehr beachtet hatte, fesselte ihn plötzlich. Enzo trat näher, betrachtete es stirnrunzelnd und überlegte, was ihm an dem Bild so sonderbar vorkam. Der Kakemono war im schönsten Brokat eingerahmt; in einer erlesenen Vase steckte ein herbstlicher Zweig mit einigen roten Vogelbeeren und eine frisch erblühte Chrysantheme. Sumire verstand es vortrefflich, durch die Kunst des Blumensteckens Stille, Einfachheit und vollkommene Freude zu vermitteln. Enzo, völlig in die Betrachtung der Blume versunken, spürte auf einmal ein Kribbeln im Rückgrat. Irgendetwas war nicht in Ordnung. Im Gegenteil, etwas war völlig falsch. Er brauchte einige Sekunden intensiver Aufmerksamkeit, bis er die Ursache seines Unbehagens bemerkte: eine kleine Kerze und ein Räucherstäbchen, das in einem kleinen Messingtopf voller weißer Asche steckte. Diese Utensilien waren für den buddhistischen Totendienst bestimmt; Enzo hatte noch nie erlebt, dass ein Räucherstäbchen anderswo als vor einem Hausaltar angezündet worden wäre. Der sich kräuselnde Weihrauch, die brennenden Kerzen ließen die Nähe der Verstorbenen fühlen. Auch wenn Sumire ihrer Ahnin nachtrauerte, war es außerordentlich unschicklich, dass sie ihrem Kummer vor dem Tokonoma Ausdruck verlieh. Enzo stand still, sein Glas in der Hand. Er fühlte immer noch das unangenehme Kribbeln in seinem Rückgrat. Nachdenklich wanderten seine Augen zu dem Bild empor. Er war stets davon ausgegangen, dass es den Künstlern gleichgültig sei, auf welche Weise ihre Pinselstriche vom Betrachter ausgelegt würden; je eher man sie missverstand, umso besser. Würden die Gefühle zu ausführlich gezeigt, so bliebe kein Raum für das Suggestive, wo doch eben dieses Suggestive das Wesentliche war. Doch Enzo fühlte sich beunruhigt; lange betrachtete er das Bild, bis sich plötzlich sein Nackenhaar aufstellte. Er hatte entdeckt, dass der Karpfen die Verkörperung von etwas Furchtbarem und Tödlichem war. Betrachtete Enzo den Kopf des Fisches konnte er es ganz genau sehen: Dieser Kopf war nichts anderes als ein blanker Totenschädel, dessen Erscheinung sich vom nur Symbolischen ins Dämonische steigerte. Ein Gefühl von Übelkeit überkam ihn. Wie konnte man mit einem solchen Bild leben, ohne dass mit der Zeit seelische Schäden auftraten? Er merkte, dass seine Hände zitterten. Was nun? Das Bild war ihm zuwider. Aber es ging auf etwas sehr Tiefgreifendes zurück; abgeschafft werden konnte es nicht, ohne Sumires empfindsames Gemüt hart zu treffen. Und dort bleiben, wo es war? Undenkbar! Enzo trank einen hastigen Schluck. Ein Grauen brach über ihn herein, als ob die Luft gespalten wäre. Das Böse stand vor ihm, neben ihm. Eine durchscheinende Maske, matt leuchtend, wie poliertes Elfenbein. Ein Zufall, wahrhaftig, dass er es entdeckt hatte! Ein vermeidbarer Zufall vielleicht? Allein schon die Frage kam ihm erschreckend vor.

Naoko war leise an Sumires Bett getreten. Sie hatte einige wispernde Worte zu Jukichi gesprochen und ihn an der Hand aus dem Raum geführt. Schlaftrunken und glücklich öffnete Sumire ihr Nachtkleid und legte das Neugeborene an ihre Brust. Sie hatte auch Jukichi ein paar Wochen genährt, bevor sie den Kleinen einer Amme übergab. Liebevoll betrachtete sie das saugende Baby, als sie auf einmal, nach langer Zeit, wieder die Stimme der Großmutter hörte.

›Ich kann mir nicht erklären, was eigentlich in dich gefahren ist. Du und ich, wir wollen doch keinen Streit, oder?‹

Sumire erstarrte vor Schreck.

›Ehrwürdige Großmutter, was ist geschehen?‹

›Unerfreuliches! Du hast nur noch deine Kinder im Kopf. Natürlich sind es nette Kinder. Aber du solltest mehr auf deinen Gatten achten. Da steht er nun vor dem Bild und hat unpassende Gedanken.‹

›Welche Gedanken, Ehrwürdige Großmutter?‹

›Er sieht Dinge, die nur dich und mich betreffen.‹

›Soll ich ihn fragen, was er gesehen hat?‹

Die Großmutter sprach jetzt lauter; ihre Stimme klang schrill. ›Ein einzelner Tropfen bringt das Fass zum Überlaufen! Nun glaubt er doch wahrhaftig, er könnte das Bild auswechseln. Darf ich daraus schließen, dass du deine Aufgabe nicht ernst nimmt?‹

Sumires Herz klopfte stürmisch.

›Das wird er nicht tun!‹

›Es liegt an dir, dass es nicht so weit kommt.‹

Sumire schluckte würgend.

›Ja, Ehrwürdige Großmutter. Ich will es versuchen.‹

›Eigentlich habe ich mich nicht zu beklagen. Du zündest täglich die Kerze an und verbrennst Weihrauch. Das tut gut und gibt mir Kraft. Du bist meine Enkelin, die ich liebe. Ich möchte nicht, dass dir etwas Böses zustößt. Hast du verstanden, Sumire?‹

›Ja, Ehrwürdige Großmutter‹, flüsterte Sumire. ›Ich habe verstanden.‹

Großmutter war wieder da! Sumire fragte sich voller Entsetzen, warum sie plötzlich zurückgekommen war. Sie kam sich schuldig vor und wusste nicht warum. Hing es mit der Geburt ihrer Kinder zusammen? Leise und verzweifelt begann sie zu schluchzen. Übelkeit stieg in ihr hoch und ihr Körper zitterte bis in die Fingerspitzen. Weinend beugte sie sich über das Baby, wiegte es in ihren Armen. Die Träne, die auf das rosige Gesicht des Kindes fiel, ließ Riekos Wimpern leicht zucken und bildete auf ihrer Haut eine glitzernde Spur.

31. Kapitel

Der Krieg also. Natürlich war er, wie alle Kriege, eine Geschichte von Grausamkeit und Heldenmut, von Zynismus und Prahlerei, von eiskalter Geringschätzung und selbstlosem Opferwillen. Und natürlich wurde die Bevölkerung aller beteiligten Länder unglaublichen Scheußlichkeiten ausgesetzt. Man konnte vieles über die Angst sagen, wie ansteckend, aber auch wie relativ sie ist, und wie schnell sich die Menschen an die Angst gewöhnen. Und irgendwann wird eine Schwelle überschritten und jede Gräueltat gerechtfertigt. Japanische Soldaten rammten ihren Gefangenen Bambusstäbe in den Körper, und eine amerikanische Braut erhielt von ihrem Verlobten ein Weihnachtspaket mit dem Schädel eines erschossenen Feindes.

Solche Dinge kommen vor. Irgendwann kehrt der Mensch zu den Anfängen zurück, zu der primitiven Fähigkeit, gewissenlos zu töten. Wenn Sensibilität innerhalb einer Gesellschaft nicht mehr zählt, wird auch ein intelligentes Individuum ziemlich schnell zum »Menschenmaterial«, gezielt einsetzbar wie Geschosse und Kanonen.

Vorläufig war in Tokio alles ruhig, obwohl es immer häufiger keinen Strom, keine Heizung und kein Wasser gab. Die Bevölkerung trug die Entbehrungen gelassen. Militärparaden auf den Hauptstraßen stärkten ihren Mut. Auch die Kabukivorstellungen gingen weiter, wobei der Spielplan sich der neuen Lage anpasste und die Stücke eindeutig patriotischen Charakter annahmen. Man schränkte die Freiheiten der Schauspieler ein; jetzt wurde Zeitbezogenheit verlangt. Es gab das Gute und das Böse, und die Trennungslinie dazwischen hatte unmissverständlich zu sein. Theaterleiter und Schauspieler verhielten sich konform. Allerdings merkte Enzo recht bald, dass die Stücke beim Publikum nicht den erhofften Anklang fanden. Der Alltag war hart, viele Familien hatten junge Soldaten an den Fronten; im Kabuki wollten sie ihre Sorgen vergessen. Enzo, der inzwischen in Eigenregie arbeitete, bemühte sich, das Ideologische gedämpft zu halten. Es war ihm ein Anliegen, dass die konventionellen Heldengeschichten stets zu jenen Gefühlen zurückfanden, die das Regime beim Volk unterdrücken wollte, zur Menschlichkeit eben und zur Barmherzigkeit. Die verbalen Trompetenstöße der Militärregierung, die das siegreiche Vorrücken des kaiserlichen Heeres unentwegt verkündeten, stellte Enzo auf der Bühne persiflierend in Frage; Improvisation war eine Sache, die ihm lag. Enzos politische Kühnheiten missfielen. Seine Dreistigkeit brachte ihn für ein paar Tage hinter Gitter. Doch das Publikum hielt zu ihm, verlangte seine Freilassung, brachte ihn im Triumphzug zum Theater zurück. Die Militärbehörden ersuchten ihn mit zähneknirschender Höflichkeit, es in Zukunft doch zu vermeiden, auf welche Weise auch immer unangenehm aufzufallen. In dieser Zeit zeigte sich Sumire wenig im Theater. Da die Dienstboten ihr nahezu jede Pflicht von den jungen Schultern nahmen, widmete sie sich fast ausschließlich den Kindern. Die Lebensmittel wurden knapp, aber Naoko hatte im Garten Gemüse angepflanzt und fütterte Hühner, sodass es frische Eier gab. Sumire nähte und strickte, trennte alte Kimonos auf, um deren Seidenfutter zu Kleidern für die Kinder umzuändern. Denn Stoffe waren inzwischen, wie alles andere, Mangelware in Japan. Jukichi ging bereits in den Kindergarten, natürlich immer an Naokos Hand, während Rieko mit ihren ersten unsicheren Schritten Haus und Garten entdeckte. Junge Mütter lernen frühzeitig Verantwortungsbewusstsein, doch Sumire schien diese Eigenschaft fast völlig zu fehlen. Sie tollte mit den Kindern herum, spielte mit Jukichi Federball oder Verstecken. Naoko, die sich oft kleine Freiheiten herausnahm, erzählte

Enzo unter munterem Gelächter, sie habe die Ehrenworte »Oku-
Sama« gesucht und sie schließlich in den Zweigen des Kakibaumes
entdeckt! Als Enzo sich bei Sumire erkundigte, ob es denn stimmte,
legte diese ihren zarten Finger auf seinen Mund und flüsterte schelmisch: »Psst! Nicht so laut, sonst findet mich Jukichi beim nächsten
Mal!«

Enzo hatte gelächelt. Er liebte seine junge Frau nicht zuletzt
wegen ihrer Kindlichkeit. Ihre Einfalt schien ihm die Einfalt der
Engel zu sein. Ihre Freude am Spiel bewies eine Unabhängigkeit des
Geistes, die es ihr möglich machte, die Würde einer Erwachsenen zu
vergessen. In einer Zeit, da Gespenster umhergingen und Flammen-
augen vom Himmel schauten, sehnte sich Enzo aus tiefstem Herzen
nach menschlicher Verspieltheit und argloser Fröhlichkeit.

So kam es, dass ihn die Sache mit den Räucherstäbchen nur noch
im Hintergrund seines Gehirns beschäftigte. Aber der tägliche Anblick des Rollbildes ekelte ihn zunehmend an; was für seinen See-
lenfrieden notwendig war, das wusste er wohl. Nur, wie konnte er
Sumire diesen Kummer ersparen? Immer wieder versprach er sich,
morgen werde ich mit ihr reden. Doch morgen war stets ein anderer
Tag.

Der Zufall kam ihm, wie es schien, zu Hilfe. Ein Schauspieler, der
nach fünfzig Jahren Bühnentätigkeit in Rente ging, überreichte Enzo
als Abschiedsgeschenk einen Kakemono aus seiner Privatsammlung.
Es zeigte einen Azaleenbusch in herrlichem Orangerot und trug den
Namenszug eines großen Meisters. Enzo nahm freudig Herrn Shi-
modas Gabe an und dachte, dies sei wahrlich ein Zeichen des Himmels. Denn für dieses kostbare Werk gab es in seinem Haus nur
einen einzigen Platz; jeder andere wäre respektlos gewesen. Und so
entschuldigte sich Enzo bei Sumire, nahm behutsam das Karpfenbild
ab, rollte es mit allem erforderlichen Respekt zusammen und hing
das neue Kakemono in die geweihte Nische. Und da war ihm plötzlich, als ob ihm ein schwarzer Brocken vom Herzen fiel; die Azaleen
leuchteten in frischer, farbenfroher Pracht, das ganze Zimmer schien
wie verwandelt. Glücklich und erleichtert bewunderte Enzo das
Kunstwerk. Sumire stand hinter ihm, sagte kein Wort. Und als er sich

mit einem Lächeln auf den Lippen zu ihr umwandte, erschrak er bei ihrem Anblick. Ihr Gesicht war kalkweiß, die Nasenlöcher bläulich verfärbt. Sie war mit einer Näharbeit beschäftigt gewesen, die Schere hatte sie noch in der Hand. Sie hielt diese Schere wie einen Dolch auf ihn gerichtet.

Rasch kam er ihr entgegen. ›Tu dir nicht weh!‹, rief er ihr beunruhigt zu, bevor er ihr die Schere aus der Hand nahm. Sumire zitterte am ganzen Körper. Ihre Augen schwammen leicht hin und her, als ob sie nahe daran sei, in Ohnmacht zu fallen. Er hielt sie sanft an den Schultern fest und sagte, betont heiter: ›Kommt Shimoda-San zu Besuch, wird er sich freuen, dass wir seine Gabe schätzen. Ist das nicht ein prachtvolles Bild…?‹

Sumires blutleere Lippen bewegten sich.

›Ja, es ist wirklich sehr schön…‹

Ihr wurde vor Panik fast übel. Sie nahm ihre ganze Willenskraft zusammen, um es sich nicht anmerken zu lassen. Die Ehrwürdige Großmutter würde jetzt sehr böse sein. Und wahrhaftig, in der Nacht hörte sie dicht an ihrem Ohr Lady Kaedas kalte, wütende Stimme.

›Ich kann's kaum glauben! Es ist doch wirklich eine Anmaßung von ihm! Und ausgerechnet Azaleen, wie geschmacklos! Das hättest du niemals zulassen sollen! Oh, warte nur, irgendwann werde ich dich bestrafen.‹

Sumire versuchte der Großmutter den Sachverhalt zu erklären, aber diese zeigte weder Verständnis noch irgendein versöhnliches Zeichen.

›Mir ist egal, ob der Maler berühmt ist oder nicht. Ich mag ihn nicht. Diese aufdringlichen Farben, dazu noch mitten im Krieg!‹

›Was soll ich bloß machen?‹, stöhnte Sumire.

›Sieh zu, dass du die Sache in Ordnung bringst. Und zwar recht bald. Wir haben ein Abkommen, erinnerst du dich? Bisher ging alles gut. Das kann sich schnell ändern.‹

Es änderte sich tatsächlich schnell. Einen Monat später, im Mai 1944, starb Jun an einer Darminfektion. Enzo, der seine Schwiegermutter sehr mochte, hatte in ganz Tokio vergeblich nach Medikamenten gesucht. Die Regale sämtlicher Apotheken standen leer. Alle Krankenhäuser waren überfüllt, und die Ärzte gehorchten der Anweisung der Militärregierung, dass verwundete Soldaten überall Vorrang hatten. Nach dem Tod ihrer Mutter war Sumires Verzweiflung groß. Der Schmerz erstickte sie, klopfte in ihren Schläfen. Sie lag mit Fieber im verdunkelten Raum, und sie vernachlässigte sich; ihre Kleidung zeigte Fingerspuren und Flecken. Durch ihre Unbeholfenheit verletzte sie sich oft. Auch kam es wiederholt vor, dass Enzo sie bei irgendwelchen Selbstgesprächen überraschte. Sie murmelte vor sich hin, wobei ihr Ausdruck, wie der einer Schauspielerin, Schmerz, Zorn oder Resignation zeigte. Sie knetete ihre Finger mit kleinen, knackenden Geräuschen. Ihre Augen hatten einen feuchten, irren Glanz. Bemerkte sie, dass Enzo sie beobachtete, zuckte sie zusammen und legte verlegen die Hand vor den Mund.

»Ach, ich habe nur laut gedacht!«

In manchen Nächten fuhr Enzo erschrocken aus dem Schlaf, weil sie mit den Zähnen knirschte und seltsam gurgelnde Laute ausstieß. Ihr Atem setzte für viele Sekunden aus, ihre Muskeln waren ganz steif und verkrampft. Einmal drückte er ihr mit Gewalt seine Hand in den Mund, um zu vermeiden, dass sie sich die Zunge verletzte. Er vertraute sich einem Freund an, dem Sohn eines Arztes. Der Freund gab ihm den Rat, für diesen Zweck einen Löffel in Griffnähe zu haben. Sonst bestünde die Gefahr, dass sie ihm in einer Krise die Fingerknochen zerbiss.

Ja, der Tod ihrer Mutter war ein zu harter Schlag für Sumire gewesen. Enzo war klar, dass sie in ärztliche Behandlung gehörte. Aber die Ärzte waren an der Front oder pflegten die Verwundeten. Für eine hysterische junge Frau hatte niemand Zeit. Eines Tages bemerkte er, dass das Azaleenbild im unteren Teil leicht eingeritzt war. Ein geringfügiger Kratzer nur, aber Enzo rief Sumire und wies verstimmt auf die Stelle. Sumire machte ein erschrockenes Gesicht. Jetzt, da er ihr den Riss zeigte, fiel er auch ihr auf.

»Jukichi?«, fragte Enzo stirnrunzelnd.

Jukichi, der so munter und neugierig war? Sumire bewegte lebhaft die Hand hin und her. Nein, nein! Die Kinder rührten die Rollbilder nie an. Und sie selbst? Beim Blumenstecken vielleicht? Sumire schüttelte verwirrt den Kopf. Sie hatte nichts gesehen, nichts bemerkt. Ihre Überraschung war so echt, sie hatte so klare, ungetrübte Augen, dass Enzo ihr uneingeschränkt Glauben schenkte. Er war verärgert, sprach jedoch keine harten Worte aus. Er wollte sie nicht noch mehr verstören. Und außerdem gab es andere Sorgen, die ihn belasteten.

32. Kapitel

Zu Sumires Eigenarten gehörte, dass sie am Kriegsgeschehen wenig Anteil nahm. Sie lebte wie auf einem anderen Stern. Im Kino sah sie die Wochenschauen, sie hörte die Meldungen im Radio, doch das alles schien sie nicht zu berühren. Die Militärzensur ließ ohnehin nur Siegesnachrichten verkünden. Es gab jedoch vieles, das Enzo seiner jungen Frau verheimlichte. So wusste er beispielsweise, dass es in Tokio zu wenig Luftschutzkeller gab. Die Unterstände bestanden eigentlich nur aus Erdlöchern, die mit ein paar Brettern und einer hastig aufgeschichteten Lage Erde abgedeckt waren. Seit 1943 hatten Regierung und Polizei gegen den Bau weiterer Luftschutzkeller gestimmt. Wenn zu viele Leute solche Luftschutzräume aufsuchten, hieß es, würden die Häuser den Plünderern ausgeliefert. Außerdem fingen die traditionellen Holzhäuser schnell Feuer, und auf dem Weg vom Luftschutzkeller bis zur Zisterne ginge zu viel Zeit verloren, um rechtzeitig mit den Löscharbeiten zu beginnen. Die Zivilschutzgruppen hatten an Zisternen und Wassergräben Handpumpen angeschlossen. Ob allerdings der drucklose, knapp fingerdicke Strahl ausreichte, um Brandherde zu löschen, war fraglich. Eine Feuerwehr gab es auch nicht mehr; in jedem Viertel hatten sich Hausmeister und Rentner als Freiwillige gemeldet. Um die Flammen einzudämmen, gab es nur nasse Strohmatten, mit Sand gefüllte Papiersäcke und Wassereimer, die von Hand zu Hand weitergegeben wurden. Wollte man der Propaganda Glauben schenken, waren die Freiwilligen mit diesen Geräten gegen jeden Großbrand gerüstet. Wichtig sei lediglich, dass alle bereit waren. Folglich mahnten Zivilschutzleute die Bewohner, sich bei einem Luftangriff nicht weit von ihrem Haus zu entfernen. Die beste Art, Tokio zu retten, bestünde darin, dass jede Familie ihr Haus selbst schützte. Dazu erklärte die Regierung sehr nachdrücklich, dass feindliche Luftangriffe keine große Gefahr darstellten. Tokio hatte schon einige erlebt, die ohne beträchtliche Folgen geblieben waren. Enzo misstraute der Propaganda sehr. Ihm war zu Ohren gekommen, dass die Regierung geplant hatte, die schutzlose Zivilbevölkerung zu evakuieren, bevor man diesen Plan als undurchführbar ad acta legte. Das Chaos wäre zu groß gewesen. Hatten die ersten Angriffe den Anschein erweckt, dass sie sporadisch bleiben würden, ertönte das gespenstische Heulen der Sirenen bald immer öfter. Der näher kommende Lärm, die dichten Geschwader mit ihrer Todeslast zogen langsam vorüber, bis nach einer Weile Entwarnung ertönte. Daraufhin kletterten die Leute aus den Unterständen und gingen ihren Beschäftigungen nach, als sei nichts gewesen. Enzo störte sich sehr daran, dass die Regierung die potenzielle Gefahr herunterspielte. War sie in ihrer eigenen Verblendung gefangen? Oder – Enzo wagte es kaum zu denken – war ihre Politik darauf ausgerichtet, möglichst viele Leute zur Brandbekämpfung in Tokio zurückzuhalten, selbst auf Kosten großer Verluste an Menschenleben?

Er glaubte indessen nicht, dass man die Schauspieler an die Front schicken würde. Das Regime brauchte die Kabukivorstellungen, brauchte sie als Muntermacher für das Volk. Und nur wenige junge Darsteller hatten sich als Freiwillige gemeldet. Die Älteren machten ihre Arbeit, und nach getaner Arbeit saßen sie bei Kerzenlicht in einer Bar, betranken sich mit Reiswein, von Gönnern gestiftet. Man tauschte Anekdoten und zynische Witze, Bonmots flogen hin und her, man sprach über das aufgeführte Stück, über das Publikum. Nur vom Krieg sprach man nicht. Einmal jedoch, als Enzo bereits stark angetrunken war, zitierte er einige Zeilen von Akiko Yosano, einer berühmten Dichterin, die fünfzig Jahre zuvor, mitten im Krieg gegen Russland, eine Sammlung pazifistischer Gedichte veröffentlicht hatte:

Mein kleiner Bruder, ich weine.
Du darfst nicht sterben in der Schlacht.
Warum zwingen sie dich, einen Säbel zu tragen?
Warum zwingen sie dich, Menschen zu töten?
Haben wir dich aufgezogen,
Damit du sterben musst?
Der göttliche Herrscher selbst
Soll bei den Schlachten dich begleiten.
Er, der dir befiehlt, Blut zu vergießen,
Und dich abschlachten lassen lässt wie ein Tier.
Wenn Er in seinem Herzen Mitleid spürt,
Wie kann Er erklären,
Dass Sterben ehrenhaft ist?

Es war in dieser Zeit ein Wagnis, Akiko Yosano aufzusagen, deren Werke als antipatriotisch verboten waren. Man bat Enzo, die Stimme zu senken. Enzo lachte abgehackt. Seine Stimme senken, nein, das konnte er nicht. Seine Stimme sei dazu gemacht, laut auf der Bühne zu erschallen. Und Akiko Yosano, die sah die Dinge schon richtig, oder? Die anderen starrten ihn an, beunruhigt und schweigend. Enzo las Betroffenheit in ihren Augen. Wieder nüchtern begriff er, dass er mit seiner Aufschneiderei auch sie in Gefahr bringen konnte und dass er wohl einer Maske bedurfte; einer, die er sich nicht aufs Gesicht zu schminken brauchte: eine Maske für seine Gefühle. Er hatte sich bereits in gefährliche Situationen gebracht. Aber weil ihm das Publikum zujubelte, unternahm man nichts gegen ihn. Noch nicht.

In der Nacht vom 29. zum 30. November: Fliegeralarm! Der erste Nachtangriff. Diszipliniert und nahezu ohne Panik verließen Millionen ihre Häuser, stapften hinaus in die eisige Kälte, duckten sich in primitive Erdlöcher, die voller Schlamm und Wasser standen. Frauen, alte Leute und Kinder, vereinzelt auch Männer, kauerten dichtgedrängt aneinander und lauschten angstvoll dem rhythmischen Brummen der Flugzeuge. Die Dunkelheit pulsierte wie ein

Riesenherz, in langsamen Donnerstößen. Welle um Welle zogen die neuen B-29-Maschinen im Tiefflug vorbei. Die Bomben fielen gleichsam aus dem Nichts, als wären sie Naturgewalten, vielleicht Meteoriten, die sich aus unbekannten Himmelstiefen lösten. Dann und wann formte sich im Licht der Suchscheinwerfer die Gestalt eines Flugzeuges, gewaltig und drohend wie ein bösartiger Traum. Die Flakgeschosse donnerten empor, verfolgten die Maschine, und der Himmel glühte in einem unentwegten Leuchten. Die Menschen in den Unterständen blickten angsterfüllt zu diesem Himmel empor. Selbst die Kinder schwiegen, nur vereinzelt schrien Säuglinge, doch der brummende Lärm schluckte ihre dünnen Stimmen. Enzo hielt seine kleine Tochter in den Armen, während Jukichi sich stumm an die Mutter drückte. Alle Nachbarn waren hier, durchnässt, verstört, schweigend. Eisiger Schneewind peitschte durch das Loch, das als Tür diente, von der Seite gegen ihre Wangen, gemischt mit dem ätzenden Geruch von Kohlengasen und brennendem Holz. Da kauerten die Menschen also, während das Donnern der Bomber ihr Gehirn zu sprengen drohte. Sie erfuhren, wie unbeschreiblich schrecklich das alles war, und wussten, dass die schwarzen, todbringenden Stahlungeheuer wiederkehren würden, morgen und übermorgen und fortan jede Nacht und manchmal sogar mehrmals in einer Nacht. Endlich verebbte der Lärm, das Brummen entfernte sich. Man gab Entwarnung. Die Menschen in den Erdlöchern ergriff eine Art erlösende Schwäche, ein fast ungläubiges Staunen darüber, dass sie alles überstanden hatten und noch lebten, obwohl alle wussten, dass der Krieg nunmehr in eine neue, furchtbare Phase getreten war.

In der Nähe waren Häuser getroffen worden, Brände mussten bekämpft werden, es war keine Zeit zu verlieren. Wie blasse, zitternde Gespenster tauchten die Menschen wieder auf und verstreuten sich eilig in den Straßen. Nur wenn man sofort an Ort und Stelle war, konnte man die Flammen rechtzeitig bekämpfen. »Die Blumen von Edo« nannte man die roten Feuerblüten, die nun überall aus der Dunkelheit geboren wurden. Die Menschen sahen, wie sie sich entfalteten, an Kraft gewannen, überall dort, wo ein Haus in Flammen aufging und das Feuer auf das nächste übergriff. Immer wieder erfüllten Explosionen von Gas und Benzin die Winterluft mit giftigem Gestank; über den mit Trümmern übersäten Straßen lag ein rosa flackernder Nebel. Jede Minute brachen neue Brände aus, die zertrümmerten Holzhäuser brachen über schreienden Menschen zusammen. Enzos Haus stand noch unversehrt, aber in den Nachbarstraßen wüteten die Brände. Enzo brachte Sumire, Naoko und die Kinder in Sicherheit, bevor er sich zu den Menschen gesellte, die mit kargen Mitteln die Brände zu löschen versuchten. Das feuchte, brennende Holz entwickelte stickigen Rauch. Die Leute bildeten Ketten, reichten sich Eimer voll Wasser weiter, andere brachten Schubkarren voller Sand herbei. Überall arbeiteten die Menschen schweigend, in großer Hilfsbereitschaft und eigentlich sehr effektiv. Einige schaufelten Schlamm aus den Gärten, klatschten ihn mit schneller Bewegung in die Brandherde, sodass die auflodernden Flammen erstickten. Man hatte Enzo eine Schaufel in die Hand gedrückt; er arbeitete wie alle anderen, schweigend und verbissen. In diesen Augenblicken empfand Enzo eine fast verzweifelte Liebe zu seinen Nachbarn, zu seinem Volk. Japaner waren es von jeher gewohnt, sich bei Bränden und Katastrophen beizustehen. Es gab keine Panik, kein unnützes Hin- und Herlaufen. Die Leute halfen einander höflich, geschickt, alle hatten Erfahrung. Einige Mitglieder von den Zivilschutzbrigaden erteilten Anweisungen. Der immer stärker werdende Rauch wirbelte in blutroten Schwaden auf, die Leute husteten und würgten, und ihre Augen füllten sich mit Tränen. Viele hatten ein Tuch um Mund und Nase gebunden. Dann und wann liefen die Bewohner unter Lebensgefahr in ihre zerstörten Häuser hinein, schleppten alle möglichen Gegenstände in Sicherheit. Sie wussten, niemand würde sich, auch in höchster Not, an dem spärlichen Gut des Nachbarn vergreifen.

In den frühen Morgenstunden machte sich Enzo auf den Weg zurück zu seinem Haus. Er hustete und würgte; sein Gesicht, seine Arme und Füße waren dunkel vor Ruß. Das violette Licht des dämmernden Morgens färbte die glühenden Trümmerhaufen und beleuchtete die Straßenzüge mit Zinnober und Purpur. Glasscherben funkelten wie tausend Eiskrümel. Enzo befand sich, wie Millionen andere, in einem Zustand der Angstgewöhnung, in dem das Leben vom Wetter des nächsten Tages und von den Plänen des Feindes abhing. Wolkenfetzen jagten dahin, rissen ein Loch auf, einem großen, dunklen Torbogen ähnlich, und darin funkelten einige verblassende Sterne. Enzo blieb fröstelnd stehen; er zog die Schärpe seines dürftigen Baumwollkimonos enger. Müde blickte er empor. Die Sterne wirkten so friedlich, so ruhig. Und doch waren sie von den Flammen der Schöpfung, der Zerstörung und der ewigen Erneuerung umgeben. Enzo wischte sich mit dem Handrücken über die trockenen Lippen und gewahrte Blut an seiner Hand. Er musste verletzt sein, irgendwo, aber er verspürte nicht den geringsten Schmerz. Nein, auch die Sterne kannten jetzt keinen Frieden, doch wo war der Frieden zu suchen? Im Herzen der Menschen, vielleicht? Ich weiß nichts, dachte Enzo. Ich habe nichts gelernt. Doch seine Erziehung forderte, dass gehandelt wurde, wenn gehandelt werden musste, dass er vorwärtszugehen hatte und nicht zurückzublicken. Seltsam, wahrhaftig, wie das Gehirn unabhängig von äußeren Umständen arbeitete! Ausgerechnet in diesem unpassenden Augenblick kam ihm ein Gedicht von Uesugi Kenshin in den Sinn, ein Samuraikrieger aus dem 16. Jahrhundert, der gleichzeitig ein buddhistischer Mönch war.

Selbst ein lebenslanges Glück ist nur eine Schale Sake,
Meine Jahre ziehen vorbei wie ein Traum,
Ich weiß nicht, was ist Leben, was ist Tod.
Jahraus und jahrein: Es ist alles nur ein Traum.

Aber vielleicht, dachte Enzo, kommt dieses Gedicht eben nicht zur unpassenden Stunde. Eine Stadt träumt ihr eigenes Leben und träumt ihren eigenen Tod, wie ein Held auf der Bühne seinen eigenen Tod nur erträumt. Und doch muss er ihn empfinden, diesen Tod, um glaubhaft zu sein und die Zuschauer zu Tränen zu rühren.

Die Tragödien im Theater spiegelten die Tragödien dieser Welt wider. Der Körper der Schauspieler nahm alle Gesten und Verhaltensformen in sich auf; sie schwammen in ihnen wie Blätter in einem Fluss. Die Schauspieler waren angefüllt mit den Tragödien des Lebens, darin lag ihr Geheimnis. Enzo brauchte sich nur für irgendeine Rolle zu verkleiden, und schon brach seine Seele in lautes Wehklagen aus. Und im Theater blieben ihre Schreie nie ungehört.

33. Kapitel

Ein harter Schlag, dumpf geahnt und längst befürchtet, traf Enzo einige Tage später. Das Kabuki-Za wurde geschlossen, alle Schauspieler wurden an die Front geschickt. Der Krieg fand anderswo als auf der Bühne statt. In dem ungleichen Kampf gegen die Alliierten wurde jeder Mann gebraucht. Viele Soldaten waren bereits als tot gemeldet, ebenso viele kamen als Krüppel zurück. Zwar verkündete das Radio Siege und nochmals Siege, aber jeder wusste, wie die Dinge wirklich standen. Japan war bereits so geschwächt, dass eine Niederlage unausweichlich war. Es ging lediglich darum, sich nicht kampflos zu ergeben.

Für Enzo hieß es nun, von Sumire und den Kindern Abschied zu nehmen. Er versuchte, sein Herz zu beruhigen und die Vernunft zu bewahren, die seinen Kopf bisweilen verließ. Sein Ahnungsvermögen, das ihn nie im Stich ließ, sprach eine deutliche Sprache: Die Gefahren, die seine Familie bedrohten, waren nicht nur die Gefahren des Krieges. Doch Sumire wirkte erstaunlich ruhig, während sie die Vorbereitungen für seine Reise traf.

›Du wirst bald zurückkommen. Alles wird wieder gut werden. Ich weiß es!‹

Enzo fand diese Naivität gar nicht erfreulich. War sie der Kriegspropaganda letztendlich auf den Leim gegangen? Oder wollte sie es ihm leicht machen?

›Möglicherweise habe ich Glück. Aber was wird aus dir? Die Amerikaner werden nicht aufhören, Tokio zu bombardieren.‹ Und er setzte mit betrübtem Lächeln hinzu:

›Wie soll das enden, wenn selbst der Fuji-San den Feind unterstützt?‹

In Tokio ging die mutlose Redensart um, es stünde schlecht mit dem japanischen Volk, weil sogar der heilige Berg, statt sich in Nebel zu hüllen, in schneeweißer Pracht über den Wolken leuchtete. Die Amerikaner benutzten ihn nämlich als Orientierungspunkt, wenn ihre Staffeln die nahe gelegene Stadt anflogen.

Sumire starrte ihn an, unentwegt heiter, als ob sie seine Worte nicht verstand. Sie war schön mit ihren glühenden Wangen. Im Rücken hing ihr langer, dicker Zopf. Sie trug wie alle anderen Frauen Mompei, jene ursprünglich nur von Bäuerinnen getragenen baumwollnen Pluderhosen, die sich während der Kriegsjahre als bequemes Kleidungsstück in jeder Bevölkerungsschicht verbreitet hatten. Plötzlich legte sie beide Arme um ihn. Ihre Lippen flüsterten an seiner Wange.

›Ach, sorge dich nicht um mich. Wir sind hier vollkommen in Sicherheit.‹

Er verzog bitter den Mund.

›Es ist schön, dass du diese Gewissheit hast!‹

›Die Ehrwürdige Großmutter erschien mir im Traum‹, sagte Sumire mit großem Nachdruck. ›Sie versprach, uns zu beschützen.‹

Enzo blickte beiseite und verschwieg ihr, dass er von der Verstorbenen keine sehr gute Meinung hatte. Die Familie musste ziemlich degeneriert gewesen sein. Standesdünkel und Inzucht, und was sonst noch alles dazu kam. Aber Sumire konnte ja nichts dafür. Und schließlich – vielleicht täuschte er sich.

›Ich denke, dass ich nicht lange an der Front sein werde‹, gab er zu. ›Der Krieg wird wohl bald vorbei sein.‹

Onkel Takeo und Tante Kyo lebten nicht mehr. Auch von Sumires Familie war kaum noch jemand da. Onkel und Cousins waren an der Front, ebenso Enzos Freunde. Ihre Frauen waren zu entfernten Verwandten gezogen. Einer nach dem anderen waren auch die Dienstboten eingezogen worden, oder zu ihren Familien zurückgekehrt. Naoko war die Einzige, die geblieben war. Enzo vertraute ihr restlos. Sie würde für Sumire und die Kinder gut sorgen, sich geduldig anstellen, um Lebensmittel zu bekommen, die Kleider unermüdlich ausbessern und flicken und im größten Chaos das Haus so reinlich halten wie einen Tempel.

Es hieß also Abschied nehmen. Abschied vom Leben vielleicht? Enzo war es gewohnt, auf der Bühne zu siegen oder mit Bravour zu sterben. Eine phantastische Glorifizierung, durch Maske und Kostüm bewirkt. Im wirklichen Leben war alles anders. Enzo ging alle seine stillen Zweifel durch, und je mehr er nachdachte, desto ratloser und verzweifelter wurde er. Er empfand den Krieg nicht als Heldenepos, sondern als uralte Verdammung, die sich dem Recht, dem Fortschritt und der Menschlichkeit entgegenstellte. Ihm schauderte vor der Unterwürfigkeit, Sturheit und Angst, die das japanische Volk lähmte. Wo waren die klugen, weit blickenden Männer, die die Kräfte der Nation lebendig erhielten? Sie waren offenbar überfordert. Zu sterben lohnte es sich wahrhaftig nicht mehr. Hatte es sich je gelohnt? Enzo schwor sich, die erforderliche Maske über seine Gefühle zu streifen und Akiko Yosanos Gedicht nicht an der Front in schöner Pose aufzusagen. Er wollte mit dem Leben davonkommen.

Wenn Enzo an Sumire und die Kinder dachte, wuchs seine Furcht. Es war eine Furcht, die ihn wie der Schatten eines bösen Traumes verfolgte. Er war ihr, weil er die Ursache nicht kannte, hilflos ausgeliefert. Doch seiner jungen Frau gegenüber zeigte er sich zuversichtlich; gewiss war sie der Aufgabe, die sie jetzt erwartete, gewachsen. Er ging zu den Kindern, die friedlich schliefen, um sie ein letztes Mal zu liebkosen. Die kleine Rieko zahnte und hatte Fieber. Enzo strich zart mit der Hand über ihre geschwollene Wange. Jukichi war stark gewachsen, aber viel zu mager und oft erkältet. Er war ein sehr hübscher Junge, mit hoher Stirn und wachen, sensiblen Augen. Enzo zerriss es fast das Herz, seine Kinder zu verlassen. Doch er hielt seine Tränen zurück; es gelang ihm sogar, zu lächeln. Sumire, in ihren Wintermantel gehüllt, half ihm, seine Gamaschen zu schnüren. Es tagte bereits. In der grauen Dämmerung zog Enzo seinen Waffenrock an und verließ das Haus. Während Sumire und Naoko sich vor der Türschwelle verneigten, stapfte er, seinen Tornister schleppend, durch den schneebedeckten Garten. Seit Wochen herrschte Benzinsperre; kein Taxi, kein Autobus fuhr. Auch die U-Bahn verkehrte nicht mehr. Auf den leeren Straßen sah Enzo nur Militärfahrzeuge. Er ging zu Fuß zu seinem Hauptquartier. Dort erfuhr er, dass man ihn nach Burma schickte.

Am gleichen Morgen sagte die Ehrwürdige Großmutter zu Sumire: ›So, jetzt sind wir unter uns. Es wurde allmählich Zeit! Nimm endlich das Bild ab! Ich kann die Azaleen nicht mehr sehen!‹

›Ehrwürdige Großmutter!‹, flüsterte Sumire. ›Gedulde dich noch ein oder zwei Tage, ich bitte dich darum! Was soll Naoko denken, wenn ich, kaum dass mein Gatte das Haus verlassen hat, sein Lieblingsbild entferne?‹

›Da hast du nicht ganz Unrecht‹, knurrte Lady Kaeda. ›Man soll sich vor den Dienstboten keine Blöße geben. Gut, sie wird ja bald gehen, dann haben wir endlich Ruhe.‹

›Ach, Großmutter!‹, sagte Sumire. ›Das wird nicht eintreffen. Naoko hat Enzo fest versprochen, dass sie mich und die Kinder nicht verlassen wird.‹

›Naoko hat andere Verpflichtungen‹, erwiderte die Ahnin kalt. Sie gab keine weitere Erklärung ab, aber Sumires Herz stand vor Panik fast still. Die Ehrwürdige Großmutter sah so weit, bis in die Ewigkeit. Alles, was sie voraussagte, wurde stets Wirklichkeit und wahr. Das Bewusstsein ihrer Hilflosigkeit war vernichtend für Sumire. Sie sah ihre behütete Kindheit im Schatten der Ahnin, die Geschichten, die sie erzählt bekam, die halb vergessenen Geheimnisse, die unbegriffenen Einflüsse, alles, was sie damals nicht verstanden hatte von den Dingen, die ihre Vorfahren betrafen. Nachts hatte sie einen stets wiederkehrenden Traum: Sie sah ein großes Lagerhaus, wie es die Samuraifamilien in vergangenen Tagen hatten. Sumire ging auf eine schwere Tür zu, die für gewöhnlich mit einer langen Eisenstange geschlossen wurde. Im Traum aber stand die Tür weit offen. Sumire trat in den Raum, in den durch vergitterte Fenster Licht fiel, und entdeckte, dass er bis zum Rand mit Kriegsbannern und Waffen gefüllt war. In diesem Augenblick entsann sie sich, dass ja Krieg war und dass sie die Waffen wohl gebrauchen konnte. Und so bemühte sie sich, die Waffen aus dem Lagerhaus nach draußen zu schleppen.

309

Sie fand immer wieder neue, Hellebarden, Schwerter, Messer und Säbel. Sie waren so schwer, und sie selbst war so ungeschickt. Es nahm und nahm kein Ende. Und mit jeder Waffe kam ihr eine neue Heldentat, eine neue Geschichte in Erinnerung. Sumire wusste, sie trug diese Geschichten in sich, sie waren von fernen und nahen Vorfahren, durch Raum und Zeit zu ihr gekommen. In ihren Träumen schleppte Sumire unentwegt Waffen, nichts anderes, immer wieder nur Waffen. Und tagsüber fragte sie sich, welche Macht es wohl war, die ihre Vorfahren so treu und stark gemacht hatte. Sie, Sumire, war bangherzig und schwach. Aber die Ehrwürdige Großmutter, das war ja das Wunderbare, wusste noch um diese Macht und säte sie Nacht für Nacht in ihren unruhig flackernden Geist.

34. Kapitel

Etwas Grundlegendes hatte sich verändert. Etwas, das so wehtat wie die rasenden Kopfschmerzen, die Sumire täglich plagten. Jetzt, da Enzo fort war, übernahm die Ehrwürdige Großmutter die Befehlsgewalt. Sie sprach unentwegt zu Sumire, leise und heimtückisch, erschien in ihren Fieberträumen als nebelhelle Gestalt, mit einem weißen Gesicht, in dem nur die versteckten Augen leuchteten. Vor ein paar Tagen, als Sumire einen Pullover strickte, hatte ihr die Großmutter die Nadel aus der Hand geschlagen, sie tief in ihre Kniekehle gebohrt. Zum Glück hatte es Naoko gesehen, laut aufgeschrien und sofort mit starkem, behutsamem Griff die Stricknadel entfernt. Daraufhin hatte Sumire einen Schwächeanfall erlitten. Naoko hatte Sumire ein Kissen unter den Nacken geschoben, sie Essig riechen lassen und ihre Schläfen massiert, bis es ihr wieder besser ging. Das Bild hatte sie natürlich ausgewechselt; sie hatte Räucherstäbchen verbrannt, um Lady Kaeda zu versöhnen. Oh, ja, sie hatte es stets gewusst: Das Bild stellte keinen Karpfen dar, sondern die

Ehrwürdige Ahnin selbst, die mit ihrem Totengesicht den Lebensstrom hinaufschwamm, der Wiedergeburt entgegen. Sumires Fürbitte half ihr, täglich an Kraft zu gewinnen. Mit nachträglichem Entsetzen erinnerte sich Sumire, wie Enzo das Azaleenbild anbrachte und Großmutter ihr eine Schere in die Hand gedrückt hatte. Sollte sie das Bild zerschneiden? Oder sogar Enzo die Schere in den Rücken stoßen? Sie hatte die Großmutter mit bangem Herzen gefragt, ob dies wirklich ihre Absicht gewesen war. Großmutter hatte nur gelacht.

»Dazu wärst du viel zu feige gewesen! Aber das wird sich ändern. Halte durch! Tu, was getan werden muss.«

Sumire knetete ihre Hände. Was war los mit ihr? Warum war sie so verwirrt, so verzweifelt in ihrem Kopf und in ihrer Seele? Wie um alles in der Welt war es dazu gekommen? Großmutters Kraft nahm unentwegt zu, nichts und niemand konnte sie beschützen. Niemand außer der kleinen, tapferen Naoko. Ja, Naoko war ständig bei ihr, aufmerksam und besorgt, mit wachen Augen. Was ging in Naoko vor? Vernahm sie das böse Murmeln der Ahnin und Sumires stumme, verzweifelte Hilferufe? Sie hatte Sumire gebeten – nein, nahezu das Recht gefordert –, mit ihr im Zimmer zu schlafen. Sie hatte ihre Bettmatratze zwischen Sumire und die Kinder geschoben. Sie war da, jede Nacht, und jedes Geräusch weckte sie. Naoko war stets hellwach, wenn die Zweige wie Krallen an den Schiebetüren kratzten, wenn Sumire ihre nächtlichen Kämpfe erlebte. Naoko massierte Sumires steife Muskeln, wischte die Speichelfäden von Kinn und Hals, schob den Löffel zwischen ihre Zähne, damit sie sich nicht die Zunge zerbiss. Sie rüttelte Sumire wach, wenn ihr Atem aussetzte, wenn ihr Bewusstsein sich in Dunkelheit auflöste. In Sumires abgrundtiefer Einsamkeit, in ihrem Elend, in ihrem Delirium, war Naoko ihr einziger Fixpunkt, ihre Rettung. Leider hatte die ehrwürdige Ahnin viel an Naoko auszusetzen. »Das nichtsnutzige Weib vernachlässigt seine Pflichten!«, zischte die Großmutter. »Hast du gesehen, wie es in der Küche aussieht? Du schläfst auf blutverschmierten Kissen, und deine Kinder tragen Schuhe mit Löchern in den Sohlen!«

Sumire versuchte, Naoko zu entschuldigen.

»Großmutter, wir haben kein Wasser. Wir müssen zur Zisterne gehen und die Eimer sind schwer. Und der Schuster ist an der Front. Sein Sohn ist zu jung, um das Geschäft zu übernehmen. Es gibt keinen anderen Schuster hier im Viertel.«

»Dumme Ausreden!«, schimpfte die Ahnin. »Naoko ist nur zu faul, um sich um den Haushalt zu kümmern, wie es sich gehört.«

Und immer wieder Fliegeralarm, jede Nacht und oft auch mehrmals in einer Nacht. Besonders schwere Angriffe wurden im Abstand von acht bis vierzehn Tagen geflogen, weil die Amerikaner Zeit brauchten, um neue Bomben herzuschaffen. Das Alarmsystem funktionierte trotz des allgemeinen Durcheinanders recht gut. Lange bevor die Sirenen heulten, warnte ein Radiosprecher die Bevölkerung, dass über der Südsee feindliche Maschinen im Anflug auf Tokio ausgemacht wurden. Die Stimme des Sprechers klang durchweg ruhig; er las die Warnung nicht anders vor als einen Wetterbericht. Nachrichten über Route und Verlauf des Angriffs, wann die Flugzeugstaffeln im Gebiet über den Abwehrstellungen einträfen, wurden in regelmäßigen Abständen durchgegeben. Schrillten in Tokio die Sirenen, hatte man noch gut eine halbe Stunde Zeit, um die Unterstände aufzusuchen. Und kaum duckten sich die Menschen in den Luftschutzkellern, dröhnten gleichsam Himmel und Erde. »Christbäume« erhellten die Dunkelheit, sanken Feuer sprühend in sich zusammen. Und nur einige Minuten nach dem Angriff leuchteten die »Blumen von Edo« aus nahen und fernen Straßenzügen. Es war immer dasselbe: Sobald sich die Flieger entfernten, kletterten die Leute in eiliger Hast aus den Erdlöchern, übergaben die kleinen Kinder den schützenden Händen der Großeltern und bildeten Ketten, um die Brände zu bekämpfen.

Die Ehrwürdige Großmutter hatte wahrhaftig Augen, die Zeit und Raum überblickten! Eines Tages stand ein fremdes Mädchen vor der Küchentür. Sie trug abgenutzte Baumwollkleider, und ihre nackten Füße, rot vor Frostbeulen, steckten in Strohsandalen. Einfachen Leuten brachte man nicht bei, Gefühle zu beherrschen. Weinend und klagend verneigte sich das Mädchen vor der Hausherrin.

Sie stellte sich als Naokos Kusine vor und bat dringend, sie sprechen zu dürfen. Sie habe eine schlechte Nachricht. Da kam Naoko auch schon vom Markt, wo es ihr unter Feilschen gelungen war, ein Stück frischen Tunfisch für die Kinder zu ergattern. Ihr Vater sei tot, erzählte schluchzend das Mädchen. Das Haus sei über ihm zusammengebrochen; ein Geschoss. Die alte Mutter sei mit schwerer Kopfverletzung aus den Trümmern geborgen worden. Sie hatte ihr Augenlicht verloren, und gehen konnte sie auch nicht mehr. Und wer sollte sich um die alte Frau kümmern, wenn nicht ihre einzige Tochter?

Naoko hielt die klammen Hände der Kusine und weinte mit ihr. Sie hatte Enzo versprochen, über Sumire zu wachen, aber die Kindespflicht überwog. Sie beschloss schweren Herzens, in ihren Heimatort unweit von Tokio zurückzukehren. Sumire stärkte sie in ihrem Vorhaben. Ja, sie käme gut alleine zurecht. Außerdem hatte sie auch noch Verwandte, die zwar in Kyoto lebten, bei denen sie jedoch im schlimmsten Fall unterkommen konnte. Naokos Einwand, dass ja nur die Truppen mit dem Zug reisen durften, überhörte sie. Die Nachbarn waren ja auch noch da, die helfen würden...

Aber die Kinder!, schluchzte Naoko. Wer würde ihren Schlaf bewachen, wenn der böse Geist ihre Mutter heimsuchte? Wer würde die Einkäufe erledigen, den Reis auf dem schwarzen Markt zum günstigsten Preis einkaufen? Ausfindig machen, wo es noch Weizen gab, den man mit dem Reis mischen konnte, welcher Bauer gerade eine Ladung Rüben brachte oder welches Geschäft noch frischen Fisch verkaufte? Doch es half alles nichts: Sie musste gehen. Beide Frauen nahmen innigen Abschied. Sumire zahlte Naoko ihren Lohn aus, gab ihr zusätzlich Geld und dazu noch einen warmen Pullover und Strümpfe. Ein letztes Mal umarmte Naoko die Kinder und machte sich dann mit ihrem dürftigen Gepäck auf den Weg.

»Ich muss schon sagen, in schwierigen Situationen bist du recht tatkräftig«, bemerkte die Ehrwürdige Großmutter, als Sumire die Eingangstür schloss. »Umso besser. Denn so, wie ich die Lage beurteile, verlieren wir den Krieg. Du bist Samurai, vergiss das nicht. Du wirst jetzt etwas zu tun haben. Etwas sehr Wichtiges. Und bitte keine Widerrede. Dir bleibt nicht mehr viel Zeit!«

35. Kapitel

Immer noch dauerten die Luftangriffe an. Sumire hatte geglaubt, dass sie Angst haben würde, aber dies war nicht der Fall. Sonderbar: Sie fühlte sich beschwingt, mit einem fast körperlichen Übermut. Es war, als ob sich neue Kräfte in ihr regten, sie war sorglos wie ein Kind. Das kam natürlich nur davon, dass Großmutter nicht mehr über die Azaleen zu schimpfen brauchte und endlich wieder gut zu ihr war. Nicht einmal Schlangestehen für Lebensmittel fiel Sumire schwer, obwohl ihr Naoko bisher diese Arbeit abgenommen hatte. Doch so sanft und liebreizend, wie sie aussah, halfen ihr die Leute gerne. Der Gemüsemann gab ihr etwas mehr Gemüse, der Reisverkäufer wog den Reis großzügig ab, der Kohlenhändler hatte stets ein paar Briketts für sie übrig. Von Enzo kam keine Post. Dies sei auch nicht zu erwarten, meinte Lady Kaeda höhnisch. An allen Fronten rückten die Amerikaner vor. Sie würden bald über Japan hereinbrechen. Die Ehrwürdige Ahnin sagte solche Dinge nicht leichthin, wusste Sumire doch, wie ihr der Feind verhasst war. Wo liegt Burma?, hatte Jukichi wissen wollen. Sumire hatte es ihm auf der Landkarte gezeigt. Oh, ja, Jukichi hatte bereits verstanden, dass sein Vater jetzt, wenn auch ganz vergeblich, für den Kaiser kämpfte. Rieko war natürlich noch zu klein, um diese wichtige Sache zu verstehen. Eine Zeit lang hatte Sumire, sobald die Sirenen heulten, den Luftschutzkeller aufgesucht. Dann empfand sie es als zunehmend schwieriger, die schlafenden Kinder aus dem warmen Bett in die eisige Kälte zu zerren. Und bei den vielen Leuten im Unterstand wurde die Angst nur noch größer. Nach einiger Zeit zog sie es vor, bei Fliegeralarm das Haus nicht mehr zu verlassen. Wozu auch? Die Bäume waren stark in die Höhe gewachsen. Sie hatten ihre Äste über dem Dach ineinander verwoben, als ob sie es der Welt entziehen wollten, und auch die Hecken waren nicht gestutzt und wucherten breit und hoch wie Mauern. Das allein würde es schon zu einem sicheren Haus machen, aber hinzu kam, dass ja hier noch die Ehrwürdige Großmutter wohnte, mit ihrer Kraft, die sich täglich verstärkte. Sumire hatte die Futons so gelegt, dass sie ständig das schützende Rollbild im Auge behielt. Gewiss kamen die Flugzeuge jetzt auch bei Tag; gewiss waren die Zimmer feucht und eiskalt, und es gab auch kein Holz mehr für die Wärmekiste. Dass Jukichi sich erkältet hatte, dass er mit Schnupfen und Husten im Bett lag, war eine üble Sache, aber unvermeidlich in dieser Jahreszeit. Zum Glück war er unter den Decken gut aufgehoben. Gleichmäßige Wärme heilt eine Erkältung am schnellsten, hatte Jun früher gesagt. Sumire flößte ihm Reisschleim ein und gab ihm abgekochtes Wasser zu trinken. Stundenlang saß sie bei den Kindern, klapperte mit den Stricknadeln. Das vertraute Geräusch beruhigte sie. Ja, es war wirklich ein guter Entschluss, die Sirenen nicht mehr zu beachten. Obwohl die Bomben manchmal so nahe fielen, dass Sumire das Gefühl hatte, das Haus würde einstürzen. In der flackernden Dunkelheit hielt sie beide Kinder fest an sich gepresst, versicherte ihnen immer wieder, dass der Lärm bald vorbei sei und sie wieder schlafen konnten. Das Haus erzitterte wie bei einem Erdbeben, sie hörte Schreie, und hinter dem milchig weißen Reispapier war der Himmel rosa. Vielleicht brannte es ganz in der Nähe. Aber die Nachbarn würden das Feuer schon löschen. Sumire wurde nicht gebraucht, war sie doch nicht einmal fähig, einen Eimer zu heben. In einer dieser Nächte, gegen drei Uhr morgens, war es besonders schlimm. Welle um Welle zogen die Bomber über Tokio. Immer wieder, wenn Sumire dachte, dass jetzt endlich Ruhe einkehrte, kam eine neue Staffel im Tiefflug. Und irgendwann versagten ihre Nerven. Das Verlangen, nach draußen zu stürzen, sich die Haare auszureißen, ihre Kleider zu zerfetzen, wurde übermächtig. Aber das waren natürlich ganz dumme Gedanken, ihren tapferen Ahnen nicht würdig. Und wo war sie mit den Kindern sicherer als bei der Großmutter? Doch plötzlich krachten die Dachbalken, Ziegel klirrten, Scheiben zersprangen. Sumire war, als ob die Flugzeuge durch ihren Kopf donnerten. Der Lärm erfüllte sie, stieg zu einem Beben und Schaudern an und ließ schließlich ihren Körper sich aufbäumen. Sie hielt sich beide Ohren zu, wälzte sich am Boden, sie kreischte und schrie und biss sich die Zunge blutig.

›Du dummes Ding‹, schalt sie die Ehrwürdige Großmutter. ›Nimm dich zusammen!‹

Sumire fand zu sich zurück, mit schlaffen Gliedern und einem Geschmack nach Eisen im Mund. Ihre Lippen waren feucht und rot verschmiert. ›Ehrwürdige Großmutter, bitte, verzeih mir!‹

›Du hast Angst, schäm dich! Hast du kein Vertrauen zu mir?‹

Sumire spürte einen Klumpen auf der Zunge. Es tat entsetzlich weh. Sie schluckte, formte mühsam die Worte.

›Großmutter, wo bist du?‹

›Sieh mich an!‹, forderte die Ahnin streng.

Sumire sah zu dem Rollbild hinüber. Die Flakgeschütze tauchten das Zimmer in grelles Licht, und bei jedem Blitz schien sich der Karpfen etwas höher im Strom zu bewegen, eine geheimnisvolle, urzeitliche Gestalt auf dem Weg zur Wiedergeburt. Mit unsicheren Händen brachte Sumire ihre Kleider in Ordnung. Was sollten denn die Ehrenwerten Vorfahren denken, die so stolz und selbstbewusst den Feinden getrotzt hatten? Sie, Sumire, war aus dem gleichen heiligen Geheimnis, aus der gleichen Ahnenreihe, auch sie war mächtig. Aber zunächst musste sie die entsetzten Kinder beruhigen. Vielleicht half es, wenn sie ihnen erklärte, wie ungefährlich alles war. Ein Feuerwerk, nicht wahr? Und die Schreie draußen? Ach, vielleicht tanzten und freuten sich die Leute. Die Farben am Himmel waren ja so schön. Da, seht nur diese Blumen, wie sie flackern und leuchten! Wahrhaftig, es half, die Kinder beruhigten sich. Die Flugzeuge zogen davon, sie hatten ihre Bombenlast abgeworfen. In der einkehrenden Stille waren nur noch Rufe und Befehle hörbar, während die Leute die Verwundeten aus den Unterständen trugen und die Brände bekämpften. Aber das war nicht mehr Sumires Sache.

Weitere Tage vergingen. Sumire trieb innerlich dahin, zerschlagen, fast ohne zu denken. Die Vorfahren kamen nicht mehr, sie entfernten sich, graue Schemen, von sonderbarem Schein umgeben, tauchten zurück in den Brunnen der Zeiten. Sumire wurde klar, dass sie ihr starkes Ehrgefühl eigentlich nie richtig verstanden hatte. Auch die Waffen, die sie im Geist aus dem Lagerhaus geholt hatte, waren jetzt nutzlos; ihr Glanz gehörte der Vergangenheit an. Im Haus blieb alles liegen. Sumires eigentliche Arbeit geschah in ihrem Gehirn, ein grässliches Ringen mit dem Wahnsinn. Sie musste etwas finden, was sie im Gleichgewicht hielt. Aber was? Malen? Ja, das Malen hätte sie vielleicht retten können. Sie versuchte sich zu erinnern, was ihr das Malen bedeutete, was es mit sich brachte, ihr ganzes Wesen in ihre Arbeit zu legen. Aber in Tokio gab es kein Malpapier, keine Tinte, keine schönen Pinsel mehr. Sumire fühlte, wie ihr Geist immer tiefer über dunkle Gewässer kreiste. Irgendwann klopfte Frau Watanabe, die Nachbarin, an die Tür. Ob Sumire oder die Kinder krank seien? Frau Watanabe hatte sie nicht mehr im Luftschutzkeller gesehen und machte sich Sorgen. Sumire, bis zum Kinn in ihren fleckigen Mantel gehüllt, lächelte matt, dankte für die Anteilnahme. Aber sie hätte beschlossen, bei Luftangriffen zu Hause zu bleiben, da ihr kleiner Sohn krank sei. Hohes Fieber. Es wäre wirklich besser, dass er im Bett bliebe. Ja doch, zu essen hätten sie noch. Im Augenblick fehlte es ihnen an nichts. Der Nachbarin fiel auf, wie bleich Sumire war, wie eingesunken ihre Wangen, und wie stark ihre Hände zitterten Sie ging beunruhigt fort, versprach, bald wieder vorbeizukommen. Und als sie weg war, überkam Sumire eine nie gekannte Schwäche, ein furchtbares Weichwerden und Auflösen. Sie brach in Tränen aus, machte wankend ein paar Schritte und stürzte zu Boden.

›Hör auf zu heulen‹, sagte ärgerlich die Ehrwürdige Großmutter. ›Tränen gereichen dir nicht zur Ehre. Wie hat deine Urgroßmutter damals gehandelt? Weißt du noch? Wie oft muss ich dir die Geschichte erzählen?‹

›Ehrwürdige Großmutter ... ich habe keine Kraft mehr.‹

›Das bildest du dir nur ein. Du bist Samurai. Was für Dinge auch immer dich beschäftigen, nimm sie als Anlass zu innerlicher Betrachtung. Willst du, dass deine Kinder dem Feind in die Hände fallen?‹

Sumire schüttelte weinend den Kopf.

›Ich ... ich weiß nicht ... was ich tun soll.‹

›Du bist von meinem Blut‹, sagte Lady Kaeda streng. ›Von allen Dingen ist mir Feigheit am tiefsten verhasst.‹

›Es ist nicht meine Schuld!‹, schluchzte Sumire. ›Dies alles musste so kommen, weil ...‹

Die Ehrwürdige Großmutter schnitt ihr das Wort ab.

›Weil du einen Schauspieler geheiratet hast, der auf der Bühne den Helden spielt. Der aber, sobald er die Rüstung ablegt, mit dem ›Bushido‹ nicht im Einklang steht.‹

Sumire stöhnte laut auf. Die Worte der Großmutter waren hart. Ja, sie hatte wahrhaftig einen großen Fehler begangen! Ach, mochten alle gütigen Geister der Ahnen ihr verzeihen!

›Schäme dich!‹, sagte die Ehrwürdige Großmutter. ›Deine Vorfahren hätten es vorgezogen, einen ehrenhaften Tod durch eigene Hand zu sterben. Die Amerikaner werden bald hier sein. Sie werden dich töten und deine Kinder entführen.‹

Sumire schrak zusammen.

›Großmutter, das trifft nie ein! Ich werde die Kinder verstecken.‹

›Kein Versteck ist sicher. Früher kannten die Mütter ihre Pflicht.‹

Sumire rammte sich die Nägel in die Handfläche. Blut sickerte an die Oberfläche. Sumire hob die Hände an ihren Mund, leckte das Blut, das diesen seltsamen Geschmack nach Eisen hatte.

›Ehrwürdige Großmutter, nie könnte ich den Kindern etwas antun.‹

›Gewiss nicht. Die Zeit des alten Stolzes, der strengen Pflicht, liegt zwei Lebensalter hinter dir!‹

›Großmutter, ich … ich habe keinen Dolch.‹

›So? Hast du nicht nächtelang Waffen geborgen? Dass ich nicht lache! Alles nur Hirngespinste! Zum Glück sind Küchenmesser da.‹

Sumire starrte auf das Bild in der geweihten Nische. Sie wusste nicht mehr, wer das Bild gemalt hatte. Irgendjemand hatte es geschafft, mit einem so zarten Material wie einem Pinsel wunderbare, kräftige Linien zu ziehen, so sauber, so bestimmt. Aber wer bloß? Wer hatte den gewaltigen Karpfen zum Leben erweckt? Denn er bewegte sich, wenn auch nur ganz schwach. Leicht schwingend, wie in Trance. Wenn Sumire lange genug hinstarrte, sah sie ein Auge, das langsam vorbeizog und gläsern und kalt zurückblickte, obwohl es kein lebendes Auge war und Sumire es nur erkennen konnte, wenn sie den Kopf schräg hielt. Oh, es musste wahrhaftig ein großer Künstler sein, der dieses Bild gemalt hatte! Wie mochte sein Name wohl sein? Wenn Sumire intensiv nachdachte, würde es ihr gewiss einfallen. Aber sie hatte nie genug Zeit, um wirklich gründlich zu überlegen. Da, schon wieder weinten die Kinder! Was war mit ihnen? Natürlich, sie hatten Hunger! Sumire wärmte das Kohlenbecken an, gab ihnen etwas Reis, mit Weizen gemischt. Die Sirenen heulten. Heute war es schon das zweite Mal. Oder war es zuletzt gestern gewesen? Das Dröhnen der Fliegerstaffeln ließ das Haus erzittern, jeden Augenblick fiel eine Bombe. Von draußen kam rote Glut, die den Karpfen golden färbte. Wie schön er war, dieser Karpfen, so kurz vor der Wiedergeburt! Sumire bewunderte ihn sehr, als die Welt in einem Donner explodierte. Sumire warf sich auf die Kinder, schützte sie mit ihrem Körper. Nach einigen Atemzügen richtete sie sich auf. Sie sah den offenen Mund ihrer Kinder, hörte jedoch keinen Schrei, kein einziges Geräusch mehr. Waren ihre Trommelfelle geplatzt? Sumire richtete sich auf, legte vorsichtig beide Hände über die Ohren, öffnete den Mund und schluckte. Es gab ein lautes Knacken, das dumpfe Gefühl in ihren Ohren platzte wie eine Seifenblase, und dann war die Taubheit vorbei, alle Geräusche erreichten sie wieder. Die Fenstertür war geborsten, der Kronleuchter hing schief, Glassplitter hatten ihre Haut aufgeschnitten. Sie sah voller Entsetzen, wie Blutfäden aus Jukichis Ohren flossen, und drückte den kleinen Jungen wild an sich. Ja, man musste die Kinder evakuieren, es war höchste Zeit. Aber wer würde das für sie tun? Naoko hatte sie im Stich lassen müssen. Sie, Sumire, war zutiefst erschöpft, und bald würden die Amerikaner kommen. Die Nachbarn schrien, es stank nach verbrannten Matten, nach Rauch und Benzin. Sumire packte beide Kinder, wickelte sie in Decken und hob sie hoch. Ihre Knie versagten. Sie brach mit ihrer Last zusammen.

Sie musste geschlafen haben. Als sie erwachte, erregte ein leichtes, prasselndes Geräusch ihre Aufmerksamkeit. Regen? Ja, wahrhaftig, es regnete. Draußen war alles ruhig, der Regen musste die Brände gelöscht haben. Das Wasser tropfte und gurgelte in der Traufe. Wie lange schon? Im Zimmer war es eiskalt, die Decken waren nass vor Feuchtigkeit. Nein, bei diesem Wetter konnte sie die Kinder unmöglich wegschaffen. Jukichi erholte sich ja gerade von der Erkältung.

Oder hatte er wieder Fieber? Warum weinte Rieko so stark? Hatte sie wieder Zahnschmerzen? Es regnete und regnete. Und diese kalten Luftwolken im Zimmer! Vor dem Krieg gab es Heizgasflammen; sie waren so geschickt in das Bronzekohlenbecken montiert, dass sie den Eindruck von brennender Holzkohle erweckten. Aber seit den Luftangriffen gab es kein Gas mehr. Alles wurde mit Kohle geheizt: Oh, es war schwierig, etwas Wärme zu erzeugen, man atmete Kohlenstaub ein, machte sich die Hände schmutzig. Und was für eine Anstrengung, den Kohleneimer zu schleppen! Da, schon wieder das Heulen der Sirenen. Fliegeralarm! Hörte dieses Elend denn nie auf?

›Ehrwürdige Großmutter, ich brauche Hilfe.‹

›Stell dich nicht so an. Du musst das jetzt aushalten. Der Regen hat aufgehört.‹

›Ja, der Himmel wird klar.‹

›Du hast keinen Grund, dich zu freuen. Bei klarem Himmel kommt der Feind. Tu jetzt endlich deine Pflicht!‹

›Ehrwürdige Großmutter, ich habe Angst. Ich kann mit dem Messer nicht umgehen.‹

›Du dummes Ding‹, sagte die Großmutter, ›du kannst nicht einmal Fisch richtig schneiden! Außer malen und dich hübsch anziehen kannst du nichts, das war schon immer so.‹

›Ich will den Kindern nicht wehtun.‹

›Wenn du es nicht kannst, lass die Finger davon. Und warte, bis alles vorüber ist.‹

›Bald kommt Enzo zurück. Was wird er von mir denken?‹

›Das ist eine Sache, die er verstehen sollte.‹

›Nein, nein!‹

›Tokio ist verloren, der Feind ist überall.‹

›Die Kinder haben so schrecklichen Hunger …‹

›Bald fühlen sie es nicht mehr.‹ In der Stimme der Ahnin klang so etwas wie Mitleid. ›Und unter uns gesagt, es ist vielleicht ganz richtig, so wie du es machst …‹

Dunkelheit. Tageslicht. Fliegeralarm. Entwarnung. Dann wieder Dunkelheit. Seltsame Lichter überzogen das Rollbild. Der Karpfen drehte sich langsam um eine unsichtbare Achse. Sumire schien, als stiege und fiele er im Rhythmus seines Atems. Das Schrillen der Sirenen, das Lärmen der Maschinen da oben am Himmel hörte sie kaum noch. Die Flugzeuge waren lästig, mehr nicht. Die Bomben fielen, ohne das Haus zu treffen. Vormals hatten die Kinder viel geschrien, jetzt schliefen sie fest und tief, auch tagsüber. Sumire gab ihnen dann und wann zu trinken: Sie kochte das Wasser nicht mehr ab. Wozu auch? Sie fühlte sich elend, krank, sie hatte kaum noch Kraft, den Kindern zu helfen, ihre Notdurft zu verrichten. Sie machten überall hin, wo sie wollten, aber auch das war unwichtig. In der ersten Zeit hatten sie Durchfall gehabt, aber nun schien ihr dünner, kleiner Körper kaum noch Flüssigkeit zu bergen. Einmal klopfte es an der Außentür, lange, beharrlich, danach rief eine Stimme vom Garten aus ihren Namen. Frau Watanabe, natürlich. Sumire war froh, dass sie alle zersprungenen Scheiben mit alten Decken verhängt hatte. Frau Watanabe hätte sie zu viel erklären müssen, dazu blieb keine Zeit, der Feind war ringsum. Nach einer Weile entfernten sich Frau Watanabes Schritte. Sie musste denken, dass Sumire schlief oder krank war. Sumire atmete erlöst auf, ließ sich zurück auf die Kissen fallen. Sie deckte die Kinder gut zu. Sie litten kaum noch, was für eine Erleichterung! Das Haus war eine Insel, treibend auf einem Fluss, dem Frieden entgegen. Der Karpfen schwamm voran, die Stromschnellen hinauf, überwand spielend jedes Hindernis. Ach, wie wunderbar stark und lebendig dieser Karpfen doch war! Bald würde er die Quellen erreichen, das lang ersehnte Ziel, der Neuanfang…

›Ehrwürdige Großmutter. Etwas ist geschehen. Jukichi atmet nicht mehr. Er liegt neben Rieko unter der Decke und ist ganz steif und kalt.‹

Lady Kaeda antwortete mit großer Milde.

›Du hast es geschafft. Er wird dem Feind nicht in die Hände fallen.‹

›Ich … ich glaube, Jukichi ist tot!‹

›Du hast die Bequemlichkeit eben vorgezogen …‹

Sumires Zähne klapperten. Spucke tropfte aus ihrem Mund.

›Es muss … muss eine Bestattungsfeier stattfinden.‹

›Es tut mir sehr Leid, aber es ist Krieg‹, erwiderte die Ahnin sanft.
›Es gibt keine Trauertage mehr wie zuvor. Jeder Tag ist fortan ein
Trauertag.‹

Die Stimme der Großmutter war fern und verworren. Sumire
hörte sie kaum. Es war ein großes Summen in ihrem Kopf.

›Ehrwürdige Großmutter, Jukichi kann… kann nicht bei uns bleiben. Rieko fürchtet sich sehr.‹

›Das Dumme ist, dass du jetzt einiges zu tun hast.‹ Großmutter
sprach wieder sehr sachlich. ›Sei ruhig. Wenn du gescheit bist, gibt
es keine Scherereien. Warte zunächst, bis es dunkel wird. Dann
ordne deine Kleider und gehe hinaus in den Garten. Du kennst doch
den Kakibaum neben der Mauer?‹

›Den mit den starken Wurzeln?‹

›Genau den meine ich. Nimm eine Schaufel, und hebe unter ihm
ein Loch aus. Ziehe Jukichi ein weißes Hemd an, hülle ihn in deine
schönste Seidendecke, und lege ihn in das Loch. Dann fülle die Erde
wieder auf. Mit etwas Anstrengung schaffst du es vor Tagesanbruch.
Und pass auf, dass dich keiner sieht! Frau Watanabe ist eine neugierige Person.‹

›Ehrwürdige Großmutter, wie kennzeichne ich sein Grab?‹

›Ein Stein, das sollte genügen. Nur ein Stein. Und nicht zu auffäl-
lig, ja?‹

›Darf ich ein Gebet für ihn sprechen?‹

›Ein Gebet? Warum nicht, wenn dir der Sinn danach steht. Lege
auch ein Täfelchen mit seinem Namen in den Altarschrein. Die Formen müssen gewahrt werden.‹

›Ich… ich habe keine Zündhölzer mehr für das Weihrauchstäbchen.‹

›Mehr kannst du im Augenblick nicht tun.‹

›Und Rieko?‹

›Es wird nicht mehr sehr lange dauern‹, sagte die Ehrwürdige
Großmutter.

36. Kapitel

Über Enzos Schicksal im Krieg ist wenig zu berichten. Knapp zehn Tage, nachdem er in Burma zu seiner Einheit gestoßen war, verschlechterte sich die Frontlage. Englische Panzer waren vom Dschungel her durchgebrochen, wo sie keiner vermutet hatte. Eine Brücke musste gehalten werden, um den Rückzug der Japaner zu decken. Die Soldaten hatten sie vermint. Als die ersten Panzer über die Brücke rollten, fegte sie die Explosion in den Fluss. Daraufhin entwickelte sich alles in höllischem Tempo. Die Japaner griffen die Kolonne an, während ihre Soldaten sie im Wald mit Gewehrfeuer deckten. Je nach Ansicht hatte Enzo Glück oder Pech: Eine Kugel streifte seine Stirn; das Blut floss ihm übers Gesicht, und er glaubte, sein Augenlicht verloren zu haben. Er taumelte, lehnte sich tastend an einen Baumstamm, als ihm ein Geschoss den linken Oberschenkel durchschlug. Der Krieg war für ihn zu Ende.

Man brachte ihn in ein Feldlazarett, das ohnehin überfüllt war. Es fehlte an Pflegepersonal, an Medikamenten, an allem. Die weniger Verletzten halfen den Schwerverwundeten, brachten ihnen Wasser, wuschen ihre Wunden aus. Unter entsetzlichen Schmerzen humpelte Enzo von Bett zu Bett, half, so gut er konnte. Jeder Mann, der hier lag und möglicherweise kurz vor dem Sterben war, hatte eine Geschichte zu erzählen. Die Soldaten waren zum Kampf gedrillt worden, die aufgezwungene Anpassung fiel jetzt von ihnen ab; viele weinten wie Kinder. Enzo hörte zu, sagte nicht, wer er war, und zum Glück erkannte ihn auch keiner. Die Bühne war ein Ort, der danach verlangte, dass man ihn mit fiktivem Heldenmut, fiktivem Leid und fiktiver Liebe erfüllte. Eine Täuschung, nur eine kümmerliche Illusion. Enzo rauchte die Zigarette, die ihm die Krankenschwester gegeben hatte, dachte über simulierte Schmerzen und mit roter Schminke angebrachte Wunden nach. Vielleicht hatte es einen Sinn, dass Helden auf der Bühne starben? Der gespielte Tod warf den Darsteller in sein Menschentum zurück – und was das Menschenleben wirklich bedeutete, zeigte sich im richtigen Krieg mit brutaler Deutlichkeit. Hier, an diesem Ort ohne Hoffnung, war es, als ob eine innere Stimme zu ihm sprach: »Enzo, erkenne dich selbst und sage, wer du bist.« Und er gab sich selbst die Antwort: »Nichts bin ich. Nur ein Mensch.«

Ein Krankentransport brachte ihn mit vielen anderen nach Japan zurück. In Okinawa lag er dann für drei Wochen im Krankenhaus. Seine Kopfwunde heilte schnell, doch der komplizierte Oberschenkelbruch ließ es nicht zu, dass man ihn wieder an die Front schickte. Er eignete sich auch nicht mehr für irgendeine Schwerarbeit. Man zimmerte für ihn eine Krücke. Monate würden vergehen, bevor er wiederhergestellt, und Jahre, bis sein Schritt auf der Bühne fest und stark sein würde wie ehedem. Und nur im Alter fiel gelegentlich auf, dass er bei großer Anstrengung ein wenig das linke Bein nachzog.

Am Nachmittag des neunten März 1945 war er wieder in Tokio und mietete eine Rikscha, um zu seinem Haus zu gelangen. Enzos Kopf war rasiert, seine Augen waren blutunterlaufen, und die Wunde am Bein, noch nicht völlig verheilt, schmerzte unter den Wickelgamaschen. Er war ein stattlicher Mann gewesen, jetzt war er mager. Er hatte seit Tagen kein Bad genommen, seine Uniform war schmutzig. Er schämte sich, Sumire in diesem Zustand unter die Augen zu treten. Er hatte sie nicht benachrichtigen können, dass er kam. Alle Telefonleitungen waren beschädigt. Er hatte ihr vom Lazarett aus ein paar Mal geschrieben, musste jedoch damit rechnen, dass die Feldpost nicht ausgetragen wurde. Nach acht Jahren Krieg versank Japan im Chaos. Die Rikscha wurde von einem älteren Mann gezogen, der in seinem Leben auch bessere Zeiten erlebt hatte. Er hatte gute Umgangsformen, war bestens trainiert, und es machte ihm auch nichts aus, im Laufen zu reden. Seine dünne Stimme klang leicht, fast beschwingt. Ja, in Tokio sei es vor einigen Tagen noch kalt und regnerisch gewesen. Jetzt kam die Sonne durch, aber gutes Wetter brachte Verdruss. Der Mann deutete mit einer Kopfbewegung zum Himmel; Enzo wusste, was es bedeutete, und brummte eine Zustimmung. Am Tag zuvor hatte ein für diese Jahreszeit ungewöhnlich starker und warmer Wind eingesetzt. Enzo atmete diesen Wind ein, den er gut kannte: Noch ein paar Tage, und zwischen Trümmern und verkohlten Häuserruinen würden die ersten Kirschblüten ihre rosa Pracht entfalten. Enzo lehnte den Kopf zurück; es roch nicht nach Frühling, sondern nach verbranntem Holz und nach Benzin. Er spürte, wie jede Unebenheit des Bodens sein verletztes Bein durchschüttelte. Die halb zerstörte Stadt kam ihm schmerzlich fremd vor. Der Rikscha-Mann erzählte, dass auch das Kabuki-Za jetzt ein Trümmerhaufen sei. Das Theater? Zerstört? Enzo nahm die Nachricht auf, als wäre sie kaum eine Erwähnung wert. Es war eine Tatsache, mit der er sich später befassen würde. Ein ganz neues Gefühl nahm ihn gefangen, eine Art dumpfe Panik. Er spürte in sich eine schreckliche, verzehrende Unruhe, und sein Herz klopfte rasend.

Das Haus stand noch. Enzo atmete erleichtert auf. Eine seiner schlimmsten Befürchtungen war nicht eingetroffen. Mit Hilfe des Rikscha-Mannes stieg er schwerfällig aus dem Wagen. Der Mann reichte ihm seine Krücke, wünschte ihm alles Gute. Der Abendwind nahm zu, wehte in wirbelnden Böen. Der Rikscha-Mann entfernte sich, gegen den Luftstrom ankämpfend. Enzo humpelte über die Straße, schleppte sich die drei Stufen hinauf und klopfte an die Haustür. Drinnen rührte sich nichts. Enzo rüttelte vergeblich an der Tür. Vielleicht waren Sumire und die Kinder nicht da? Und Naoko? Einkaufen, offenbar. Das Anstellen dauerte immer sehr lange. Enzo erinnerte sich, dass sie früher, beim Ausgehen, den Schlüssel stets unter den Blumentopf auf der letzten Stufe schob. Er bückte sich, tastete mit den Fingern, und tatsächlich – der Schlüssel war da! Enzo nahm ihn, steckte ihn ins Schloss. Die Tür ging knirschend auf. Er humpelte in den Eingang, zog die Tür mit Mühe hinter sich zu. Drinnen war es dämmrig und kalt. Aus Gewohnheit rief er halblaut: »Tadaima! – Ich bin zurück.« Die Stille im Haus kam ihm seltsam vor. Ein merkwürdiger Geruch lag in der Luft, ein Geruch, bei dem sich ihm fast der Magen umdrehte. Es stank nach Kot und Urin und ungewaschenem Bettzeug, wie im Lazarett. Schmutzige Schatten füllten die Ecken, eine Staubschicht bedeckte die Möbel. Er wollte seine Schuhe aufschnüren, als er Glassplitter am Boden entdeckte. Vorsichtig machte er ein paar Schritte, stieg die Stufen hinauf, die zum Wohnraum führten. Das Erste, was er sah, war das Tokonoma und das Bild, das dort hing. Er stand wie gelähmt; der Anblick löste Schrecken in ihm aus. Es war, als ob der blanke Tod ihn in Gestalt eines Karpfens angrinste und verhöhnte, jener Tod, der ihm so viele Male auf dem Schlachtfeld begegnet war. Und ein paar Meter vom Ehrenplatz entfernt, achtlos gegen die Wand gelehnt, entdeckte Enzo ein anderes Rollbild, eingerissen, verschmutzt; noch war eine Azaleenblüte sichtbar, rot schimmernd im Dämmerlicht wie ein schöner Edelstein. Enzo war, als bekäme er keine Luft mehr, als zögen ihm die fremden, gespenstischen Schatten allen Sauerstoff aus dem Körper. Seine Augen gewöhnten sich an das Dämmerlicht, nahmen die furchtbare Unordnung wahr, die verschmutzten Kleider, die mit Blut und Kot befleckten Matten. Die Töpfe waren ungewaschen, die Schüsseln und Tassen zerbrochen. Nach einigen Sekunden fassungslosen Entsetzens war Enzos erster sachlicher Gedanke, dass vielleicht Einbrecher am Werk gewesen waren. Doch sein stets wacher Instinkt sagte ihm etwas anderes – etwas Grauenhaftes. Ihm war, als ob die Stille atmete. Kalter Schweiß brach ihm aus allen Poren. Inmitten dieser Stille stand er wie im Auge eines Taifuns, der langsam um ihn kreiste. An der Seidentapete entdeckte er Risse, die mit einem spitzen Gegenstand – einem Messer vielleicht, oder einer Schere – gezogen waren. Daneben sah er Spuren von Erbrochenem, und an einer Stelle den Abdruck einer blutigen Hand. Enzo machte einen unsicheren Schritt auf den Lichtschalter zu, bevor er sich entsann, dass ja Stromsperre war. Außerdem lagen die Lampen des Kronleuchters in dicken Scherben herum. Warum hatte sie niemand beseitigt? Die Kinder konnten sich ja verletzen.

»Sumire?«

Er lauschte dem Klang seiner eigenen Stimme; ein unheimlich fremder Ton, wie ein Krächzen. Und plötzlich: ein Geräusch, ein leichtes Rascheln hinter der Schiebetür, die das Wohnzimmer, je nach Bedarf, größer oder kleiner machen konnte. Das Geräusch war leise im Vergleich zu dem seines Atems und dem Wind draußen, doch fing es Enzos Aufmerksamkeit ein und hielt sie fest. Er machte einen Schritt, noch einen, und schob die Schiebetür auf. Das leise Rascheln jagte ihm eine Gänsehaut über den Rücken. Im Halbdunkel hatte er zunächst den Eindruck, das Zimmer sei leer. Dann schaute er noch einmal und sah in einem schmutzigen Deckenhaufen eine Bewegung.

»Sumire?«, wiederholte er. »Warum versteckst du dich? Ich tu dir doch nichts ...«

Vielleicht dachte sie, der Feind sei ins Haus gekommen. Viele Leute lebten heutzutage mit dieser Angst. Sekundenlang herrschte Stille; dann vernahm Enzo ein sonderbares hohles Weinen, zunächst dumpf, dann schrill, eine verstörte Suche nach Silben, von Schluchzen erstickt. Er bückte sich, auf seine Krücke gestützt, zerrte mit der freien Hand die Decken weg, bekam einen Arm zu fassen. Sumire. Er zog sie heraus. Sie duckte sich, kroch vor ihm, jammerte und flehte. Ihr Heulen war monoton und laut, mit weit offenem Mund. Ihr verfilztes Haar war klebrig vor Schweiß und Speichel, ihr Gesicht ausgezehrt. Ihr Arm, den er immer noch hielt, war dünn und schlaff. Er schrak zusammen. Wie von weither vernahm er sein eigenes, fassungsloses Stammeln.

›Sumire, wo sind die Kinder?‹

Keuchend kniete sie vor ihm, und mit jedem Atemzug entrang sich ihr ein Zähneklappern und sonst nichts.

›Die Kinder!‹, wiederholte er und merkte, dass er sie bei jedem Wort, das er ausstieß, schüttelte. Sie schwankte mit irrem Blick. Ihr Haar war zerrauft, wo es ausgerissen worden war, zeigte sich ein blutiger Fleck. In seiner Panik schrie er sie an.

›Ich will die Kinder sehen!‹

›Jukichi ... ist ... ist nicht mehr da ...‹, stotterte sie.

›Und Rieko? Wo ist Rieko?‹

Sie rang ihre Hände mit seltsam knackenden Geräuschen. Ihre Augen wanderten zu dem schmutzigen Deckenhaufen. Er folgte Sumires Blick, stieß sie zurück, zerrte die Decken fort. Er vernahm ein Wimmern, ähnlich dem schwachen Laut eines neugeborenen Kätzchens, und sah unter den Decken ein stinkendes Bündel, eine winzige Greisin, die einst ein kleines Mädchen gewesen war. Er hob das kleine, übel riechende Kind in seine Arme. Rieko wog nicht mehr als eine Puppe, und dennoch schien sie schwerer zu sein als alles auf

327

der Welt, so schwer, dass er sich kaum auf den Beinen halten konnte. Durch das Pochen in seinem Kopf hindurch hörte er Sumire laut schluchzen. Er wandte sich ihr zu, beherrschte sich mit mächtiger Anstrengung, weil er das Kind in den Armen hielt und nicht zu schreien wagte.

›Wo ist Jukichi?‹, stieß er hervor.

Ein trockenes, gespenstisches Lachen schüttelte ihren dünnen Körper.

›Ich habe ihn gerettet! Sie werden ihn nicht finden…‹

Er starrte sie an. Es war, als berste seine Stirn. Mit all seiner verbleibenden Kraft zwang er sich, ruhig zu sprechen.

›Wo ist er? Willst du es mir nicht sagen?‹

Sie stand vor ihm, zitternd und taumelnd, mit dem fiebrigen Kneten ihrer Hände.

›Die Amerikaner… sie werden bald hier sein!‹

›Wo ist Jukichi, Sumire?‹

Sie wich von ihm zurück, murmelte wie in Trance.

›Sie… sie hätten ihn geraubt. Ich musste ihn… in Sicherheit bringen.‹

Während er sie anstarrte, verdrehte sie plötzlich die Augen. Er sah ihre weißen Augäpfel, und der Anblick überlagerte sich mit der Erinnerung an die soeben geschauten Karpfenaugen, der schlimmste Schrecken, den es für ihn gab, der schlimmste, den er sich vorstellen konnte. Schon sackte sie schlaff zu Boden, schlug mit leisem Aufprall auf und rührte sich nicht mehr. Enzo nahm sich zusammen, versuchte mit klarem Kopf zu denken. Sumires Ohnmachtsanfälle waren nichts Neues für ihn. Später würde er sich mit ihr befassen. Zuerst das Kind. Er hatte genug unterernährte Menschen gesehen, um zu wissen, was mit Rieko los war. Konnte er sie noch retten? War es nicht schon zu spät? Die Nachbarin kam ihm in den Sinn. Er griff nach der Krücke, schob mit Anstrengung die Schiebetür auf, humpelte durch den Garten, auf Frau Watanabes Haus zu. Die Dunkelheit kam schnell, der Wind blies stärker. Der Garten war voller raschelnder, knarrender Geräusche. Enzo erreichte das Tor und stapfte ein paar Schritte den Weg entlang. Aus dem Fenster der Nachbarin drang schwaches Kerzenlicht. In seiner Verzweiflung vergaß er die Höflichkeit und schlug mehrmals mit der Krücke an die Tür. Es dauerte eine Weile, bis er drinnen ein Geräusch hörte und Frau Watanabe die Tür öffnete. Enzo sah vor sich eine verhärmte Frau, blass und ergraut, die wie nahezu alle Bewohnerinnen Tokios die vorgeschriebenen ›Mompei‹ trug. Vor dem Krieg hatten Etsuko Watanabe und ihr Mann im Stadtviertel Roppongi ein gut gehendes Restaurant mit französischer Küche geführt; doch nur verkohlte Ruinen waren heute davon übrig.

Etsuko Watanabe war eine resolute Frau. Sie starrte Enzo kurz an und erfasste die Lage mit einem Blick. Schon war sie an seiner Seite, stützte ihn, half ihm die Stufen hinauf. Enzo setzte sich ächzend auf die Binsenmatten, die vom langen Gebrauch eine rostbraune Färbung angenommen hatten. Inzwischen hatte ihm Etsuko das Kind abgenommen, wickelte die stinkenden Tücher behutsam auseinander. Riekos kleiner Körper war wund gescheuert, von eiternden Geschwüren bedeckt. Der Bauch war bläulich aufgedunsen wie eine Kugel, die eingesunkenen Rippen bebten bei jedem schwachen Atemzug, und der Hals bildete mit den Schultern einen seltsamen Winkel. In ihrem ausgezehrten Greisengesicht waren die eitrigen Augen geschlossen. Rieko hatte nur noch wenige Haarbüschel auf dem Kopf, die rötlich verfärbt waren.

›Sie ist am Verhungern‹, sagte Enzo rau.

Etsuko nickte. Blankes Entsetzen stand ihr ins Gesicht geschrieben.

›Ja. Aber wir dürfen ihr nicht zu schnell zu essen geben …‹ Wenn die Kleine jetzt essen würde, würde es ihr den Magen zerreißen, oder das Herz würde stehen bleiben, das kleine Herz, das sie zwischen den Rippen schlagen sahen. Nein, Rieko konnte nichts essen, ohne zu sterben. Nicht einmal einen Löffel voller Brei würde die Kleine jetzt vertragen. Sie konnte aber auch nicht ohne Nahrung bleiben.

›Vorsicht, Vorsicht‹, murmelte Etsuko. Sie hatte noch genug Briketts, um ein kleines Feuer zu entfachen und Reisschleim zu erwärmen. Enzo saß am Boden, neben seiner Krücke, das verletzte Bein ausgestreckt, und hielt sein Töchterchen in den Armen. Die kleine Seele des Kindes schwebte im Niemandsland, zwischen Leben und Tod. Etsuko würde versuchen, sie ins Leben zurückzurufen. Enzo war nicht sicher, ob es ihr gelingen würde.

Nach einer Weile brachte Etsuko eine Schüssel mit Reisschleim, tauchte ihren Finger hinein und steckte diesen sacht der Kleinen in den Mund. Rieko saugte daran wie ein Neugeborenes. Sie nahm die Nahrung auf. Nach einer Weile flößte ihr Etsuko etwas abgekochtes Wasser ein. Rieko trank mit einer Gier, die jetzt noch nicht befriedigt werden durfte. Ihre trockene, glühend heiße Haut war unglaublich dünn und weiß wie Papier. Enzo konnte sehen, wie das Blut hindurchfloss. Er fragte, woher diese Haut überhaupt noch die Kraft fand, das kleine Skelett zusammenzuhalten.

Etsuko füllte ein Gefäß mit warmem Wasser, nahm sich der Kleinen fachkundig und liebevoll an. Sie wusch behutsam den dünnen Körper, wickelte ihn in saubere, bereits vorgewärmte Tücher. Riekos Augen waren jetzt halb offen. Ihr Hals war so dünn, dass er das Gewicht des Köpfchens kaum tragen konnte; Enzo bettete dieses heiße Köpfchen in seine Hand. Er versuchte die Tränen zurückzuhalten, aber es war unmöglich. Er erbebte schwer unter dem unermesslichen Leid, das seinen ganzen Körper zu zerreißen schien. Heftiges, unbeherrschtes Schluchzen schüttelte ihn. Etsuko kniete neben ihm, sah ihn mit Augen an, die viel gesehen hatten. Ihre Gegenwart hatte etwas Tröstendes an sich. Nach einer Weile wurde Enzo wieder ruhig, wischte sich die Tränen aus dem Gesicht und entschuldigte sich, dass er ihr auf diese Weise Verdruss bereitete. Sie schüttelte den Kopf.

›Machen Sie sich keine Vorwürfe. Wir sind alle in der gleichen Lage. Mein Mann ist gefallen. Ich habe es vor zwei Tagen erfahren.‹

Er verneigte sich und bekundete sein Beileid. Sie dankte, ebenfalls sehr förmlich, bevor sie sich wieder mit dem Kind befasste. ›So, jetzt geht es dir schon besser, nicht?‹, sagte sie, als ob Rieko sie verstehen konnte. ›In einer Stunde werde ich dir wieder etwas geben. Und trinken musst du, viel trinken. Wir kriegen das schon wieder hin.‹

Niedergeschmettert, wie er war, versuchte Enzo nach wie vor, sich Sumires Benehmen zu erklären. So viele Gedanken stürmten jetzt auf ihn ein. Nie in seinem ganzen Leben hatte er sich derart verzweifelt gefühlt.

›Sie war schon immer verschlossen, etwas menschenscheu. Es ging ihr auch nicht gut. Epileptische Anfälle. Der Krieg war einfach zu viel für sie ...‹

Es mochte unschicklich sein, die Nachbarin mit seinen persönlichen Sorgen zu belasten. Doch sie nahm Anteil an seinem Schmerz, forderte ihn auf zu erzählen. Und so beschrieb er, in welchem Zustand er Sumire gefunden hatte. Er sagte auch, dass er sich große Sorgen um Jukichi machte und das Schlimmste befürchtete. Etsuko ihrerseits berichtete, dass sie Sumire noch vor kurzem im Garten gesehen hatte.

›Sie hielt die Kleine im Arm und sprach sehr liebevoll zu ihr. Rieko schrie fürchterlich, aber heutzutage sind ja alle Kinder verstört. Die Sirenen, Tag und Nacht. Und die Fliegerangriffe. Jukichi? Nein, Jukichi habe ich schon lange nicht mehr gesehen. Das wunderte mich zwar, aber ich wusste ja, dass er krank war. Sumire-San kam auch nicht mehr mit uns in den Luftschutzkeller. Ich habe oft an ihre Tür geklopft. Und immer vergeblich. Wissen Sie, ich hatte ein böses Gefühl und sagte es auch dem Wachtmeister. Aber der meinte, jeder sei für seine Sicherheit selbst verantwortlich.‹

›Der Schlüssel lag neben der Haustür‹, sagte Enzo. ›Unter dem Blumentopf!‹

›Ach, hätte ich das bloß gewusst!‹, rief Etsuko. ›Es wäre nie so weit gekommen.‹

Enzo zwang sich gewaltsam zur Ruhe. Er musste sich nur ganz fest einbilden, dass Jukichi noch lebte.

›Warum ist Naoko nicht mehr da?‹

›Sie hat ihren Vater verloren und musste ihre behinderte Mutter betreuen.‹

Enzo spürte einen Hoffnungsschimmer. Die Schulen waren geschlossen, und viele Familien schickten ihre Kinder aufs Land. ›Naoko ist sehr vertrauenswürdig. Vielleicht ist Jukichi bei ihr?‹

An diese Vorstellung klammerte er sich. Naokos Familie lebte in einem Vorort von Tokio, fern vom Hafengebiet mit seinen strategisch wichtigen Zonen.

Etsukos Gesichtsausdruck war zweifelnd und nachdenklich. Sie hielt Rieko auf ihrem Schoß, mit dem geübten Griff einer Mutter.

›Der Junge war nicht bei ihr, als sie ging. Es kann ja sein, dass sie ihn später durch ihre Cousine holen ließ.‹

›Sumire sagte, dass sie ihn gerettet hat.‹

Etsuko zog argwöhnisch die Brauen in die Höhe.

›Wie meinte sie das?‹

Ein Schweigen folgte, bevor ein tiefer Seufzer Enzos gepeinigte Lungen dehnte.

›Ich muss die Sache jetzt klären.‹

›Sorgen Sie sich nicht um die Kleine‹, sagte Etsuko. ›Sie ist bei mir gut aufgehoben.‹

Er tastete nach seiner Krücke.

›Es tut mir wirklich sehr Leid, Ihnen Ungemach zu bereiten. Und… dürfte ich Sie um eine Kerze und Streichhölzer bitten?‹ Er hielt zärtlich das Kind, während sie ihm das Gewünschte brachte. Dann legte er Rieko wieder in ihre Arme.

›So ein starkes kleines Mädchen!‹, murmelte sie. ›Sie wird tun, was sie tun muss, um am Leben zu bleiben. Und ich helfe ihr dabei. Das verspreche ich Ihnen.‹

Er sah in ihr Gesicht, das ohne die Schminke stark gealtert war. Vor dem Krieg war Etsuko Watanabe eine elegante Frau gewesen, perfekt frisiert und zurechtgemacht. Sie rauchte, was damals als ziemlich verrucht galt. Nun waren ihre Züge eingefallen, ihre Wangen schlaff und müde. Und doch war sie voller Ruhe und Tatkraft; ihr Blick war zugleich willensstark und sanft, vertraut und wohltuend offen. Enzo verneigte sich tief und dankbar vor ihr, überwältigt von ihrer Güte, bevor er sie verließ.

37. *Kapitel*

Er stapfte in der Dunkelheit durch den schlammigen Garten, kämpfte gegen die Windböen an, die durch jedes Loch in den Buchsbäumen wie ein Wasserstrahl bliesen. Abgerissene Blätter und Zweige kamen in ganzen Büscheln geflogen. Enzo musste ein paar Mal stehen bleiben, um Atem zu holen. Er war ganz mit kaltem Schweiß bedeckt; daran merkte er, in welchem Zustand der Schwäche er sich befand. Er keuchte, schnappte nach Luft und sah zum Himmel, an dem die letzten Wolken davonsegelten. Der Gedanke, wie verheerend ein Bombenangriff bei solchem Wetter sein würde, zog durch sein Bewusstsein, doch nur kurz. Eine andere Angst, noch tiefer und furchtbarer, plagte ihn. Er humpelte über die Veranda und hatte das Gefühl, sehr viel Lärm dabei zu machen Der Wind hatte die Decken und Tücher von der Schiebetür losgerissen, sie irgendwo in die Büsche geworfen. Er trat in den Wohnraum, lauschte auf die Geräusche des Hauses, das ein wenig im Wind schwankte, auf das scharfe Knacken, mit dem die Möbel sich senkten.

›Sumire?‹, rief er.

Zunächst war alles still. Er dachte, dass sie möglicherweise das Bewusstsein noch nicht wiedererlangt hatte. Doch auf einmal vernahm er ein Keuchen, einen winselnden Laut. Er wandte sich um und sah sie, in einer Ecke zusammengekauert. Ihr Gesicht lag im Schatten, aber ein bisschen Licht kam von draußen, sodass er ihre Umrisse erkennen konnte. Ihre Augen hatten einen verschwommenen Glanz. Sie hatte die Hand an ihren Hals gelegt und presste sich an die Wand, als wollte sie darin aufgehen, ein Teil von ihr werden. Erst jetzt fiel ihm auf, dass sie weiß gekleidet war. Ihr Gewand war zwar zerrissen und blutbefleckt, aber er erkannte gleichwohl, dass sie ein Totenkleid trug. Dieser Anblick war es, der sein Entsetzen steigerte, seinen Zorn jedoch bannte, ihn tief unten hielt. Und so gelang es ihm, in ruhigem Ton mit ihr zu sprechen. Ohne dass er sich dessen bewusst war, halfen ihm die auf der Bühne erworbenen

Kenntnisse. Doch bevor er sprach, zündete er die Kerze an und hielt sie hoch.

›Sumire, was ist geschehen?‹

Sie duckte sich und blinzelte im flackernden Licht. Ihre eingefallenen Augen waren mit Eiter verklebt. Das Röcheln ihrer schweren Atemzüge erfüllte den Raum. Er sah die Blutflecken an der Tapete und erschauderte vor dem Geruch, der von ihr ausging. Es schien, als wäre sie ganz davon durchdrungen.

›Willst du nicht mit mir sprechen?‹

Langsam und ungeschickt kam sie auf die Beine, wobei sie sich mit tastenden Händen an der Wand abstützte.

›Sumire! Erkennst du mich nicht?‹

Sie gab einen klagenden Laut von sich, zog ihr Gewand über die Brust, ordnete mit zitternden Händen die Falten.

›Ja, o ja! Du bist zurückgekehrt, Enzo. Sie hatte mir gesagt, dass du tot seist. Sie irrte sich nie, musst du wissen…‹

Der Geruch, der ihr anhaftete, schnürte ihm den Hals zusammen. Nach wie vor gelang es ihm, Ruhe zu bewahren.

›Wer hat dir das gesagt? Frau Watanabe?‹

Sie schüttelte heftig den Kopf.

›Nein. Mit der spreche ich nicht mehr.‹

›Wer also, Sumire?‹

Sie lächelte jetzt, jenes ihm so wohl bekannte Lächeln, jenes unschuldige Lächeln, das ihn einst so gerührt hatte.

›Die Ehrwürdige Großmutter sagte es mir.‹

Ein gewaltiges Elend drang in sein Bewusstsein. Er sah sie an, wie sie lächelte, die Pupillen unheimlich glitzernd, die kleinen Zähne weiß und scharf. Die seiner Schwäche entspringende Reaktion erfüllte ihn mit Übelkeit. Ursache und Wirkung, dachte er. Die Kraft und der Stolz der Ahnen waren verkümmert, ein Dämon der Verderbtheit lebte in Sumires Blut. Als er sie zu seiner Frau machte, hatte er es bereits geahnt. Aus Tod entsteht Wiedergeburt. Er hatte die Verpflichtung auf sich genommen. Doch am Ende war es Lady Kaeda, die gesiegt hatte.

Die Kerze zitterte in seiner Hand. Schwindel befiel ihn, und er fürchtete, hier und jetzt in einen tiefen Brunnen zu stürzen. Mit gewaltiger Anstrengung hielt er sich aufrecht.

›Du bist krank, Sumire. Sehr krank.‹

Sie fuhr tastend über ihren Kopf, als ob sie versuchte, ihr Haar glatt zu streichen.

›Krank? Nein, mir geht es gut. Rieko war krank, das schon. Aber sie wird bald gerettet sein.‹

Das Haus begann leicht zu zittern, als ob ein Tunnel darunter läge und eine Untergrundbahn vorbeifuhr. Enzo erlebte einen kurzen Augenblick der Verwirrung, bis er merkte, dass das Geräusch von oben kam. Es war das Brummen einer einzelnen Maschine. Ein Aufklärer, stellte er fest. Eine B-29 offenbar. Enzo hatte gelernt, die verschiedenen Flugzeugtypen zu erkennen. Er sagte:

›Wo ist Jukichi, Sumire? Es gibt gleich Fliegeralarm. Wir müssen uns in Sicherheit bringen.‹

Sie hob ruckartig beide Hände, bedeckte ihr Gesicht. Er sah die Schatten der gespreizten Finger auf ihrer Haut. Ihre vormals so gepflegten Nägel waren lang und zersplittert.

›Jukichi ist in Sicherheit.‹

Er zwang sich, in gleichmäßigem Ton zu sprechen.

›Hast du ihn zu Naoko aufs Land geschickt?‹

Erneutes Kopfschütteln.

›Nein, nein, er musste im Bett bleiben. Er hatte Husten und Fieber.‹

›Wo ist er jetzt?‹

Statt einer Antwort entrang sich ihr ein Stöhnen. Sie knetete ihre Hände mit seltsam knackenden Geräuschen. Er sah ihre schwarzen Augen in ihrem weißen Gesicht, ungeheuer geweitet und ausdruckslos wie Kiesel. Er konnte in seiner Furcht und in seinem Schmerz nicht vergessen, wie sehr sie liebte. Er hielt die Kerze hoch, die kleine Flamme wirbelte im Luftzug, als plötzlich die Sirenen zu heulen begannen. Ein schrilles, gespenstisches Jaulen, das von allen Seiten über den Himmel brandete. Sumire stieß einen erstickten Schrei aus. Ein heftiges Zittern befiel sie, sie drückte sich an die Wand, während sie ihren Hals mit einer Art Würgegriff packte. Ein Gefühl von

Übelkeit trieb Enzo bitteren Speichel in den Mund. Wie ein Tier kam sie ihm jetzt vor, wie ein in die Enge getriebenes Tier. Er wandte den Blick von ihr ab; seine Augen schweiften am vergoldeten Hausaltar vorbei, kehrten wieder dorthin zurück. Im weit offenen Altar hatte er einen Gegenstand erblickt, der früher nicht dort gelegen hatte. Mühsam setzte er sich in Bewegung, humpelte auf den Altar zu. Ein Schritt, noch ein Schritt. Das vergoldete Schnitzwerk flimmerte im Kerzenschein. Ein heißer Wachstropfen fiel auf Enzos Hand, er beachtete ihn nicht. Jetzt noch einen Schritt. Und dann stand er vor dem Altar, sah das Gefäß aus Messing für den Totendienst und darin ein ungebrauchtes Räucherstäbchen. Er griff behutsam an dem Gefäß vorbei, nahm das Täfelchen, das sich hell vor dem dunklen Hintergrund abhob. Im Licht der Kerze las er den Namen, der mit Tusche und in wunderschöner Pinselführung auf das weiße Holz geschrieben war.

Wie lange er auf den Namen starrte, wusste er nicht. Alles drehte sich um ihn, der Boden, die Wände, der Altarschrein. Ein schreckliches Brummen war in seinem Kopf. Er hatte die törichte Empfindung, seine Schädelknochen gäben nach. Eine ganze Weile mochte vergangen sein, bis er merkte, dass dieses Brummen von draußen kam. Flugzeuge! Sie kamen – dreihundert an der Zahl, was Enzo damals nicht wusste, und sie flogen sehr tief. Er lauschte diesem Geräusch, als er hinter sich eine Bewegung spürte und sich schwerfällig umwandte. Er sah Sumire auf den Knien durch den Raum rutschen, sich zwischen den Pfeilern des Alkovens niederkauern, dort, wo das Rollbild hing. Sie hielt ihren Kopf zwischen den Händen, schaukelte hin und her, wobei sie atemlos geflüsterte Worte ausstieß. Er musste an eine der Figuren im Puppentheater denken, die, an Fäden gehalten, leicht hüpfend und mit losen Fäden zu Boden sackten. Endlich löste er sich aus seiner Erstarrung. Er humpelte auf sie zu, packte sie am Arm, zerrte sie hoch und schrie sie an.

›Wie ist dein Sohn gestorben? Nun rede doch, Frau!‹

Sie bog und wand sich wie ein schuldbewusstes Kind. Er hielt sie fest, spürte weiche lockere Haut über gebrechlichen Knochen und schüttelte sie.

Wie ist er gestorben?‹

Sie jammerte laut, ihre Knochen drehten sich, während das schlaffe Fleisch ihm in der Hand blieb. Dröhnend zogen die Flugzeuge vorbei, Blitze erhellten die Dunkelheit. Ein langes Fauchen und dann ein ohrenbetäubender Knall kündigten jedes Mal an, wenn eine Bombe fiel. Unentwegt erschütterten die dumpfen, brutalen Stöße die Erde. Sumire ließ ein Kreischen hören. Die Ehrwürdige Großmutter hat gesagt… ich muss es tun!

Er schlug ihr ins Gesicht. Es war das erste Mal in seinem Leben, dass er gewalttätig wurde. Sie taumelte zurück, stürzte halb benommen gegen die Wand. Enzos Blick fiel auf das Bild neben ihr. Sie selbst war es gewesen, die den gespenstischen Karpfen gemalt, der Dämonin Gestalt, Blut und Leben verliehen hatte. Ach, wo war sein Verstand geblieben, dass er damals nicht bemerkt hatte, wie krank sie bereits war? Er humpelte auf das Bild zu, riss es von der Wand, hielt die Flamme der Kerze an den verblichenen Brokat. Doch sie war schneller, packte seinen Arm mit erstaunlicher Kraft, rammte ihm die Zähne in die Hand. Der Schmerz zwang ihn, die Finger zu öffnen und die Kerze fallen zu lassen. Sumire knurrte wie ein Raubtier, zerkratzte ihm das Gesicht, zielte mit spitzen Nägeln nach seinen Augen. Endlich gelang es ihm, sie abzuschütteln, sie zurückzustoßen. Sie stürzte schwer gegen die Wand, sie geiferte und plapperte, während er noch gerade rechtzeitig die Flamme zertrat, bevor sie die Matten in Brand setzte. Die Bomben fielen jetzt ganz in der Nähe. Die Wucht der Explosionen ließ das Haus erzittern. Eine ungeheure, flackernde Morgenröte breitete sich aus, der Raum war taghell erleuchtet. Enzos Überlebensinstinkt handelte für ihn. Er zog Sumire hoch, stieß und zerrte die wild Schreiende mit sich in den Garten. Sie schlug und trat um sich, und irgendwie gelang es ihr, sich loszureißen. Er sah, wie sie auf das Tor zulief, von schwarzen Strähnen umflattert. Irgendwo unter den Bäumen war ein Stein, der früher nicht da gewesen war. Enzo stolperte, schlug der Länge nach hin. Er suchte seine Krücke, rappelte sich mühsam auf. Als er auf die Beine kam, war Sumire längst draußen, irgendwo auf der Straße. Schwerfällig setzte er sich in Bewegung; die kaum verheilte Wunde war aufgeplatzt und schmerzte höllisch. Ächzend trat er aus dem Dunkel der Bäume hervor; da sah er die Bomber am Himmel. Sie flogen auf verschiedenen Ebenen an, in mittlerer und niedriger Höhe. Zwischen aufsteigenden roten Rauchsäulen hoben sich die metallenen Tragflächen scharf wie Rasiermesser von Dunstwolken ab. Sie kamen, Welle um Welle, leuchteten kupfern oder stahlblau, wenn die Strahlen der Suchscheinwerfer sie erfassten. Jedes Flugzeug warf seinen riesenhaften Schatten an den Himmel. Enzo wusste und die meisten Bewohner von Tokio wussten es mit ihm, dass man bei einem solchen Angriff nicht in einem Unterstand warten durfte, bis man an Kohlengas erstickte oder bei lebendigem Leib verbrannte. Die Menschen standen mitten auf der Straße, in ihren Gärten, sahen ohnmächtig zu, wie die Welt in Flammen aufging. Für Enzo, der zähneknirschend mit dem Schmerz kämpfte, war es ein Reflex gesteigerter Wahrnehmungsfähigkeit, ein von Panik geschärfter Sinn, der ihn aus nächster Nähe einen Schrei hören ließ. Er wandte den Kopf und sah eine junge Frau mit rußgeschwärzten Kleidern. Sie stand neben ihm, wie aus dem Nichts aufgetaucht, zeigte warnend und angsterfüllt auf eine Gestalt, die sich mitten auf der Straße bewegte. Sumire! Sie schritt der bebenden Brandkulisse entgegen, leichtfüßig und nahezu feierlich, einer Bühnengestalt ähnlich, die in einem Ritual aus dem Leben hinaus ins Jenseits wandert. Der ungebrochen heftige Wind fegte Asche und glühende Teilchen von allem Möglichen über die Straße, doch Sumire bewegte sich mit schlafwandlerischer Sicherheit, als ob sie tanzte; in Wirklichkeit mochte es sein, dass sie beim Gehen leicht taumelte. Die Flammen flackerten wild und ungezügelt, sprangen von Haus zu Haus. Sie aber wanderte dorthin, wo die Straße nach menschlichem Ermessen nicht mehr Teil dieser Welt war, wo jeder Bombenkrater zum Schlund eines Vulkans wurde und die Feuer der Hölle loderten. Dabei schien ihr Körper in einer Hülle zu schweben, die sie wie eine rosa Aura umgab. Enzo schrie ihren Namen, versuchte sie einzuholen, obwohl sich die Entfernung zwischen ihnen von Sekunde zu Sekunde vergrößerte. Er humpelte, auf seine Krücke gestützt, bis der Atem des Feuers jäh und heftig seine Haut anwehte und Männer von allen Seiten angelaufen kamen.

Hände packten ihn, rissen ihn zurück. Erbittert kämpfte er gegen die Unbekannten an, sie gar nicht sehend, überhaupt kein Gesicht erkennend, aber er mochte um sich treten und schlagen, wie er wollte, er kam von diesen Händen nicht los. Sumire indessen ging weiter, eine bleiche Figur, unberührt von allem, was die Glut gegen sie warf. Um ihr Gleichgewicht zu bewahren – denn sie war ja im Grunde das Gehen nicht mehr gewohnt –, hielt sie die Arme in leichtem Abstand vom Körper, sodass ihre Ärmel an bleiche Flügel erinnerten. Ihr Haar, das sich schlangengleich auf ihren Schultern bewegte, war rot erleuchtet. Und als auf einmal ein Stück Mauer zusammenbrach, war die Urplötzlichkeit des Geschehens grauenhaft, zumal der Einsturz in den Bombengeräuschen kaum hörbar war. Sumire aber ging unbeirrt weiter, als nähme sie die Schuttmassen, die ihr nun den Weg zurück versperrten, nicht einmal wahr. Ihre Umrisse, wie von Windstößen in Bewegung gesetzt, verloren bereits jede menschliche Form. Und nun war es, als ob sich die noch stehende Mauer auf absurde Weise verflüssigte. Das Gebilde aus Schutt wölbte sich ein wenig und neigte sich dann wie ein Wellenkamm, bevor ein brennender Sturzbach über die Straße fegte. Sekundenlang duckte sich das Feuer, schlug dann wild brausend in die Höhe. Dort, wo Sumires Gestalt noch kurz zuvor zu erkennen gewesen war, wüteten jetzt die Flammen. Da ließen die Hände, die Enzo bisher gehalten hatten, endlich von ihm ab. Die Männer standen da, starrten auf die wabernden Trümmer. Keiner sprach, keiner rührte sich. Und jetzt, da Enzo nicht mehr gehalten wurde, spürte er, dass er nicht mehr stehen konnte. Die Krücke entglitt seiner Hand. Er fiel zuerst auf die Knie, dann mit dem Gesicht auf den Boden. Da lag er nun, atmete den beißenden Geruch von Kohlengas und heißem Asphalt ein, und unter ihm donnerte die Erde, als läge irgendwo tief unten ein Hohlraum, durch den sich die todbringenden Bomber einen Weg fraßen. Vor Enzos verklebten Augen flackerte der Brand in künstlichen Farben, grellrot, orange, safrangelb. Selbst durch die Stumpfheit seiner schwindenden Sinne erkannte er, wie perfekt diese Farben abgestimmt waren, was für ein phantastisches Bühnenbild sie ergaben, der Hintergrund für irgendein Drama von Tod und Zerstörung. Und dann wurde, mit sirrendem Geräusch, der Vorhang gezogen. Die Bühne wurde schwarz.«

38. Kapitel

Fünfzig Jahre später, im Silberlicht des anbrechenden Tages, wurde Dans Stimme zum erschöpften Gemurmel. Wir lagen auf dem Futon unter dem Fenster, und draußen, über Tausenden von Wolkenkratzern, verblassten die Sterne. Ich hielt den Arm unter Danjiros Nacken, fühlte seine Wärme, sein Leben. Er war so müde, dass er kaum noch ein Wort über die Lippen brachte. Ich aber wollte das Ende der Geschichte hören. Er sah es mir an, nickte mir zu und trank einen Schluck kalten Tee, bevor er weitersprach.

»Enzo erkrankte. Die offene Beinverletzung hatte sich entzündet. Etsuko pflegte ihn und sein Töchterchen. Rundherum stand Tokio in Flammen, die Flüchtenden drängten sich in den Parks und am Ufer des Flussdeltas. Es schien zunächst merkwürdig, dass ausgerechnet Enzos Wohnviertel am wenigsten zerstört war, wurden doch andere Stadtbezirke buchstäblich dem Erdboden gleichgemacht. Es mochte ein Befehl der amerikanischen Strategen sein, denn es war jenes Viertel, wo sich die meisten ausländischen Botschaften befanden.

In einer einzigen Nacht hatte der Flugangriff hunderttausend Menschen – vorwiegend Frauen und Kindern – das Leben gekostet. Viele Jahre später sollte Robert McNamara, Verteidigungsminister unter J. F. Kennedy, zugeben: Hätten wir den Krieg verloren, wären auch wir Kriegsverbrecher gewesen. Einzig, wir haben ihn gewonnen... Und es war nicht zu Ende, noch lange nicht. Im August des gleichen Jahres Hiroshima, dann Nagasaki. Die Amerikaner hatten auf Japan alles abgeworfen, was teuer und modern und wirksam war. Und es stimmt schon, dass die Frage heutzutage zumeist Verlegenheit auslöst, ob das, was das japanische Volk erdulden musste, letztendlich gerechtfertigt war. Aber wozu die alten Wunden aufreißen? Der Krieg ist der uralte Fluch, den wir in unseren Zellen tragen. Er wird erst ein Ende finden mit dem Ende der Menschheit selbst.

Dann, am zweiten September 1945, die Kapitulationszeremonie auf dem Kriegsschiff USS Missouri. Dieser Krieg war vorbei. Irgendwo anders konnte der nächste beginnen.

Doch in tiefer Dunkelheit geschehen Wunder: Enzos kleine Tochter überlebte. Keiner hatte geglaubt, dass Rieko es schaffen würde. Aber es musste doch in diesem Kind ein starker, fordernder Lebenswille bestanden haben. Bei Kriegsende war sie wieder so hergestellt, dass sie sich auf strichdünnen Beinchen kriechend vorwärts bewegen konnte. Sprechen sollte sie erst viel später lernen, als Enzo bereits einen Hirnschaden bei ihr vermutete. Aber Riekos Energie hatte für beides nicht ausgereicht: gleichzeitig zu überleben und zu sprechen, wäre einfach zu viel für sie gewesen.

Eine Zeit lang befürchtete Enzo, dass ihm das Bein amputiert werden müsste. Doch schließlich heilte seine Verletzung. Auch Naoko kam wieder. Ihre alte Mutter lebte nicht mehr. Als sie erfuhr, was sich zugetragen hatte, weinte sie bitterlich. Sie fühlte sich verantwortlich. Aber Enzo sagte ihr, sie sollte sich nicht grämen, sie hatte nur ihre Kindespflicht erfüllt. Er übertrug ihr Riekos Pflege, und sie wurde für viele Jahre ihre liebevolle Ziehmutter. Ich hatte noch das Glück, sie kennen zu lernen, bevor sie 1982 an einem Schlaganfall starb.

Einen letzten Schlag hielt das Schicksal noch für Enzo bereit: Als Sumire aus dem Haus floh, war er, im verzweifelten Versuch, sie zu halten, über einen Stein gestolpert. Diesen Stein nahm Enzo wieder wahr, als er den Garten instand setzen ließ. Und als er den Stein lüftete, kamen verfaulte weiße Stofffetzen zum Vorschein. Aber... der Leichnam war nicht ganz vollständig. Tiere waren schon da gewesen.«

»Hör auf«, flüsterte ich. »Es ist immer dasselbe...«

Mir tat etwas weh im Kopf; das waren Dinge, die ich schlecht mitanhören konnte. »Ja.« Dan sprach mit gedämpfter Stimme. »Aber zu diesem Zeitpunkt war Enzo wieder bei Verstand und fähig, das Grauenhafte zu ertragen. Jukichis Überreste wurden geborgen und eingeäschert und fanden im Familiengrab ihre letzte Ruhe. Doch Enzo ließ den Kakibaum fällen; auch das Haus wurde abgerissen und neu gebaut.

Egal, was für Prüfungen Enzos Leben kennzeichneten, in seinem Inneren befand sich unbeirrbar die Kunst. Er klammerte sich eigensinnig fest an diesem Geschenk, das die Natur ihm gegeben hatte: sein Talent als Schauspieler. Als das Kabuki-Za nach alten Vorlagen wieder aufgebaut wurde, stand er den Planern mit seiner Erfahrung zur Seite. Daneben litt er stark unter der Einsamkeit. Er trank, gelegentlich über die Maßen. Was ihn jedoch vor dem Schlimmsten bewahrte, war das Gefühl, dass seine Tochter ihn brauchte. Er liebte das heranwachsende Kind mit einer Zärtlichkeit, die ihn gelegentlich erschreckte, hing sie doch mit so vielen Dingen zusammen, von denen er nicht sprach. Jahre später nahm seine Einsamkeit endlich ein Ende. Er lernte Harumi kennen und heiratete sie. Er wünschte sich einen Sohn, um jenen, dem er nachtrauerte, zu ersetzen...«

»Und dieser Sohn warst du«, sagte ich.

Er nickte; wir tauschten ein schwaches Lächeln.

»Und du hast seinen Wunsch erfüllt und wurdest Schauspieler.«

»Tja«, meinte er, »der Beruf liegt nun mal in der Familie...«

Ich hatte ein Pochen in meinem linken Ohr. Es tat etwas weh. »Und wie hast du die ganze Geschichte erfahren?«

»Kurz vor seinem Tod hat mir Enzo, so nach und nach, alles erzählt. Die letzten Monate seiner Bühnenlaufbahn hatte er nur mit Medikamenten überstanden. Zeitweise war er morphiumsüchtig, hielt die Lichtgestalt auf der Bühne nur mit eisernem Willen und chemischer Unterstützung aufrecht. Aber nach wie vor belagerten Bewunderer seine Garderobe. Sie verbeugten sich vor seiner Tür wie vor einem Heiligtum, brachten Geschenke und gaben ihrer Begeisterung Ausdruck. Und das nahezu bis an sein Ende. Indessen, er war ja das alles längst gewohnt. Und als er mich ins Vertrauen zog, hatte ich das deutliche Gefühl, dass er mehr zu sich selbst als zu mir sprach; es war, als ob er ein letztes Mal die Erinnerung vorbeiziehen ließ. Er stellte sich ihr mit ziemlicher Bravour, muss ich sagen. Er hatte Distanz gewonnen. Aber das alles saß noch in ihm wie ein dunkler Klumpen. Ich war ein geduldiger Zuhörer. Aber nicht immer. Und manchmal nahm ich ihm die Flasche weg.«

»Und das Rollbild, Dan? Wie kam es in Luminas Besitz?«

Er zog nachdenklich die Brauen zusammen.

»Es ist eine merkwürdige Sache mit dem Bild. Die gute Frau Watanabe hatte mal wieder ihre Hand im Spiel. Enzo lag bewusstlos bei ihr, und jeder konnte durch die Verandatür in sein Haus. Es waren schlimme Zeiten, alle fürchteten sich vor Plünderern. Frau Watanabe wartete nicht, bis es zu spät war. Sie packte kurzerhand alle Wertsachen zusammen und schleppte sie in ihr eigenes Haus. Enzo hatte ihr vieles erzählt, aber nicht alles. Frau Watanabe sah das Karpfenbild am Boden liegen. Sie war keine besondere Kunstkennerin, aber das Kakemono schien ihr wertvoll genug, um aufbewahrt zu werden. Sie rollte das Bild sorgfältig zusammen und legte es in die dafür gemachte Holzschachtel. Als Enzo sich erholt hatte, gab sie ihm die Sachen zurück. Enzo wusste natürlich, dass er besser daran getan hätte, das Bild zu vernichten. Aber aus irgendeinem Grund sah er davon ab. Vielleicht konnte er nicht vergessen, wie sehr er Sumire geliebt hatte. Er war eben ein sentimentaler Kerl. Außerdem war das Bild, ob er wollte oder nicht, ein Kunstwerk. Und wir Japaner haben Hochachtung vor Kunstwerken, auch wenn ihre Aussage morbid ist. Folglich schloss er das Bild, mit verschiedenen Objekten von früher, in einen Schrank, wo es dann für ein paar Jahrzehnte lag. Kurz bevor sie heiratete, fand Rieko das Bild zufällig wieder und dachte, es sei besser, wenn sie es aus dem Haus schaffte. Nach ihrem Tod ging der Nachlass an Lumina. Und Lumina wollte, dass das Bild wieder seinen ursprünglichen Platz einnahm. Harumi kannte die Geschichte und weigerte sich. Lumina geriet sehr in Wut darüber, aber wagte sich Harumis Willen natürlich nicht entgegenzustellen. Bis Schlimmes geschah. Wie du weißt, wollte Lumina bei meiner Mutter die Seidenmalerei erlernen. Harumi ließ sie einige Skizzen anfertigen, die ihr viel versprechend schienen. Sie nahm Lumina auf Reisen mit, wenn sie Pflanzen, Blumen und Tiere in den großen Tempelanlagen oder im Nationalpark fotografierte. Auf diese Weise legte sie sich eine umfangreiche Sammlung von Stimmungsbildern an, die sie künstlerisch umsetzte. Sie überließ Lumina Enzos Wohnung, unter der Bedingung allerdings, dass sie dort nichts veränderte. Lumina hielt sich zunächst an die Abmachung, bis sie eines Tages in Harumis Abwesenheit beide Bilder vertauschte. Es folgte ein großer Krach. Harumi hatte ein wenig die Nerven verloren. Lumina entschuldigte sich. Offenbar sehr zerknirscht, versprach sie hoch und heilig, es kein zweites Mal zu tun, und in ihrer großzügigen Art trug ihr Harumi nichts nach. Umso größer war ihre Enttäuschung, als sie bemerkte, wie sich Lumina ihre Aufgabe zunehmend pflichtvergessener und ungenauer vornahm. Ihre Nachlässigkeit artete in Schlamperei aus, und Harumi wurde es zuviel. Sie gab Lumina zu verstehen, dass sie für diese Kunst offenbar nicht gemacht sei. Worauf Lumina ihren Stoff mit der Schere zerschnitt, bevor sie Harumi angriff und am Arm so schwer verletzte, dass die Wunde genäht werden musste.«

Ich konnte mir sehr wohl ein Bild von dem ganzen Vorgang machen; ja, ich sah ihn klar in jeder Einzelheit. Mir wurde richtig schlecht dabei.

»Natürlich«, fuhr Dan fort, »war Lumina daraufhin völlig verzweifelt, weinte und flehte Harumi an, ihr zu verzeihen und sie trotzdem weiter zu unterrichten.«

Ich rieb mein linkes Ohr. Das Pochen war nach wie vor da. Ich wusste, dass in meinem Gehirn etwas vorging.

»Aber Harumi war vorsichtig geworden.«

»Gewiss. Aber du kennst ja meine Mutter. Als etwas Gras über die Sache gewachsen war, behandelte sie Lumina freundlich wie zuvor. Und auch ich vermochte es nicht, ihr auf Dauer böse zu sein. Wir mussten immer wieder an das denken, was sie mitgemacht hatte. Aber Harumi lehnte es fortan ab, sie zu unterrichten, und bald darauf schrieb sich Lumina im Bunka Fashion College ein. Und es dauerte nicht lange, da erklärte sie Harumi, dass sie ein Studio gemietet hatte und zog aus. Warum sie dir allerdings vorschlug, Enzos Wohnung zu mieten, ist Harumi und mir ein Rätsel. Wir haben darüber gesprochen. Harumi meint, dass Lumina sich schämt für das, was sie gemacht hat, und sich auf diese Weise selbst bestraft.«

»Ach, glaubst du das wirklich?«

»Tja, ich wüsste keinen anderen Grund.«

Ich hatte das Pochen im Ohr satt, das Zeichen, dass mein Hirn zu schnell arbeitete.

Lailas Worte fielen mir plötzlich ein:

»Die Grenzen zwischen Menschen, Tieren und Geistern sind niemals fest, sondern fließend. Die Geister im Totenreich sind sehr mächtig. Fast alle sind gut, aber einige sind schlecht. Nur ein Schamane kann sie bekämpfen. Aber manchmal unterliegt der Schamane den bösen Geistern im Totenreich.«

Eine Gänsehaut überlief mich. Ich dachte an die Frau, die ich im Garten gesehen hatte; sie war wie eine Seifenblase, die in der Luft dahintrieb. Sie wollte hervorholen, was ihr gehörte. Und jetzt wusste sie, dass ich da war. Ihre vertraute Welt war nicht mehr dieselbe. Vielleicht hatte meine stille Wachsamkeit etwas damit zu tun, dass von mir etwas Bedrohliches ebenso natürlich ausging wie von anderen Menschen Angst. Sie war aufmerksam geworden. Also, jetzt hatte ich die Sache begriffen. Ich spürte Wut in mir; aber selbst diese Wut war mit Schrecken gepaart.

»Voj!«, murmelte ich. »Sie wird wiederkommen!«

»Von wem redest du, Agneta?«

Das Pochen hatte nachgelassen. Das Reden fiel mir plötzlich leicht. Vor allem war mir das, was Laila gesagt hatte, eine große Hilfe.

»Von ihr. Ich rede die ganze Zeit nur von ihr. Aber ich will keinen Unsinn sagen.«

»Unsinn liegt dir nicht. Setz dich auf!«

Er hielt mir eine Schale Tee an die Lippen.

»Ich habe ihn gerade aufgewärmt.«

Ich trank Schluck um Schluck und gab ihm die Schale zurück.

»Besser?«

Ich stützte mich auf die Ellbogen und stemmte mich hoch.

»Meinst du eigentlich, dass alles, was man uns seit Urzeiten beibringt, Stuss ist?«

Er zeigte eine Spur von Ironie, ein flüchtiges Lächeln in den Mundwinkeln.

»Einiges schon. Aber nicht alles, nein.«

»Das ist es ja eben. Im Grunde sagt jeder Glaube dasselbe. Nämlich, dass wir die Schuld, die wir in diesem Leben begehen, im nächsten abtragen müssen.«

»Es ist das Prinzip der Vergeltung«, sagte Dan. »Buddhisten nennen es Karma.«

»Laila kannte das Wort nicht. Aber sie sagte, dass jede Seele in ein körperliches Leben zurückkehrt, bis sie, nach vielen Wiedergeburten, besserungsfähig wird. Für gewöhnlich bereuen Gespenster ihre schlechten Taten. Einige aber gehen nach wie vor den einfachen Weg des Bösen, verstärken mit jedem neuen Leben ihre Kraft. Kaeda trägt schon mehrere Leben in sich. Hast du nie etwas gespürt, Dan?«

Er zögerte und seufzte schließlich.

»Eigentlich nicht.«

»Weil du aus einer anderen Blutslinie bist. Weil ihre Kraft gegen deine nicht ankommt. Und auch gegen Harumi nicht. Ihr beiden seid viel zu stabil. Aber das kann sich ändern. Kaeda macht es nichts aus, zu warten. Sie kann sich das ohne weiteres leisten. Vorläufig hat sie ja Lumina im Griff.«

»Du bist unglaublich!«, murmelte er.

»Ich bin beunruhigt, Dan. Und wie! Aber ich kann den Kopf nicht in den Sand stecken.«

»Wie hast du das alles herausgefunden?«

Ich zog eine kleine Grimasse.

»Laila war mir eine gute Lehrerin. Sie meinte: Nur wenn man sie ausspricht oder darstellt, bekommen die Dinge Leben. Das Böse nimmt Gestalt an, weil wir es darstellen, weil es ›erschaffen‹ wird. Sonst hätte es keine Existenzberechtigung. Das sagte Laila, und diese Sache ist sehr wichtig. Alle Bilder im Fernsehen, im Kino, in den Videogames, auf dem Büchertisch, zeigen ja nichts als Horrorvisionen, echte oder falsche: Kriege, Gewalt, Geiselnahmen, Flugzeugabstürze, Bombenattentate. Solche Bilder saugen sich in uns fest, ernähren sich von unserer inneren Substanz. Sie lähmen unseren Willen, gewinnen unaufhaltsam an Kraft. Und schließlich finden wir sie nicht mehr widerwärtig, sondern ästhetisch. Wir binden sie in eine Form ein und produzieren sie als Kunst. Es wird uns nicht einmal mehr schlecht dabei.«

Er seufzte.

»Ja, das Böse ist nicht ohne Anziehungskraft.«

Ich sprach lauter, meine Stimme war heiser, die Worte überschlugen sich gelegentlich. In meinem Kopf wirbelte es von Bildern. Sie wurden zunehmend deutlicher. Weil ich davon sprach. Weil ich ihnen Gestalt verlieh.

»Sumires Geist war nur ein Gehäuse oder ein Träger für Kaedas destruktive Macht. Sie malte Dinge, die sie in ihrem Kopf sah. Diese Dinge waren scheußlich. Sumire fühlte aber nicht, dass sie kommen würden. Dass sie nur deswegen eintreten konnten, weil sie dargestellt wurden.«

Er nickte langsam. Seine Gesichtszüge waren von Müdigkeit gezeichnet, aber ihre Ruhe und Festigkeit blieben unverändert. »Dass du diese Sache so gut begriffen hast...«

»Kaeda hätte es wahrscheinlich ändern können. Geister – gute oder böse – sind dazu in der Lage. Aber Kaeda brachte die Dinge nicht zum Stillstand. Sie dienten ja ihren Zwecken. Als Lumina vierzig Jahre später den Flugzeugabsturz überlebte, war ihr Widerstand geschwächt. Die Frau, die sie gesehen hat, die ich ja auch gesehen habe, ist Sumire. Aber Sumire ist auch Kaeda, wir müssen uns darüber im Klaren sein. Und sie gibt keine Ruhe, noch lange nicht!«

»Daran zweifle ich keine Sekunde«, sagte er langsam. »Es gibt Augenblicke...«

Ich legte ihm rasch die Hand auf den Mund.

»Nein, sprich es nicht aus! Was immer es ist, was auch immer es ausgelöst hat, es ist etwas sehr Schlimmes. Die Geschichte geht mir unter die Haut. Sie hat nämlich auch mit mir zu tun, musst du wissen...«

Er betrachtete mich nachdenklich.

»Möchtest du darüber reden?«

Ich antwortete nicht sofort. Ich hatte plötzlich entdeckt, wie viel
Zeit vergangen war und wie schlapp ich mich fühlte. Aber ich
kannte mich gut: Es war glatter Selbstbetrug. Ich gähnte, nur so zum
Schein.

»Wollen wir nicht lieber etwas schlafen?«

Er schüttelte mitfühlend, aber entschieden, den Kopf.

»Ich bin nicht müde. In keiner Weise.«

Ich rieb mir die Stirn. Erstaunlich war, dass Henrik mir noch so
nahe stand. Dass ich ihn in mir trug, ohne ihn zu berühren. Dass
mich nach so vielen Jahren noch immer dieser haarfeine Faden mit
ihm verband. Warum konnte ich nicht darüber sprechen? Warum
hatte ich es verschoben, immer wieder verschoben? Wovor war da
Angst zu haben? Weil ich grundlegend unfähig war, die Wirklichkeit
zu ertragen? Meine Empfindungen, waren sie jemals sachlich gewesen? Plötzlich fühlte ich mich, als wäre ich Gefangene eines Schmerzes, der jetzt zu alt war, als dass ich noch über ihn weinen konnte.
Es schien so, als streckte Danjiro seine Hand nach mir aus, doch ich
übersah diese Hand, legte mein Gesicht auf den lang gestreckten
Arm, und blieb so liegen, die ganze Zeit. Ich widersetzte mich nicht,
konnte aber einfach den Kopf nicht mehr heben. Bis auf den einen
oder anderen Punkt würde ich jetzt alles, woran ich mich erinnerte,
erzählen. Aber immer gibt es irgendetwas, und mag es noch so un-
bestimmt sein, das wir in uns bewahren. Wie viel richtiger wäre es,
die Dinge ganz nüchtern im Gedächtnis zu haben, wenn nur die
Blutgefäße es aushalten könnten! Die Adern würden reißen, wenn
wir sie auch nur im Entferntesten beschrieben. Wir sagen lieber
etwas Falsches, auch wenn die Tatsachen stimmen. Wir können ja
kaum mit uns selbst darüber sprechen. Vergessen mag gesünder sein.

»Du wirst mal wieder lügen«, sagte Henrik.

»Wie kommst du darauf? Ich lüge nicht.«

»Na, dann mal los, wir werden ja sehen«, sagte Henrik, der
immer alles besser wusste.

39. Kapitel

Bevor ich zur eigentlichen Geschichte komme, muss ich noch etwas über den Zustand sagen, in dem Henrik und ich uns befanden. Darüber, dass mir so viel am Zusammensein mit ihm lag, hatte ich mir als Kind nie Gedanken gemacht. Oft fragten mich meine Eltern, warum ich mich nicht mit anderen Kindern anfreundete. Ich war viel zu jung; ich konnte ihnen nicht erklären, dass mich andere Kinder nicht interessierten. Dass mir vor der sprühenden Phantasie und dem fröhlichen Einfallsreichtum meines Bruders alle anderen Freundschaften langweilig vorkamen. Noch heute, nachdem er mich verlassen hat – und auf geheimnisvolle Weise trotzdem bei mir ist –, spüre ich Schmerz darüber, dass er mir den Zauber, der von ihm ausging, entzogen, ihn sozusagen mitgenommen hat.

Widersprechend dabei war, dass er im Grunde fern von mir lebte, in einer anderen Welt. In der Welt der Musik nämlich, zu der ich wenig Zugang hatte. Und doch, wenn ich an unsere Wohnung in Eira zurückdenke, entsteht gleichzeitig in mir der Klang einer Violine. Ich, die niemals fähig war, irgendein Instrument zu spielen, erlebe, dass Töne aus meinem Kopf kommen wie aus dem Mechanismus einer Spieldose. Wenn ich älter werde, mag der Klang verblassen, ebenso wie alte Fotos vergilben. Noch ist es nicht so weit, noch höre ich sie deutlich…

Die Musik, die damals aus Henriks Zimmer kam, war das Üben eines jungen Virtuosen. Sein Spiel war schon klar und durchsichtig, ein wenig nervös, nicht immer sehr genau. Kam ich in sein Zimmer, wenn er noch nicht mit dem Üben begonnen hatte, lächelte er mir kurz und verschmitzt zu, als ob er mit diesem Lächeln meine Gegenwart akzeptierte. Ich kauerte mich in einen Sessel, zog die Knie hoch, fasste meine Beine mit beiden Händen und wartete. Henrik holte seinen Geigenkasten aus dem Schrank und öffnete mit einem feinen metallischen Schnappen das Schloss. Er hob den Deckel hoch, der schon abgewetzt war, und ich entsinne mich an das Sonnenlicht, das in das aufglänzende Innere des Kastens fiel. Er war mit Plüsch ausgeschlagen, und der Plüsch war smaragdgrün. Die Geige war dunkel, so dunkel wie Mahagoni, mit einem orangeroten Schein. Sie hatte eine kleine Verzierung, eine Art verschnörkelte Blüte, das Markenzeichen des Geigenbauers. Ich entsinne mich auch, wie ich Henriks Bewegungen folgte, während er die Geige aus dem Kasten nahm, als ob er ein kleines Kind aufheben und wiegen würde. Er zupfte ein paar Mal an den Saiten, erzeugte ein tiefes, klangvolles Brummen. Er runzelte dabei die Brauen, zog hier etwas, drehte da etwas. Ich blieb geduldig, gab keinen Mucks von mir. Endlich klemmte Henrik die Geige unter sein Kinn. Und schlagartig geschah eine Verwandlung mit ihm, eine Veränderung, die sich von innen her auf sein Äußeres übertrug. Mit einer Bewegung, kraftvoll und selbstsicher, strich der Bogen über die Saiten. Mühelos schwirrten die Töne unter seinen Fingern hervor, flogen emsig und schnell wie Vögel, legato, adagio, staccato, andante, rondo. Die Vögel stiegen empor in einer völlig natürlichen Bahn, als müsste es einfach so sein, hinauf, hindurch, flügelschlagend, kreischend. Mein Geist schoss mit ihnen aufwärts, in Kaskaden des Jubels, in Flammen und Licht, zu einem Punkt am Ende des Himmels. Das war das Schlimmste gewesen, nach Henriks Tod: die Stille in der Wohnung, diese Stille toter Vögel.

Ich glaube miterlebt zu haben, wie er starb. Aber vielleicht war alles ganz anders gewesen. Vielleicht hatte ich nur seine Verwandlung nicht begriffen…

Ja, es ist eine merkwürdige Geschichte. Und sie spielte sich in einem weiten Land ab, in dem nur einzelne Holzhäuser standen, wie Wachtposten. Hier und da hoben sich Gestalten gegen den harten blauen Himmel ab; man brauchte länger als erwartet, um sich ihnen zu nähern. Sie gehörten der Ferne an, das war ihr Bereich. Das große helle Land war das Land der Samen; hier fühlten sie den Puls der Erde in sich, gewaltig und großartig. Hier wurden Menschen zu Tieren und Tiere zu Menschen, eine Gemeinsamkeit bestand, uralt und vertraut. Die Samen achten noch heute auf Zeichen, Omen und Träume. Das Christentum kam spät und zeigte sich zu streng für ihre empfindsame Seele.

Jeden Sommer verbrachten Henrik und ich die Ferien bei Laila. Mückenschwärme, vom Wind getragen, schwebten über dem Pyhä-järvi-See. Im Birkenwald stießen die Auerhähne ihre seltsamen Paarungsschreie aus, Füchse bellten, die Rentiere rieben ihre Hörner an den weiß gescheckten Stämmen. Die Preiselbeeren leuchteten rot, sie schmeckten bald bitter, bald süß. Und die Sonne ging nie unter, sondern wanderte freundschaftlich am Rande der Erdkugel, hielt die Dunkelheit fern. Alle Samen aus der Umgebung hatten ihre Stangenzelte auf dem schmalen, steinigen Strand einer kleinen Halbinsel im Kreis aufgestellt. Sie waren gekommen, um Fische zu fangen und Preiselbeeren zu sammeln. Sie waren zumeist klein und von gedrungener Gestalt, Arme und Gesichter von Mücken zerstochen. Viele trugen Jeans und Gummistiefel, doch manche zeigten sich noch in ihrer alten Tracht. Die Frauen gingen umher in geblümten Schultertüchern mit Fransen, die Männer trugen »Koften« mit breiten Borten in kräftigen Farben, rot und blau. Wenn das Land warm und lebendig war, wurden auch die Gespräche laut und ausgelassen, voller Scherz und Gebärdenspiel. Wir Kinder spielten, wie alle Kinder spielten. Was uns besonders gefiel, war, zu beobachten, wie die Lachse laichten. Laila sprach von den Lachsen stets mit Hochachtung. Sie erzählte, wie sie den Fluss hinaufschwammen, gegen die Strömung. Und wie sie an der Quelle starben. Sowohl die Männchen wie die Weibchen starben. Aber an den toten Fischen vorbei schwammen flussabwärts die kleinen jungen Lachse, die gerade geboren waren und ins Meer zurückwanderten. Sie schwammen ein wenig angstvoll und ließen sich, den Schwanz voran, vom Fluss abwärts tragen, während die Vögel und die größeren Fische Jagd auf sie machten. Viele kamen dabei um, aber die Überlebenden lernten schnell und entgingen den Gefahren. Und wenn sie endlich die offene See erreichten, schwammen sie weit hinaus. Sie waren frei. Aber alle wussten, wenn die Zeit zur Rückkehr gekommen war. Dann sonderten sich sämtliche Lachse, die im selben Fluss geboren waren, gleichzeitig ab und kehrten in das Laichgebiet zurück, dem sie entstammten.

Laila hatte uns diesen Vorgang genau erklärt: »Männchen und

351

Weibchen teilen sich die Aufgabe. Nach dem Ablaichen lässt das wartende Männchen seine Milch über die Eier fließen und bewacht dann die Eier. Das Weibchen hat ihre letzten Kräfte schon verbraucht. Es versucht, am Leben zu bleiben, sich gegen das Wasser zu stemmen. Aber das Wasser ist stärker, öffnet ihre Kiemen und zieht sie unaufhaltsam ins Meer. Das Männchen bewacht die Eier, bis die kleinen Lachse ausschlüpfen. Dann erlebt es das gleiche Schicksal.«

Henrik und ich hatten Mitleid mit den Lachsen, aber Laila sagte, ihr Leben sei herrlich und frei und voller wundervoller Abenteuer, sie selbst suchten ihr Ende, wenn ihre Zeit gekommen war, und schenkten neues Leben, bevor sie starben. Jeder Lachs, sagte Laila, ist ein Gott, der auf die Wiedergeburt wartet. Und nachdem er hundert Jahre als Lachs gelebt hat, findet er wieder zurück zu seiner göttlichen Form.

Das erklärte, meinte Laila, warum Henrik nie Fisch essen wollte. Er fühlte sich mit den Lachsen verbunden. Vielleicht war er, vor langer Zeit, als Lachs auf die Welt gekommen. Vermochte nicht Nischergurgje, der erste Noita, der aus dem Nordlicht geboren war, seine Gestalt nach Belieben zu wechseln? Aber das konnte heute keiner mehr, die Samen hatten die Losungsworte vergessen. Und das sei auch besser so, sagte Laila. Weil die Menschen heute nicht mehr an das Wohl der Gemeinschaft dachten, sondern nur ihren eigenen Vorteil im Sinn hatten.

Laila meinte, sie sei zu alt, um sich flach auf den Bauch zu legen und sich über den Rand der Felsen zu beugen, um die Lachse zu beobachten. Sie pflückte lieber Preiselbeeren und kochte Marmelade für das ganze Jahr. Wir halfen ihr manchmal dabei, aber nach einer Weile wurde es uns langweilig und wir suchten andere Beschäftigungen. Sie hatte nichts dagegen, wenn wir uns vom Lager entfernten, aber sie hatte uns nachdrücklich den Fjäll – den Bergrücken – an der Waldgrenze gezeigt, den wir nicht besteigen durften. Dies wurde allen Kindern strengstens eingeschärft, denn es war ein heiliger Ort.

Dieser Fjäll, hatte uns Laila erklärt, wurde der »Brunnen des Wissens« genannt. Und weil wir neugierig waren, hatte sie uns auch Einzelheiten erzählt. Ganz oben, auf dem Fjäll, wuchsen Haselsträucher und Vogelbeerbäume mit ihren roten Früchten. Es war die Heimat der Lachse, wo sie zur Welt kamen und sich von den Früchten, die ins Wasser fielen, ernährten. Und wer von diesen Früchten aß, würde sich an Nischergurgjes heilige Opfergesänge erinnern und fähig sein, sich zu verwandeln. Aber ein solches Wissen sei tödlich, sagte Laila. Heutzutage sei kein Mensch mehr fähig, die übersinnliche Weisheit schadenfrei zu nutzen. Und Nischergurgje selbst würde in Wolkengestalt erscheinen, um die Ungehorsamen zu strafen. Laila erzählte es im Halbdunkel des Zeltes, mit ihrer heiseren, etwas brummelnden Stimme. Ich glaubte ihr nur halb, aber auf Henrik machte die Geschichte großen Eindruck. Und abends, unter der Decke, flüsterte er mir zu, dass er von den Vogelbeeren essen wollte. Ich sagte kichernd, ja, ich auch. Ich sagte es, um ihm eine Freude zu machen. Und hast du Angst vor dem alten Nischergurgje?, fragte Henrik. Ach, Quatsch, der soll sich bloß nicht blicken lassen! Heute, da ich weiß, wie steil die Felsen waren und wie tückisch die Gewässer, nehme ich an, dass Laila uns lediglich vor den Stromschnellen warnte. Wir aber waren Stadtkinder, vorwitzig und respektlos. Laila hatte das nicht in Betracht gezogen. Wieso auch? In ihrer Welt hörten die Kinder noch auf das, was die Alten sagten.

Und so kam es, dass wir eines Morgens, als sich Laila mit ihrem Eimer auf die Suche nach Preiselbeeren machte, den Weg zum heiligen Fjäll einschlugen. Viele Vögel zwitscherten in dem Birkenwald, wo dann und wann zwischen den Sträuchern Lailas rotes Fransentuch auftauchte. Als es nicht mehr zu sehen war, liefen wir den Fluss entlang, zu den Felsen. Henrik und ich trugen nur leichte Sachen, T-Shirt und Shorts. Unsere Arme und Beine waren voller Mückenstiche. Wo wir uns kratzten, zeigten sich rote Striemen. Am Wasser wuchs dichtes Buschwerk; unser einziger Wegweiser, abgesehen vom Braun des Waldbodens, war das zunehmende Brausen der Stromschnellen. Eine Zeit lang kletterten wir aufwärts, bis wir eine Stelle unter den Felsen fanden, an der das Wasser durchsichtig und in allen Blau-, Grün- und Goldtönungen schwappte. Ein Lachsweibchen mit ausgefransten Flossen schwamm dort und grub ein Nest im Kies für ihre Eier.

»Wir müssen weiter«, sagte Henrik. »Hier wachsen keine Vogelbeeren.«

»Sie schmecken vielleicht ganz scheußlich«, meinte ich. Doch Henrik sagte: »Das mit den Opferliedern, das könnte ja mal wahr sein…«

»Das glaubst du ja wohl selbst nicht.«

Henrik lachte lautlos und übermütig.

»Ein Lachs werden, bis zum Meer schwimmen! Wäre doch schön, oder?«

»Ich würde dich vorher angeln«, versetzte ich. »Und Suppe aus dir machen.«

Kinder leben ihre Phantasien aus, verlassen aber nie ganz die Wirklichkeit, entlarven ihren Selbstbetrug mit schlagfertigem Gerede. Und so rief Henrik, der schon am Klettern war, lustig zurück:

»Ich bin doch nicht so blöd, dass ich anbeiße!«

Ich zog mich hinter ihm in den Spalten hoch. Naturgewalten hatten die Felsbrocken übereinander geworfen; meistens lag auf einem Stein ein schräger Block und dann noch einer und noch einer, und das Ganze war mit Gestrüpp bewachsen. Die Luft war vom Brausen des Wassers erfüllt; in den Becken schäumte es in Myriaden von grünen und blauen Funken. Das Beschwerliche war eigentlich nicht der steile Anstieg und die Felsvorsprünge über den Strudeln, sondern das Dickicht, in das wir oft eintauchen mussten, um zum nächsten Abschnitt zu gelangen. Ab und zu drehte sich Henrik mit erhitztem Gesicht nach mir um.

»Kommst du?«

»Warte doch!«, rief ich außer Atem.

»Ich hab's eben eilig, ein Lachs zu werden!«, schrie er zurück, sodass ich mich vor Lachen krümmte.

Es ging jedenfalls aufwärts, und nach einer halben Stunde anstrengenden Kletterns erreichten wir den Ort, von dem Laila gesprochen hatte. Hier ragte die Felswand steil in die Höhe. Von einem Felseinschnitt aus stürzte der schmale Wasserfall in ein dunkles Granitbecken. Mineralische Beimischungen hatten dem Wasser eine schimmernde Kupfersulfatfarbe gegeben; schillernde Kaskaden brodelten in vielen kleineren Becken und stürzten von dort aus in das Tal hinab. Große, abgerundete Steine ragten stellenweise aus dem Wasser und glänzten weißlich. Henrik schrie mir etwas zu, das ich nicht verstand, und streckte den Arm aus. Ich folgte seinem Blick und sah ein kleines Baumgewirr dort wachsen, wo die Felswand abfiel und Vogelbeeren rot im Sonnenschein leuchteten. Vorsichtig bewegten wir uns von Stein zu Stein. Nach vielen Jahrhunderten hatte das Wasser sein Bett erweitert; Bacharme sonderten sich ab und sickerten durchs Geröll. So laut toste das Wasser, dass wir einander kaum verstanden.

»Hier findest du keine Lachse!«, schrie ich.

»Aber doch! Wir müssen nur die richtige Stelle suchen!«

Henrik ging voraus, sprang auf einen flachen Stein, der aus dem Wasser ragte. Der Stein kippte aufklatschend nach vorn und mit einem dumpfen Stoß in die frühere Lage zurück. Henrik verlor fast das Gleichgewicht. Doch er stand bereits sicher auf dem nächsten Stein und winkte mir zu.

»Komm!«

Vorsichtig tastete ich mit den Füßen, ob die Steine fest waren. Endlich stand ich neben Henrik, der triumphierend auf ein Becken wies, in dem das Wasser ruhig war.

Die Lachse waren tatsächlich bis hierher gekommen. Ich bewunderte ihre Kraft. Wie sie das bloß geschafft hatten! Das Wasser war durchsichtig bis auf den Grund und so tief, dass seine Farbe ins dunkle Grün hinüberspielte. Wie stark die Strömung noch war, sah man an der Art, wie die Lachse ihre Flossen bewegten. Unsere Schatten über dem Wasser beunruhigten sie. Einige, die im Schlammgeröll wühlten, brachten sich unter der Felswand in Sicherheit. Wir beobachteten das wirre Spiel der Lichtreflexe auf ihren Rücken. Vor uns, in den kleinen Wellen, schaukelten einige Vogelbeeren.

»Mal probieren, wie die schmecken.«

Henrik legte sich flach auf den Bauch, streckte den Arm weit vor und hielt die Hand ins Wasser.

»Mensch, ist das kalt!«

Eine Welle schwappte eine Vogelbeere in seine Hand. Ich rief:
»Los, probier mal!«

Henrik steckte sie in den Mund. Ich sah ihn erwartungsvoll an. Er
verzog leicht das Gesicht.

»Schmeckt sauer!«

Ich kicherte.

»Entsinnst du dich jetzt an die Lieder?«

»Geht nicht so schnell!«

»Gib mir auch eine!«, sagte ich.

»Augenblick!«

Wir knieten jetzt beide am Rand. Henrik schob sich ein bisschen
weiter vor und griff nach den Früchten, die in den Lichtreflexen
tanzten. Auf einmal rutschte er über den Vorsprung, fiel mit einem
kleinen, überraschten Schrei kopfüber in das Becken. Ich sprang auf,
von Kopf bis Fuß mit Wasser bespritzt.

»Bist du verrückt?«

Er ging unter, tauchte prustend auf. So gut, wie er schwimmen
konnte, schien die Sache eher lächerlich als gefährlich. Ich streckte
die Hand aus, damit ich ihn hochziehen konnte. Doch irgendwas
bewirkte, dass er nicht näher kam. Da unten, wo sich die Lachse so
leicht im Wasser bewegten, kreiste ein unsichtbarer Strudel. Gerade,
als ich Henriks Finger fassen wollte, zog ihn die Strömung zurück.
Henrik ging abermals unter; ich sah, wie sein Körper sich in einen
Wirbel drehte. Schon kam er wieder hoch, schnappte nach Luft,
diesmal etwas weiter vom Ufer entfernt.

»Die Steine!«, schrie ich. »Halt dich an den Steinen fest!«

Henriks Hände tasteten vergeblich über die glatt geschliffenen
Steine. Kaum gelang es ihm, zuzupacken, warf ihn die Strömung zurück. Unaufhaltsam zog ihn das Wasser dem Rand des Beckens entgegen. Seine Bemühungen, sich gegen den Sog zu stemmen, waren
vergeblich. Zwar gelang es ihm dann und wann, in greifbare Nähe
der Böschung zu kommen, doch jedes Mal, wenn er aus dem Gischt-
regen auftauchte, zerrte ihn die Strömung wieder ein Stück weiter
mit sich. Henrik schwamm jetzt mit verzweifelter Kraft, kam aber
gegen das Wasser nicht an. Wild um sich schlagend, glitt er über den

Rand des Beckens und verschwand aus meiner Sicht. Talabwärts befanden sich andere Becken, flachere, wo er auftauchen konnte. Ich sprang auf, hastete zum Ufer zurück. Mein Fuß traf den beweglichen Stein, der Stein kippte zurück. Ich kreischte vor Schreck, fuchtelte mit den Armen in der Luft, bevor ich das Ufer erreichte und angsterfüllt weiterrannte. Das Gebüsch raubte mir jede Sicht, Dornen zerkratzten mir Arme und Beine. Ich schlug mit dem Kopf an einen Ast, sodass eine Wunde klaffte und mir das Blut durch die Haare tropfte. Unentwegt schrie ich Henriks Namen. Endlich lichtete sich das Dickicht. Ich sah das zweite Becken und meinen Bruder, der gegen den Strom kämpfte. Seine Bewegungen waren jetzt langsam und schwerfällig. Vielleicht lähmte ihn das eiskalte Wasser, oder hatte er sich an den Steinen verletzt? Die Stromschnellen lagen hier tiefer als die Böschung, ich konnte nicht näher ans Wasser heran. Es half alles nichts, ich musste weiter talabwärts laufen. Der Wind blies mir Luft in Mund und Nase, dass ich fast erstickte. Der Fluss dröhnte und schäumte gewaltig, die Wellen schlugen an die Felsen, die hier und da weit über den Strom hingen, Ausbuchtungen und Höhlen bildeten. Eine ganze Weile schon sah ich Henrik nicht mehr. Vielleicht hatte er sich endlich festklammern können? Ich glühte wie im Fieber, meine Wangen brannten, das Blut aus meiner Kopfwunde tropfte. Rutschend und stolpernd hastete ich den Hang hinab. Endlich erreichte ich eine flachere Stelle und konnte den Hang überblicken. Der Fluss sprang und gischtete zwischen den Felsen. Von Henrik fehlte jede Spur. Das Brausen des Wassers schwoll zum Donner an. Panik und Erschöpfung raubten mir den Atem. Ich fiel auf die Knie, zog mich am Geröll hoch, kam schwankend wieder auf die Beine. Es half alles nichts, ich musste wieder hinaufsteigen, die Stelle suchen, wo mein Bruder auf mich wartete. »Schnell, schnell!«, murmelte ich zähneklappernd vor mich hin. Der Himmel war milchig weiß, in der Ferne zogen Wolken auf. Noch schien die Sonne, das Licht zuckte auf dem Wasser hin und her, wie das Flackern in meinem Gehirn. Das kalte, helle Dröhnen erfüllte mich ganz. Mein Bruder war irgendwo und brauchte Hilfe. Ich zwang meinen Körper über den Berghang, wie der Lachs es tun würde, der keine Hürden kannte, stemmte mich an den Steinen hoch, wand mich durch glitzernde Kaskaden, durch Schlamm und nasses Geröll. Ich weiß nicht, wie viel Zeit verging, bis ich vor einem Becken stand, erfüllt von Licht und grünen Wellen. Und als ich schluchzend auf die Knie fiel, sah ich im Wasser eine Gestalt, die langsam und sich leicht drehend auf mich zuglitt. Die Gestalt stieg empor, wie ein Fisch es tun würde, erzeugte eine senkrecht im Wasser stehende Lichtsäule aus Luftbläschen. An einem bestimmten Punkt begann die Gestalt sich schneller zu drehen, wobei sie gegen die Steine schlug. Und als sie so nahe kam, dass ich sie mit der Hand hätte berühren können, hob sich das Gesicht aus dem Strom, wie ein seltsames, bleiches Wassergewächs. Das Licht berührte es, übergoss sein Haar mit hellem Glanz, die toten Augen waren offen und starr wie Fischaugen. Henriks nackter Körper strahlte weiß, und die Schultern bewegten sich mit leichtem Zucken, doch es waren nur die Wellen, die ihn hin und her warfen. Der Körper hob sich ein wenig, bevor ihn die Strömung wieder packte. Er tauchte hinab, verschwand, von Wirbeln sacht herumgeworfen, in jene dunklen Wasserlöcher, wo die Lachse sich paarten und starben.

Seitdem waren Jahre vergangen; aber das Bild sehe ich noch heute, sehe es im Traum. Und auch nachdem ich endlich davon gesprochen hatte, blieb das Wasser als Schimmer vor meinen Augen, bis ich blinzelte und bemerkte, dass dieser grüne Schimmer vom Tee kam, den Dan mir in einer Schale an die Lippen hielt.

»Trink!«

Ich hob den Kopf mit mächtiger Anstrengung. Dan hielt die Schale, während ich gierig trank. Ich verschluckte mich, hustete und wischte mit dem Handrücken über meinen Mund, bevor ich stockend weitersprach.

»Später kam ein Gewitter auf. Ich wusste, es war Nischergurgje, der das Unwetter schickte. Ich irrte durch Nebel und strömenden Regen, bis ich endlich den Kreis der Stangenzelte erreichte. Vier Tage lang suchten Männer und Frauen den Bach ab, aber Henrik wurde nicht gefunden.

Damals, nach dieser Sache, wurde ich krank. Das Fieber stieg.

Meine Eltern waren benachrichtigt worden und kamen. Weil Verdacht auf Hirnhautentzündung bestand, wurde ich in Kämijärvi ins Krankenhaus gebracht. Man befürchtete Ansteckungsgefahr, und ich bekam ein Einzelzimmer. Ich lag einen Monat lang im Krankenhaus. Meine Eltern konnten nicht bleiben und vertrauten mich Laila an.

Ich lag wie versteinert im Bett, erduldete Qualen, doch ich schrie meinen Schmerz nicht heraus, weinte keine Träne. Meine letzten Energien waren aufgebraucht im Kampf gegen die Krankheit, denn mein Körper wollte nicht sterben. In meinem fiebrigen Kopf kreisten unentwegt die gleichen Bilder, wie ein Filmstreifen in einem finsteren Kino, und die einzige Zuschauerin war ich. Oft gab ich irgendwelche Laute von mir, die mit Worten nichts zu tun hatten, eher mit dem verzweifelten Wimmern eines kleinen Tieres. Und immer, wenn ich die Augen öffnete, sah ich Laila, über ihre Näharbeit gebeugt wie eine jener noblen Frauen, die in frühen Zeiten das menschliche Schicksal bewachten. Ich roch ihren Geruch nach Holzkohle, Leder und alten Kleidern, blickte in ihr Gesicht, das braun und faltig wie Baumrinde war. Wenn sie bemerkte, dass ich bei Bewusstsein war, nahm sie meine Hand und streichelte sie.

»Komm zu mir, Kleines Wiesel.«

Ich bekam starke Mittel, um das Fieber zu senken, aber schließlich war es Laila, die mich heilte. Sie, die das Unheil schon so lange vorhergesehen hatte, fand die richtigen Worte für mich.

»Weine nicht, mein Wiesel. Er ist jetzt glücklich: Er hat sich verwandelt. Er wollte das schon immer. Hast du es nicht gewusst? Der Knoten, damals, sprach eine deutliche Sprache. Und dass er keinen Fisch essen wollte, war auch ein Zeichen. Nun haben ihn die Götter zu sich geholt. So sind sie eben, die Götter, sie nehmen sich nur die Schönsten und Besten. Er wird jetzt hundert Jahre als Lachs leben und dann als Gott in den Himmel steigen. Oh, ja, es ist ein großes Geschenk, das die Götter ihm machten! Du darfst nicht traurig sein, mein Wiesel, du musst lachen und fröhlich sein, um ihm eine Freude zu machen!«

Die Worte schienen sich ganz leicht von Lailas Lippen zu lösen.

Kaum ausgesprochen, hoben sie sich in die Luft und flogen über mich hinweg, während ich träge und benommen ihrem Klang lauschte. Und eines Abends, nachdem die Nachtschwester mir geholfen hatte, mich zu waschen und die Zähne zu putzen, fragte Laila, ob sie noch etwas bleiben könnte.

»Ja, aber nicht lange«, sagte die Nachtschwester, »das Kind muss schlafen.«

Als sie das Zimmer verlassen hatte, rückte Laila ihren Stuhl ganz dicht an mein Bett und ergriff meine Hände.

»Komm, mein Wiesel, ich werde dir jetzt einen Traum zeigen.« Das Fieber glühte in meinen Adern. Teilnahmslos lag ich da, als sie leise zu singen begann. Es war mehr ein tiefes, rhythmisches Murmeln als ein Gesang. Ich verstand nicht die Worte, aber in ihnen wohnte eine merkwürdige Kraft. Und irgendwann dachte ich mit klarem Verstand, dass sie vielleicht doch die Opfergesänge kannte, obwohl sie es stets bestritten hatte. Aber ich war zu müde, um darüber nachzudenken, überließ mich den Worten und sah plötzlich einen Gang vor mir, so dunkel, eng und tief, wie Tiere ihn graben. Ich kroch hindurch, zunächst auf Händen und Knien, bis sich der Gang erweiterte und ich aufrecht stehen konnte. Auf einmal sah ich vor mir ein fahles Licht, wie man es manchmal im Norden erlebt, grünlich, mit rosa Schimmer. Der Gang führte jetzt nach oben, und ich hörte Geigenmusik. Und plötzlich fiel starkes, helles Licht in die Dunkelheit. Ich trat aus einer Öffnung und sah strahlend blauen Himmel und eine Blumenwiese. Henrik stand dort und spielte Geige. Er stand unter einem rosa Kirschblütenbaum, wie ich sie später in Japan sehen sollte. Der Schatten der Kirschblüten fiel auf ihn, und ich erkannte auch das Musikstück, das er spielte: das Adagio aus dem Konzert für Violine in D-Dur von Brahms. Und er geigte so volltönend und wunderbar, wie ich es noch nie bei ihm gehört hatte. Irgendjemand sang dazu, ein rhythmisches Klangmuster, ein Murmeln eher, das eigentlich überhaupt nicht dazu passte, und trotzdem die Musik auf besondere Art ergänzte. Ich ging auf Henrik zu, und er lachte mich an. Als ich näher kam, senkte er die Geige. Die Musik brach ab; jetzt war nur noch, wie ein Echo, der brummende Gesang zu hören. Da merkte ich, dass ich selbst es war, die sang. Und Henrik nickte mir glücklich zu, betonte leicht den Rhythmus mit seinem Geigenbogen. Auf einmal streckte er die Hand aus, und ich nahm sie. Er zog mich an sich heran, legte mein Gesicht an seines, das warm und voller Leben war, mit einem leichten Geschmack nach Zahnpasta. Und plötzlich war er weg, einfach verschwunden, doch ich spürte, dass das keine Bedeutung mehr hatte, denn in diesem Augenblick merkte ich, dass er in mich geschlüpft war, oder ich in ihn, ich kann es nicht sagen, es spielte ja auch keine Rolle mehr. Und auf einmal war alles vorbei. Ich öffnete die Augen und spürte, dass Laila es war, die meine Hände hielt und die ganze Zeit gesungen hatte. Aber irgendwann hatte ich mit ihr gesungen, dessen war ich mir ganz sicher. Ich wunderte mich sehr, dass ich es gekonnt hatte, da mein Bruder doch tot und ich entsetzlich traurig war. Jetzt aber betrachtete mich Laila mit ihrem verschwommenen Blick, der milchig hell schimmerte, während ein leichtes Lächeln in ihren Mundwinkeln zuckte.

»Nun, Kleines Wiesel, hast du einen schönen Traum gehabt?«

Was ich darauf antwortete, weiß ich nicht mehr, denn die Nachtschwester kam und schickte Laila hinaus. Und es dauerte nicht lange, da fiel ich in einen tiefen und erleichternden Schlaf. Als ich erwachte, merkte ich, dass ich mich im Schlaf etwas erholt hatte. Es war ein wundervoller Morgen im Spätsommer. Der Himmel glänzte in prachtvollem Blau, und ich hörte die vielen Vögel, die sich um das Fenster versammelt hatten. Sie flatterten und zwitscherten, und ich dachte ohne Traurigkeit an Henriks Geigenklang, bis sich alle Vögel in die Luft erhoben und in großem Bogen entfernten. Eine freundliche junge Krankenschwester kam, maß mir die Temperatur und sagte, was für ein Glück, das Fieber sei gefallen! Ob ich denn keinen Hunger hätte?

So begann die Genesung. Ich war ganz sicher, dass ich sie Laila verdankte, und sagte es ihr auch. Voj, voj, das mochte schon sein, meinte sie, und setzte gleich mit ihrem trockenen Humor hinzu, sie habe die Zeremonie ohne Ritualgewand und Trommel durchführen müssen, weil man sie sonst gleich vom Krankenhaus aus in die Irrenanstalt eingeliefert hätte. Damals war schon etwas Zeit vergangen, ich hatte sogar ein Lächeln zustande gebracht. Und noch später stellte ich ihr eine andere Frage: Ob es wirklich stimmte, dass die Samen alle Opferlieder vergessen hatten. Bevor sie eine Antwort gab, richtete sie ihre Augen auf mich. Es war ein langer, dunkler Blick. Dann legte sie einen Finger an die Lippen und sagte:

»Nicht alle, nein. An einige erinnern wir uns noch...«

Das war übrigens in der Zeit, als Laila mir ihr silbernes Nähetui schenkte und etwas später auch Reidars Jagdmesser, das eigentlich für Henrik bestimmt gewesen war. Dabei erklärte sie mir, dass ich fortan nicht nur die Aufgaben eines Mädchens übernehmen konnte, sondern auch die eines Jungen. Und ich sollte zufrieden sein, dass es so war. Es würde mich stark machen.

»Trägst du das Messer immer bei dir?«, fragte Danjiro.

»Immer. Genauso, wie mein Großvater es trug. Es ist so klein und handlich, kaum größer als ein Taschenmesser. Und irgendwann wurde es dann zur Gewohnheit. Möchtest du es sehen?«, setzte ich hinzu.

Ich zog es aus meiner Hosentasche, legte es Danjiro in die Hand. Er war der erste Mensch, dem ich das Messer zeigte. Das Messer steckte in einer Scheide aus Rentierknochen, mit verschiedenen Figuren versehen. Sie waren vor langer Zeit mit einer glühenden Eisenspitze eingraviert worden. Danjiro besah sie aufmerksam und mit Ehrfurcht.

»Was bedeuten diese Zeichen?«

»Oh, es sind die mächtigsten Zeichen überhaupt!«

Obwohl stark vereinfacht, waren die Figuren gut zu erkennen. Die ganze Geschichte der Samen war in diesen Zeichen enthalten. Ich erklärte sie Danjiro, wobei ich behutsam jedes Einzelne mit dem Finger berührte.

»Vearalden Olmmai, der Gott des Himmels (der Weltmann), Biegga-Galis, Gott des Sturms (der Windmann), und in ihrer Mitte Vearalden-Guovsa, der Himmelsbär.« Dann gab es zwei Striche, die die Trennung zwischen himmlischen und irdischen Göttern markierten. Darunter waren andere Verzierungen: »Beaivvas, die Sonne,

Leaibe-olmmai, der Gott des Waldes (der Erlenmann), und Mattar-Ahkka, die Stammmutter aller Dinge.«

»Wie klein das Messer ist!«, murmelte Dan ergriffen. »Man sollte nicht glauben, dass es eine so lange Geschichte enthält!«

»Es muss klein sein, damit wir es bequem in der Faust halten können.«

Vorsichtig zog ich die Klinge aus der Scheide. Sie war stark und fein wie ein Rasiermesser.

»Das Messer benutze ich manchmal, um Brot zu schneiden. Aber man kann auch Holz damit spalten, ein erlegtes Tier häuten oder sogar – aber das sprach Laila nie aus – einen Menschen töten. Man kann es auch als kleines Beil benutzen. Und schließlich eignet es sich dazu, böse Geister zu bannen.«

Er sah mich an, nicht im Geringsten verwundert.

»Auch unsere Schwerter hatten einst diese Macht. Beim Tode der Samurai wurden sie an seinem Lager aufgebahrt und auch bei der Geburt eines Kindes hatten sie ihren Platz im Zimmer. Schwerter wehrten die bösen Geister ab, die Sicherheit und Glück der verschiedenen oder ankommenden Seele bedrohen konnten.«

Ich nickte ihm lebhaft zu.

»Ja, ja, bei uns auch! Aber Nomaden beschränken ihr Gepäck auf ein Mindestmaß. Deswegen ist das Messer so klein.«

»Die Klinge ist wunderbar gearbeitet.«

Ich nickte.

»Hält man sie den bösen Mächten entgegen, sehen sie sich darin, wie in einem Spiegel, und ergreifen die Flucht. Ein besonderes Gebet besiegelt den Zauber. Laila hat mir die Worte gut beigebracht.«

»Und dein Bruder? Denkst du oft an ihn?«

Ich war nun etwas verwirrt. Ob ich an Henrik dachte? »Er ist nicht tot, wie du glauben magst. Er ist immer noch da.«

Er nickte langsam.

»Ja, ich verstehe.«

Ich sagte zu mir selbst, wenn ein Mensch auf dieser Welt mich verstehen kann, dann er. Wie bei mir spielte sich alles bei ihm in tiefen seelischen Schichten ab, nahm aber niemals zwangsneurotische

363

Züge an, dazu war er viel zu ausgeglichen. Ich aber trug eine Spaltung in mir. Und da gab es noch etwas. Etwas, das ich ihm nicht verheimlichen durfte.

»Das Rollbild mit dem Karpfen, Danjiro! Mir kam fast die Galle hoch, als ich es sah! Weil mir Henriks Unfall dabei in den Sinn kam. Aber damals war Laila bei mir und fand die richtigen Worte. Aus Tod entstand Leben, und alles war gut. Das Bild aber verfälscht die Symbole: Aus Wiedergeburt wird Tod. Das ist es, was ich nicht ertragen kann!«

Er seufzte.

»Enzo hätte das Bild längst zerstören sollen. Aber jetzt gehört es Lumina. Und ich habe nicht den Eindruck, dass sie es für so abscheulich hält wie beispielsweise wir…«

Daraufhin schwiegen wir. Draußen leuchtete die Morgensonne. Der Himmel war grünlich klar, wie ein Eismeer. Tief unten, auf der Straße, summte und knatterte der morgendliche Verkehr.

»Bist du ganz sicher«, hörte ich Henrik mich fragen, »dass alles so war, wie du es erzählt hast?«

Ich war plötzlich ein wenig verunsichert. Hatte sich der Unfall wirklich so zugetragen? Es mochte ja sein, dass Phantasie und Wirklichkeit sich im Laufe der Jahre derart überlagert hatten, dass es nicht mehr möglich war, sie voneinander zu unterscheiden. Ich sagte zu Henrik:

»Ich bin mir über gar nichts mehr sicher.«

»Das ist es ja eben«, antwortete Henrik. »Ich hatte ja schon einen Schädelbruch, als ich in das zweite Becken stürzte.«

Es war mir wirklich peinlich, dass er davon sprach.

»Das weiß ich doch, Henrik. Ich habe den offenen Schädel ja gesehen. Und auch die Knochensplitter. Und die Flecken auf den Steinen…«

»Aha. Also doch! Aber du willst nicht daran denken, ja?«

»Macht es dir etwas aus?«

»Dass ich gefunden wurde, hast du scheinbar auch nicht mehr im Kopf. Zwei Wochen später, wenn ich mich nicht irre. Viel blieb von mir nicht übrig. Aber…«

»Schluss jetzt, Henrik! Ich will nichts davon hören!«

»Schon gut, ich erspare dir Einzelheiten. Im Augenblick gefällt es mir, wo ich bin. Hier gibt es viele nette Leute. Milliarden. Einige sind ganz fies, allerdings. Die Zicke mit dem Veilchenduft zum Beispiel, die ist mir zuwider.«

»Mir auch. Und wie!«

»Du hast jetzt einen Freund. Das ist neu.«

»Magst du ihn, Henrik?«

»Doch, ich mag ihn. Ich mag ihn sogar sehr. Aber das ist kein Grund, dass du Augen und Ohren verschließt.«

»Voj, voj, Henrik! Wie meinst du das?«

»Also, wenn ich du wäre…«

»Willst du es mir nicht sagen?«

»Sie mag ihn nicht besonders, musst du wissen…«

Mein Herz klopfte stürmisch.

»Redest du von Danjiro? Muss ich Angst um ihn haben?«

Das Dumme bei Henrik war, dass er nie richtig »ja« oder »nein« sagte. Auch jetzt nicht, obwohl mir an seiner Antwort so viel lag.

»Du hast das Messer, ja?«, meinte er gleichmütig. »Zum Brotschneiden ist es viel zu schade.«

40. Kapitel

Überall auf der Welt war ich stets das Kleine Wiesel gewesen, das ruhelos von Busch zu Busch huschte. Ich hatte die Sachen nur verschwommen erlebt, sah auch die anderen unklar, hinter einem Nebel, zeigte wenig Teilnahme, wurde selbst unsichtbar. Hier in Tokio war alles anders. Ich wollte heimisch werden in diesen Schichten aus Zeiten und Leben, in dieser Geschäftigkeit und Energie. Hier waren Menschen, die, weil ihre Großeltern und Eltern mit dem Tod gerungen hatten, das Leben rückhaltlos liebten. Sie ließen es nicht zu, dass die Gegensätze vieler Jahrhunderte aufeinander prallten, sondern formten sie zu etwas Neuem. Zwischen den Wunden der Vergangenheit und den Verheißungen der Zukunft bewahrten sie freudig alte Symbole, an denen nichts Vages haftete.

In dieser Sommerzeit trug Harumi leichte Kimonos aus kühler Seide, mit grünem oder blauem Muster. Etwas Zeitloses, Erfrischendes ging von ihr aus. Ihr Gesicht schien ungeschminkt, erst bei näherer Betrachtung bemerkte ich, wie geschickt es gepudert war. Das blauschwarze Haar war straff zurückgebunden, die Brauen waren leicht nachgezogen, und ihr zarter Lippenstift hatte die Farbe zerdrückter Geranien. Mit Danjiro hatte sie keine Ähnlichkeit. Ich sagte es ihr, und sie lächelte herzlich.

»Er gleicht seinem Vater.«

Ich kniete ihr gegenüber, in einer Haltung, die ich nun gut beherrschte. Ich trug eine weite, schwarze Hose, darüber ein Männerhemd, das kühl war und mir viel Bewegungsfreiheit gab.

»Hübsch siehst du aus«, hatte Harumi gesagt, als ich mich auf der Schwelle verneigte.

Sie nahm sich viel Zeit, um mich mit der richtigen Farbpalette vertraut zu machen. Die Yuzen-Technik bevorzugte kühle, unaufdringliche Farben. Das Gleichgewicht zwischen Grund- und Akzentfarben war oft schwierig zu finden. Die Seide war eine delikate Prinzessin, die nur besondere Nuancen und Schattierungen zuließ. In Harumis Arbeit lag ein Geheimnis, das mich gleichsam faszinierte und demütig machte.

»Die Natur ist so vollkommen«, sagte Harumi, »dass wir uns nicht anmaßen können, sie wiedergeben zu wollen, wie sie ist. Wir dürfen in der Kunst die Natur verändern, sie lässt es zu. Aber stets müssen wir Ehrfurcht als Wesenszug bewahren.«

Sie sagte, dass sie mit mir auf Reisen gehen wollte, wie damals auch mit Lumina. Dass sie mir die Landschaften Japans und die Parks der großen Schreine zeigen wollte. Es lag ihr sehr am Herzen. Dabei wurde sie nicht müde, mir von der Naturerfahrung als Hintergrund der japanischen Malkunst zu erzählen. Ich hörte beglückt zu und entsann mich, wie ich als Kind die Natur betrachtete, wie mein ganzes Wesen in ihr aufging und ich ihren Pulsschlag als meinen eigenen empfand.

Bisher hatte das Veränderliche in der Mode, das ewige Verwandlungsspiel, auf mich einen großen Reiz ausgeübt. Aber diese Seite der Kreativität brachte unentwegt nervöse Anspannung und Aufregung. In Harumis Kunst lag etwas Beruhigendes. Es hatte etwas mit dem tiefen Japan zu tun. Und auch etwas mit mir. Es barg eine große Kraft, aber auch menschliche Verspieltheit. Die klaren Farben des Frühlings, die ruhigen Sommermotive, die herbstliche Leuchtkraft, das Blau und Grau winterlicher Wellen lenkte meinen Sinn einer Beständigkeit entgegen.

Harumi sprach wenig, während wir arbeiteten; sie hörte auch keine Musik. Zu Anfang kam mir die Stille bedrückend vor. Dann merkte ich, dass ich sie brauchte. Ich fühlte mich in der Stille geborgen und frei, wie damals, als Kind, im vertrauten Stangenzelt, wenn Laila neben mir saß und nähte. Wenn wir uns nach der Arbeit bei einer Schale Tee entspannten, erzählte ich Harumi oft von der Kultur der Samen. Ich hatte selten eine so interessierte Zuhörerin gefunden. Einmal wurde sie besonders aufmerksam, als ich ihr eines unserer Gedichte übersetzte:

»In der blauen Nacht
Von Höhenzug zu Höhenzug,
Schritt für Schritt,
Am küstenlosen Meer,
Umtost von küstenlosen Winden,
Wandern wir auf dem Weg,
Den unsere Vorfahren gingen...«
Daraufhin lächelte Harumi nachdenklich und sprach:
»Wir haben ein ähnliches Gedicht, in dem wir Yamababa, die Uralte, die Göttin der Berge, besingen:
›Siehe, hier weilte sie noch eben zuvor.
Jetzt ist sie nicht mehr zu sehen, nirgends mehr.
Über die Berge schwebt sie dahin.
Durch die Täler noch hallt, schwindend, ihr Lied
Ewig von Gebirge zu Gebirge, wandernd und wandernd

Ist sie entschwunden im Land Nirgendwo.‹

Wir tauschten ein glückliches Lächeln. Wir kamen aus verschiedenen Welten. Und trotz allem waren wir uns ähnlich. Ich empfand großen inneren Frieden. Und Dankbarkeit. Konnte das Kleine Wiesel endlich schlafen, ohne stets wach sein zu müssen und auf Bedrohungen zu horchen? Noch nicht. Etwas war nicht in Ordnung. Ich hörte seltsame Geräusche in der Nacht, roch Veilchenduft und Verwesungsgeruch, und oft auch die ölige Substanz der Angst, die aus meinen eigenen Poren drang.

Doch so kurz vor der Ferienzeit verliefen die Tage gleichmäßig. Auch Lumina schien wieder ganz heiter, sie plauderte locker, lachte mit lebhafter Zärtlichkeit. Im Unterricht arbeitete sie sehr konzentriert. Sie erzählte, dass der Arzt ihr ein neues Mittel verschrieben hätte. Es tat ihr offenbar gut. Sie schlief wieder ruhig; auch die Kopfschmerzen waren verschwunden. Wenn ihr eine Atempause vergönnt war wie die, die sie jetzt erlebte, zeigte sich ihr Zauber ungebrochen, und mein Herz musste sie lieben, ob ich es wollte oder nicht. Daran dachte ich, als sie vor mir stand, mit einem kleinen Lächeln im Gesicht, während ich im Klassenzimmer einen geblümten Stoff zuerst auf Armeslänge von mir entfernt, dann gegen Luminas Körper hielt. Ich wollte sehen, wie das üppige Muster an ihr wirkte. Wir hatten die Aufgabe erhalten, Webkanten zu überprüfen, bedruckte Stoffe auf Regelmäßigkeit und Farbendynamik zu untersuchen.

»Wie findest du es?«, fragte Lumina zögernd.

Ihre Augen, groß und hell glänzend, blickten mich erwartungsvoll an. Ich erwiderte ihr Lächeln, doch der Argwohn blieb. Nun, da ich so viel über sie wusste, war das Schrecklichste vielleicht ihre bezwingende Schönheit. Ich hatte einen bitteren Geschmack im Mund. Doch ich stellte mich heiter, sprach von dem Stoff, legte verschiedene Farben um ihren schmalen Körper. Purpur, Dunkelblau, Violett – ja, diese Farben standen ihr am besten. Das war nicht verwunderlich. Ich nickte ihr zu.

»Gut siehst du aus.«

Eine leichte Aufregung kam über sie, eine starke innere Freude, die sie zu beherrschen suchte.

»Ja, solche Farben gefallen mir am besten.«

Was ich ihr verschwiegen hatte, war, dass Harumi mir Unterricht erteilte. Da unsere tägliche Präsenz von unserem eigenen Willen abhing und jeder Student die Kurse nach eigener Wahl belegte, störte sich auch keiner daran, wenn wir mit Verspätung kamen oder das Klassenzimmer frühzeitig verließen. Ich stellte mir selbst die Frage, warum ich Lumina die Wahrheit vorenthielt. Vielleicht lag es nur daran, dass ich sie nicht beunruhigen wollte. Das jedenfalls führte ich zu meiner eigenen Rechtfertigung an, wobei ich genau spürte, dass es unvernünftig war. Spielt die Fantasie mit, wird der Unterschied zwischen echter Warnung und schattenhafter Befürchtung gering. Ich sah die Zeichen an der Wand nicht, auch wenn sie deutlich buchstabiert wurden.

Wir falteten die Stoffe wieder zusammen. Luminas Gestalt war so zart, ihre Taille so schlank, dass ich sie mit beiden Händen hätte umspannen können. Ich sagte:

»Zu große Muster stehen dir nicht.«

»Die habe ich auch nicht gern.«

»Was hast du denn gern?«

Sie schwieg. Sie war nicht bei der Sache. Ich sagte:

»Sei bitte so nett und rümpfe nicht die Nase.«

Sie fragte plötzlich: »Hast du Harumi gesehen?« Das hatte sie ganz unbefangen gefragt, doch es genügte, um mich misstrauisch zu machen.

»Aber ja«, erwiderte ich knapp.

»Hast du...«, sie schluckte, »...mit ihr über das Bild gesprochen?«

»Nein, noch nicht.«

»Wenn du etwas versprochen hast, solltest du es auch halten«, erwiderte sie vorwurfsvoll.

Ich fasste mir ein Herz. Ich hatte die Sache schon viel zu lange vertrödelt.

»Hör zu, Lumina, ich will das Bild nicht bei mir haben.«

Ihre Hände kneteten den zarten Stoff, den sie immer noch hielt. Dabei sah sie an mir vorbei, richtete ihre Worte auf merkwürdige Weise ins Leere.

»Warum? Hat sie etwas über das Bild gesagt?«

Ich schüttelte den Kopf. Luminas Stimme klang belegt.

»Wer also? Danjiro?«

»Einiges, ja.«

Sie biss sich auf die Lippen. Ihre Hände zerrten unentwegt an dem Stoff.

»Was hat er dir gesagt?«

Ihre beiläufige Frage beunruhigte mich. Behutsam nahm ich ihr den Stoff aus den Händen, legte ihn zusammen, ohne dass sie mich daran hinderte. Sachte, sachte, dachte ich, du darfst sie nicht erschrecken. Was für Träume oder Gespenster mochten einen Menschen heimsuchen, dessen Rückgrat ungeschützt ist?

»Er sagte, dass du einen Flugzeugabsturz überlebt hast.«

Sie hob lebhaft den Finger an die Lippen.

»Ach, ich dachte, ich hätte dir das längst erzählt!«

»Nein, du hast mir nur gesagt, dass du Angst vorm Fliegen hast. Jetzt verstehe ich auch warum. Es muss schrecklich gewesen sein.«

Sie zog die Schultern hoch. Ihr Gesicht war völlig ausdruckslos. »Es ist schon lange her. Ich war noch ein Kind.«

»Ja, ich weiß.«

Sie ging ein paar Schritte zum Fenster und blickte, fünf Stockwerke tiefer, in die Straßenschlucht, in der die Autos sich wie Spielzeuge vorwärts schoben, die ganze Ausfallstraße entlang, bis zum Horizont. Schließlich fragte sie, geistesabwesend:

»Erzählt ihr euch solche Sachen?«

»Manchmal.«

Ich konnte merken, wie sie meine Antwort erwog.

»Hat er auch … von meiner Großmutter gesprochen?«

»Ein wenig«, antwortete ich leichthin.

Sie trat näher an das Fenster heran, drückte ihre Stirn an die Scheibe. Die Bewegung war ziemlich heftig gewesen, sodass die Scheibe ein wenig klirrte. Es war, als ob sie lauschte; doch die Fenster waren schalldicht; sie lauschte in ihre eigene Stille hinein. Ich beobachtete, wie sie mit dem Fingerknöchel leicht und ungeduldig an die Scheibe trommelte.

»Vielleicht hat er dir Dinge erzählt, die nicht stimmen«, sagte sie. Voj, voj, Agneta! In diesen Dingen solltest du Erfahrung haben. Lass dich nicht dazu verleiten, gesprächig zu werden.

»Ich weiß nicht«, antwortete ich.

Ihr herumtastender Geist, der nicht näher an mich herankam, zog sich zurück.

»Dan sollte solche Dinge nicht erzählen«, sagte sie schroff. Sie wandte sich mir zu. Sie hatte wieder diese fahrige Art, ihre Hände zu kneten. Ich starrte kurz auf diese Hände, bevor ich rasch den Blick abwandte. Sie merkte es und faltete die Hände vor ihrem Leib, die klassische Bewegung höflicher Japanerinnen. Eine Frau, die so dasteht, strahlt Würde und Distanz aus; Lumina beherrschte ihr Spiel perfekt.

»Hast du alles geglaubt, was er gesagt hat?«

Wenn ich ihr zartes Gesicht ansah, die kleine, wohl geformte Nase, die goldbraunen Augen mit diesem blanken Schein der Kindheit in ihnen, hatte ich Mühe, ihr zu misstrauen. Luminas ovales, blütenzartes Gesicht ähnelte einer Maske, aber unter dem lebendigen Glanz schimmerten andere Masken, wie im Halbdunkel des Theaters, wenn sich beim ersten Hahnenschrei die Geister ankündigen: Kaeda, Jun, Sumire, Rieko…

Ich erschauderte fröstelnd und sagte:

»Wir haben über anderes gesprochen. Über meinen Bruder, der mit zwölf in einem Wildwasserstrudel ertrank.«

Sie blickte verstört und strahlte plötzlich, trotz kühler Distanziertheit, Verständnis aus. Eine Anstrengung des Willens nur? Oder echte Anteilnahme?

»Warst du dabei?«

»Ja. Und ich habe ihn nicht retten können.«

»Gomennasai.« Sie entschuldigte sich mit leiser, verwirrter Stimme und großem Mitgefühl. Denn sie wusste natürlich, dass ich die Wahrheit sagte. Aber gleichzeitig auch, dass ich sie abgelenkt

371

hatte. Denn sie trug ja diese Stelle in sich, die manchmal offen und manchmal geschlossen war, die unabhängig von ihrem Bewusstsein pulsierte und atmete und, wenn es darauf ankam, auch für sie dachte.

»Es sind Dinge, die man nicht vergessen kann«, sagte sie. »Und es ist nicht leicht, darüber zu sprechen, nicht wahr?«

Ich holte tief Luft.

»Es ist sogar ziemlich abscheulich«, antwortete ich.

41. Kapitel

Danjiro hatte mir Freikarten für die letzte Aufführung gegeben, bevor das Theater für die Sommermonate schloss und »Der Stein an der Wegkreuzung« vom Spielplan abgesetzt wurde. Am letzten Unterrichtstag fragte ich Lumina, ob sie mitkommen wollte. Sie bedankte sich freundlich, aber mit einem zerstreuten Ausdruck im Gesicht. Nein, sie würde nicht in die Aufführung gehen. Das Stück kannte sie schon. Außerdem sei sie mit Kenji verabredet. Da es jedoch die letzte Vorstellung war, wollte sie Dan in der Garderobe aufsuchen und ihm einen Blumenstrauß bringen.

»Es wäre wirklich nicht nett von mir, ihn bei der letzten Aufführung nicht zu beglückwünschen.«

Danjiro schien erfreut, als ich es ihm mitteilte. Er rechnete schon lange nicht mehr damit, sie zu sehen. Dass sie wieder den Weg ins Theater fand, deutete er als gutes Zeichen.

»Lumina ist in der Bühnenluft groß geworden. Früher kam sie oft mit ihrem Vater. Sie war dabei, wie er geschminkt wurde und die Kostüme wechselte. Alles, was hinter der Bühne geschah, faszinierte sie. Es gibt ja so viele Tricks, Gags und spektakuläre Kunstgriffe! Lumina interessierte sich für alles.«

»Ich auch«, sagte ich. »Genauso! Wenn mein Vater eine Oper

inszenierte, ging ich fast täglich zu den Proben. Für mich gab es keinen spannenderen Ort als die Kulissen!«

Er lächelte, gerührt und etwas wehmütig.

»Das Kabuki-Theater setzt sich besonders für Kinder ein, sie sollen ja auf der Bühne heimisch werden. In jedem Stück wird mindestens eine dramatische Szene von Kindern wiederholt, die dabei die Rollen der Erwachsenen übernehmen: Sie tragen die gleichen Kostüme und das gleiche Make-up.«

»Und Lumina?«

»Das war es ja eben. Sie wollte ein Junge sein und mitmachen. Wir versuchten sie zu trösten. Bockig wie sie war, hatten wir unsere liebe Not mit ihr. Alle machten ihr kleine Geschenke, damit sie ihren Unmut vergaß.«

»Und später?«, fragte ich.

Er nickte nachdenklich. Schließlich sagte er:

»Nach dem Unfall kam sie immer seltener. Ich glaube, der Schmerz bringt es mit sich, dass Menschen sich verschließen, in sich selbst flüchten und auf das verzichten, was sie am liebsten haben. Da ist eine Art der Verteidigung, eine unbewusste Mauer, um sich vor allem zu schützen, was wieder Schmerz bereiten könnte...«

Mich verwunderte es nicht, dass es eigentlich Dan war, der Lumina am besten verstand. Er besaß das Feingefühl, um sich in andere hineinzudenken, wie er ja auch mit seinen Rollen eine besondere Vertrautheit entwickelte. Ich freute mich sehr, ihn zum zweiten Mal auf der Bühne zu sehen, und wusste im Voraus, dass ich die Aufführung diesmal ganz anders erleben würde. Danjiros geschminktes Gesicht war ein völlig anderes. Süß und herb, zeigte es sein ureigenes Wesen. Er konnte dem Licht standhalten, das auf ihn fiel, er konnte sich in künstlicher Beleuchtung zeigen – seine Seele trat immer in Erscheinung. Natürlich war die Sprache der Gebärden, Zeichen und Haltungen vorgeschrieben. Weil aber die weiße Farbe sein Gesicht leer machte, zeigten sich die aus der Tiefe kommenden Gefühle deutlicher und unmittelbarer als auf der nackten Haut: die Wunden, die das Leben schlug, die Freude, die es bereithielt, die Gnade der Schönheit und ihre Zerstörung durch den Schmerz. Verglich ich beide Aufführungen, merkte ich, wie sehr Danjiro sich dem Augenblick überließ, wie seine Darstellung sich verwandelte, voller Überraschungen war, bezaubernde Innerlichkeit wie tiefe Tragik zeigte. Ich bewunderte auch die Inszenierung, die geforderte Präzision, die Bühnenbilder, die in Sekundenschnelle gewechselt wurden. Die Drehbühne tanzte, die Darsteller verharrten wie lebende Bilder; eine Plattform, phantastisch beleuchtet, zog sie in die Tiefe und versank. Aber weder die Dekoration noch die Bühnenbreite waren wichtig, sondern die Empfindungen. Sie zielten mitten ins Herz, und zwar mit solcher Treffsicherheit, dass das Geschehen uns als Naturereignis entgegentrat, als grandios gesteigerte Wahrheit. Mein Herz klopfte, als gewaltige Stoffbahnen, laut klatschend, die Illusion von Wellen erzeugten, in denen der Affenkönig, in seiner Gestalt als Prinz, gegen die Brecher kämpfte, bevor ihn die See verschluckte. Amano Uzume, in ihrem roten Kleid, lief klagend die Wellen entlang, brach zusammen, erhob die Hände zum Gebet. Die Sonnengöttin sollte sie erlösen. Die Göttin erhörte ihre Bitte und schickte die Kraniche. Amano Uzumes Purpurgewand verwandelte sich in ein weißes Federkleid. Ich wusste, dass Danjiro nur einen Gürtel aufzog und aus dem roten Überkleid stieg, das ein Komparse blitzschnell verschwinden ließ. Nun wanderte er, die Arme flügelgleich bewegend, dem Bühnenrand entgegen. Vor dem Abbild einer Kiefer, knorrig und wetterhart, verharrte er ein paar Augenblicke, mimte Trauer und dankbare Erlösung, während ein zweiter Komparse, hinter dem Baum verborgen, zwei Drahtseile an Haken unter der Gürtelschärpe befestigte. Die Musik schwoll an. Mit langsamem Flügelschlag hob sich die Tänzerin, als Kranich verwandelt, den Scheinwerfern entgegen. Aus vielen kleinen Öffnungen an der Decke rieselten die papiernen Kirschblüten. In den Kulissen drehte sich der Mechanismus, die Drahtseile strafften sich; aufwärts ging es, hinaus über die Bühne. Wie Danjiro später berichtete, schwebte er über die Köpfe der Zuschauer in den ersten Reihen hinweg, als er ein Knirschen vernahm und ein leichtes Durchsacken spürte. Dan glaubte zunächst, sich getäuscht zu haben. Auch wir – die Zuschauer – hatten nicht das Geringste bemerkt. Dan erzählte, dass er von einem einzigen Gedanken besessen war: unter keinen Umständen aus dem Rhythmus zu kommen! Die Rolle schrieb nämlich vor, dass er die Arme im Takt der Musik zu bewegen hatte. Er hatte ungefähr ein Viertel der Strecke hinter sich, als er abermals das Gefühl hatte, dass sich etwas löste. Diesmal war kein Zweifel möglich. Er fühlte, wie das Seil plötzlich nachgab, mit einem leichten Ruck tiefer sackte. Das zweite Seil, das Danjiros Gewicht trug, schaffte es wohl, ihn zu halten, konnte jedoch nicht verhindern, dass ihn ein leichtes Schwingen hin und her warf. Das alles vollzog sich in Sekunden. Doch nun wusste er, dass sein Leben buchstäblich an einem Faden hing. Er wusste aber auch, dass er genau über dem »Hanamichi« – dem erleuchteten Steg – hochgezogen wurde und bei einem Sturz nur sich selbst, aber keinen der Zuschauer verletzen oder töten konnte. Das dachte er mit klarem Verstand, während das noch unversehrte Seil ihn langsam in die Höhe zog. Er hätte jetzt, ging es ihm durch den Kopf, die Zuschauer warnen können. Doch die beim Theater erlernte Disziplin war stärker. Das Seil hielt ja noch, und das leichte Schaukeln mochte sogar recht effektvoll sein. Weitere Sekunden verstrichen, und auf einmal durchflutete ihn eine seltsame Leichtigkeit. Alles hallte in seinem Kopf wider; er fühlte sich wie in einer durchsichtigen Hülle, umhergeweht, verwundbar, aber noch unverletzt. Die roten Sitzreihen unter ihm, das kreidige Scheinwerferlicht, die papiernen Kirschblüten, die unentwegt auf die gebannten Zuschauer rieselten, verschmolzen zu einem eigenartigen Traum. Aus den Augenwinkeln bemerkte er an der Wand einen geflügelten Schatten, der nicht von seiner Seite wich. Der Schatten war ihm vertraut, es war ja sein eigener. Sein Schicksal war bei ihm, und um Hilfe zu rufen gereichte ihm nicht zur Ehre. Das Gefühl in ihm wuchs mit dem Rauschen seines Blutes; und wenn das Seil nun riss und er sich im Sturz die Knochen brach, auch darin läge ein Sinn. Eine Art Ekstase erfüllte ihn, und er dachte: »Mein Vater hätte weitergespielt!« Und das tat er dann auch, obwohl der Druck des Seils schmerzlich wuchs und sein Gleichgewicht immer stärker ins Wanken geriet. Irgendwann entsann er sich an das richtige Verhalten beim Fallen, das ihm im Kunstturnen eingeschärft worden war: »Du landest auf dem

Rücken, wenn es nur irgend geht. Wenn nicht, rollst du dich zu einem Ball zusammen. Der Hinterkopf kann belastet werden. Die Hauptsache ist, niemals auf der Vorderseite des Kopfes zu landen. Wer auf dem Gesicht landet, bricht sich das Genick wie einen Zahnstocher. Das Genick ist die schwächste Stelle am ganzen Rückgrat. Falls du merkst, dass du mit dem Gesicht zuerst ankommst, fang den Sturz mit den Händen ab. So brichst du dir die Handgelenke, aber besser die Handgelenke als das Genick.«

Während er so dachte, vernahm er in weiter Ferne das Raunen der Menge, versuchte es jedoch zu verdrängen. Zunehmend setzten Reflexe ein, die nichts mehr mit dem bewussten Denken zu tun hatten. Wie alle Kabuki-Schauspieler war Danjiro auch Tänzer und Akrobat, und seine Gesten waren so gelassen, dass vorerst nur einige – darunter ich – merkten, was hier eigentlich vor sich ging. Doch allmählich merkten es die meisten. Und da erstarb das Raunen. Und tödliches Schweigen breitete sich aus.

In den Riemen seines Gurtes spürte Dan das Ziehen des Seils, das sich in höchster Belastung straffte. Und auf einmal erkannte er die zusätzliche Gefahr, der er ausgesetzt war, denn nun hing er voll im Scheinwerferlicht. Die Scheinwerfer waren so geregelt, dass sie ihm nie direkt in die Augen schienen. Doch nun, da er tiefer schwebte, glühten sie grell vor seiner Netzhaut. Danjiro wusste, dass er nicht in dieses Licht schauen durfte; es war, als ob er in die Sonne hineinflog. Er schloss kurz die Lider; das Licht brannte durch die geschlossenen Augen. Er kam sich wie ein Insekt vor, vom kreidigen Licht umflossen und geblendet. Seltsame Dinge bewegten sich im Theater; er spürte, wie sie ihn mit schwarzen Schwingen umflatterten. Abermals hörte Danjiro ein Knirschen. Immer stärker spannte sich das Seil. Danjiro dachte an die Vögel; auch sie verfolgten nicht immer eine gerade Bahn. Alles war nur eine Sache der Körperbeherrschung. Er versuchte, um die zuckenden Lichter herumzublicken, aber jetzt waren sie glänzender und zuckten eigentlich nicht mehr, sondern schwammen hin und her. Er hörte das unverkennbare Knirschen des langsam reißenden Metalls und kämpfte mit verkrampften Kiefern gegen die wachsende Angst. Irgendwann sah er

Umrisse, die sich vor ihm im grellen Licht bewegten. Es sah aus, als würden auch sie in einem Vakuum hängen, in einem leeren kosmischen Raum, wo die Sonne brannte und Planeten kreisten. Doch als sich die Entfernung verkürzte, entdeckte er, dass die Umrisse den beiden Beleuchtungstechnikern gehörten, die nun die Hände nach ihm ausstreckten. Über dem zweiten Balkon war eine Plattform angebracht; Dan hatte den Schwung schon hundertmal geübt, aber diesmal fanden seine tastenden Füße den Rand nicht. Ohne die Hände, die nach ihm griffen, hätte er die Plattform verfehlt. Er wurde an den Schultern gepackt, in die Höhe gezogen und aufgerichtet. Nun stand er und sah nichts, nur Nebel und rote Flecken. Aufgeregte Stimmen drangen an sein Ohr wie glühende Nadelstiche. Die Hände führten ihn, zogen ihn weiter, der wohltuenden Dunkelheit entgegen. Er hörte noch, wie unten im Saal Tumult ausbrach, wie alle zurückgehaltene Spannung und alles Entsetzen sich in einem Augenblick entluden. Er wusste, dass die Darsteller nun, einer nach dem anderen, ihrer Bedeutung in dem Stück entsprechend, die Bühne zu betreten hatten, um den Beifall entgegenzunehmen. Er kam als Letzter; das ließ ihm immer reichlich Zeit, den Hinterbühnenraum zu erreichen. Doch als er gehen wollte, stieß er gegen die Wand; er sah nur Funken und Flecken, die vor seinen brennenden Augen kreisten. Man hielt ihn fest, man sagte ihm, wo er hintreten musste. Er war sich bewusst, dass er unter den helfenden Händen hin und her schwankte. Ein Komparse ordnete sein Kleid, seine Schärpe, während er mit Kopfschmerzen, Schwindel und Übelkeit in den Kulissen wartete. Noch ein letztes Mal in die Scheinwerfer schauen, ein ruhiges Gesicht zeigen, lächeln. Und nicht vergessen, wer du bist, merke dir das! Ein Onnagata muss den Beifall des Publikums wie eine Frau empfangen: leichtfüßig, elegant, bescheiden. Jetzt! Danjiro hörte es an der Musik. Er hob die Hand. Die Männer, die ihn gehalten hatten, traten zur Seite. Er wusste instinktiv, wie viele Schritte es brauchte, um ganz vorne und in der Mitte der Bühne zu stehen. Er trat ins Rampenlicht, spielte mit seinem Fächer, lächelte, verneigte sich. Für gewöhnlich spenden Japaner nur verhalten Applaus. Diesmal aber standen die Zuschauer auf, jauchzten und schrien, der Beifall nahm kein Ende. Danjiros Augen brannten wie verrückt. Er verneigte sich, immer wieder. Er sah nur einen milchigen Schleier und dahinter bewegliche rosa Punkte: die Gesichter. Er dachte mit geheimer Befriedigung, dass er die Zuschauer immerhin dazu gebracht hatte, die Gefahr zu vergessen. Dass es ihm gelungen war, den Eindruck zu erwecken, die letzten Minuten seien lediglich ein Teil der Aufführung gewesen, ein dramatischer Trick, bevor sich der Vorhang endgültig schloss. Und er wusste auch, dass sein Vater ihn mit den Augen des Schmetterlings sah und stolz auf ihn war. Und dann kam der Augenblick, da alle Darsteller über den Hanamichi, den »Blumenweg«, wanderten, dem hinteren Ausgang entgegen. Danjiro machte sich Sorgen, aber zum Glück trug der Schauspieler, der den Affenkönig darstellte, einen rot glitzernden Mantel, und diesen Farbfleck konnte Danjiro sehen. Er folgte ihm lächelnd und beschwingten Schrittes, bis zur letzten Sekunde seiner Darstellung treu. Und als er den Saal verlassen hatte, lehnte er sich draußen neben der Tür an die Wand. Er stand, so still und starr, als wäre er selbst ein Teil dieser Wand, bevor er sich mit ruhiger, etwas überraschter Stimme sagen hörte:

»Ich glaube, ich bin blind.«

Danjiro war eigentlich immer erschöpft, wenn es vorbei war; jede Aufführung zehrte ungeheuer an seinen Kräften. Er spielte mehrere Stunden hintereinander und brauchte auch mehrere Stunden, um sich davon zu erholen. Doch diesmal konnte er sich kaum auf den Beinen halten. Man stützte ihn, führte ihn behutsam durch die Gänge. Jemand murmelte:

»Vorsicht, Stufen!«

Er nickte. Drei Stufen waren es, er kannte den Weg. Seine Garderobe war gleich um die Ecke. Er erkannte sie mehr als dass er sie sah, an dem Gefühl der Vertrautheit. Man legte ihn auf die Matte, schob ein Kissen unter seinen Kopf. Die Assistentin hatte alles vorbereitet. Auch Dr. Kato, der Arzt, der das Ensemble betreute, war bereits zur Stelle.

»Die Scheinwerfer«, murmelte Dan.

Er konnte die blutroten Augen kaum offen halten. Doch der Arzt

sagte, er sollte sich keine Sorgen machen, die Blindheit sei nur vorübergehend. Die stark belastete Bindehaut juckte wie verrückt. Dr.
Kato verabreichte ihm Tropfen, die das Augenbrennen etwas milder-
ten. »Nicht reiben!«, befahl er. Danjiro musste jetzt zwei, drei Tage
lang die Augen vor Licht schützen und ruhen. Und regelmäßig die
Augentropfen nehmen. Zur Sicherheit rief Dr. Kato bei einem Augenarzt an und vereinbarte einen Termin. Danjiro sollte gleich am nächsten Morgen zu einer Kontrolle in die Praxis kommen. Dan bedankte
sich bei dem Arzt, der es nicht unterließ, ihn zu seiner Selbstbeherrschung zu beglückwünschen. Danach ließ er sich von seiner Assistentin das Kostüm ausziehen, die Perücke abnehmen und die Schminke
entfernen. Sie half ihm auch beim Duschen. Als ich endlich zu ihm
gelassen wurde, lag er auf einem Futon, in eine blau gemusterte
Yukata gekleidet, mit einer schwarzen Binde über den Augen. Ich rief
leise seinen Namen von der Türschwelle aus. Er drehte mir das Gesicht zu.

»Agneta?«

»Ja, ja«, ich kniete neben ihm. Leute kamen und gingen, ich wagte
nicht, seine Hand zu nehmen.

»Schlimm?«, fragte ich mit pochendem Herzen.

Er schüttelte beruhigend den Kopf.

»Ich habe zu lange in die Scheinwerfer gestarrt. Das sollte man
nicht tun, niemals. Aber dadurch, dass ich tiefer hing als sonst, ließ
es sich nicht vermeiden.«

»Ich habe solche Angst gehabt«, sagte ich.

Er verzog die Lippen; halb Lächeln, halb Grimasse.

»Ich kann nicht behaupten, dass es mir da oben besonders gefallen hat.«

»Kannst du noch etwas sehen?«

»Im Moment nicht viel, tut mir Leid. Dass ich kurzsichtig bin,
macht die Sache nicht besser. Aber es wird schon gut werden. Morgen gehe ich zum Augenarzt.«

»Du hast nicht die geringste Angst gezeigt«, sagte ich aufgewühlt.
»Wie hast du das bloß geschafft? Bereitest du dich durch Übungen
auf so etwas vor?«

»Nein, wirklich nicht«, sagte er. »Wir üben lediglich, uns nach Möglichkeit nicht aus der Fassung bringen zu lassen.«

»Kommt das oft vor? Dass etwas mit dem Seil nicht klappt?«

Er schüttelte den Kopf.

»Nein. Das sollte eigentlich nie passieren. Und diese Seile, die waren ganz neu.«

»Hat man schon herausgefunden, was geschehen ist?«, fragte ich.

Er nickte ruhig.

»Ja, ein Seil wurde zerschnitten.«

Ein Schauer überlief mich.

»Kommt die Polizei?«

»Der Verwalter hat schon alles in die Wege geleitet.«

Er seufzte und setzte hinzu:

»Mir ist die Sache sehr peinlich.«

Der Gedanke, der sich in meinem Kopf abzeichnete, war ungeheuerlich. Ich schob ihn weit weg. Nein, dachte ich, nicht jetzt. Später. Wir werden darüber reden müssen.

»Du brauchst Ruhe«, sagte ich, immer noch zitternd.

Weil es die letzte Aufführung war, fand anschließend ein Empfang statt. Keiner nahm es Danjiro übel, dass er sich entschuldigen ließ. Das Taxi war schon bestellt. Die Assistentin griff ihm unter die Arme, damit er sich aufrichten konnte. Ich nahm seinen Sportsack. Wir stützten ihn den Gang entlang, halfen ihm, in seine Turnschuhe zu steigen. Vor dem Eingang wartete eine Menschentraube. Die Blitzlichter der Fotografen flammten auf. Mitwirkende und Techniker stemmten sich gegen die Menge und sorgten dafür, dass die Presseleute Danjiro nicht allzu hautnah bedrängten. Sie konnten es nicht verhindern, dass schreiende junge Frauen ihn umringten, alles Mögliche signiert haben wollten: T-Shirts, Handtaschen, Schirme, Unterwäsche. Auf dem Weg zum Taxi kritzelte Danjiro blindlings seinen Namen auf ein paar Fotos. Unter großem Geschubse half man ihm in den Wagen. Die Türen schlugen zu. Ich saß neben ihm, innerlich zitternd, und versuchte die vielen Gesichter zu übersehen, die sich an die Scheiben drückten.

Danjiro gab die Adresse seiner Mutter an. Der Fahrer setzte den

Wagen vorsichtig in Bewegung. Die Menge teilte sich, wich zurück. Die Gesichter verschwanden. Ich atmete auf, als der Wagen in eine Seitenstraße bog. Erst jetzt nahm ich Danjiros Hand und hielt sie fest. Aufseufzend lehnte er sich zurück. Nach einer Weile reichte er mir sein Handy, damit ich es anstellte. Er rief Harumi an, erzählte kurz, was sich ereignet hatte, und sagte, dass wir auf dem Weg zu ihr seien. Ich saß wie erstarrt, hatte einen steifen Hals und spürte mein linkes Ohr heftig pochen. Es gab zu viele Dinge, an die ich nicht denken wollte. Als Danjiro sein Handy ausschaltete, wandte ich ihm mein glühendes Gesicht zu und sah zu meiner Überraschung, dass nun ein kleines Lächeln seine Lippen kräuselte. Er sagte:

»Harumi wird bald herausfinden, was mit uns ist.«

Ich schluckte schwer.

»Ja. Stört dich das?«

Er spielte mit meiner Hand.

»Eigentlich kommt mir die Sache wie gerufen. Sie erspart mir die Mühe, zu sagen, was mit uns ist. Zwei Fliegen mit einer Klappe.«

»Dass du noch Witze machen kannst...«

»Ich habe auf der Bühne ausgiebig geklagt.«

Ich lehnte mich enger an ihn. Ich empfand das wilde Bedürfnis, ihn zu beschützen.

»Glaubst du, dass Harumi etwas dagegen hat?«

»Es dürfte ihr nicht allzu schwer fallen, sich dazu zu äußern«, meinte er heiter.

Seine Ruhe war überraschend, ganz erstaunlich. Ich versuchte klar zu denken, aber die Dinge in meinem Kopf fügten sich nur mühsam zusammen. Ein Plan lag alldem zugrunde, ein Muster zeichnete sich ab, und das Muster war noch nicht vollständig. Übelkeit stieg in mir hoch, ich zitterte bis in die Fingerspitzen. Schweigend und voller erstickter Wut hielt ich Danjiros Hand fest. Es war meine Nachlässigkeit, die ihn in Gefahr gebracht hatte. Ich wusste es so sicher wie sonst nichts. Und es durfte nicht noch einmal vorkommen.

42. Kapitel

Harumi, geschäftig in ihrer Sorge, hatte bereits alles vorbereitet. Als das Taxi vor dem Haus hielt, sahen wir ihre schmale Gestalt, die uns in der Dunkelheit entgegenkam. Sie bezahlte den Fahrer, nahm Dan behutsam am Arm und führte ihn den Weg entlang. Sie bemerkte, wie aufgewühlt ich war, und versuchte auch mich zu beruhigen.

»Bindehautentzündungen kamen früher oft vor. Mein Mann hatte etliche. Die Scheinwerfer waren nicht so perfekt geregelt wie heute.«

Ihre Gelassenheit wirkte tröstlich. Sie hatte für Dan die Bettmatratze überzogen und ein leichtes Mahl zubereitet. Dan aß mit sichtbarem Appetit. Ich rührte kaum etwas an, legte Dan mit meinen Stäbchen die Gerichte auf den Teller. Während ich ihm half, fiel mir auf, dass Harumis Blicke auf uns ruhten. Sie musste ja merken, was zwischen uns vorging, in der Art, wie wir miteinander umgingen. Es war mir etwas peinlich, aber nicht so, dass ich Harumi eine Erklärung schuldig gewesen wäre. Wir stellten sie einfach vor vollendete Tatsachen; im Grunde war es genau das, was Dan bezweckt hatte. Nachdem er wieder bei Kräften war, brühte Harumi starken grünen Tee auf. Dann lehnte sie sich leicht zurück, die Hände auf den Knien verschränkt. »Nun?«, fragte sie.

Danjiro erzählte ihr, dass ein Drahtseil an zwei Stellen zerschnitten worden war.

»Man hatte es vor der Vorstellung geprüft.«

Sie nickte.

»Das tut man jedes Mal.«

»Es war alles in Ordnung.«

Sie saß ganz still. Ihr Gesicht war sehr ruhig. Dann hob ein langer Seufzer ihre Brust.

»Danjiro-Chan, das war ein Anschlag auf dich. Es hätte schlimm ausgehen können.«

Er sagte bekümmert: »Otani-San hat die Polizei benachrichtigt.«

Harumis blasses Gesicht zeigte plötzlich ihr wahres Alter.

»Wie unerfreulich!«, seufzte sie.

Er nickte.

»Alle sind geschockt.«

Ich saß stumm und steif da. Ein Name pulsierte in meinem Kopf, wie ein leuchtendes Ideogramm. Ich biss mir so hart auf die Lippen, dass es schmerzte. Auf keinen Fall wollte ich die Erste sein, die diesen Namen aussprach.

Es war Harumi, die ihn aussprach. Ihre Stimme klang nach wie vor ruhig.

»War Lumina heute im Theater?«

Mein Magen zog sich zusammen. Mir war, als erstarrte ich innerlich. Danjiros gelassene Antwort erreichte mich wie durch Nebelschichten.

»Ja. Sie kam in meine Garderobe, als ich geschminkt wurde. Sie brachte mir einen Blumenstrauß. Ich schlug ihr vor, sich das Stück anzusehen und anschließend zum Empfang zu kommen. Doch sie wollte nicht bleiben.«

Ein gewaltiges Elend bemächtigte sich meiner Gedanken. Ich hatte eine sichere Witterung für Gefahren. Ich hatte gespürt, dass etwas geschehen würde. Und jetzt wusste ich auch, warum es geschehen war. Die Teeschale fiel mir fast aus der Hand. Harumis schöne Teeschale! Ich beherrschte mich, stellte sie ruhig auf den Tisch. Eine harte Kälte war in meinem Herzen.

»Es ist meine Schuld!«, sagte ich dumpf.

»Agneta-San, ich kann dir nicht folgen.« Harumis Stimme klang unentwegt sanft. »Was meinst du damit?«

Ich musste sprechen, ob ich wollte oder nicht. Etwas war in mir, das Angst vor dem hatte, was ich hören sollte. Es gibt ebendiese Dinge, die man am besten unausgesprochen lässt. Aber nichts half: Ich musste laut sagen, was Harumi und Danjiro längst wussten, was immer vorhanden gewesen war, jedoch geheim, verborgen, unbenannt, bis es durch meine Worte ins Leben gerufen wurde. Denn sie selbst hätten nicht die Kraft dazu gehabt. Weil sie in ihrem Schmerz und ihrer Scham gefangen waren. Und ich – wer war ich denn, um ihnen zu verübeln, dass sie der Wahrheit aus dem Weg gingen?

Ich holte tief Luft und brachte es fertig, meine Stimme ebenso ruhig zu halten wie Harumi.

»Es ging um das Bild, um nichts anderes. Lumina bestand darauf, dass es wieder an seinem ursprünglichen Platz hing. Ich wollte das Bild nicht, aber sie war sehr hartnäckig. Ja, was denn Dan mir erzählt hätte? Ich sagte, er hätte von dem Flugzeugabsturz gesprochen. Und ob das nicht schrecklich genug sei? Ich hatte das Gefühl, dass sie mir nicht ganz glaubte.«

Danjiro nickte mir zu und sagte leise, beinahe zu sich selbst: »Und weil sie nicht wollte, dass ich mehr erzählte, hat sie sich eine ihrer üblichen Strategien ausgedacht. Aber in den Kulissen kommen und gehen ständig viele Leute. Das war wohl mein Glück. Hätte sie Zeit gehabt, auch noch das zweite Seil ausreichend zu beschädigen...«

Er beendete den Satz nicht. Harumi starrte ihn an, mit bebenden Lippen. Plötzlich legte sie beide Hände vors Gesicht und zitterte am ganzen Leib. Auch ihre Stimme zitterte, als sie zwischen den Fingern hindurch hervorstieß:

»Wir hofften von ganzem Herzen, dass sie geheilt werden könnte. Wir hofften es seit Jahren...«

Eine Weile war es so still im Raum, dass wir nur Harumis gepresste Atemzüge hörten. Schließlich brach Danjiro das lastende Schweigen.

»Okaa-San, du sollst darüber nicht den Schlaf verlieren. Es ist ja kaum etwas geschehen...«

Sie schüttelte stumm den Kopf, bevor sie die Hände vom Gesicht nahm und sich mir zuwandte. Ihre Augen waren von Mitleid und Schmerz verdunkelt.

»Wir haben sie natürlich untersuchen lassen. Die Ergebnisse waren nie richtig einleuchtend. Sie einzusperren wurde nicht einmal in Betracht gezogen...«

Ich schluckte schwer.

»Auch nicht, als sie gewalttätig wurde?«

Harumi straffte die Schultern. Ihre Stimme klang wieder gefasst. »Auch dann nicht, nein. Wir hatten nur den Gedanken, sie zu beschützen, ganz in Liebe und Wärme zu bergen. Um sie zu entschädigen für das Schreckliche, das sie durchgemacht hatte. Es bestand natürlich eine Veranlagung in ihr. Erblich. Sumire – die Großmutter – litt eindeutig unter einer Anomalie der Gehirnentwicklung; ihre Tochter Rieko, Luminas Mutter, war sehr sensibel, mehr nicht. Es kommt ja oft vor, dass eine solche Anomalie eine Generation überspringt. Es handelt sich um eine Form der Schizophrenie, einen Zusammenbruch des Geistes. Bei normalen Menschen tritt sie nur bei extremen Schocksituationen in Erscheinung und ist von kurzer Dauer. Bei Lumina war es anders. Nach dem Unfall erzählte sie arglos und vertrauensvoll von der Großmutter, die sie gerettet hatte. Als sie merkte, dass meinem Mann die Geschichte nicht gefiel, verlor sie ihre Unbefangenheit, wurde verschwiegen und misstrauisch. Für Enzo war das sehr niederschmetternd. Ich wusste, welche Gedanken und Erlebnisse ihn heimsuchten. Als Lumina dreizehn war, wurde es am schlimmsten: Ich fand kleine Knochenreste in der Erde. Es waren noch Teile der Knochen von Riekos kleinem Bruder, den Sumire verscharrt hatte.«

Atemnot hinderte Harumi daran, weiterzusprechen. Nach einer Weile fuhr sie fort:

»Ich sammelte die Knochenreste in einer Urne und ordnete eine Zeremonie an. Lumina schien es völlig unberührt zu lassen. Es hätte uns auffallen sollen. Auch begann sie darauf zu bestehen, dass Sumires Tuschemalerei wieder in der Tokonoma gezeigt wurde. Enzo war zutiefst betroffen. Damals hatte er nur noch ein paar Monate zu leben. Und er bat mich, nach seinem Tod den Abdruck seines Antlitzes in die Tokonoma zu hängen und das Bild nie auszuwechseln. In dem Abdruck bestand ja noch etwas Organisches von ihm. Die Augen des Schmetterlings sehen die Geister, die sich in der Dunkelheit formen. Und solange die Augen Wache halten, ist das Böse gebannt...«

Harumi schwieg, und auch Danjiro blieb stumm. Ich versuchte meine Gedanken zu ordnen. Die Dinge wurden noch unheimlicher, wenn ich sie sachlich betrachtete. Tat ich's aber nicht, war es purer Leichtsinn.

»Jetzt weiß ich auch, warum Lumina wollte, dass ich die Wohnung mietete! Es war mir bisher ein Rätsel. Die Sache ist doch einfach die, dass sie ihr Ziel nicht erreichen konnte und eine andere Lösung suchte. Sie ist wirklich sehr schlau, das muss ich schon sagen. Sobald ich hier eingerichtet war, bestand sie darauf, mir das Bild zu geben, betonte immer wieder, wie schön es bei mir zur Geltung komme. Sie dachte, sie könnte mit mir machen, was sie wollte. Dass ich die Malerei abscheulich finden könnte, war ihr nicht in den Sinn gekommen. Aber sie ließ nicht locker.«

Harumi sah mich lange an. Müde sieht sie aus, dachte ich, todmüde. Doch als sie sprach, war in ihrer Stimme ein neuer Klang, fast etwas wie Erleichterung.

»Wirst du mit ihr fertig?«

»Meistens. Sie spürt, dass sie bei mir nicht zu weit gehen kann.«

Danjiro nahm tastend die Schale auf. Es kam mir seltsam vor, in sein Gesicht zu blicken, die Augen unsichtbar hinter der dunklen Schlafbrille. Er sagte, mit dumpfer Stimme:

»Das Schlimmste, siehst du, ist der Augenblick, wo wir nicht mehr von Zorn getrieben oder vom Mitleid zerrissen werden. Dann, wenn wir ruhig und klar sehen. Weil wir dann erkennen, dass da einfach nichts zu machen ist. Es ist unsere Tragik, dass wir eine Familie sind, die sich liebt, die zusammenhält, in guten und in schlechten Zeiten...«

Ich fuhr mit dem Handrücken über mein Gesicht. Das, was ich zu sagen hatte, brachte ich kaum über die Lippen. Doch es musste gesagt werden.

»Sie ist immer noch hier!«, flüsterte ich.

Harumis Blick glitt zu mir hinüber. Ihre Gesichtszüge waren wie ausgehöhlt, aber ihre Ruhe und Festigkeit blieben unverändert. »Wen meinst du, Agneta-San?«

»Sie – Sumire«, sagte ich dumpf. »Sumire oder Kaeda, wer immer sie sein mag. Nachts geht sie im Garten umher.«

Harumi atmete tief ein, wie um ihre Kräfte zu sammeln, und fragte dann eindringlich:

»Hast du sie gesehen, Agneta-San?«

Ich nickte wortlos und lebhaft.

»Ich – ich sah sie nie.« Harumi sprach langsam und mit Mühe. »Wie kommt es, dass du sie sehen kannst?«

Ich verschränkte die Arme, rieb mir die Schultern mit kreisenden Bewegungen.

»Vielleicht, weil meine Großmutter eine Noita war – eine Schamanin. Sie konnte Blut stillen und Krankheiten heilen. Sie konnte auch in die Zukunft sehen und Unglück verhindern. Aber nicht immer. Mein Bruder ertrank, weil er ein Verbot missachtet hatte. Ich überlebte in großer Trauer. Meine Großmutter heilte mich und machte mich wieder stark.«

Harumi nickte.

»Ja, dass du stark bist, habe ich bemerkt. Und andere Dinge auch, aber das weißt du ja…« Harumi ließ die Worte verklingen, seufzte tief auf.

»Du kannst sie also sehen. Macht sie dir Angst?«

Der Karpfen flimmerte in meiner Erinnerung; auch ich hatte eine starke Vorstellungskraft. Ich hätte mit dem Finger seinen Umriss nachzeichnen können, diese sonderbare, sich verändernde Form unter den Wasserstreifen. Ja, der Karpfen war ein starkes Symbol, das mächtigste von allen. Lady Kaeda hatte sich ihm angeschlossen. Ihre Reise verbrauchte keine Zeit, keine Echtzeit jedenfalls, und in mancher Hinsicht war sie auch nie wirklich abwesend; ein Teil von ihr blieb ja in dem Bild zurück, als blanker Fischschädel, schwebend in einem Strom.

Mein eigener Körper schien zu frösteln und zu welken; selbst in meinen Gedanken blickte das Monstrum auf mich. Ich konnte hören, wie ich atmete, schnell und kurz.

»Angst?«, murmelte ich. »Angenehm ist es nicht, das muss ich schon sagen. Weil Lumina bereits fähig ist, mir ihre Visionen zu zeigen.«

Harumi beugte sich leicht vor. Ihre Lippen waren aschfahl geworden.

»Du meinst also, es ist Luminas Vision, die du im Garten gesehen hast?«

»Ja – oh, ja!«

Ein leichter Schweißfilm überzog ihre Stirn. Ich blickte ihr in die Augen und sah, wie erschrocken sie war. Sie flüsterte, kaum hörbar:

»Das kann nicht sein!«

Ich antwortete mit einer gewissen Heftigkeit. Vorher schien alles verwickelt und verstrickt, doch jetzt nicht mehr. Alle Dinge fügten sich zusammen.

»Sie bringt es fertig, weil sie nur noch an eines denkt. Weil sie immer wieder die gleichen Szenen durchlebt, sie in allen Einzelheiten sieht – ja, gar nichts anderes mehr sehen kann. Sie weiß, dass sie in ihr Verderben schaut, aber sie kann sich nicht dagegen wehren. Ihre Kräfte sind längst erschöpft. Sie verbrauchte sie in dieser furchtbaren Nacht, als sie um ihr Leben kämpfte ...«

Harumis Augen blickten ins Leere, wie nach einem in der Luft schwebenden Nichts. Schließlich hob ein tiefer Atemzug ihre Brust.

»Arme kleine Lumina! Ach, wie allein und verlassen muss sie sich fühlen!«

Also, dachte ich, entweder schmeiße ich jetzt mein Zeug in den Rucksack oder nicht. So einfach ist das. Bloß: Wenn ich es morgen überdenke, dann werde ich feststellen, dass es nicht geht. Es muss doch eine Lösung geben! Aber welche? Ich schluckte ein paar Mal und war selbst von dem nüchternen Tonfall überrascht, in dem ich mich sprechen hörte.

»Wenn wir das Bild aus der Welt schaffen würden, ginge es ihr womöglich besser ...«

»Und mir auch«, sagte Dan. »Ganz eindeutig.«

Seine Antwort überraschte mich. Ich fühlte mich sofort zuversichtlicher.

»Das wäre nicht zu früh ...«, sagte ich leise.

Harumi hatte die Hände im Schoß gefaltet und hielt den Blick darauf gerichtet.

»Es würde sie hart treffen«, sagte sie.

Danjiro unterdrückte eine ungeduldige Bewegung.

»Okaa-San, wir wissen alle, was das Bild für sie bedeutet. Aber jetzt würde ich es gern in Stücke reißen.«

»Wir müssen gerecht bleiben«, sagte Harumi. »Wir können unseren Zorn nicht an Lumina auslassen.«

»Trotzdem...«, begann Dan.

Er beendete den Satz nicht und biss sich auf die Lippen. Harumis Wangen hatten wieder etwas Farbe bekommen.

»Hätte es den geringsten Zweck«, versicherte sie, »würde ich es selber tun. Aber ich kann die Dinge nicht mehr richtig beurteilen...«

»Ach!«, entfuhr es mir mit nervösem Auflachen, in dem keinerlei Heiterkeit, sondern nur Mitleid und Grauen schwang.

Sie hob lebhaft die Hand.

»Es geschieht nicht etwa aus Mangel an Liebe. Im Gegenteil, es rührt weit eher aus einem Übermaß davon. Wenn wir wenigstens genügend Wut auf sie aufbringen könnten, wäre unser Dasein vermutlich erträglicher. Aber wir lieben Lumina viel zu sehr, um nicht immer wieder die furchtbare Qual ihrer Krisen mitzuempfinden. Ich sehe das bei jeder Gelegenheit. Lass ihr noch etwas Zeit, Danjiro...«

Er holte tief Atem, bevor er bekümmert nickte. Doch nun wandte sich Harumi mir zu.

»Es ist gut, dass du bei uns bist, Agneta-San. Dass du ruhig bleibst, wenn wir verzweifeln und in unserer dunklen Gefühlswelt nicht mehr klar sehen. Es tut uns unendlich wohl. Denn auch du hast die Augen des Schmetterlings.«

43. Kapitel

Die Augen des Schmetterlings, die Augen, die nach draußen – ins Totenreich – blickten. Das gefiel mir nicht. Das machte mir Angst. Aber Angst konnte ich mir jetzt am wenigsten leisten. Mitternacht war längst vorüber, und zwei Stunden später lag ich noch immer wach. Dan schlief erschöpft im Nebenzimmer. Ich konnte hören, wie er atmete, leicht und schnell. Ich lag still, mit weit offenen Augen. Ich bewachte seinen Schlaf. Es war nie sehr dunkel in diesem Haus. Durch die milchig hellen Schiebetüren schien das Nachtlicht. Am Himmel mit seinen Sternen zogen Wolken wie weiße Wollknäuel vorbei. Die Büsche und Bäume bewegten sich, ich hörte ihr vertrautes Knistern und Rascheln. Ich versuchte mich zu beruhigen, brachte es aber einfach nicht fertig. Die Aufregung saß zu tief in mir. Immer, wenn ich mich entspannte, schreckte ich plötzlich hoch, sah das Drahtseil reißen und Dan von der Decke stürzen; sah ihn auf dem roten Teppich liegen, mit offener Schädeldecke, das weiße Federkleid mit Blut getränkt. Endlich schlief ich ein, doch es war ein unruhiger Schlaf, und auf einmal erwachte ich mit der unheimlichen Gewissheit, dass im Garten ein anderer Atem lebte, dass in der kühlen Finsternis ein fremder Puls schlug. Mein Herz schlug stürmisch; ich lauschte und hörte ein Schleifen, ein kratzendes Geräusch. Ich rollte mich herum, das Bettzeug mit mir zerrend, setzte mich hoch. Mit einem Blick vergewisserte ich mich, dass Danjiro ruhig schlief. Er lag auf dem Rücken, sein Gesicht mit den verbundenen Augen war friedlich. Lautlos und blitzschnell kam ich auf die Beine. Meine Augen wanderten im Raum umher, streiften die Kabuki-Schauspieler, bunt und grell gegen das langsam aufhellende Dunkel. Ihre Säbel und Rüstungen funkelten, ihre wispernden Stimmen echoten wie in fernen Hallen. Mir war, als ob ich das Stampfen ihrer Füße hörte, das Rauschen ihrer Seidengewänder. Ich wandte mich um, Enzos Schattenantlitz zu. Ich glaubte zu sehen, wie das Antlitz lebendig wurde, wie es unter der roten Schminke, den schwarzen Augenstrichen an Form und Festigkeit gewann, zu einem Gesicht von strenger Schönheit wurde, mit diesem Zug unverkennbarer Melancholie, der auch Danjiro eigen war. Ein geheimes Lächeln bewegte die Lippen, es war, als ob er sprechen wollte. Alles an ihm schien mir in dieser Nacht überdeutlich und real. Aber real, waren das nicht alle Verstorbenen, die gegenwärtigen und die vergessenen? Ich verneigte mich leicht vor ihm, bevor ich mich abwandte. Wir verstanden uns gut: Er wusste, dass er auf mich zählen konnte. Schon lag das Messer griffbereit in meiner Hand. Ich spürte, wie die Matten unter meinen bloßen Füßen federten, während ich zur Schiebetür ging, sie leise aufzog. Nur einen Spalt, das genügte. Ich blickte hindurch. Die Nacht war fast vorbei, aber es war noch dunkel. Nirgendwo sah ich etwas anderes als schwarze, stille Büsche und Bäume; es war noch zu früh für die Vögel, die bei Tagesanbruch erwachten. Aufmerksam betrachtete ich diese Welt aus Schwarz und Grau, als die purpurn gekleidete Frau zwischen den Büschen hervorkam und suchend umherblickte. Mein Herz schlug wie ein Hammer in meiner Brust. Doch ich stand völlig reglos, rührte mich nicht einen Finger breit von der Stelle. Ich sah ihr weißes Gesicht, die rot geschminkten Lippen, das lackschwarze Haar, das schlangengleich auf ihren Schultern wippte. Und plötzlich wurde mir bewusst, wie sehr sie Lumina glich; ja es war, als ob Lumina selbst als Nachtwandlerin den Garten ihrer Kindheit aufsuchte. Leichten Schrittes, als ob sie schwebte, kam sie näher. Ihre Augen blickten zu Boden, sie suchte etwas. Vor dem Kakibaum blieb sie stehen, kniete nieder, ließ sich langsam auf ihre Fersen zurücksinken. Sie faltete die Hände in ihrem Schoß, betrachtete aufmerksam den Boden, mit einem seltsamen Lächeln auf dem Gesicht, aufsässig und traurig zugleich. Dann beugte sie sich plötzlich vor; dabei verzog sie die roten Lippen ein wenig, sodass ihr Lächeln zu einer Art Grimasse wurde. Sie suchte mit tastenden Händen den Boden ab, bis sie eine Stelle unter einer Wurzel fand und zu scharren begann. Ihre leichten, gierigen Bewegungen waren die eines Tieres. Sie schürzte die Lippen dabei, mir war, als ob ich ein Knurren hörte. Aber sie befand sich in einer Entfernung, die jedes Geräusch schluckte. Ich hörte dieses Knurren lediglich in meinem Kopf, und auch das nur, weil ich die Bewegung der Lippen, das Aufblitzen der weißen Zähne, als Knurren deutete. Jeder Laut, den sie auf diese Weise von sich geben mochte, zeigte sich nur in dem krampfhaften Zucken, das sie zunehmend stärker schüttelte. Plötzlich fiel ihr kniender Körper vornüber. Sie barg ihr Gesicht in den Händen, als ob sie weinte, wiegte sich im Schmerz hin und her. Und dann, als ob sie spürte, dass sie beobachtet wurde, fuhr sie mit einem Mal hoch. Eine gleitende Bewegung brachte sie auf die Beine. Im Schatten der ziehenden Wolken wandte sie mir ihr Gesicht zu, und ein eisiger Schauer jagte mir über den Rücken. Sie bewegte den Kopf leicht auf und ab, sodass die schwarzen Flecken ihrer Augenhöhlen sich bewegten. Doch ich wusste nicht, ob sie mich wirklich wahrnahm, so leer war ihr Blick. Ihr Mund ging leicht auf; sie machte eine seltsame, zuckende Bewegung mit der linken Hand, bevor sie ihr Gewand raffte und lautlos näher kam. Da sah ich, dass sie lächelte. Es sah aus wie ein junges, scheues Lächeln, das auf Freundschaft hoffte. Eindringlich neigte sie sich mir zu: »Darf ich eintreten?«, sagte ihre Bewegung.

Ich vernahm die Worte, die ohne Widerhall waren, und rief ihr im Geist zu: »Du kommst mir hier nicht ins Haus, du Biest!« Mit heftiger Bewegung riss ich das Messer hoch. Die Klinge blitzte kurz auf. Schlagartig verschwand ihr Lächeln. Ihr Gesicht zeigte Überraschung und Schmerz. Sie duckte sich, wie in Erwartung eines Schlages. Ich rührte mich nicht, hielt ihr in stummer Drohung das Messer entgegen. Ich spürte, wie mein Arm leicht zitterte. Einen schrecklich langen Augenblick schien sie zu zögern. Und plötzlich, wie aus dem Nichts, fuhr ein Windstoß durch den Garten. Die Frau hob die Hand an ihr Gesicht; sie zeigte wieder diese kleine Grimasse, bevor sie langsam zurückwich. Das purpurne Gewand schleifte über Steine und Moos, die Farben verloren ihre Leuchtkraft, verblassten mit dem aufkommenden Tageslicht, das über den Mauerziegeln den Himmelssaum färbte. Und bald kam der Augenblick, da sie sich leicht zur Seite neigte, immer durchsichtiger wurde, bis sie noch in Konturen zurückblieb und endlich mit dem Nebel verschmolz, der unter den Büschen hervorwehte. Und dann war sie ganz verschwunden.

Mit einem Seufzer senkte ich den Arm, steckte das Messer in die Scheide zurück. Ich spürte ein Kribbeln, ein taubes Gefühl. Ich musste den Arm ziemlich lange aufwärts gehalten haben. Als das Blut wieder zu zirkulieren begann, merkte ich, dass jeder Muskel schmerzte. Behutsam schob ich die Schiebetür zu, legte mich schlotternd nieder und zog die warme Decke bis ans Kinn. Das Zimmer drehte sich um mich. Ich dachte noch: Jetzt muss ich mich übergeben, da schlief ich ein.

Als ich erwachte, war es heller Tag. Die Sonne schien, die Morgenluft war glitzernd und kühl wie eine Seifenblase. Dan ruhte offenbar noch, aber ich hörte Harumi mit Töpfen klappern. Sie war schon wach und bereitete das Frühstück. Ich erhob mich mit steifen Knien; ich hatte einen schlechten Geschmack im Mund. Nach einer warmen Dusche und dem Zähneputzen würde es mir besser gehen. Doch zuvor verknotete ich meine Gürtelschärpe, zog leise die Schiebetür auf und trat die Stufen hinab in den Garten. Ich ging auf die Stelle zu, an der die Frau auf den Knien gelegen hatte. Meine Nackenhaare sträubten sich, als ich zu Boden blickte und die aufgekratzte Erde sah. Eine winzige weiße Feder lag dort, weich wie ein Flaum. Und unter dem Kakibaum entdeckte ich, schimmernd wie ein kleiner Knochen, ein zerdrücktes Vogelei.

Beim Aufwachen waren Danjiros Augen noch rot und brannten; das grelle Tageslicht blendete ihn. Aber er konnte wieder sehen, wenn auch verschwommen. Gleich nach dem Frühstück fuhren wir zum Augenarzt. Als Dan aus dem Untersuchungszimmer kam, lächelte er mir beruhigend zu. Mit den neuen Tropfen, die er bekommen hatte, würde die Entzündung schnell zurückgehen; auch brauchte er die Augen nicht mehr abzudecken. Eine dunkle Brille genügte vollkommen. Gleichwohl hielt der Arzt es für besser, wenn er sich für ein paar Tage nicht dem Sonnenlicht aussetzte.

Mein Unterricht begann um halb elf. Da wir bis dahin noch Zeit hatten, suchten wir ein Café auf. Kaum saßen wir, klingelte Danjiros Handy. Der Verwalter fragte, wie es ihm ging. Die Party sei eine Katastrophe gewesen, sagte Herr Otani, man hätte über nichts anderes gesprochen, Schauspieler und Bühnenarbeiter erholten sich nur langsam von dem Schock. Die Tagespresse hatte Schlagzeilen gebracht, Hunderte von Mails waren eingetroffen, Blumensträuße, Briefkarten mit Wünschen zur baldigen Genesung und alle möglichen Geschenke. Übrigens war eine weitere Morddrohung im Theater eingegangen. Der übliche Nachahmungseffekt. Die Polizei untersuchte die Sache. Dutzende von Presseleuten wünschten Danjiro zu fotografieren und das zerschnittene Seil natürlich auch. Und NHK wollte ein Live-Interview. Noch am gleichen Abend, ging das? Otani-San machte eine Atempause, und Danjiro hielt das Handy leicht von seinem Ohr weg. Was sonst noch? Otani-San räusperte sich. Ein Ermittler von der Kriminalpolizei sei eingetroffen. Wenn Danjiros Zustand es zuließ, würde er gerne ein paar Fragen an ihn richten.

»Ich bestelle ein Taxi«, sagte Dan, »und bin in zehn Minuten da.«

Er steckte sein Handy in die Jackentasche und trank seinen Kaffee aus.

»Ich will das hinter mir haben. Schließlich kann ich nicht so tun, als ob mich das Ganze nichts anginge.«

»Was wirst du der Polizei sagen?«

»Ich muss mir wohl einiges einfallen lassen.«

»Und wie steht es mit der Wahrheit?«

»Ich brächte es nicht übers Herz.«

»Ich frage mich, wie du es aushalten kannst.«

»Ach nein«, sagte er, »man kann sich an den Zustand gewöhnen.«

Ich hatte einen trockenen Geschmack im Mund.

»Niemand kann ihr diesen Gefallen tun.«

»Eigentlich weiß ich nicht genau, warum ich es tue«, gab er zu. »Es ist fast so, wegen nichts.«

Ich nickte langsam. Es gab eben Dinge, mit denen man umgehen und die man ändern konnte, und andere, mit denen man irgendwie fertig wurde. Er würde das tun, was er für richtig hielt. Und weiterleben und hoffen, es könnte ein Wunder geschehen.

»Worüber denkst du so angestrengt nach?«, fragte er.

»Darüber, wie du die Lage einschätzt.«

Er rieb sein Gesicht mit beiden Handrücken.

»Ich habe festgestellt, dass ich wie Harumi bin. Wir tragen eine Verdrängung in uns, den Schock einer permanenten Regression, tut mir Leid. Irgendwann droht ein Umkippen, das ist mir schon klar. Aber wir haben den Drang, sie zu schützen, und kommen nicht davon los. Verstehst du?«

»Bringt euch das weiter?«

»Es bringt uns *nicht* weiter.«

Mir kam der Kaffee fast hoch. Zum zweiten Mal in meinem Leben hatte ich das Gefühl absoluter Hilflosigkeit. Es war abscheulich und unerträglich.

»Was du auch sagst, was du auch tust, sie macht sich nicht mal etwas daraus!«

Er antwortete tonlos: »Egal. Sie kann ja nichts dafür.«

Ich spürte plötzlich, wie müde ich war. Meine auf den Knien liegenden Hände waren bleischwer.

»Bist du sicher, dass sie es nicht noch einmal versuchen wird?«

Er stieß einen Seufzer aus. »Ich weiß es nicht.«

»Und die Morddrohung?«

»Psychopathen gehören, würde ich sagen, zum Berufsrisiko. John Lennon wurde erschossen ...«

»Mich tröstet nicht jeder Vergleich«, erwiderte ich.

»Zugegeben.«

»Und du glaubst«, fragte ich, »dass ich entspannt mit ihr umgehen kann?«

Er schüttelte leicht den Kopf. »Sie wird sich nichts anmerken lassen.«

»Sie weiß, dass ich gestern in der Aufführung war. Deswegen hat sie es getan, Dan. Ich sollte es mitansehen.«

»Da könntest du Recht haben.«

»Und was nun?«

»Sie wird die Sache vergessen haben«, sagte er. »Ich nehme es jedenfalls an.«

Ich antwortete leise, und fast ohne zu merken, dass ich überhaupt sprach. »Es ist noch schlimmer, als ich dachte.«

Er antwortete mit großer Bitterkeit. »Wir ertragen es. Du kannst dir nicht vorstellen, was ich in diesem Augenblick ertrage.«

Ich atmete durch den Mund.

»Ich denke nicht, dass du dich drücken willst.«

»Nein«, sagte er. »Und was ich gestern Abend von dem Bild gesagt habe, meine ich ernst.«

»Ich glaube dir aufs Wort«, sagte ich.

Im Klassenraum übten wir Illustrationen. Wir arbeiteten mit weichen Bleistiften, Pastellkreide, Ölfarben und Collagen. Exakte Bleistift- und Kohlezeichnungen konnten Linien und Volumen von dra-

pierten Stoffen gut einfangen. Ich hatte auch einige Kurse für Akt-
zeichnen genommen, um das Zusammenspiel von Muskeln und Knochen bei verschiedenen Posen und Bewegungen zu beobachten. Auch
das Zeichnen von Formen und Umrissen sowie den Einsatz von
Linien und Schatten hatte ich nie als besonders schwierig empfunden. Dabei vergaß ich nie meine Liebe zum Detail, und jede Arbeit,
die ich machte, war stets genauestens ausgeführt. Doch an diesem
Morgen nicht. An diesem Morgen war ich nicht bei der Sache. Ich
wartete nur auf sie: auf Lumina. Endlich erschien sie, verspätet wie
immer. Ihr Anblick schnürte mir die Luft ab. Sie kam aus dem Land
der Meteore, der Katastrophen, der Verhängnisse und Verheerun-
gen. Sie brachte mir den Atem der Nacht, der Verderbtheit. Sie trug
ein schwarzes Top mit schmalen Trägern und eine Shorts, die eng um
ihre langen, schmalen Schenkel lag. Das seidige Haar war im
Nacken mit einer Silberspange gehalten. Sie begrüßte mich heiter,
schenkte mir ihren goldbraunen Blick, der freundlich und arglos
war. Sie sprach und benahm sich, als wüsste sie von nichts, und der
kalte Wind der Furcht blies mir eisige Schauer durch Körper und
Seele.

»Es tut mir Leid«, sagte sie. »Ich habe verschlafen.«

Wusste sie tatsächlich nicht mehr, was sie angerichtet hatte? Hatte
sie das Trauma von sich abgespalten, tief in ihrem Inneren versenkt?
War die Halluzination aufgelöst, verschwunden? Ich hatte bittere
Spucke im Mund. Wer hatte gesagt, dass Wahnsinn auch eine Kunst
sei?

Ich sagte, wie beiläufig:

»Dan musste heute Morgen zum Augenarzt.«

»Oh!« Ihre Stimme klang teilnahmsvoll. »Hoffentlich nichts
Schlimmes?«

Ich antwortete, über meine Zeichnung gebeugt.

»Nein. Eine Bindehautentzündung.«

Sie betrachtete mich aus klaren, ungetrübten Augen.

»Die Scheinwerfer?«, fragte sie sachlich.

»Die Scheinwerfer, ja«, sagte ich mit Nachdruck. »Was hast du
gestern Abend gemacht, Lumina? Warst du im Theater?«

»Ja, aber nur kurz. Dan hat sich über den Blumenstrauß gefreut. War die Aufführung gut?«

Ich sah auf meine Pastellkreide.

»Er hatte Probleme mit den Seilen. Eins ist gerissen, das zweite hat geschaukelt.«

Sie saß neben mir und hatte begonnen, mit einem Kohlestift eine Figur zu skizzieren. Bei meinen Worten zuckte ihre Hand und verfehlte einen Strich. Nun verrieten ihre Augen Überraschung und Schreck.

»Das ist doch entsetzlich gefährlich!«

»Der Sturz hätte ihn töten können.«

»Aber am Ende ist ja nichts passiert«, sagte sie in beschwichtigendem Tonfall. Es klang, als ob sie sich selbst beruhigen wollte. Sie zeichnete immer noch, während sie sprach, doch sie hatte sich von der Figur abgewandt, führte die Kohle in raschen, ausholenden Kreisen. Eine Art Spinnennetz trat hervor; Lumina füllte es aus, machte einen Trichter daraus, in der Mitte schwarz und dicht. Ich sah fasziniert zu.

»Hat es das Publikum bemerkt?«, fragte sie.

Ich hielt die Augen auf ihre Zeichnung gerichtet. Ich kam von diesem Anblick nicht los.

»Doch. Und als es vorbei war, haben sie Dan mit Ovationen gefeiert. Das hättest du erleben sollen.«

Sie schüttelte geistesabwesend den Kopf. Das Zittern ihrer Hand nahm zu. Sie setzte ihre ganze Kraft in die Finger, die den Stift hielten, sodass die Knöchel hervortraten. Der Trichter wurde immer schwärzer, immer dichter.

»Ich hatte eine Verabredung.«

Ihre Kohlestift brach plötzlich ab.

»Oh!«, rief sie betroffen. »Wie ungeschickt ich bin!«

Wortlos hielt ich ihr einen neuen Stift hin.

»Arrigato – danke!«, murmelte sie gedankenlos.

Ich blickte ihr dabei ins Gesicht. Ihre Züge überstanden die Prüfung, die ich ihnen auferlegte. Es war ein erstauntes, erregtes, vielleicht sogar verängstigtes Gesicht. Ein argloses Gesicht, von keiner

Schuld angerührt, von keinem Schatten. Und plötzlich wusste ich, warum Dan und Harumi ihr nichts nachtrugen, sie nicht belasten wollten, sie nach wie vor mit verzweifelter Innigkeit beschützten und liebten. Es war eine klare, erschütternde und deprimierende Feststellung. Lumina war sich nicht bewusst, welche Ereignisse sie mit subtilem Instinkt herbeirief, vorbereitete und provozierte. Sie hörte nur die Worte der Ehrwürdigen Großmutter, die ihr in einer Stunde der Not geholfen hatte und ihr seitdem unermüdlich sagte, was gut und richtig war.

44. Kapitel

Könntest du dir vorstellen, in Japan zu leben?«, fragte mich Danjiro.

Wir lagen in seiner Wohnung auf dem Futon, der gut nach frischen Gräsern duftete. Draußen war der Himmel golden wie Karamell; ein friedlicher Himmel. Das Brausen des Verkehrs klang von ferne wie ein vertrautes Summen.

Ich lehnte mich an seine nackte Brust.

»Aber ich lebe doch in Japan.«

»Was ich eigentlich sagen will, ist: für immer.«

Ich hob den Kopf, um ihn anzusehen.

»Wie meinst du das?«

»Könntest du dir vorstellen, mich zu heiraten?«

Ich sah seine braunen Augen, mit diesem ganz besonderen Schnitt zur Schläfe hin, unter Brauen, die flaumig waren und heller als sein Haar. Sie sprachen schlicht und offen zu mir, diese Augen, und in einer Sprache, die ich verstand. Nein, es waren nicht Luminas Augen. Es war, ich wusste es ja, eine andere Blutslinie. Warum war ich nach Japan gekommen?, fragte ich mich. Um neue Dinge zu lernen und von Tag zu Tag zu leben? Ich war meiner Irrwege müde. Es klang so einfach und heiter, was Danjiro sagte. Vielleicht war es gerade diese Verankerung, die ich suchte? Vielleicht träumte ich schon lange von einer Liebe, leicht wie ein Schmetterling und stark wie eine Kiefer. Von einer Liebe, die uns ebenso band, wie sie uns freigab, die erfüllt war von gegenseitiger Achtung des Geistes und Höflichkeit des Herzens, die jedem seine eigene Welt beließ.

Ich ließ mir etwas Zeit und antwortete dann:

»Was wird deine Mutter dazu sagen?«

Er lehnte den Kopf an meine Schläfe.

»Die Frage ist immer, wie man die Familie dazu bringt, sich mit einer Situation abzufinden. Aber es wird nicht allzu schwer sein. Harumi schätzt dich sehr, obwohl sie es sich nicht immer anmerken lässt.«

»Doch.«

Er blinzelte.

»Möglicherweise kennst du sie besser als ich. Und deine Eltern?«

Ich hatte ihnen selten Nachricht gegeben. Dann und wann eine E-Mail, gelegentlich eine Ansichtskarte. Seltsam, eigentlich: Dachte ich an Finnland, sah ich weder meine Eltern noch Helsinki, sondern nur Lailas Schatten und das ferne Land der Samen, unendlich weit und irreal. Denn selbst die Wirklichkeit wurde, wenn man sie tiefer und länger bedachte, so schwebend und ungewiss wie ein Traum. Und wiederum waren es Träume, die in mein Leben hineinflossen wie unendlich viele Wirklichkeiten. Ich lächelte, wenn auch nur flüchtig.

»Dein Beruf ist bizarr. Sie werden nicht unbedingt Luftsprünge machen.«

»Ach, tun sie das manchmal?«

»Selten. Bevor Finnen Luftsprünge machen, müssen sie sich betrinken.«

»Mit Sake, ginge das?«

»Es sollten schon ziemliche Mengen sein. Und wenn beide betrunken genug sind, finden sie deinen Beruf vielleicht weniger bizarr.«

Er lachte schallend. Seine nackten Schultern schimmerten im Abendlicht, geschmeidig und breit. Sein Arm, mit den Muskeln, die so kräftig und zart waren, hielt mich umfasst. Es sollte so bleiben, dauerhaft und beständig, ich konnte mir nichts Besseres wünschen. Doch ich wollte mir nichts vormachen. Ich sagte:

»Eine Scheidung hast du hinter dir. Willst du schon wieder deine Freiheit aufgeben?«

Er antwortete nachdenklich.

»Wir verwechseln oft Freiheit mit Alleinsein. Eine gescheiterte Ehe gibt uns das Gefühl, dass wir versagt haben. Ich war lange Zeit wie ausgehöhlt. Wenn ich lebte, dann nur auf der Bühne. Aber das war auf die Dauer nicht genug.«

»Ich weiß nicht«, antwortete ich. »Ich war noch nie verheiratet. Und ich stand auch noch nie auf einer Bühne. Nur auf dem Laufsteg.«

Wir lachten wieder. Er sagte, mit dem Schalk in den Augen:

»Dann weißt du also nicht, was du willst?«

»Doch, ich weiß es«, erwiderte ich. »Ich will dich. Und ich will Designs für Kimonos entwerfen. Und Ausstellungen machen. Und berühmt werden und viel Geld verdienen. Ich will, dass die Leute sagen: ›Wer ist diese komische Nordländerin, die nicht blond, sondern dunkelhaarig ist wie eine Japanerin? Und die Vögel und Blumen im Yuzen-Stil malt?‹«

»Das werden sie selbstverständlich fragen.«

»›Und mit wem ist sie verheiratet?‹, werden sie wissen wollen.«

»Und du wirst ihnen sagen, mein Mann ist Danjiro Ichikawa, der Onnagata, und unsere konservativen Jahrgänge werden die Stirn runzeln: Wo bleibt die Tradition?«

»Und alle Gaijins werden fragen: ›Ja, ist er denn nicht schwul?‹«

»Und selbst wenn ...«

»Das eine schließt ja das andere nicht aus.«

»Es könnte mal vorkommen.«

»Man kann nie wissen ...«

Wir genossen sie sehr, unsere zärtlichen Wortspiele. Das war von Anfang an so gewesen. Unser Besonderssein gefiel uns. Wir würden es pflegen, es spazieren führen wie ein Privileg. Viele Menschen würden nicht verstehen, dass wir uns ganz einfach lieb hatten. Wir

würden ihnen mit Natürlichkeit und etwas herablassender Freund-
lichkeit begegnen, wir würden sehr en vogue sein.

»Und eine Zeit lang«, sagte Dan, »wird es uns großen Spaß
machen.«

Wir lagen dicht beieinander, ich atmete den leichten Geruch seiner Haut ein, die nach Honig schmeckte.

»Aber du liebst die Frauen…«, sagte ich.

»Ich liebe die Frauen, und wie! Ich empöre mich gegen ihre
Benachteiligung in vielen Gesellschaften. Ich bewundere den stillen
Großmut, mit dem sie ihre Bevormundung ertragen. Ich beneide sie
um ihre natürliche Weisheit und Lebensfreude. Und auch um das,
was sie mit ihrem Körper erleben. Der Körper der Frau ist viel emp-
findlicher als der eines Mannes, Schmerz und Lust empfindet sie
ausgeprägter. Der Körper der Frau ist heilig. Ich kann das mit Bestimmtheit sagen, weil es sich für mich als Onnagata gehört, dies zu
wissen. Aber ich bin nur ein Mann, und in diesem Leben werde ich
nie eine Frau sein.«

Und nun küsste er mich, und es kam die süße Überwältigung, die
wir immer wieder herbeisehnten. Ich fühlte seine Brust an meiner
und die ganze Länge seiner Schenkel. Ich nahm seine Wärme in mir
auf, verfolgte mit der Hand seine biegsame Rückenlinie. Ich dachte
an die ausgestandene Furcht; das Gefühl seiner Verletzlichkeit erfüllte mich ganz. Ach, wie konnte ich ihn vor Schaden bewahren? Es
war wahrhaftig besser, sich diese Dinge nicht vorzustellen. »Was
nicht ausgesprochen oder gemalt wird, ist nicht vorhanden.« Stöhnend bewegte ich den Kopf hin und her. Er hatte ein lebendiges Feuer
in sich, das sanft und dunkel zu mir herüberfloss, eine Gefühlswelt,
die mich umfing. Wie stets kannte er meinen Körper besser als ich
selbst, streichelte mich mit weichen Fingerkuppen, an den richtigen
Stellen, sanft und gezielt. Nie hatte ich gedacht, dass Liebe so wunderbar, so restlos sein konnte. Ich spürte die Feuchte des Verlangens
in meinem Mund, ein pochendes Brennen im Unterleib. Der Abend-
himmel glühte jetzt golden. Das Lustgefühl, das in mir pulsierte,
stieg langsam empor, an Knien und Schenkeln, wurde immer mächtiger und erregender, bis ich darin versank, in goldenem Licht und in

Wonne. Was mich am stärksten verwunderte, war seine mühelose Sicherheit und Kraft, die fast spielerische Leichtigkeit aller seiner Bewegungen. Er presste sein Gesicht an meines, legte sein Knie zwischen meine Schenkel, bevor er in mich eindrang, mich ganz ausfüllte, mit langsamen, harten Stößen. Sein Vordringen ließ meinen Atem aus dem Takt kommen. Ich spürte meinen Körper und seinen Körper, fließend wie Wasser, wie gemacht füreinander, zusammengehörend. Meine Beine fassten ihn wie eine Schere, ich hielt ihn in mir fest, ich ließ ihn nicht gehen. Sehnen und Seligkeit mischten sich, ich verbarg mein Gesicht in seinem Hals, ich schleckte seinen Schweiß ab wie ein Kätzchen, im zärtlichen, blinden Eifer. Ich stützte mich auf die Fersen, wölbte das Becken vor, tat mich ganz für ihn auf. Und dann zog ich mich zusammen, hielt ihn in mir fest, stöhnte leise an seinem Mund, hinweggetragen von den Fluten blinder Verzückung, heiß und von goldenem Licht übergossen.

Später lagen wir da, in beglückter Ermattung, jede Zelle meines Körpers bebte vor seliger Erinnerung. Liebe war ein langsamer Vorgang, der mit unserem eigenen Leben wuchs und sich entfaltete, eine ursprüngliche Macht, eine Quelle endlosen Entzückens. Meine Hand lag auf Danjiros Bauchdecke; in glücklicher Erschöpfung ließ ich meine Gedanken ziehen und kreisen, wie sie wollten, bis ich plötzlich die Anwesenheit eines störenden Elements in meinem Kopf spürte. Ich erstarrte, ließ meinen Geist suchen. Ich spürte, wie meine Poren sich fröstelnd zusammenzogen. In wenigen Sekunden war es vorüber, doch meine Stimmung hatte sich geändert Er spürte es, stützte sich auf den Ellbogen auf, um mich anzusehen.

»Was ist los? Woran denkst du?«

Ich holte tief Luft.

»An Lumina.«

Er ließ sich zurückfallen, blickte mit weit geöffneten Augen zur Decke.

»Ach ja«, sagte er dumpf. »Lumina…«

45. Kapitel

Im Klassenraum herrschte konzentriertes Schweigen. Manuell erstellte Skizzen wurden zwar gefördert, wesentlich jedoch war der Einsatz von Computern, und der wurde fast täglich trainiert. Die CAD/CAM-Programme beschleunigten nicht nur den Designprozess, sondern steuerten auch einzelne Maschinen wie Webstühle oder Laserschnittgeräte. Wie der Computer im Entstehungsprogramm einer Kollektion genutzt wurde, war besonders in der Teamarbeit wichtig. Auch konnten Kleidungsstücke in den verschiedenen Produktionsstadien sofort dreidimensional mit der digitalen Kamera festgehalten und eingespeichert werden. Wie die meisten Studenten liebte ich meine Aufgaben am Computer, denn die Projekte verliefen gemäß eines interaktiven, wechselbezogenen Schemas zwischen uns. Konzentriert bewegte ich meinen Digitalstift. Die Arbeit war interessant; ich vertiefte mich darin. Ich hegte eine große Liebe für das Veranschaulichende, das sofort Sichtbarmachende. Irgendwie gab es in mir eine Verbindung zwischen der früheren Vertrautheit mit den Naturkräften und der Erarbeitung neuer Substanzen. Und ich hatte bald gemerkt, dass ich dieses Gefühl mit den Japanern teilte. Ich dachte an das, was Ritva Salonen mir damals in Helsinki gesagt hatte. Und auch an das, was sie mir in ihrer spröden Art verschwiegen hatte. Ja, es musste ein Zusammenhang bestehen zwischen den – durchaus noch primitiven – Bildern unsrer uralten Jagdmagie und der neuzeitlichen Technik, die eigentlich den gleichen Zweck verfolgte: die sofortige Sichtbarmachung einer Sache. Vielleicht, dachte ich, teilen wir mit den Japanern die Auffassung eines dynamischen, in Wechselbeziehung stehenden Lebensraumes; wie merkwürdig! Und wie vertraut! Und was war der Computer, wenn nicht ein neuer Weg, Geist und Materie zu verbinden? Nicht viel anders, im Grunde, als es das Werkzeug der Primitiven war und die Pinsel der Maler im Mittelalter.

Während ich so dachte, zog ein Schatten an mir vorbei über den

Bildschirm. Ich wandte den Kopf. Lumina. Sie grüßte nur kurz, und ich roch erschauernd ihren Veilchenduft, bevor sie sich an einen freien Computer setzte. Eine Weile beobachtete ich aus den Augenwinkeln die Muster, die auf ihrem Bildschirm entstanden. Sie hatten etwas Seltsames an sich. Nach einer Weile kam Miyake-Sensei, die Computerspezialistin, und sah sich an, was sie machte. Ich bemerkte, wie Lumina die Schultern einzog und die Lippen zusammenpresste. Ihre Hände zitterten leicht. Sie hasste es offenbar, wenn ihr jemand über die Schulter blickte. Ich verstand sie gut, denn ich würde es auch nicht mögen. Doch die Lehrerin rührte sich nicht von der Stelle. Weil sie groß, schlank und schwarz gekleidet war, stand sie da wie eine Bildsäule. Nach einer Weile sagte sie:

»Ich sehe nicht, was Sie machen wollen. Aber bitte, fahren Sie fort.«

Lumina arbeitete weiter, mit einem bockigen Ausdruck im Gesicht. Die Lehrerin zögerte.

»Ist etwas an Ihrer Software nicht in Ordnung?«

Lumina zog die Stirn kraus. Ihre Stimme klang zerstreut.

»Das weiß ich nicht, Miyake-Sensei.«

Der Bildschirm flackerte ein paar Mal kurz.

Erstaunt wandte sich die Lehrerin an die Studenten.

»Haben wir einen Fehler im Stromnetz?«

Allgemeines Kopfschütteln. Lumina schien die Lehrerin nicht zu hören. Ich beobachtete ihre Augen, die funkelten wie Glas. Sie bewegte den Digitalstift auf dem Zeichentablett mit kleinen, hektischen Bewegungen.

»Ein Spannungsabfall? Hoffentlich kein Erdbeben.« Frau Miyake wartete ein paar Sekunden und machte dabei ein besorgtes Gesicht. Nichts rührte sich. Sie entspannte sich, und wir uns alle mit ihr. »Ein Softwarefehler offenbar. Oder haben Sie eine Codeblockade?«

Lumina klickte unentwegt. Die Lehrerin starrte auf die Codezeilen, die vor ihren ungläubigen Augen vorüberliefen. Je länger das so weiterging, desto ungehaltener wurde sie.

»Sonderbar, warum bekommen Sie erst jetzt NBS?«

Negative Bestätigung, übersetzte ich in meinem Kopf. Das Programm hatte nicht funktioniert.

»Hören Sie, Lumina-San.« Die Lehrerin beherrschte ihre zunehmende Ungeduld. »Wollen Sie das Programm nicht lieber ausschalten? Meinen Sie nicht, dass…«

Sie unterbrach sich mitten im Satz. Auf dem Bildschirm erschien eine schwach flackernde Bilderfolge, wie aus einem alten Stummfilm, eine Landschaft in Grau- und Schwarztönen. Eine undeutliche Gestalt wurde sichtbar; eine Gestalt in einem langen Kleid, mit schwingenden Ärmeln. Ruckartig und zögernd, wie an Fäden gehalten, bewegte sie sich vor dem dunklen Hintergrund. Ihr Gesicht, weiß und undeutlich, bestand nur aus einem gewölbten Oval. Mir stockte der Atem. Ein Schauder von Kopf bis Fuß befiel mich.

»Was soll das sein?«, hörte ich Miyake-Sensei fragen. »Ein Drei-D-Modell? Sie können doch die Einheiten nicht miteinander vernetzen!« Blitze flackerten über den Filmstreifen, ein ständiges Zucken und Beben. Lumina starrte wie gebannt auf den Bildschirm, bewegte hektisch ihren Stick hin und her, als ob sie ihre Hände nicht mehr beherrschte.

»Jetzt schließen Sie mal Ihre elektronische Trickkiste«, sagte die Lehrerin, mit einer Spur von Ärger in der Stimme. »Offenbar stimmt etwas nicht mit Ihrem Postskript. Gehen Sie bitte zum Programmstart zurück, und bringen Sie die Sache in Ordnung.«

Unvermittelt schlug Lumina mit der Handfläche auf den Schirm. Es gab ein dumpfes, klatschendes Geräusch. Aber der Schirm schien sich selbst zu korrigieren. Ein Zerren und Schütteln bewegte den Filmstreifen. Eine weiße Bahn flackerte über das Bild, wie ein Zucken in einem Gehirn, und verwandelte sich in schwarze Blitzranken. Das Bild fiel zusammen und war fort. Ausgelöscht. Der Schirm wurde dunkel, und nach ein paar Sekunden ging ein Fenster auf, Codezeilen zogen vorbei, bis endlich eine scharf ausgedruckte Vektorgrafik erschien. Die Linien waren ebenso fließend wie bei einer Zeichnung mit der Hand.

»So, da haben wir's ja«, sagte die Lehrerin in zufriedenem Tonfall. »Und ich möchte Sie bitten, unser Material etwas freundlicher zu behandeln.

Nach dem Schlag sah der Bildschirm ein wenig getrübt aus. Miyake-Sensei rieb sich den steif gewordenen Nacken und überprüfte Luminas Vektor.

»Das sieht schon besser aus. Und die Stoffidee ist interessant. Aber das Blau, das hatten wir schon. Probieren Sie mal eine neue Feinabstimmung.«

Sie ging weiter. Ich saß wie erstarrt, nahm kaum etwas wahr außer meinem eigenen Herzklopfen. Ich brauchte ein wenig Zeit, um mein Bewusstsein wieder auf die Wirklichkeit einzustellen. Meine zitternden Finger legten sich auf den Digitalstift. Ich versuchte zu arbeiten. Miyake-Sensei bemerkte, dass ich nicht bei der Sache war, nickte mir kurz zu und ging weiter. Lumina rührte sich nicht. Ich sah nur ihren geneigten Nacken, die schöne Halslinie, den steifen Rücken.

Es schellte; Mittagspause. Die Studenten schoben sich in Gruppen aus den Klassen, drängten sich vor den Aufzügen. Da auf allen Etagen das Gleiche geschah, war die Wartezeit ziemlich lang. Viele, darunter ich, benutzten lieber die Treppen. Alle waren bereits draußen, nur Lumina hatte sich nicht gerührt. Ich wartete beunruhigt an der Tür.

»Lumina?«, rief ich leise. »Ist alles in Ordnung?«

Ruckartig sprang sie auf, lief durch den Raum, drängte sich an mir vorbei.

»Lumina!«

Sie antwortete nicht, lief weiter.

»Lumina, warte!«

Eine Glastür führte zur Treppe. Lumina stieß sie auf, rannte die Stufen hinunter.

»Lumina!«

Unglaublich schnell und geräuschlos lief sie von Absatz zu Absatz, überholte vereinzelte Studenten, die sich verblüfft an die Wand drückten, um sie vorbeizulassen. Das dunkle Haar wehte offen hinter ihr her.

»Lumina!«

Sie verfehlte eine Stufe, ihre Knie gaben nach. Ich erreichte sie gerade noch rechtzeitig, packte sie am Arm, bewahrte sie vor dem

Sturz. Sie hatte ihr Gleichgewicht wieder und versuchte sich loszureißen. Studenten starrten uns mit offenem Mund an. Wir kämpften miteinander. Ich musste alle Kraft aufbieten, hielt sie fest und spürte meinen eigenen erhöhten Pulsschlag. »Sei ruhig, Lumina. Ganz ruhig ...«

Sie fiel gegen die Wand. Ihr Gesicht war schweißnass, ihre Augen schwarz und weit; sie duckte sich mit einem leisen Aufschrei, als ob ich sie bedrohte.

»Es ... es ist nicht meine Schuld!«

Ich wollte ihr lieber nicht sagen, was ich gesehen hatte, und spielte die Einfältige.

»Also, Lumina, Miyake-Sensei ist etwas autoritär, aber das ist noch lange kein Grund für eine Nervenkrise.«

Langsam ließ sie sich an der Wand hinuntergleiten, setzte sich schwer atmend auf eine Stufe. Ich sah, dass sie am ganzen Körper zitterte.

»Ich schäme mich so!«

»Du kannst doch nichts dafür, wenn deine Software Macken hat.«

Ihre Augenlider flatterten. Sie rieb sich stöhnend die Schläfen. »Ich habe solche Kopfschmerzen.«

»Du hast doch neue Medikamente bekommen!«

»Sie helfen nicht mehr ...«

»Geh doch zum Arzt. Erkläre es ihm.«

Es muss doch möglich sein, dachte ich verzweifelt, dass der Arzt herausfindet, was mit ihr ist. Und sie endlich in die Nervenklinik einliefert, wo sie hingehört.

»Nein, ich will keine Medikamente mehr schlucken.«

»Wie wäre es mit einem Chiropraktiker? Vielleicht, mit der richtigen Massage ...«

Sie schüttelte heftig den Kopf.

»Auch keine Massage, nein!«

»Wie du willst«, sagte ich. »Aber dann hör bitte auf, dich zu beklagen.«

Ich sah, wie ihre Zungenspitze über die Lippen glitt. Sie hob das

Gesicht seitwärts zu mir empor. Ihr Ausdruck war gleichermaßen zerknirscht, selbstherrlich und weltverloren.

»Ich beklage mich ja nicht«, sagte sie, mit Trotz in der Stimme. Es war still geworden in den Gängen. Die Studenten hatten das Gebäude verlassen und fanden sich in den nahen Cafeterias für einen Imbiss ein.

Ich betrachtete sie voller Mitleid. Die junge Frau, die ich sah, wehrte sich verzweifelt gegen den Wahnsinn. Wurde der innere Druck zu stark, musste sie Gegendruck leisten. Die Kräfte, die ihr noch blieben, reichten kaum dazu aus. Ihre Verschlagenheit sorgte dafür, dass nur wenige ihren Zustand bemerkten. Doch meine Vorfahren waren Menschen, die der Zweckmäßigkeit folgten. Es lag einfach in meiner Natur, dass ich pragmatisch war.

»Du solltest etwas essen.«

»Nein, ich habe keinen Appetit.«

»Du musst doch etwas im Magen haben«, sagte ich.

»Ist doch egal...«

Sie lehnte sich zurück, schlug mit dem Hinterkopf an die Wand, immer wieder, was ein dumpfes Geräusch verursachte.

»Hör auf«, sagte ich hart.

Sie gehorchte. Etwas schien sie stark zu beschäftigen. Ich sah, wie sie ihre Lippen befeuchtete, wie sie mühsam schluckte.

»Meine Großmutter sagt...«

Sie stockte, biss sich hart auf die Lippen. Ein kleiner Tropfen Blut perlte unter dem himbeerroten Lippenstift hervor. Ich beherrschte mich mit großer Mühe, sodass meine Stimme unverändert ruhig klang.

»Ja, was sagt denn deine Großmutter?«

Sie öffnete den Mund, doch nur der Atem entrang sich ihr. Hinter den verschränkten Armen hob und senkte sich die Brust.

»Nun, was sagt sie?«, wiederholte ich.

Plötzlich begann sie mit scheuer, hoher Stimme schnell und atemlos zu reden.

»Sie sagt: Ich will nach Hause! Sie sagt es Tag und Nacht, immer und immer wieder. Sie wird manchmal sehr böse, sie zwingt mich, Dinge zu tun, die ich nicht tun will. Verstehst du?«

»Ja, ich verstehe.«

Behutsam legte ich den Arm um ihre verkrampften Schultern.

»Sie kann nicht nach Hause, Lumina.«

Sie zuckte leicht zusammen. Ihr Gesicht, das so blass geworden war, überzog sich plötzlich mit Röte.

»Es ist doch ganz einfach. Mein Rollbild ... du kennst es doch? Sobald es an seinem früheren Platz hängt, ist die Großmutter wieder daheim ...«

Ich hielt sie in den Armen, streichelte sie wie ein verstörtes Kind. Ich roch den warmen Veilchenduft ihrer Haare und spürte, wie es mir fast übel davon wurde.

»Nein, Lumina. Und ich will dir etwas sagen, und du darfst nicht böse werden, ja? Es ist dein Großvater, der das Bild nicht im Haus haben will.«

Sie stieß einen merkwürdigen Schrei aus, es hörte sich fast wie ein Knurren an.

»Woher weißt du das?«

»Ich weiß es eben.«

»Wer hat dir das gesagt? Danjiro?«

Nach alldem, was geschehen war, wuchs die Beklemmung in mir. Ich biss die Zähne zusammen.

»Dan hat mit der Sache nichts zu tun«, erwiderte ich, wobei ich kaum das Gefühl hatte, zu lügen.

Ihr Unterkiefer zitterte.

»Warum hilfst du mir nicht?«

Ich gab mir Mühe, ruhig zu antworten.

»Weil ich in Harumis Haus nichts zu sagen habe.«

»Warum hast du nicht mit ihr gesprochen?«

»Auch Harumi will das Bild nicht haben, wirklich nicht.«

Sie knetete fahrig ihre Hände, ich hörte ihre Gelenke knacken. »Ich hatte so auf dich gezählt, und jetzt ...«

»Lumina, es lag nicht an mir.«

Sie befreite sich aus meiner Umarmung, lehnte sich so heftig zurück, dass ihr Hinterkopf erneut an die Wand schlug. Ich blickte in ihre Augen; mir war, als ob sich die Pupillen vergrößerten, über den ganzen Augapfel ausbreiteten. Und mit einem Mal überwältigte mich nackte, tödliche Angst. Ich hatte das Bedürfnis, mich in eine Ecke zu kauern, die Knie bis ans Kinn, beide Hände vor dem Gesicht, um etwas Schreckliches abzuwehren. Es brachte mich aus der Fassung, weil die Drohung so unvorhersehbar war. Doch plötzlich steckte sie einen Finger in den linken Augenwinkel und hielt das Lid an den Wimpern fest. Sie zwinkerte dabei, und der seltsame Ausdruck verschwand aus ihrem Blick. Schwerfällig richtete sie sich auf, wobei sie sich mit beiden Händen an der Wand abstützte. Dann strich sie sich gedankenverloren übers Haar, musterte mich mit kühlem Ausdruck und sagte, vollkommen ruhig:

»Gut, ich werde es der Großmutter sagen.«

46. Kapitel

Voj, voj, ich hatte Angst! Aber Angst war ein gesundes Gefühl, wir mussten auf die Signale achten. Ich empfand ein verzweifeltes Erstaunen darüber, dass ein Mensch wie Lumina, so feinfühlig, so begabt, zugleich auch dieses finstere Chaos in sich trug. Erstaunen, entgeisterte Verwirrung darüber, dass Liebe und Gewalttätigkeit ein und dasselbe Gefühl in ihr waren. Zumindest gab es Augenblicke, dachte ich, wo sie getrennt werden konnten. Liebe war, was Liebe immer gewesen war: eine starke, heilende Kraft. Sie war immer noch in ihr, diese Liebe. Lebendig. Und nur Harumi und Danjiro konnten ahnen, was sie durchmachte. Sie wollten warten, immer nur warten, bis die Wunden endlich vernarbt waren; ihre Nachsicht und Geduld waren unendlich. Ich aber begann mich zu fragen, ob ich nicht langsam den Verstand verlor. Alles, was ich empfand oder argwöhnte, war durch konfuse Vorstellungen bedingt. Und gleichzeitig war es da, dieses Gefühl unmittelbarer, äußerster Gefahr. So, im Aufruhr meiner Gedanken, rief ich mir Laila in Erinnerung und ihre Märchen, die keine Märchen waren.

»Der Ostwind wurde geboren im Altaigebirge, er weidet an den Hängen des Baikals. Der Nordwind wurde geboren am Eismeer, er nährt sich von Schnee und trinkt aus den Eismeerströmen. Der Südwind… oh, ja, der Südwind ist der Schönste von allen. Er ist das Sonnenkind, der göttliche Bote. Und auf dem Meer wurde der Westwind geboren, der Bruder der Adler. Aber der Noita kennt sie alle; er wandert durch Raum und Zeit und beseitigt alle Schrecken.«

Und nun war ich hier, in diesem Haus, in diesem Raum. Ich kniete auf einer Matte, die nach frischen Gräsern duftete, eingegrenzt von hellen Wänden. Vor mir, auf dem niedrigen Tisch, lag der seidenbespannte Bambusrahmen. Mir fiel auf, dass er die Form eines kleinen Schiffes hatte. Meine Reise jedoch ging auf geheimnisvolle Weise nach innen. Ich vergaß darüber alles andere, sogar meine Angst. Malte ich einen Schmetterling, eine Blume oder einen Vogel, spürte ich jenseits aller Formen die aufsteigende Weite. Harumi saß mir gegenüber, arbeitete still, leitete mich nur, wenn sie sah, dass ich Hilfe brauchte. Ruhe ging von ihr aus, Ruhe und Gelassenheit. Ich lauschte auf die Stimmen in mir, sah Bilder entstehen, fühlte mich von ihnen verzaubert. Das leise Summen des Teewassers, im Kessel, ließ mich an das Wispern der Föhren denken. Das Plätschern des kleinen Brunnens im Garten erinnerte mich an das Murmeln der tausend Bäche, die unter dem dünnen Frühlingseis lebendig wurden. Ja, meine Vorfahren waren scharfsinnig und weise. Sie wussten, dass das Herz der Menschen, die sich der Natur entfremden, hart wird. Und das Seltsame war, dass ich die Stille der Natur ausgerechnet in dieser Stadt voller Lärm und Musik wiederfand, in dieser Stadt, in der Millionen lebten und arbeiteten. Es gab eine Verbindung, sie war so nahe liegend! Mühelos fand ich den Weg und war daheim; den Kreis in Gedanken zu ziehen war wirklich eine leichte Sache. So leicht, dass ich mich kaum noch darum bemühen musste. Es geschah ganz von selbst.

Harumi kannte diese Stille; sie bemühte sich nicht einmal mehr darum. Ihre Kunst füllte sie ganz aus. Und sie kannte auch mein Herz. Denn nur ein paar Tage später – nach dieser Sache mit Lumina – eröffnete sie plötzlich das Gespräch mit den Worten:

»Du machst schnelle Fortschritte.«

Wir saßen in der hellen Nachmittagssonne; die Schiebetüren standen halb offen. Der Garten schimmerte im tiefsten Grün. Er sah aus wie ein Bild, wären nicht die flirrenden Blätter gewesen, die beweglichen Sonnenflecken auf den Moosen und Steinen. Ich hob zufrieden den Kopf.

»Ich habe wirklich Spaß daran, es wundert mich selbst.«

»Deine Mohnblumen, die gefallen mir.«

Ich war stolz auf die richtige Nuance, dieses vibrierende Rot. Aber die exakte Wiedergabe war nicht leicht gewesen. Ich lächelte Harumi an.

»Ein bisschen zu hell, was meinen Sie?«

»Hier am Rand, vielleicht…«

Sie zeigte mir die Stelle. Ich fuhr fort zu malen. Der Pinsel aus Dachshaar war weich und spitz. Oft hatte ich mit diesem Dachshaar über meinen Daumen gestrichen und über die geschmeidige Spannkraft der winzigen Fasern gestaunt, die eine so kompakte, unglaublich feine Spitze bildeten. Zu hart durfte der Pinsel nicht sein, sonst zersprühte die Farbe in winzige Tropfen; zu weich auch nicht, sonst ging der elegante Schwung verloren. Wie schaffte es ein Material wie Pelz, solche Linien zu ziehen, wunderbar geschmeidig und so sauber wie der Strich eines Bleistifts?

»Danjiro hat mir gesagt, dass ihr heiraten wollt.«

Harumis Art, auf Umwegen zum Kern der Sache vorzudringen, verwirrte mich nach wie vor. Doch jetzt klang ihre Stimme ganz sachlich.

Ich schluckte. »Ja, wir haben darüber gesprochen.«

»Was würden deine Eltern dazu sagen?«

Nicht viel, dachte ich bitter. Jeder von uns ging seine eigenen Wege. Doch ich spürte, dass Harumi etwas anderes hören wollte, und so antwortete ich stattdessen:

»Wenn sie Dan kennen lernen, müssen sie ihn einfach gern haben. Mein Vater inszeniert Opern. Sie werden Gesprächsstoff haben.«

Aufrecht saß sie da; ihr luftiger Sommerkimono zeigte ein Muster von Gräsern. Die Hände hielt sie locker ineinander verschränkt in ihrem Schoß. Ihre länglichen Brauen hatten den Schwung eines Blattes, selbst ihre Augen waren von einem fast grünlichen Schwarz. Die Sonne umfing sie ganz und verlieh ihrer straffen Frisur ein schimmerndes Leuchten. Sie fragte, immer noch im Ton eines Gesprächs:

»Glaubst du, dass du mit einem Schauspieler leben kannst?«

Ein leichter Wind bewegte das Buschwerk; in den Zweigen zitterten die Strahlen der Sonne wie eifrige, goldene Vögel. Der Himmel über Tokio leuchtete in flüssigem Aquamaringrün. Ich antwortete freimütig:

»Ich kann es nicht genau sagen. Wenn ich mich einmal daran gewöhnt habe, wird es nicht allzu schwer sein.«

Jetzt deuteten ihre Mundwinkel ein Lächeln an.

»Es ist nicht mehr wie früher. Danjiro ist ein moderner Mensch.«

»Ja, das ist er.«

»Er war schon mal verheiratet.«

»Das hat er mir gesagt.«

Harumi nannte Danjiros Exfrau nicht beim Namen, sprach lediglich von der »anderen«.

»Die andere konnte das Leben mit einem Schauspieler nicht ertragen. In der Probearbeit werden Bewegung und Ausdruck bis ins Kleinste fixiert. Danjiro muss jede Geste und jeden Schritt einstudieren Er war bis spätabends im Theater. Die andere verstand das nicht. Sie wartete auf ihn und langweilte sich.«

»Ich werde keine Zeit haben, mich zu langweilen«, erwiderte ich.

Fältchen zeigten sich in Harumis Augenwinkeln.

»Du wirst also nicht auf ihn warten?«

Oh, ja, wollte ich sagen, ich werde auf ihn warten. Jeden Tag, und mit Freude und Ungeduld im Herzen. Ich würde seine Nähe fühlen, auch wenn er fern war, seinen Schritt vorausahnen und vor Glück erbeben, wenn ich seine Stimme vernahm. Und gleichzeitig würde ich zufrieden sein, wenn er nicht da war, den Tag mit Gedanken und Träumen füllen, den Bildern Gestalt geben, die vor meinem inneren Auge vorbeizogen. Ich würde die Farben und Formen der Natur malen, so genau, wie meine ungeschickte Hand es vermochte. Ich würde kein Mensch ohne Erinnerung sein, wie so viele. Ich würde erleben, wie die Welt meiner Kindheit sich auftat und Laila als führender Traumgeist mich heimsuchte. Doch davon sagte ich Harumi nichts. Ich sagte lediglich:

»Ich werde beschäftigt sein. Ich weiß jetzt, was ich machen möchte. Und das kann ich nicht von heute auf morgen erlernen.«

»Wenn du fleißig übst«, sagte sie, »wirst du spüren, dass dir das Malen von Tag zu Tag leichter fällt.«

»Ich will nicht, dass Sie schlechte Erfahrungen mit mir machen«, sagte ich. »Ich habe auch keinerlei Gründe, mich zu beeilen.«

Harumi lächelte. Ihr Ausdruck und ihre Haltung zeugten von unerschütterlicher Ruhe und Selbstbewusstsein.

»Weil du auf Danjiro warten wirst?«

»Aber ja«, sagte ich. »Er soll mich nur nicht ablenken!«

Da lachte sie frei heraus.

»Es könnte tatsächlich sein, dass ihr füreinander gemacht seid.«

»Und was hat sie sonst gesagt?«, fragte mich Dan am gleichen Abend.

»Sie wollte wissen, ob wir bei ihr leben möchten. In Enzos Wohnung.«

»Möchtest du das?«, fragte er zärtlich.

Danjiros kleines Studio war überaus praktisch, elegant und formvollendet. Und doch war es nur ein Notbehelf. Er hatte nach der Scheidung Distanz gebraucht. Ich verstand das gut. Und jetzt sehnte er sich nach einem Haus, das ihm entsprach, einem Haus des Lichts, mit dem Schatten von Büschen und Bäumen auf hellen Schiebetüren; ein Haus, das sich an alles erinnerte, an das Gute und an das Böse. Und so hoch und klar war der Himmel über diesem Haus, dass jeder Tag fast noch schöner sein würde als der vorangegangene. Zumal auch der Wind, der im grünen Garten spielte, von der See kam, mit ihrem feuchtwarmen Atem. Was hatte Laila einst gesagt:

»Wohin die Vögel auch fliegen, ihr Nest werden sie niemals vergessen.«

Ich sagte zu Dan:

»Ich möchte eigentlich nirgendwo anders wohnen.«

Er nickte mit glücklichen Augen.

»Ich werde mein Studio wohl aufgeben. Neue Mieter zu finden ist in Tokio kein Problem. Und wenn Harumi dich mag…«

»Warum mag sie mich, Dan?«

Er blinzelte mir zu.

»Weil sie es beschlossen hat. Und es dürfte ihr eigentlich nicht allzu schwer fallen.«

»Ich lerne sie langsam kennen.«

»Sie mag deine Ursprünglichkeit, deine Ruhe. Und sie hat Respekt vor deiner Arbeit.«

»Hör auf, Dan! Du machst mich sehr verlegen. Malen ist einfach eine Sache, die ich kann.«

»Sie mag auch, dass du bescheiden bist.«

Ich dachte an die Welt, der ich entstammte. Sie war mir, mehr denn je, unentbehrlich. Ich dachte an das endlose Hochmoor unter dem Himmel, der groß und weit war; an die weißen Stürme unter den schwarzen Wolken, an die verschneiten Büsche und an das Klirren der Rentierglöckchen. Ich dachte an den Frühling, wenn der Schnee schmolz und tausend Bäche das Moor überfluteten, wenn sich die Fjälls in einen einzigen Teppich aus Blumen verwandelten und Adler wie gemalte Figuren am Himmel schwebten. Ich dachte an den Sommer mit seinen flirrenden Birkenblättern, an die weiße Sonne, die längs dem Horizont wanderte, an die Polarlichter, die wie grüne Schleier über den Herbsthimmel zogen. Eine Reise durch meine Ich-Landschaften? Warum nicht hier? Hier, wo Wolkenkratzer wie aufwärts schießende Wasserfälle glitzerten, wo die Sonne Abertausende von Scheiben in glatte silberne Streifen verwandelte. Hier, wo es nach Fischgerichten duftete, nach Kaffee und feuchter Meeresluft und nach frisch gesprengtem Asphalt. Jeden Nachmittag, wenn ich aus dem College kam – denn es stand außer Frage, dass ich mein Studienjahr beenden wollte –, würde ich Harumis Gestalt hinter der Schiebetür sehen, in schöner Haltung über ihre Arbeit gebeugt. Ich würde mir Gesicht und Hände waschen, in eine bequeme

Yukata schlüpfen und zu ihr treten mit einer Verbeugung: »Ich bin da!«

Sie würde mit mir das Muster, das ich malen wollte, besprechen, sie würde mir die richtigen Farben zeigen. Jede Blume, jedes Blatt, das unter meinen Händen entstand, würde ich zum Mittelpunkt der Welt machen. Zeichnete ich einen Schmetterling, ein Rotkehlchen, ein Frühlingsgras oder eine Windenblüte, würde mein ganzes Wesen von Staunen und Bewunderung durchdrungen. Ich würde von Tag zu Tag zuversichtlicher werden, immer deutlicher erkennen, was ich vermochte und wer ich war. Gewiss, man gab mir strenge Regeln auf. Aber innerhalb dieser Regeln war ich freier, als ich es mir vorstellen konnte – vollkommen und wunderbar frei.

47. Kapitel

Seit drei Tagen war das Bunka Fashion College geschlossen: Sommerzeit. Ich hatte Lumina gefragt, was sie in den Ferien machte. Sie hatte gesagt, dass sie mit ihrem Freund Kenji für einige Tage ans Meer fahren wollte. Ich fragte mich, ob das stimmte. Ich glaubte auch nicht, dass sie mit ihm zusammenwohnte, sondern hatte eher den Eindruck, dass sie alleine lebte. Beim Abschied hatte sie gesagt, dass sie mich demnächst besuchen würde. Ich hatte ein ungutes Gefühl, nahm mir jedoch vor, es nicht allzu sehr zu beachten. Der Sommer war wirklich eine glückliche Jahreszeit. Zwar gab es sehr heiße Tage, und es war eine bewegungslose, fast glühende Hitze. Aber ich mochte diese Hitze sehr. Der etwas niedrige Himmel war pastellfarben und irgendwie pastös; nachts jedoch wurde die Luft salzig und kühl und der Himmel wieder klar. Wir tranken erfrischendes Kornbier und sahen über die Wolkenkratzer die leuchtenden Sterne des großen Bären, der seit Anbeginn der Zeiten seinem Traumland entgegenwanderte.

Dann – einige Tage nach Ferienbeginn, als Harumi und ich bei der Arbeit waren, rief eine Frauenstimme an der Haustür verhalten ein paar Worte. Ich erkannte die Besucherin nicht an ihrer Stimme, doch ich wusste sofort, wer sie war, als ich Harumis Gesicht erstarren sah. Sie federte leicht auf die Fersen zurück, erhob sich und ging zur Tür. Vor dem etwas niedrig gelegenen Eingang schlüpfte sie geschickt in ihre Pantoffeln. Dann öffnete sie die Haustür, und ich hörte Lumina eine Begrüßungsformel sprechen. Mein Herz tat einen kleinen Sprung, bevor sich mein Atem wieder beruhigte. Ich hatte nie – mit keinem Wort – erwähnt, dass Harumi mir Unterricht erteilte. Nun, vielleicht war es besser, dass sie es auf diese Weise erfuhr.

»Lumina-Chan, wie schön, dich zu sehen!« Harumis Stimme klang heiter. »Wie geht es dir?«

»Danke, gut.« Lumina antwortete etwas atemlos. »Ich war mit Kenji in Izu.«

»Ach ja, mit Kenji«, sagte Harumi.

»Aber wir hatten nicht reserviert. Kein Zimmer war frei. Wir haben zwei Nächte am Strand verbracht, und jetzt muss Kenji wieder arbeiten.«

»Ich sehe schon.« Harumi antwortete im gleichmäßigen Tonfall. »Komm doch herein!«

Lumina zog ihre Ballerinas aus, trat in den Raum – und sah mich. Ihr Gesicht erstarrte. Ihre Augen zogen sich zusammen, und ihre Lippen verloren jede Farbe. Sie sah aus, als könnte sie nicht genügend Luft bekommen; sie brachte einfach kein Wort über die Lippen. Ich lächelte ihr zu und sagte das Erste, was mir in den Sinn kam:

»Siehst du? Um diese Zeit ist das Licht gerade gut, um zu malen. Später wird es viel zu hell.«

Sie warf einen Blick durch die offene Schiebetür, nickte verwirrt und bestätigend. Ich dachte, wenn sie am Meer gewesen war, müsste sie etwas braun sein. Aber ihre Haut war hell wie zuvor. Entweder war sie nicht in der Sonne gewesen, oder sie hatte gelogen.

Harumi füllte eine Schale mit Tee aus der Thermosflasche. Dann glitt sie an ihren Platz zurück, strich ihr Haar aus dem Gesicht. Ihr Lächeln war voller Zuneigung.

»Wann warst du zum letzten Mal hier, Lumina-Chan?«

Sie ließ sich langsam auf die Matte nieder.

»Das war, als ich mit Agneta kam.«

Harumi legte eine Süßigkeit auf einen kleinen Teller.

»Der Sommer ist außergewöhnlich schön geworden, nicht? Nach all dem Regen, den wir hatten! Übrigens habe ich oft versucht, dich anzurufen, Kind. Dein Handy war immer ausgeschaltet. Ich habe mehrmals eine Nachricht hinterlassen ...«

»Ich war bei Kenji«, antwortete sie steif.

»Ach ja, ich verstehe«, Harumi sprach weiter in leichtem Plauderton. »Danjiro und Agneta wollen heiraten. Das wollte ich dir mitteilen.«

Mühelos spann sie den Faden der Unterhaltung, bezog Lumina mit ein, stellte sie ganz natürlich vor die Tatsachen.

Luminas Augen waren starr ins Leere gerichtet. »Davon hast du mir nichts gesagt.«

Die Bemerkung galt mir. Ich erwiderte:

»Es ist ja erst ein paar Tage her, dass wir uns dazu entschlossen haben.«

Sie entgegnete nichts, knetete unentwegt ihre Finger. Ich sah Verstörtheit und Wut in ihren Augen, bevor sie rasch ihren Blick senkte.

»Oba-Chan, unterrichtest du sie jetzt?«

Harumi lächelte wie beiläufig. Sie schien die knisternde Spannung im Raum nicht wahrzunehmen.

»Ja, und Agneta macht ihre Sache nicht übel.«

Lumina holte tief Luft.

»Mich hast du nicht unterrichten wollen.«

»Aber ja, Lumina-Chan. Weißt du nicht mehr, wie wir zusammen gearbeitet haben?« Harumi sprach unverändert freundlich. »Aber die Yuzen-Malerei fordert viel Selbstlosigkeit. In der Mode kannst du deine Phantasie viel besser ausleben und ausdrücken.«

Lumina saß unbeweglich da. Den Tee hatte sie nicht angerührt. Plötzlich ging ein Zucken über ihr Gesicht. Sie strich sich mit der Hand über die Augen. Dann, ohne mich weiter zu beachten, wandte sie sich erneut an Harumi.

»Eigentlich war ich gekommen, um dich zu fragen, ob ich nicht wieder in Großvaters Wohnung ziehen könnte?«

Harumi antwortete sehr langsam, wobei sie sich ganz auf Luminas Gesicht konzentrierte.

»Du wohnst doch mit Kenji zusammen.«

»Er ist ausgezogen«, antwortete sie, eine Spur zu schnell.

»Oh, das tut mir aber Leid! Jetzt gerade?« Harumis gelassene Stimme klang mitfühlend.

»Ja, seit gestern. Nachdem wir in Izu waren, wollte er… wollte er eine andere Wohnung. Näher bei seiner Arbeit. Und da dachte ich, dass ich vielleicht wieder hier wohnen könnte…«

»Kind, das hätte ich früher wissen sollen.« Harumi sprach jetzt langsam, suchte mit Umsicht die richtigen Worte. »Eigentlich möchte ich lieber, dass Danjiro hier wohnt. Sieh mal, ich bin nicht mehr jung. Passiert etwas, ist es doch besser, wenn der Sohn in der Nähe ist, nicht wahr?«

Bei Harumis letzten Worten hob Lumina jäh die Augen zu ihr – was sie noch kein einziges Mal getan hatte, seitdem sie das Zimmer betreten hatte, und hielt sie starr auf Harumi gerichtet. Und Harumi, als ob sie auf diese Bewegung gefasst gewesen wäre und sie schon befürchtet hatte, erwiderte ihr Anstarren mit kummervollem, aber festem Blick. Lumina saß sekundenlang wie versteinert. Ihr unnachgiebiger Ausdruck jagte mir eine Gänsehaut über den Rücken. Schon erhob sie sich; eine weiche, fließende Bewegung. Sie schöpfte Atem, ihr Gesicht zuckte, ihre Stimme klang nahezu schrill.

»Es tut mir Leid. Ich muss gehen. Ich… ich habe Kopfschmerzen.«

»Ach, Lumina-Chan!«

Harumi hatte ihren Platz hinter dem Tisch verlassen, ging auf Lumina zu, als wollte sie die junge Frau in ihre Arme schließen. Doch Lumina wich zurück, ihre Lippen waren ganz weiß geworden, ihre Nasenlöcher eingefallen. Ihre Stimme war nur noch ein Flüstern. »Danke für den Tee!«

Steif deutete sie eine Verbeugung an, wandte sich ab und verließ das Zimmer. Ich hörte das leise Schleifen, als sie draußen im Gang in ihre Schuhe stieg. Dann schlug die Haustür zu. Sie war weg. Harumi, die ihr gefolgt war, kam wieder, kniete sich mit schwerfälligen Bewegungen wieder auf das Sitzkissen. Ich legte behutsam meinen Pinsel beiseite. Lange Zeit hielt Harumi den Kopf auf die Brust gesenkt. Ich schwieg und wartete, bis sie sprach. Endlich hob sie das Gesicht, und ich sah hinter den Brillengläsern ihre tränenfeuchten Augen.

»Das arme Kind!«, stieß sie hervor.

Ich hob die Thermoskanne, goss frischen Tee ein und reichte Harumi die Schale, mit beiden Händen, wie es sich gehörte.

Harumi dankte und nahm einen Schluck. Ich sagte:

»Harumi-San, es ist meine Schuld. Wenn Lumina die Wohnung haben möchte...«

Sie schüttelte weich den Kopf.

»Nein, mach dir keine Vorwürfe.«

Sie schwieg einige Atemzüge lang und sagte dann in einer sonderbaren Unbefangenheit und ziemlich bewegt:

»Vielleicht sollten wir jetzt von den Dingen reden. Du verstehst, sie besucht mich dann und wann, bringt immer die gleiche Bitte vor. Das geht schon seit zwei Jahren so. Seitdem Kenji sie verlassen hat.«

Ich starrte sie verblüfft an.

»Aber sie war doch jetzt gerade mit ihm in Izu!«

Harumi schüttelte traurig den Kopf.

»Sie bildet sich ein, dass sie ihn trifft, dass sie mit ihm in die Ferien fährt. Ich weiß, wie gerne sie es möchte...«

Sie senkte die Augenlider fast völlig. Aber sie zögerte durchaus nicht, ihr Inneres noch mehr zu öffnen.

»Wenn ich das alles nicht selbst so deutlich und zutiefst empfinden würde, fiele es mir leichter, darüber zu sprechen...« Ihr Gesicht drückte in diesem Augenblick eine grenzenlose Verzweiflung aus.

»Kenji war ein liebenswürdiger junger Mann, offen und ehrlich. Er kannte Luminas Geschichte, weil Dan sie ihm erzählt hatte. Als Psychologe befasste er sich mit Kindern, die Schwierigkeiten in der Schule hatten. Und weil er Lumina liebte, dachte er, dass er etwas bei ihr bewirken könnte. Er zog also zu ihr, um in ihrer Nähe zu sein und ihr bei der Bewältigung ihrer tiefen Störung zu helfen. Und eine Zeit lang trat tatsächlich Besserung ein. Lumina machte einen glücklichen, entspannten Eindruck. Bis Kenji eines Nachts erwachte und Lumina über ihn gebeugt sah. Sie hielt eine Schere in der Hand und zielte genau auf seine Augen...«

In meinem Bauch war es kalt, und meine Hände wurden zu Eis. Harumi sprach weiter, so langsam, so ruhig.

»Er packte sie, hielt sie fest. Da ließ sie die Schere fallen und wurde ohnmächtig. Nach einer Weile glitt sie aus der Bewusstlosigkeit in den Schlaf, und am nächsten Morgen erinnerte sie sich an nichts. Sie wunderte sich nur, dass sie ihre Lippen zerbissen hatte. Doch Kenji, wer könnte es ihm verübeln, hielt die Belastung nicht aus. Er trennte sich von ihr und lebt heute in Osaka. Lumina litt entsetzlich, ja, sie nahm sogar Schlaftabletten, wie einst ihre Mutter. Wir fanden sie rechtzeitig und brachten sie ins Krankenhaus, wo sie gerettet werden konnte. Kenji war ein Mensch, der ihr viel bedeutete. Und sie weiß bis heute nicht, warum er sie verlassen hat...«

Harumi legte behutsam ihre Brille auf den Tisch, zog ein dünnes weißes Taschentuch aus ihrem Ärmel, tupfte die Tränen ab, die langsam über ihre Wangen glitten. Ich antwortete ihr nicht, weil ich wirklich nichts sagen konnte.

Nach kurzer Stille sprach sie mit leiser, erstickter Stimme weiter.

»Luminas Tragödie ist, dass sie gelegentlich furchtbare Dinge tut; Dinge, für die sie keine Verantwortung trägt. Sie hat keine Freunde. Alle finden sie seltsam und ziehen sich von ihr zurück. Auch du bist nicht ihre Freundin, obwohl sie dich sehr gerne hat. Und so gibt es in Luminas Welt nur die Großmutter, die viel realer und zuverlässiger ist als alle anderen Menschen in ihrem Leben.«

Ich hob den Kopf gerade so hoch, dass ich nicken konnte.

»Ja, ich weiß.«

Harumi keuchte leicht.

»Würdest du mir noch etwas Tee geben, bitte?«

Sie trank in langen Schlucken und fuhr fort:

»Ich bin es, die hier zu entscheiden hat. Und gewiss wäre es nötig, dass sie in ein Heim eingewiesen wird. Ich habe bisher nichts getan, weil ich den Gedanken einfach nicht zu ertragen vermag. Ich bringe nicht die Kraft dazu auf! Kannst du dir vorstellen, was es für mich bedeutet, so zu leben?«

»Ich kann es mir vorstellen, ja.«

Sie legte kurz ihre schmale Hand an die Stirn.

»Der Schmerz bringt es mit sich, dass die Menschen in sich selbst flüchten und sich verschlossen geben. Aber das ist nur eine Art der Verteidigung, eine unbewusste Mauer, um sich vor allem zu schützen, was mehr Schmerzen bereiten könnte. Auch war ich bisher unfähig, davon zu sprechen. Ich ... ich fand es unschicklich.«

Sie wollte natürlich nicht, dass von Haus zu Haus darüber geredet wurde. Obwohl es ihrem Ruf kaum geschadet hätte. Aber nach alldem, was vorgefallen war, konnte ich sie verstehen. Ich nickte zustimmend, ohne sie anzusehen, um sie nicht mit meinem Blick zu belästigen. Es war bereits Mittag. Das senkrechte Licht fiel wie ein weiß glühendes Blatt gegen die Schiebetür. Der Garten war ohne Farbe, ohne Schatten. Harumi sprach weiter, als ob sie laut dachte.

»Es geht nicht mehr so weiter. Ich werde eine alte Freundin ins Vertrauen ziehen. Chiyo Inagaki ist eine hohe Shintopriesterin, auf die ich mich völlig verlassen kann. Sie wird das Unmögliche versuchen, um Lumina davon zu überzeugen, sich von dem Bild zu trennen. Auf mich oder Danjiro hört Lumina ja doch nicht. Aber einer Priesterin kann sie die Achtung nicht verwehren.«

Doch, sie kann, dachte ich. Und wie! Aber ich hielt den Mund. Ich war viel zu erleichtert, dass Harumi sich zu diesem Entschluss durchgerungen hatte, wenn ich mir auch nicht viel davon versprach. Ich sagte lediglich:

»Es stimmte mich traurig, dass ihr keiner half.«

Harumi fächelte sich mit matter Bewegung Kühle zu.

»Ich habe viel Zeit verschwendet.«

»So viel nun auch wieder nicht.«

Sie antwortete mit großer Offenheit.

»Ich denke, dass es falsch war.«

»Im Gegenteil, Sie haben ihr unendlich viel Gutes erwiesen.«

»Wenn das wenigstens wahr wäre!«, seufzte Harumi. »Ich würde dann sehr viel weniger leiden.«

Sie schob ihr Taschentuch in den Ärmel zurück. »Morgen ist Jugoya – die Nacht des Fünfzehnten, wie wir sagen –, Tausende besuchen die Schreine. Inagaki-San wird sehr beschäftigt sein. Aber gleich nach dem Fest werde ich sie aufsuchen.«

Ich hatte plötzlich einen schalen Geschmack im Mund. Der 15. August. Vollmond. Ein Datum, das eine unangenehme Assoziation in mir wachrief. Aber ich konnte mich beim besten Willen nicht entsinnen, womit sie zusammenhing. Ich grübelte, ich suchte in der Erinnerung; mir fiel es nicht ein. Agneta, du bist wirklich ein Kind, dachte ich. Was reimst du dir für Zeug zusammen?

Harumi setzte ihre Brille wieder auf. Ihr Blick war fest auf mich gerichtet, aber ich wusste, dass sie zu sich selbst sprach und keine Antwort erwartete.

»Ich werde tun, was notwendig ist. Und mich trotz allem fragen, ob es einen Sinn hat. Weil da einfach nichts zu machen ist. Nein, es ist nichts zu machen, wenn ein Menschenkind einfach so beschaffen ist, dass es die größte Gefahr für jene darstellt, die es lieben. Wenn dieser Mensch es weiß und es nicht seine Schuld ist. Es mag schon sein, dass wir uns selbst belogen haben. Dass wir, ganz gleich, was dabei herauskam, die Illusion bewahren wollten, dass alles wieder gut werden konnte. Aber Lumina, in ihren klaren Augenblicken – Lumina weiß Bescheid.«

48. Kapitel

In Tokio, zwischen Glaskonstruktionen und Highways, zwischen donnernden U-Bahnen und vierfachen Autoschlangen, lebten die Menschen in enger Gemeinschaft mit den Göttern. In der maßlosen Größe der Stadt, in der verwirrenden Mischung von Unordnung und Formschönheit, von Phantasie und umwerfendem Kitsch, hatte das Unsichtbare seine Heimat gefunden. In den alten Vierteln, unter vorsintflutlichen Elektrizitäts- und Telefonleitungen, schlängelte sich ein Netz enger Straßen. Sie waren von Holzhäusern wie aus einem Bilderbuch gesäumt, niedrig und verwittert, mit blauglitzernden Ziegeldächern, dicken Schiebetüren, blinden Fensterscheiben und winzigen Vorgärten. Oft befanden sich im Erdgeschoss altmodische Lebensmittelgeschäfte, mit Früchten und Gemüse, sorgfältig in Körben aufgeschichtet, mit allen möglichen Süßigkeiten und Kuchen, wie winzige Kunstwerke geformt und in bunten Paketen eingewickelt. Am Ende solcher Straßen leuchteten Baumkronen; steinerne Pfosten, oder Portale aus karminrotem Holz, mit zwei Querbalken versehen, zeigten an, dass hier die Götter heimisch waren, dass wir nur Gast in ihrem Reich waren. Doch die japanischen Götter waren milde und freundlich; sie schenkten den Menschen Wohlstand; sie verlangten nichts dafür, nur dann und wann eine Geldmünze und fröhliche Feste ohne Ende. Jedes Viertel in Tokio besaß seinen Schrein, jeder Schrein hatte sein Fest. Und jedes Fest wiederum strebte eine Harmonie an, die immer wieder erneuert wurde, ein Verlangen nach dem Einssein mit den Gottheiten. Denn nur im festlichen Geschehen konnte der Mensch, vom vergänglichen Augenblick vorübergehend befreit, neue Kräfte zum Weiterleben sammeln. Ein Spiel im Einklang mit dem Rhythmus der Natur, die niemals stehen blieb, die immerzu verging und neu geboren wurde.

Danjiro wusste immer, wo gerade ein solches Fest stattfand; ich ging mit ihm, glücklich und neugierig wie ein Kind, das ein Märchenland betritt. Und jedes Mal waren die Trommeln das Erste, was mir in den Ohren klang. Ihre mächtigen Stimmen umkreisten die Ziegeldächer, überflogen die Giganten aus Stahl und Beton, schwebten wie Klangwolken über die Baumkronen. Nicht eigentlich ein Geräusch war es, sondern ein gewaltiges Zittern der Luft, ein Brummen, das man weniger hörte, als mit dem Körper wahrnahm. Ich fühlte mich von dem Klang getragen und gewiegt, jede Zelle in mir war davon erfüllt. Denn zwischen mir und den Trommeln lag eine Geschichte, eine Geschichte, die mir ins Blut ging.

»Auch wir Samen hatten Trommeln«, hatte ich Dan erklärt, »obwohl die unsrigen viel kleiner waren. Sie waren mit Figuren geschmückt, ähnlich den urtümlichen Felszeichnungen. In der Mitte der Trommel war stets die Sonne mit ihren Strahlen abgebildet, die Götter des Donners und der Winde, die Rentiere und die Adler. Ein Mensch wurde durch ein Kreuz dargestellt, dessen unterer Teil zweigeteilt war. Für die Figuren verwendeten wir blutroten Saft, der beim Kauen von Erlenrinde entstand. Wir mischten ihn mit Spucke, sodass er wie Blut aussah. Die Stimme der Trommel rief die Geister herbei. Oh, ja, unsere Trommeln erzählten von vielen Dingen: von den Ahnen, von den Naturgewalten, vom Glück und Unglück der Menschen. Meine Großmutter besaß noch eine solche Trommel. Sie gehörte zu den Dingen, die meine Mutter später in ein Museum gab. Ich war ihr lange Zeit böse deswegen.«

»Auch bei uns«, sagte Dan, »rufen die Trommeln die ›Kami‹, die Gottheiten, herbei. Sie lassen sich auf den Bäumen nieder, wie Vögel. Der Himmel vereint sich mit der Erde. Alle Kreaturen, die Lebenden und die Toten, werden zum Fest geladen.«

Es war der 15. August. Nach wie vor wusste ich nicht, warum mich dieses Datum beunruhigte, wo der Mond doch so schön war! Er schwebte zwischen den Wolken, der Mond, ein stolzes Antlitz, rötlich funkelnd, unheimlich und gewaltig in seiner Schönheit. Auch bei Harumi wurde dieser Mond gefeiert. Sie hatte in ihrem Atelier einen kleinen Holzaltar aufgestellt, ihn mit »Susuki« – eine Getreideart – geschmückt. In einer Schale waren die runden, weißen Mondkuchen, »Dango« genannt, hübsch als Pyramide aufgeschichtet. Aber Harumi hatte nicht zum Schrein kommen wollen. Das Fest hatte sie oft gesehen, und sie war müde.

»Ach, geht nur, Kinder. Ich lege mich früh schlafen. Die vielen Menschen, das ist nichts mehr für mich.«

Auf dem Weg zum Schrein fragte ich Dan:

»Wie alt ist deine Mutter eigentlich?«

Er blinzelte mir zu.

»Tja, wie alt schätzt du sie?«

»So um die sechzig, vielleicht…«

Er lachte leise und erstickt.

»Liebste, um das Alter eines Menschen zu schätzen, bist du von vornherein unbegabt. Harumi ist bereits achtundsiebzig!«

»Sie hat so ein glattes Gesicht«, rief ich überrascht. »Und kaum Falten um die Augen!«

»Wir profitieren von unserer gesunden Ernährung und der feuchten Luft«, erwiderte er belustigt. »Unsere Haut erschlafft nicht im Alter, sondern zieht sich enger um die Knochen. Das bewirkt, dass unser Gesicht lange glatt bleibt.«

»Ach«, seufzte ich, hingerissen und etwas neidisch, »und wie steht es mit meinem?«

Er sah mich an, sehr innig und schalkhaft zugleich.

»Du wirst dich verändern, und es wird vor meinen Augen geschehen. Du bist eine wunderschöne junge Frau, und du wirst eine wunderschöne alte Dame werden, ausgestattet mit Anmut, Klugheit und Willensstärke. Und bisweilen werde ich mich vor dir wie ein kleiner Junge fühlen. Denn das wünschen sich ja alle Männer, obwohl sie es nie zugeben würden.«

»Von einem Mann hätte ich nie so viel Scharfsinn erwartet!«, sagte ich.

Er parierte lächelnd.

»Ich habe mich mit diesen Dingen befasst. Sagen wir mal, aus beruflicher Neugierde. Und dabei einiges über mich selbst gelernt.«

Wir lachten beide. Ich freute mich auf das Fest, und doch war meine Stimmung gedrückt. Mein Kopf war schwer; ich spürte einen Druck in den Ohren und ein Prickeln in der Stirn. Wurde ich etwa krank? In der heißen Sommerzeit liefen alle Klimaanlagen auf Hochtouren. Man konnte sich schnell eine Erkältung holen. Aber ich wollte mir den Abend nicht verderben lassen.

Wir folgten dem gewundenen Weg, der tief im Dickicht lag, von Fackeln erleuchtet. Das Dröhnen der Trommeln nahm zu, doch die Menge wurde von Augenblick zu Augenblick dichter, und wir kamen nur langsam vorwärts. Zwischen moosbewachsenen Felsblöcken sickerte eine Quelle mit leisem Plätschern. Unter einem hölzernen Überdach befand sich ein steinernes Becken. Auf dem Rand lagen Schöpflöffel aus Messing. Die Menschen drängten sich um das Becken, füllten einen Löffel und gossen sich gegenseitig das Wasser über die Hände. Auch Dan und ich vollführten füreinander diese heilige Handlung. Das eiskalte Wasser prickelte wohltuend auf unserer klammen Haut. Mit nassen Händen gingen wir weiter. Tausende von Schritten knirschten auf dem Kies, doch die Menge selbst war merkwürdig ruhig. Nur die dünnen Stimmen der Kleinkinder und dann und wann ein Schnäuzen oder Husten brachen die Stille. Immer stärker erfüllte das Brummen der Trommeln die Luft. Endlich kam das Heiligtum in Sicht. Der Schrein war auf Pfählen errichtet und musste sehr alt sein. Im Laufe der Jahre hatte das verwitterte Gebälk eine fast schwärzliche Färbung angenommen; das Dach aus gepresstem Lehmstroh war schlicht wie das einer urtümlichen Hütte und mit dichtem Moos bedeckt. Die Tore des Schreins standen offen. An der »Schnur der Läuterung«, ein armdickes Strohband, hingen große Votivstreifen aus weißem Papier, die leicht im Luftzug schaukelten. Vor den Holztüren standen gewaltige Sake-Fässer, mit Reisstrohgeflecht eng umwickelt. Blau-weiße Stoffbahnen, mit einer roten Kordel zusammengerafft, rahmten den Altar ein, auf dem zwei flammenartige Schwingen, aus weißem Holz geschnitzt, einen großen Messingspiegel stützten. Der »Heilige Gegenstand« stellte das Antlitz der Sonnengottheit dar und erinnerte in seiner Schlichtheit und Eigentümlichkeit an ein geflügeltes Wesen – an einen Cherub. In Opferschalen aus Messing waren Orangen und weiße Mondkuchen aufgeschichtet. Kerzen brannten in kupfernen Ständern. Priester, in Hosenröcken aus hellgrauer Seide und weißen leinenen Überwürfen knieten zwischen den bemalten Säulen. Sie trugen eine schwarze Kopfbedeckung, hoch aufragend, mit einer Kordel unter dem Kinn befestigt, die »Eboshi« – Vogelhut – genannt wurde, ein uraltes Zeichen der Würde. Und überall rollten die Trommeln, schrillten Flöten wie zirpende Grillen, als, im goldenen Schattenspiel, vier junge Priesterinnen zwischen den Säulen hervortraten. Sie bewegten sich in gemessenem Schritt, hielten immergrüne Sakaki-Sträucher in den erhobenen Händen. Ihre Gesichter waren weiß gepudert, die Lippen in der fröhlichen Farbe der Gottheiten kirschrot geschminkt. Eine Kopfbedeckung trugen sie nicht, denn es galt als unhöflich für Frauen, sich vor den Gottheiten das Haupt zu verhüllen. Ihr langes, wunderbar glänzendes Haar war im Nacken mit einem Band aus Reisstroh in Form einer Acht gehalten. Es war der achte Knoten der Schamanen, ich erkannte ihn sofort und hatte auf einmal das Gefühl, meiner eigenen Vergangenheit zu begegnen. Auch die Priesterinnen trugen einen Hosenrock, nur der ihre war rot, und ihre langen weißen Ärmel schleiften über den Boden. Es war nahezu die gleiche Tracht, die Amano Uzume, die Himmelstänzerin, auf der Bühne getragen hatte. Auch die Priesterinnen tanzten, doch die uralte Trance war abgeschwächt, zur Förmlichkeit gezwungen. Alle Bewegungen waren langsam und entrückt, die zierlichen Füße in den weißen Stutzen glitten lautlos und anmutig, ein fließendes Schreiten, das so sanft war wie das langsame Strömen eines Flusses; und doch war es, als ob die Erde unter ihren Schritten bebte. Ich schaute hingerissen zu; ich fühlte mich hellwach und gleichzeitig traumbefangen. In dem Mythos der Samen war Jubmel, der oberste Gott, der Mächtigste und Schönste. Er vereinte in sich die Zeichen und die Gegensätze, rückte die Dinge zurecht, wendete die schlechte Welt und machte sie gut. Er war zugleich Mann und Frau, der Gott der ersten Zeit, der die Welt schuf, aus dem eigenen Lächeln und den eigenen Tränen. Ich dachte daran, während in dieser Millionenstadt, kaum fünf Minuten von der Autobahn entfernt, die sich auf Betonpfeilern über ganze Stadtviertel schwang, ein Mysterienkult zelebriert wurde, so alt wie Jubmels Gesänge, und so heilig wie die Wandlung von Brot und Wein. Alles war wunderschön, feierlich, erhaben und friedlich. Trotzdem hatte ich Kopfschmerzen, und ich fragte mich, ob ich nicht Fieber hatte. Doch meine Stirn war kühl, meine Glieder erschauerten nicht. Und dennoch kroch mir das Grauen über die Haut, und ein Knoten stieg in meinem Hals hoch, als wäre ich sehr traurig.

»Was ist?« Danjiros leise Worte brachten mich, zumindest teilweise, in die Wirklichkeit zurück. »Frierst du?«

Ich schüttelte den Kopf.

»Nein, ich bin bloß aufgeregt.«

»Nachts wird es kühl in Tokio«, meinte er. »Vom Meer kommt immer Nebel.«

»Mir macht die Kälte nichts aus«, antwortete ich, gezwungen heiter. Er legte beide Arme um meinen Hals, drückte mich enger an sich.

»Aber mir! Ich habe meinen Pullover vergessen.«

Es war nicht die Kälte, nein; es war etwas anderes. Etwas, das aus der Frühzeit der Menschheit kam, unverfälscht, elementar und durch nichts getrübt. Ein Beben begann in mir, ein feines Beben wie von einem vibrierenden Draht. Die Lichtung vor dem Schrein war von Schatten und Stimmen erfüllt, und mächtiger als alle anderen Geräusche dröhnten die Trommeln. Unter den Bäumen, auf einem Holzgerüst, trommelten fünf Frauen und fünf Männer, blau gekleidet, mit einem roten Stirnband um das lackschwarze Haar. Sie waren so schnell, so geschickt, dass ich ihre Schläge nicht sah, sondern nur deren Nachbilder; sie standen darin wie in einem Schleier. Ja, die Trommeln sprachen zu den Göttern, mal mit donnernder Stimme, mal leise und flüsternd, wie das Prasseln der Regentropfen auf den Blättern, wie das ständige Nagen der Seidenraupen auf den Maulbeerhainen. Sie setzten mein Herz, meinen Atem und meine Eingeweide in Schwingungen. Und es bestand nicht der geringste Zweifel: Was hier erklang, waren die Trommeln der Noiden, die uralten Seelenträger, die Entferntes hörten und in die Zukunft sahen. Als er sein Ende nahen fühlte, sang Nischergurgje, der große Alte:

»Als Werkzeug und als Waffe gebe ich dir die Trommel.

Gute Geister wohnen in ihr.

Sie gibt dem Noita weisen Rat.

Höre auf die guten Ratschläge,

Aber gebrauche sie nie zu Bösem!«

Mit diesem Lied im Gedächtnis überließ ich mich den Klangwolken, verschmolz mit dem Nachtwind, der mich auf seinen Schwingen trug. Mein Geist wurde leicht und leer wie eine Luftblase. Und mit einem Mal war mir, als ob die Trommeln schwiegen, als ob sich die Priesterinnen wie Schemen bewegten, lufthelle Kreaturen, aus weiter Ferne geschaut. Mein Schädel öffnete sich, Kälte strömte hinein und die Zeit stand still. Nicht die Zeit hier in Tokio, nein, sondern unsere Zeit, die Zeit des sich drehenden Erdballs. Mir war, als ob der Schrein unter der Gewalt der Geister erschüttert wurde, ich glaubte ihre Stimmen zu hören. Und doch war irgendwo ein störender Missklang, ein Scheppern und Klimpern, ein fernes, unangenehmes Kreischen. Eine Art Starrkrampf zog meine Muskeln zusammen. Meine Kehle war trocken, mein Mund mit kalter Spucke angefüllt. Ich wusste von Laila, dass der Noita, sobald die Ekstase naht, zu keiner gedanklichen Tätigkeit mehr fähig ist, dass sein Geist einer ausgebrannten Schale gleicht. Und in dieser Leere erlebt sein Bewusstsein einen Moment völliger Klarheit, und er sieht nach draußen, mit den Augen des Schmetterlings.

Da ging eine Art Ruck durch mich hindurch, ein Schauder. Ich leckte mir den Speichel von den Lippen und hörte ganz deutlich, wie Henrik zu mir sagte: »Geh nach Hause!«

Meine Knie gaben nach, sodass ich gegen Danjiro taumelte. Ich konnte mich kaum auf den Beinen halten.

»Hast du nicht verstanden?«, fragte Henrik in drängendem Tonfall. »Nach Hause sollst du gehen! Und zwar sofort!«

In mir war ein krampfhaftes Zucken. Ich hörte die Trommeln, war aber nicht mehr mit ihnen vereint. Die Hülle, die mich gefangen, aber nur zart umschlossen hatte, war auf einmal zerplatzt. Ich war mir dumpf meiner wiederkehrenden Stärke bewusst; sie befähigte mich, zu denken und zu handeln. Ich packte Danjiros Arm und wunderte mich selbst, wie gefasst meine Stimme klang.

»Komm, wir gehen!«

Er sah mich erstaunt an.

»Was hast du? Was ist los?«

Ich antwortete nicht, sondern schob mich rasch und beharrlich durch die Menge. Er folgte mir, fragte nichts mehr. Die Trommeln schlugen ganz nahe, pochten in meinen Schläfen, bis ich fast toll wurde. Ich lief jetzt schneller, verfolgt von diesem Druck, diesem Schmerz. Mir war, als ob ich vom Gewicht meines Körpers in einem unsicheren Schwebezustand gehalten wurde, der mich vor dem Taumeln oder Stürzen bewahrte. Büsche und Bäume überwucherten den

Weg, der von Menschen verstopft war. Und am Himmel glühte der Mond, ein blutunterlaufenes Auge.

»Du hast das Datum vergessen!«, sagte Henrik. »Wie konntest du nur so dumm sein!«

49. Kapitel

Der Kies, der knirschend unter unseren Füßen nachgab, machte das Laufen beschwerlich. Abseits des eigentlichen Festgeschehens standen die Menschen in Gruppen herum. Unter rot-weißen Stoffbahnen waren eine Anzahl Buden aufgestellt; es roch nach Holzkohle und nach »Tako«, kleinen Bällchen aus gehacktem Tintenfisch, die an Spießen gegrillt und in süße Sesamsauce getaucht als Leckerei beliebt waren. Für gewöhnlich mochte ich Tako sehr, jetzt spürte ich nur kalte Spucke im Mund. Männer und Frauen plauderten heiter, rauchten, tranken Bier. Kinder spielten Fangen, rannten und hüpften mit fröhlichem Geschrei. Doch mich hatte etwas in ein anderes Land geschleudert, ich sah Menschen und Dinge nur hinter einem Schleier. Danjiro sprach nicht mehr; er musste gespürt haben, dass ich nicht bei voller Besinnung war. Er hielt meine Hand, stützte mich, wenn ich Gefahr lief, gegen einen Stein oder einen Wurzelstrunk zu stolpern. Ich klammerte mich an seine Hand, die fest und warm war, als sei sie das einzig Wirkliche in dieser schemenhaften Welt. Wir liefen, dem hohen Portal entgegen; auf der anderen Seite begann die Straße, ich fühlte Asphalt unter den Füßen. Ich hörte meinen eigenen, keuchenden Atem und Henriks Stimme, die sagte:

»Schnell, Kleines Wiesel! Kannst du nicht schneller laufen?«

»Schnell!«, sagte ich laut zu Danjiro.

Die Straße schien endlos; wir liefen zwischen den Wagen, die Festteilnehmer hier geparkt hatten. Fast alle Häuser waren dunkel, nur aus manchen Fenstern fiel trübes Licht, und hier und da das grünliche Flackern eines Bildschirms. Wir ließen die Straße hinter uns, bogen um eine Ecke, dann um eine andere. Endlich sahen wir das Haus, und bei seinem Anblick überkam mich, einen Atemzug lang, ein lähmendes Gefühl der Erleichterung. Hinter den milchig weißen Fenstern schimmerte Licht, auch die Lampe über der Eingangstür war nicht gelöscht. Harumi hatte das Licht für uns brennen lassen. Nichts war geschehen. Alles war, wie es sein musste. Oder doch nicht? Ich hielt im Laufen inne, schnappte nach Luft. Danjiro, ebenso atemlos wie ich, warf mir einen Blick zu, wollte sprechen.

»Vorsicht!«, flüsterte Henrik dicht an meinem linken Ohr. »Sie sieht und hört alles, das weißt du doch...«

Ich hob die Hand, gebot Stille. Und plötzlich roch ich ihn ganz deutlich, diesen blumigen Geruch nach Veilchen, nach vermoderter Erde, der wie ein feines Netz in der Luft hing. Ein gewaltiges Elend drang in meinen Kopf. Doch was konnte ich anders tun, als Ruhe zu bewahren.

»Sie ist da«, sagte ich leise zu Danjiro.

Er starrte mich an, wortlos und erschüttert. Wir traten in den Vorgarten, gingen über die Trittsteine, bewegten uns zwischen Blumentöpfen und angelehnten Fahrrädern. Im Halbdunkel sah ich, dass die Haustür nur angelehnt war. Die Schläge meines Herzens wurden lauter, jede Ader in mir schien zu klopfen.

»Voj, voj!«, hörte ich Henrik flüstern. »Das Messer...«

Ich tastete nach meiner Jeanstasche. Ein Griff brachte das Messer aus der Scheide. Leise stiegen wir die zwei Stufen empor. Ich hielt das Messer fest in der Hand. Danjiro stieß die Tür auf, die leise knirschte. Der Eingang war erleuchtet und die Wohnung vollkommen still.

»Okaa-San?«, rief Danjiro halblaut. »Alles in Ordnung?«

Immer noch Stille. Ein paar Sekunden dauerte es, ehe ich ein seltsames Geräusch vernahm, eine Art schlürfender Atemzug. Und da, als ich zu Boden sah, erblickte ich Luminas schwarze Ballerinas auf dem Steinfußboden. Mir war, als ob mein Herz plötzlich aussetzte. Wortlos berührte ich Danjiros Arm. Ohne aus den Schuhen zu steigen, traten wir auf die Matten, die leicht unter unseren Schritten nachgaben.

»Okaa-San? Wo bist du?«, rief Dan.

Vor uns, auf der Matte, bildete ein großer Tropfen Blut einen hässlichen braunen Fleck. Etwas weiter war noch ein Tropfen, und noch einer. Wir folgten diesen Tropfen, die, wie ich mit Entsetzen bemerkte, zu meiner Wohnung führten. Auch dort war die Tür nur angelehnt. Danjiro, der vorausging, schob diese Tür nun auf, und wir konnten den Wohnraum überblicken. Und da war es, als ob die Luft um uns herum in tausend Stücke zersprang. Denn das Rollbild, das Enzos Gesichtsausdruck trug, lag zerrissen und verschmiert am Boden. Dort, wo einst der dunkle Augenstrich war, klafften zwei große Löcher. Und in der Tokonoma, zwischen den schön polierten Pfeilern, bildeten eine Anzahl menschenhohe Pinselstriche eine Struktur, einem schwarzen Wassernetz ähnlich. Und unter den Streifen leuchtete geisterhaft ein riesiger Karpfenkörper. Beiderseits des boshaften Kopfes, so weiß, dass ihn kein Schatten zu berühren wagte, starrten gläsern die Augen. Es war das Haupt des Todes selbst, der fleischlose Schädel, über den sich die Fischhaut spannte.

»Das ist ja gar kein richtiger Karpfen«, hörte ich Henrik mit Abscheu sagen. »So ekelhaft ist kein Fisch!«

Ich hörte ihn, aber ich antwortete nicht; zu viel anderes nahm meine Aufmerksamkeit gefangen; die Verwüstungen im Raum, das zerbrochene Geschirr, die zerschnittenen Bilder der Kabuki-Darsteller, der furchtbare Gestank, die vielen Blutflecken auf der Matte. Sie führten, diese Flecken und Tropfen, durch eine Schiebetür in den Raum, wo Harumi ihre Kimonostoffe aufbewahrte, auch die fertigen Gewänder. Im geisterhaften Halbdunkel sahen wir die kostbaren Seiden, zerstochen und in Fetzen gerissen, die verspritzten Farben, die zerstörten Muster, mit Kot und Urin befleckt. Während wir wie gelähmt dastanden, bemerkten wir, wie sich in dem besudelten Kleiderhaufen etwas regte. Ein ersticktes Stöhnen wurde laut, eine blutige Hand kam tastend zum Vorschein. Ich unterdrückte einen Aufschrei.

433

»Harumi!«

Dan war bereits bei ihr, befreite sie aus den Stoffen, die sie bedeckten. Harumi lag, mit dem Gesicht nach unten, auf der Matte. Ihre hellblaue, abgetragene Schlafyukata war voller Blut. Danjiro drehte sie behutsam herum, hob sie in seine Arme. Ihr Gürtelknoten hatte sich gelöst, ihre kleinen Brüste und ihr Leib waren mit Schnittwunden übersät, von denen einige recht tief waren. Danjiro rief leise ihren Namen, strich ihr das aufgelöste Haar zurück. Auch Harumis Gesicht war getroffen worden, über dem linken Auge war die Haut aufgeplatzt, und aus den feinen Adern an der Schläfe tropfte Blut. Nun zuckten ihre verklebten Lider, sie seufzte leise und schmerzvoll in Danjiros Armen. Und während ich, von Grauen gepackt und zu keinem Wort fähig, auf sie starrte, nahm ich aus dem Augenwinkel wahr, dass sich im Schatten eines Schrankmöbels etwas rührte. Ich sah die rasche, lautlose Bewegung und stieß, einen Atemzug zu spät, einen Warnschrei aus. Schon schnellte Lumina vorwärts. Die Schere, die sie wie einen Dolch hielt, blitzte auf, bohrte sich in Danjiros Schulterblatt. Er sprang auf, versuchte sie festzuhalten. Sie kämpfte völlig lautlos, ihr Gesicht war entrückt, kreideweiß wie der Karpfenschädel. Immer wieder stieß sie mit der Schere zu, verletzte ihn an den Händen, am Halsansatz, zielte nach seinen Augen. Ich schrie, als ob ich selbst den Verstand verloren hätte:

»Danjiro! Bleib ihr vom Leib!«

Doch sie fiel ihn immer wieder an, mit erstickten Atemzügen, die wie Grunzlaute klangen. Dan versuchte ihre Arme zu packen, ihr die Schere zu entreißen, doch vergeblich. Er stolperte über einen Stoffballen, mühte sich ab, wieder auf die Beine zu kommen, während Lumina auf ihn einstach und er immer wieder zurückfiel. Noiden teilten mit Psychiatern eine gemeinsame Erfahrung, die Erfahrung nämlich, dass Besessene übermenschliche Kräfte entwickeln. Ich wusste mit untrüglicher Sicherheit, dass er gegen sie nicht ankam.

»Lumina!«, kreischte ich, was bewirkte, dass sie abgelenkt wurde. Sie hielt inne, schnaufend und keuchend, die blutige Schere in der erhobenen Hand. Doch ich lief, statt zu ihr, aus dem Zimmer, auf die Tokonoma zu.

»Lumina!«, schrie ich ein zweites Mal. »Sieh her!«

Ich hörte meine eigene Stimme, hell und schneidend wie ein Signal. Ich war eine Noita, ich hatte eine Aufgabe zu erfüllen. Es war wie ein Blitz in meiner Hand, als das Messer einen Bogen beschrieb und mit voller Wucht in den Karpfenschädel stieß. Da, in der gleichen Sekunde, als die Klinge in das Bild eindrang, heulte Lumina auf, als ob es sich um ihr eigenes Fleisch und ihr eigenes Blut handelte. Ich aber beachtete sie nicht, riss das Messer aus der Wand, in die es mit klatschendem Geräusch gedrungen war. Es sah unbeherrscht und rasend aus, wie ich erneut auf das Rollbild einschlug, und doch war ich bei vollem Verstand. Ich berechnete die Bewegungen des Messers, fühlte die Wucht, mit der ich wieder und wieder, oben und unten, das Bild durchbohrte. Ich hörte Lumina schreien, die Schreie waren ganz unerträglich, doch es war, als bliebe ich davon unberührt. Ich konzentrierte mich nur auf die sausende Klinge, die das Rollbild zerfetzte. Dann, mit letzter Anstrengung, zerrte ich es von der Wand, riss es in Fetzen, die ich mit den Füßen zertrampelte und von mir stieß. Und während der ganzen Zeit schrie Lumina, schrie und schrie, mit erweiterten Nasenflügeln und aschfahlen Lippen, bis ihre Schreie sich in Schluchzen und endlich in Stöhnen verwandelten.

Und plötzlich war es still, unheimlich still. Das Rollbild, ein Haufen zerrissener Papierfetzen und Seidenbrokat, lag vermischt mit den Resten eines anderen, ebenso zerfetzten Bildes, sodass man im Halbdunkel das eine von dem anderen nicht mehr unterscheiden konnte. Zitternd, in kaltem Schweiß gebadet, fand ich in die Wirklichkeit zurück, sah Lumina vor mir auf dem Boden kauern. War es Dan endlich gelungen, ihr die Schere zu entreißen? Oder hatte Lumina sie fallen lassen? Nun richtete sie sich ungeschickt auf, suchte ihr Gleichgewicht, strich ihr Haar aus dem Gesicht und starrte mich an; es war, als ob sie aus tiefem Schlaf erwachte. Plötzlich drückte sie ihre Handflächen gegen die Schläfen, stieß ein Wimmern aus wie ein verstörtes Kind. Ich sah im gleichen Augenblick, wie Dan schwankend vor der Schiebetür stand. Er hielt eine Hand auf seine Brust gepresst, und zwischen seinen Fingern war Blut. Lumina sah ihn auch;

ein dünner, aber entsetzter Schrei entfuhr ihr. Sie streckte zitternd den Arm nach ihm aus, doch kein Wort kam über ihre Lippen. Ich trat auf sie zu, rief leise ihren Namen. Mit jäher Bewegung wich sie mir aus. Ihre Gesichtszüge bekundeten Hass und Abscheu.

»Rühr mich nicht an!«, schluchzte sie. »Du hast meine Großmutter getötet!«

Ihre Stimme brach. Schmerzvolle, schwere Tränen traten in ihre Augen. Aber sie konnte nicht weinen, die Tränen trockneten sofort. Ihr Kopf war wieder klar, das Ausmaß dessen, was sie angerichtet hatte, drang zunehmend in ihr Bewusstsein. Auf einmal wandte sie sich um, lief auf Danjiro zu, umschlang ihn mit beiden Armen. Er neigte sein blutüberströmtes Gesicht über sie, wollte etwas sagen. Da erhob sich ein Stöhnen hinter ihm. Es kam aus dem verwüsteten Zimmer, wo Harumi mit dem Tod rang. Dan hörte es auch und löste sich aus Luminas Umarmung. Seine sanfte Bewegung war unerbittlich. Er wandte sich von ihr ab wie von einem wesenlosen Schatten, tat ein paar schwankende Schritte in das Zimmer hinein, fiel neben seine Mutter nieder. Luminas Augen waren unermesslich groß geworden, ihre Lippen fast bläulich. Sie starrte auf die Menschen, die sie fast um ihr Leben gebracht hatte, jene Menschen, von denen sie nichts anderes als Zuneigung und Güte kannte. Sie konnten nicht, mit einem Schlag und durch ihre eigene Schuld, blind, taub und ungerührt geworden sein. Merkten sie nicht, wie sie litt, in einem Maße litt, von dem sie nicht gewusst hatte, dass sie es ertragen konnte? Ein dünner, entsetzter Schrei entfuhr der jungen Frau. Luminas Blick, von einem Feuer verbrannt, das hohem Fieber glich, flehte um Hilfe. In tiefster Verzweiflung suchte sie nach einem Menschen, der ihr gegen so viel Grausamkeit helfen konnte. Sie fand nur eine Fremde, mit entschlossenen Augen und einem Messer in der Hand, ein Messer, gegen das die Ehrwürdige Großmutter machtlos gewesen war. Eine Fremde, die sie erlöst hatte, aber nun nichts mehr für sie zu tun vermochte. Lumina presste die Hand vor den Mund; sie hatte es plötzlich begriffen. Leichtfüßig wie ein Reh lief sie an mir vorbei. Ich wollte sie festhalten, doch sie entschlüpfte mir. Ich hörte das Aufklatschen ihrer Füße, steckte hastig das Messer in die Scheide zurück und lief hinter ihr her. Ich wollte sie nicht in der Nacht verschwinden lassen, in dieser Nacht des Grauens und des endlosen Schreckens, in der sie für immer allein war.

»Lumina!«

Ich rief ihren Namen, obwohl ich wusste, dass keiner ihr helfen konnte, dass jede Flucht vergeblich war. In meinem Geist sah ich eine weiß gekleidete Frau, von schwarzem Haar umweht, aus dem Haus stürzen, sah sie in Feuer und Finsternis tauchen. Doch hier waren weder Feuer noch einstürzende Häuser, nur Wagen, die nach dem Fest die Straße hinauffuhren. Ich hörte fröhliche Stimmen, das Zuschlagen der Wagentüren und das Knirschen der Reifen auf dem Asphalt. Der Verkehr kam nur langsam voran. Die Scheinwerfer blinkten grell. Im Strahlenfeld von Licht und Schatten sah ich die flüchtende dunkle Gestalt. Sie lief weiter, wie in einem Traum, und es war wahrhaftig ein Traum, voller Schrecken und Tod, der sie gnadenlos hetzte. Es sah seltsam aus, wie sie die Straße entlanglief, von einer Seite zur anderen prallte wie eine Kugel. Ein paar Menschen, die am Straßenrand gingen, blieben stehen, musterten sie, die Fliehende. Und plötzlich bog sie ab, lief schräg über die Straße. Ich hörte Bremsen quietschen, einen dumpfen Schlag, den Aufprall, als sie gegen das Auto stieß und hochgeschleudert wurde. Und dann Stimmengewirr, Lärm und Tumult.

Die Wagenkolonne war zum Stehen gekommen. Ich schob mich durch die kleine, angestaute Menge, drängte mich in die vorderste Reihe und sah die am Boden liegende Gestalt. Die Wagentüren standen weit offen, ein Mann und eine Frau beugten sich über sie, ein verstörter Jugendlicher sprach in sein Handy. Ich schob mit der Hand einige Leute auseinander, fiel neben Lumina auf die Knie. Sie lag auf der Seite, inmitten kleiner Glasscherben, glitzernd wie kleine Eisstückchen. Ich sah die linke Seite ihres Gesichts, aufgesprungen und eingedrückt. Das eine Auge war geschlossen, das andere weit offen, aufwärts gedreht. Blut floss aus ihrem Mund. Immer mehr Leute kamen, bildeten einen dichten Kreis, sprachen entsetzt durcheinander. Ich wusste, dass man Verletzte nicht stark bewegen darf, und so nahm ich nur ihre Hand und hielt sie fest. Ein paar Atemzüge lang rührte sie sich nicht, und ich hoffte, dass sie nichts spürte. Doch nach einer Weile drehte sie das Auge, das noch unversehrt schien, mir zu, und ich sah in ihrer Pupille den Schimmer von Bewusstsein. Ich streichelte ihre Hand. Bis der Krankenwagen kam, würden nur einige Minuten vergehen, doch es war unverkennbar, dass sie niemals lebend geborgen werden konnte. Der Tod war nahe; ich brauchte nur in ihr weißes Gesicht zu sehen, das aus Ohren und Schläfen sickernde Blut. Und da spürte ich plötzlich, wie ihre Finger sich um meine schlossen. Sie versuchte zu sprechen, so gut es mit ihrem gebrochenen Kiefer ging, die Worte kamen undeutlich hervor, röchelnd und erstickt von Blut und Schleim.

»Sie... sie war zornig.«

Ich nickte, drückte ihre Hand.

»Harumi?«, stieß sie hervor.

Ich war meiner Antwort nicht sicher, doch ich sagte:

»Sie wird wieder gesund werden.«

Sie formte die Worte mit unendlicher Anstrengung.

»Es... es tut mir Leid.«

»Ja, Lumina, ich weiß.«

Das Blut tropfte lackrot auf den Asphalt. Lumina atmete stockend. Ihr Gesicht wurde immer fahler, und die Stirn färbte sich bläulich. Ihre Finger in meiner Hand waren so kalt wie Eis. »Geh nicht fort!«, keuchte sie. Ihre Stimme war nur noch ein entsetzliches Röcheln. Ihre Lippen waren glitschig vom Blut, mit weißen Flecken vermischt, wie Knorpel, zerbrochene Zähne, Hautfetzen, und eine Sirene heulte immer lauter in meinem Kopf. »Ich bin da«, sagte ich.

Sie schwand dahin. Mit der wenigen Kraft, die ihr verblieb, versuchte sie ein letztes Mal zu sprechen

»Ich... ich liebe euch alle... so sehr!«

Die letzten Worte erstickten in dem Blutstrom, der aus ihrem Mund floss. Sie wurde völlig steif, als kämpfte sie gegen einen unsichtbaren Gegner. Sie schluckte und würgte, von Krämpfen geschüttelt, und ich sah ihre zerschlagenen Zähne im Mund. Und dann, mit einem tiefen, schlürfenden Röcheln, erschlaffte sie in meinen Armen. Ich hielt sie fest, fuhr behutsam mit dem Finger über das Auge, das weit offen war, aber nichts mehr wahrnahm. Und als sich das Lid über den blutigen Augapfel senkte, sah ich Scheinwerfer aufflackern, hörte die Ambulanz mit kreischenden Bremsen halten. Beamte entstiegen einem Polizeiwagen, und die Schaulustigen teilten sich schweigend vor den Sanitätern, die eine Bahre trugen. Ein Mann untersuchte Lumina, fühlte ihren Puls mit einem Ausdruck von Erschütterung im Gesicht und schüttelte stumm den Kopf. Doch die Sanitäter handelten, wie es ihr Beruf vorschrieb, legten die junge Frau behutsam auf die Bahre, wickelten sie in Decken und machten eine Spritze bereit, die nichts mehr nützte.

Langsam richtete ich mich auf, blutverschmiert und mit steifen Gliedern.

»Du bist müde«, hörte ich Henrik mitfühlend sagen.

Ich rieb mir die Schläfen und dachte an alles, was mich in dieser Nacht noch erwartete.

»Glaubst du, dass es jetzt vorbei ist?«, fragte ich ihn. Denn Henrik wusste diese Dinge besser als ich. Und ich brauchte Trost.

»Sie ist fort«, sagte er. »Im Augenblick jedenfalls. Aber man kann nie wissen…«

»Ich danke dir, Henrik.«

»Wofür?«

»Dass du… mir geholfen hast.«

»Das war nicht nur ich. Da waren noch andere.«

»Ich weiß, Henrik. Und bitte, sei jetzt still. Ich kann nicht mehr…«

»Mach's gut, Kleines Wiesel!«

Ich wusste, dass die Aufgabe der Sanitäter nicht beendet war, dass ich sie jetzt zu Harumi und Danjiro führen musste, dass uns eine lange, schmerzvolle Nacht bevorstand. Ich sah, wie die Polizeibeamten mich musterten, das Blut auf dem T-Shirt wahrnahmen und mir mit ernsten Gesichtern entgegentraten.

»Sag mir nur noch eins, Henrik: Wird alles gut werden?«

»Meinst du, dass es dir hilft, wenn du es weißt?«

»Ja – o ja, Henrik!«

Eine Sekunde absoluter Stille. Dann sagte Henrik:

»Es wird alles gut werden. Aber es liegt jetzt an dir.«

Epilog

Ich lag wach; die wohltuende Wärme, die Ruhe, die mein Körper gefunden hatte, reichte nicht aus, um mir den Schlaf zu schenken. Der Oktobermond stand hoch am Himmel, tauchte alle Räume in milchig helles Licht. Nach dem heißen, feuchten Sommer war die herbstliche Kühle wohltuend. Alles war still, nur in Harumis Wohnung summte gleichmäßig die Klimaanlage. Sie hatte lange gearbeitet, sich erst nach Mitternacht zu Bett begeben. Der Arzt hatte gesagt, dass sie sich schonen sollte. Aber in Harumis schmalem Körper steckte ein zäher Wille. Sie war mit ihren Aufträgen in Verzug; die Kundinnen sollten nicht warten müssen.

Sie hatte drei Wochen im Krankenhaus gelegen; eine Zeit lang hatten wir um ihr Leben gebangt. Zunächst erinnerte sie sich nicht an das, was ihr widerfahren war. Sie brauchte viele Tage, bis sie sich entsinnen konnte, wie Lumina plötzlich durch die Gartentür in ihr Zimmer gekommen war, zu ihr mit einer Stimme gesprochen hatte, die nicht mehr ihre Stimme war. Und wie sie dann Enzos Gesichtsabdruck mit der Schere die Augen ausgestochen hatte, bevor sie das Rollbild herunterzerrte. Harumi hatte vergeblich versucht, sie daran zu hindern. Lumina hatte sie zurückgestoßen, mit klatschendem Geräusch ihr eigenes, mitgebrachtes Bild aufgerollt und dort am Ehrenplatz befestigt.

Harumi hatte noch Luminas triumphierendes Gelächter in den Ohren, als sie auf den gewaltigen Karpfen starrte, auf das kalte, grauenhafte Antlitz des Todes. Vielleicht war es ihr Glück gewesen, dass sie keine Zeit gehabt hatte, ihre Brille aufzusetzen, und das Bild nur verschwommen sah. An das, was dann geschah, entsann sie sich kaum noch, obwohl ihre vielen Wunden nur langsam verheilten. Was sie besonders beklagte, war der Verlust ihrer Arbeiten, die wunderschönen Seidenmalereien, die zerstört und besudelt waren. Auch das Haus war verunreinigt. Danjiro hatte alle Matten erneuern lassen. Auf Harumis dringenden Wunsch hatte er Chiyo Inagaki, die Hohepriesterin, um einen »O Harai« gebeten, eine Reinigung von dem Bösen. Die Tokonoma war verhüllt worden und mit allen heiligen Shinto-Emblemen geschmückt. Die Priesterin war eine Frau von hohem, geschmeidigem Wuchs, mit ergrautem Haar und samtbraunen Augen. Sie war ganz in Weiß gekleidet und hatte einen Stab aus Haselstrauchholz, an dem ein Bündel langer Streifen heiligen Papiers hing, in alle vier Himmelsrichtungen geschwungen, bevor sie Salz verstreute, um das Böse zu vertreiben. Dann wurde in die geweihten Nische ein neues Rollbild gehängt. Es zeigte einen Schmetterling, der im Abendnebel auf einer Tempelglocke ruhte. Der Gegensatz zwischen dem zitronengelben Geschöpf, ein Wunder an Zartheit, und der massiven Bronzeglocke zeigte auf bewegende Weise, dass das Menschenleben keineswegs mehr wert war als das des Schmetterlings: Es gewann seine Bedeutung nur, wenn es mit etwas Bleibendem verbunden war.

Harumis Pflichtbewusstsein bewirkte, dass sie sich ziemlich schnell erholte. Doch ihr Körper war voller Narben, und ich bebte vor Schmerz und Mitgefühl, wenn ich ihr nach dem Bad half, die langsam verheilenden Wunden zu pflegen.

Luminas Tod hatte auch im Bunka Fashion College Bestürzung ausgelöst. Lehrern und Studenten war mitgeteilt worden, dass sie einem Unfall zum Opfer gefallen war. Zur Bestattung erschien auch Frau Maeda, die Leiterin, und zeigte Erschütterung und Trauer. Auch eine Anzahl Theaterleute kamen, die Luminas Vater noch gekannt hatten. Obwohl der Totendienst der denkbar einfachste war, den man ihr erweisen konnte, wurden die Riten in Förmlichkeit und Andacht vollzogen. Harumis Abwesenheit bei der Einäscherung fiel natürlich auf. Danjiros Erklärung, dass sie aus gesundheitlichen Gründen gezwungen war, der Zeremonie fernzubleiben, klang überzeugend. Peinliche Fragen wurden nicht gestellt.

Mit Maeda-San führte ich später ein ziemlich langes Gespräch, erzählte von meinen Plänen, zeigte ihr auch meine Arbeiten. Wie stets schenkte mir Maeda-San ihre volle Aufmerksamkeit; was ich machte, erregte ihre erstaunte Beachtung. Vielleicht, meinte sie, könnte das Fashion College zu einem späteren Zeitpunkt meine Kreationen ausstellen. Dass ich noch eine Anfängerin war, stand außer Frage. Aber das machte nichts, sagte Maeda-San vergnügt. Sie hatte Zeit zu warten, viel Zeit, bis ich alles gelernt hatte. Sie jedenfalls erhoffte sich von mir, dass ich mich nicht beirren ließ, sondern unbekümmert meinen Weg fortsetzte. Ich bedankte mich glücklich bei ihr. Gewohnt, mich in Bildern und Vergleichen zu bewegen, genügten selbst spärliche Andeutungen, damit ich verstand, was gemeint war.

Und so ging das Leben weiter, zunächst leise, dann zunehmend heiterer. Sobald ich nach dem Unterricht nach Hause kam, setzte ich mich zu Harumi, und wir arbeiteten zusammen. Trotz der Müdigkeitsblässe ihres Gesichts strahlte sie nach wie vor Gelassenheit aus. Wie stark ihr Herz auch gelitten haben mochte, die Nerven hatten sich endlich beruhigt. Sie war schwach, wie eine Rekonvaleszentin schwach ist, aber sie war nicht krank. Leise scherzten und unterhielten wir uns. Harumi hatte mich viel zu lehren, und ich wollte eine gute Schülerin sein. Meine Vorfahren waren erfinderisch und arbeitsam gewesen – sie mussten es sein, die Notwendigkeit erforderte es. Ich wollte meine inneren Energien nutzen, Erinnerungen und Träumen Farben verleihen. Ich war auch ungeduldig, aber Ungeduld nützte mir nichts. Ich musste mich an eine Vielzahl akkurater Gesten und kleiner Handlungen gewöhnen, an eine Kunst ohne Zugeständnisse. Ich strebte nicht nach Dingen, die leicht erreichbar waren: Was ich suchte, war der ästhetische Ausdruck jener Sehnsucht, die ich in der Tiefe meiner Seele empfand, nicht nur die Sehnsucht nach der Heimkehr zur Natur, sondern nach dem Einssein mit der Natur selbst.

Ich sandte Ritva Salonen eine E-Mail, erklärte ihr, warum ich kein Modedesign machen würde und warum ich mich einer strengen traditionellen Methodik unterwarf, die mir neue Räume eröffnete, neue

Visionen. Ritvas Antwort-Mail kam am nächsten Tag und war nur kurz:

»Du bist nicht umsonst nach Japan gegangen. Viel Glück. Ich werde an dich denken. Deine Ritva.«

Inzwischen war mein Gefühl der Unwirklichkeit in einem solchen Maße gewachsen, dass ich manchmal meinem Gedächtnis misstraute. Die furchtbaren Erinnerungen, die sporadisch in meinen Gedanken auftauchten, schienen in einem anderen Leben geschehen. Und doch, sie waren da, geisterten durch meine Träume und belasteten schmerzhaft meine Lebenskraft. Aber ich hielt durch.

»Als Jubmel – der Gott der Götter – die Welt erschuf, wanderte er mit seinen Kindern umher und freute sich über die Schönheit dieser Erde. Doch Gespenster aus den Urzeitwassern beschworen das Böse, und Jubmel sprach: ›Ein gutes Land schuf ich und begegne nur einer bösen Welt. Stark und gut schuf ich die Menschen. Aber was sehe ich? Ein verdorbenes Geschlecht und eine verdorbene Welt. Ich weiß kein anderes Mittel, als die Welt zu wenden.‹

Und Jubmel entfesselte die wilden Stürme, drehte schnell die Erde, sodass die Wasser stiegen und die Flüsse aufwärts flossen. Finsternis fiel über die Erde, alle Sterne verschwanden. Und so wendete Jubmel die schlechte Welt; ein neues Zeitalter wurde geboren.«

Das jedenfalls erzählte Laila. Und es mochte sein, dass wir noch einmal böse Zeiten erleben würden und Jubmel die Erde wenden musste. Aber Laila erzählte auch, dass Jubmel in schlechten Zeiten eine Frau erschaffen hatte, geboren aus dem Lächeln der Sonnengottheit. Sie konnte Ärger beschwichtigen, guten Menschen bei Rückschlägen helfen, Schmerzen heilen und Ängste dämpfen. Lailas Schilderungen waren sehr bildhaft. In meiner kampferprobten, erdverwurzelten Natur traute ich mir durchaus zu, eine solche Frau zu sein. Es durfte nicht allzu schwierig für mich werden. Denn es war keine Einbildungskraft, die mich lenkte. Meine Vorfahren waren rational; sie leugneten nicht den Geist hinter der Schöpfung, aber seit jeher waren Fleisch, Kartoffeln und Salz für sie die zwingendsten Gründe der Welt gewesen, dem Leben mit robustem Verstand zu begegnen.

Mitternacht war vorüber. Der Mond tauchte alle Räume in flüssiges Blau. Danjiro schlief bereits friedlich neben mir. Er war müde: Seit zwei Monaten probte er ein neues Stück: »Die Geschichte des Kaisers Nintoku«. Danjiro verkörperte die Meeresprinzessin Kuro, die Erbauerin des Schiffes Karano. Der Legende nach war dieses Schiff so schnell, »dass es aus dem Zenit schoss und auf dem Wasser eine leuchtende Spur hinterließ«. Mit diesem Schiff wurde täglich von der Insel Awaji frisches Quellwasser für den Kaiser geholt, denn es hieß, dass dieses Wasser ewiges Leben verlieh. Es war eine wundervolle Sage, und die Inszenierung versprach, sehr aufwändig zu werden, mit einem gewaltigen Wasserbecken auf der Drehbühne, für das in Naturgröße nachgebildete Schiff.

Zärtlich betrachtete ich Danjiros schlafendes, mir zugewandtes Gesicht. Meine Hand lag auf seinem Hals, spürte das Blut, das in seinen Adern pulsierte, und seine tiefen Atemzüge. Er war in meiner Obhut.

Im Raum wurde es allmählich kühl. Der Mond glitt hinter Nebelschwaden, verlor an Farbe und Substanz. Der Futon aus ganz neuer, ganz frischer Baumwolle war warm und bequem, die Decken hatten das richtige Gewicht. Ich fühlte mich wohl. Die Augen fielen mir zu, als ich am Rande der Wahrnehmung leicht erschauerte. Mir war, als ob Zweige an der Fenstertür kratzten. Das konnte nicht sein; der Gärtner war ja erst da gewesen. Leise richtete ich mich auf; meine tastende Hand fand das stets griffbereite Messer. Vorsichtig bewegte ich mich durch den Raum, schob mit leichtem Griff die Schiebetür auf. Feuchte, durchdringende Morgenkälte umfing mich. Nebelschwaden wogten unter den Büschen, wo die Schatten dunkel und tief waren. Ein wässriger Duft nach Blumen oder vermoderten Pflanzen stieg mir in die Nase. Und plötzlich glaubte ich, in der schwebenden hellen Schicht ein purpurnes Schillern zu sehen; wie eine Seidenschleppe, mit der Hand gerafft, die langsam über den Boden glitt und sich in Dunkelheit auflöste. Natürlich war es nur eine Luftspiegelung des sinkenden Mondes; und trotzdem schlug mein Herz hart und schnell an den Rippen. Der Boden war kalt unter meinen bloßen Füßen. Ich spürte ein seltsames Kribbeln, ein vertrautes Pochen im linken Ohr. Das Messer zischte leise, als ich es aus der Scheide aus Rentierhaut zog. Mit erhobenem Arm stand ich da; das Licht des schwindenden Mondes glänzte auf der Klinge, während ich leise die uralten Worte sprach; die Worte, die das Böse in schlechten Zeiten vertrieben.

»Die Nacht kommt.
Die Wölfe wüten.
Die Krankheit tötet die Kinder des Lichts.
Aber die Sonnentochter wacht.
Sie ruft das Licht.
Bald wird der schöne Morgen
Wieder dämmern im Land.«

FEDERICA DE CESCO
bei Blanvalet

im Taschenbuch:

Aufregend dramatisch, fesselnd exotisch –
und von betörender Sinnlichkeit:
Die großen Romane von
Bestsellerautorin Federica de Cesco!

FEUERFRAU
(36077)

SEIDENTANZ
(35147)

SILBERMUSCHEL
(36278)

DIE TIBETERIN
(35296)

WÜSTENMOND
(35659)

»Federica de Cescos Frauenfiguren sind eigenständig,
leidenschaftlich und kraftvoll!«
(Neue Zürcher Zeitung)

www.blanvalet-verlag.de